DÄMONISCHE SINNLICHKEIT

BLUT UND MAGIE

BUCH FÜNF

NADINE MUTAS

Übersetzt von

TATJANA BECIJOS

Übersetzt von

LITERARY QUEENS

IMPRESSUM

ISBN-13: 9783757929640
© Coverdesign: Franzi Stern - www.coverdungeon.com - Instagram: @coverdungeonrabbit

Verlag:
Nadine Mutas
c/o Block Services
Stuttgarter Str. 106
70736 Fellbach

Herstellung und Druck über tolino media GmbH & Co. KG, München.
Printed in Germany

Gewidmet jedem einzelnen meiner langjährigen Fans, die mir in schweren Zeiten und Jahren ohne Bücher die Treue gehalten haben.
Wenn du seit der Veröffentlichung von „Dämonische Leidenschaft" auf die Geschichte von Tallak und Hazel gewartet hast, ist diese Story für dich.
Ihr wart so geduldig. Vielen Dank dafür!

DANKSAGUNGEN

Der Dank eines Autors geht oft zuerst an seine Familie oder an die wichtigsten Mitwirkenden, die zum Entstehen des Buches beigetragen haben, wie etwa die Lektoren.

In diesem Fall geht mein erster Dank an meine Fans.

An alle meine Leser, neue wie alte. An diejenigen, die meine Bücher gerade erst entdeckt und alle verfügbaren Ausgaben verschlungen haben, und an diejenigen, die mich von Anfang an auf dieser Reise begleitet und die Bücher gelesen haben, sobald sie erschienen sind.

Ich bin euch allen wirklich sehr dankbar und schätze euch unendlich.

Auf meiner Newsletter-Liste und in meiner Facebook-Gruppe stehen Lesernamen, die ich noch von früher kenne. Ich weiß, dass diese Fans schon da waren, als ich gerade als Neuling und noch grün hinter den Ohren angefangen habe. Und das bedeutet mir einfach so viel.

Ich würde auch schreiben, wenn niemand meine Geschichten lesen würde. Aber zu wissen, dass es da draußen Menschen gibt, die lieben, was ich schreibe, die es nicht erwarten können, ein neues Buch von mir zu lesen, die diese

Figuren genauso verehren wie ich und mit mir lachen und träumen … Das ist einfach unglaublich.

Danke also für all die Liebe, die Unterstützung, die Treue und dafür, dass ihr meine Bücher unter so vielen anderen großartigen Geschichten ausgewählt habt. Das Wissen, dass es da draußen viele Leser gibt, die sehnsüchtig auf das Buch von Tallak und Hazel gewartet haben, hat mich motiviert, auch an schlechten Tagen weiterzuschreiben.

Ich möchte mich auch bei meinem Mann bedanken, der mein bester Freund, mein Partner, meine große Liebe (und in vielerlei Hinsicht das Vorbild für alle meine Helden) ist. Danke, dass du mich beim Schreiben dieses Buches unterstützt hast, dass du die Kapitel gelesen hast, während ich sie schrieb, und dass du mein erstes Soundingboard warst. Du musst dir oft mein Geschwafel über meine Ideen und Charaktere anhören, aber du erträgst es mit so viel Geduld, Babe. *schmatz* Danke, dass du meine Verrücktheit erträgst.

Danke an Dominique Heidenreich dafür, dass sie meine Alpha-Leserin ist und mich anfeuert, mein Potenzial auszuschöpfen. Jeder sollte eine großartige Freundin wie dich haben.

Und natürlich möchte ich mich auch bei meinen Kindern bedanken, ohne die dieses Buch schon vor Jahren fertig gewesen wäre. Nur ein Scherz, nur ein Scherz! Ich liebe diese kleinen Lümmel.

KAPITEL 1

F*rüher oder später werde ich ihn entweder küssen oder töten.*

Hazel Murray schnitt eine Grimasse und schloss die Augen, um den Anblick des Mannes zu verdrängen, für den sie widersprüchliche Gefühle hegte – und der gerade zum Kühlschrank in der Küche ihrer Familie schlenderte. Sie hatte sich immer damit gerühmt, besonnen und gelassen zu sein, eine emotional zerstörerische Ehe überlebt und tatsächliche Dämonen bekämpft zu haben, ohne die Fassung zu verlieren. Sie war die *Vernünftige* in der Familie.

Warum zum Kuckuck konnte sie sich also nicht mehr konzentrieren, sobald Tallak in den Raum trat und die Luft mit seiner Unbekümmertheit verpestete? Dabei sah er – für einen Dämon – viel zu attraktiv aus. Seine Haut war sommerlich gebräunt, sein Haar so golden, dass es wie poliertes Gold glänzte, seine bernsteinfarbenen Augen funkelten mit messerscharfer Intelligenz und seine schlanke Gestalt wirkte trotz seiner Intensität irgendwie lässig.

Schnipp.

Das Geräusch ließ Hazel aufschrecken und sie blinzelte

die andere Hexe an, die ihr gegenüber in der Frühstücksnische saß.

„Erde an Hazel", sagte Merle und ließ die Hand, mit der sie gerade noch vor Hazels Gesicht geschnippt hatte, sinken. Ihre himmelblauen Augen waren zusammengekniffen, ihr rötliches Haar zu einem Pferdeschwanz zusammengebunden.

„Entschuldigung, was?" Hazel warf einen erneuten Blick auf diesen nervtötenden Dämon, der jetzt mit zwei Bierflaschen in der Hand die Küche verließ. Er und Basil – sein erwachsener Sohn, den Hazel wie ihr eigenes Kind aufgezogen hatte, während Tallak in einem Fae-Kerker dahinvegetiert hatte – vertrieben sich die Zeit mit Videospielen im angrenzenden Wohnzimmer. Erst als Tallak nicht mehr zu sehen war, richtete sie ihre Aufmerksamkeit wieder auf Merle.

„Hast du gehört, was ich gesagt habe?", fragte Merle.

„Natürlich", log Hazel.

„Du stimmst mir also zu?"

Hazel biss sich auf die Lippe. „Nun …"

Merle hob eine Augenbraue und verschränkte die Arme über ihrem runden Bauch. Die jüngere Hexe war im achten Monat und erinnerte Hazel mit ihren üppigen Kurven und ihrem gesunden Leuchten angenehm an ihre eigene Schwangerschaft. „Aha."

„Okay, ich habe nicht zugehört." Hazel seufzte und rieb sich das Kinn. „Ich habe einfach viel um die Ohren."

„Mm-hmm. Besonders in Bezug auf eine *bestimmte* Person."

Hazel räusperte sich und beschloss, diese Bemerkung zu ignorieren. „Also, was hast du gesagt?"

Nach einem tiefen Atemzug erwiderte Merle: „Nur, dass ich immer noch dagegen bin, die ehemaligen Drakonier-Ältesten wieder in den Rat zu lassen und ihnen ihr volles Stimmrecht zurückzugeben."

Die Luft knisterte um die jüngere Hexe, die genauso alt war wie Hazels Töchter Lily und Rose. Seit Merle das Oberhaupt ihrer Familie geworden war und ihren Platz unter den Ältesten der Hexengemeinschaft eingenommen hatte, betrachtete Hazel sie mehr als gleichberechtigte Freundin und weniger als Ziehtochter, wie sie es zuvor getan hatte. Im letzten Jahr hatten sie so viel gemeinsam erlebt, Seite an Seite als Ältestenhexen gekämpft und die Verantwortung für die Magie ihrer Familie auf ihren Schultern getragen. Das hatte dazu geführt, dass Hazel sich nun auf eine Art und Weise mit Merle unterhielt, wie sie es sonst nur mit Hexen in ihrem Alter tat.

„Ich verstehe deine Frustration", sagte sie nun zu dem jungen Oberhaupt der MacKenna-Linie. „Aber es ist an der Zeit, nach vorn zu blicken, und der Rat hat zugestimmt." Auch wenn die Abstimmung über die Wiederaufnahme der ehemaligen Drakonier-Hexen nur knapp die erforderliche Mehrheit erreicht hatte. Merle war nicht die Einzige, die sich eine härtere und längere Bestrafung gewünscht hatte. „Wir können sie nicht auf unbestimmte Zeit unter Hausarrest stellen und sie in der Nutzung ihrer Magie einschränken."

„Oh, ich weiß nicht." Merle betrachtete ihre Fingernägel. „Das scheint mir völlig in Ordnung zu sein."

„Nicht, wenn wir eine Chance haben wollen, vorwärtszukommen und die Hexengemeinschaft wieder zu vereinen." Sie warf Merle einen strengen Blick zu. „Und ich meine eine *echte* Wiedervereinigung. Angesichts dessen, was Maeve dir erzählt hat, können wir es uns nicht leisten, weiterhin gespalten zu sein. Das weißt du, Merle."

„Aber es muss mir nicht gefallen", brummte sie.

Hazel stieß einen Seufzer aus. „Glaube mir, ich bin auch nicht glücklich darüber. Zu wissen, dass die Hexen, mit denen ich im Rat sitze, vor nicht allzu langer Zeit dafür gestimmt haben, Lily zu jagen … Ich würde am liebsten jede einzelne von ihnen mit unheilbarem Durchfall verfluchen."

Merle spuckte den Schluck Wasser aus, den sie gerade getrunken hatte, und kicherte.

„Aber wir können nicht die Hälfte der Hexengemeinschaft dauerhaft aus unserem Führungsgremium ausschließen und erwarten, dass der Rest der Hexen sich unserer Agenda anschließt und zusammenhält, wenn die Zeit gekommen ist, die anderen uralten Monster zu bekämpfen. Ganz zu schweigen von den anderen Göttern …"

Merle verzog das Gesicht und verlagerte ihr Gewicht auf ihrem Stuhl.

„Wir müssen die ehemaligen Drakonier zurück in die Herde holen", fuhr Hazel fort. „Und dafür müssen wir die Vergangenheit loslassen. Wenn wir an unserem Groll festhalten, werden wir nicht auf Bedrohungen von außen vorbereitet sein. Wenn der nächste Gott mit einem neuen Monster hier auftaucht, werden wir Arawn im Kampf keine Hilfe sein, weil wir einander umgebracht haben, um Rechnungen zu begleichen."

Merle presste die Kiefer aufeinander und schaute zur Seite. „Ich hasse es, wenn du vernünftig bist."

Hazel schenkte ihr ein müdes Lächeln. „Es ist einfacher, sich an das Bedürfnis nach Rache zu klammern, als herauszufinden, wie man mit Hilfe von Diplomatie wenigstens ein *paar* politische Fortschritte erzielen kann."

Die Götter wussten, dass sie die ehemaligen Drakonier-Hexen lieber auf eine Weise bestraft hätte, die der Schwere ihrer Verbrechen gegen den Rest der Hexengemeinschaft gerechter geworden wäre. Ihr eigenes Bedürfnis nach Rache brannte immer noch in ihrem Blut, und ihr Herz schlug vor Wut, wenn sie nur daran dachte. Doch Wut und Rachegelüste waren selten die besten Ratgeber, wenn es darum ging, eine Gemeinschaft zu führen, schon gar nicht, wenn das Überleben dieser Gemeinschaft davon abhing, dass sie miteinander und nicht gegeneinander kämpften.

„Richtig." Merle presste ihren Mund zu einem schmalen Strich zusammen. „Es scheint so unfair, den ehemaligen Drakoniern Amnestie zu gewähren, obwohl wir gute Hexen durch ihren Fanatismus verloren haben."

Hazels Herz schmerzte bei dem Gedanken an Hanna Roth, eine der Hexen, mit der sie jahrelang befreundet gewesen und die in der letzten Schlacht zwischen den Drakoniern und den Aequitas gefallen war. Hanna war eine der wenigen Hexen gewesen, die in dem von Juneau Laroche und ihren Anhängern geschürten Konflikt ihr Leben verloren hatten. Eines von mehreren Lichtern, die für immer erloschen waren.

„Die Drakonier mussten auch einige ihrer eigenen Anhänger begraben", erinnerte sie Merle und schluckte ihren Kummer hinunter. „Wir alle haben Verluste erlitten. Die Tatsache, dass die Drakonier den Krieg begonnen haben, spielt keine Rolle. Wenn wir uns weiterhin gegenseitig die Toten vor die Füße werfen und auf immer mehr Vergeltung bestehen, werden wir uns am Ende wieder mit Zaubersprüchen attackieren, bevor wir …"

Die Tür zum angrenzenden Wohnzimmer öffnete sich *erneut* und Tallak schlenderte herein. Hazels Puls beschleunigte sich – sehr zu ihrem Entsetzen – und sie beobachtete geflissentlich, wie seine abgewetzten Jeans seine Hüften und seinen Hintern umschlossen. Besagter Hintern hatte in den vergangenen Monaten eine wichtige Rolle in ihren Fantasien gespielt, denn ihre Hände erinnerten sich noch immer daran, wie es sich angefühlt hatte, danach zu greifen und seine Muskeln zu spüren.

Ihr Gesicht wurde heiß, als die Erinnerung an den gestohlenen, unangemessenen und völlig geheimen Moment in Faerie sie überrollte. Niemand wusste davon. Nicht Merle, nicht Lily, nicht einmal die, mit denen Hazel und Tallak aus Faerie zurückgereist waren, nachdem sie Basil und Rose gefunden hatten. Wenn es eine Sache gab, über die sich Tallak und Hazel einig waren, dann war es das: „Was in Faerie passiert, bleibt in Faerie."

Sag das mal meiner unbändigen Libido … Allein der Gedanke, mit ihm in einem Raum zu sein, machte ihren Körper hypersensibel, ließ ihr Herz pochen und ihre Seele nach einer weiteren Kostprobe von ihm lechzen.

Es war *lächerlich*. Sie verhielt sich wie eine Süchtige, die verzweifelt den Drang nach einem Schuss bekämpfte. *Wie unpassend.* Sie war eine erwachsene Hexe, die mächtige Magie beherrschte, und kein von Hormonen geplagtes Teenagermädchen. Dem leiblichen Vater ihres Adoptivsohns nachzustellen, würde nichts als Ärger mit sich bringen, vor allem, wenn man bedachte, wer – und *was* – dieser Vater war.

Sie hatte *nicht* vor, der animalischen Anziehungskraft eines Dämons zu erliegen, der in einem Wutanfall einen ganzen Raum voller Fae abgeschlachtet hatte.

In diesem Moment schaute Tallak zu ihr herüber und ihre Blicke trafen sich in einem grellen Licht. Seine Miene verfinsterte sich, seine Oberlippe kräuselte sich und er hätte nicht angewiderter aussehen können, wenn er eine Kotzlache gesehen hätte. Das ungewollte Verlangen, das in ihren Adern brodelte, verpuffte und wurde von einer Welle bitterer Irritation weggespült.

Gut so. Eine deutliche Erinnerung daran, warum sie ihrer Anziehung zu ihm niemals nachgeben durfte und warum sie ihre widerspenstigen Hormone wieder unter Kontrolle bringen musste. Er war der streitsüchtigste und herablassendste Mann, dem sie begegnet war, seit sie sich an den Scherben ihrer zerbrochenen Ehe geschnitten hatte, und – bei den Göttern – sie hatte sich geschworen, nie wieder einen

Mann in ihre Nähe zu lassen, der ihr nicht den Respekt entgegenbrachte, den sie verdiente.

Sie richtete ihre Mauern wieder auf und versteifte sich, während sie ihr ungesundes Verlangen nach einem verbotenen Dämon in einer verstärkten Kiste tief in ihrem Inneren verstaute. Als Tallak einen Schrank öffnete und eine Tüte Tortillachips herausnahm, hob sie das Kinn.

„Macht es dir Spaß, meine Küche zu plündern?“, fragte sie. „Möchtest du eine Portion Salsa zu deinen mangelnden Manieren?“

Tallak hielt inne – und ihr Herz machte synchron dazu ebenfalls einen lästigen Aussetzer –, zog die Augenbrauen hoch, als würde er nachdenken, und sagte schließlich: „Wir haben noch den Käsedip, also nein. Aber was ich mich gefragt habe … Wenn du einen anderen Jungen adoptiert hättest, hättest du ihn dann Oregano oder Thymian genannt?“

Hazel kniff die Augen zusammen und die Luft knisterte unter dem Einfluss ihrer Magie. „Salbei“, antwortete sie kühl.

Er fletschte die Zähne und stakste aus der Küche, wobei er etwas murmelte, das verdächtig nach „Wer zum Teufel benennt seine Kinder nach Kräutern?“ klang.

Als sich die Tür hinter ihm schloss, räusperte sich Merle. Hazel schüttelte sich innerlich und konzentrierte sich wieder auf ihre Hexenfreundin.

„Werdet ihr beide das bald aus der Welt schaffen?“, fragte Merle.

„Da gibt es nichts aus der Welt zu schaffen.“ Hazel zuckte mit den Schultern. „Er hasst es, dass ich seinen Sohn Basil genannt habe, und es ist mir egal.“

Merle verdrehte die Augen. „Ich meine diese Spannung zwischen euch. Ich könnte sie mit einem Messer durchschneiden, so dick ist sie. Also – werdet ihr endlich wütenden Sex haben und das klären, damit wir alle in eurer Gegenwart wieder frei atmen können? Oder wollt ihr weiterhin so tun, als wäre da nichts?"

„Ich habe viele Verpflichtungen", antwortete sie und zupfte an einem verirrten Faden ihrer Strickjacke, „aber eine gute Luftqualität aufrechtzuerhalten, gehört nicht dazu."

„Bei den Göttern!" Merle rieb sich die Stirn.

„Eine Sache, auf die wir uns freuen können", sagte Hazel und entschied sich für einen Themenwechsel, „ist, dass wir mit der Wiedereingliederung der ehemaligen Drakonier keine Probleme mehr haben werden, die Gegend zu patrouillieren."

Da die Hälfte der Hexengemeinschaft während des Hausarrests vom aktiven Dienst ausgeschlossen gewesen war, hatte sich die Arbeitsbelastung für die Aequitas-Hexen verdoppelt. Ein großer Teil des Stadtgebiets von Portland unterstand immer noch der Zuständigkeit der Hexen – im Gegensatz zum Territorium des Herrn der Dämonen. Und um sicherzustellen, dass die Dämonen die menschliche Bevölkerung nicht überrannten, waren ständige Wachsamkeit und regelmäßige Patrouillen erforderlich.

Merle warf ihr einen nachdenklichen Blick zu.

„Dich hat es nicht ganz so hart getroffen", fügte Hazel hinzu, „weil Rhun dich wegen deiner Schwangerschaft keine Überstunden machen lässt, aber für einige von uns war es schon ziemlich hart."

Hazel selbst hatte fast jede Nacht eine Schicht übernommen und es waren nicht nur ruhige Spaziergänge an der frischen Herbstluft gewesen. Da die Hexengemeinschaft zahlenmäßig geschwächt war, hatten mehr Dämonen als sonst ihren Vorteil genutzt und aggressiv versucht, ihre Jagdgebiete zu vergrößern.

„Es tut mir leid", sagte Merle. „Ich wünschte, ich hätte helfen können …"

Hazel unterbrach sie mit einer Handbewegung und einem kleinen Lächeln. „Es liegt nicht an dir, und eine weitere Hexe zum Patrouillieren hätte auch nicht viel gebracht. Wir benötigen *Dutzende* mehr. Deshalb ist es notwendig, den Hausarrest aufzuheben ..."

Lachen drang aus dem Wohnzimmer. Das Geräusch – zwei männliche Stimmen, von denen eine wie eine körperliche Liebkosung über ihre Haut leckte, die Haare auf ihren Armen aufrichtete und sie zu ihrem Leidwesen zum Zittern brachte – wurde von den leisen Klängen des Spiels begleitet, das Tallak und Basil gerade durchzockten. Basil johlte und brüllte, dann lachte er wieder, und ihr Herz zog sich zusammen, weil sie wusste, dass er glücklich war.

Dieser junge Mann, den sie aufgezogen hatte, seit er als Neugeborenes in ihre Arme gelegt worden war, und den sie seit jeher wie ihr eigenes Kind liebte, hatte zum ersten Mal einen richtigen Vater. Einen Vater, der ihn bedingungslos liebte und wirklich für ihn *da* war. Nicht wie Robert, ihr verstorbener Mann, dessen unbestätigter – wenn auch wahrer – Verdacht, dass Basil nicht sein Blut gewesen war, ihn dazu gebracht hatte, den Jungen wie eine unerwünschte Last zu behandeln.

Sosehr sie Tallak auch verabscheute, war sie doch froh, dass er Basil gefunden hatte. Ein Teil ihres Herzens schmolz dahin – was sie zutiefst irritierte –, weil der Dämon sich so liebevoll um seinen Sohn kümmerte. Er verbrachte Zeit mit ihm, hörte ihm zu, redete mit ihm, lachte mit ihm und schuf so die Vater-Sohn-Beziehung, nach der Basil sich immer gesehnt hatte. Tallak hatte für Basil einen Fae-Hof abgeschlachtet, und sie zweifelte nicht im Geringsten daran, dass er ganz Faerie und noch mehr auslöschen würde, um Basil zu beschützen.

Eine Mutter musste diese Art von brutaler Hingabe an ihren Sohn bewundern.

Aber die Bewunderung würde heimlich und aus der Ferne erfolgen. Sie würde Tallak niemals wissen lassen, wie viel ihr seine Liebe zu Basil bedeutete, damit dieser lästige Dämon nicht noch mehr Munition gegen sie bekam. Er war ohnehin schon bissig und territorial und akzeptierte sie kaum als Basils Adoptivmutter, so irrational das auch war.

Und vor allem durfte sie ihn nicht wissen lassen, welche Wirkung er auf sie hatte. Die damit verbundene Verletzlichkeit würde ihm entschieden zu viel Macht über sie geben. Als sie zuletzt einem Mann einen solchen Vorteil eingeräumt hatte, war sie in einer Ehe gelandet, die ihre Seele zerfressen hatte.

Im leeren Bett und allein an diesen gestohlenen Moment in den Wäldern von Faerie zu denken, musste genügen. Und die Fantasien über eine Neuauflage würden ihr heimliches, schuldbeladenes Vergnügen bleiben.

KAPITEL 2

Tallak wurde von Adrenalin durchströmt, als er dem Dämon hinterherjagte. Es war eine laue Herbstnacht und er rannte durch eine ruhige Wohngegend, die von Einfamilienhäusern geprägt war, die zu dieser Stunde alle dunkel waren. Sein Herz klopfte vor Aufregung angesichts der Verfolgung und er grinste. Das war genau das, was er gebraucht hatte – eine berauschende Jagd, die ihn von der Hexe ablenkte, die er nicht haben konnte, ja, nicht einmal wollen sollte.

Er verdrängte das Bild ihres schwarzen Haars, das ihr perfektes Porzellangesicht umrahmte, und das der braunen Augen, die warm leuchteten, wenn sie ihre Kinder erblickte, aber in der Regel zu Eis wurden, wenn sie ihn anstarrte. Außer in den seltenen Momenten, in denen Hitze in ihren Tiefen aufloderte, wenn sie ihren Blick zu ihm wandte … und Erinnerungen daran wachrief, wie sie sich unter seiner Berührung in der dunklen Abgeschiedenheit eines verwunschenen Fae-Waldes gewunden hatte.

Hazel konnte ihm gegenüber so kalt sein, wie sie wollte, aber dieses Verhalten kaufte er ihr nicht ab. Er hatte ihre

Flammen bereits gesehen und wusste, wie sie aussah, wenn sie vor Leidenschaft brannte.

Konzentriere dich!

Dies war nicht der richtige Zeitpunkt, sich nach einer Wiederholung dessen zu sehnen, was ihm jetzt eher wie eine ferne Fantasie als eine Erinnerung vorkam. Er hatte einen Dämon zu fangen.

Der fragliche Dämon war gerade über einen niederen Zaun gesprungen, der ein leerstehendes Haus umschloss, wenn man dem Räumungsbescheid an der Tür Glauben schenken konnte, und um die Ecke in den Hinterhof gelaufen. Tallak folgte ihm und gewann an Tempo. Er schlitterte um das Haus herum und packte den Kerl, als dieser am Hintereingang vorbeilief. Der Zusammenstoß schleuderte sie beide durch die instabile Tür ins Haus.

Sie wälzten sich über den Boden, Glas und Schutt zerkratzten Tallaks Hände und sein Gesicht und er nahm irgendwo im Raum eine schwache Lichtquelle wahr. Er konnte sich jedoch nicht darauf konzentrieren, denn der Dämon kämpfte wie eine Wildkatze und zwang ihn, seine Aufmerksamkeit darauf zu richten, den Scheißkerl zu vernichten.

Er war ein *Sorja*-Dämon – eine Spezies, die ahnungslosen Menschen die Gehirnflüssigkeit aussaugte. Und dieser Kerl hier hatte sich auf Kinder spezialisiert.

Was die Tötungen anging, die Tallak nach Hazels strengen Richtlinien vornehmen durfte, passte er perfekt ins Schema. Normalerweise wäre er bei der Auswahl seines Essens nicht wählerisch, aber tötete er willkürlich, könnte er Basil verlieren. Nicht nur, weil Hazel ihm verbieten würde, ihn jemals wieder zu besuchen – ganz zu schweigen davon, dass sie ihn ohne mit der Wimper zu zucken in den Kerker der Murrays werfen würde, wie sie ihm unmissverständlich klargemacht hatte –, sondern auch, weil Basil den Respekt vor ihm verlieren würde.

Tallak würde lieber zurück in einen schimmeligen Kerker gehen, als *das* zuzulassen.

Also beschränkte er sich darauf, Dämonen zu töten, die auf der Wanted-Liste der Hexen standen. Das hatte den netten Nebeneffekt, dass er für seine Dienste auch noch bezahlt wurde.

Er rang mit dem *Sorja,* verpasste dem Freak einen Kopfstoß und rammte ihm dann zwei Finger in sein rechtes Auge, was ihn so weit außer Gefecht setzte, dass Tallak ihn mit einem sauberen Genickbruch töten konnte. Gleichzeitig griff er mit seinen Kräften nach der angeborenen Magie und den Erinnerungen des Dämons und absorbierte sie in seine eigenen.

Er atmete tief durch und genoss den Rausch der Kräfte in seinem Körper. Er musste das nicht oft tun, aber bisweilen war es für ihn notwendig, eine Kreatur zu töten und ihre Magie zu absorbieren, um zu funktionieren. Die sechsundzwanzig Jahre, die er im königlichen Fae-Kerker verbracht hatte, hatten die Grenzen seiner dämonischen Natur auf die Probe gestellt, und er war kaum in der Lage gewesen, den Fae-Wächter in jenem kostbaren, glücklichen Moment auszuschalten, der seine Flucht ermöglicht hatte. Diese Tötung hatte ihm jedoch angemessen Kraft und Energie gegeben, um sie alle abzuschlachten.

Frei, dachte er. *Ich bin frei.* Er verdrängte die Vorstellung von schmutzigen Steinwänden und einem Boden, der mit seinen eigenen Fäkalien bedeckt war, und blinzelte, als er eine Bewegung in seinem peripheren Blickfeld wahrnahm.

Der Kampf mit dem *Sorja* hatte nur ein paar Sekunden gedauert – und offenbar eine Person aufgewühlt, die sich im Haus versteckt gehalten hatte. Tallak warf einen Blick auf das grausige Display, das er zuvor nicht bemerkt hatte, auf das

Blut, die Eingeweide und den verstümmelten Körper, der mit gespreizten Armen und Beinen auf dem Boden lag. Dann konzentrierte er sich auf die Gestalt, die durch die offene Hintertür entkam.

Die Frau rannte, als wäre eine ganze Armee von Dämonen hinter ihr her. Ein Impuls, ihr zu folgen, durchzuckte ihn, doch er wurde unter der Welle von Erinnerungen begraben, die noch immer sein Gehirn durchfluteten. Das gesamte Leben des *Sorjas*, seine Gefühle, Gedanken und dunkelsten Geheimnisse, waren mitgekommen, als er seine Kräfte absorbiert hatte – eine lästige Nebenwirkung, über die Tallak keine Kontrolle hatte. Und jetzt schlossen die abscheulichsten Erinnerungen des Dämons sein Gehirn kurz und ließen ihn lange genug erstarren, um die fliehende Frau verschwinden zu lassen. Der plötzliche Drang, die Gehirnflüssigkeit des toten Menschen auszuschlürfen, ließ ihn taumeln.

Argh! Diese widerlichen *Sorjas*.

Einer der verstörendsten Aspekte beim Absorbieren des Wesens eines Opfers war die vorübergehende Überlagerung, die es ihm schwer machte, den Unterschied zwischen seinen eigenen Erinnerungen, Gedanken und Gefühlen und denen, die er von seinem Opfer übernommen hatte, zu erkennen.

Er kämpfte gegen den Instinkt an, die Form des *Sorjas* anzunehmen und die besondere Zunge des Dämons in das Ohr des Menschen zu stecken, um …

„Ich bin kein verdammter Zombie-Dämon!“

Er schüttelte den Kopf, knirschte mit den Zähnen und atmete an den fremden Impulsen vorbei, die sein System manipulierten. Zum Glück pumpte sein Herz immer noch schnell, und sein Adrenalinspiegel war hoch genug, um den Tsunami von Schmerzen abzuwehren, der seine Nerven bald heimsuchen würde. Ein weiteres verdammt geniales Symptom der Absorption von Kräften und Erinnerungen. Wenn er unter Spannung blieb, würde sich der Aufprall verzögern, bis er sich beruhigt hatte. Das war eine gute Sache, denn so konnte er den Ort seiner Tötung verlassen und sich in die Sicherheit zurückziehen, bevor er den oft lähmenden Schmerzen erlag.

Wenn er sich das blutige Durcheinander vor ihm ansah, sollte er sich *schleunigst* aus dem Staub machen, bevor die Qualen ihn lahmlegten, damit man ihn nicht zu einer Kugel zusammengerollt an dem Ort entdeckte, der aussah, als hätte jemand ein satanisches Opfer inszeniert.

Auf halbem Weg zur Tür kamen seine Schritte ins Stocken. *Komm schon! Schüttle es ab und verschwinde, so wie du es immer tust!* Er warf einen Blick auf die Szene, dann auf die Stelle, wo die Frau in die Nacht hinaus verschwunden war. Er sollte gehen. Er sollte sich abwenden, damit sich die menschlichen Behörden um den Mist kümmern konnten. Selbst wenn das, was passiert war, etwas mit …

Nö. Nicht mein Bier.

Er ging weiter. Die Nachtluft leckte durch die offene Tür an seiner feuchten Haut. Mit aufeinandergepressten Kiefern blieb er wieder stehen. Er schloss die Augen.

„Fuck!"

Er holte sein Handy heraus und wählte Basils Nummer. Ein Anruf, mehr nicht. Er würde ihm Bescheid sagen und dann könnten die Hexen die Sache klären. Tallak war das alles egal, aber nicht so seinem Sohn.

In den vergangenen Monaten war Tallak in den inneren Kreis von Hazels Familie und Freunden aufgenommen worden, wenn auch von den meisten außer Basil nur widerwillig. Aber er war nicht per definitionem *auf ihrer Seite.* Okay, er hatte Merle und Hazel vor ein paar Monaten geholfen, Rhun aus den Klauen dieser verrückten alten Hexe zu befreien. Und ja, er hatte Lydia Novak und Estelle Laroche getötet und den Aequitas geholfen, gegen die Drakonier zu gewinnen, aber nur, weil Basil ihn darum gebeten hatte. Er hatte *bitte* und *Dad* gesagt und ihm dabei einen Blick geschenkt, den kein Vater ignorieren konnte. Was sollte er also tun? Seinen Sohn bei der erstbesten Gelegenheit enttäuschen?

Er vermied es jedoch, weiter in die Angelegenheiten der Hexen hineingezogen zu werden, und erledigte nur gelegentlich Dämonenjobs für sie. Er gehörte ganz sicher nicht zu ihrem Team und scherte sich einen Dreck um ihre Pläne. Er wollte einfach nur sein Leben leben, die verlorene Zeit mit seinem Sohn nachholen und sich verdammt noch mal aus allen anderen Bereichen heraushalten.

Er landete auf Basils Mailbox und Tallak starrte eine Sekunde lang auf den Bildschirm, dann zuckte er mit den Schultern. *Okay.* Er hatte es versucht.

Am liebsten hätte er das Handy wieder in die Tasche gesteckt und wäre abgehauen. Wirklich. Das wäre die klügste Option gewesen. Sich um seinen eigenen Kram zu kümmern. Aber warum weigerten sich seine Füße dann, sich zu bewegen?

Okay, er konnte Basil nicht erreichen, aber er konnte den Scheiß hier auch nicht so zurücklassen. Sosehr es ihm auch auf die Nerven ging. Wenn er sich abwandte und Basil es später herausfand, würde er sich das ewig anhören müssen.

Er scrollte durch seine Kontaktliste und suchte verzweifelt nach einer Alternative zu der offensichtlichen Wahl, die sich ihm aufdrängte.

Lily? Hm. Sie schien in Ordnung zu sein, aber er kannte sie nicht gut genug, um ihr von diesem Mist zu erzählen, und ihr Dämonengefährte könnte ihm die Nase brechen, wenn er um diese Zeit anrief.

Er scrollte weiter. Merle? Nein. Ihn schauderte es. Als Ältestenhexe wäre sie qualifiziert, sich um diesen Schlamassel zu kümmern, aber je weniger er mit dieser furchterregenden Rothaarigen zu tun hatte, desto besser. Sie mochte zwar eine der besten Freundinnen seines Sohnes sein, aber sie hatte etwas an sich, das Tallak dazu brachte, sich langsam aus dem Raum bewegen und dann weglaufen zu wollen. Wenn man den Gerüchten Glauben schenken durfte, konnte Merle den Herrn der Dämonen anschnauzen, ohne zu Tode gewürgt zu werden – und das schon, bevor Arawn ihr Schwager geworden war. Also ja, die Frau hatte ein unheimliches Temperament.

Rose? Nein. Diese Möglichkeit verwarf er sofort. Obwohl er sie besser kannte als ihre Zwillingsschwester Lily – Tallak war neben Basils Gefährtin Isa der Einzige, der Fae sprach, und Rose hatte angefangen, sich hier und da mit ihm zu unterhalten, weil ihr Englisch noch nicht gut genug war, um längere Gespräche mit den anderen zu führen –, hatte Rose sich immer noch nicht daran gewöhnt, Teil dieser ganzen Hexengemeinschaft zu sein. Sie war nicht in der Verfassung, solche Nachrichten zu erhalten.

Mit einem tiefen Atemzug, der weder das Zucken seiner Muskeln noch die Enge in seiner Magengrube linderte, scrollte er zurück zu H und tippte auf den verdammten Namen. Wahrscheinlich schlief sie schon. So spät in der Nacht würde sie nicht einmal mehr rangehen. Er schwitzte völlig umsonst …

„Ja?" Hazels Stimme, die sonst so honigsüß und weich war, klang jetzt scharf und traf ihn wie ein Stromschlag. Sie hörte sich nicht so an, als hätte sie geschlafen.

Mach schon, du Idiot. Sei professionell. Sag ihr einfach, was passiert ist, und … „Bist du um diese Zeit immer wach?"

„Wenn du nur anrufst, um mich aufzuziehen", sagte sie und ihr Tonfall wurde eisig, „werde ich dich über das Handy verfluchen."

Er lehnte sich gegen die Wand, sein Interesse war geweckt. „Wie denn? Willst du mich am Ohr kitzeln?"

„Tschüss, Tal…"

„Hier ist ein Mord geschehen.“

Schweigen. Er hielt das Handy von seinem Ohr weg, um zu prüfen, ob sie aufgelegt hatte. Hatte sie nicht.

„Dämonen?“, fragte sie.

„Nein.“ Wenn es so einfach wäre, hätte er diesen quälenden Anruf nicht tätigen müssen.

„Gestaltwandler?“

„Nö.“

„Fae?“

„Negativ.“

Hazel gab einen Laut von sich, der vor Verärgerung und Ungeduld triefte. „Warum überlässt du das dann nicht den menschlichen Behörden?“

„Weil“, fuhr er fort, „menschliche Polizisten Schwierigkeiten haben könnten, eine *Hexe* zu verhaften.“

Dieses Mal knisterte die Stille vor Anspannung.

„Bist du sicher?“ Ihre Stimme schnalzte hart wie eine Peitsche.

„Verdammt, ich weiß, wie Magie schmeckt“, knurrte er. „Das ist kein Telefonstreich, Darling, und ich habe mir das nicht ausgedacht, um mit dir Psychospielchen zu veranstalten.“ Er hielt inne und überlegte. „Aber wenn du darauf stehst, können wir uns gern etwas einfallen lassen.“

Er konnte *spüren,* wie sie am anderen Ende der Leitung mit den Augen rollte. „Wo bist du?“

„Warte.“ Er nahm das Handy vom Ohr, um zu Maps zu wechseln und seinen genauen Standort zu überprüfen, da er sich bei der Verfolgung des *Sorjas* weder den Straßennamen noch die Hausnummer gemerkt hatte. Er ratterte die Adresse herunter.

„In Ordnung“, sagte Hazel. „Ich werde in einer halben Stunde da sein. Fass *nichts* an.“

„Was? Nicht einmal mich selbst?“

Der Anruf wurde beendet.

Er steckte das Handy wieder ein und sah sich den Tatort an. Dem Hauch von Schmerz, der in der Luft lag, nach zu urteilen, war der Mensch während des Meuchelns noch am Leben gewesen. Allein die Nägel in seinen Handflächen hätten ihn wahrscheinlich bald das Bewusstsein verlieren lassen, aber trotzdem … Was für eine beschissene Art zu sterben.

Hm. Er zuckte mit den Schultern und dehnte seinen Nacken, um einen Knoten zu lösen. Eine halbe Stunde. Das hatte sie gesagt. Das sollte ihm genug Zeit geben, die unvermeidliche Schmerzwelle zu bewältigen, bevor sie kam.

Aber … die Spannung lief in feinen Linien über seine Haut, und sein Herz schlug immer noch schnell genug, dass der Schmerz ihn nicht traf. Er versuchte tief durchzuatmen, um sich zu entspannen. Doch jedes Mal, wenn sich sein Puls verlangsamte, schoss ihm ein Bild von Hazel durch den Kopf, und plötzlich war er nervös, unruhig und überdreht von einem Cocktail irritierender Emotionen, den er nicht bestellt hatte.

Und der Schmerz wollte nicht kommen.

Verdammt noch mal! Das Letzte, was er gebrauchen konnte, war, vor dieser Hexe auf den Boden zu plumpsen. Das würde er nicht verkraften.

Wie sollte er sich entspannen, wie sollte er sich entspannen …? Er holte sein Handy wieder hervor, öffnete YouTube und suchte nach dem Video, das Basil ihm gezeigt hatte. *Gesegnete Technik.* Zu der Zeit, als die Fae Tallak in ihrem feuchten Verlies eingesperrt hatten, war das alles noch Science-Fiction gewesen. Er stellte sich vor, wie er reagiert hätte, wenn ihm damals jemand erzählt hätte, dass er in sechsundzwanzig Jahren versuchen würde, seinen Geist zu beruhigen, indem er sich auf seinem Handy Aufnahmen von einer Torte ansah, die in akribischer Perfektion verziert wurde.

Und es funktionierte.

Es funktionierte so gut, dass sich seine Atmung innerhalb von weniger als einer Minute verlangsamte, seine Muskeln sich entspannten und der Schmerz wie ein Güterzug auf sein Gehirn einschlug. Licht und Geräusche wurden schwächer und verschwammen, dann fiel er zitternd auf die Knie.

Als er wieder zu sich kam, blickte er in das engelsgleiche Gesicht der Hexe, die ihn in den letzten sieben Monaten in seinen Träumen heimgesucht hatte. Das Gesicht, dessen Ausdruck im Moment dem eines Hundebesitzers ähnelte, der feststellte, dass sein Haustier gerade in seine Schuhe gekotzt hatte.

„Ich nehme an, du hast keinen Kuchen mitgebracht", murmelte er.

„Hast du dir den Kopf gestoßen?" Es war ein ziemliches Kunststück, diese Frage eher genervt als besorgt klingen zu lassen.

Er stand auf und klopfte sich den Staub ab. „Normalerweise tue ich das, aber dieses Mal dachte ich mir, ich mache es anders und zucke nur ein bisschen, während ich sabbere."

Sie warf einen Blick auf den Boden, wo er zuvor gelegen hatte, als wollte sie nach Speichelflecken suchen, und er rollte mit den Augen.

„Also gut", sagte Hazel und verschränkte die Arme, wobei sich ihr dünner, beiger Mantel um ihre schmalen Schultern spannte. „Erkläre mir das!" Sie warf einen Blick auf die blutige Szene.

Er versteifte sich und fletschte die Zähne angesichts des unterschwelligen Vorwurfs in ihrer Stimme. Als wäre er für diese Scheiße verantwortlich. „Ich hatte nichts damit zu tun, falls du das wissen willst", knurrte er.

Sie schürzte die Lippen. Lippen, an denen er *nicht* knabbern wollte. Nö. „Dann raus mit der Sprache! Was ist passiert?"

Er erzählte ihr von der Begegnung und würdigte sie dabei keines Blickes. Wenn er nicht sah, wie ihre Haut im weichen Licht der kleinen Lampe auf dem Boden glühte, musste er nicht gegen das Verlangen ankämpfen, sie zu lecken. *Ganz einfach, oder?*

Seine Augen machten seinen besten Absichten jedoch einen Strich durch die Rechnung und er ertappte sich dabei, wie sein Blick innerhalb von zwei Sekunden wieder auf sie fiel. Ja, ihre Haut sah immer noch zum Lecken gut aus.

Als er die Hexe erwähnte, die geflohen war, legte sie den Kopf schief und betrachtete die Umgebung. Sie trat an die verstümmelte menschliche Leiche heran und kniete sich daneben, wobei sie darauf achtete, nicht in die Blutlachen zu treten. Sie schloss die Augen, atmete ein und streckte eine Hand aus, als würde sie die Luft über dem Körper spüren wollen.

Nach einem Moment ballte sie ihre Hand zu einer Faust und murmelte etwas, das sich wie „Sohn eines Bischofs" anhörte.

Er hob eine Augenbraue. „Wer?"

Sie schüttelte den Kopf und stand mit grimmiger Miene auf. „Wir haben ein Problem."

„Es war also tatsächlich eine Hexe?" Er kratzte an dem Dreck unter seinen Fingernägeln.

Ihr Nicken war schroff. „Und sie hat versucht, es zu verschleiern."

„Woher weißt du das?" Er betrachtete den Tatort stirnrunzelnd. „Für mich sieht das verdammt unverschleiert aus."

Sie warf ihm einen finsteren Blick zu, dann konzentrierte sie sich wieder auf die Leiche. „Da sind Spuren von Verschleierungsmagie", sagte sie leise und ihre Schultern spannten sich an. „Als wäre sie gerade dabei gewesen, einen Zauber zu sprechen, um es wie einen natürlichen Tod aussehen zu lassen und die Beteiligung von Mächten zu verbergen. Du musst sie unterbrochen haben, bevor sie es beenden konnte. Sonst wüssten wir nicht, dass dieser Mensch mit Magie ermordet wurde."

„Ist es wirklich möglich, etwas so zu verschleiern?"

Die weichen Linien um ihre Augen wurden härter und sie schluckte. „Es gibt Möglichkeiten." Sie drehte sich um und sah sich den Raum an, um den Ablauf des Mordes zu verstehen. „Das ist übel", murmelte sie, wahrscheinlich mehr zu sich selbst als zu ihm.

„Ja, ich kann mir vorstellen, dass es bei euch verpönt ist, einen Menschen auszuweiden."

„Es ist nicht nur das." Ihre Stimme klang belegt. Sie massierte sich die Schläfen und schüttelte den Kopf. Eine Strähne ihres dunklen Haars löste sich aus ihrem engen Zopf und streifte ihre Wange. Er wollte den Zopf öffnen und mit den Fingern durch die seidenen Strähnen fahren, seine Nase in die schwarze Masse ihres Haars drücken und einatmen, bis er von ihr berauscht war. „Das ist nicht einfach nur ein Mord."

„Was ist es dann?" Er verschränkte die Arme vor der Brust, um diesem irrationalen Impuls nicht nachzugeben. „Eine verdammte Teestunde?"

Ihre schokoladenbraunen Augen verwandelten sich in schwarzes Eis. „Für einen Moment hatte ich vergessen, wie irritierend du bist."

Er schenkte ihr ein Grinsen, das von einem Knurren begleitet wurde. „Was ist so beunruhigend an diesem Mord? Abgesehen davon, dass es hier aussieht wie in einer Schlachterei?"

„Du kannst gehen, Tallak." Sie winkte mit der Hand, ohne einen Blick in seine Richtung zu werfen. „Auf, auf!"

„Tut mir leid, Darling." Er schnalzte mit der Zunge. „Weißt du, mein Abend ist ruiniert, nachdem ich in diese Metzgerei gerannt bin und dich anrufen musste, weil eine deiner Freundinnen mit einem Messer, einem Hammer, ein paar Nägeln – und *was auch immer* diese Wunden verursacht hat – durchgedreht ist und …" Er betrachtete die Leiche stirnrunzelnd. „Und jetzt habe ich nichts Besseres zu tun, als hier rumzuhängen und dir ein *wirklich* lästiger Dorn im Auge zu sein. Es sei denn, du willst mir sagen, was los ist."

Das freundliche Lächeln, das er ihr schenkte, führte dazu, dass sie ihm unerklärlicherweise einen bösen Blick zuwarf. *Tss!*

„Ich dachte, dich interessiert nichts außer Basil", sagte sie und entfernte sich von ihm, wobei ihr Blick auf den ermordeten Menschen fixiert war.

Er folgte ihr wie die verdammte Motte dem Licht. Er versuchte immer, ihr aus dem Weg zu gehen, denn er wusste, dass *das* passieren würde, falls er sie sah. Er wurde unweigerlich zu ihr hingezogen, seine Konzentration ging den Bach runter und sein Körper war sich ihrer Nähe nur allzu bewusst und reagierte auf jede ihrer Bewegungen wie ein Kompass, der sich nach Norden ausrichtete.

Er ballte seine Hände zu Fäusten, um nicht nach ihr greifen zu müssen. „Das tut es auch nicht. Aber bei bestimmten Dingen bin ich selektiv neugierig. Das hier gehört dazu."

„Es ist nicht deine Angelegenheit."

Sie hatte recht. Nicht, dass er ihr das jemals sagen würde. „Da ich zufällig darauf gestoßen bin, habe ich ein Recht darauf zu erfahren, worum es geht. Du hast gesagt, es geht um mehr als einen Mord, also was …"

Er verstummte, als er die Szene noch einmal studierte, und pfiff dann leise. „Es ist ein *Ritual*, nicht wahr?"

Ihr leichtes Zusammenzucken bestätigte seine Theorie.

„Was für ein Ritual? Was wollte sie damit bezwecken?"

„Nichts, was dich etwas angeht", stieß Hazel hervor und drehte ihm den Rücken zu.

Er schlich sich an sie heran, bis er die Hitze ihres Körpers spüren konnte. Er wusste, dass er mit dem Feuer spielte, wenn er sich so nah an sie heranwagte ... aber er genoss es mehr, sie zu reizen, als dass er seine eigene Reaktion fürchtete. Wenn er ihr heute Abend schon nicht aus dem Weg gehen konnte, dann würde er es wenigstens genießen, an ihrer eisigen Fassade zu rütteln.

„Komm schon." Er lehnte sich von hinten über sie und flüsterte ihr ins Ohr: „Du *willst* das mit mir teilen. Ich verstehe, dass du es jemandem erzählen willst. Das ist eine große Sache, die du verarbeiten musst, und das tust du, indem du darüber sprichst, nicht wahr?"

Ihr Duft umschmeichelte seine Sinne – schwer und sanft, warm und doch fröstelnd, als käme er aus der Kälte nach Hause. Das brachte ihn fast um den Verstand. Sie atmete scharf ein, und als sie schluckte und sich die Muskeln in ihrer Kehle unter ihrer zarten Haut bewegten, konnte er sich nur schwer beherrschen, sich nicht nach vorn zu beugen und seine Lippen auf ihren Hals zu pressen.

Auf die Stelle, an der er schon einmal geleckt und geknabbert hatte, in der Nacht, über die sie beide nie wieder gesprochen hatten. Als hätten sie beide eine Vereinbarung getroffen. Als wäre es nie passiert. Als würde nicht jede Zelle seines Körpers danach schreien, sie noch einmal zu schmecken. Als würde die Erinnerung an ihre Berührung ihn nachts nicht wachhalten und in seinen Träumen neue, kunstvolle Ausschweifungen entfachen, wenn er endlich eingeschlafen war.

Sein scharfes dämonisches Gehör nahm das schnelle Trommeln ihres Herzschlags und ihre beschleunigten Atemzüge wahr. Sein eigener Atem war so flach und schnell, dass er merkte, dass sein kleines Spiel ihn genauso gefangen hatte wie sie. Sein Körper versteifte sich und seine Muskeln spannten sich vor Anstrengung an, um nicht ihren Zopf festzuhalten, ihren Kopf zu neigen und ihren Mund zu erobern.

„Sag es mir." Ein Raspeln an ihrem Ohr.

Die Luft zwischen ihnen flirrte und wurde heiß.

Ein Schnipsen ihrer Hand, ein gemurmeltes Wort … Ihre Magie umschloss ihn und sank ihm in die Knochen – und der lächerlich verzweifelte Teil von ihm freute sich darüber, dass sie ihn berührte, wenn auch nur mit ihren Kräften.

„Du bist zur Verschwiegenheit verpflichtet", sagte sie, ihre Stimme war nur ein leises Murmeln, ihr Gesicht ihm ganz leicht zugewandt. Nur wenige Zentimeter befanden sich zwischen ihren Mündern, ihre Atemzüge trafen sich. „Wenn du davon sprichst …"

Sie hob ihre Hand und schloss ihre Finger allmählich zu einer Faust. Die Magie, die ihn umhüllte, zog sich um seine Eier zusammen, bis es schmerzte. Er stöhnte und zwang sich, stillzustehen, damit er keinen Schritt zurück machte, um dem Schmerz zu entgehen … oder noch schlimmer, nach *vorn* trat und verlangte, dass sie den Griff ihrer Kräfte durch den ihrer Hand ersetzte.

„Verstanden?" Hazel hob eine Augenbraue.

„Ja", zischte er … und verlor den Kampf gegen seine niederen Instinkte, indem er sich gerade so weit nach vorn bewegte, dass sie seine Erektion an ihrem Hintern spüren konnte.

KAPITEL 3

Hazel zuckte zusammen, wedelte mit der Hand, entließ ihn aus ihren Kräften und entfernte sich hastig von ihm.

Seine stechende Enttäuschung mischte sich mit grimmiger Genugtuung. Er hatte sie verunsichert. *Gut.* Zu sehen, dass er sie genauso beeinflusste wie sie ihn, beruhigte ihn ein wenig.

„Diese Magie", ihre Stimme zitterte leicht, als sie in Richtung Leiche nickte, „ist verdorben. Verboten. Sie ist so böse, dass wir kaum Aufzeichnungen über sie haben." Sie schluckte. „Wenn ich richtig liege, sieht das Ganze nach Blutmagie aus – und es fühlt sich auch so an."

„Eine Opfergabe?"

Sie nickte. „Nicht alle Arten von Blutmagie sind verboten. Wenn eine Hexe ihr eigenes Blut benutzt, um ihre Zaubersprüche zu optimieren, ist das im Rahmen unserer Gesetze. Einen Schwur mit Blut zu besiegeln, ist nicht ungewöhnlich. Aber ein anderes Wesen, noch dazu einen Menschen, abzuschlachten, um Macht zu erlangen, ist ein Sakrileg." Die Falten in ihrem Gesicht verhärteten sich.

„Wer auch immer das getan hat, ist weit jenseits aller Vernunft."

Ihr Blick traf ihn mit voller Wucht und er musste seine Muskeln anspannen, um unter ihrer Intensität nicht zusammenzuzucken. Diese Wirkung auf ihn hatte sie seit dem Moment, als er auf der Türschwelle der Murrays aufgetaucht war und vorgegeben hatte, die Fae zu sein, die Rose vor all den Jahren gegen Basil eingetauscht hatte. Hazel hatte seinen Schwachsinn blitzschnell durchschaut. Sie hatte ihn nicht nur mit einem Lähmungszauber, der direkt aus einem Folterbuch stammte, an Ort und Stelle fixiert, sondern ihn auch mit einem Wahrheitszauber belegt, der seinen Verstand durcheinandergebracht und an seiner Seele gezerrt hatte. Er hatte eine ganze Weile mit den Nachwirkungen dieses Zaubers gerungen und zum ersten Mal zu spüren bekommen, wie stark sie als Hexe war.

Und er wäre verdammt, wenn er ihr jemals sagte, dass er davon auch einen verdammten Ständer bekommen hatte. Nein, daran wollte er jetzt nicht denken.

„Du hast die Hexe gesehen?", fragte Hazel und machte mit zusammengekniffenen Augen einen Schritt auf ihn zu. „Kannst du sie beschreiben?"

Er hob die Hände, seine Handflächen zeigten nach außen. „Ich habe nur gesehen, wie sie sich davongemacht hat."

„Könntest du sie identifizieren?"

„Ich habe ihr Gesicht nicht gesehen. Nicht einmal ihr Haar – sie trug eine Mütze." Er zuckte mit den Schultern. „Außerdem sind einige von euch auf den ersten Blick schwer zu unterscheiden, dank der familiären Ähnlichkeit und so." Er deutete auf sie und unterdrückte ein Grinsen, als sie ihn dafür anfunkelte.

Es stimmte – Hexen innerhalb einer Familie ähnelten oft mehr ihren Verwandten mütterlicherseits als väterlicherseits, und selbst mit Hilfe seiner gestohlenen Hexenerinnerungen hatte Tallak manchmal Schwierigkeiten, zu erkennen, wer wer war, wenn er die Frau nicht genau betrachten konnte.

„Ich muss sie finden", murmelte Hazel und richtete ihren Blick wieder auf die blutbesudelte Szene. „Bevor sie wieder tötet."

„Wie kommst du darauf, dass das keine einmalige Sache war?"

Sie umrundete den niedergemetzelten Menschen. „Es ist vordergründig ein Bauchgefühl."

Tallak verschluckte sich an einem Lachen.

Hazel blieb stehen. „Was?"

Er deutete auf die Leiche und schmunzelte. „Es ist nur … seine Eingeweide liegen offen und du hast ‚Bauchgefühl' gesagt."

Sie rieb sich mit beiden Händen übers Gesicht und stöhnte: „Bei den Göttern!"

Er verlagerte sein Gewicht und versuchte, seinen immer noch unangenehm harten Schwanz unter Kontrolle zu bringen. Dass sie den Laut von sich gab, den sie gemacht hatte, als er sie in der Nacht in Faerie berührt hatte, half ihm nicht, sich zu beruhigen. Ganz und gar nicht.

Es wurde nicht besser, was? Diese ungesunde Besessenheit von ihr, dieses ungebetene, ablenkende Verlangen nach einer Hexe, die eigentlich ein Tabu sein sollte. Denn es war nicht nur so, dass sie viel zu brav und anständig für ihn war … obwohl diese Tatsache ihn genauso oft mit den Zähnen knirschen ließ, wie es ihn juckte, sie zu berühren. Nein, der Grund, warum er nicht einmal daran denken sollte, sich auf Hazel einzulassen, war derselbe Grund, warum er in diesen Tagen sein Bestes gab, sich anständig zu verhalten – Basil.

Wäre Hazel irgendeine andere Frau, sogar irgendeine andere Hexe, hätte Tallak schon längst sein Glück mit ihr versucht, und sei es nur, um diesen unseligen Hunger zu stillen und weiterziehen zu können. Aber mit Basil in der Gleichung war die ganze Sache von Anfang an kompliziert und chaotisch. Denn nachdem er sich auf Hazel eingelassen hatte, gäbe es kein Zurück mehr – sie wäre ein Teil seines Lebens, solange er und Basil eine Beziehung führten.

Und diese Beziehung konnte er um keinen Preis aufs Spiel setzen.

Das Risiko, dass sich der ohnehin schon prekäre Status quo zwischen ihm und Hazel nach einer Affäre verschlechterte, war zu groß … Denn wie groß waren die Chancen, dass sie beide nach einer sexuellen Begegnung wieder gut miteinander auskamen? Und es wäre eine wütende sexuelle Begegnung, denn sie knurrten einander öfter an als nicht.

Ja, nein, das war keine Option, wenn er eine gute Vater-Sohn-Beziehung zu Basil aufrechterhalten wollte.

Also zwang er sich, das Bedürfnis zu verdrängen, den Abstand zu Hazel zu verringern und sie für einen stürmischen Kuss an die Wand zu drücken, und konzentrierte sich stattdessen auf das Gespräch. Worüber hatten sie geredet?

O richtig! Über die Eingeweide eines Toten.

„Warum wendest du keinen Rückverfolgungszauber für die Magie, die die Hexe benutzt hat, an, um sie zu finden?“, forschte er nach.

Warme braune Augen trafen seine und für eine unbedachte Sekunde zeigte sich Überraschung in ihrem Blick. „Richtig“, sagte sie nach einem Moment und mehr zu sich selbst, „du weißt ein paar Dinge darüber, wie wir arbeiten, nachdem du die Erinnerungen von Lydia und Estelle absorbiert hast.“ Sie zog die Brauen zusammen. „Warte mal! Hast du nicht gesagt, dass die Erinnerungen nach einiger Zeit zusammen mit den gestohlenen Kräften verblassen? Es ist sieben Monate her, dass du sie getötet hast. Warum weißt du diese Details noch immer?“

Er zuckte mit den Schultern und steckte die Hände in die Taschen seiner Jeans. „Manchmal bleiben Fragmente."

Was, gelinde gesagt, beunruhigend war. Je mehr er tötete und je mehr Kräfte und Erinnerungen er in sich aufnahm, desto mehr Bruchstücke der Leben und Gedanken all dieser Fremden setzten sich in seinem Kopf fest … und manchmal vermischten sie sich so sehr mit seinen eigenen Gedanken und Erinnerungen, dass er nicht mehr sagen konnte, wie er ein bestimmtes Wissensfragment erworben hatte.

Er war ein wanderndes Mosaik des Todes.

Hazel betrachtete ihn noch ein paar Sekunden lang und seufzte dann. „Nun, die Analyse der hier verwendeten Kraftsignatur wäre eine gute Idee, wenn es sich nicht um Blutmagie handeln würde. Aber so wie es aussieht, kann ich keine Spur verfolgen, ohne mich selbst zu verunreinigen."

„Verunreinigen?"

„Das hier ist böse." Sie deutete auf die Szene. „Wenn ich die Restmagie anzapfe, um herauszufinden, wessen Signatur sie enthält, wird sich ein Teil davon an mir festsetzen und … kleben bleiben. Du kannst dir das wie einen Tümpel vorstellen, der mit Fäkalien gefüllt ist und auf dessen Grund sich wertvolle Informationen befinden. Und wenn ich ohne Schutz abtauche, laufe ich Gefahr, mich mit den Keimen und Bakterien zu infizieren, die da drin gedeihen."

Er schnitt eine Grimasse angesichts ihrer Analogie. „Also keine Rückverfolgung dieser Scheiße."

„Buchstäblich." Sie verzog den Mund zu einem schiefen Lächeln und sein Magen machte bei diesem Anblick eine komische Bewegung.

Er räusperte sich. „Was ist mit dem Verschleierungszauber, von dem du gesprochen hast?"

„Zu schwach, um ihn aufzuspüren." Sie schob sich eine lose Haarsträhne hinters Ohr. „Ich muss diese Hexe mit anderen Mitteln finden – und dabei vorsichtig sein."

„Warum?"

Der Blick, den sie ihm zuwarf, ließ ihn abwechselnd schwitzen und frösteln. „Wie viel weißt du darüber, was in unserer Gemeinschaft gerade vor sich geht?"

Er zuckte lässig mit den Schultern. „Ihr habt ein paar bürgerkriegsähnliche Probleme zu bewältigen. Juneau ist weg, und ihr versucht, beide Seiten wieder zusammenzubringen, aber es gibt Zank?"

Sie stieß ein trockenes Lachen aus. „Zank. So kann man es auch ausdrücken." Mit einem Seufzer fügte sie hinzu: „Der Frieden, den wir gewonnen haben, ist zerbrechlich. Wenn es anders wäre, würde ich eine umfassende, offizielle Untersuchung dieses Mordes einleiten und jede Hexe in der Gemeinschaft einer grenzwertig illegalen Befragung unterziehen, um den Mörder ausfindig zu machen."

Er blinzelte. „Du? *Illegal?* Du kannst dich nicht einmal dazu durchringen, bei Rot über die Straße zu gehen."

„Wenn die Ampel rot ist, ist sie rot und man sollte nicht …" Sie hielt kurz inne, presste ihren Mund zu einer dünnen Linie zusammen und starrte ihn an.

Sein Grinsen schien ihre Miene nur noch finsterer werden zu lassen. Aus welchem Grund auch immer.

Er legte den Kopf schief. „Und du kannst nicht jede Hexe mit einem deiner patentierten Wahrheitszauber befragen, weil …?"

„Wir benutzen keine Wahrheitszauber untereinander." In ihren Augen lag ein verruchtes Funkeln. „Sie tun wahnsinnig weh und verletzen die Privatsphäre."

Jetzt war es an ihm, sie anzustarren. Sie hatte kein Problem damit gehabt, ihn zu verzaubern, als sie sich kennengelernt hatten.

„Ohne hinreichenden Verdacht kann ich andere Hexen nicht mit Gewalt verhören – und Wahrheitszauber sind eine Form von Gewalt. Ich müsste normale Verhörmethoden anwenden, aber …“, sie schürzte die Lippen, „… angesichts der brisanten Situation, in der wir uns befinden, würde die Nachricht, dass eine von uns Menschen zu bösen Zwecken abschlachtet, den gesamten Versöhnungsprozess durcheinanderbringen.“

„Ich verstehe nicht, *warum*.“

Ihr Lächeln war spöttisch. „Wir beginnen das Ganze auf der Basis von Misstrauen. Wenn wir die abgebrannten Brücken wiederaufbauen wollen, müssen wir lernen, einander zu vertrauen, aber wir haben immer noch zwei Fraktionen, auch wenn die Grenze zwischen ihnen offiziell verwischt wurde. Und die Wahrscheinlichkeit ist groß, dass eine Seite sofort annehmen wird, dass der Mörder zur anderen Fraktion gehört. Das Misstrauen, das wir versucht haben, abzubauen, wird zu neuem Leben erwachen, wenn jede ehemalige Aequitas alle ehemaligen Drakonier verdächtigt, entweder die Mörderin zu sein oder ihr Unterschlupf zu gewähren. Kannst du dir nicht vorstellen, was passieren würde, wenn das herauskommt?“

Tallak, der noch immer an der Wand stand, richtete sich auf, schnippte mit dem Finger und zeigte mit einem Grinsen auf sie. „Es wäre eine … warte, gleich kommt's … *Hexenjagd*.“

Sie schloss die Augen, schüttelte den Kopf und murmelte etwas, das wie „Warum, liebe Götter, warum?“ klang.

Würde sie mit geschlossenen Augen merken, wenn er sie kurz beschnupperte? Der Geruch von Blut und Eingeweiden durchdrang die Luft und attackierte seine Nasenlöcher. Er brauchte wirklich nur eine gute Nase voll von ihrem angenehmen Duft, um die olfaktorischen Eindrücke dieses Schlachthauses zu überdecken.

Sie öffnete die Augen, als er sich auf sie zubewegte, und er brach die Mission mit einem geschickten Schritt zur Seite ab, als würde er sich für einige Details des Tatorts auf ihrer anderen Seite interessieren. *Verdammt noch mal!* Nur ein

Schnuppern, das war alles, was er brauchte. Vielleicht, wenn er so tat, als ob …

Er täuschte vor, über ein kaputtes Möbelstück zu stolpern, und stürzte in sie hinein. Ihre Hände schossen in die Höhe und prallten gegen seine Brust. Ihre Magie zischte durch seine Kleidung, aber er hatte es bereits geschafft, seine Nase für eine gesegnete Sekunde in ihre Halsbeuge zu drücken. Er atmete ihren Duft ein, bis ihm schwindelig wurde, und taumelte dann zurück.

Hazel starrte ihn mit erhobenen Händen an, ihr Atem ging ein bisschen schneller und ihre Pupillen waren geweitet. „Wenn du das nächste Mal stolperst", sagte sie mit heiserer Stimme, „halte dich an etwas anderem fest oder lass dich eben auf die Fresse fallen!"

„Warum?", schnaubte er, während er versuchte, sein rasendes Herz zu beruhigen und das unbändige Bedürfnis zu ignorieren, sie zu packen und ihr die Kleider vom Leib zu reißen – und während sie so tat, als begehrte sie ihn nicht ebenfalls. „Fühlst du dich durch mich so schmutzig, dass du es lieber nicht zugeben willst?"

Schaudernd rümpfte sie die Nase. „So schmutzig, dass ich jede Menge Seife brauchen werde."

Er bleckte die Zähne. Nur sie konnte das bei ihm auslösen. Er wollte sie anschnauzen und gleichzeitig ihren Mund erobern und ihr diese köstlichen Laute entlocken, die sie von sich gab, wenn sie kurz vor dem Höhepunkt war.

Während er mit seinen widersprüchlichen Impulsen kämpfte, räusperte sich Hazel, strich ihren Zopf zurück und zückte ihr Handy, um Fotos von der Szene zu machen. Immer so gründlich. Akribisch. Nicht nur in dieser Sache, sondern in allem, was sie tat. Er hatte sie kochen sehen. Sie befolgte die Rezepte bis ins kleinste Detail und maß jedes Element sorgfältig ab, selbst dann, wenn sie das Rezept auswendig kannte. Ihre Kleidung war gebügelt und von den

Ohrringen bis zu den Schuhen farblich aufeinander abgestimmt.

Selbst jetzt sah sie unglaublich gut aus, ihr Erscheinungsbild war elegant und lässig, ohne dass man ihr anmerkte, dass es bereits halb vier Uhr morgens war.

„Sag mal“, sagte er, während er sich irrational aufregte, „kommst du immer perfekt frisiert aus dem Bett?“

„Das würdest du wohl gern wissen, was?“ Sie würdigte ihn nicht einmal eines Blickes, sondern fotografierte einfach weiter das Zimmer.

Oh, und ob er das wollte. Er wollte alles darüber wissen, wie sie ins Bett ging, wie ihre Laken rochen, wie sich ihr Körper unter ihm auf einer bequemen Matratze anfühlte – statt gegen einen Baum gepresst –, wie sie sich nach mehreren Runden heißen und schweißtreibenden Sex anhörte, wenn sie satt und schläfrig neben ihm lag …

Fuck!

Er musste etwas dagegen tun. Was auch immer es mit seiner obsessiven Fixierung auf sich hatte – er musste sie loswerden, sie aus seinem System spülen, damit er wieder ein vernünftiger, sorgloser Dämon sein konnte und nicht diese schlechte Kopie eines Inkubus auf einer schweren Durststrecke. Ihr aus dem Weg zu gehen, funktionierte nicht. Sein Verlangen zu ignorieren, machte es nur noch schlimmer, und nichts anderes konnte ihn ablenken, also …

„Eine Nacht.“

Hazel hob eine Augenbraue und konzentrierte sich auf das Foto, das sie gerade schoss. „Was ist damit? Ist das die längste Zeit, in der du niemanden beleidigt hast?“

Er presste seine Kiefer aufeinander. „Du und ich, eine Nacht, ohne Einschränkungen.“

Ein kleines Lächeln zerrte an ihren Mundwinkeln. „Schätzchen, ich würde dich in einem Kampf zerquetschen und das weißt du.“

Die beiläufig fallen gelassene Zärtlichkeit brachte ihn dazu, die Zähne noch fester zusammenzupressen. „Ich will nicht mit dir kämpfen", sagte er knirschend und fügte hinzu: „Es sei denn, das ist deine Vorstellung von Vorspiel. Dann bin ich dabei."

Sie verstummte und ließ das Handy sinken. Schließlich drehte sie sich um und sah ihn an – endlich. Ihr Blick war ausdruckslos, ihre Stimmung unlesbar. Sie blinzelte nicht einmal. „Was genau schlägst du hier vor?"

„Du willst es mich klar und deutlich sagen hören? Na gut." Er zuckte mit den Schultern und täuschte eine Lässigkeit vor, die nicht weiter von der Wahrheit entfernt sein könnte. Sein Herz klopfte, ihm war flau im Magen – und war das Schweiß auf seinen Handflächen? „Eine Nacht des *Fickens*. Des herrlichen, nackten, verschwitzten, versauten Fickens, um diese lästige *Sache* zwischen uns ein für alle Mal aus der Welt zu schaffen. Ich weiß, dass du mich genauso willst wie ich dich, und es ist an der Zeit, dass wir einander das Hirn rausvögeln, damit ich mit meinem Leben weitermachen kann."

Lange Zeit starrte sie ihn einfach nur an, während die verdammte Übelkeit in seinem Magen auf den Rest seines Körpers überzuschwappen drohte.

Dann brach sie in schallendes Gelächter aus.

Sie hielt sich den Mund zu, beugte sich mit zitternden Schultern vor und lachte röchelnd. Sein Gesicht wurde rot und heiß, er ballte die Hände zu Fäusten und starrte sie an, als sie sich wieder aufrichtete und sich die Augen wischte. Als sie seinen Gesichtsausdruck sah, hielt sie abrupt inne.

„Bei den Göttern!", sagte sie mit vom Lachen heiserer Stimme. „Du meinst das ernst."

Er schürzte die Lippen. „Na und?"

Sie zog die Schultern zurück und warf ihm einen kalten Blick zu, der jegliche Heiterkeit aus ihrem Gesicht vertrieb.

„Jedes Mal, wenn ich denke, dass du nicht unhöflicher und dreister werden kannst, stellst du einen neuen Rekord auf. Ich gratuliere dir zur schlimmsten Anmache seit dem Typen, der mir auf Facebook geschrieben hat: ‚Deine Lippen sehen aus, als sollten sie meinen Schwanz umschließen.' "

Die Wut, die ihm in die Glieder fuhr, war nicht einmal eine Reaktion auf ihre Beleidigung. „Das hat dir ein verdammter Kerl geschickt? Hast du seinen Arsch verflucht?"

Sie verschränkte die Arme vor der Brust. „Ich habe ihm gesagt, dass meine Zähne zu sehr damit beschäftigt wären, seine Babykarotte zu zermalmen, und habe eine Nahaufnahme eines Haifischgebisses angehängt."

Er verkniff sich ein Lachen, schnitt eine Grimasse und wollte gerade das Gespräch wieder auf seinen – weitaus taktvolleren – Vorschlag lenken, als sein scharfes dämonisches Gehör einen Tumult auf der Straße vernahm. Er hob eine Hand, um sie zum Schweigen zu bringen, sprintete zur Vorderseite des Hauses, die er überprüft hatte, bevor Hazel eingetroffen war, und spähte aus dem Wohnzimmerfenster.

In der nächsten Sekunde war er wieder an Hazels Seite und zog sie mit sich zur Hintertür. „Wenn du einen Ablenkungszauber hast, wäre jetzt ein guter Zeitpunkt, ihn einzusetzen."

„Was ist los?"

„Die Bullen."

„Scheibenkleister!", zischte sie. „Jemand muss etwas bemerkt und es gemeldet haben."

Sie überprüften den Hinterhof und liefen zum Zaun.

„Du warst doch zu Highschoolzeiten Turnerin, oder?", flüsterte er.

„Was?"

Statt einer Antwort umschlang er ihre Taille und schleuderte sie über den knapp zwei Meter hohen Zaun. Er folgte ihr mit der Leichtigkeit eines Dämons und sah, wie sie auf die Füße taumelte, mit zerzaustem Haar und voller Laub.

„Du musst an deiner Landung arbeiten", sagte er und rannte los, bevor sie ihm die magische Tracht Prügel verpassen konnte, die ihr säuerlicher Gesichtsausdruck versprach.

Sie hielten zwei Häuserblocks weiter an. Hazel krümmte sich, die Hände auf den Knien, und ihr Atem ging schwer. Er sah zu, wie sie nach Luft schnappte, während sein eigener Puls durch den kurzen Lauf kaum in Schwung gekommen war.

„Vielleicht solltest du dem Laufband in deinem Gästezimmer etwas mehr Aufmerksamkeit schenken." Er untersuchte seine Nägel auf nicht sichtbaren Schmutz.

„Wenn du so weitermachst", stieß sie zwischen schweren Atemzügen hervor, „wird nicht genug von dir übrig sein, damit Basil dich identifizieren kann."

Er schnalzte mit der Zunge. „So blutdürstig." Er drehte sich im Kreis und suchte die Gegend ab. „Hast du in der Nähe des Hauses geparkt?"

„Eine Straße weiter." Sie richtete sich auf. „Ich bin einen Block gelaufen."

Klug gedacht.

Sie schaute in Richtung des Hauses und legte die Stirn in Falten. „Ich hätte aufräumen sollen. Die menschlichen Behörden werden einen Heidenspaß damit haben."

Er schnaubte. „Klar. Sie werden es auf ein paar verrückte Kinder schieben, die satanische Rituale veranstalten. Sie würden echte Magie nicht erkennen, wenn sie ihnen ins Gesicht schlüge."

„Nun", sagte sie und zupfte sich die Blätter aus dem Haar, „ich hoffe, du hast recht. Die Hexengemeinschaft hat dringendere Probleme, als eine komplette Polizeiwache ihrer Erinnerungen entledigen zu müssen. Mal wieder."

Er hob eine Augenbraue, aber sie ging nicht weiter darauf ein. Er ließ es mit einem Achselzucken bewenden und sagte: „Also, zu meinem Vorschlag …"

Sie legte den Kopf schief. „Du meinst das wirklich ernst."

„Ja. Nur eine Nacht. Niemand wird davon erfahren."

Mit einem Seufzer massierte sie ihre geschlossenen Augen. „Wenn das so ist, lass mich eine Sache für dich klarstellen!" Als sie ihn wieder ansah, war ihr Lächeln scharf wie eine Klinge. „Nimm deinen absurden Vorschlag, stopf ihn dir in den Hals und erstick daran!"

„War das ein Nein?"

Sie drehte sich auf dem Absatz um und stakste davon.

„Wer ist jetzt unhöflich?", rief er ihr hinterher.

KAPITEL 4

Als Hazel nach Hause kam, hatte sich ihre Verärgerung über Tallaks unverschämten Vorschlag nicht im Geringsten gelegt. Je mehr sie darüber nachdachte, desto größer wurde ihre Wut. Sie hielt das Lenkrad fest umklammert, als sie den Wagen in der breiten, kreisförmigen Einfahrt vor dem Murray-Anwesen zum Stehen brachte.

Was glaubte er eigentlich, wer er war? Und, was vielleicht noch wichtiger war: Für wen hielt er *sie*? Der Vergleich mit dem Typen, der ihr auf Facebook eine Nachricht geschickt hatte, war nicht einmal ein Witz gewesen, wenn man sich vor Augen hielt, wie wenig Rücksicht Tallak in seinem „Angebot" auf sie als Person genommen hatte. Es spielte keine Rolle, dass er selbstgefällig davon ausging, dass sie ihn genauso begehrte wie er sie. Selbst, wenn das der Wahrheit entspräche … Angesichts der Tatsache, dass er es einfach so *annahm*, hätte sie ihm am liebsten ein fieses Jucken im Schritt angehext. Denn bei seinem Vorschlag ging es ihm nur um sich selbst. Es war ein egozentrischer Schachzug, dem es so offensichtlich an Respekt für sie fehlte, dass es fast schon zum Lachen war.

Sie stieg aus dem Wagen und schloss die Tür mit vielleicht etwas zu viel Schwung hinter sich. Das Knallen hallte in der Dämmerung des frühen Morgens wider und sie zuckte zusammen. Sie sah hinauf zu den dunklen Fenstern des Hauses, ließ ein paar Sekunden verstreichen … und atmete aus. Offenbar hatte sie Rose, Basil und Isa nicht geweckt.

Die Schlüssel klimperten, als sie sie aus ihrer Tasche nahm, um die massive Haustür aufzuschließen. Wenigstens hatte Tallaks irritierender Vorschlag etwas Gutes – jetzt wusste sie, dass er genauso von ihr beeinflusst war wie sie von ihm. Wie oft hatte sie sich in den vergangenen sieben Monaten gefragt, ob dieser eine gestohlene Moment in Faerie ihn genauso verfolgte wie sie … Wie oft hatte sie darüber nachgedacht, ob er sich mit der gleichen heimtückischen Verderbtheit nach einer Wiederholung sehnte, die sich in ihre Knochen zu bohren schien …

Jetzt wusste sie es. Und auf eine sehr kleinliche Art und Weise fühlte sie sich dadurch so viel besser. In gewisser Weise bestätigt. *Ich bin nicht die Einzige, die unter dieser verrückten, irrationalen Begierde leidet.*

Sie schloss die große Tür vorsichtig hinter sich und der vertraute Duft des alten Hauses empfing sie wie beruhigender Balsam. Marmor und abgenutztes Holz, der schwache Duft von Kräutern aus der Küche, das leise Summen der ruhenden Magie. Dieses Haus war einst von Kinderlachen erfüllt gewesen, mehrere Generationen von Murrays hatten in den vielen Zimmern gelebt … Heute war nur noch ein Bruchteil der Familie übrig.

Wie bei vielen Hexenlinien hatten sich die Reihen mit der Zeit gelichtet, weil die Gefahren ihres Lebensstils ihren Tribut gefordert hatten. Wenn man lebte, um Dämonen zu bekämpfen und die Menschheit vor anderweltlichen Bedrohungen zu schützen, riskierte man nicht selten den Tod. Aus diesem Grund legten die meisten Hexenfamilien traditionell

Wert darauf, viele Kinder zu haben – angesichts der Risiken überlebten nur die Blutlinien mit einer höheren Geburtenrate.

Diese Dynamik war bei einigen Familien in der Gemeinschaft zu beobachten, darunter auch bei den MacKennas und den Murrays. Merle und ihre Schwester Maeve stammten aus der langen, einst starken Linie der MacKenna-Hexen und waren die einzigen überlebenden Hexen ihrer Familie, wobei Maeve erst kürzlich auf magische Weise von der Blutlinie getrennt worden war. Merles Schwangerschaft bedeutete, dass die MacKenna-Linie wahrscheinlich eine Zukunft hatte, aber die schwere Verantwortung, diese Zukunft zu schützen und zu pflegen, lag allein auf Merles Schultern … eine unbeschreiblich schwere Last.

Und die Murrays … Die einzigen überlebenden Hexen der Familie waren Hazel und Rose. Lily war von der Blutlinie abgespalten worden, als ein wahnsinniger *Dukhokrad* sie in einen Dämon verwandelt hatte. Alle Nachkommen von ihr und ihrem Gefährten Alek würden ebenfalls Dämonen sein. Merle hatte Hazels ältere Schwester Isabel in Notwehr getötet, nachdem Merle herausgefunden hatte, dass Isabel die Entführung und Folterung Maeves angeordnet hatte, um ihre Magie zu absorbieren. Isabels drei Töchter waren im Laufe der Jahre alle von Dämonen ermordet worden und kein anderer Zweig der Familie hatte überlebt.

Wäre Rose während ihrer Gefangenschaft in Faerie gestorben, wäre die Murray-Blutlinie mit ihr untergegangen – Hazel hätte sich nicht darum gerissen, in ihrem Alter noch mehr Kinder zu bekommen, nur um die Familie am Leben zu erhalten. Schon gar nicht ohne Mann. Sie hatte bereits zwei Kinder großgezogen, ohne viel Hilfe von ihrem verstorbenen Mann zu erhalten. Dieser hatte ihr die ganze Arbeit überlassen, ob es das Abwischen von kleinen Hintern und Nasen, das Erledigen von Besorgungen für die Schule oder der Umgang mit pubertärem Trotz gewesen war. Sie würde sich lieber eine Gabel ins Auge stechen, als das noch einmal allein zu bewältigen.

Jetzt, da Rose im Spiel war, hing die Zukunft der Familie von ihr ab, was – genau wie bei Merle – eine unfaire Last war. Und wenn Rose gar keine Kinder wollte …

Hazel hielt inne, schloss die Augen und stieß einen Seufzer aus. „Ich mache mir zu viele Gedanken", flüsterte sie vor sich hin. Kein Wunder, dass sie kaum noch schlief. Wie sollte sie Ruhe finden, wenn sie sich ständig Sorgen machte und über alles nachgrübelte?

Bist du um diese Zeit immer wach? Sie dachte an Tallaks spöttische Frage von vorhin, und er wusste nicht einmal, wie genau er damit ins Schwarze getroffen hatte. Die Art und Weise, wie sie ihn daraufhin angeschnauzt hatte, zeigte, wie ertappt sie sich fühlte.

Seltsam, dass er sie auf etwas aufmerksam gemacht hatte, das ihren eigenen Kindern nie aufgefallen war, selbst, als sie noch zu Hause gewohnt hatten und noch bevor Hazel zusätzliche Patrouillen hatte übernehmen müssen, weil die Drakonier unter Hausarrest gestanden hatten.

Als sie die Treppe hinaufging, dachte sie wieder an Tallaks Vorschlag, die Nacht mit ihm zu verbringen. Absurd. Grotesk. Empörend. Genau das war es. Definitiv nicht faszinierend. Und nein, bestimmte Teile von ihr kribbelten nicht bei der Vorstellung, und ihr Gehirn sollte auf keinen Fall versuchen, sich vorzustellen, wie eine ganze Nacht mit Tallak aussehen würde. In einem Bett. Ohne Einschränkungen.

Höchstens vielleicht mit tatsächlichen, bewegungseinschränkenden Maßnahmen…

„Hör auf damit!" Sie schüttelte den Kopf, als wollte sie ihn von diesen abwegigen Gedanken befreien – und entdeckte eine Gestalt, die von der anderen Treppe am gegenüberliegenden Ende des Hauses in den Flur schlich.

Hazel hielt inne und spannte die Hand an, bereit, einen

Zauber zu wirken. Die Schutzzauber waren nicht ausgelöst worden, was bedeutete, dass es sich nicht um einen unwillkommenen Eindringling handelte, und doch war ihr gesamtes Nervensystem in Alarmbereitschaft, bereit für einen Kampf.

Die schlanke, weibliche Gestalt – so viel konnte sie in der Dunkelheit erkennen – kam näher, auf Zehenspitzen, wie es schien, und Hazels Hand entspannte sich, als sie endlich ihre Gesichtszüge erkannte.

„Rose", sagte sie leise.

Ihre Tochter zuckte zusammen und wirbelte herum, die Hand an der Tür zu ihrem Zimmer. Ihr rabenschwarzes Haar hing lose um ihre Schultern, ein bisschen durcheinander, als wäre es vom Wind verweht oder beim Laufen verstrubbelt worden. Bekleidet mit Skinny Jeans, Ankle-Boots und einer engen Jacke rieb sie sich unruhig die Nase und wich gleichzeitig Hazels Blicken aus.

„Ich wusste nicht, dass du unterwegs warst." Die Bemerkung verließ Hazels Mund, bevor sie sich auf die Zunge beißen konnte.

Rose war siebenundzwanzig, also durchaus erwachsen, und sie konnte kommen und gehen, wie es ihr gefiel, vor allem, da Hazel selbst um diese Zeit unterwegs gewesen war. Sie hatte kein Recht, über sie zu urteilen, und die Enge in ihrer Brust und das mulmige Gefühl in ihrem Magen waren keine Rechtfertigung für ihre Neugier.

„Ich wollte dich nicht wecken", murmelte Rose, deren Worte von ihrem Fae-Akzent geprägt waren.

Sie hatte in den letzten sieben Monaten unglaubliche Fortschritte beim Erlernen der englischen Sprache gemacht. Zweifelsohne wurde sie durch die Tatsache motiviert, dass sie immer Isa oder Tallak als Dolmetscher brauchte, wenn sie nicht *schnell* lernte. Ihr Akzent jedoch war geblieben und würde wahrscheinlich nie ganz verschwinden. Mit Fae als

Muttersprache war ihre Aussprache melodiös und weich. Sie rollte die Rs ähnlich wie die Sprecher der romanischen Sprachen.

Hazel musterte Rose. War das Blut an ihren Stiefeln*? Frag nicht, frag nicht, frag nicht …!* „Wo bist du gewesen?"

Sie zuckte mit den Schultern und wandte den Blick ab. „Unterwegs."

„Mit Freunden?"

Sie versuchte *so* sehr, sie nicht wie einen widerspenstigen Teenager auszufragen, aber verdammt noch mal, in vielerlei Hinsicht war Rose einfach nicht so reif wie andere Erwachsene in ihrem Alter. Sie hatte den größten Teil ihres jungen Lebens mit Fae verbracht, die sie manipuliert und ausgenutzt hatten. Sie hatte so viele Erfahrungen verpasst, die Teenager und Kinder im Hochschulalter machten und die ihnen halfen, sich in der Welt zurechtzufinden.

Rose gab ein zustimmendes Geräusch von sich und kratzte sich am Kinn.

„Das ist schön." Hazel widerstand dem Drang, ihre Hand zu ergreifen und sie zu umarmen. Rose mochte keine körperliche Zuneigung und Hazel ignorierte regelmäßig ihr mütterliches Bedürfnis, ihre Tochter in eine Umarmung zu ziehen, um Roses Wünsche zu respektieren.

Eines Tages wird sie so weit sein, sagte Lily immer. *Gib ihr einfach Zeit!*

Die Götter wussten, dass sie es versuchte.

Genauso wie sie versuchte, eine Verbindung zu einer Tochter aufzubauen, die sie kaum kannte, und Brücken zu bauen über das, was ihr wie eine Wüste voller Dornenbüsche vorkam. In den Monaten, die Rose mittlerweile zu Hause war, hatte sie sich nicht wirklich geöffnet, und die Gespräche, die Hazel und sie führten, gingen selten über nette Höflichkeiten hinaus. Auch nicht dann, wenn Isa dabei war, um schwierigere Sätze zu übersetzen. Und je mehr Hazel es versuchte, desto mehr zog sich Rose zurück. Wenn man sie drängte, rollte sie sich emotional zusammen wie ein Gürteltier.

Trotzdem konnte Hazel nicht anders, als sich mehr zu erhoffen. Sie wollte nicht nur, dass Rose mit ihr redete, sondern auch, dass sie sie an ihrem Leben teilhaben ließ. War es zu viel verlangt, dass eine Mutter wusste, mit wem ihre Tochter ihre Zeit verbrachte und wer ihre Freunde waren? Freunde, die sie nie erwähnte oder mit nach Hause brachte? War es unvernünftig, dafür zu sorgen, dass sie sich mit anständigen Leuten umgab, die sie anständig behandelten?

„Wo bist du mit deinen Freunden gewesen?" Wieder rutschte die Frage heraus, bevor sich Hazel eines Besseren besinnen konnte.

„Hier und dort."

Ausweichendes Antworten für Dummies.

Warte, hatte sie einen Bluterguss am Hals? Oder war das ein … Knutschfleck?

„Liebling", sagte Hazel und machte einen langsamen Schritt auf sie zu. „Geht es dir gut? Ist dir etwas zugestoßen?"

Rose drückte die Revers ihrer Jacke fester zusammen, als sie zurückwich. Ihr zittriges Lächeln konnte ihre indigoblauen Augen nicht erwärmen. „Nein, ich bin okay. Ich muss ins Bett. Gute Nacht."

Damit verschwand sie in ihrem Zimmer und schlug Hazel die Tür vor der Nase zu.

Sie konnte nicht mehr tun, als zu fragen. Wenn sie Rose zu Antworten drängte, würde ihre Tochter sie nur noch weiter wegstoßen. Wenn sie anfing, ihre Sachen zu durchsuchen, ihr Handy zu kontrollieren oder ihr zu folgen, gäbe sie einem wahnsinnigen Kontrollbedürfnis nach, das zu einer noch schlimmeren Entfremdung führen würde.

Rose war einem Leben als ausgefallenes Spielzeug einer Fae entkommen. Sie war eine verhätschelte Gefangene gewesen, die an den kürzesten Leinen gehalten, manchmal in den Kerker verbannt und gelegentlich in einem vergoldeten Käfig als geschätztes, wenn auch ausgenutztes Haustier verwöhnt worden war. Nach dem, was Hazel aus Roses widerstrebenden Berichten erfahren hatte, war ihr Leben von ihrer Fae-Herrin in einem traumatisierenden Ausmaß kontrolliert worden. Wenn Hazel eine Chance haben wollte, sich mit ihrer Tochter anzufreunden, musste sie ihr die Freiheit und den Respekt gewähren, ihre eigenen Entscheidungen zu treffen.

Sie konnte also nur fragen – und dabei ihre Fragen auf ein vernünftiges Minimum beschränken – und signalisieren, dass sie für Rose da war, während sie hoffte und betete, dass die Entscheidungen, die sie traf, weder ihr selbst noch anderen schadeten.

Mit einem schweren Atemzug, der nicht dazu beitrug, den Druck in ihrer Brust zu lindern, ging Hazel an Roses Tür vorbei. In ihrem eigenen Zimmer, das sie seit ihrer Kindheit bewohnte und das sie eine Zeit lang mit Robert geteilt hatte, als sie verheiratet gewesen waren, zog sie sich ihren Pyjama an, putzte sich schnell die Zähne, schrubbte sich das Gesicht und kroch dann ins Bett. Nach Roberts Tod hatte sie sich ein neues gekauft. Es beruhigte sie, dass er dieses Bett nie mit ihr geteilt hatte.

Nach seinem Tod war es mit am schwersten gewesen, sich damit abzufinden, wie sehr sich ihre Trauer mit Erleichterung vermischt hatte. Und auch jetzt fiel es ihr noch immer schwer, zu akzeptieren, wie schlecht sie sich dadurch fühlte, trotz allem, was er getan hatte. Selbst, nachdem Basil sie zur Vernunft gebracht und ihr gezeigt hatte, wer Robert von Anfang an gewesen war.

Dass er früher anders war, heißt nicht, dass er sich der Magie wegen verändert hat. Das hatte Basil gesagt. *Es ist gut möglich, dass er sein ganzes Leben lang ein Narzisst war und es einfach geschafft hat, dich zeitweilig zu bezaubern. Das machen Missbrauchstäter so.*

Die längste Zeit hatte sie geglaubt – sie hatte es glauben wollen, weil es bedeutete, dass ihre Liebe zu ihm nie auf einer Lüge beruht hatte –, dass der Vergessenszauber, mit dem die Fae Robert belegt hatte, ihn in einen Albtraum des charmanten Mannes verwandelt hatte, in den sie sich verliebt hatte. Und sie hatte sich an den Gedanken geklammert, dass Robert der liebevolle, fürsorgliche Mann geblieben wäre, den sie geheiratet hatte, wenn die Fae, die ihr Rose im Tausch gegen Basil weggenommen hatte, nicht ihren Zauber auf Roberts Verstand angewendet hätte.

Zu erkennen und zu akzeptieren, dass er sie von Anfang an ausgetrickst haben könnte, dass sie von einem Narzissten hereingelegt worden war, hatte wehgetan, aber am Ende hatte es etwas in ihr wieder ins Lot gebracht. Jeder Gedanke, für seine Veränderung verantwortlich zu sein, jedes Schuldgefühl, weil sie von dem Austausch der Babys und von der Magie, unter der Robert gestanden hatte, gewusst hatte, während der Schweigezauber sie davon abgehalten hatte, es ihm zu sagen … All das hatte sich in Luft aufgelöst, als Basil ihr erklärt hatte, dass Robert die ganze Zeit ein manipulativer Idiot gewesen war.

Sie rieb sich mit den Händen übers Gesicht, während die Dunkelheit im Raum nicht gerade dazu beitrug, ihre Gedanken zu beruhigen. *Warum kann ich mein Gehirn nicht abschalten?* Oder einfach nur ein bisschen Entspannung finden, damit sie wenigstens für ein paar Stunden schlafen konnte.

Es gab *eine* Sache, die ihr garantiert helfen würde, sich zu entspannen und etwas Dampf abzulassen …

„Ich kann so nicht weitermachen“, murmelte sie, während ihre Gedanken sich um einen Dämon drehten, den sie nicht haben wollte. Während es tief zwischen ihren Beinen pulsierte.

In Anbetracht seiner jüngsten Annäherungsversuche – und seiner *Arroganz* – sollte sie auf keinen Fall die unerlaubten Fantasien wieder aufleben lassen, die sie seit Monaten kultiviert hatte. Es war falsch. Sie musste sich eine andere Inspiration suchen.

Aber das hatte sie bereits versucht. Und sie hatte auf den Dämon, dessen Name sie nicht nennen wollte, als Modell zurückgreifen müssen, weil sich alle Männer, die sie sich vorgestellt hatte, ohnehin schleichend in ihn verwandelt hatten. Es war, als wäre ihr Verstand an ihm hängen geblieben.

Mit einem Seufzer gab sie sich der unausweichlichen Macht des verflixten Dämons hin und stellte sich sein Ebenbild vor, während sie ihre Hand nach Süden bewegte.

KAPITEL 5

Tallak wurde von warmer, dicker Luft empfangen, als er das *Neun Kreise* betrat. Die Dämonenbar war voller Gerüche, die selbst der Eindämmungszauber in den Räumen nicht ganz ausradieren konnte. Bei so vielen Kreaturen mit einem feinen Geruchssinn an einem Ort war es notwendig, Magie einzusetzen, um die Geruchsbelastung für alle zu verringern. Stammgäste wie Dämonen oder Gestaltwandler würden sonst nicht lange bleiben.

Er schlenderte an den Tischen und Sitznischen vorbei und nickte hier und da ein paar bekannten Gesichtern zu. An der Bar angekommen, ließ er sich auf einen Hocker plumpsen und gab der Barkeeperin ein Zeichen. Samina sah ihn stirnrunzelnd an, während sie sich über den Tresen lehnte. Ihre braunen Augen waren schmal.

„Falls es dir entfallen sein sollte", sagte sie, „das ist dein freier Abend."

„Darf ein Dämon keinen trinken gehen?"

Einer ihrer Mundwinkel zuckte nach oben. „Du hoffst doch nur, dass du mit deinem Mitarbeiterrabatt ein paar

Dollar sparst, während du deine Sorgen in Alkohol ertränkst, habe ich recht?"

„Ich habe keine Sorgen." Er schnalzte mit der Zunge. „Dafür müsste mir etwas am Herzen liegen. Was es nicht tut. Siehst du?" Er deutete auf sein T-Shirt.

„Ist mir latte", las Samina laut vor und bedachte ihn mit einem Blick, der einen kleineren Mann schrumpfen lassen hätte. „Wirklich?"

„Mein neues Motto. Also, wo ist der Schnaps?"

„Was willst du?"

„Scotch." Als sie nach einem Glas greifen wollte, schnippte er mit den Fingern. „Als würdest du mich nicht kennen. Gib mir einfach die ganze Flasche."

Sie rollte mit den Augen und reichte ihm den Scotch. „Viel Spaß beim Ertränken deiner Nicht-Sorgen. Aber wenn dein Trübsalblasen die anderen Gäste runterzieht, schmeiße ich dich raus. Kapiert?"

Er salutierte und zog sich in eine Nische in der Ecke zurück, von der aus er einen guten Blick auf den Raum hatte, ohne dabei aufzufallen. Leute zu beobachten, ohne selbst verurteilt zu werden – perfekt.

Er nahm einen Schluck aus der fast vollen Flasche und rechnete aus, wie viel und wie schnell er trinken musste, um überhaupt einen Schwips zu bekommen. *Tja.* Wahrscheinlich würde er Samina bald um eine weitere Flasche bitten müssen. Wie die meisten Wesen der Anderswelt hatte er einen schnellen Stoffwechsel. Dämonen wie er bekamen nur von einer Alkoholmenge einen Schwips, die einen Menschen mit einer Alkoholvergiftung ins Krankenhaus schicken würde.

Aber das war es wert, wenn es half, die Gefühle über die Ablehnung seines – sehr vernünftigen – Vorschlags durch eine bestimmte Hexe zu verdrängen. Gefühle, die er nicht analysieren oder gar benennen wollte. Das Brennen in seiner Brust war nur ein saures Aufstoßen. Der Knoten in seinem

Magen stammte von dem fragwürdigen Abendessen, das er zu sich genommen hatte. Dass seine Kehle zu eng war, bedeutete nur, dass er mehr trinken musste. Vorzugsweise Scotch.

Er hatte sich den ganzen Tag mit den Ereignissen der letzten Nacht beschäftigt und nichts hatte ihn von seinen – nicht vorhandenen – Gefühlen und dem Schlag gegen sein Ego ablenken können, den Hazel ihm in der Nacht zuvor versetzt hatte. Also hieß es: trinken. Er war bei der dritten Flasche, sein Kopf fühlte sich angenehm schwummrig an und seine Muskeln waren entspannt, als der Dämon, der gerade seine Nische passiert hatte, innehielt und sich zu ihm umdrehte.

„Tallak", sagte Rhun zur Begrüßung. Und bevor Tallak ihn mit einem Knurren wegschicken konnte, hatte der unverschämte *Bluotezzer* – und Gefährte von Merle MacKenna – die Frechheit, ihm gegenüber Platz zu nehmen.

„Verschwinde!", knurrte Tallak. „Ich habe bereits Gesellschaft." Er schwenkte die Flasche, bis Rhun sie ihm aus der Hand riss.

„Ich wusste nicht, dass du und" – Rhun betrachtete das Etikett – „*Johnnie* etwas am Laufen habt. Und ich dachte, du wärst scharf auf Hazel."

„Verpiss dich!"

Rhun grinste. „Immer ein Sonnenschein."

„Wenn du nicht in den nächsten fünf Sekunden verschwindest, werde ich dein Gesicht so verändern, dass es zu deiner Persönlichkeit passt."

„Ach, komm schon, du weißt doch, dass du diese Gesichtszüge nicht schöner machen kannst, als sie es ohnehin schon sind."

„Offen gesagt, ich habe keine Ahnung, wie diese Hexe dich als ihren Gefährten tolerieren kann."

Rhun lehnte sich zurück. „Nun, lass es mich so ausdrücken: Arawn ist nicht die einzige Gottheit in unserer Familie." Er hielt dramatisch inne. „Ich bin ein Gott im Bett."

Tallak rieb sich mit beiden Händen übers Gesicht. „Du bist ein lästiger Wichser, das bist du. Jetzt gib mir meine Flasche zurück und lass mich in Ruhe grübeln!"

„Ja, was das angeht ..." Rhun legte einen Arm auf die Rückenlehne, machte ein abschätziges Geräusch und schüttelte den Kopf. „Ich muss dir etwas sagen, aber bevor wir dazu kommen, möchte ich mich erst einmal bedanken."

„Dafür, dass ich dir noch nicht die Zähne eingeschlagen habe?"

Rhuns Gesichtsausdruck wurde ernst und er trommelte mit seiner anderen Hand auf der Tischfläche. „Du hast herausgefunden, wo Juneau mich festgehalten hat. Ohne diese Information hätte Merle mich nicht befreien können. Es ist schon eine Weile her und ich habe dir noch nicht dafür gedankt. Ich weiß es zu schätzen, dass du mir geholfen hast."

„Ich habe es nicht für dich getan."

Rhun rollte mit den Augen. „Ich weiß, ich weiß, es ging nur um deinen kostbaren kleinen Jungen."

Tallak streckte die Hand aus, packte Rhun am Haar und knallte sein Gesicht auf den Tisch, bevor der andere Dämon auch nur blinzeln konnte. Er lehnte sich zurück, während Rhun stöhnte und sich die Nase zurechtrückte.

„Sprich nie wieder so über ihn!", sagte Tallak und nahm einen Schluck aus der Flasche, die er Rhun während seines überraschenden Angriffs entrissen hatte. „Und du schuldest mir was, weil ich dich gerettet habe."

Rhun schnippte sich das Blut von den Fingern, schniefte und stützte die Ellbogen auf den Tisch. „Ich weiß. Deshalb bin ich hier, um dir einen Rat zu geben."

„Wie man ein Arschloch ist?"

„Nein." Rhun winkte ab. „Das hast du schon im Griff."

Tallak hob die Flasche. „Fick dich!"

„Ja, ja, wie auch immer." Rhun zuckte mit den Schultern. „Hör zu, wenn du auch nur den Hauch einer Chance haben willst, Hazel klarzumachen."

Tallak schnaubte. „Und wie kommst du darauf, dass ich das will?"

Rhun hob eine Augenbraue. „Willst du meine Intelligenz beleidigen oder was? Denn so dumm kannst du doch gar nicht sein."

Tallak nahm einen Schluck aus der Flasche und kniff die Augen zusammen.

„Hör zu", fuhr Rhun fort. „Ein rammelnder Hund ist subtiler als du im Umgang mit Hazel. Und das gilt übrigens auch für sie. Versteh mich nicht falsch, es war sehr unterhaltsam, euch dabei zuzusehen, wie ihr einander anschmachtet, während ihr denkt, dass niemand anderes davon weiß. Aber es fängt an, uns auf die Nerven zu gehen."

„Wen meinst du mit uns?"

Rhun machte eine allumfassende Geste. „So ziemlich jeden, der jemals mit euch beiden in einem Raum war."

„Leck mich!"

„Nein, danke. Ich habe gerade gegessen."

Tallak schlug seinen Kopf gegen die Rückenlehne. „Du bist die nervtötendste Person, die mir je begegnet ist."

„Schreibst du mir das auf eine Medaille für meine Sammlung?"

„Hat es einen Grund, dass du gerade die gleiche Luft atmest wie ich? Wenn nicht, werde ich dir helfen, dich aus dieser Gleichung zu entfernen."

„Was ich sagen will …" Rhun legte den Kopf schief. „Die Art und Weise, wie du Hazel angebellt hast, und vor allem die unhöflichen Bemerkungen, die du gemacht hast, nachdem du sie gerade erst kennengelernt hattest, haben wahrscheinlich jede Chance auf eine horizontale Beziehung mit ihr zunichtegemacht." Er machte eine Handbewegung. „Oder vertikal, je nach deinen Vorlieben."

„Das ist dein brillanter Rat? Warum steckst du ihn dir nicht in den …"

„Hör zu, du einspuriger Trottel. Dieses bissige Geplänkel mag bei manchen Paaren funktionieren – bei Merle und mir hat es das auf jeden Fall getan –, aber es gibt einen Grund, warum Hazel sich nie auf einen Typen einlassen würde, der sie auf diese Weise anschnauzt."

Das ließ Tallak innehalten und ein Hauch von Interesse bahnte sich seinen Weg durch seine allgemeine Irritation. Er zupfte am Etikett der Flasche herum und täuschte Desinteresse vor. „Was meinst du?"

Rhun atmete tief durch und legte nun beide Arme auf der Rückenlehne ab. „Es steht mir eigentlich nicht zu, dir das zu sagen, aber ich bin es dir schuldig. Und es ist wichtig, damit du dein Verhalten ihr gegenüber anpassen kannst. Aber bevor ich darauf eingehe – was weißt du über Hazels verstorbenen Mann?"

Tallak zuckte mit den Schultern. „Basil zufolge hat er sich ihm gegenüber wie ein Idiot verhalten." Das Wissen um die beschissene Vaterfigur, mit der sein Sohn aufgewachsen war – Basil hatte nicht gewusst, dass sein richtiger Vater, Tallak, in einem Fae-Kerker eingesperrt gewesen war und sich nichts sehnlicher gewünscht hatte, als die Chance zu bekommen, ein Dad zu sein –, bereitete ihm Bauchschmerzen und brachte sein Blut in Wallung. All die Dinge, die hätten sein können, all die verschwendeten Jahre, die Zeit, die er nie wieder zurückbekommen würde …

„Nun", sagte Rhun, „falls Basil es dir noch nicht erzählt hat … Robert war auch Hazel gegenüber mehr als nur ein Idiot. Nach allem, was ich von Merle und Lily gehört habe, war er ein emotional manipulierendes und verletzendes Arschloch, das Hazel kontrollierte und ihr das Gefühl gab, klein zu sein und die Schuld an allem zu haben. Ich würde sagen, man benötigt keinen Abschluss in Psychologie, um zu erraten, wie sie über Männer denkt, die sie anschnauzen."

Tallak runzelte die Stirn.

„Wirklich?" Rhun trommelte mit den Fingern auf der Rückenlehne. „Soll ich es dir buchstabieren?" Er seufzte dramatisch. „Du knurrst sie mehr an, als dass du sprichst, und wenn du etwas sagst, das auch nur im Entferntesten an Sprache erinnert, dann ist es eine direkte Beleidigung oder ein kaum verschleierter Seitenhieb. Außerdem kritisierst du sie bei jeder Gelegenheit und siehst sie mit dieser seltsamen Mischung aus geil und angewidert an." Er zog eine Grimasse und schüttelte den Kopf. „Ehrlich, Mann, wenn man bedenkt, was sie mitgemacht hat, ist es kein Wunder, dass sie nicht zugeben will, dass sie nach dir dürstet. So wie du sie behandelst, ist es nur logisch, dass sie vermutet, du würdest sie genauso ausnutzen, wie Robert es getan hat."

Tallak knallte die Flasche auf den Tisch und fletschte die Zähne. „Ich würde ihr *nie* wehtun."

„Hm." Rhuns Grinsen steigerte Tallaks weißglühende Wut noch weiter. „Ich bin nicht derjenige, den du hier überzeugen musst."

Tallak biss die Beleidigung, die ihm auf der Zunge lag, zurück und beäugte die Menge, obwohl er keinen der Gäste wirklich wahrnahm. Er war zu sehr damit beschäftigt, jede Begegnung mit Hazel noch einmal durchzuspielen, nur jetzt durch die Linse der neuen Informationen, die Rhun ihm gegeben hatte.

Sicher, Basil hatte ihm erzählt, dass sein Adoptivvater ein Arschloch gewesen war, aber er hatte nie erwähnt, wie der Idiot Hazel behandelt hatte. Basil hatte das wahrscheinlich aus Loyalität zu Hazel verschwiegen, weil er der Meinung war, es sei zu persönlich, um es mit ihm zu teilen. Nun, es war eine verdammt gute Information.

Und erklärte so einiges.

Er saugte an seinen Zähnen, den Blick immer noch auf das geschäftige Treiben in der Bar gerichtet. „Du bist gar nicht so ein nervtötender Trottel, wie ich gedacht habe."

„Ach komm", sagte Rhun. „Ich bestehe auf den nervtötenden Teil. Dafür lebe ich doch. Frag meine reizende Gefährtin."

Tallak warf ihm einen flüchtigen Blick zu. „Wie hast du das eigentlich hinbekommen? Ich bin überrascht, dass sie dich lange genug am Leben gelassen hat, um sie um deinen Finger zu wickeln."

„Nun, zu meinem Glück musste sie mich füttern, während ich ihr bei der Suche nach dem Wichser half, der Maeve festhielt. Und meine unwiderstehliche Attraktivität in Kombination mit meiner charmanten Persönlichkeit sorgte dafür, dass sie sich auf unerklärliche Weise in mich verliebte."

„Genau."

„Nur ein Scherz", sagte Rhun. „Das war ganz allein die *Magie meiner magischen Finger*." Er wackelte mit den Augenbrauen – und besagten Fingern.

„Du bist ein Arschgesicht", schnaubte Tallak und nahm einen Schluck aus der Flasche, um sein Lächeln zu verbergen. „Also", sagte er nach einem Moment, während er seine Aufmerksamkeit wieder auf das Abziehen des Etiketts lenkte. „Rein hypothetisch gesprochen: Wenn ich Hazel eine Nacht des Fickens anbiete und sie mir den Vorschlag – rein hypothetisch gesprochen – um die Ohren haut und mich zur Hölle schickt … Wie könnte ich sie dann umstimmen?" Er leerte den Scotch und genoss das Brennen in seiner Kehle. „Rein hypothetisch gesprochen, natürlich."

Rhun starrte ihn an. „Das hast du nicht getan."

„Nein, natürlich nicht, deshalb frage ich ja auch rein *hypothetisch*."

Zuerst blieb Rhuns Gesichtsausdruck leer. Doch es war

die reinste Folter, ihm dabei zuzusehen, wie sich seine Gesichtszüge in den nächsten Sekunden in pure Belustigung verwandelten. Tallak konnte sich kaum zurückhalten, die verdammte Flasche in seiner Hand zu zerdrücken, während Rhun ihn mit seinem selbstgefälligen Grinsen betrachtete.

„Ach, das ist so köstlich“, sagte der *Bluotezzer* und schüttelte den Kopf. „Ich schwöre, das ist besser als eine Telenovela. Ein Festmahl für meine klatschsüchtigen Neigungen ...“

Tallak richtete die Flasche auf Rhun und knurrte: „Wenn du mit irgendjemandem darüber sprichst, mache ich dich fertig.“

„Ah, Drohungen“, sagte er schmunzelnd und seine Augen funkelten vergnügt. „Eine der fünf Liebessprachen in Männerfreundschaften.“

„Ich meine es ernst. Schwöre bei dem Leben deiner Gefährtin, dass du das für dich behältst!“

Rhuns Gesichtsausdruck wurde gequält, dann seufzte er. „Na gut, na gut. Meine Lippen sind versiegelt.“ Er ahmte den Verschluss seines Mundes nach. „Nun zurück zu deinem ... *pikanten* Problem ...“

„Ich *werde* dir das Grinsen aus dem Gesicht schlagen.“

„Nein, mein verzweifelter Dämon, das wirst du nicht“, sagte Rhun und schnalzte mit der Zunge. „Stattdessen wirst du dir Notizen machen.“

KAPITEL 6

Die Buchstaben auf der Seite verschwammen. Seufzend schloss Hazel die Augen und massierte ihre geschlossenen Lider. Die stundenlange Suche in der Murray-Bibliothek nach Informationen über das verbotene Handwerk hatte ihren Tribut gefordert.

Sie klappte das Buch über die uralte Geschichte der Zaubersprüche zu, das sie gerade auf der Suche nach Erwähnungen der Blutmagie und ihrer abscheulicheren Anwendungen durchgeblättert hatte. Bis auf vage Hinweise auf Methoden, die man nicht ausprobieren sollte, hatte sie nichts Interessantes gefunden, also trug sie es zurück an seinen Platz in einem der vielen raumhohen Regale, die die Wände der Murray-Bibliothek säumten. Ihre Finger glitten über die Buchrücken, während sie die Titel überflog. *Genealogie der Hexen in der Neuen Welt, Zwerge und ihre geheimen Vorteile, Grimoire für die erfahrene Hexe*. Plötzlich blieb ihre Aufmerksamkeit an einer Lücke zwischen den Bänden hängen, die dort nicht sein sollte.

Es war nicht so, dass sie die richtige Position jedes Buches in der Bibliothek auswendig kannte, aber ihr Verstand war ausgezeichnet darin, Abweichungen vom Status quo zu registrieren. Und diese Lücke hatte es bei ihrem letzten Besuch in diesem Raum noch nicht gegeben.

Sie überprüfte die Bücher links und rechts der Lücke und stellte fest, dass es sich bei dem fehlenden Titel um den zweiten Band eines dreiteiligen Sammelwerks über das fortgeschrittene Verflechten von Zaubersprüchen handeln musste. Es gehörte zum Standardlehrmaterial für alle Hexen und war Teil des regulären Studiums der Hexerei. Aber wie ein Teil ihres Gehirns feststellte, enthielt das Buch nichts über das verbotene Handwerk. Daran würde sie sich erinnern, denn die Informationen in dem Sammelband waren ihr schon früh von ihrer Mutter eingebläut worden.

Und das war der springende Punkt, nicht wahr? In den gängigen Büchern über Hexerei und Zauberei wurde dieser schändliche Aspekt der Magie nicht einmal erwähnt. Das machte die Recherche zu einer beschwerlichen Aufgabe.

Sie überprüfte den Schreibtisch und die Beistelltische nach dem Sammelband, aber ohne Erfolg. Es war möglich, dass Merle ihn mitgenommen hatte. Die Ältestenhexe kam manchmal hierher, um in den Büchern zu stöbern, da die MacKenna-Bibliothek viel kleiner war als die der Murrays.

Hazel zog ein weiteres Buch über fortgeschrittene Magie und komplexe Rituale heraus und vertiefte sich darin.

Eine Stunde später – oder vielleicht auch zwei, sie hatte das Zeitgefühl verloren – stieß sie auf einen Abschnitt im Text, der sie aufhorchen ließ und ihren Puls in die Höhe trieb. *Blutmagie …* Da. Sie studierte die Seite und die Worte, die ihr die bislang genaueste Beschreibung von Blutzaubern lieferten.

Sie war so sehr in den Text vertieft, dass das Klingeln ihres Handys in der Stille des Raumes sie aufspringen ließ.

„Ja?“, sagte sie, als sie Merles Anruf annahm, während ihr Blick immer noch auf die Stellen im Buch gerichtet war.

„Hi, ähm, Hazel?“ Merle räusperte sich. „Bist du schon auf dem Weg?“

Sie runzelte die Stirn. „Wohin?“

„Zum Treffen der Ältesten bei mir zu Hause?“, antwortete Merle vorsichtig. „Du wolltest früher hier sein?“

„Scheibenkleister“, murmelte Hazel und massierte sich mit der freien Hand die Schläfe. „Das ist heute Abend.“

„Du hast es vergessen?“ Es entstand eine nachdenkliche Pause. „So etwas vergisst du doch nicht. Du bist wie ein wandelnder Kalender und eine To-do-Liste in einem. Was ist los mit dir?“

Hazel schürzte die Lippen und dachte nach. Es gab wirklich nur eine unter den anderen Ältesten, der Hazel die sensiblen Informationen über die mordende Hexe in der Gemeinschaft anvertrauen würde. Und es wurde Zeit, dass sie genau das tat.

Hazel schaute auf die Uhr. Wenn sie jetzt ging, hätte sie noch ausreichend Zeit, um Merle die Situation zu beschreiben. „Ich erkläre es dir, wenn ich bei dir bin.“

„Klingt ernst“, meinte Merle vorsichtig.

„Du hast ja keine Ahnung.“

Hazel legte auf, ließ das Buch über komplexe Zaubersprüche offen, um später darauf zurückzugreifen, und eilte zu ihrem Auto. Basil und Isa zelteten im Wald und Rose saß in ihrem Zimmer und lernte, aber Hazel hatte dafür gesorgt, dass im Kühlschrank belegte Brote auf sie warteten, falls sie sich später in die Küche wagte.

Hazel hatte den größten Teil der vergangenen sieben Monate gebraucht, um Rose wieder auf ihr Idealgewicht zu bringen. Roses unstillbarer Hunger nach allem Essbaren, das sie finden konnte, hatte ihr dabei ungemein geholfen. Fast wie eine Kriegs- oder Hungerwaise verschlang sie ihre Mahlzeiten in Rekordzeit und auch jetzt noch stibitzte sie sich heimlich Brot- und Obststücke vom Tisch, um sie mit in ihr

Zimmer zu nehmen, obwohl sie reichlich zu essen bekam. Hazels Mutterherz raste vor Wut, wenn sie nur daran dachte, welches Trauma Rose erlitten hatte, das sie dazu brachte, zu denken, Lebensmittelvorräte anlegen zu müssen.

Zehn Minuten später parkte Hazel in der langen Einfahrt des alten viktorianischen Hauses der Familie MacKenna. Das Licht schien durch das Fenster im Erdgeschoss, die Lampen auf der Veranda waren ebenfalls eingeschaltet. Der Kies knirschte unter ihren Schuhen und Hazel ging schnell die Treppe hinauf und klopfte an die Haustür.

Merle öffnete mit einem Lächeln. „Hallo, komm doch rein!"

Hazel trat ins Foyer und zog ihren Mantel aus, während sie durch die offenen Türen links und rechts von sich spähte. „Es ist doch sonst niemand hier, oder? Ich habe draußen keine Autos gesehen."

„Nein, wir haben noch ein bisschen Zeit und das Haus für uns allein. Rhun ist auf Nahrungssuche und mein Dad trifft sich mit seinen Hexen-Ehemann-Freunden – oder den Trophäenmännern, wie sie sich nennen." Merle verdrehte die Augen, aber ihr Grinsen täuschte über diese Geste hinweg.

Merles Vater, Frank, war durch den magischen Ausbruch von Maeves innerem Phönix geistig geschädigt worden, als sie acht Jahre alt gewesen war. Dieselbe feurige Explosion hatte auch Merles und Maeves Mutter sowie ihre Schwester Moira getötet. Er hatte die letzten siebzehn Jahre damit verbracht, sich in seinem eigenen Kopf einzuschließen, nicht mehr zu reagieren und in einem Pflegeheim zu verkümmern. Bis Maeve endlich die Fesseln gesprengt hatte, die ihre Großmutter um das alte Biest in ihrem Inneren gelegt hatte. Vor sieben Monaten hatte sie sich schließlich wieder mit ihrem Phönix verbunden. Die Tränen des Phönix hatten es geschafft, den Schaden an Franks Geist zu heilen und ihn aus seinem katatonischen Zustand zu befreien.

Sowohl Merle als auch Maeve waren verständlicherweise überglücklich, ihren Vater zurückzuhaben. Und Frank hatte in den vergangenen Monaten begonnen, sein Leben zurückzuerobern und alte Freundschaften mit den anderen menschlichen Männern, die mit Hexen verheiratet waren, wieder aufleben zu lassen.

Robert und Frank waren in der Vergangenheit nur flüchtige Freunde gewesen, die durch die tiefe Verbundenheit von Hazel und Emily – Maeve und Merles Mutter – zusammengebracht worden waren. Als Frank vor Kurzem wieder zu sich gekommen war, hatte es ihn nicht überrascht, von Roberts Tod zu erfahren. Auch wenn Frank damals schon katatonisch gewesen war, waren offenbar einige der Dinge, die Merle ihm bei ihren Besuchen im Pflegeheim erzählt hatte, in seinen zerrütteten Verstand eingedrungen.

Frank hatte Hazel nur einen scharfsinnigen Blick zugeworfen und gesagt: „Ich bin froh, dass du ihn los bist."

Die Bemerkung hatte einen bittersüßen Stich verursacht, denn obwohl Franks Anteilnahme beruhigend gewesen war, hatte er sie damit an die Tatsache erinnert, dass so viele andere gesehen hatten, wofür Hazel all die Jahre blind gewesen war. Die demütigende Art und Weise, wie Robert sie behandelt hatte, die Leichtigkeit, mit der er ihr den Glanz genommen und ihren Geist zermalmt hatte, während er sie in Schichten von Charme eingewickelt hatte, die eine erstickende Illusion von Liebe gewesen waren.

Sie holte tief Luft, schüttelte die Erinnerungen ab und konzentrierte sich auf die Gegenwart. „Da wir nicht viel Zeit haben", sagte sie zu Merle, „lass mich dir kurz erzählen, was ich gestern Abend gefunden habe."

Merle saß an der Kücheninsel und hörte sich die Details des Falls an, wobei die Furchen in ihrer Stirn immer tiefer wurden. „Scheiße", murmelte sie zum Schluss.

„Auch wenn ich diese Ausdrucksweise nicht gutheiße",

sagte Hazel mit einer hochgezogenen Augenbraue, „stimme ich dem Gefühl zu."

„Und wir können das Ding nicht in die Luft jagen und es alle wissen lassen, denn das würde die Mörderin nur darauf aufmerksam machen, dass wir ihr auf der Spur sind."

„Ganz zu schweigen davon, dass wir damit quasi ein brennendes Holzscheit in den Wald werfen würden. Mit dem schwelenden Groll innerhalb der ehemaligen Aequitas und so."

Merle warf ihr einen scharfen Blick zu. „Du glaubst, bei der Täterin handelt es sich um eine ehemalige Drakonierin?"

Hazel spitzte die Lippen. „Wem traust du diese Art von Gemetzel eher zu? Denen, die andere Hexen angegriffen und unser heiligstes Gesetz verletzt haben, um ihren Standpunkt zu beweisen, oder denen, die sich dagegen gewehrt haben?"

„Ja", murmelte Merle mit nachdenklicher Miene, „obwohl wir alle Blut an unseren Händen haben, sagt mir mein Instinkt, dass eine der Drakonier-Hexen wahrscheinlicher dafür verantwortlich ist."

„Und selbst, wenn das nicht stimmt, selbst, wenn eine der ehemaligen Aequitas es getan hat … Was denkst du, wie es für den Rest der Aequitas *aussehen* wird, die nicht beteiligt sind?"

„Als steckten die Drakonier dahinter."

„Ganz genau." Hazel verschränkte die Arme vor der Brust. „Und da die meisten von uns noch immer einen gewissen Groll hegen – du eingeschlossen, Merle –, wird die latente Feindseligkeit und das Misstrauen gegenüber den ehemaligen Drakoniern angesichts solcher Nachrichten überkochen."

„Ach, verdammt!" Merle rieb sich das Gesicht. „Wie sollen wir die Hexe finden, ohne offiziell nach ihr zu suchen? Jede mündige Hexe zu fragen, wo sie letzte Nacht um drei Uhr war, wäre *überhaupt nicht* verdächtig."

„Ich weiß." Hazel biss sich auf die Lippe, ihr Blick war unkonzentriert auf den Marmor der Kücheninsel gerichtet. „Wir müssen …"

Es klingelte an der Tür und Hazel verstummte, als Merle ihr einen „Wir reden später"-Blick zuwarf und sich beeilte, die ankommenden Ältesten hereinzulassen.

Shobha Gupta und Elaine Donovan waren die Ersten, die eintrafen, gefolgt von zwei ehemaligen Drakonier-Hexen, Thea Callahan und Tanya Kaminski. Merle führte sie in den Speisesaal mit dem großen Tisch und genügend Stühlen für alle vierzehn Ältesten – plus Sophie Laroche, die als Nächste zu der Gruppe stieß.

Die Begrüßung zwischen den ehemaligen Aequitas und denjenigen, die in dem Konflikt auf Juneaus Seite gestanden hatten, bestand aus einem frostigen Lächeln und gemurmelten Plattitüden. *Wie Straßenköter*, sinnierte Hazel, die sich einst bekämpft hatten und einander nun tolerieren mussten, wobei sie innerlich immer noch knurrten, aber beschlossen, dass eine Eskalation bis hin zum Zähnefletschen und Beißen den Ärger nicht wert war.

Als alle am Tisch saßen – acht ehemalige Aequitas-Älteste gegenüber sechs ehemaligen Drakoniern und Sophie –, räusperte sich Merle.

„Danke, dass ihr alle gekommen seid", sagte sie von ihrem Platz am Kopfende des Tisches, dem Ehrenplatz der Gastgeberin des Treffens. „Da dies das erste Treffen mit allen Ältesten unserer Gemeinschaft nach dem jüngsten Konflikt ist, halte ich es nur für fair, die Spannungen anzusprechen, von denen wir alle wissen, dass sie im Raum stehen." Sie hielt inne und jedem, der Merle besser kannte, war klar, dass sie sich bemühte, ihr Temperament zu zügeln.

Dabei knurrte sie offensichtlich innerlich.

„Ich bin keine, die um den heißen Brei herumredet", fuhr Merle fort. „Ich mag Ehrlichkeit. Deshalb sage ich offen, dass ich zu denjenigen gehöre, die sich nicht ganz wohl dabei fühlen, die Ältesten, die Juneau gefolgt sind, im Rat willkommen zu heißen." Ein Blick ihrerseits ließ das aufkommende Gemurmel verstummen. „Aber ich erkenne an, dass wir zusammenkommen und uns aufrichtig bemühen müssen, uns wieder zu vereinen und unsere Wunden zu heilen. Also." Sie holte tief Luft. „Ich werde meinen Teil dazu beitragen, diese Gemeinschaft zu reparieren. Die Götter wissen, dass wir stark sein müssen, gemeinsam." Mit einem Klatschen in die Hände eröffnete sie die Versammlung.

Sophie Laroche erhob sich von ihrem Platz. Sie hatte ihr blondes Haar zu einem Pferdeschwanz gebunden und dunkle Ringe unter den Augen. Der Hexe mittleren Alters war der Stress der letzten Monate deutlich anzumerken. Als faktisches Oberhaupt der Laroches, der Familie, die den Konflikt ausgelöst hatte, stand sie im Zentrum der Belastung für die Gemeinschaft.

„Ich habe um dieses Treffen gebeten", sagte Sophie ohne Vorrede, während ihre Fingernägel, die bis zum Fleisch abgeknabbert worden waren, das Holz des Tisches umklammerten. „Ich möchte die unhaltbare Situation meiner Familie ansprechen." Sophies Stimme schwankte ein wenig. „Wie ihr alle wisst, wurde meine Mutter in die Schatten verbannt." Sie sah Merle, die für die Verbannung verantwortlich war, nicht an. „Mir ist klar, dass ihre Taten diese Strafe rechtfertigen ..."

Ein Aufblitzen der Überraschung auf Merles Gesicht.

„Dennoch hatte die Verbannung unangenehme Konsequenzen für den Rest der Familie. Ihr wisst, dass der Titel des Familienoberhaupts nicht auf mich übergegangen ist, da meine Mutter noch lebt. Ich möchte den Titel in absehbarer Zeit nicht erben, denn ich wünsche mir den Tod meiner Mutter nicht." Sie schluckte und ihr Blick schweifte umher, ohne jemanden Bestimmten zu treffen. „Aber die derzeitige Situation – meine Mutter samt Titel in der Verbannung – stellt für jede einzelne Hexe in meiner Familie ein Problem dar. Ich weiß nicht, ob ihr euch dessen bewusst seid, aber solange meine Mutter in den Schatten ist, kann niemand von uns auf zusätzliche Magie zugreifen."

Ein Raunen ging durch den Raum, einige murmelten.

Hazel lehnte sich vor. „Wie meinst du das?"

Sophie verlagerte ihr Gewicht. „Nun, ich habe mich informiert. Es ist allgemein bekannt, dass das Familienoberhaupt für die Magie aller Familienmitglieder verantwortlich ist und dass die älteste Hexe das Gleichgewicht aufrechterhalten muss, indem sie die Macht, die die anderen Hexen der Familie aus den Schichten der Welt bezogen haben, zurückzahlt."

Elaine machte eine „Wir wissen das, komm zum Punkt"-Geste.

„Was die meisten von uns nicht wissen", fuhr Sophie fort, „ist, dass das Familienoberhaupt nicht nur die zusätzlich eingesetzte Magie zurückzahlen muss, sondern auch dafür verantwortlich ist, diese zusätzliche Magie für den Rest der Familie verfügbar zu machen."

„Eine Verbindung", überlegte Patricia Jones.

Sophie nickte. „Und da meine Mutter in den Schatten ist, wo ihre Magie unterdrückt wird, bleibt der Zugang zu zusätzlicher Magie für den Rest unserer Familie verwehrt. Solange Juneau in den Schatten bleibt."

Sophie warf schließlich einen Blick auf Merle, die mit den Schultern zuckte.

„Ich verstehe nicht, inwiefern das ein Problem sein soll", sagte Merle kühl.

Sarai Roth, die etwa so alt war wie Merle und ihre Mutter in der Schlacht um das Baldwin-Haus durch einen Angriff der Drakonier verloren hatte, schmunzelte und lehnte sich zurück. Elaine grinste und warf Merle einen zustimmenden

Blick zu, aber die Mienen der anderen Ältesten verrieten Unbehagen und Nachdenklichkeit.

„Das ist ganz sicher ein Problem“, durchbrach Susanne Baldwin die Stille. Sie hatte die Nachfolge ihrer Mutter Eva angetreten, die vor einigen Monaten bei dem ersten Gefecht zwischen den sich bekriegenden Hexengruppen getötet worden war. Die Baldwin-Familie hatte zu den treuesten Gefolgsleuten Juneaus gehört, und ihre Wiedereingliederung in die Hexengemeinschaft war erst möglich geworden, nachdem Susanne zähneknirschend erklärt hatte, dass sie Juneaus Position ablehnte … nach vielen Gesprächen mit den Ältesten der Aequitas.

„Ich stimme zu.“ Das kam von Kristen Frost, einer der gemäßigteren ehemaligen Aequitas. „Wir haben die Situation der ehemaligen Drakonier besprochen und uns darauf geeinigt, ihre Bestrafung und ihren Hausarrest zu beenden. Wenn die Laroches keinen Zugang zu der zusätzlichen Magie haben, auf die wir alle angewiesen sind, um uns zu verteidigen und unsere Arbeit zu erledigen, sind sie auf eine Weise verwundbar, wie es keine andere Hexe in unserer Gemeinschaft ist. Da sie ihre Magie nur eingeschränkt nutzen können, werden sie im Grunde immer noch bestraft. Und das ist nicht fair, wenn man bedenkt, dass wir die Sanktionen gegen die anderen Familien aufgehoben haben.“

„Nun“, sagte Elaine, „die Laroches haben schließlich mit all dem begonnen.“

„Ich dachte, wir hätten uns darauf geeinigt, Familienmitglieder nicht durch Verwandtschaft schuldig zu sprechen“, warf Sonia Espinoza ein. Wie Kristen gehörte auch sie nicht zu den Hardlinern unter den Aequitas. „Wenn man bedenkt, dass eine Familie keine andere Wahl hat, als der Führung ihrer Ältestenhexe zu folgen.“

„Sie hat recht“, mischte sich Hazel ein, obwohl ein Teil von ihr immer noch nach Rache dürstete. Schließlich hatte die

Laroche-Familie Lily wie eine Geächtete behandelt, nachdem diese in einen Dämon verwandelt worden war. Sie ballte ihre Hand unter dem Tisch zu einer Faust. „Wir müssen unseren Groll loslassen. Die Amnestie, die wir angeboten haben, gilt für die Laroches genauso wie für die anderen Familien."

„Das bedeutet, dass sie das Recht haben, zusätzliche Magie zu nutzen", fasste Susanne zusammen und nickte Sophie zu.

„In Ordnung." Shobha legte den Kopf schief. „Wenn das so ist, wie können wir dann die Situation der Laroches verbessern?"

Sophie räusperte sich. „Meine Mutter muss aus den Schatten befreit werden."

„Nein." Merle verschränkte die Arme vor der Brust.

„Ganz meine Meinung." Sarai spitzte die Lippen.

Die ehemaligen Drakonier-Ältesten murmelten Sophie ihre Zustimmung zu, aber Elaine schüttelte den Kopf.

„Ich stimme Merle und Sarai zu", sagte sie. „Es ist unverantwortlich, Juneau aus der Verbannung zu entlassen. Damit sie was tun kann? Ihren Platz als Familienoberhaupt zurückerobern … und als Älteste? Wenn ihr darauf besteht, den Rest der Laroches zu entlasten, gut, das kann ich akzeptieren – zähneknirschend wohlgemerkt –, aber wir können Juneau unter keinen Umständen freilassen und ihr die Macht zurückgeben, mit der sie einen blutigen Krieg begonnen hat."

„Nein", sagte Hazel. „Egal, was passiert, wir werden nicht erlauben, dass Juneau wieder Zugang zu ihren vollen Kräften hat."

Kristen und Sonia nickten mit besorgter Miene und auch Shobha und Patricia Jones, eine weitere ehemalige Aequitas, stimmten zu. Auch unter den ehemaligen Drakonier-Ältesten gab es widerwillige Zustimmung. Carissa Hart und Thea Callahan nickten stumm.

„Aber ihr könnt uns nicht einfach ohne zusätzliche Magie

zurücklassen", sagte Sophie mit zitternder Stimme. „Ihr müsst *etwas* tun."

„Es gibt eine Möglichkeit", antwortete Merle mit einer Kälte, die die Luft hätte gefrieren lassen können, „wie wir dafür sorgen könnten, dass der Titel des Familienoberhaupts auf dich übergeht."

„Wir werden Juneau nicht töten", sagte Tanya Kaminski mit fester Stimme.

„Warum nicht?" Sarais Augen funkelten.

„Nein", flüsterte Sophie. „Das will ich nicht. Es muss einen anderen Weg geben …"

Kristen beugte sich vor. „Wir könnten sie in einen der Kerker sperren."

Hazel schüttelte den Kopf. „Die Fesseln, die ihr die Magie entziehen, wenn sie in einer Zelle sitzt, unterdrücken ihre Kräfte genau so, wie die Schatten es tun. Die Laroches hätten noch immer keinen Zugriff zu zusätzlicher Magie."

„Und wir können sie nicht einsperren, ohne ihre Kräfte zu unterdrücken", sagte Elaine. „Sie würde ihre Magie nutzen, um zu entkommen."

„Das weißt du doch gar nicht", schoss Sophie zurück. „Vielleicht würde sie kooperieren."

„Ach?" Elaine lachte trocken. „Du erwartest von mir, dass ich glaube, dass eine Ältestenhexe mit den Kräften deiner Mutter freiwillig in einem Kerker sitzt, wenn sie mit den Fingern schnippen und ihn verlassen könnte?"

„Vielleicht nicht in einem Kerker", wagte Sophie zu sagen. „Sie könnte unter Hausarrest bleiben und versprechen, ihre Magie nicht anzuwenden."

Elaines Kiefer verhärteten sich. „Ich vertraue eher darauf, dass ein hungriger Löwe mir nicht die Hand abbeißt, als dass ich glaube, dass Juneau ihre Kräfte nicht wieder missbraucht."

„Geht mir genauso", murmelte Sarai.

Sophie rang ihre Hände. „Bitte, überlegt es euch noch einmal! Was soll meine Familie ohne zusätzliche Magie machen?"

Merle betrachtete ihre Fingernägel. „Dasselbe, was ihr seit sieben Monaten macht?"

Sophie wollte gerade etwas erwidern, aber Shobha unterbrach sie.

„Gibt es", fragte die älteste Hexe unter den Ältesten langsam und mit nachdenklicher Miene, „nicht einen Zauber, mit dem man die Verantwortung für die Aufrechterhaltung des Gleichgewichts von einer Hexe auf eine andere übertragen kann?"

Alle drehten sich zu ihr um. Der Raum war angespannt.

Shobha legte die Stirn in Falten. „Ich glaube, mich zu erinnern, dass Juneau das einmal erwähnt hat …" Ihr Blick fiel auf Merle. „Als sie dich gedrängt hat, deinen Dämon wieder zu verbannen?"

Merle setzte sich aufrecht hin. Einige der anderen Ältesten murmelten etwas vor sich hin.

„Das ist richtig." Sonia runzelte die Stirn. „Daran erinnere ich mich auch. Aber sie hat es nicht näher erklärt und es war kein Zauber, den ich kenne. Ich war sogar überrascht, als sie ihn als Bestrafung erwähnte. Sie hatte davor nicht mit uns darüber gesprochen."

Einige der Ältesten murmelten zustimmend.

„Moment!" Merle beugte sich vor, ihr Blick war ernst. „Willst du damit sagen, dass es einen Zauber gibt, mit dem man die Rückzahlung für verwendete Magie von einer Hexe auf eine andere übertragen kann? Einen *Zauberspruch*?"

Ihr Blick suchte Hazels, die die Brauen hob und unmerklich den Kopf schüttelte. *Davon wusste ich nichts,* versuchte sie, Merle leise mitzuteilen. *Ich bin genauso verblüfft wie du.*

Merle sah verloren aus.

Hazel presste die Lippen aufeinander und ihre Brust

spannte sich an. Hätten sie diese Information ein paar Monate früher gehabt, als Merle gerade schwanger geworden war und die drohende Frist für die Rückzahlung an die Höchsten Mächte die Gesundheit ihres Babys bedroht hatte, hätten sie den Zauberspruch einfach benutzen können, um Merles Verantwortung für die Aufrechterhaltung des magischen Gleichgewichts auf eine andere Hexe zu übertragen. Hazel hätte sich sofort freiwillig dazu bereit erklärt.

Aber sie hatten nicht gewusst, dass es solch einen Zauber gab. Hazel war noch kein Mitglied des Ältestenrats gewesen, als Merle gezwungen worden war, Rhun wieder in die Schatten zu verbannen. Auch später hatte niemand einen solchen Zauber erwähnt. Merle war in dem Moment, als die Ältesten sie gezwungen hatten, Rhun erneut zu verbannen, wahrscheinlich zu gestresst und beschäftigt gewesen, um sich daran zu erinnern, dass Juneau diesen Zauberspruch überhaupt erwähnt hatte.

„Ja", sagte Elaine als Antwort auf Merles Frage. „Zumindest theoretisch gibt es ihn. Ich habe zum ersten Mal davon gehört, als Juneau ihn bei dem Treffen erwähnte." Sie nickte Merle zu. „Aber genau wie Sonia wusste ich nichts davon. Ich dachte, es handele sich um obskure Magie, die nur selten benutzt wird, und dass Juneau den Zauberspruch kennt, weil sie vermutlich um die hundertfünfzig Jahre alt ist."

„Siebzig", warf Sophie ein. „Meine Mutter ist siebzig."

Elaine machte eine abweisende Handbewegung.

„Das ist ja alles schön und gut", sagte Patricia, „aber was hat das mit dem Problem zu tun, mit dem die Laroches gerade konfrontiert sind?" Mit einem fragenden Blick wandte sie sich an Shobha.

„Ein Zauberspruch", sagte das Oberhaupt der Gupta-Linie und legte den Kopf schief, „ist ein Konstrukt, oder? Er besteht aus Bausteinen wie Sprache, Zutaten, Absicht und Energie. Es gibt Familien von Zaubersprüchen, die miteinander verwandt sind und sich nur geringfügig voneinander unterscheiden, um ein etwas anderes Ergebnis zu erzielen. Die Verantwortung, die Höchsten Mächte zu entlohnen, ist eng damit verbunden, das Oberhaupt der Familie zu sein, korrekt? Wenn wir also einen Zauber hätten, der diese Verantwortung von einer Hexe auf eine andere übertragen kann …"

„Dann könnten wir darauf aufbauen und einen Zauber schaffen, der den Titel des Familienoberhauptes überträgt", sagte Hazel.

„Das sollte möglich sein." Shobha nickte. „Magie ist fließend und es werden regelmäßig neue Zauber und Rituale entwickelt. Mit diesem Zauber könnten wir Juneau aus den Schatten befreien und den Titel des Familienoberhaupts sofort auf Sophie übertragen. Dann können wir Juneau entweder erneut verbannen oder sie auf eine andere Weise bestrafen, die ihre Magie einschränkt. Sie wäre dann nicht mehr die Verbindung für die Familie Laroche."

„Ja." Sophie nickte eifrig und knetete ihre Finger. „Das wäre die perfekte Lösung."

„In Ordnung." Elaine schaute sich unter den Ältesten um. „Also, wer kennt diesen Zauberspruch?"

Es herrschte Schweigen. Füße scharrten unter dem Tisch.

„Irgendjemand?" Elaine hob die Brauen.

Shobha schüttelte den Kopf. „Ich weiß nur von der *Existenz* des Zaubers, aber ich kenne keine Details."

Eine nach der anderen äußerten die anderen Ältesten dasselbe.

„Wenn Juneau ihn kennt", sagte Hazel, „dann muss er irgendwo in den Laroche-Archiven zu finden sein." Sie wandte sich an Sophie. „Warum durchforstest du nicht die Bibliothek deiner Familie?"

„Und wenn du ihn gefunden hast", fügte Shobha hinzu, „dann bring ihn her, Kind! Wir werden daraus dann den

Zauber erschaffen, mit dem der Titel des Familienoberhaupts übertragen werden kann."

Hazel sah Merle an. „Wirst du Juneau aus den Schatten befreien, wenn wir den Zauberspruch haben?"

Merle zuckte mit den Schultern. „Sicher. Solange Juneau keinen Freibrief bekommt. Es ist mir egal, ob wir sie danach wieder verbannen oder in einen Kerker werfen, aber das Miststück darf nicht ungeschoren davonkommen."

„Ausdrucksweise!", sagten Shobha und Hazel gleichzeitig.

„Wenn der Schuh passt …", murmelte Merle.

Sarai kicherte.

„Also gut", sagte Kristen, „wir sind uns in diesem Punkt einig. Sophie wird nach dem Zauberspruch suchen. Bis dahin müssen die Laroches vorsichtig sein, wenn sie nach draußen gehen, denn sie haben keinen Zugang zu zusätzlicher Magie, um sich zu verteidigen. Gibt es noch andere Punkte auf der Tagesordnung? Nein? Dann beantrage ich, die Versammlung zu schließen."

Die anderen Ältesten stimmten zu und die Hexen verabschiedeten sich und gingen.

Erst als Merle und Hazel wieder allein im Haus waren und die Rücklichter des letzten Autos auf der Straße verschwanden, stöhnte Merle auf und rieb sich die Stirn.

„Argh, das habe ich vollkommen vergessen. Verdammtes Schwangerschaftshirn!"

Hazel hob eine Augenbraue. „Was?"

„Ich wollte das Thema Treueschwur noch einmal ansprechen."

„Hm." Hazel sammelte die Tassen und Gläser auf dem Esszimmertisch ein. „Ich bin mir nicht sicher, ob eine weitere Diskussion darüber mehr bringt als die Dutzend, die wir schon geführt haben."

Merle schnappte sich die Kaffeekanne und die Servietten

und folgte Hazel in die Küche. „Ich kann zugegebenermaßen nicht nachvollziehen, warum sie alle noch zögern. Ich meine, die ehemaligen Drakonier, die sich sträuben, ihren Treueschwur auf Arawn zu übertragen, verstehe ich ja. Es fällt ihnen schon jetzt schwer, sich mit uns zu vereinen und ihre Vorurteile loszulassen, um zusammenzuarbeiten. Aber die anderen Aequitas? Ich hätte gedacht, dass zumindest Elaine, Sarai und Shobha die Notwendigkeit verstehen würden, Arawn gegenüber ihre Loyalität zu erklären." Sie schnaubte und setzte sich auf einen Hocker an der Kücheninsel. „Du hast es ja auch getan."

Hazel räumte die Spülmaschine ein. „Sicher. Aber – und das sage ich nicht, um zu prahlen – ich bin auch am pragmatischsten veranlagt. Und nicht so verbohrt wie die anderen."

Merle lachte trocken, wurde aber schnell wieder nüchtern. „Ich war mir sicher, dass dein Bekenntnis ihm gegenüber den anderen zeigen würde, dass es ungefährlich ist."

„Vertrauen", sagte Hazel, während sie die Kaffeekanne ausspülte, „ist nicht ganz logisch und man kann es auch nicht erzwingen. Die anderen halten Arawn bestenfalls für suspekt und schlimmstenfalls für eine Bedrohung. Daran wird auch keine Diskussion etwas ändern." Sie warf Merle einen Seitenblick zu. „Du bist doch nur deshalb so eifrig zu Arawn übergelaufen, weil das die einzige Möglichkeit war, dein Baby zu retten. Hättest du den Schritt sonst schon vollzogen?"

Merle rieb sich die Nase und rutschte auf dem Hocker hin und her. „Ja. Nein." Sie zog eine Grimasse. „Vielleicht?"

Hazel grinste, schälte eine Orange und platzierte das Obst vor der jüngeren Hexe. „Iss!"

„Ich meine", sagte Merle, während sie kaute, „ich hasse ihn nicht mehr. Und er ist … okay, für einen herrschsüchtigen, feudalen, selbstherrlichen Gott, der zum Frühstück Macht frisst und sich einen Drachen und einen Greif als übergroße Haustiere hält."

Hazel schauderte bei dem Gedanken an die beiden uralten Geschöpfe, die vor Kurzem aus einem jahrtausendelangen Schlummer erwacht waren und nun dem Ruf des Herrn der Dämonen folgten. „Wenigstens sorgt er dafür, dass sie keine Menschen jagen."

„Weil Maeve ihn darum gebeten hat." Sie hob eine ihrer roten Augenbrauen. „Ich bin mir ziemlich sicher, dass er sich sonst einen Dreck um sie scheren würde."

„Wenn du mich fragst", sagte Hazel und lehnte sich gegen die Arbeitsplatte, „haben mich seine Hingabe zu Maeve und die Art und Weise, wie sie ihn in ein einigermaßen vernünftiges Wesen verwandelt hat, davon überzeugt, ihm die Treue zu schwören." Achselzuckend fügte sie hinzu: „Das und die Notwendigkeit, unseren Zugang zu zusätzlicher Magie zu sichern, während die Höchsten Mächte schwächer werden. Ich verbünde mich lieber mit einem Teufel, den ich kenne, und behalte meine vollen Kräfte, als dass ich neuen Bedrohungen hilflos ausgeliefert bin."

„Ich wünschte, die anderen könnten erkennen, dass es ernst ist, dass die Stunde geschlagen hat." Merle massierte ein paar Sekunden lang ihre geschlossenen Augenlider. „Und es ist keine winzige Uhr, die uns das anzeigt. Die Zeiger sind groß und neonfarben und für jeden ersichtlich. Gefallene Götter wie Arawn erlangen ihre Macht zurück. Uralte Bestien erwachen. Die Höchsten Mächte mischen sich nicht ein, weil sie bereits zu schwach sind, um das Blatt zu wenden." Sie hob die Hände und ließ sie wieder in ihren Schoß fallen. „Was brauchen die anderen noch, um zu verstehen?"

Hazel war ganz still geworden, weil Merles Worte etwas in ihr wachgerüttelt hatten. Ihre Gedanken wirbelten herum und fügten sich wie Teile eines Puzzles zusammen, bis ein Teil des größeren Bildes sichtbar wurde.

„Bist du okay?"

Hazel blinzelte, dann konzentrierte sie sich auf die Hexe

vor ihr. „Es tut mir leid. Lass uns ein anderes Mal weitermachen! Ich muss etwas überprüfen, was mit dem Mordfall zu tun hat."

Merle wurde aufmerksam. „Worum geht es?"

„Wenn ich recht habe, könnte es uns helfen, herauszufinden, was die Täterin vorhat."

„Soll ich mitkommen?"

Hazel schüttelte den Kopf. „Ich möchte nicht, dass Rhun mich die nächsten Jahre über anschnauzt, weil ich dich im achten Monat schwanger mitten in der Nacht zu einem Tatort mitgenommen habe."

„Hey!" Merle kniff die Augen zusammen. „Ich bin keine Invalide."

„Ich weiß das, du weißt das und so ziemlich jeder andere weiß es auch. Mit Ausnahme deines Dämon-Ehemanns." Sie schenkte ihr ein Lächeln. „Hab Erbarmen mit den Nerven des armen Kerls und bleib hier! Ich habe das im Griff."

Hazel ließ die grummelnde Merle zurück, fuhr zum Haus der Murrays, um ihre Ausrüstung zu holen, und machte sich dann auf den Weg zum Tatort. Wie in der Nacht zuvor parkte sie ein paar Blocks entfernt und ging die ruhigen Straßen entlang und an den in Dunkelheit getauchten Häusern vorbei. Nur ein paar Lichter brannten noch, denn die meisten Menschen, die hier lebten, waren bereits zu Bett gegangen.

Die Augen, die sie beobachteten, gehörten jedoch nicht zu den Menschen der Nachbarschaft. Hazel rollte die Schultern zurück, um das Kribbeln in ihrem Nacken zu unterbinden. Dann hielt sie in ihrem Schritt inne und seufzte.

„Hast du nichts anderes zu tun?", fragte sie, ohne die Stimme zu erheben, denn sie wusste, dass er sie hören würde. „Ein Treffen der Anonymen Idioten oder so?"

„Doch, aber die haben mich rausgeschmissen." Mit einer fließenden Bewegung, die von der geschmeidigen Kraft eines Raubtiers zeugte, das in der Dunkelheit zu Hause war, schälte sich Tallak aus den Schatten, und seine bernsteinfarbenen Augen glühten wie heiße Kohle.

Ihr stockte der Atem bei seinem Anblick – eine Reaktion, die sie mit einem Schnauben verbarg.

„Sie haben ununterbrochen von Wiedergutmachung geredet“, sagte er achselzuckend und mit einem Grinsen, das eine Welle der Hitze in ihrem Bauch aufsteigen ließ. „Also bin ich hier.“

KAPITEL 7

Hazel starrte Tallak ein paar Sekunden lang an; um sie herum war es still und dunkel. Heute trug sie ihren Mantel offen und gab den Blick auf eine enge schwarze Jeans und einen roten Pullover frei, der ihre Brüste auf eine Weise umschmeichelte, die in ihm irrationale Eifersucht auslöste.

„Oh", sagte sie und blinzelte. „Soll ich jetzt beeindruckt sein?"

„Noch nicht, aber das werde ich ändern."

Sie schnaubte und verschränkte die Arme vor der Brust, was seinen unlogischen Neid auf ihren enganliegenden Pullover nur noch verstärkte, da ihre Bewegung ihre Brüste nach oben drückte und den Stoff über ihnen spannte. „Warum bist du hier?"

Weil ich geil und verzweifelt und ungesund von dir besessen bin, schien nicht die klügste Antwort zu sein, also entschied er sich für ein Achselzucken und ein beiläufiges „Ich war in der Gegend".

„Richtig." Der Blick, den sie ihm zuwarf, hätte Stahl

schneiden können. „Im Gegensatz zu anderen Leuten habe ich noch etwas zu tun, also schlage ich vor, dass du weiterziehst." Als sie an ihm vorbeiging, fügte sie noch hinzu: „In die entgegengesetzte Richtung."

Ja, er hatte einiges an Arbeit vor sich. Er biss sich auf die Zunge und folgte ihr, während er seine Sinne offen und wachsam für jede Regung von Macht in der Luft hielt. Sie musste ihm nicht sagen, wohin sie ging. Das war angesichts des Ortes ziemlich offensichtlich. Und er wusste, dass er nicht unvorsichtig sein durfte, wenn die Gefahr bestand, dass die Mörderin an den Tatort von letzter Nacht zurückkehrte.

Hazel warf ihm einen finsteren Blick zu, als sie das Grundstück über die Rückseite betreten wollte. „Folgst du mir immer noch?"

„Ich bin hartnäckig in dieser Hinsicht. Betrachte mich als deinen Schatten."

„Normalerweise hege ich keine gewalttätigen Absichten meinen Schatten gegenüber", sagte sie, während sie durch eine Öffnung im Zaun trat, „aber es gibt für alles ein erstes Mal."

„Ist das ein Versprechen?" Er folgte ihr in den Hinterhof. „Denn ich habe eine Liste von ersten Malen, die ich gern mit dir ausprobieren würde."

Sie wandte ihm weiterhin den Rücken zu, aber er konnte *spüren*, wie sie mit den Augen rollte. Das brachte ihn natürlich zum Grinsen. Solange sie ihn nicht mit einem Zauberspruch bedachte oder mit ihren Worten Blut fließen ließ, konnte ihre Verärgerung noch nicht den kritischen Punkt erreicht haben.

„Ich habe nachgedacht", sagte er, als sie zu der halb zerbrochenen, mit Absperrband versiegelten Hintertür trat.

„Oh, das hast du tatsächlich mal ausprobiert?" Sie schaute ihn nicht einmal an, denn ihre Hände waren damit beschäftigt, einen Zauber zu wirken, um die klapprige Tür zu entriegeln und das Siegel zu öffnen, ohne es zu zerstören. „Es geschehen noch Zeichen und Wunder."

Na gut, Zeit, sie ein bisschen aufzurütteln.

„Apropos Wunder", sagte er, wobei er vor sie trat, sich mit einer Schulter an den Türpfosten lehnte und ihren erschrockenen Blick auffing. „Hier ist noch eins für dich: Es tut mir leid."

Das brachte sie für einen Moment aus dem Konzept. Eine Sekunde später erholte sie sich wieder, aber nicht bevor er etwas Fragiles zwischen den Bruchstücken ihrer Gelassenheit gesehen hatte. „Was genau?", fragte sie mit einer hochgezogenen Augenbraue, während ihre Kraft zwischen ihnen spürbar wurde.

„Dass ich ein anmaßendes Arschloch gewesen bin." Er zuckte mit der Schulter. „Mein Vorschlag war ziemlich respektlos und ich entschuldige mich dafür." Er legte den Kopf schief und schenkte ihr ein verlegenes Lächeln, dann drehte er sich um und schlenderte ins Haus.

Er zählte die Sekunden, während er ihr weiterhin den Rücken zuwandte.

„Wenn du glaubst", sagte sie hinter ihm, „dass du mich mit einer Entschuldigung umstimmen und dazu bringen kannst, deinen lächerlichen Vorschlag anzunehmen, dann bist du noch ein größerer Dummkopf, als ich dachte."

Fünf Sekunden. Nicht schlecht.

Er schnalzte mit der Zunge. „Ich fasse es als Kompliment auf, dass du mich für so schlau hältst, mir einen solchen Trick auszudenken. Es tut mir leid, dass ich deine Vermutungen über den Haufen werfe, aber meine Entschuldigung ist aufrichtig." Er wandte sich ihr zu und glättete seine Gesichtszüge. „Keine versteckten Absichten."

Sie sah ihn mit zusammengekniffenen Augen an und

verzog den Mund zu einer dünnen Linie. Sie hatte heute Abend Lippenstift aufgetragen, dessen Farbe zum Rot ihres Pullovers und ihrer Ohrringe passte. Ein Blick nach unten verriet ihm, dass ihre Flats den Farbton aufgriffen – eine rote Schleife schmückte die Spitze jedes Schuhs. *Perfekt gestylt, mal wieder.*

Sie wollte gerade etwas sagen, als er sie bewusst unterbrach.

„Warum bist du hierher zurückgekommen?" Er schlenderte an ihr vorbei, gerade nah genug, dass seine Kraft ihre Sinne berührte. „Die Polizei hat die Leiche und alle Beweise eingesammelt." Er deutete auf die leere Stelle, wo der tote Mensch gelegen hatte. Die Blutflecken auf den Holzdielen waren das einzige Überbleibsel des Verbrechens. „Es ist nichts mehr da."

Ihr Blick lastete schwer auf ihm und ihre Aufmerksamkeit war greifbar, obwohl er ihr wieder den Rücken zugewandt hatte. „Wenn mein Verdacht stimmt, ist hier noch so einiges, was die Polizisten übersehen haben." Der Boden knarrte, als sie sich umdrehte. „Genau wie wir."

Als er auf der anderen Seite des Raumes stehen blieb, warf er einen Blick auf sie. Wie immer war ihr Anblick wie ein Schlag in die Magengrube, unterlegt mit einem Hauch von wahnsinnigem Verlangen. Er konnte fast spüren, wie es sich angefühlt hatte, als sie ihre Kurven an seinen Körper gepresst und ihre Kraft zu einer elektrischen Liebkosung gemacht hatte, die in jede seiner Zellen eingedrungen war. Er änderte seine Position und rückte seinen härter werdenden Schwanz zurecht, während er den Wunsch unterdrückte, den Abstand zu ihr zu verringern und sicherzustellen, dass sie sich auch erinnerte.

Mit zusammengezogenen Augenbrauen beäugte sie den Boden und die Wände, während sie den Raum mit vorsichtigen Bewegungen durchquerte. Immer unter Kontrolle. Immer so bedacht, so bewusst, wo sie hintrat – im wörtlichen und im übertragenen Sinne. Er hatte nur zweimal erlebt, wie sie die Fassung verloren hatte.

Zunächst einmal bei ihrer ersten Begegnung, als sie ihn mit ihrem Wahrheitszauber verhört hatte. Ihr Anblick – feurig, brodelnd vor Wut und unkontrollierter Macht – hatte sich in sein Gedächtnis eingebrannt und überlagerte ihre Erscheinung wie ein Schatten, der immer wieder aufflackerte, wenn er sie ansah.

Ein zweites Mal war ihre Gelassenheit verflogen, als er sie gegen einen Baum gepresst hatte. Sie hatte sich in ihrer Lust verloren und jede seiner Berührungen hatte ein Feuer in ihr entfacht.

Beide Male hatte sie als Reaktion auf *ihn* die Beherrschung eingebüßt. Er rechnete damit, dass diese Erkenntnis ihm heute Abend helfen würde.

Hazel hielt inne und legte den Kopf schief, den Blick auf die Wand vor ihr gerichtet. „Sieht das für dich … ungewöhnlich aus?"

Er untersuchte die Wand von seiner Position einige Schritte entfernt. „Hing da etwas und wurde erst kürzlich entfernt?"

Sie nickte. „Das ist das einzige größere Stück Wand, das nicht verdeckt ist." Sie schürzte die Lippen, die er am liebsten geleckt hätte. „Es ist die perfekte Leinwand, oder?"

Sie zog ein kleines Glas aus ihrer Handtasche und bevor er überhaupt wusste, was sie tat, hatte sie auch schon ein Messer hervorgeholt und sich das Handgelenk aufgeschnitten.

„Was zum Teufel machst du da?" Tallaks Stimme hinter ihr klang erstickt.

Hazel drehte sich nicht um und sah stattdessen seelenruhig zu, wie das Blut aus ihrem Handgelenk in das Glas floss. „Ich ermittle."

„Wie schnell du verbluten wirst?" Er war plötzlich direkt neben ihr, packte ihren Arm und drückte ihn unterhalb der Wunde zusammen, um den Blutfluss zu stoppen.

Ein gemurmeltes Wort ihrerseits ließ ihn zischend einen Schritt zurücktreten. Er schüttelte seine Hand. Zweifellos, um das Brennen des magischen Stromschlages zu lindern, den sie ihm gerade verpasst hatte.

„Fass mich nicht an." Sie blickte unter ihren Wimpern hindurch zu ihm auf und vergewisserte sich, dass er den eisernen Willen hinter ihrer sanften Zurechtweisung sah.

Ihre Ermahnung war nicht nur notwendig, um sicherzustellen, dass er den Aderlass nicht störte. Wenn er sie noch einmal berührte, vor allem Haut auf Haut, war sie nicht sicher, ob sie ihre Balance in seiner Nähe halten konnte. Schlimm genug, dass sie der heimtückische Gedanke, eine Nacht mit ihm das Bett zu teilen, den größten Teil des Tages beherrscht hatte. Aber die Tatsache, dass er das Thema nach seiner Entschuldigung aufgegeben zu haben schien, machte das irrationale Verlangen, auf sein Angebot einzugehen, nur noch schlimmer.

Warum konnte sie mit all den Zaubersprüchen, die sie kannte, nicht einfach ihre lästige Anziehung zu ihm *weghexen*?

Sie seufzte innerlich. Leider barg Magie, die Gefühle manipulierte – seien es Liebestränke oder Zaubersprüche, die das Gegenteil bewirken sollten – das Risiko, den Geist zu verderben. Und sie hatte genug davon gesehen, um sich von dieser Art von Macht fernzuhalten.

Tallaks Gesichtsausdruck verhärtete sich, als er zusah, wie

sie das Gefäß zur Hälfte mit ihrem Blut füllte. In seinen bernsteinfarbenen Augen glühte etwas Ungezügeltes. Wie gern hätte sie in diese Augen gestarrt, ihre Tiefen so lange erforscht, wie es ihre faszinierende Farbe verlangte. Aber alles, was sie sich je erlaubte, waren kurze Blicke. Alles, was länger als zwei Sekunden dauerte, deutete auf Gefahr hin, auf eine Verbindung, die man besser nicht einging. Die Augen verrieten zu viel.

Zumindest taten ihre das normalerweise.

Sie versiegelte die Wunde an ihrem Handgelenk mit einem schnellen Zauber und schaute wieder zur Wand. Vielleicht würde das gar nicht funktionieren. Vielleicht war ihr Instinkt falsch. Auf jeden Fall war es einen Versuch wert, auch wenn sie hoffentlich nicht die ganze Wand bemalen musste.

Kurzerhand spritzte sie das Blut aus dem Gefäß an die Stelle, an der sie das Gesuchte am wahrscheinlichsten finden würde.

Leuchtend rote Linien blitzten auf der verblichenen Tapete auf und formten sich aus den Blutstropfen, die sie an die Wand geschleudert hatte, bis ein Zeichen aufleuchtete, das etwa einen Meter mal einen Meter groß war.

„Was zur Hölle?“ Tallak sprang zurück, hielt aber seinen Blick auf die Wand gerichtet. „Was ist das?“

Hazel knirschte mit den Zähnen, die Bestätigung ihres Verdachts war wie ein Bleigewicht in ihrem Magen. „Ein Siegel. Ein altes Siegel, Teil einer runenartigen Sprache, die Zaubersprüche verstärken oder Magie an einen Ort binden kann. Manchmal wird es auch benutzt, um Macht zu kanalisieren …“

Das leuchtende Karmesinrot verlor seinen Glanz, bis das Siegel ganz verschwand und nur noch die mit Blut bespritzte Wand übrigblieb.

Sie fluchte leise. Zu schnell. Sie hatte nicht einmal einen richtigen Blick darauf werfen können.

„Hier", sagte sie und reichte ihr Handy an Tallak. „Mach ein paar Fotos, wenn es zurückkommt."

„Warte – du wirst doch nicht ..."

Sie schnappte sich wieder das Messer und schnitt sich erneut ins Handgelenk, um in das Glas zu bluten.

„Hör auf, dich zu verletzen, Weib!" Bildete sie sich das nur ein oder klang seine Stimme verzweifelt?

„Warum?", fragte sie ruhig. „Ist dir das unangenehm? Ich dachte, es macht dir Spaß, durch Blut zu waten."

Tallak bewegte sich unruhig hin und her, und sie hatte den Eindruck, dass er etwas wie „nicht deins" vor sich hin murmelte.

„Hier", knurrte er und drückte ihr sein Handgelenk unter die Nase. „Nimm mein Blut!"

Die Haare auf seinem Arm waren blond, wie goldene Seidenfäden auf seiner gebräunten Haut. Kräftige Muskeln bündelten sich neben den ausgeprägten Adern und für einen Moment ließ sie der Anblick innehalten. Sie widerstand dem Drang, sich nach vorn zu beugen, seinen Duft einzuatmen und ihre Lippen an diesen Haaren zu reiben, um zu prüfen, ob sie sich so weich anfühlten, wie sie aussahen.

„Sosehr ich dein Angebot auch zu schätzen weiß", sagte sie und trat einen Schritt zurück, um Abstand zwischen sich und die Versuchung seiner dunklen Macht zu bringen, die ihre Sinne benebelte, „es wird nicht funktionieren. Nur Hexenblut kann das Siegel erscheinen lassen."

Mit einem gemurmelten Wort heilte sie den Schnitt ein weiteres Mal, verstaute das Messer in ihrer Handtasche und spritzte das Blut an die Wand. Wie zuvor kam das Siegel zum Vorschein und seine Kraft löste sich von dem Zauber, der es verborgen hatte.

Neben ihr knipste Tallak in den wenigen Sekunden, in

denen das Siegel sichtbar blieb, mehrere Bilder und reichte ihr dann das Handy.

„Was bedeutet es?“ Er nickte in Richtung Wand.

„Ich weiß es noch nicht.“ Sie presste die Lippen aufeinander und betrachtete die Fotos, die er gemacht hatte. „Da muss ich erst recherchieren. Ich kenne nicht alle Siegel auswendig, und dann kommt noch hinzu, dass ein Siegel für eine Vielzahl von Zaubersprüchen verwendet werden kann, um verschiedene Ziele zu erreichen. Ich muss die Kombination des genauen Rituals, das mit diesem Siegel durchgeführt wurde, kennen, um herauszufinden, was der Zweck dieses …“

Ihre Stimme verstummte, als Tallak sich über ihre Schulter beugte, um das Bild auf dem Handy zu betrachten. Seine Kraft und seine Hitze berührten ihren Rücken und sein Duft verdrängte für den Moment den Geruch von Blut – es war etwas Wildes und Chaotisches, das sie erschauern ließ. Ihr Herz machte einen jämmerlichen Satz und schaltete dann auf Hochtouren, während sich die Haare auf ihren Armen und in ihrem Nacken aufstellten. Eine Reaktion auf den Dämon, der hinter ihr lungerte.

Sie merkte kaum, dass sie sich zurücklehnte – in ihn hinein –, als er sich entfernte. Der Verlust seiner Wärme und Präsenz war wie ein physischer Hieb und ein Teil von ihr *schmerzte* tatsächlich.

Es war zu lange her, dass sie mit einem Mann zusammen gewesen war. Das war alles. Vielleicht sollte sie eine dieser Dating-Apps ausprobieren, die Lily ihr vor ein paar Monaten vorgeschlagen hatte. Einfach, um einen Mann zu finden, der dieses Bedürfnis stillte. Jemanden, irgendjemanden, der nicht der einzige Mann war, den sie gleichzeitig ohrfeigen und küssen wollte.

Aber mit einem Mann, den sie kaum kannte, intim zu werden, hatte ihr in der Vergangenheit nicht geholfen. Nach

Roberts Tod hatte sie versucht, tanzen zu gehen, um einen Partner für die Nacht zu finden, weil sie noch nicht bereit für eine neue Beziehung gewesen war, aber sie hatte den Kerl abserviert, bevor sie überhaupt in seiner Wohnung angekommen waren. Das war … einfach nicht ihr Ding.

Und die Aussicht, mehrere Dates mit einem Mann zu haben, um die nötige Bindung aufzubauen, damit sie mit ihm Sex haben konnte, verursachte bei ihr einen Nesselausschlag. Sie hatte mit dem Ärger in der Hexengemeinschaft und mit Rose schon genug um die Ohren. Wenn sie jetzt auch noch mit einem Mann ausgehen wollte, würde sie mit Sicherheit verrückt werden.

Somit blieb das Problem ihrer unerfüllten sexuellen Bedürfnisse bestehen.

„Ich bin mir sicher, du findest eine Lösung."

Sie schreckte auf und die Hitze stieg ihr ins Gesicht und in den Nacken. „Was?"

Tallak gestikulierte auf ihr Handy. „Das Problem mit dem Ritual-Siegel." Das Zucken seines Mundes könnte man fast als Lächeln bezeichnen. „Du bist schlau. Irgendwo wirst du die richtigen Informationen finden."

Verblüfft starrte sie ihn einen Moment lang an. „Hast du mir gerade ein *Kompliment* gemacht?"

Er zuckte mit den Schultern, und die Falten um seine Augen vertieften sich, während sein Lächeln immer breiter wurde. Die Wirkung war geradezu niederschmetternd. Tallaks offenes Lächeln, das *ihr* galt, brachte ihre Gedanken zum Stillstand und sorgte dafür, dass sich etwas in ihrem Bauch zusammenzog … und absenkte.

„Ich würde deinen schockierten Blick als Beleidigung auffassen", murmelte er, „aber ich *habe* mich dir gegenüber wie ein Idiot verhalten, also schätze ich, dass ich das verdiene."

Und dann zwinkerte er ihr zu.

Er *zwinkerte* ihr zu.

„Du verdammter Mistkerl." Das heisere Flüstern entwich ihr, bevor sie ihre Zunge festhalten konnte.

Er blinzelte langsam und seine blonden Wimpern senkten sich über seine leuchtend bernsteinfarbenen Augen. „Das sind aber starke Worte für jemanden, der normalerweise nicht flucht."

Ihr Herz pochte wie verrückt in ihrer Brust, und die weißglühende Wut ließ ihre Haut in Flammen aufgehen, als sie ihre Hände zu Fäusten ballte. „Du spielst nicht fair. Du hast nicht das Recht …" Sie beendete den Satz, als ein Funken Vernunft ihren Ausbruch stoppte.

„Was?" Mit einer Bewegung, die zu schnell war, als dass sie sie hätte verfolgen können, stellte er sich vor sie. Sein Gesicht war nur wenige Zentimeter von ihrem entfernt und sein Atem eine heiße Liebkosung auf ihrer Haut. „Raus damit."

Da sie sich weigerte, einen Schritt zurückzuweichen, musste sie ihren Kopf nach hinten neigen, um seinem Blick zu begegnen. „Charmant zu sein", presste sie zwischen zusammengebissenen Zähnen hervor, als wäre sie in Trance. Als hätte seine unerwartete Freundlichkeit ein Loch in ihre Abwehr gerissen und sie benommen zurückgelassen, woraufhin sie nun mit ihrer üblichen kühlen Distanz Probleme hatte.

Seine Augen huschten zwischen den ihren hin und her, und das mit der laserscharfen Aufmerksamkeit eines Raubtiers, das seine Beute begutachtete … oder einen würdigen Gegner. Das kristalline Orangegold seines Blicks schimmerte gefährlich, als er sich quälend langsam nach vorn beugte, bis seine Lippen ihr Ohr berührten.

„Du würdest mich viel mehr als nur *charmant* finden", murmelte er und ihr jagte ein Schauer über den Rücken, während sie wie gelähmt dastand, „wenn du die Nacht mit mir verbringen würdest."

Ihr Puls donnerte in ihrem Kopf und verursachte Schwindelgefühle. Und doch brachte sie heraus: „Ich habe schon einige Nächte mit dir verbracht. Ich war nicht beeindruckt."

Ein heiseres Lachen, so nah an ihrer Haut, dass sie es ebenso spürte, wie sie es hörte. „Ich spreche nicht davon, durch die Wälder der Fae zu wandern und mit einem offenen Auge auf dem harten Waldboden zu schlafen. Du weißt genau, was ich meine." Er streichelte ihren Unterkiefer, eine federleichte Berührung, die sie bis ins Mark traf. „Ich habe dich zweimal kommen lassen, ohne dass du dich ausgezogen hast. Stell dir vor, was ich tun könnte, wenn du nackt vor mir ausgebreitet lägst und ich mir Zeit ließe ..."

Bei den Göttern!

Tallaks Absicht, sie zu verführen, verursachte einen Kurzschluss in ihrem Gehirn und ihre Knie waren peinlich kurz davor, zu wackeln.

„Eine Nacht." Er wich gerade so weit zurück, dass die bernsteinfarbene Flamme seines Blicks sie erfasste und die Hitze seiner ungeteilten Aufmerksamkeit ihre Seele brandmarkte. „Wir werden uns da durcharbeiten." Er bewegte seinen Finger von seiner Brust zu ihrer und berührte die Haut unter ihrem Schlüsselbein, was ein elektrisches Kribbeln in ihr auslöste. „Und wir werden sicherstellen, dass wir beide so gründlich ausgewrungen sind, dass wir eine Woche lang kriechen werden. Ich weiß, dass du es nicht wahrhaben willst, aber du brauchst das genauso sehr wie ich."

Der unbändige Hunger in seinem Gesichtsausdruck weckte ihren eigenen bis zur Schmerzgrenze.

„Also lass uns das in Angriff nehmen." Seine Macht war eine summende Kraft in der Luft. „Wir löschen diesen Durst, wir schlemmen, bis wir gesättigt sind, und dann können wir uns beide davon lösen und uns wieder um andere Dinge kümmern."

Ihr ganzer Körper bestand nur aus dem trommelnden Rhythmus ihres Herzschlages. Sie hielt seinem Blick einen langen Moment lang stand, die Spannung in ihr war so groß wie eine gezogene Bogensehne.

„Ja."

Ein Wort. Einfach. Klein. Und es machte ihr Angst, riss Mauern ein, die sie brauchte, um aufrechtzubleiben, und doch … konnte sie hinter diesen Mauern nicht atmen. Sie konnte nicht leben.

Sie war so lange Zeit so brav gewesen. Immer vorsichtig, immer korrekt, die Last der Verantwortung auf sich. Diese eine Sache … würde sie für sich selbst tun.

Tallak wurde unheimlich fokussiert, wie ein Tiger Millisekunden vor dem Angriff.

„Keine Gespräche", flüsterte sie. „Keine Forderungen, keine Bedingungen, keine Komplikationen."

„Einverstanden." Sein Atem war flach, seine Pupillen weiteten sich, bis das Schwarz die glühenden Iriden fast verschluckte. „Bis auf eine Sache. Ich bin nicht still, wenn ich ficke. Es wird Gerede geben. Und zwar auf die schmutzige Art."

Als Reaktion auf seine Erklärung reagierten alle Teile ihres Körpers mit Erregung. Ihr Mund wurde trocken und sie konnte nur knapp nicken.

„Zu dir oder zu mir?"

Der Gedanke, es mit Tallak unter dem Dach zu treiben, unter dem auch ihre Kinder schliefen … „Bei dir." Ein schweres Schlucken. „Lass uns gehen."

„Nein."

Sie blinzelte verblüfft und starrte ihn an.

Auf seinem Gesicht lag der Hauch eines vernichtenden Lächelns, aber seine Augen glitzerten hart. „Ich will die ganze

Nacht. Diese hier ist schon halb vorbei.“ Ohne Vorwarnung umfasste er ihren Kopf mit beiden Händen, vergrub seine Finger in ihrem Haar und knabberte an ihrer Unterlippe, dann leckte er den Schmerz weg. „Morgen“, murmelte er gegen ihren Mund und fing dabei ihre hektischen Atemzüge auf. „Du kommst morgen bei Sonnenuntergang zu mir und bleibst bis zum Morgengrauen. Und jetzt geh schlafen, denn ich werde dich nicht schlafen lassen, wenn du bei mir bist.“

KAPITEL 8

Die Nachmittagssonne fiel durch die Küchenfenster der MacKennas und tauchte Merles Haar in ein feuriges Rot, während die jüngere Hexe die Bilder des Siegels studierte, die Hazel gerade an Merles Handy weitergeleitet hatte.

„Ich glaube nicht, dass ich das schon mal gesehen habe", sagte Merle mit einem Stirnrunzeln. „Aber mein Wissen über diese Siegel ist ziemlich eingerostet."

„Geht mir genauso." Hazel atmete schwer aus. „Ich habe heute Morgen die Bücher in unserer Bibliothek durchgesehen, bevor ich ein paar Besorgungen machen musste, und ich habe es noch nirgends gefunden."

„Ich werde auch danach Ausschau halten." Ein prüfender Blick. „Bist du sicher, dass wir nicht jemand anderen einweihen wollen? Mit Verstärkung würden wir das schneller lösen."

Hazel schüttelte den Kopf. „Ich habe es Lily erzählt. Und das muss genügen. Sie kann mit mir zusammen unsere Bibliothek durchforsten, aber ich will nicht, dass andere

Hexen davon erfahren. Je mehr Leute davon wissen, desto höher ist das Risiko, dass es zu den anderen durchdringt."

Merle schwieg einen Moment und zupfte an dem Etikett einer Avocado. „Hast du daran gedacht, Arawn um Hilfe zu bitten?"

Hazel zog eine Grimasse. „Arawn ist … die nukleare Option. Wenn wir ihn einbeziehen, dann nur, weil wir an einem Punkt angelangt sind, an dem wir das Wohlwollen und das Vertrauen der gesamten Hexengemeinschaft nicht einmal mehr auf dem Radar haben." Auf Merles fragenden Blick hin fügte sie hinzu: „Es geht um Politik, Merle. Gegenwärtig ist die Mehrheit der Hexen noch nicht mit Arawn im Bunde. Dieser Fall hier ist im Moment eine Hexenangelegenheit – es sind keine Kreaturen aus der Anderswelt beteiligt. Arawn ist nicht zuständig, und wenn er sich einmischt, unabhängig davon, ob er von mir dazu aufgefordert wurde oder nicht … Was glaubst du, wie das auf den Rest der Hexen wirken wird, die noch unschlüssig sind, was die Frage ihrer Loyalität angeht?"

„Argh! Als würde er seine Befugnisse überschreiten. Das würde ihn noch mehr als das anmaßende, machtgierige Arschloch erscheinen lassen, für das sie ihn bereits halten."

„Wir fallen den anderen Ältesten schon jetzt in den Rücken, weil wir ihnen nichts davon erzählen. Wenn wir Arawn in die Sache verwickeln, zerstören wir jede Chance, dass sie ihm vertrauen … und daran glauben, dass er ihre Autonomie respektiert, nachdem sie ihm Treue geschworen haben."

Merle ließ den Kopf hängen. „Ich hasse Politik."

Hazel lächelte. „Ich weiß. Du bist wie Lily – du fühlst dich in der Schlacht wohler." Sie schaute wieder heimlich auf ihr Handy. Kurz nach halb fünf. Etwas mehr als drei Stunden bis Sonnenuntergang. In ihrem Bauch machte sich ein beklemmendes Gefühl breit.

„Geht es dir gut?“ Merle zog die Brauen zusammen. „Du wirkst unruhig.“

Es lag Hazel auf der Zunge. Es zerrte an den Fesseln, die sie ihm angelegt hatte, wollte raus, *drängte* darauf. Sie hasste es, Geheimnisse zu haben. Vor allem, wenn sie so groß waren. All die Jahre, in denen sie über Rose, den Wechselbalg-Austausch und Basils wahre Identität schweigen hatte müssen … Und dann später, als sich das Ausmaß der anderen dunklen Wahrheit, die sie nie aussprechen konnte, auf sie gelegt hatte wie ein Fleck, den niemand sehen konnte … Es hatte an ihrer Seele gezehrt.

Und jetzt … wünschte sie sich nichts sehnlicher, als jemanden zu haben, mit dem sie die alberne Aufregung des verrückten, rücksichtslosen Vergnügens teilen konnte, zu dem sie die Stunden hinunter zählte. Merle war das, was einer besten Freundin am nächsten kam. Robert hatte dafür gesorgt, dass sie ihre Freunde während ihrer unglücklichen Ehe vertrieben hatte – ein weiterer Aspekt, der perfekt in das Spielbuch eines Narzissten passte. Auch das war ihr erst klar geworden, nachdem Basil ihr die Augen für Roberts wahres Gesicht geöffnet hatte.

Emily MacKenna war die Einzige gewesen, die an Hazel festgehalten hatte, obwohl sie sie wegzustoßen versucht hatte. Sie wäre diejenige gewesen, die Hazel jetzt die Wahrheit über ihre Nervosität abgerungen hätte … nur um zu kichern und zu grinsen und darüber zu diskutieren, was Hazel bei Anbruch der Nacht erwartete.

Aber Emily war tot, umgekommen im Feuersturm von Maeves Phönix vor siebzehn Jahren. Und sosehr Merle ihrer Mutter auch ähnelte, sie war nicht Emily und würde niemals ihren Platz einnehmen. Ihr gehörte ein anderer Teil von Hazels Herz und sie befand sich irgendwo zwischen einer guten Freundin und einer geliebten Nichte, aber wegen dieser

Nuance in Hazels Wahrnehmung konnte sie mit Merle nicht über Tallak sprechen.

Also räusperte sie sich einfach und rückte ihren Zopf zurecht. „Ich bin okay. Nur … gestresst, weißt du."

„Hmm." Merle warf ihr einen Blick zu, der verriet, dass sie nicht ganz überzeugt war, aber bevor sie nachhaken konnte, ging die Haustür auf.

Merle richtete sich auf, als Hazel die dunkle Energie spürte, die vom Foyer in die Küche strömte. Sämtliche Härchen auf ihren Armen und in ihrem Nacken stellten sich auf. Die Luft selbst schien zu schweigen.

Sie war Arawn erst wenige Male begegnet und diese instinktive Reaktion ließ nicht nach. Der Echsenteil ihres Gehirns rief ihr zu, den Schwanz einzuziehen und zu fliehen. Obwohl sie ihm die Treue geschworen hatte, wusste, dass er auf ihrer Seite war, und gesehen hatte, wie sehr er Maeve anhimmelte, schaffte es der Herr der Dämonen – und gefallene Gott – immer noch, jede einzelne Zelle ihres Körpers im Urbewusstsein eines Wesens erzittern zu lassen, das am Anfang der Zeit geschmiedet worden war. Die schiere Macht seiner Magie war ein erdrückender Kontrapunkt zu ihrer eigenen.

Wie Maeve es wagte, Arawn auf Augenhöhe zu begegnen, geschweige denn sein Bett zu teilen, würde Hazel nie verstehen können.

Die dunkle Präsenz des Herrn der Dämonen erfüllte den Raum schon, bevor er eintrat und seine massive Gestalt die Tür ausfüllte. Er neigte den Kopf, sein schwarzes Haar verschluckte alles Licht. „Merle. Hazel."

Eine schlanke Hand strich von hinten über seinen Arm, und als er zur Seite wich, kam Maeve zum Vorschein, deren Lächeln den größten Kontrast zu der bösartigen Narbe in ihrem Gesicht bildete. Eine Narbe, die durch das Licht ihres inneren Phönix vergoldet wurde, sodass sie trotz des Grauens, für das sie stand, leuchtete.

Kintsugi, hatte Maeve mit leisem Stolz in ihrer Stimme gesagt. Sie war wie *Kintsugi* – ihre kaputten Nähte repariert mit Gold.

„Hey, ihr zwei", sagte Maeve jetzt, als sie zu ihrer Schwester trat und sie umarmte. „Oder besser gesagt, drei", ergänzte sie mit einem liebevollen Blick auf Merles Bauch. „Wie geht es meiner kleinen Nichte?"

„Sie zwingt mich alle zehn Minuten dazu, pinkeln zu gehen, und besteht darauf, Party zu machen, sobald ich mich hinlege."

„Das Übliche also." Mit einem Grinsen drehte sich Maeve zu Hazel um und umarmte sie ebenfalls. „Schön, dich zu sehen."

„Dich auch." Hazel drückte sie fest an sich, diese junge Hexe, deren gequälte Vergangenheit Hazels verstorbene Schwester Isabel zu verantworten hatte. Egal, wie oft Maeve ihr versicherte, dass Hazel in keiner Weise Schuld an ihrer Tortur trug, empfand sie noch immer ein schlechtes Gewissen. Isabel war ihre Schwester gewesen – Hazel hätte ihren Abstieg in den Wahn spüren und sie aufhalten müssen.

„Wem verdanken wir den hohen Besuch?", fragte Merle und warf einen Seitenblick auf Arawn. „Wenn ich gewusst hätte, dass ihr kommt, hätten Dad und ich Abendessen gemacht."

„Und ich hätte noch ein paar Kekse mitgebracht", sagte Rhun, als er durch die Hintertür in die Küche schlenderte. „Extra dunkel und so."

Der *Bluotezzer*-Dämon ignorierte Merles warnenden Blick und küsste Maeve auf die Wange … unter dem wachsamen Blick Arawns.

„Wir verreisen", verkündete Maeve mit einem verschmitzten Lächeln.

„Ach?" Merle hob die Brauen. „Eine verspätete Hochzeitsreise?"

„Ein bisschen abenteuerlicher als das." Maeve schob eine Strähne ihres roten Haars hinter ihr Ohr. „Wir gehen auf die Jagd."

„Warum habe ich das Gefühl", fragte Rhun in die darauffolgende Stille, „dass eure Beute kein gewöhnliches Wild sein wird?"

„Ich habe Berichte erhalten, dass ein weiteres uraltes Wesen erwacht ist." Arawn richtete sich aus seiner lässigen Position am Türrahmen auf und ging mit räuberischer Anmut und tödlicher Kraft weiter in die Küche.

Trotz der Nonchalance, mit der Rhun seinen neuen Schwager behandelte, bemerkte Hazel den Hauch von Wachsamkeit, der bei der Annäherung des Herrn der Dämonen über Rhuns Miene huschte. Der *Bluotezzer* genoss es, Leute zu necken und den unbekümmerten Klugscheißer zu spielen, aber er war sich seiner Umgebung und der Bedrohung in seiner Nähe nie unbewusst. In der Zeit, in der Hazel Rhun kannte, hatte sie gelernt, dass er genau wusste, wo die Grenze lag und wie weit er sie überschreiten konnte.

Merle setzte sich auf, ihre Schultern waren angespannt und ihre blauen Augen auf Arawn gerichtet. „Noch ein gefallener Gott?"

„Nein." Seine Mundwinkel verzogen sich zu einem spöttischen Lächeln. „Meine alten Kameraden wären nicht *erwacht*, sondern hätten sich im Laufe der Jahrtausende zu altem Ruhm zurück gearbeitet."

„Wie du." Merle hob eine Augenbraue.

„Wie ich. Keiner von ihnen schläft. Daran gibt es keinen Zweifel. Dass wir noch nichts von einem anderen gehört haben, liegt daran, dass sie immer noch ihre Kräfte sammeln und Intrigen spinnen, um entweder einen großen Auftritt hinzulegen oder im Stillen so viel Macht und Territorium an sich zu reißen, dass ihnen ganze Länder zu Füßen liegen, wenn sie sich herablassen, sich zu offenbaren."

„Und das weißt du, weil du so gut in Psychologie bist … oder weil du das auch machen willst?"

Arawns einzige Antwort war ein kaltes Lächeln … das sich erwärmte, als Maeve ihre Finger mit seinen verschränkte und seine Hand sowohl mit Nachsicht als auch bewusster Stärke drückte.

„Die Macht, die ich anstrebe", sagte Arawn sanft, „wird für immer in der Menschlichkeit verankert sein."

Maeves Menschlichkeit, dachte Hazel. Die stumme Ergänzung zu Arawns Aussage war für sie alle eine unausgesprochene Wahrheit. Maeve war Arawns Herz, sein Gewissen. Und wenn man den Gerüchten Glauben schenken durfte, war sie der einzige Grund, warum er sich nicht mit seinem einstigen Bruder Velez zusammengetan hatte, als der andere gefallene Gott vor sieben Monaten zu Arawn gekommen war und ihm vorgeschlagen hatte, seinen Platz als Herrscher über die Erde zurückzuerobern. Dabei wären die Menschen kaum mehr als Beute für die uralten Kreaturen gewesen, die sie zur Strecke bringen wollten.

Arawn hatte Velez' Angebot nicht nur abgelehnt, sondern den anderen Gott erschlagen, als dieser Maeve bedroht hatte. Das war offenbar die einzige Möglichkeit, einen von Arawns Artgenossen zu töten – mit der Macht eines anderen Gottes.

Und wenn Maeve und der mildernde Einfluss, den sie auf Arawn hatte, nicht gewesen wären, sähe die Welt jetzt vielleicht ganz anders aus.

„Was für ein Glück", sagte Rhun fröhlich, „dass wir die einzige reformierte Urgottheit auf unserer Seite haben."

„Du solltest dich glücklich schätzen", murmelte Arawn mit einem humorvollen Glitzern in den Augen, das die Warnung aus seinen Worten nahm.

Maeve spitzte die Lippen und verbarg ein Lächeln. „Wie

auch immer, während wir weg sind, kannst du dich mit Lucía in Verbindung setzen, wenn es ums Geschäft geht. Für Notfälle haben wir Handys dabei und Arawn kann uns in einer Sekunde zurückbringen, aber es kann sein, dass wir dort, wo wir hingehen, nicht immer guten Empfang haben."

„Wo *wollt* ihr denn hin?" Merle runzelte die Stirn. „In die sibirische Steppe?"

Maeve lachte leise und legte den Kopf schief. „Eher in die Berge – in den Himalaya."

„Welches uralte Wesen jagt ihr dort?", fragte Hazel.

„Das wissen wir noch nicht. Die Berichte sind in diesem Punkt nicht schlüssig. Wir wissen nur, dass es dort ungewöhnliche magische Aktivitäten gab, die mit seltsamen Vorkommnissen in der Natur in Verbindung stehen. In einem Ausmaß, das darauf hindeutet, dass es sich um ein Monster handeln könnte."

„Und ihr wollt es … fangen und hierherbringen?" Hazel hob eine Augenbraue.

Maeve zuckte mit den Schultern. „Das ist die einzige Möglichkeit, es unter Arawns Kontrolle zu bringen. Wenn wir es dort lassen, könnte ein anderer Gott es fangen."

„Und wir sind uns alle einig, dass es eine gute Idee ist, die anderen Götter davon abzuhalten, mächtige Haustiere zu sammeln, die die Macht haben, ganze Zivilisationen zu zerstören", warf Rhun ein.

Merle biss in einen Apfel und nickte kauend.

Hazel klopfte mit den Fingern auf die Arbeitsplatte. „Ich nehme an, ihr wisst nicht, wie lange ihr brauchen werdet, um das Biest zu fangen?"

„Leider nicht. Wir hoffen, dass die Anwesenheit von Arawn und mir – oder besser gesagt, von meinem Phönix – es herauslocken wird, aber es kann auch länger dauern. Ich wollte schon immer mal den Himalaya sehen, aber ich will nicht wochenlang dort bleiben."

„Also“, sagte Hazel und konzentrierte sich auf Arawn, „überlässt du Lucía die Verantwortung? Nur, damit wir wissen, wer hier das Sagen hat, während du weg bist.“

„Tatsächlich“, antwortete Arawn mit seiner leise grollenden Stimme, „ist Deimos derjenige, der in meiner Abwesenheit die Entscheidungen trifft, aber Maeve schlug vor, dass wir Lucía als Vermittlerin anbieten.“

Eine kluge Entscheidung. Hazel hatte den Mann, der Arawns Stellvertreter war, nur einmal getroffen, aber allein die Erinnerung daran bereitete ihr eine Gänsehaut. Deimos sah gepflegt und elegant aus, wie ein Mann, der in lässigem Luxus und mühelosem Charme zu Hause war, und doch verbarg sich hinter dieser kultivierten Erscheinung ein Hauch von eisigem Terror. Wie ein schöner Wintersee, dessen dunkle Tiefen unvorstellbare Schrecken enthielten.

Hazel war mehr als froh, stattdessen mit Lucía zu sprechen. Arawns überschwänglicher und geselliger Schützling war die perfekte Kandidatin für jeden Job, bei dem es um Kommunikation oder PR ging. Sie als inoffizielle Kontaktperson für Arawns Verbündete einzusetzen, war ein verdammt cleverer Schachzug.

Merle sah Maeve an. „Wann reist ihr ab?“

„Heute. Ich wollte mich von dir und Dad verabschieden. Ist er da?“

„Sicher. Er ist drüben im Spielzimmer und poliert seine alten College-Auszeichnungen.“

Maeve verschwand in einem Wirbel aus feurigem Haar und … durchsichtigen Flammen. Hazel blinzelte und schüttelte den Kopf. Zweifelsohne ein Aspekt ihrer Phönixnatur.

„Wie entwickelt sich die Situation in der Hexengemeinschaft?“

Hazel erschrak angesichts Arawns Frage und ihr Herz pochte wie wild. „Was meinst du?“

„Die Loyalitätsfrage.“ Arawns waldgrüne Augen verengten sich ein wenig. „Gibt es noch etwas anderes?“

„Das übliche Gezänk zwischen ehemaligen Fraktionen.“ Sie bemühte sich um einen neutralen Gesichtsausdruck und hoffte, dass ihr kleiner Ausrutscher sein Misstrauen nicht geweckt hatte. Wenn Arawn nachhakte und sich für die Ermittlungen interessierte ... Es war ein Segen, dass er das Gebiet für eine Weile verlassen wollte. So konnte sie sicherstellen, dass er seine Nase nicht dort hineinsteckte, wo sie nur noch mehr Ärger verursachen würde.

Merle sprang ein, um zu helfen. „Ich fürchte, wir sind nicht weitergekommen, die anderen Ältesten davon zu überzeugen, die Seite zu wechseln. Hazel und ich hatten gerade diese Diskussion. Alte Vorurteile sitzen tief und es wird dauern, bis sie genug Vertrauen aufgebaut haben, um dir ihre Loyalität zu schwören.“

„Zeit, die sie nicht haben.“ Arawn legte den Kopf schief. „Die Höchsten Mächte verlieren immer mehr von ihrer Magie und ihrem Zugang zu dieser Welt. Wenn die Hexen darauf bestehen, ihnen treu zu bleiben, werden sie zusammen mit ihren alten Meistern untergehen. Es hat bereits begonnen.“

Merles Augen weiteten sich. „Was? Wo?“

„Nicht hier. Die Hälfte der Hexengemeinschaften in São Paulo und Tokio wurde ausgelöscht, und es gibt Berichte über einzelne Hexenfamilien in ganz Europa und Asien, die in letzter Zeit bei Auseinandersetzungen mit Dämonen ums Leben gekommen sind. Scharmützel, die eigentlich nicht so tödlich hätten enden dürfen. Nicht, wenn die Hexen ihre volle Kraft gehabt hätten.“

Merle unterdrückte ein Keuchen.

„Wieso habt ihr davon noch nichts gehört?“ Arawn hob eine schwarze Braue. „Ich hatte den Eindruck, dass sich Gerüchte unter euch Hexen genauso schnell verbreiten wie unter den Kreaturen der Anderswelt.“

Merles Kiefer spannte sich an. „Wir sind nicht alle so eng miteinander verbunden. Nicht auf der ganzen Welt."

„Woher weißt *du* davon?", fragte Hazel Arawn mit einem Stirnrunzeln.

Arawns Mund verzog sich zu einem Halblächeln, das furchterregend aussah. „Ich habe meine Quellen."

„Sagte er geheimnisvoll", murmelte Rhun leise, „voller Enigmen und Mysterien."

Arawn warf ihm einen finsteren Blick zu. „Vorsicht, *Bluotezzer*."

Schwungvoll verbeugte sich Rhun. „Verzeiht, Eure Göttliche Majestät."

„Du bist unmöglich", zischte Merle mit zusammengebissenen Zähnen und stieß Rhun mit dem Ellbogen in die Seite, wobei ihr Blick hätte töten können.

Für eine Sekunde hätte Hazel schwören können, dass die Augen des Herrn der Dämonen amüsiert aufblitzten, bevor seine Miene wieder unergründlich wurde.

„Ich überlasse es euch, die Ältesten davon zu überzeugen, wie verhängnisvoll es ist, wenn sie weiterhin an ihre zum Scheitern verurteilten Loyalitäten glauben", sagte Arawn. „Aber sorgt dafür, dass sie es rechtzeitig begreifen. Ich würde nur ungern von unserer Reise zu einer Hexengemeinschaft zurückkehren, die an ihrem Hochmut zugrunde gegangen ist."

Merles Miene verfinsterte sich. „Und wie sollen wir das deiner Meinung nach erreichen?"

„Ich bin sicher, du findest einen Weg, Schwester." Arawns Grinsen verriet, wie sehr es ihm gefiel, dass Merle angesichts seiner intimen Ansprache zusammenzuckte. Wie Hazel festgestellt hatte, mochte er das Spiel, seinen Status als Neuzugang in der Familie durch die Verpaarung mit Maeve zu nutzen, um Merle zu ärgern.

„*Arawn*", mahnte Maeve, die in diesem Moment in die

Küche zurückkam und den letzten Wortwechsel miterlebt hatte.

Arawn sah sie mit einem meisterhaft ausdruckslosen Blick an, als sie sich neben Merle setzte. „Ich genieße einfach meine neuen Familienbeziehungen. Schließlich hatte ich noch nie eine Schwester."

„Und wenn man bedenkt", murmelte Merle und rieb sich die Stirn, „dass du der einzige Bruder bist, den ich je haben werde."

„Oh, ich weiß nicht." Rhun kratzte sich am Kinn. „Theoretisch könnte dein Vater noch ein Kind zeugen, jetzt, wo er wieder bei Sinnen ist und sich von seinem Leben als Gemüse erholt hat. Und wenn er es schafft, sich an eine nette Dämonin zu binden und sich mit ihr zu verpaaren, würde er sogar einen Teil seiner Jugend zurückgewinnen und könnte noch eine ganze Weile leben."

Merles Augen weiteten sich, als ein Krachen aus dem Spielzimmer zu hören war.

„Dad?", rief Maeve und lehnte sich auf ihrem Barhocker zur Tür. „Alles in Ordnung?"

„Sicher, ja", ertönte es aus dem anderen Zimmer. Frank MacKenna räusperte sich. „Ich bin, äh, in Ordnung."

„Mehr Geschwister für mich", murmelte Arawn leise und lächelte gerissen. Und Hazel verstand zum ersten Mal, wie Maeve sich in ihn hatte verlieben können.

KAPITEL 9

18:57 Uhr.

Achtzehn Uhr siebenundfünfzig, verdammt. Eine Minute war vergangen, seit Tallak das letzte Mal nachgesehen hatte. Er knirschte mit den Zähnen und schlug die Schranktür vor dem Haufen schmutziger Kleidung zu, den er gerade hineingeworfen hatte.

Na gut, das Schlafzimmer war sauber. Frische Laken, alles durchgelüftet, der Fußboden sichtbar und nicht mit getragener Kleidung bedeckt, der Nachttisch abgestaubt. *Abgestaubt.* Das hatte er nicht getan, seit er vor sieben Monaten eingezogen war.

Die Dusche war geschrubbt, genauso wie die Toilette, und er hatte sogar einen Lufterfrischer gekauft, der angeblich nach sauberer Wäsche riechen sollte. Er rümpfte die Nase. Für ihn war der Duft penetrant, aber Hazel hatte einen weniger ausgeprägten Geruchssinn und würde ihn wahrscheinlich zu schätzen wissen. Es war die gleiche Marke, die sie im Badezimmer im Erdgeschoss des Murray-Anwesens benutzte.

18:58 Uhr.

Verdammt noch mal! Er musste aufhören, auf die verdammte Uhr zu schauen. Bis Sonnenuntergang blieb noch mehr als eine halbe Stunde, und wenn er etwas über Hazel wusste, dann, dass sie die pünktlichste Person war, die er je getroffen hatte. Sie würde genau dann hier sein, wenn die Sonne unterging, und keine Minute früher.

Wenn sie überhaupt kam.

Sein Magen zog sich zusammen. Was, wenn sie es vergessen hatte? Vielleicht hätte er ihr eine SMS schicken sollen, eine kurze Erinnerung. Er ließ den Atem los, den er angehalten hatte. Nein, Hazel würde es nicht vergessen. Wahrscheinlich hatte sie diesen „Termin" in ihrem schicken kleinen Planer notiert – farblich kodiert natürlich und in kryptischen Abkürzungen, damit niemand, der einen Blick darauf warf, erraten konnte, worum es ging.

Er schlenderte hinüber in die Wohnküche und hob die letzten herumliegenden Gegenstände auf der Theke auf.

19:00 Uhr.

Er murmelte einen unflätigen Fluch und steckte sein Handy wieder ein.

Aber was, wenn sie ihre Meinung geändert hatte? Was, wenn sie kalte Füße bekommen hatte und doch nicht käme? Er spielte kurz mit dem Gedanken, zur Murray-Villa zu marschieren und sie aus dem Haus zu zerren, wenn sie es wagen sollte, abzusagen. Dafür würde sie ihn wahrscheinlich auf der Stelle braten.

Es klopfte an der Tür und Tallak ließ fast den Becher in seiner Hand fallen.

Scheiße, sie ist früh dran, war alles, was er in der Sekunde denken konnte, bevor die Tür aufging und Basil hereinspazierte.

„Hey, Dad." Baz hob das Sixpack in seiner rechten Hand zum Gruß und schloss die Tür hinter sich. „Ich dachte, ich komme auf ein paar Drinks und einen Film vorbei. Ich weiß, dass wir nichts geplant haben, aber Mom hat den Pizzaabend abgesagt, Isa ist an einem Fall dran und Lily wurde zum Babysitten von Aleks Neffen und Nichte abkommandiert. Ich dachte mir, da es dein freier Abend ist, hättest du Lust auf …" Er erstarrte und sein Blick flog durch den Raum. „Hast du *geputzt*?"

Tallak zog eine Grimasse. Er liebte sein Kind, das tat er wirklich, aber im Moment wollte er es aus dem Fenster werfen. Er konnte nicht hier sein. Nicht *jetzt*.

„Ja, und?", antwortete er auf Baz' Frage und bemühte sich um ruppige Nonchalance. „Es war überfällig."

Nicht, dass seine Wohnung ein Schweinestall gewesen wäre, aber er wusste, wie Hazels Haus aussah und welchen Grad an Sauberkeit sie bevorzugte. Er hatte den ganzen Tag gebraucht, um seine Wohnung auf Vordermann zu bringen.

„Richtig." Baz' Augenbrauen zogen sich zusammen, als er den Raum betrachtete und zum Kühlschrank ging.

Tallak blickte auf den glühenden Horizont, der durch sein Fenster zu sehen war. „Hör mal, Junge …"

„Du hast den *Kühlschrank* geschrubbt?" Baz schaute hinter der offenen Tür hervor, nachdem er das Bier hineingestellt hatte.

„Sosehr ich unsere Treffen auch genieße, heute Abend ist kein guter Zeitpunkt." Es tat ihm weh, das sagen zu müssen. Ein Teil von ihm ärgerte sich darüber, dass er seinen Sohn zur Tür hinauskomplimentieren musste, anstatt die sechsundzwanzig verlorenen Jahre zwischen ihnen aufzuholen. Seit er aus Faerie zurückgekehrt war, hatte er Basil nicht ein einziges Mal abgewiesen, wenn der Junge etwas hatte unternehmen wollen. *Genau wie es sein sollte.*

„Hast du Pläne?" Baz starrte auf den Boden. „Sag mir nicht, dass du den Teppich dampfreinigen willst."

„Nein, du Klugscheißer", erwiderte er mit einem Grinsen und achtete darauf, seine Ungeduld nicht zu zeigen. „Ich veranstalte einen Bingoabend, okay? Ein anderes Mal, ja? Und jetzt verschwinde, bevor die alten Damen kommen und anfangen, dich anzuschmachten!"

Baz starrte ihn an, und seine braunen Augen verengten sich … bis sie sich weiteten. „Ich weiß, was los ist."

Tallaks Herz setzte aus und seine Haut wurde eiskalt.

Ein Grinsen huschte über Basils Gesicht. „Du hast ein *Date*."

Es war eher ein gegenseitiges Juckreiz-Kratzen, auf das sie sich geeinigt hatten, aber warum dem Jungen den Eindruck verderben, den er von ihm hatte? Tallak blieb wie erstarrt stehen und wartete darauf, dass der nächste Stein ins Rollen kam. Wenn Rhun wusste, dass Hazel und er sich zueinander hingezogen fühlten – hatte Baz es dann auch bemerkt? Und was wäre, wenn er es wüsste? Innerlich zuckte er bei dem Gedanken zusammen. Dieses Chaos würde noch viel unübersichtlicher werden, je mehr Leute davon erfuhren … vor allem Leute, die ein persönliches Interesse an einem bestimmten Ergebnis hatten.

„Nun", sagte Baz mit einem Augenzwinkern, „wen auch immer du dir geschnappt hast, ich denke, es wird verdammt noch mal Zeit. Und das ist alles, was ich dazu sagen werde, denn ich möchte mich nicht mit den Details des Liebeslebens meines Dads aufhalten. Ich werde mich selbst hinausbegleiten, vielen Dank."

Tallak verbarg den Seufzer der Erleichterung und entschied sich stattdessen für ein verständnisvolles Nicken. „Eine weise Entscheidung, Junge."

Er ging hinter Basil her, als dieser sich auf den Weg zur Tür machte, und konnte gerade noch verhindern, Baz hinaus zu schubsen. Seine Finger zuckten jedoch, also schaute er noch einmal auf die Uhr.

19:14 Uhr.

Baz musste schon lange weg sein, wenn Hazel hier

ankam, damit sie ihm nicht auf dem Weg zu Tallaks Haus begegnete. Wenn Basil es noch nicht begriffen hatte, dann würde er es sicher tun, wenn er sah, wohin Hazel unterwegs war.

Er zwang sich, die Tür nicht hinter seinem Sohn zuzuschlagen, und ließ den Kopf einen Moment lang hängen, während seine Handfläche immer noch auf der Tür ruhte. Stirnrunzelnd neigte er den Kopf zu seiner Schulter und schnupperte. Vielleicht hätte er *nach* dem Putzen duschen sollen.

19:17 Uhr.

Wenn er sich beeilte, könnte er noch einmal unter die Dusche hüpfen. Auf der anderen Seite hatte seine Zurück-zur-Natur-Hygiene, als sie in Faerie gezeltet hatten, Hazels Lust nicht gestört … Kurzzeitig dachte er darüber nach. *Ah, verdammt!* Er zog sich das T-Shirt über den Kopf, entledigte sich seiner restlichen Kleidung und stopfte alles in den Schrank zu der anderen schmutzigen Wäsche.

Es war besser, neu anzufangen … Mit Hazel in seinem Bett würde er bald wieder verschwitzt sein.

⛤

HAZEL HOB DIE HAND, BEREIT, AN DIE SCHLICHTE GRAUE TÜR ZU Tallaks Wohnung zu klopfen, und … tat es nicht.

Was zum Donner mache ich hier?

Die letzten violetten Strahlen der untergehenden Sonne hinter ihrem Rücken fühlten sich an wie ein Brandzeichen – eine stumme Verurteilung. Die Lampen im Industrial Style an der Decke des Flurs waren bereits angeknipst worden und tauchten die Wände – und diese verflixte Tür – in kaltes, ungeschminktes Licht. Hart. Real.

Viel zu real.

Sie war noch nie hier gewesen, hatte nie einen Grund

gehabt, seine Wohnung aufzusuchen, weil er sich so oft in der Murray-Villa aufhielt. Die Art und Weise, wie sie einander angeknurrt hatten, hatte sie nicht gerade dazu gebracht, ihn besuchen zu wollen. Er hatte nur die erste Nacht nach seiner Rückkehr von Faerie bei den Murrays verbracht und war am nächsten Tag losgezogen, um eine Wohnung zu mieten. Sie lag nur wenige Gehminuten von der Villa entfernt, damit er zwar in Basils Nähe, aber trotzdem in seiner eigenen Wohnung sein konnte.

Sie ballte ihre erhobene Faust fester, ihr Puls schlug wie ein Presslufthammer in ihrem Kopf. Wenn sie jetzt ginge, könnte sie zum Status quo zurückkehren, so tun, als hätte sich nichts geändert, und sich in die Mauern zurückziehen, die sie all die Jahre beschützt hatten.

Und sie würde sich in dieser Illusion von Sicherheit blutig kratzen.

Wer nicht wagt, der nicht gewinnt. Sie war es leid, auf Nummer sicher zu gehen. Das war genau das, was sie brauchte, was sie *wollte*.

Warum zum Henker konnte sie sich nicht dazu durchringen …?

Als die Tür aufschwang, stockte ihr der Atem und ihr Herz blieb ihr im Hals stecken, als sie Tallak sah, der am Türrahmen lehnte und dessen feuchtes Haar Wasser auf sein weißes T-Shirt tropfte … und es an einigen Stellen durchsichtig machte.

Eine dieser Stellen war zufällig seine Brustwarze.

Sie starrte ihn fassungslos an und ihr Mund wurde trocken. Der Duft des maskulinen Duschgels kitzelte ihre Nase und vermischte sich mit dem unverwechselbaren Tallak-Duft, den sie seit jenem hitzigen Moment in Faerie überall wiedererkennen würde.

Und gegenwärtig löste er alle möglichen Erinnerungen an diese schicksalhafte Nacht aus. Sie wollte nur noch ihre Nase in seiner Brust und seinem Hals vergraben, seine Essenz einatmen und sich an ihm berauschen.

Ihre Nervosität hinderte sie daran und sie nahm ihren Blick von seiner Brust und begegnete stattdessen seinen glühenden bernsteinfarbenen Augen.

„Dein Gesichtsausdruck ist ein guter Anfang, Süße." Seine gemurmelten Worte glitten über ihre erhitzte Haut wie eine hörbare Liebkosung. „Du musst aber reinkommen, damit ich etwas damit machen kann."

Sie schluckte und trat über die Schwelle, wobei sie seine Seite berührte. Seine erwachenden dämonischen Kräfte umspielten ihre Sinne wie eine üppige, dunkle Versuchung. Die Tür schloss sich mit einem leisen Klacken hinter ihr, die Stille war erfüllt von Absicht.

Zu aufgeregt, um viel von dem Raum wahrzunehmen, senkte sie ihren Blick, begann, die Knöpfe ihres Mantels zu öffnen, und erstarrte, als seine Hitze ihren Rücken bedeckte. Sein Atem streichelte ihren Nacken, als er seine Arme um sie legte und seine Hände den Knopf übernahmen, an dem sie gerade arbeitete.

Wie gelähmt, das Blut heiß in den Adern, hielt sie inne … und spürte, wie der erste Knopf unter seinen Fingern nachgab. Ein zittriger Atemzug, der Druck seiner Arme auf ihren, als er den nächsten Knopf öffnete. Sprachlos ließ sie ihn weitermachen und schloss die Augen.

Ihr Puls schlug tief im Scheitelpunkt ihrer Oberschenkel.

Als alle Knöpfe geöffnet waren, teilte sich der Mantel und Tallak streifte ihn ihr von den Schultern. Sie atmete tief durch und trat aus dem Mantel in ein Kokon aus aufgeladenem, ursprünglichem Verlangen, den er mit einer so einfachen Bewegung wie dem Ausziehen des Mantels geschaffen hatte.

Er drehte sich um und hängte ihren Mantel mit gleichmäßiger, räuberischer Leichtigkeit an den Haken hinter der Tür. Keine Spur von Nervosität. Natürlich war sie mit ihrer Nervosität allein. Wie lange war es her, dass sie das letzte Mal mit einem Mann geschlafen hatte? Drei Jahre? Vier? Sie biss sich auf die Lippe und dachte zurück. Vermutlich dieser Typ, der an der OHSU arbeitete, Daniel, mit dem sie ein paar Wochen lang zusammen gewesen war.

Mit einem Kopfschütteln riss sie sich von ihren Gedanken an die Vergangenheit los und die Hitze stieg ihr in die Wangen. Sie war so aufgeregt und unsicher, dass ihre Gedanken abschweiften, anstatt sich auf das zu konzentrieren, was direkt vor ihr lag.

Denn vielleicht war es ein bisschen zu beängstigend, diese Vorfreude, dieses Versprechen, das in der Luft hing, schwer und mit einem Hauch von Gefahr, die sie nicht weiter untersuchen wollte.

Stattdessen ließ sie ihren Blick über Tallaks Wohnzimmer schweifen und blieb an dem Motivationsposter an der Wand über der Couch hängen. Eine heitere Strandszene mit einer kunstvoll aufgesprühten Textzeile. *Carpe fuck'em.*

„Das passt so zu dir", murmelte sie.

Er reichte ihr ein Bier, wobei sich eine Seite seines Mundes zu einem Grinsen verzog. Dabei zeigte er ein paar Zähne und plötzlich konnte sie nur noch daran denken, wie sich diese Zähne angefühlt hatten, als er damit in die empfindliche Haut an ihrem Hals gebissen hatte. „Dann solltest du dir mal das Kissen auf der Couch ansehen."

Sie zwang ihren Blick von seinem Mund weg und las die mittelalterlich anmutende Schrift auf dem Kissen: *„Das ist der Acker, auf dem ich den Scheiß anbaue, den ich auf das gebe, was du machst. Wie du siehst, ist er nicht bestellt."* Sie schüttelte den Kopf. „Wo findest du die überhaupt?"

„Das Internet ist ein riesiger und wundersamer Ort."

Richtig. Sie beäugte ihn verstohlen von der Seite, seine Anwesenheit war ein Pulsieren dunkler Energie direkt neben ihr. „Du hast dich in nur ein paar Monaten ziemlich gut zurechtgefunden.“

„Ich bin anpassungsfähig und lerne schnell.“ Etwas glitzerte in seinen Augen und die Art, wie sich seine Stimme bei seiner Aussage senkte …

Sie presste ihre Schenkel zusammen, um das Pochen der Lust zu lindern, und nahm einen Schluck von dem Bier. Der herbe Geschmack machte ihren Kopf ein wenig freier und half ihr, sich zu konzentrieren. „Wir sollten über Schutz reden.“ Ihre Hand zitterte leicht, als sie etwas aus der Gesäßtasche ihrer Jeans zog. „Ich habe das hier mitgebracht.“

Tallaks Augen fielen auf die drei Kondome, die sie hochhielt. „Babe“, sagte er und sein flammender Blick traf wieder den ihren, „das ist süß.“

Sie wollte gerade etwas sagen, als er hinter sich an die Küchenzeile griff und eine schuhgroße Schachtel hervorholte, die bis zum Rand mit Kondompackungen gefüllt war.

Er lehnte sich dicht an sie heran und die Intensität seiner Aufmerksamkeit raubte ihr den Atem. „Du musst deine Erwartungen für heute Abend ernsthaft anpassen.“

Möglicherweise gab sie daraufhin einen kleinen, kehligen Laut von sich, den sie definitiv als peinlich empfand. Seine drohende Präsenz eroberte ihre Sinne, verwirrte ihre Gedanken und sie hatte Mühe, sich zu beherrschen. Sie räusperte sich. „Lass uns über Regeln sprechen.“

Mit feurigen Augen murmelte er: „Woher wusste ich, dass du das sagen würdest?“

„Eine“, sagte sie und ignorierte seine Bemerkung. „Es gibt nur eine Regel: Wir machen das, was sich für uns beide gut anfühlt, und wenn es das nicht tut, sagen wir etwas und hören auf.“

Er schaute sie abschätzend an und sein Mund verzog sich zu einem schelmischen Lächeln. „Das ist vielleicht die erste Regel in meinem Leben, der ich zustimmen werde.“

Sie nickte kurz und atmete dann tief durch. „Also."

„Also."

Ohne den Blick von ihr abzuwenden, streckte er langsam die Hand aus, nahm ihr die Bierflasche aus der Hand und stellte sie auf den Beistelltisch neben der Couch. Einen angespannten Moment lang herrschte pulsierende Stille. Das einzige Anzeichen seiner Erregung war sein schneller Atem.

Das Nächste, was sie wusste, war, dass er sie gegen die Wand drückte. Sein Körper war ein köstliches Gewicht, das sie an Ort und Stelle hielt, als sein Mund auf den ihren prallte und jeglichen Gedanken auslöschte.

KAPITEL 10

Er hatte gewartet. So. Lange. Gewartet. Und er hatte ausgeklügelte Pläne gemacht, wie er es anstellen wollte, wie er die kleinen Schritte bis zu diesem ersten Kuss auskosten konnte.

Das alles verpuffte in der Flamme seines Hungers, als er ihn schließlich gewähren ließ.

Sie drückte die Kurven ihres Körpers gegen ihn, ihr Duft war eine verlockende Herausforderung und er eroberte ihren Mund. Kein Vorspiel. Keine Finesse. Nur rohes Verlangen und sieben Monate der Begierde, verpackt in einen Kuss, der fast schon ein Biss war.

Und sie biss zurück.

Sie legte ihre Hände in seinen Nacken und für eine Sekunde dachte er, sie versuchte, ihn zu erwürgen, aber stattdessen krallte sie ihre Finger in sein Haar. Mit einem festen Griff in seinen Strähnen zog sie seinen Kopf zurück. Dann beugte sie sich vor, leckte über seine Kehle – und knabberte daran.

Ein Feuer jagte seine Wirbelsäule entlang, bis hinunter zu seinem Schwanz.

Mit einem Stöhnen packte er sie unter einem Knie, hob ihr Bein an und drückte seine Hüfte nach vorn, um genau den Punkt zu treffen, an dem sich ihre Schenkel vereinigten. Halb, um seinem eigenen Bedürfnis nachzukommen, halb, um ihres noch höher zu treiben. Sogar durch die Schichten der Kleidung, die sie beide noch bedeckten – *warum?* – reichte die Reibung aus, um ihr ein Stöhnen zu entlocken. Sie löste sich von seinem Hals.

Er wickelte seine Hand um ihren ordentlich *geflochtenen* Zopf und zog ihren Kopf zurück. In ihren dunklen Augen loderte ein schwarzes Feuer und als er in die Kurve zwischen ihrem Hals und ihrer Schulter biss, zuckte sie zusammen und stieß ihre Hüften gegen seine.

„So soll es also sein?", murmelte er gegen ihre Haut. „Hart?"

Ihre Antwort war ein Aufflackern von glühender Magie, während sie ihre Nägel in seine Schultern bohrte. Ungeachtet der Tatsache, dass er körperlich stärker war, machten ihre Hexenkräfte sie gefährlicher. Das wusste sie und sie erinnerte ihn daran.

Er lachte trocken und wich gerade so weit zurück, dass sie sein Gesicht sehen konnte. „Weißt du, wann ich wusste, dass ich dich ficken muss? Als du mich in der Nacht, als ich zu dir kam, mit diesem verdammten Wahrheitszauber belegt hast. Ich hatte einen verdammten Ständer, der stundenlang anhielt." Er drückte sich gegen sie und ließ sie genau spüren, wie hart er jetzt für sie war. „Wenn du denkst, dass deine Magie mir Angst macht, dann ist das Gegenteil der Fall, Süße."

Etwas huschte über ihr Gesicht, selbst, als sie sich gegen ihn wogte. „Du magst es, wenn ich dir meine Krallen zeige." Eine weiche, sanfte Aussage, unterstrichen vom Pulsieren ihrer Kräfte.

„Halte dich meinetwegen nicht zurück."

Ihr Mund – dieser wunderschöne, geküsste Mund – zeigte ein sündiges Lächeln. Eine Welle der Magie beförderte ihn auf den Rücken und auf die Couch. Hazel saß rittlings auf ihm. Ihr Atem floss jetzt freier, als hätte sie sich von einem einschränkenden Korsett befreit. Mit gerötetem Gesicht und vor Erregung dunklen Lippen erhob sie sich über ihn. Und alles, was er sah, war die Hexe mit dem rabenschwarzen Haar, die so viel Macht versprühte.

Er legte seine Hände auf ihre Hüften und drückte sie zusammen. „Was kannst du noch mit deiner Magie anstellen? Unanständige Dinge?"

„Natürlich nicht", murmelte sie, während sie ihre Hand unter sein T-Shirt schob und dabei heißes und kaltes Kribbeln hinterließ, ein Stempel ihrer Macht auf seiner Haut.

Er atmete scharf ein, packte ihr Handgelenk und schob es tiefer. „Ich will, dass du meinen Schwanz berührst."

Sie hielt an seinem Hosenbund inne und sah ihn unter ihren Wimpern hervor an. „Du bist fordernd."

„Ich bin auch großzügig", sagte er und öffnete den Knopf seiner Jeans. „Und ich weiß, wie ich mich revanchieren kann."

Ihr Blick fiel auf seinen Mund und er grinste.

„Ich habe Pläne", sagte er, „diesen Mund sinnvoll einzusetzen, Baby."

Sie strich mit ihren Fingernägeln über die Haut oberhalb seines Hosenbundes und entfachte magisches Feuer, wo immer sie ihn berührte. Er öffnete einen weiteren Knopf und die Eichel seines Schwanzes drückte sich durch den sich öffnenden Stoff. Hazels neckische Bewegungen gerieten für eine Sekunde ins Stocken, als sie sich auf seinen Schwanz konzentrierte. Das Teilen ihrer Lippen und die Farbe ihrer Wangen waren die süßesten Reaktionen überhaupt.

Die kleinste Unsicherheit flackerte über ihr Gesicht, kurz bevor sie ihre Hand um ihn legte. Seine Hüften hoben sich von der Couch, als er spürte, wie ihre Finger ihn mit einem Hauch von magischer Hitze umschlossen.

Er unterdrückte ein Stöhnen und registrierte nur am Rande ihren Ausdruck des Vergnügens. Seine Nervenenden erzeugten Funken, als sie ihn streichelte, auf und ab, und die Kombination aus ihren Kräften und dem physischen Druck war eine berauschende Stimulation.

Mühsam zwang er sich, ihr Handgelenk zu ergreifen, um ihre Bewegungen zum Erliegen zu bringen. „Ich will mehr davon. Später." Er setzte sich auf, öffnete ihre Jeans, drehte sie auf den Rücken und zog ihr die Hose und den Slip von den Hüften. „Jetzt muss ich in dir sein."

Mit großen dunklen Augen beobachtete sie, wie er sich mit seinen Fingern die Innenseite ihrer weichen Schenkel – die sich ihm, wenn auch leicht zitternd, öffneten – bis zu dem kleinen Bereich schwarzer Locken und dem kaum sichtbaren rosa Fleisch darunter hinab tastete.

Sie atmete rau aus und seine Hand bebte, als er sie schließlich berührte. Sie war feucht vor Verlangen – und bereit. Hazels Brust hob sich, ihre Augen waren glasig, ihre Finger krallten sich in die Sofakissen und ihre Hüften hoben sich, um seiner Berührung zu entsprechen.

Ein letztes Mal streichelte er ihre feuchten Schamlippen, dann zog er das Kondom in Rekordzeit über, um nicht eine Minute seiner Zeit mit ihr zu verschwenden. Er spreizte ihre Beine weiter, während er sein Gewicht mit einem Arm auf dem Sofakissen balancierte, und hielt inne, als er ihr ins Gesicht sah. „Willst du es immer noch hart?"

„Ja", zischte sie und ihre Augen funkelten.

Ihre Magie schloss sich um seine Hüften und zog ihn nach unten. Die Eichel seines Schwanzes berührte ihren glitschigen Eingang. Sie fuhr mit ihren Fingernägeln unter seinem T-Shirt über seinen Rücken und legte ein Bein um seinen Hintern.

Er schenkte ihr ein wildes Grinsen. „Ist es nicht schön, wenn wir uns einig sind?"

Was auch immer sie hätte erwidern können, ging in einem Keuchen unter, als er ihre Hüften packte und in sie eindrang.

Süße Gnade!

Wie sie sich anfühlte. Er hatte sich das bis zur Besessenheit ausgemalt und war sich nicht sicher gewesen, ob die Realität seiner Fantasie standhalten könnte, aber das hier … war perfekt. Sie hatte die Beine um seine Hüften geschlungen und vergrub ihre Finger in seinem Rücken, während sie ihn mit einem lustvollen Blick ansah, der einen Mann in den Wahnsinn treiben konnte. Die Muskeln ihrer Innenwände spannten sich fest um seinen Schwanz.

Er zog sich zurück und stieß wieder in sie hinein, wobei er dem wilden Verlangen nachgab, das ihn in den vergangenen Monaten so erbarmungslos beherrscht hatte. Die Bewegung entlockte ihr ein weiteres kehliges Stöhnen, ihre Magie schnappte nach ihm und versetzte ihm den köstlichsten Lustschmerz. Dann löste sich alles in harten Vorstößen, Zähnen auf nackter Haut, schweißglänzender Reibung und unkontrollierten Lauten der Leidenschaft auf.

„Ich brauche eine Pause." Hazel schnappte nach Luft und ließ sich auf dem Bett auf die Brust fallen. Ihre Haut war schweißnass und die Nachbeben ihres letzten Orgasmus peitschten durch sie hindurch.

Tallaks Gewicht drückte gegen ihren Rücken, als er mit ihr absackte, sein Schwanz war immer noch hart in ihr, obwohl er gerade gekommen war. Er biss ihr in den Nacken. „Ich habe dir doch gesagt, du sollst anfangen, dein Laufband zu benutzen, Liebes."

Ein Schauer lief ihr über den Rücken. Ihre Innenmuskulatur krampfte sich um ihn herum zusammen. *Wie?* Wie konnte ihr Körper noch immer auf ihn reagieren? Er hatte sie so gründlich ausgewrungen, dass sie jetzt schon taub sein müsste.

„Dafür werde ich dich verfluchen", murmelte sie in das Kissen. Dann fügte sie erschöpft hinzu: „In einer Minute."

Sein Schmunzeln erwärmte ihre Haut. Er strich ihren Zopf beiseite, den er um seine Faust gewickelt hatte, als er von hinten in sie eingedrungen war – sie spürte noch immer das köstliche Brennen auf ihrer Kopfhaut –, und er leckte ihr über den Nacken, sodass sie auch seine Zähne spürte.

Ihre Brustwarzen, die durch sein Spiel überempfindlich geworden waren, verhärteten sich gegen das Laken und sie gab ein unwürdiges Geräusch von träger Erregung von sich.

„Du bist verdammt sexy, wenn du dominant und herrisch bist", murmelte Tallak in ihr Ohr. „Aber ich glaube, ich mag dich auch so." Er streichelte ihren Rücken. „Weich und erschöpft und zu gut gefickt, um deinen Verstand am Laufen zu halten."

„Da ist aber jemand überzeugt von sich." Es war kaum mehr als ein Flüstern, denn verdammt, er hatte recht.

Sein heiseres Lachen schürte noch mehr Hitze in ihrem Inneren. „Ich würde deinen Protest ernster nehmen, wenn du dich tatsächlich bewegen könntest."

Sie kniff die Augen zusammen, was er nicht sehen konnte, da ihr Gesicht immer noch im Kissen versunken war, und das war auch das Maximum dessen, was sie erreichen konnte.

„Ich wette, du würdest mich jetzt alles Mögliche mit dir machen lassen", sagte er, während er sich aufrichtete und sich aus ihr zurückzog.

Obwohl sie mittlerweile wund war, zischte sie gegen die plötzliche Leere zwischen ihren Schenkeln an. Und dann sanken seine Worte in sie ein. Etwas flatterte und zog sich in ihrem Magen zusammen, ihr Atem wurde schneller. *Alles*

Mögliche … Sie krallte die Finger ins Laken. Ihre Kräfte waren allgegenwärtig und summten knapp unter ihrer Haut, bereit, zuzuschlagen.

Aber sie ließ es nicht zu.

Ausatmend legte sie ihre Hände sanft auf die Matratze, entspannte ihre Schultern … und wartete.

„Genau so", murmelte Tallak und in seiner Stimme lag ein Hauch von Vergnügen.

Die Matratze senkte sich, als er sein Gewicht verlagerte und sich neben sie legte. Er streichelte die Kurve ihrer Hüfte, ließ seine Finger über ihren unteren Rücken tanzen, streichelte sie zwischen den Schultern und griff dann nach ihrem Zopf. Sie machte sich auf das bekannte Brennen gefasst, aber der Druck blieb sanft. Unregelmäßiges, leichtes Zupfen, fast so, als ob …

„Kämmst du mein Haar mit den Fingern?"

„Sschhh." Er zupfte weiter. „Du bist im Pausenmodus. Im Pausenmodus darfst du nicht reden."

Sie presste die Lippen aufeinander, um nicht zurückzuschießen und um ihr Grinsen zu unterdrücken. Das Gefühl, wie er ihre Strähnen entwirrte – das Zupfen sanft, so unglaublich sanft – lullte sie noch mehr ein. Sie schwebte, ihr Körper war schwerelos.

„Genau so." Das leise Beben seiner Stimme ertönte irgendwo hinter ihr. „Das ist ein wunderschöner Anblick. Entspannt, losgelöst und ganz mein."

Sie öffnete ein Auge. Das half ihr nicht viel, denn sie sah nur das Kissen. Ihre Muskeln verhöhnten sie bei ihrem Versuch, sich zu bewegen, und so räusperte sie sich lediglich. „Ich glaube, ich bin noch nicht so weit …"

Ihr Satz endete in einem gehauchten Stöhnen, als seine Hand zwischen ihre geöffneten Schenkel glitt. Genau zu der Stelle, die immer noch pochte, die vor Erregung geschwollen war und – offensichtlich – nach mehr verlangte. *Bei den*

Göttern! Wer war diese schamlos unersättliche Frau, in die sie sich verwandelt hatte? So war sie noch nie mit jemandem zusammen gewesen. Sie hatte noch nie diese Art von Hunger gekannt, diese Art von Bedürfnis, die alles andere in seinem Weg zerstörte.

Eine kleine Berührung, die mit raubtierhafter Präzision kalkuliert war, und sie stand wieder in Flammen … und drückte ihre Hüften zurück, um seinen Fingern entgegenzukommen. Oh, *jetzt* kooperierten ihre Muskeln also? Klar. Sie wäre vor Verlegenheit rot geworden, wenn sie nicht schon von der neu entfachten Lust glühen würde.

Tallak lachte, als er seine Lippen auf ihren unteren Rücken presste, dann kniff er in ihren Hintern, sodass sie sich um seine Finger herum zusammenzog. „Mir ist gerade aufgefallen", sagte er und schob seinen Mund nach unten, näher zu der Stelle, wo seine Hand zwischen ihren Beinen Dinge tat, die sie in das Kissen beißen ließen, „dass ich dich noch nicht probiert habe."

Sie öffnete schlagartig die Augen. Aber anstatt sich wie zuvor zu versteifen, weil Unsicherheit und dumme Schüchternheit ihre Muskeln verkrampften, antwortete sie nun mit trägem Verlangen. Ihr Körper war geschmeidig und ihr Verstand ließ sie großzügig gewähren. Da war nicht mehr als ein Hauch von Unbehagen, nur ein Flüstern gegen ihre entspannten Gedanken statt der Art von Anspannung, die sie zu ängstlich gemacht hätte, um diesen Akt zu genießen – was von der Tatsache herrührte, dass ihre einzige andere Erfahrung mit Oralsex mit Robert gewesen war. Und die hatte nicht gut geendet.

Das einzige Mal, als ihr verstorbener Ehemann sich dazu herabgelassen hatte, sie mit seinem Mund zu verwöhnen, hatte er nach kaum einer Minute aufgehört und sie beschuldigt, frigide zu sein, weil sie keine Reaktion gezeigt hatte. Natürlich hatte das nichts mit seinen mangelnden Fähigkeiten zu tun gehabt … nein, es war *ihre* Schuld gewesen, wie so vieles andere auch.

„Dein Verstand wieder …", murmelte Tallak. „Dein Kopf arbeitet auf Hochtouren." Seine Stimme wurde nachdenklich. „Was kann ich tun, damit das aufhört?"

Bevor sie etwas sagen konnte, packte er sie an den Hüften und zog sie hoch, um ein Kissen unter ihr zu positionieren. Sie war immer noch so schwach, dass sie ihn einfach gewähren ließ und diese neue Stellung ohne Protest akzeptierte. Das einzige Geräusch, das sie von sich gab, war ein erschrockenes Keuchen, als die feuchte Hitze seines Mundes ihr intimstes Fleisch berührte.

Sie zuckte zusammen, als er mit seiner Zunge über ihre Falten strich, abwechselnd leckte und tanzte … kleine Berührungen, die ihren Atem stocken ließen und ihre Muskeln dazu brachten, sich um die drängende Leere herum zusammenzuziehen. Gerade als sich wieder beunruhigende Zweifel einstellen wollten, saugte er an ihren Schamlippen – und ihr Kopf wurde leer. Ihr Gesicht immer noch im Kissen vergraben, stöhnte sie überrascht auf und zitterte unter dem Kribbeln der wachsenden Erregung.

Seine Zunge schnellte heraus und umspielte ihre Klitoris – er berührte sie nicht direkt, sondern bearbeitete nur die Umgebung ihres Lustknotens. Genau, wie sie es gern tat, wenn sie sich selbst befriedigte. Und sein Vorgehen hatte den gleichen Effekt. Ihre Erregung wuchs und sie wurde immer gieriger auf den ersten direkten Kontakt.

Als er kam, in Form eines langen, harten Zungenschlags, der in einer Drehung endete, zerriss sie fast das Laken mit ihren Fingernägeln. Sie krümmte die Zehen und biss in das Kissen unter ihr. Sie atmete flach und schnell, als sie sich dem Abgrund näherte …

Er schob zwei Finger in sie hinein, pumpte sanft, während er sie weiterhin leckte und seine dämonische Energie über ihre Haut flüstern ließ – mit sanftem Knabbern und Tausenden von kleinen Stimulationen ihrer eigenen Magie.

Sie fiel nicht nur über die Schwelle, sie schoss hinüber. Ihr Orgasmus durchströmte sie in einer Reihe von spektakulären Explosionen der Lust und ließ sie zitternd, aber völlig befriedigt, auf dem Bett zusammensacken.

Tallak zog das Kissen unter ihren Hüften weg, schob ihre Beine weiter auseinander und kletterte über sie, wobei sein Gewicht einen köstlichen Druck auf ihren Rücken ausübte. *Ja, bitte,* war ihr einziger Gedanke, als er in sie eindrang. Sein Atem umspielte ihre Wange und ein leises Stöhnen, das halb Knurren war, entwich seinen Lippen. Es war das stärkste Aphrodisiakum der Welt, seine Lust zu hören, während er sich in sie drückte.

Unglaublicherweise war sie sofort wieder am Anschlag, ihre Erregung durchströmte ihr Blut und ließ sie mit unerbittlichem Drang nach einer weiteren Erlösung verlangen.

„Deine Hand", presste sie hervor.

Glücklicherweise verstand er ihre Intention, schob seinen Arm unter sie und massierte ihre Klitoris, während er in sie stieß. Die Kombination aus dem Druck seiner Berührung und dem Gefühl seines Schwanzes in ihr löste die Fesseln ihrer wachsenden Lust. Sie kam mit einem heiseren Schrei und er folgte ihr Sekunden später. Er überbrückte den Höhepunkt mit leichten Vorstößen und sank dann so lange auf sie herab, dass sie sich herrlich in die Matratze gepresst fühlte.

Bei den Göttern! Von dieser Nacht würde sie sich nie wieder erholen.

Als er sich von ihr rollte und das Bett verließ, um ins Wohnzimmer zu gehen, zwang sie sich, auf den Boden zu gleiten und ihre Kleider einzusammeln. Sie hatte es gerade geschafft, sich ihren Slip und ihren BH anzuziehen, als Tallaks Gestalt im Türrahmen erschien. Seine bernsteinfarbenen Augen leuchteten im Halbdunkel, als er einen Schluck aus der Wasserflasche nahm und sie beobachtete, wie sie wieder in ihre Jeans schlüpfte.

Es kostete sie einige Mühe, die Versuchung des nackten Tallaks in ihrem Blickfeld zu ignorieren, aber sie schaffte es, nicht hinzusehen, und griff stattdessen nach ihrem Pullover. Daraufhin schnalzte er mit der Zunge und kam zu ihr herübergeschlendert. Er stellte die Wasserflasche auf dem Nachttisch ab, riss ihr den Pullover aus den Händen und schleuderte ihn über seine Schulter nach hinten.

„Ich lasse dich deine Jeans anziehen", sagte er ruhig, „weil deine Titten dabei so herrlich hüpfen, aber wenn du nicht willst, dass ich dich mit meinen Zähnen aus deinem Pullover befreie, solltest du den weglassen."

Sie räusperte sich und trat einen Schritt zurück, um aus dem Kraftfeld der sexuellen Anziehungskraft, das ihn umgab, zu entkommen. „Wir hatten unseren Spaß. Jetzt gehe ich."

„Die Nacht ist noch nicht vorbei." Er folgte ihr und die Hitze seines unerschütterlichen Blicks weckte ein ganz anderes Verlangen in ihr. „Du hast zugestimmt, bis zum Morgengrauen zu bleiben."

Sie gab einen ungläubigen Laut von sich. „Du nagelst mich doch nicht wirklich darauf fest, oder?"

Seine Antwort war ein langsames Lächeln, ein schelmisches Funkeln in seinen Augen, bevor er sie zurück aufs Bett warf.

KAPITEL 11

Hazel erwachte mit einem Schrecken und dem dumpfen Gefühl, etwas vergessen zu haben. Zeitweise war sie orientierungslos und blinzelte gegen das Halbdunkel an, bis sich ihre Augen an das schwache Licht gewöhnt hatten, das durch die Lücken zwischen den schweren Vorhängen hereinfiel.

Es kostete sie einige Mühe, sich umzudrehen und auf die Digitaluhr auf ihrem Nachttisch zu schauen, denn ihr Körper schmerzte an all den richtigen Stellen. Sie starrte auf die Zahlen und verstand nicht recht. Langsam befreite sich ihr Verstand aus den Überresten des Schlafes und sie begriff, was sie sah.

Viertel nach zwei. Nachmittags.

Um sicherzugehen, warf sie einen Blick auf den Lichtstreifen, der durch das Fenster in den Raum fiel – es war eindeutig Sonnenlicht, also ja, es war Nachmittag.

Sie richtete sich auf und spürte, wie ihre strapazierten Muskeln zwickten. Das konnte nicht wahr sein. Sie verschlief nicht. Niemals. Stirnrunzelnd überprüfte sie den Wecker ihres Handys. Sie war sich sicher, dass sie ihn auf Mittag gestellt hatte, als sie heute Morgen ins Bett gefallen war, nachdem sie von Tallak nach Hause gekrochen war.

Aber die Liste der Wecker, die sie begrüßte, war deaktiviert.

Vergessen.

Bei den Göttern, wie erschöpft war sie gewesen? Sie konnte sich nicht erinnern, wann sie das letzte Mal länger als bis Mittag geschlafen hatte. Vielleicht als Teenager? Ganz zu schweigen davon, dass sie erst nach sechs Uhr von Tallak zurückgekommen und nach einer ausgiebigen Dusche gegen sieben ins Bett gegangen war. Bis zum Nachmittag im Bett zu bleiben war … undenkbar.

Diesen Luxus hatte sie sich nie gegönnt, weder als achtzehnjährige Mutter von Zwillingen noch in den Jahren danach, als zwei ungestüme Kinder und die Verantwortung als Hexe in der Gemeinschaft sie an einen engen Zeitplan gefesselt hatten. Ganz zu schweigen davon, dass Robert sie tagelang verhöhnt hätte, wenn sie so faul gewesen wäre, so lange im Bett zu bleiben.

Auch jetzt musste sie sich eigentlich um andere Dinge kümmern. Sie hatte vor, die Bücher noch einmal durchzugehen, um mehr über die Siegel und die Blutmagie zu erfahren. Da sie sich die Nacht freigenommen hatte, um mit Tallak herumzutollen, fehlte ihr bereits wertvolle Zeit, um nach Hinweisen auf das Mordritual zu suchen. Und jetzt hatte sie auch noch den größten Teil des Tages verschlafen.

Sie schwang ihre Beine aus dem Bett – autsch! –, schritt zum Badezimmer – autsch! – und stellte die Dusche an. Als ihre Muskeln bei jeder Bewegung aufschrien und die empfindliche Stelle zwischen ihren Beinen sie ununterbrochen daran erinnerte, wie oft Tallak sie genommen hatte, beschloss sie, dass eine Tasse Heiltrank zum Frühstück eine gute Idee sein könnte.

Oder wäre das ein spätes Mittagessen?

Sie schnitt eine Grimasse und stieg unter die Dusche. Trotz der Schmerzen fühlte sich ihr Körper so leicht an wie seit Jahren nicht mehr. Nun ja, eine Nacht mit dem besten Sex, den sie je gehabt hatte, konnte so einiges bewirken.

Sie hielt inne, während sie ihr Haar einseifte.

Es stimmte, nicht wahr? So viel Spaß hatte sie noch nie mit jemandem im Bett gehabt. Es war die Art von Sex gewesen – roh und ursprünglich –, von der sie nicht gewusst hatte, dass sie existierte. Zumindest nicht für sie. Er hatte sie von all den Schichten befreit, in die sie sich eingewickelt hatte, als sie in die Welt hinausgegangen war. Gleichzeitig war es auf eine Weise berauschend gewesen, die einen hungrigen Teil ihrer Seele genährt hatte.

Es war die Art von Sex gewesen, die süchtig machen konnte.

Deshalb verstaute sie jetzt die ganze Nacht in einer Kiste mit der Aufschrift *Einmal und nie wieder* und schob sie in den staubigen Keller der Erinnerungen, die am besten archiviert wurden, anstatt in ihrem Gedächtnis zu bleiben. Damit sie nicht auf die Idee kam, diese Erfahrung zu wiederholen.

Nein. Sie und Tallak hatten sich darauf geeinigt. Eine Nacht. Mehr nicht. Alles, was darüber hinausging, würde zu Konsequenzen und Komplikationen führen, die sie nicht gebrauchen konnte. Eine einmalige sexuelle Eskapade war etwas, über das sie beide hinwegsehen und so tun konnten, als wäre nichts davon je passiert. Egal, wie viele atemberaubende Orgasmen damit verbunden gewesen waren …

Sie riss ihre Gedanken von diesem gefährlichen Pfad und holte tief Luft. *Denk nicht weiter darüber nach!* Sie hatte einen Juckreiz verspürt und ihn gelindert. Zeit, sich wieder auf wichtigere Dinge zu konzentrieren.

Geduscht, angezogen und gestylt ging sie vorsichtig die Treppe hinunter und zuckte gelegentlich zusammen. Das Haus schien ruhig zu sein. Es wäre ein Segen, wenn niemand hier war, der sie aus ihrem Zimmer kommen sah, nachdem sie so unangemessen lange geschlafen hatte.

Sie fand die zum Glück volle Kaffeekanne, goss sich eine Tasse ein, ging zur Frühstücksecke mit Blick auf den Garten – und verschluckte sich, als ihr Blick auf den fesselnden Anblick draußen auf dem Rasen fiel.

Das Sonnenlicht reflektierte sich in dem Schweiß, der Tallaks nackten, prächtig bemuskelten Rücken schmückte, während er sich mit graziler Anmut in einer Technik bewegte, die eher an den Tanz eines Kriegers als an Kampfsport erinnerte. Sie bemerkte kaum, wie Basil mit ihm rang, denn sie konzentrierte sich uneingeschränkt auf Tallaks wallende Trainingshose, die seinen kräftigen Hintern und seine starken Oberschenkel umspielte.

Ihr Mund wurde trocken und sie krallte ihre Finger fest um die Tasse. Unter ihrer sorgfältig zugeknöpften Bluse zogen sich ihre Brustwarzen zu schmerzenden Stiften zusammen.

Nach einer ganzen Nacht, in der sie all die Kraft und die raubtierhaften Absichten, die auf sie gerichtet gewesen waren, genossen hatte, war sie nun innerhalb von zwei Sekunden beschämend feucht – und bereit für mehr. Der Juckreiz schien nur noch schlimmer geworden zu sein …

Sie presste ihre Kiefer aufeinander und atmete durch die Nase. Das war lächerlich. Auf keinen Fall würde sie ihn weiterhin begehren. Nein, das war nur ein sensorisches Echo auf die Überdosis an körperlicher Intimität, die sie letzte Nacht erfahren hatte. Es würde abklingen, wie die Erinnerung an einen Traum nach dem Aufwachen.

Tallak führte einen Schlag aus, der von einem Hüftschwung begleitet wurde, und sämtliche Luft verließ ihre Lungen.

Sie merkte nicht, dass sie einen Schritt nach vorn, zum Fenster hin, gemacht hatte, und stieß gegen den Tisch in der

Frühstücksecke. Der Kaffee schwappte über den Rand der Tasse und verbrannte ihre Finger. Mit einem unterdrückten Fluch zuckte sie zusammen und die verflixte Tasse rutschte ihr aus den Händen. Sie zerschellte auf dem gefliesten Boden und das Krachen war laut in der Stille des Hauses.

„Scheibenkleister!"

Draußen auf dem Rasen wirbelte Tallak herum und sein Blick fiel durch das Fenster auf sie. Sie erstarrte und ihr stockte der Atem, als sie die Intensität seines brennenden Blicks spürte. Basil spähte um Tallak herum und schaute stirnrunzelnd in ihre Richtung. In der nächsten Sekunde bewegte sich ihr Sohn auf die Terrasse und die Terrassentür zu, die in die Küche führte, und Hazel blickte auf das Kaffeedurcheinander vor ihren Füßen. Ihr Auge zuckte. Wenn Magie doch nur so praktisch wäre, wie sie in den Medien manchmal dargestellt wurde. Es wäre schön, wenn sie einen verschütteten Kaffee mit einem Fingerschnippen beseitigen könnte.

Sie konnte mit ihrer Hexenkraft jemanden oder etwas aus einer Laune heraus bewegen, sie konnte kitzeln und necken, wie sie es letzte Nacht mit Tallak getan hatte, aber für etwas so Präzises wie das Aufwischen von Flüssigkeit und das Aufsammeln von Keramikscherben brauchte man einen komplexeren Zauber – und Zeit, um ihn zu wirken.

In den wenigen Sekunden, die Basil brauchte, um die Küche zu betreten und die Augenbrauen hochzuziehen, konnte sie nichts dergleichen tun.

„Was ist passiert?"

Seufzend begann sie, die Scherben aufzuheben. „Ich war nur ungeschickt. Mach dir keine Sorgen!"

„Du bist die am wenigsten tollpatschige Person, die ich kenne." Er schenkte ihr ein Halblächeln, das ihr mütterliches Herz höherschlagen ließ, und beugte sich vor, um ihr beim Aufräumen zu helfen. „Hier, lass mich das machen."

„Danke, Liebling."

Sie richtete sich auf und tat ihr Bestes, Tallak zu ignorieren, als er in den Raum trat, eine starke männliche Energie, die ihre Sinne berührte, obwohl seine dämonischen Kräfte tagsüber gebändigt waren. Obwohl sie ihn nicht direkt ansah, bemerkte sie, dass er seine Aufmerksamkeit ganz bewusst auf andere Dinge lenkte, wie zum Beispiel auf das T-Shirt in seinen Händen, das sich auf unerklärliche Weise nur schwer ausschütteln ließ.

„Ich wollte ohnehin nach dir sehen", sagte Basil, während er den Kaffee aufwischte. Er zog die Brauen zusammen, als er einen Blick zu ihr hochwarf. „Ich war mir nicht sicher, ob du noch schläfst. Bist du krank?"

Daraufhin riss Tallak den Kopf in ihre Richtung. Sie erlaubte sich nur einen kurzen Blick auf ihn, eine Sekunde, in der sie seinen unleserlichen Gesichtsausdruck bemerkte – und den Text auf seinem T-Shirt: *Was ist das denn für eine Scheiße?* –, bevor sie sich wieder den Scherben der Tasse zuwandte, die sie sorgfältig im Müll entsorgte.

„Äh, nein." Sie räusperte sich. „Nein, ich war nur … die halbe Nacht wach. Ich habe gearbeitet. An etwas."

Obwohl sie ihm den Rücken zugewandt hatte, spürte sie Tallaks Blick, der sich in sie bohrte.

„Oh. Okay." Basil warf die nassen Papierhandtücher in den Müll, ohne die unterschwelligen Schwingungen im Raum zu bemerken. „Ich habe mir Sorgen um dich gemacht." Er stupste sie liebevoll mit der Schulter an. „Du arbeitest zu viel, weißt du das? Vielleicht solltest du dir etwas Zeit für dich nehmen und etwas tun, was dir Spaß macht."

Tallak gab einen Laut von sich, der einem verkniffenen Schmunzeln sehr nahekam, und sie konnte sich kaum zurückhalten, ihn nicht anzustarren. Sie wollte nicht daran denken, wie sich dieses tiefe Lachen auf ihrer intimsten Stelle angefühlt hatte. Nein, das würde sie nicht tun.

Sie tätschelte Basils Arm. „Ich werde darüber nachdenken, mein Schatz." Und bevor er nachhaken konnte, fügte sie hinzu: „Habt du und Rose schon zu Mittag gegessen? Ich kann euch etwas kochen."

„Danke, aber ist schon okay. Was Rose angeht, keine Ahnung – sie ist nicht hier. Ich habe sie heute noch nicht gesehen." Er drehte sich halb zu Tallak um. „Willst du zum Mittagessen bleiben?"

Die Tür zur Küche schwang auf und Rose taumelte herein. Sie trug dieselben Klamotten wie am Vortag – Ankle-Boots, einen engen Rock, Lederkorsett und Jacke, alles in Schwarz. Sie schob sich die Sonnenbrille auf die Nase und klammerte sich für einen Moment an die Kücheninsel.

Hazel ging auf sie zu, hielt aber inne, als sie Roses Gesichtsausdruck sah. Ihre Tochter zog eine Grimasse mit gefletschten Zähnen, die sich in ein vorgetäuschtes Lächeln verwandelte, ging vorsichtig zum Kühlschrank, nahm sich eine Flasche Wasser und machte sich daran, die Küche wieder zu verlassen.

„Rose", sagte Hazel mit enger Kehle.

Rose blieb mit angespannten Schultern in der Tür stehen. Sie drehte ihr Gesicht halb um, die Augen noch immer hinter der dunklen Sonnenbrille verborgen, und antwortete so zuckersüß, dass Hazel ihren Kaffee damit hätte süßen können: „Ja?"

„Iss doch mit uns zu Mittag." Ihr Herzschlag drohte, ihren Brustkorb zu sprengen, und ihre Handflächen wurden plötzlich schweißnass. *Bitte entgleite mir nicht! Gib mir etwas, irgendetwas!* „Ich würde wirklich gern mit dir plaudern."

Sie zögerte nicht einmal, um darüber nachzudenken. „Nein, danke. Ich esse später."

„Geht es … geht es dir gut?"

„Natürlich." Sie stolperte und wäre auf dem Weg zur Tür fast ausgerutscht. Mit der freien Hand stützte sie sich an der

Wand ab. „Das war …“, sie fuchtelte mit der Hand, die die Flasche hielt, den Rücken noch immer zur Küche gewandt, „Absicht.“ Hocherhobenen Hauptes wankte sie den Flur entlang zur Treppe.

Hazel bemerkte erst, wie sehr sie sich verkrampft hatte, als Basil ihr eine Hand auf die Schulter legte und sanft zudrückte.

„Hey.“ Er studierte sie mit seinen braunen Augen, die bernsteinfarben gesprenkelt waren und Tallaks so sehr ähnelten. Dabei sahen sie entschieden zu viel. „Nimm es nicht persönlich. Sie weist mich auch ab. Ich glaube, sie benötigt etwas Freiraum, um … sich selbst zu finden.“

Und was, wenn sie sich auf dem Weg dorthin verliert? Sie verkniff sich die Frage, denn sie spürte Tallaks Präsenz im Raum. Schlimm genug, dass er mit ansehen musste, wie Rose sie immer wieder zurückwies. Sie wollte definitiv nicht, dass er wusste, wie sehr Hazel das schmerzte.

So irrational es auch war, sie kämpfte mit unlogischem Neid, wenn sie in diesem Fall an Tallak dachte … denn das lang vermisste Kind, das *er* gefunden hatte, wollte tatsächlich Zeit mit ihm verbringen und brachte ihm Liebe und Vertrauen entgegen. Hazel hingegen hatte eine Tochter zurückbekommen, die sie mit dem Argwohn einer geschlagenen, verwilderten Katze ansah und nichts mit ihr zu tun haben wollte.

„Dad“, sagte Basil und wandte sich an Tallak, „wirst du mit uns zu Mittag essen?“

„Nein, wird er nicht“, stieß Hazel hervor und konnte sich gerade noch ein Fauchen verkneifen. Ihr Schmerz war ein innerlicher und so scharf, als würden feine Krallen sie verletzen. Die Qual war Teil des Gefühlswirrwarrs, das durch Roses Zurückweisung und ihre eigenen, täglich zerstörten Hoffnungen auf ein paar Krümel Zuneigung von der Tochter, die sie sechsundzwanzig Jahre lang vermisst hatte, entstanden war. Der Gefühlsknoten wurde durch die Anwesenheit des lästigen Dämons, den sie eigentlich loswerden wollte, noch verschlimmert. Denn sie musste feststellen, dass ihre Eskapade gestern Abend ihren Hunger nicht gestillt hatte.

Sie hatte lediglich ihren Appetit geweckt.

Sie konnte es nicht ertragen, ihn in der Nähe zu haben. Mit ihrem Blick verfolgte sie unwillkürlich jede seiner Bewegungen und ihre Finger erinnerten sich an die Hitze seiner Haut, an den harten Stahl seines …

„Mom", sagte Basil mit einem Hauch von Warnung in der Stimme.

„Ich bin mir sicher, dass er noch zu tun hat." Sie warf Tallak einen Blick zu, der hoffentlich Bände sprach. *Wage es nicht, zu widersprechen!*

Seine Gesichtszüge verhärteten sich, als er sein Handy herausholte. „Ich sehe mal in meinem Kalender nach." Er machte eine Show daraus, auf dem Bildschirm herum zu tippen. „Ich habe gerade den Flug nach Scheißdraufien verpasst, also hätte ich gerade tatsächlich einen Termin frei …"

Sein Satz endete in einem erstickten Husten, und die magische Ranke, die sie ausgesandt hatte, um seine Hoden ernsthaft zu quetschen, ließ ihn an Ort und Stelle erstarren. Mit blitzenden Augen begegnete er ihrem Blick und alle Haare auf ihren Armen und in ihrem Nacken richteten sich auf, sodass zwischen ihnen eine beißende Spannung entstand.

Eine Sekunde verging, dann schürzte er die Lippen in der leisesten Andeutung eines Kusses. In dem Moment schenkte Basil ihr seine Aufmerksamkeit und mit einem leisen Fluch entließ sie ihn aus ihrem Griff.

„Wisst ihr was?", meldete sich Basil zu Wort. „Ich habe wirklich keine Lust, euch beiden beim Streiten zuzusehen, also werde ich duschen und dann zu Merle rübergehen." Mit einem bösen Blick auf die beiden verließ er die Küche.

„Jetzt hast du es geschafft." Tallak legte den Kopf schief. „Du hast meinen Jungen wütend gemacht."

„Er ist auch mein Junge", presste sie zwischen zusammengebissenen Zähnen hervor.

Statt einer weiteren Erwiderung trat er näher an sie heran. Sie widerstand dem Drang, sich zurückzuziehen, um ihm nicht die Genugtuung zu geben, sie zum Rückzug gebracht zu haben. Das bedeutete leider, dass sie die Hitze seines Körpers in quälender Langsamkeit an ihren Sinnen lecken spürte, als er sich ihr näherte. Der Geruch seines frischen Trainingsschweißes ließ sie nicht die Nase rümpfen, sondern weckte Erinnerungen an die Stunden, in denen sie ihn zuletzt so eingeatmet hatte – Haut auf Haut in seinem Bett, ihre Glieder ineinander verschlungen, die Luft dick von Schweiß, Sex und Lust.

Und – *bei den Göttern!* – ihr Körper reagierte, als wäre er auf ihn konditioniert. Das leise Brummen der Lust schwoll zu einem Summen an, das alles andere übertönte.

Er beugte sich vor, zog etwas aus seiner Tasche und ließ es in dem knappen Raum zwischen ihren Gesichtern baumeln. „Das hast du vergessen."

Sie riss ihm den BH aus der Hand und die Hitze stieg ihr in die Wangen. „Geh, bevor ich dich damit erwürge!"

Sein Mund verzog sich zu einem Lächeln. Nach einem letzten sinnlichen Blick auf ihre Lippen schob er sich an ihr vorbei und streifte mit seinem Arm absichtlich ihre Brust.

Sie schloss die Augen und atmete durch das Aufflackern des Verlangens hindurch, das seine Berührung ausgelöst hatte.

So viel zur Linderung des Juckreizes.

KAPITEL 12

Es war ein ruhiger Abend im *Neun Kreise*. Zu wenig Gäste, um Tallak hinter der verdammten Bar zu beschäftigen und dafür zu sorgen, dass seine verdammten Gedanken nicht zu dem verdammten Schlamassel wanderten, in den er sich mit dieser verdammten Idee hineinmanövriert hatte …

Mit einem frustrierten Seufzer stellte er das Glas, das er in der Hand hielt, ab, bevor er es dämonenhaft zerstörte. Er war froh, dass er heute Abend arbeiten musste. Vielleicht würde ihn das ablenken und ihn davon abhalten, über die Situation mit Hazel nachzudenken. Sie heute zu sehen … war ein Desaster gewesen.

Sie hatte unglaublich ausgesehen in ihrem wallenden Rock und der kurzärmeligen Bluse, die ihre Taille und ihre Brüste umschmeichelte. Zum Anbeißen … in kleinen, gezielten Happen. Und jetzt, da er genau wusste, wie sie darunter aussah, wie sich diese Kurven anfühlten, wenn seine Hände und sein Mund sie streichelten, war das alles, woran er denken konnte, wenn er sie sah.

Ebenso wenig konnte er aufhören, sich daran zu erinnern,

wie ihre strengen Gesichtszüge weicher geworden waren, als er sie zum Kommen gebracht hatte. Wie die Sorgenfalten auf ihrer Stirn verschwunden waren und die Anspannung in ihren Muskeln einer trägen Zufriedenheit gewichen war, als sie befriedigt neben ihm gelegen hatte.

Seine verdammten Laken rochen immer noch nach ihr, verdammt noch mal!

Und dieser Abend konnte ihm nicht einmal den Gefallen tun, ihn mit ausreichend Arbeit abzulenken, damit er vergessen konnte, wie gut sie ausgesehen hatte, als sie in sein Kissen gebissen hatte, während er von hinten in sie eingedrungen war.

Rhun wählte exakt diesen Moment, um in seinem Blickfeld zu erscheinen. Er rutschte auf einen Barhocker und stützte sich mit einem Ellbogen auf der Theke ab. „Du siehst etwas weniger mordlustig aus", sagte der *Bluotezzer*, der sich nicht wirklich um die Grenzen anderer scherte. „Kann ich also davon ausgehen, dass sich Hazel deines Arsches erbarmt hat und ihr beide miteinander geschlafen habt?"

Tallak trocknete ein Glas ab und warf ihm einen finsteren Blick zu. „Ja."

„Und trotzdem liegt noch immer ein Schimmer Blutgier in deinem Blick." Rhun streckte mit zusammengekniffenen Augen den Finger in seine Richtung. „Genau da. Im linken Auge." Er legte den Kopf schief, der selbstgefällige Mistkerl. „Also, was ist los?"

Tallak stellte das Glas energischer ab, als es nötig gewesen wäre. „Es hat nicht geklappt."

„Hast du nicht eben gesagt, dass du sie flachgelegt hast?"

„Habe ich ja auch", erwiderte Tallak zähneknirschend.

„Und das macht dich wütend, weil …" Rhun bedeutete ihm, sich zu erklären.

„Es hat nicht geholfen. Es hat alles nur noch schlimmer gemacht." Als der *Bluotezzer*-Dämon ihn lediglich ausdruckslos anstarrte, fügte Tallak knurrend hinzu: „Ich will sie immer noch. Jetzt sogar noch mehr als zuvor."

Rhun klopfte auf die Theke. „Gib mir ein Glas Whiskey."

Tallak starrte ihn an. „Warum? Du trinkst doch gar nicht."

„Sei kein Spielverderber und tu mir den Gefallen."

Tallak verdrehte die Augen, schenkte ihm ein Glas ein und schob es hinüber.

Rhun nahm es, schwenkte die bernsteinfarbene Flüssigkeit im Glas herum und sagte dann: „Also gut, erzähl mir noch einmal, was dich so sauer macht. Schließlich hast du es endlich geschafft, die Hexe, die du seit Monaten begehrst, davon zu überzeugen, dich zu ficken."

Tallak legte beide Hände auf die Theke und lehnte sich vor, während Rhun einen Schluck von seinem Drink nahm. „Weil es mich verdammt noch mal nicht davon abgebracht hat, sie weiterhin zu wollen, du Schlappschwanz."

Dramatisch spuckte Rhun den Whiskey über den Tresen und fing an zu lachen. Tallak starrte ihn an, während der andere Dämon auf die Theke klatschte und eine gute Minute lang prustete, bevor er sich die Augen wischte.

„In welcher Welt lebst du eigentlich?", fragte Rhun mit einem fetten und vor allem nervtötenden Grinsen. „Hast du wirklich geglaubt, das würde funktionieren?"

„Das war ein verfickt guter Whiskey, den du da gerade verschwendet hast", knurrte Tallak.

„Schreib einen Nachruf drauf." Er schüttelte den Kopf und sah ihn an. „Und was willst du jetzt machen, wo dein überhaupt nicht naiver Plan gescheitert ist?"

„Verdammt, wenn ich das wüsste."

Ein Gast näherte sich der Bar, warf einen Blick auf Tallaks zweifellos aggressiven Gesichtsausdruck und machte auf dem Absatz kehrt, um zu seinem Tisch zurückzugehen.

Tallak richtete seinen wütenden Blick wieder auf Rhun,

dessen Lippen nur ein klein wenig zuckten. „Hast du einen Rat, Blödmann?“

Rhun hob die Schultern. „Mach's noch mal!“

„Genau“, schnaubte Tallak. „Das macht sie niemals mit.“

„Warum nicht?“, fragte Rhun und brach erneut in ein kaum verhohlenes Lachen aus. „Warst du so schlecht?“

Tallak starrte ihn eine Sekunde lang an. Dann schlug er Rhun mit der Faust mitten ins Gesicht, sodass der *Bluotezzer* nach hinten kippte und vom Hocker fiel. Tallak schüttelte seine Hand und sah mit grimmiger Genugtuung zu, wie sich Rhun aufrappelte und das Blut von seiner Nase wischte.

Das Grinsen in seinem Gesicht war allerdings nach wie vor vorhanden.

„Geht es dir jetzt besser?“, fragte Rhun wesentlich nasaler als zuvor.

„Etwas.“

„Aber im Ernst“, sagte Rhun, der wieder Platz nahm und gleichzeitig mit einem Ruck seine Nase richtete, „warum glaubst du, dass sie keine Lust auf mehr hat?“

Während er sich um die Getränkebestellung eines unerschrockenen Gastes kümmerte, schwieg er. Schließlich meinte er: „Sie würde sich gedrängt fühlen.“

„Dann dränge sie nicht.“

Tallak warf ihm einen verdutzten Blick über die Zapfanlage hinweg zu, während er ein Glas füllte. „Du sprichst in Rätseln, verdammt.“

Rhun schnalzte mit der Zunge. „Dieses Mal lässt du sie zu dir kommen. Und ja“, fügte er mit erhobenem Finger hinzu, „ich glaube, dass sie das tun wird.“

„Warum bist du dir da so sicher?“

„In der Annahme, dass du es nicht vermasselt hast und sie schreiend aus deinem Schlafzimmer gerannt ist …“

Tallak knirschte mit den Zähnen. „Möchtest du, dass ich dir noch einmal die Nase breche?“

„In der Annahme, dass das nicht der Fall war, hatte sie vermutlich so viel Spaß mit dir wie seit Jahren nicht mehr", fuhr Rhun unbeirrt fort. „Und wenn man bedenkt, was sie alles durchmachen musste, ist das gelegentliche, unbeschwerte Herumtollen mit dir ein Leckerbissen, dem sie nicht widerstehen kann ... vor allem, wenn du zufällig in Sichtweite bleibst und signalisierst, dass du zu einer Zugabe bereit bist."

Tallak starrte ihn an. „Du hast gerade nicht das Wort *Herumtollen* benutzt."

„Mehr hast du nicht mitbekommen?"

Er wollte gerade antworten, als ein anderer männlicher Dämon auf den Barhocker neben Rhun rutschte und den Kopf schüttelte.

„Was hast du dieses Mal getan, um dir die Nase brechen zu lassen?", fragte Bahram mit einem Seitenblick auf Rhun. Er war ein regelmäßiger Besucher im *Neun Kreise* und mit Tallak beiläufig bekannt, seit sie zusammen in der Schlacht um Haus Baldwin gekämpft hatten.

„Entschuldige!" Rhun setzte eine beleidigte Miene auf. „Ich gebe meinem neuen Kumpel hier gerade *wertvolle* Ratschläge. Es ist nicht seine Schuld, dass er seine unendliche Wertschätzung mit kräftigen Faustschlägen ausdrückt. Nicht jeder ist so kultiviert wie ich."

„Meine Faust", warf Tallak ein, „brennt darauf, dir noch mehr Wertschätzung zu zeigen, wenn du so weitermachst."

Bahram richtete seine goldenen Augen auf Tallak, sein Blick war von Verständnis geprägt. „Er hat dir seine Freundschaft aufgezwungen, nicht wahr?" Der Inkubus seufzte. „Mein Beileid. Jetzt hast du ihn am Hals. Er hat einmal beschlossen, mit mir befreundet sein zu wollen, und trotz meines entschiedenen Widerstands ..."

Rhun schnaubte. „Als ob. Du hast meine Bromance-Bemühungen gefeiert wie ein liebeshungriges Hündchen sein neues Zuhause."

„Dieser unter Verbaldurchfall leidende Idiot", fuhr Bahram fort und ignorierte den Zwischenruf mit bewundernswerter Nonchalance, „hat es geschafft, sich an mich zu heften. Ich kann ihn seit fast einem Jahrhundert nicht abschütteln."

„Du hast es nicht einmal versucht", sagte Rhun schmollend.

„Du bist wie eine Kudzu, Rhun."

„Ein verdauungsförderndes Mittel der chinesischen Medizin?"

Bahram starrte den *Bluotezzer* einen angespannten Moment lang an, dann lachte er auf und klopfte Rhun auf die Schulter. „Du hast solch ein Glück, dass ich dich mag."

Rhun grinste.

„Ist das die Art von dysfunktionaler Freundschaft, auf die ich mich freuen kann?", fragte Tallak trocken.

„Ja", sagten Rhun und Bahram unisono.

„Gewöhn dich lieber daran." Bahram zuckte mit den Schultern.

„Es ist einfacher, wenn du nachgibst", fügte Rhun mit einem weisen Nicken hinzu.

Tallak massierte sich die Schläfen. „Ihr seid beide völlig durchgeknallt."

Rhun beugte sich vor und schnalzte mit der Zunge. „Du hast *unterhaltsam* falsch ausgesprochen."

Ein Schrei unterbrach Bahrams Einwurf.

„Du verdammter Inkubus-Bastard!", brüllte jemand aus dem vorderen Bereich der Bar und Bahram erstarrte, dann drehte er sich langsam auf seinem Hocker um.

Ein riesiger männlicher Dämon, der sämtliche Gäste überragte, die sich zwischen der Bar und dem Eingang tummelten, richtete seinen wütenden Blick auf Bahram, während er sich seinen Weg durch die dünner werdende Menge bahnte. Es schien sich um einen *Faunus* zu handeln, wenn man nach den zwei Hörnern auf seinem Kopf urteilte.

Rhun wandte sich an Bahram: „Warum sieht es so aus, als hätte er ein Hühnchen mit dir zu rupfen?"

„Ich habe vielleicht mit seiner Gefährtin geschlafen", sagte Bahram kleinlaut.

„Ich dachte, du wilderst nicht", erwiderte Rhun.

„Sie hat mir nicht gesagt, dass sie verpaart ist."

„Vielleicht solltest du deine Liebhaber besser überprüfen?"

Bahram hatte gerade noch ausreichend Zeit, Rhun einen finsteren Blick zuzuwerfen, bevor der *Faunus* ihn vom Hocker riss und durch den Raum schleuderte, wobei er wie ein wütender Löwe brüllte. Stühle und Tische zersplitterten, Gläser und Flaschen gingen zu Bruch und die Gäste schrien und kreischten in einer Kakofonie aus wunderschönem Chaos. Überall im Raum entbrannten Schlägereien als Reaktion auf den ersten Kampf, wie Wellen auf dem Wasser, nachdem ein Stein in einen See geworfen worden war.

„Schlägerei!", kreischte Rhun und stürzte sich kopfüber ins Getümmel.

Tallak duckte sich, um einem Stuhl auszuweichen, der in seine Richtung geschleudert worden war. Die Schnapsregale hinter ihm zerbrachen, als der Stuhl dagegen prallte und Tallak mit Glasscherben und dem besten Whiskey Portlands bedeckte.

Rhun landete auf der Theke und rollte sich dahinter, um für einen Moment in Deckung zu gehen. Als er Tallak entdeckte, der von Alkohol durchtränkt war, keuchte er und schlug sich eine Hand vor den Mund. „Sie haben deinen guten Whiskey verschwendet! Wie können sie es wagen?"

Tallak funkelte ihn an.

„Wirst du ihnen das durchgehen lassen?" Und bevor

Tallak etwas darauf erwidern konnte, zwinkerte Rhun ihm zu und stürzte sich wieder ins Getümmel.

„Verdammter verrückter Haufen!“, knurrte Tallak, knackte mit den Fingerknöcheln und sprang über die Theke, um sich ebenfalls in die Menge zu mischen.

Er schlug einen Gestaltwandler, der sich auf ihn zubewegte, trat einem *Hirudo*-Dämon in den Allerwertesten und rammte seinen Ellbogen in das Gesicht eines *Kitsunen*. Wenn er nur sein Schwert hätte … Diese Idioten außer Gefecht zu setzen – zugegebenermaßen mit tödlichen Folgen –, wäre so viel einfacher. Aber Ava, die Besitzerin des *Neun Kreise*, hatte vermutlich etwas gegen Todesopfer und er benötigte diesen Job zu sehr, um ihn durch die blutige Mordserie zu gefährden, nach der er sich sehnte.

Nun gut.

Er wich einer Flasche aus, die in seine Richtung flog, drehte sich, packte einen Pumawandler in seiner tierischen Gestalt am Genick, drehte sich und schleuderte die Riesenkatze in Richtung der Gruppe von Kämpfern, die den Stuhl in die Bar geworfen hatten. Das darauffolgende Gebrüll und Gekreische entlockten ihm ein Lächeln.

„Rache dank Puma“, sagte Rhun und ließ sich aus dem Nichts direkt neben Tallak fallen. Er trug ein wildes Grinsen im Gesicht. „Wie verschlagen und kreativ.“

„Duck dich!“, bellte Tallak.

Ohne zu zögern, ließ sich Rhun auf den Boden fallen und Tallak schlug den Dämon nieder, der hinter dem *Bluotezzer* aufgetaucht war.

„Spring!“, rief Rhun.

Tallak sprang über Rhun, als dieser gerade die Beine ausstreckte. Dem dumpfen Knall und dem Stöhnen nach zu urteilen, kuschelte derjenige, der Tallak von hinten hatte angreifen wollen, nun mit dem Boden.

Die Schlägerei tobte um sie herum, während sie sich ihren

Weg zu Bahram bahnten, der den *Faunus* gerade in einem beeindruckenden Würgegriff festhielt. Tallaks Blut rauschte vor Aufregung und er bemerkte die Veränderung in der Luft kaum, bis ein durchdringender Schrei ihn dazu brachte, sich die Hände über die klingelnden Ohren zu halten. Neben ihm fielen Dämonen und Gestaltwandler gleichermaßen zu Boden. Sie schrien, krümmten sich und hielten sich die Köpfe, ihre Gesichter waren von demselben Schmerz gezeichnet, der Tallaks Schädel zu sprengen drohte.

Das hohe Geräusch hörte auf, gefolgt von einer bedrückenden Stille. Tallak hob den Blick und konzentrierte sich auf die Gestalt, die am anderen Ende des Raumes aus den Schatten getreten war. Mit ihren blutroten Heels, die über die Kacheln klackerten, bewegte sich Ava wie Seide in einer sanften Brise – es gab wirklich keine bessere Beschreibung dafür – durch die Gäste, die leise auf dem Boden stöhnten. Nur ein Mensch ohne Sinn für Magie oder Gefahr würde in ihr lediglich eine kleine Frau sehen, mit Kurven, die Götter zum Weinen bringen konnten, und einem Lächeln, das selbst den Teufel verführte.

Jedes Wesen aus der Anderswelt, das nur halbwegs bei Verstand war, erkannte sie als das Raubtier, das sie war.

Als sie in der Mitte des stillen Raumes zum Stehen kam, strich sie sich ihr schwarzes Haar zurück, das heute rot gesträhnt war, kniff die Augen zusammen und stemmte die Hände in die Hüften. „Wer hat angefangen?"

Alle Gäste, die klar denken und sich bewegen konnten, zeigten auf den *Faunus* – bis auf ein halbes Dutzend, das auf Rhun zeigte.

„Hey!", sagte der *Bluotezzer* mit berechtigter Empörung. Er stand auf und stellte sich vor Ava. „Im Ernst, es war der gehörnte Kerl. Er ist auf Bahram losgegangen und ich bin zwar loyal, aber ich musste den Kampf anheizen – ich meine, meinem Freund helfen. Ohne mich wäre er tot. Frag einfach

Tallak!“ Mit einem Grinsen deutete er auf Tallak, der mittlerweile aufgestanden war.

„Der Trottel hat recht.“ Tallak ließ seinen Nacken knacken. „Der *Faunus* hat Bahram angegriffen.“

Mit goldenen Augen ging Ava auf den gehörnten Dämon zu, der immer noch neben Bahram auf dem Boden lag. Der *Faunus* grunzte, als Ava einen Fuß auf seiner Kehle platzierte und sich ein wenig hinunterbeugte.

„Du dachtest also“, flüsterte sie, „es sei eine gute Idee, in mein Haus zu kommen und meine Regeln zu missachten.“ Sie packte ihn am Kragen und zog den riesigen Mann hoch, bis er ihr direkt gegenüberstand, als würde er nichts wiegen. „Weißt du, was ich mit respektlosen Gästen mache?“

Der Dämon gab einen erstickten Laut von sich und sein Auge zuckte.

Ava schenkte dem *Faunus* ein Lächeln, das sogar Tallaks Nackenhaare aufrichtete. „Komm her.“

Sie presste ihren Mund auf den des Dämons, wobei ihre Bewegung mehr an einen Kobraangriff als an einen Kuss erinnerte, und der *Faunus* zuckte zusammen. Er zappelte halbherzig und kämpfte ein paar Sekunden lang, bevor er mit einem kehligen Stöhnen aufgab. Sein Körper verkrampfte sich erst, dann erschlaffte er und stöhnte weiter, während Ava ihn mit der Sinnlichkeit einer Katze küsste, die mit ihrer Beute spielt. Die unübersehbare Wölbung in seinem Schritt sprach Bände hinsichtlich der Wirkung des Kusses.

„Inwiefern“, flüsterte Tallak Rhun zu, „soll das als Abschreckung dienen? Er sieht aus, als würde er gleich abspritzen.“

„Abwarten“, sagte Rhun leise.

Der *Faunus* stöhnte noch immer und zuckte dann, als stünde er kurz vor dem Orgasmus. Dann veränderte sich seine Gestalt. Nach und nach sackte seine Haut in sich zusammen, als wäre er ein Schlauchboot, das Luft verliert.

Ava umklammerte ihn fester und küsste ihn weiter, bis der arme Kerl schlaff in ihrem Griff hing, kaum mehr als eine Mumie. Die Haut spannte sich direkt über seine Knochen und Sehnen und seine glasigen Augen starrten ins Leere.

„Ich korrigiere mich", flüsterte Tallak. „Aber was für ein Abgang."

Rhun nickte nachdenklich. „Es gibt schlimmere Arten zu sterben als durch die Hand eines Sukkubus."

„Oder durch deren Mund."

Rhun schnaubte.

Schwungvoll ließ Ava die Leiche zu Boden sinken und wischte sich mit dem Handrücken den Mund ab. Ihre mit Kajal umrandeten Augen suchten die Menge ab. „Hat noch jemand Lust, in meiner Bar zu stänkern?"

Alle traten gemeinsam einen Schritt zurück.

„Ich vertraue darauf, dass ihr das Chaos aufräumt", sagte sie und neigte den Kopf in Richtung der umgeworfenen Tische und Stühle.

Tallak hatte noch nie eine Gruppe von Dämonen und Gestaltwandlern gesehen, die so eifrig einen Raum in Ordnung hatte bringen wollen.

„Danke, meine Lieblinge." Schmunzelnd nickte Ava jemandem am anderen Ende der Bar zu und die Musik setzte wieder ein.

Sie trat über die Hülle des *Faunus* und reichte Bahram die Hand, um ihm aufzuhelfen. „Du hast ihn betrogen, wie ich höre?"

Bahram zog eine Grimasse und stand auf. „Nicht absichtlich."

„Offen gestanden dachte ich, dass du in deinem Alter gelernt haben solltest, deine Bettgefährten sorgfältiger auszuwählen. Du bist mein letzter lebender Bruder, Darling. Ich will dich nicht auch noch an einen wütenden Mann verlieren, der seine Ehre rächen will."

„Sie ist seine *Schwester*?“, murmelte Tallak verwundert.

Rhun grinste. „Das wusstest du nicht?“

Natürlich nicht. Aber jetzt, wo er es wusste, fielen ihm die Ähnlichkeiten in ihrem Aussehen auf – vom goldenen Farbton ihrer Augen über das warme Braun ihrer Haut bis hin zur Form ihrer Nasen hatten sie einige Merkmale gemeinsam.

„Komm!“, sagte Ava und hakte sich bei Bahram ein. „Lass uns das besprechen, kleiner Bruder.“

Bahram ging mit schmerzverzerrter Miene und einem hilfesuchenden Blick zurück mit ihr mit, worauf Rhun mit einem Achselzucken und einem gemurmelten „Tut mir leid – ich will leben“ antwortete.

„Das ist eine furchterregende Frau“, murmelte Tallak.

„Apropos.“ Rhun drehte sich zu ihm um. „Wir müssen an deiner Hazel-Strategie arbeiten.“

„Ich habe keine Hazel-Strategie.“

Rhun warf ihm einen konsternierten Blick zu. „Genau das meine ich.“ Er deutete in Richtung der Bar. „Das sollten wir ändern.“

Tallak runzelte die Stirn. „Was hast du eigentlich mit der Sache zu tun?“

„Ich bin ein aufdringlicher Wichtigtuer, der liebend gern nervtötend hilfreich ist.“

Achselzuckend folgte Tallak ihm. *Klingt korrekt.*

KAPITEL 13

„Da drüben." Hazel deutete auf den Parkplatz hinter einem Lebensmittelladen, der von dem Geschäft und den umliegenden Gebäuden teilweise verdeckt wurde. Um diese Zeit waren die Büros verlassen und die Fenster dunkel. Vereinzelt kamen ein paar Nachtschwärmer vorbei, die auf dem Weg zu oder von einer Bar oder einem Club waren, aber ansonsten war es in diesem Teil der Stadt ruhig.

Perfekt für einen Dämon, um sich in Ruhe satt zu essen.

„Ja, ich sehe sie." Thea Callahans Gesicht wirkte grimmig.

Sie und ihre Tochter Beth, eine Mittdreißigerin, waren heute Abend mit Hazel auf Patrouille. Es war eine der ersten Gelegenheiten für die ehemaligen Drakonier, nach ihrem Hausarrest wieder nach draußen zu gehen. Fürs Erste würden die Ex-Drakonier nur gemeinsam mit einer Aequitas-Hexe auf Patrouille gehen, eine Vorsichtsmaßnahme, die Merle und die anderen für notwendig hielten und die sie gegen das Murren der Ex-Drakonier durchgesetzt hatten.

Weder Thea noch Beth waren glücklich darüber, dass Hazel sie als „Babysitterin" begleitete, aber abgesehen von ein paar gerümpften Nasen und beleidigten Blicken waren sie eine angenehme Gesellschaft, während sie heute Abend durch die Innenstadt von Portland zogen. Erst vor ein paar Minuten waren sie auf die Spuren eines *Colarpo* gestoßen. Allem Anschein nach hatte der nierenschlürfende Dämon bereits ein Opfer gefunden und es zum Fressen in eine ruhige Ecke geschleppt.

Wenn Hazel und die anderen nicht eingriffen, würde der *Colarpo* bald seinen nadelförmigen Schnabel in den Bauchnabel des Menschen bohren, Haut und Fleisch durchstoßen und sich dann mit seiner spezialisierten Zunge, die an der Spitze winzige, rasiermesserscharfe Zähne hatte, durch den Bauch wühlen, bis er eine der Nieren erreichte. Dort würde er das Organ verflüssigen und es mit seiner Zunge ausschlürfen. Dabei würde er den Menschen mit Hilfe eines biochemischen Wirkstoffs in einem Zustand der Lähmung halten, sodass er sich nach dem Aufwachen nicht mehr an die Geschehnisse erinnerte. Und da der *Colarpo* die Wunde anschließend mit seinem Speichel versiegelte, würde der Mensch überleben – allerdings eben mit einer Niere weniger.

Die Behörden würden es als illegalen Organhandel abtun … wenn sie es jemals herausfänden. Oft lief der betroffene Mensch noch eine ganze Weile herum, ohne zu wissen, dass ihm eine Niere fehlte.

Nicht alle Dämonen töteten ihre Beute während des Fressens, aber einige richteten trotzdem so viel Schaden bei unschuldigen Menschen an, dass Hexen die Pflicht hatten, einzugreifen, wenn sie sie erwischten.

„Lasst uns gehen", sagte Hazel. „Ihr zwei geht voran. Ich gebe euch Deckung."

Thea und Beth nickten.

Zu dritt einen *Colarpo* zu überwältigen, schien fast übertrieben, aber solange sie alle zusammen auf Patrouille waren …

Schweigend überquerten sie die Straße und zügelten ihre Magie, um ihre Anwesenheit nicht zu früh zu verraten. Ein leises Ächzen hallte von der Ecke des Lebensmittelladens herüber und etwas kratzte über den Beton. Der Wind wirbelte eine verirrte Haarsträhne Hazels auf, als sie sich näher heranschlich und dabei direkt hinter Beth blieb.

Ein Schauer des Unbehagens tanzte über ihre Haut und ein undefinierbarer Knoten des Grauens bildete sich in ihrer Magengrube. Die Luft wirkte schwer und irgendwie wehmütig.

Vor ihr bog Thea um die Ecke, eine Hand ausgestreckt und bereit, einen Zauber zu wirken. Aus den Schatten hinter dem Supermarkt ertönte ein Zischen, gefolgt von einem gutturalen Klickgeräusch. Das Oberhaupt der Callahan-Familie rief die Worte, die ihre Magie für den Zauberspruch bündeln sollten. Der *Colarpo* kreischte, das Geräusch war wie Nägel auf einer Kreidetafel, und dann schrie Thea.

„Mom!", rief Beth, die nun auch um die Ecke rannte.

Hazel sprintete hinterher, ihr Herz schlug in schnellem Galopp. Was war geschehen?

Hazel schlitterte um die Ecke und nahm den Tatort in Augenschein. Thea lag still auf dem Boden, halb verdeckt von den Schatten, neben einer unbeweglichen menschlichen Gestalt. Beth stöhnte vor Anstrengung, während sie mit einer drahtigen Gestalt rang, deren schwarzer Schnabel im Licht des Mondes aufblitzte, als der *Colarpo* versuchte, die Hexe aufzuspießen.

„Stoß es von dir weg!", rief Hazel. Sie konnte nicht einfach einen mächtigen Zauber auf die beiden loslassen, während sie so dicht beieinander kämpften, denn sonst hätte sie Beth zusammen mit dem Dämon getroffen.

Beth stieß einen gequälten Schrei aus. Der *Colarpo* wälzte sich weiter mit ihr über den Boden und verfehlte mit seinem Schnabel nur knapp ihre Kehle.

„Bei den Göttern!“ Hazel kramte in der Tasche, die sie am Gürtel trug, zog eine Phiole heraus und öffnete den Deckel. Sie schüttelte etwas von dem dunklen Pulver auf ihre Handfläche, verschloss das Fläschchen wieder und verstaute es in der Tasche.

„In die Dunkelheit und in den Tod“, hauchte sie und ihre Magie vermischte sich mit ihren Worten, *„verschwinde von hier auf mein Gebot.“*

Sie pustete das Pulver aus ihrer Handfläche. Ihre Kräfte erhoben sich, strömten aus und versetzten das Material mit der zusätzlichen Magie, die nötig war, um es zu aktivieren. Die dunklen Partikel wirbelten durch die Luft und glitzerten einen Moment lang, dann flog die Wolke aus schwarzem Staub auf Beth und den *Colarpo* zu. Das Pulver traf den Dämon, durchdrang seine Haut und der *Colarpo* krümmte sich. Aus seiner Kehle drang ein qualvoller Schrei, bevor er zu schwarzem Staub zerfiel.

Hazel zog eine Grimasse. Das schwer herzustellende Pulver war nur für absolute Notfälle gedacht, um Dämonen zu bekämpfen, die gegen normale Zauber immun waren. Die Tatsache, dass Hazel es hatte benutzen müssen, um einen einfachen *Colarpo* zu töten, hinterließ einen bitteren Nachgeschmack in ihrem Mund. Sowohl Thea als auch Beth hätten den Dämon mit Leichtigkeit abwehren können sollen.

Beth hustete und kämpfte sich in eine sitzende Position. Hazel eilte an ihre Seite und untersuchte sie auf Verletzungen.

„Bist du verletzt?“

„Nur ein paar Kratzer.“ Beth schniefte und drehte sich um. „Meine Mom.“

Hazel drehte sich zu Thea, die noch immer regungslos dalag. Sie legte ihre Finger auf den Hals der anderen Hexe und prüfte ihren Puls. Sekunden verstrichen. Theas Augen starrten seelenlos in die Nacht.

„Mom.“ Mit belegter Stimme griff Beth nach Theas Schulter und schüttelte sie ein wenig. *„Mom!“*

Hazels Blick fiel auf Theas Oberkörper, auf den dunkelroten Fleck, der sich mitten auf der Brust der Hexe ausbreitete. Als sie sich bewegte, bemerkte sie die klebrige Flüssigkeit, die unter dem Körper hervorquoll.

„Beth“, sagte sie sanft.

„Mom, komm schon!“ Beth hielt ihre Hände über die Brust ihrer Mutter. „Mit der Magie meiner Ahnen rufe ich die Höchsten Mächte an, mir die Kraft zu geben …“ Ihre Hände leuchteten nicht mit dem untrüglichen Zeichen ihrer Magie. Sie hielt inne, schüttelte ihre Handgelenke und begann erneut. Immer noch kein Glühen. „Hazel, hilf mir!“

„Beth.“ Hazel schluckte schwer und ihre Brust schmerzte. „Beth, sie ist fort.“

„Nein!“ Beths Augen waren wild. „Wir haben noch Zeit. Wir können sie heilen, sie wiederbeleben.“

„Der *Colarpo* hat ihr Herz durchstoßen. Sie ist verblutet.“ Ein schwerer Atemzug. „Es gibt kein Zurück mehr.“

„Bitte.“ Die Stimme der jüngeren Hexe zitterte. „Bitte versuch es!“

Da Hazel nur zu gut wusste, wie Panik und Trauer blind für die Vernunft machen konnten, gab sie Beths Flehen nach, wenn auch nur, um ihre Augen für die Wahrheit zu öffnen.

Hazel legte ihre Hände auf Theas Brust und sagte: „Mit der Magie meiner Ahnen rufe ich Arawn an, mir die Kraft zu geben …“

Beth zuckte zusammen und die Überraschung und Bestürzung der anderen Hexe waren wie ein Schwall kalter Energie. Innerlich seufzte Hazel. Beth war es, wie die meisten Hexen in der Gemeinschaft, nicht gewohnt, Arawns Namen anstelle der Höchsten Mächte zu hören. Das war natürlich nicht völlig überraschend. Jahrtausende alte Traditionen und die Treue zu einer Gruppe von Göttern ließen sich nur schwer ablösen.

Hazel war tatsächlich erstaunt, dass die anderen Hexen Merle und sie, jetzt, da sie sich mit dem Herrn der Dämonen verbündet hatten, weiter im Kreis der Ältesten geduldet hatten. Die Dinge hätten leicht schiefgehen können, als sie ihren Loyalitätswechsel zusammen mit Arawns Warnung, dass die Höchsten Mächte schwächer wurden, verkündet hatten.

Wahrscheinlich *wäre* es auch schiefgegangen, wenn die Drakonier damals im Ältestenrat vertreten gewesen wären.

So aber hatten die Aequitas-Hexen genug Wohlwollen für Merle und Hazel besessen, um sie auch weiterhin in ihren Reihen zu dulden, obwohl Arawn nun ihr Schutzgott war. Aber nicht genug Wohlwollen, um selbst den Loyalitätswechsel zu vollziehen.

Hazel spürte, wie sich die Schichten der Welt für sie öffneten, als sie Arawn anrief, und murmelte die Worte, die die meisten Wunden in einem Körper heilen konnten, vorausgesetzt, es war noch ein Funke Lebenskraft vorhanden.

„Es wird geheilt, was einst zerbrochen
geflickt werden die Wunden.
Dem Fleisch wird Leben zugesprochen,
und im Kern verbunden …“

Die in der Welt verankerte Magie folgte Hazels Ruf, strömte in ihre Mitte, durch ihre Arme und in ihre Hände. Ein sanftes Glühen breitete sich auf ihren Handflächen aus und erhellte das Blut auf Theas Brust.

Das Leuchten verblasste und die Magie glitt von dem reglosen Körper der älteren Hexe ab.

„Versuch es noch einmal!“ In Beths Augen schimmerten die ungeweinten Tränen.

Hazel schüttelte den Kopf. „Sie hat keinen Funken Leben mehr in sich. Ihre Seele hat ihren Körper verlassen. Keine

Magie der Welt wird ihre Wunden schließen und ihr Herz wiederbeleben."

Die andere Hexe schluchzte auf und griff nach ihrer Mutter. „Nein." Sie berührte ihr Gesicht und ihr Haar. „Nein!"

„Es tut mir so leid", flüsterte Hazel.

Während Beth schluchzend über dem Körper ihrer Mutter zusammenbrach, schloss Hazel sanft Theas Augen.

„Gute Reise", murmelte sie, während ihre Kehle enger wurde und brannte.

Es war egal, dass Thea eine ehemalige Drakonier-Hexe war, die an der Jagd auf Hazels Tochter Lily teilgenommen hatte. Sie war trotzdem eine von ihnen. Eine Mithexe zu verlieren, schmerzte auf einer ursprünglichen Ebene. Hazel spürte diesen Verlust tief in ihrer Seele, im klagenden Dröhnen ihrer eigenen Magie.

So wenige. Es gab nur noch so wenige von ihnen. Hexenfamilien hatten heute weniger Kinder als in früheren Generationen, aber die Zahl der Todesopfer war gleichgeblieben. Das bedeutete, dass sie eine aussterbende Rasse waren. Wie viele Hexen würden in ein paar Jahren noch leben? In ein paar Jahrzehnten?

Der Gedanke an eine Welt ohne Hexen ließ sie erschaudern. Vor allem jetzt, da alte, bösartige Götter und menschenfressende Biester wieder an die Macht kamen.

Hazel legte eine Hand auf Beths Schulter. „Wir müssen sie nach Hause bringen. Der Mensch wird bald aufwachen und bis dahin müssen wir weg sein. Wir werden sie gemeinsam tragen."

Beth schluckte und nickte, ihr Gesicht war tränenüberströmt und ihre Augen geschwollen.

Hazel untersuchte den Mann, der dem *Colarpo* zum Opfer gefallen war, und nachdem sie sich vergewissert hatte, dass sein Puls stabil und seine Temperatur gut war, brachte sie ihn in die stabile Seitenlage. Das *Colarpo*-Gift würde innerhalb weniger Minuten nachlassen und der Mann würde aufwachen, ohne zu wissen, wie er auf einem verlassenen Parkplatz hinter einem Supermarkt gekommen war. Sein Bauch wies keine Anzeichen einer Wunde auf, also hatte der *Colarpo* noch nicht mit der Nahrungsaufnahme begonnen. Der Mann durfte seine beiden Nieren behalten.

Gemeinsam hoben Hazel und Beth deren Mutter Thea hoch und trugen sie, wobei sie die Arme der Toten um ihre Hälse gelegt hatten. Hoffentlich würden sie auf dem Weg zu Theas Auto niemandem begegnen, sonst müssten sie sich eine Geschichte ausdenken, dass ihre Freundin zu viel getrunken hatte. Andererseits würden sie angesichts der vielen Nachtschwärmer in der Stadt vielleicht einfach dazugehören.

„Beth", sagte Hazel nach ein paar Minuten. „Was ist vorhin passiert?"

Beth schniefte und ihre Stimme klang rau. „Was meinst du?"

Wie sollte sie das höflich formulieren und gleichzeitig den Kummer der anderen Hexe respektieren? „Deine Mom war dabei, den *Colarpo* mit einem Zauber zu belegen. Es hat nicht geklappt." Hazel hatte diesen Teil zwar nicht genau gesehen, aber angesichts der Beweise konnte sie sich das denken. „Der Dämon hat sich auf sie gestürzt und sie innerhalb von Sekunden zu Fall gebracht. Und als du ihr zu Hilfe kamst, hätte er auch dich fast überwältigt." Sie machte eine bedeutungsvolle Pause. „*Colarpos* sind nicht so stark."

Beth antwortete nicht.

„Ein einfacher Zauber mit Rohenergie hätte den Dämon aufhalten müssen. Warum hast du ihn nicht weggeschleudert?"

Die jüngere Hexe gab einen gequälten Laut von sich.

„Beth?"

„Ich habe es versucht“, flüsterte sie.

Hazel drehte ihren Kopf und sah Beth an.

„Sie wollte nicht kommen.“ Theas älteste Tochter, die jetzt die Zukunft der Callahan-Linie war, schluckte schwer und die Muskeln in ihrer Kehle arbeiteten. „Die Magie. Sie wollte nicht kommen.“

Hazel atmete scharf ein. „Du konntest nicht auf zusätzliche Magie zurückgreifen?“

Beth schüttelte den Kopf. „Es ist, als wäre sie … gedämpft. Kleiner. Ich habe versucht, den Dämon mit einem Zauber zu belegen, aber der hat kaum gereicht, um ihn ins Straucheln zu bringen.“

Hazel schloss für einen Moment die Augen. Ihr Herz schlug schwer in ihrer Brust. „Es passiert bereits.“

„Was?“

Sie holte tief Luft und sagte: „Die Schwächung der Höchsten Mächte. Sie verlieren an Kraft, und mit jedem Tag, der vergeht, schwindet die Verbindung, durch die die Hexenfamilien auf die Magie zwischen den Schichten der Welt zurückgreifen.“

Beth stieß ein raues Lachen aus. „Das ist doch lächerlich.“

Hazel runzelte die Stirn. „Hat Thea dir nicht davon erzählt?“

„Oh, das hat sie, ja. Sie hat auch gesagt, dass es Bullshit ist.“

„Ausdrucksweise!“

Beth schnaubte. „Du glaubst vielleicht an diesen Mist, weil Arawn dir eine Gehirnwäsche verpasst hat …“

„Es stimmt“, unterbrach Hazel sie. „Du hast die Biester gesehen, nicht wahr?“

Nachdem Arawn Velez erschlagen, den Drachen gefangen hatte und sowohl Merle als auch Hazel zu ihm übergelaufen waren, hatten sie sich darauf geeinigt, dass es eine gute Idee wäre, die Hexengemeinschaft die Beweise für die bevorstehenden Veränderungen in ihrer Welt sehen zu lassen. Die Explosion auf dem Mt. Hood war natürlich nicht zu übersehen gewesen, aber die meisten Hexen wussten nicht, was genau dort oben passiert war.

Also hatte Arawn es ihnen gezeigt. Er hatte den Greif und den Drachen mitgebracht, die beide unter seiner Kontrolle standen, und Maeve hatte sich vor den Augen der gesamten Hexengemeinschaft in ihren Phönix verwandelt. Angesichts dessen konnte keine Hexe die Tatsache leugnen, dass große Veränderungen im Gange waren. Solche Biester waren bisher nur ein Mythos gewesen, selbst für die übernatürliche Gemeinschaft.

Sie mit eigenen Augen zu sehen, lebendig und feuerspeiend, wie im Fall des Drachens, konnte das Weltbild einer Hexe auf den Kopf stellen. Hazel wusste das, denn das war auch ihre Reaktion gewesen, als Maeve und Merle ihr Arawns neue „Haustiere" vorgestellt hatten.

Auch die anderen Hexen hatten damit zu kämpfen gehabt, ihre Fassung zu bewahren. Manchmal musste die Realität einem erst ins Gesicht springen, bevor man bereit war, sie zu akzeptieren.

„Ja", sagte Beth. „Ich habe sie gesehen. Das heißt aber nicht, dass ich jedes Wort glaube, das aus dem Mund des Herrn der Dämonen kommt. Nur weil es Drachen und andere Biester wirklich gibt, beweist das noch lange nicht, dass die Höchsten Mächte schwächer werden. Er ist ein machthungriger Opportunist. Natürlich sagt er alles, um uns Hexen dazu zu bringen, mit ihm gemeinsame Sache zu machen, damit er uns auf seine wachsende Liste von Vermögenswerten setzen kann."

„So ist er nicht."

„Ach? Dann hat er also kein Imperium aus andersweltlichen Wesen aufgebaut, die ihm durch Loyalität und Gefälligkeiten verpflichtet sind?"

„Doch, aber …"

„Und er ist kein berechnendes, rücksichtsloses, brutales Wesen von immenser Macht, das im Verborgenen arbeitet, sein Netzwerk ausbaut, immer mehr Magie anhäuft und immer mehr Ländereien für sich beansprucht, bis sein Territorium der Hexengemeinschaft buchstäblich eine Schlinge um den Hals legt?"

Hazel zog eine Grimasse. „Hör zu, es hört sich wirklich schlimm an, wenn du es so ausdrückst, aber sein Ruf ist weit von der Realität entfernt."

„Er manipuliert dich." Beth starrte sie an. „Aber ich glaube nicht an seinen Schwachsinn. Du kannst ihm folgen, seine verdrehten Lügen glauben und unsere Götter verraten. Ich werde nichts dergleichen tun."

Hazel seufzte. „Beth, welche Beweise brauchst du noch? Die Magie eurer Familie hat heute Abend versagt. Keine von euch war in der Lage, die Macht zwischen den Schichten der Welt zu nutzen. Das hat Thea das Leben gekostet und auch dich hätte es fast umgebracht. Du musst dich dem stellen …"

Beth hielt inne und wirbelte herum, um Hazel mit einem donnernden Blick zu begegnen. Dabei löste sich Hazels Griff um Thea, sodass diese nun schlaff an Beths Seite hing. Die jüngere Hexe stöhnte auf, als sie sich bemühte, sie zu halten.

„Wie kannst du es wagen?", flüsterte sie barsch. „Ich habe *gerade* meine Mom verloren. Ich trage buchstäblich ihren toten Körper. Sie ist noch warm." Ihre Stimme versagte und frische Tränen glitzerten in ihren Augen. „Und du hältst mir Arawns Agenda unter die Nase. Hast du kein Schamgefühl? Hast du nicht mal einen Funken Anstand in dir?" Sie hievte Thea wieder hoch, als die Leiche nach unten zu rutschen begann. „Erspar mir deinen Vortrag! Lass mich in Ruhe, damit ich meine Mutter nach Hause bringen und sie begraben kann!"

Hazel atmete scharf ein und ein mulmiges Gefühl machte sich in ihrem Magen breit. „Beth, ich wollte nicht …"

„Spar dir das!" Beth warf ihr einen finsteren Blick zu und drehte sich weg, um die Straße hinunter zum Auto zu stolpern.

Hazel machte Anstalten, ihr hinterherzueilen. „Lass mich dir wenigstens helfen, sie zu tragen!"

„Ich will deine Hilfe nicht", rief Beth über ihre Schulter. „Und mach dir nicht die Mühe, zur Beerdigung zu kommen! Du bist nicht willkommen."

Hazel keuchte, denn die Worte trafen sie wie ein Faustschlag. Mit rauer Kehle starrte sie Beth hinterher, ihre Wangen kribbelten unangenehm und ihr Puls pochte schnell in ihren Schläfen. Sie schloss die Augen und rieb sich mit beiden Händen übers Gesicht.

Einen Moment lang stand sie so in der kühlen Herbstnacht, während sie sich in Gedanken noch einmal durch den Kopf gehen ließ, wie sehr sie die Situation gerade vermasselt hatte.

Dann erlaubte sie sich ausnahmsweise, das einzige Wort zu flüstern, das ihre Gefühle vollkommen und zufriedenstellend beschrieb.

„Fuck."

KAPITEL 14

Die *Hazel-Strategie.*

Während der Lärm des *Neun Kreise* im Hintergrund brummte, starrte Tallak auf die Serviette mit Rhuns Gekritzel, auf der die Taktik beschrieben war, die der *Bluotezzer* vorgeschlagen hatte, um die schwer zu fassende Hexe zu umwerben. Komplett mit kleinen Herzen und Kussmündern in den Ecken.

Er hatte Rhun eindeutig nicht hart genug geschlagen.

Er zerknüllte die Serviette und wollte sie gerade in den Müll werfen, als er sich eines Besseren besann, ein Feuerzeug aus einer Schublade hinter der Bar holte und die Serviette zur Sicherheit anzündete. Das Letzte, was er brauchte, war, dass jemand dieses belastende Beweisstück fand. Es war schon schlimm genug, dass Rhun von seiner unglücklichen Anziehung zu Hazel wusste. Trotz seines Bedürfnisses nach einer Wiederholung der gemeinsamen Nacht musste er all das für sich behalten. Es gab keinen Grund, eine große Sache daraus zu machen. Das war eine Angelegenheit zwischen ihm und Hazel.

Nachdem er die Serviette verbrannt und die Asche

weggeworfen hatte, schaute er auf die Uhr. Es war fast drei Uhr nachts. Nur noch ein bisschen länger und seine Schicht wäre für diese Nacht beendet. Dann könnte er sich auf den Weg nach Hause machen, den Whiskey von der Schlägerei abwaschen … und den Anruf tätigen.

Zu seinem Ärger schlug sein Herz schneller. Hitze durchströmte ihn und er biss die Zähne zusammen. *Es ist doch nur ein Anruf. Ist ja nicht so, als hättest du noch nie mit ihr telefoniert.*

Aus irgendeinem Grund glaubte sein Nervensystem aber immer noch, dass dieser Anruf einen kleinen Ausraster rechtfertigte.

Knurrend schrubbte er die Thekenplatte mit mehr Enthusiasmus als nötig und war dabei so konzentriert, dass er die Kundin erst bemerkte, als sie direkt vor seiner Nase auf das polierte Holz klopfte.

Auf den ersten Blick brachte ihr Aussehen sein Blut in Wallung, da sie ihrer Mutter so ähnlich sah. Eine Sekunde später erkannte er die Unterschiede – indigoblaue statt schokoladenbrauner Augen, ein runderes Gesicht ohne die Reife, die ein paar Jahrzehnte mehr im Leben mit sich brachten, und ebenholzschwarzes Haar, das so zerzaust war, dass Hazel damit nie das Haus verlassen würde.

„Rose“, sagte er zur Begrüßung.

„Du verwechselst mich nie mit Lily“, sagte sie auf Fae, der Sprache, die sie immer noch besser beherrschte als das Englische. Ihre Worte waren undeutlich und ihr Atem roch stark nach Alkohol. „Warum ist das so?“

Er beobachtete, wie sie sich unsicher an die Theke lehnte wie ein schiffbrüchiger Seemann, der sich in stürmischer See an Treibholz festklammert, wobei ihre Lederjacke von einer Schulter herabhing.

„Nun, zum einen bist du eine Hexe und Lily ist eine Dämonin. Das ist etwas unverkennbar anderes.“

Rose blinzelte. „Stimmt. Da war was.“

Er warf ihr einen Blick zu und stellte ein Glas Wasser vor sie hin.

Etwas flackerte in ihren Augen auf und sie schob das Glas zurück. „Gib mir einen …" Sie sah sich die zerschlagenen Regale hinter ihm an und runzelte die Stirn. „Ist noch etwas übrig?" Sie deutete auf die Trümmer.

Kurzzeitig überlegte Tallak, ob er sie anlügen sollte. Sie hatte offensichtlich schon ein paar Drinks intus. Andererseits machte sie keinen Ärger, war friedlich, erwachsen und in der Lage, ihre eigenen verdammten Entscheidungen zu treffen. Sie hatte ein Leben hinter sich, in dem andere ihr das Recht genommen hatten, Entscheidungen zu treffen, und er hatte nicht vor, sich selbst auf diese Liste zu setzen. Ratschläge zu erteilen, war eine Sache. Ihr die Entscheidungsfreiheit zu nehmen, eine andere.

Also griff er unter die Theke, schnappte sich eine der wenigen verbliebenen Flaschen mit edlem Schnaps und stellte sie mit einem leisen Knall auf dem Holz ab. „Ist Bourbon in Ordnung?"

„Klar." Sie machte eine zittrige „Was auch immer"-Geste.

Er schenkte ihr den Drink ein und sah zu, wie sie ihn hinunterkippte. „Vielleicht solltest du für heute Feierabend machen."

„Pfft." Rose hickste. „Die Nacht ist noch nicht vorbei. Es gibt noch viel zu sehen. Und zu tun."

Tallak hob eine Augenbraue, dann zuckte er mit den Schultern. *Nicht mein Bier.* Er war nicht Roses Aufpasser.

Als sie also ein paar Dollarscheine auf die Theke legte und mit einem unsicheren Winken tiefer ins *Neun Kreise* schlenderte, sagte er nur: „Viel Spaß."

Für eine Sekunde zuckten seine Muskeln jedoch mit dem Impuls, ihr zu folgen. Und was sollte er dann tun? Sie nach draußen zerren, in ein Taxi stecken und nach Hause schicken? Sie war nicht seine Tochter. Selbst dann wäre es nicht seine

Aufgabe, sie zur Vernunft zu bringen. Nicht, dass sie sein Kind *war*.

Das war eine gute Argumentation. Logisch. Wenn sich jetzt nur der widerspenstige Knoten in seinem Magen verpissen würde.

Grummelnd schenkte er einem anderen Gast einen Drink ein und ließ seinen Blick durch den Raum schweifen. Ein Kichern lenkte seinen Blick auf die Sektion mit der Bezeichnung *Lust,* in der Rose vom Schoß eines Dämons aufstand, stolperte und direkt wieder auf ihn herunter purzelte. Der Dämon sagte etwas, packte sie um die Taille und warf sie mit einer geschmeidigen Bewegung über seine Schulter, während er aufstand.

Tallak verkrampfte sich.

Rose kicherte noch lauter, als der Dämon sie zum Ausgang trug. Ein anderer Dämon, offenbar der Freund des Mannes, schlenderte hinter ihnen her, während Rose etwas lallte, Tallak sah und ihm zuwinkte. „Tschüss, Tallak", rief sie.

„Verflucht noch mal!" Tallak warf das Geschirrtuch beiseite, stützte sich mit einer Hand auf dem Tresen ab und hüpfte hinüber, um Rose und dem Dämon zu folgen.

Sie waren gerade nach draußen getreten, als er sie einholte.

„Was glaubst du, was du da tust?", knurrte er.

Der Dämon, der Rose trug, blieb stehen und drehte sich halb um. Sein Kumpel stand Tallak gegenüber und sein menschlich anmutendes Gesicht wirkte verärgert.

Bevor der Mann etwas sagen konnte, meldete sich Rose zu Wort. „Spaß haben", sagte sie trotzig auf Fae. „Du weißt schon, das, was du mir gewünscht hast?"

„Indem du dich von irgendwelchen Dämonen wie eine geplünderte Jungfrau aus einer Bar tragen lässt?"

Roses Gesicht wurde hart.

„Ich weiß nicht, was für eine verdammte Sprache du da

sprichst", sagte der Dämon, der Rose trug, „aber wenn wir mit dem Gequatsche fertig sind, würden wir gern irgendwo hingehen, wo wir ungestört zur Sache kommen können."

„Rose." Tallak ignorierte den Kerl. „Du bist eine Hexe. Du bist dabei, allein mit zwei Dämonen die Bar zu verlassen. Du bist betrunken und hast keine Verstärkung. Hast du Todessehnsüchte?"

Etwas Raues und Dunkles schattierte Roses Gesichtszüge für eine Sekunde, dann war es wieder weg. Sie rollte die Augen und sagte auf Englisch: „Entspann dich! Das sind meine Freunde. Ich treffe mich schon eine ganze Weile mit ihnen. Sie werden mir nicht wehtun."

Der Dämon, der sie trug, schnaubte und warf Tallak einen Blick zu. „Regst du dich deshalb so auf? Gehört sie dir?"

„Nein", sagte Rose mit einem spitzen Blick auf Tallak. „Er ist ein Freund der Familie und geht jetzt zurück an seine Arbeit, damit ich mich amüsieren kann. Nicht wahr?"

Tallak blickte zwischen Rose und den beiden Dämonen hin und her und der Knoten in seinem Magen ließ sein Blut sauer werden. „Ja", sagte er schließlich. „Wie auch immer."

Rose schenkte ihm ein seliges, betrunkenes Lächeln und hielt beide Daumen hoch, während der Dämon, der sie trug, sich umdrehte und weiterging. Sein Kumpel wollte ihnen gerade folgen, als Tallak ihn anrempelte.

Er warf den Dämon gegen die Wand, drückte den Arm unter seine Kehle und zückte das Messer, das er immer bei sich trug. Die Spitze hielt er an den Schritt des Dämons. Sein Kumpel, der Rose trug, war bereits um die Ecke gebogen und bekam von Tallaks Zwiegespräch mit seinem Freund nichts mit.

„Wenn sie morgen nicht zu Hause ist", sagte Tallak mit ernster Stimme, „werde ich dich finden und töten."

Der Dämon schluckte und seine Augen weiteten sich. „Wer bist du? Ihr Daddy?"

Tallak schob die Klinge noch ein kleines Stück weiter in den Schritt des Kerls. „Ich bin sehr geschickt darin, andere Dämonen aufzuspüren und sie zu töten. Wenn du ihr auch nur ein Haar krümmst, werde ich dich auf eine Weise töten, die einen Häuter-Dämon zum Kotzen bringen würde. Ich bin ein *Hæmingr*, ich kann mich in jede beliebige Form verwandeln, und wenn ich eine Kreatur aus der Anderswelt töte, übernehme ich auch ihre Kräfte und Auren. Du wirst mich nie kommen sehen. Ich habe schon so viele Dämonen getötet und ihre Kräfte absorbiert, dass ich dich auf die verschiedensten Arten abschlachten werde, während ich dafür sorge, dass du lange genug am Leben bleibst, um alles zu spüren. Also."

Der Dämon schnappte nach Luft.

„Habe ich mich klar ausgedrückt?"

„Ja, alles klar, Mann! Wir werden ihr nichts antun."

„Gut." Tallak ließ ihn ruckartig los.

Der Dämon beeilte sich, von Tallak wegzukommen, und rannte seinem Kumpel und Rose hinterher.

Tallak starrte ihm nach, sein Atem ging schnell, das Messer war noch immer in seiner Hand.

Und der verdammte Knoten immer noch in seinem Magen.

HAZEL SCHLOSS VORSICHTIG DIE TÜR HINTER SICH UND STAPFTE dann durch die Schatten des Foyers, die Treppe hinauf und den Flur hinunter in ihr Schlafzimmer.

Eine weitere Nacht, eine weitere Rückkehr in ein dunkles, ruhiges Haus.

Sie ließ die Schultern hängen, streckte den Nacken und atmete tief ein. Das schmierige Gefühl auf ihrer Haut und der harte Ball aus Blei in ihrem Magen verschwanden dadurch nicht.

Wie hatte sie sich nur so ungeschickt anstellen können? So taktlos? Beths Worte hallten in ihrem Kopf nach und jedes Mal sank der Schmerz tiefer, weil die andere Hexe mit ihren Anschuldigungen ins Schwarze getroffen hatte. Scham erhitzte ihr Gesicht und ihre Kehle brannte. Das Bedürfnis, sich bei Beth zu entschuldigen, war ein konstanter Druck in ihrer Brust, aber es würde nichts nützen, oder? Der Schaden war angerichtet, Beths Meinung über sie demütigend niedrig, eine Brücke verbrannt anstatt repariert.

Hazel wollte aus ihrer Haut kriechen, wenn auch nur, um diesem ekelhaften Gefühl des Unrechts zu entkommen. Sie kannte dieses Gefühl nur zu gut. Bei vielen Interaktionen mit Robert hatte sie sich so gefühlt, als könnte sie nichts richtig machen, als würde jedes Wort, das sie sagte, jeder Schritt, den sie tat, gegen eine unausgesprochene, geheimnisvolle Regel der Höflichkeit verstoßen. Jahrelang hatte sie versucht, sich zu einer Person zu entwickeln, die niemandem auf die Füße trat. Für ihn war das nie genug gewesen.

Sie ging an Roses Zimmer vorbei. Unter der Tür brannte kein Licht, also schlief Rose entweder in ihrem Bett … oder sie war unterwegs, um das zu tun, was sie in diesen Tagen so tat. Oder besser gesagt, in diesen Nächten. Nicht, dass Rose sich ihr anvertraut hätte. Ein weiterer Punkt auf der wachsenden Liste der Dinge, in denen Hazel versagt hatte.

Sie hatte keine weiteren Informationen über das Siegel, das die unbekannte Hexe während des Blutopfers benutzt hatte, gefunden. Nach tagelangen Nachforschungen war sie noch immer nicht auf genau dieses Symbol in einem Buch gestoßen. Siegel waren eine uralte, selten genutzte Form der Magie. Dementsprechend schwer war es, an Informationen zu kommen. In keiner Begegnung mit Zaubern und dem

Wirken von Macht hatte Hazel jemals selbst ein Siegel benutzt.

Und währenddessen lief die Hexe, die den Mord begangen hatte, frei herum. Wahrscheinlich würde sie wieder töten.

Sie atmete schwer und das Gewicht auf ihrer Brust drohte, sie zu ersticken.

An der Tür zu ihrem Schlafzimmer gab ihr Handy einen Laut in ihrer Tasche. Stirnrunzelnd nahm sie es heraus, während sie zu ihrer Kommode ging und ihre Tasche darauf ablegte.

Eine Nachricht von Tallak: *Hey, bist du wach?*

Mit einem Seufzer tippte sie: *Was ist denn jetzt schon wieder?*

In was für Schwierigkeiten hatte er sich diesmal gebracht?

Ihr Handy klingelte. Vor Schreck ließ sie es fast fallen und konnte ein Quietschen kaum unterdrücken. Mit Mühe nahm sie Tallaks Anruf entgegen.

„Was willst du?“, fragte sie und bemühte sich, das komplizierte Gebräu von Gefühlen in ihrem Inneren nicht in ihrer Stimme zum Ausdruck kommen zu lassen.

Eine nachdenkliche Pause. „Was ist los?“

Hazel runzelte die Stirn. *Verdammter, scharfsinniger Dämon!* „Nichts. Ich habe nur …“

Tallak schnalzte mit der Zunge. „Es ist nicht nichts, wenn es sich so anhört, als würdest du gern Gewalt anwenden, du aber leider zu müde bist, um das zu tun. Was eine Schande ist. Es ist herrlich, wenn du dich gehen lässt und Blut vergießt.“

Hazel blinzelte und war kurzzeitig verblüfft. „War das ein Kompliment?“

„Willst du noch mehr?“

Dieser Dämon brachte sie völlig aus der Fassung. Sie

schloss den Mund mit einem hörbaren Knacken. „Ich … Hör zu, es war eine lange Nacht und ich …"

„Hazel." Ihr Name auf seinen Lippen, in einem so leisen Ton gesprochen, dass sie erstarrte und dann ein heißes, kribbelndes Gefühl verspürte. „Was ist passiert?"

Vielleicht lag es an der späten Stunde, an der Tatsache, dass sie schon viel zu lange wach war, oder daran, dass sie hier in diesem riesigen, dunklen, stillen Haus saß und niemanden zum Reden hatte. Oder vielleicht war es der unverhüllte Schmerz in ihrem Inneren, der ihre Mauern zum Einstürzen brachte, der sie dazu verleitete, ihm zu antworten.

„Ich habe es vermasselt."

„Wie das?"

Sie schluckte den dicken Kloß in ihrem Hals hinunter und sagte: „Heute Nacht, auf Patrouille." Und während sie ihm erzählte, was mit den Callahans passiert war, versuchte sie zu verstehen, warum sie rational gesehen wusste, dass es eine schlechte Idee war, sich ihm gegenüber zu öffnen, während gleichzeitig die Last auf ihrer Brust mit jedem Wort, das sie sprach, abnahm. Als sie zu Ende gesprochen hatte, fühlte sie sich sowohl erschöpft als auch erleichtert, besänftigt und aufgewühlt. Es war eine so seltsame Kombination, dass sie erst einmal nach Luft schnappen musste.

„Du fühlst dich also schuldig", sagte Tallak nach einem Moment der Stille, „weil diese Hexe mit nur zwei funktionierenden Gehirnzellen die Portion Wahrheit, die du ihr angeboten hast, nicht annehmen konnte und dich stattdessen angeschrien hat, weil du ihre Gefühle verletzt hast?"

Hazel blinzelte schnell. „Ähm, das ist …" Sie schüttelte den Kopf. „Nein, ich meine, ich hätte mehr Respekt angesichts der Tatsache zeigen sollen, dass ihre Mutter gerade gestorben ist. Sie war zu Recht beleidigt und ich …"

„Hazel", unterbrach er sie, bevor sie zu einem selbstkritischen Monolog ausholte. „Scheiß auf sie."

„Was?"

„Scheiß. Auf. Sie."

„Ich …"

„Wer ist diese Hexe für dich?" In der darauffolgenden Stille fügte er hinzu: „Wer ist sie, dass du dich darüber aufregst, dass sie dich für unhöflich hält? Ist sie eine geschätzte Freundin? Eine geliebte Verwandte?"

„Nein." Hazel rieb sich mit den Fingern ihrer freien Hand die Augen.

„Nein. Sie ist nur eine weitere Hexe. Und nicht nur das, sie gehörte auch zu der Gruppe, die diejenigen gejagt hat, die dir wirklich wichtig sind. Welche Macht hat sie über deine Gedanken, dein Bild von dir selbst? Keine, genau. Sie ist also sauer auf dich, weil du sie auf eine Wahrheit hingewiesen hast, die sie nicht akzeptieren will. Das ist nicht deine Schuld. Du hast ihnen mehr Respekt und Höflichkeit entgegengebracht, als sie es verdient haben. Sie wollten deine Tochter umbringen, verdammt noch mal! Du bist ihnen nichts schuldig und musst nicht auf ihre Gefühle Rücksicht nehmen, während du gleichzeitig versuchst, diesen verräterischen Haufen auf eine Zukunft vorzubereiten, die sie auslöschen wird, wenn sie sich nicht anpassen."

Hazel hob die Augenbrauen und blieb stumm.

„Also ja", sagte Tallak. „Scheiß auf sie! Scheiß auf sie und ihre verletzten Gefühle. Du musst dich nicht schämen, weil du die Wahrheit gesagt hast. Nicht einmal in diesem Moment, direkt nach dem Tod ihrer Mutter. Wann, wenn nicht dann? Es ist ja nicht so, als würde sie dir zu einem anderen Zeitpunkt zuhören. Und es ist nicht so, als *hättet* ihr Zeit. Eure Leute sterben bereits, weil sie zu stur waren, um ihr Verhalten zu ändern, obwohl sie rechtzeitig gewarnt wurden. Sie ist sauer, weil du ‚taktlos' warst?"

Hazel *hörte* die Anführungszeichen, die er zweifellos mit den Fingern in die Luft geschrieben hatte.

„Soll sie doch sauer sein. Soll sie doch sauer *sterben*, was sie sicher auch tun wird, wenn sie deinen Rat weiterhin ignoriert. Du hast deine Wahrheit gesagt. Du musst dich für nichts entschuldigen."

Es herrschte Schweigen, nur ihr klopfendes Herz und Tallaks Atemzüge waren über die Handyleitung zu hören.

„Hazel?", fragte er schließlich. „Bist du noch da?"

„Ähm, ja." Sie räusperte sich. „Ich ... Das war ... Ich glaube, ich habe dich noch nie so viel auf einmal reden hören, seit ich dich mit dem Wahrheitszauber belegt habe."

„Ah, ja, schöne Erinnerungen." Sie hörte das Lächeln in seiner Stimme und ihr wurde flau im Magen.

„Danke. Für die aufmunternden Worte." Sie biss sich auf die Lippe.

„Fühlst du dich besser?"

„Ja." Und das tat sie tatsächlich. Die Last auf ihrer Brust hatte sich irgendwann während Tallaks Tirade gelöst und der Knoten der Schuld hatte sich entwirrt. Ihre Atemzüge fühlten sich jetzt frei an.

„Gut." Die Wärme, die in diesem einen Wort lag, hüllte sie ein. „Der Grund für meinen Anruf ist ..."

Hazel richtete ihre Wirbelsäule auf. „Ja?"

„Ich weiß, dass wir uns auf eine Nacht geeinigt haben, aber ich will ehrlich sein und sagen, dass ich mehr will, wenn du bereit bist. Du musst jetzt nicht gleich antworten. Das ist nur eine Überlegung. Es ist ganz allein deine Entscheidung. Überlege es dir. Lass es dir mal durch den Kopf gehen. Es gelten dieselben Regeln wie beim letzten Mal – keine Bedingungen, niemand weiß davon, außer dir und mir. Denk einfach darüber nach." Er hielt inne und seine Stimme sank auf ein sinnliches Niveau. „Ich bin sicher, ich kann dir bei deiner Schlaflosigkeit helfen ... und dich entspannen."

Und dann legte er auf.

Hazel nahm das Handy von ihrem Ohr und starrte auf das Display.

Aufgelegt.

Nachdem er ihr diese *Bombe* von einem Vorschlag gemacht hatte.

„Oh, du kleiner, hinterhältiger, gerissener, böser, verrückter …“ Sie schüttelte das Handy, biss die Zähne zusammen und stieß einen erstickten Schrei der Frustration aus.

Sie würde ihn verfluchen. Ja, mit einem guten, ordentlichen, harmlosen, aber lästigen Fluch, der ihn jedes Mal wie eine Katze miauen lassen würde, wenn er ein böses Wort ausstieße. Sie grinste bei dem Gedanken, ein rachsüchtiges Amüsement durchströmte sie und lenkte sie für einen Moment von der Sache ab, die er vorgeschlagen hatte.

Diese unverschämte, gefährliche, viel zu verlockende Sache, die sie nicht einmal benennen wollte. Geschweige denn darüber nachdenken. Vor allem aber wollte sie nicht darüber fantasieren, während sie im Bett lag und von noch schlimmerer Schlaflosigkeit geplagt wurde als sonst.

Verdammt noch mal!

KAPITEL 15

„Du weißt, dass du mir noch etwas schuldig bist, weil du mich mit diesem Kettenraucher verkuppeln wolltest.“ Lily richtete ihre Gabel auf Basil und kniff ihre dunkelblauen Augen zusammen.

Tallak zog die Augenbrauen hoch, während er an seinem Kaffee nippte. Er lehnte sich an den Tresen in der Küche der Murrays und beobachtete das Gespräch zwischen Lily und Baz, die zusammen mit ihren jeweiligen Gefährten Alek und Isa am Tisch in der Frühstücksecke saßen. Obwohl Lily und Baz nicht blutsverwandt waren, zeigten sie eine beeindruckend realistische Geschwisterbeziehung, mit gutmütigem Gezänk und allem Drum und Dran.

Tallak war gekommen, um ein wenig Zeit mit Basil zu verbringen, und dann waren Lily und Alek aufgetaucht. Und nun entwickelte sich alles zu einem fröhlichen kleinen Familientreffen, sehr zu Tallaks Belustigung. Obwohl die Kinder sich bemühten, ihn einzubeziehen, hielt er sich immer im Hintergrund. Die unangenehme Ungewissheit war ein konstantes Hintergrundrauschen seiner Gedanken. Ein ganzer Raum voller Fae zum Abschlachten? Kein Problem.

Aber eine fröhliche Runde mit komplizierten Beziehungen? Fuck, er hatte keine Ahnung, wie er sich verhalten sollte.

Rose war irgendwann aufgetaucht, offensichtlich unversehrt und wohlauf, sodass er heute Abend niemanden zerstückeln würde müssen. Sie hatte sich etwas zu essen geholt und sich in ihr Zimmer verzogen, ohne die Einladung, sich zu der fröhlichen Runde zu gesellen, anzunehmen.

Hazel war auch anwesend und ignorierte Tallak seit seinem Eintreffen höflich. Es war nicht so, dass sie sauer auf ihn war. Aber sie schien sich auf alles Mögliche zu konzentrieren – nur eben nicht auf ihn. Und das würde er auf jeden Fall ändern müssen.

„Nö." Baz schüttelte den Kopf auf Lilys Anschuldigung hin und lenkte Tallaks Aufmerksamkeit wieder auf das Gespräch. „Dafür hast du mich vermöbelt, schon vergessen? Wir sind quitt."

„Habe ich nicht."

„Hast du doch."

„Habe ich nicht."

Alek räusperte sich. „Ich bin sicher, dass ich später dafür bezahlen muss, aber ich muss mich hier auf Baz' Seite stellen. Du hast ihn ordentlich zugerichtet, *Zwetotschek*."

Lily warf ihren Kopf in Aleks Richtung. „Was? Woher willst du das wissen? Das war vor deiner Zeit."

Alek schenkte ihr ein langsames, sinnliches Grinsen. „Ich habe euer Haus eine Zeit lang beobachtet, weißt du noch?"

„Perversling." Das Funkeln in Lilys Augen täuschte über ihren Vorwurf hinweg.

„Ich hatte einen Sitzplatz in der ersten Reihe bei deinem Ringkampf mit Baz, nachdem du von deinem Date nach Hause gekommen bist. Ihr habt euch im Garten duelliert und lagt am Ende vor Lachen auf dem Boden."

„Siehst du?", fragte Basil und kaute auf einem Stück Kuchen herum. „Wir sind quitt, Schwesterherz."

„Übrigens", sagte Alek zu Lily, „das war der Moment, in dem ich merkte, dass ich in dich verliebt bin."

„Ohhhh." Lily wandte ihren Blick nun auf Alek und klimperte mit den Wimpern.

„Ich werde später trotzdem dafür bezahlen, was?"

Lily schenkte ihm ein liebevolles Lächeln. „Auf jeden Fall, du Verräter."

Basils Lachen endete in einem Grunzen und Husten, weil ihm offensichtlich jemand unter dem Tisch gegen das Bein getreten hatte.

„Kinder!", mahnte Hazel sanft.

Und obwohl alle Anwesenden schon lange keine Kinder mehr waren, sahen sie plötzlich alle ein bisschen verlegen aus. Mütterliche Magie schien das zu bewirken, vermutete Tallak.

Nicht, dass er das am eigenen Leib erfahren hätte. Seine eigene Mutter war nicht gerade der liebevolle Typ gewesen.

Er wischte die Schatten seiner Vergangenheit beiseite und machte sich auf den Weg, um eine bestimmte Hexe an seine Anwesenheit zu erinnern – und an seinen Vorschlag von gestern Abend. Er schnappte sich einen Pfirsich aus dem Obstkorb und stellte sich direkt in Hazels Blickfeld.

Als sie ihre Augen in seine Richtung huschen ließ – und das tat sie unweigerlich alle paar Minuten, egal, wie sehr sie sich bemühte, ihn zu ignorieren –, biss er mit dem Enthusiasmus eines Mannes, der zum ersten Mal seit Jahrzehnten wieder etwas Süßes probierte, in den Pfirsich. Er musste nicht viel dafür tun, denn er erinnerte sich noch allzu gut daran, wie es gewesen war, nach sechsundzwanzig Jahren im Fae-Kerker wieder richtiges Essen zu sich zu nehmen.

Um seine kleine Show abzurunden, leckte er in Zeitlupe den Saft des Pfirsichs ab, während er Hazels Blick festhielt.

Ihre Augen weiteten sich, dann wandte sie ihren Blick

abrupt ab. Ihre Wangen färbten sich in einem wunderschönen Rosaton.

Tallak schmunzelte und aß den Pfirsich ganz normal weiter, sobald Basil in seine Richtung schaute. Er nickte seinem Sohn zu und kommentierte etwas, das Alek gesagt hatte. Das Gespräch am Tisch ging zwanglos weiter, keiner der anderen bekam etwas von Tallaks kleinem Spiel mit.

Aber jedes Mal, wenn Hazels Aufmerksamkeit wieder auf ihn fiel, schlürfte, lutschte und leckte er den Pfirsich auf eine Art und Weise, die ihm eine Anzeige wegen öffentlicher Unsittlichkeit einbringen würde, hätte er sich so vor Publikum verhalten.

Und verdammt, es funktionierte.

Hazel wurde immer nervöser. Der Rosaton ihrer Wangen hatte sich zu einem kräftigen Rot verdunkelt, ihre Augen waren geweitet und glasig, ihr Atem ging schneller. In ihrem Blick mischte sich Wut mit kaum unterdrückter Lust. Er war überrascht, dass er keinen Dampf unter ihrem Kragen aufsteigen sah.

Er schmunzelte leise vor sich hin. Dieser verdammte, klugscheißerische *Bluotezzer*.

Iss einen Pfirsich, hatte Rhun ihm aufgetragen. Auf Tallaks verwirrten „Was zur Hölle"-Blick hin hatte er seine Logik weiter ausgeführt: *Das männliche Äquivalent zu einer schönen Frau, die sinnlich eine Banane isst*, so der Dämon, *ist ein Mann, der einen Pfirsich verspeist. Vertrau mir in diesem Punkt. Sieh zu, dass du den Saft gründlich aufsaugst und alles gibst. Hazel wird nicht wissen, wie ihr geschieht.*

Der nervige Schwachkopf sollte recht behalten.

Hazel rutschte auf ihrem Stuhl hin und her, gab einen halb erstickten Laut von sich und kratzte sich am Nacken. Das arme Ding war kurz davor, sich auf ihrem Stuhl zu winden.

„Mom, bist du okay?" Lily beugte sich stirnrunzelnd zu ihr.

„Klar, ja, mir geht's gut." Hazel räusperte sich und rieb sich die Nase.

Ihr Blick huschte zurück zu Tallak.

Er knabberte mit voller Hingabe und unter vollem Einsatz seiner Lippen an dem Pfirsich und zog gleichzeitig eine Augenbraue hoch.

Hazel schoss so schnell hoch, dass ihr Stuhl über den Küchenboden kreischte. „Entschuldigung", murmelte sie, während sie zur Tür eilte.

„Mom? Was ist los?" Basil erhob sich halb von seinem Platz.

„Ich habe nur …" Hazel hielt nicht einmal inne, sondern rief den Rest des Satzes vom Flur aus. „Ich habe vergessen, dass ich in der Waschküche ein paar Flecken eingeweicht habe, die noch in die Maschine müssen."

Tallak verbarg sein Lachen in einem Hustenanfall.

„Kommt sie dir auch … seltsam vor?", fragte Basil seine Schwester.

„Sie ist aufgedreht, ja." Lily zog die Augenbrauen zusammen, als sie ihrer Mutter hinterherblickte. „Aber sie steht unter großem Stress wegen der ganzen Scheiße, die in der Hexengemeinschaft gerade passiert, also …"

Ich könnte definitiv dabei helfen, diesen Stress abzubauen. Tallak aß unbekümmert seinen Pfirsich auf und wusch sich dann die Hände.

„Hey, Dad?", fragte Basil nach einem Moment.

„Hm?" Tallak wischte sich mit einer Serviette über den Mund.

„Steht unser Spieleabend heute?"

Tallak warf die Serviette in den Papierkorb. „*Miau*, ja."

Er erstarrte.

Alle am Tisch hielten inne und drehten sich um, um ihn anzustarren.

Basil blinzelte. „Hast du gerade … miaut?"

„*Miau*, nein!“ Tallak ballte die Hände zu Fäusten. „Was zur *Miau*?!“

Lily war die Erste, die ihr Lachen nicht länger unterdrücken konnte. Sie krümmte den Oberkörper und drückte sich die Hand auf den Mund. Basil war der Nächste und brach in ein nur geringfügig unterdrücktes Lachen aus. Alek und Isa versuchten beide tapfer, sich zusammenzureißen, aber es war leider ein aussichtsloses Unterfangen.

Tallak knurrte und biss die Zähne zusammen. „Das ist nicht lustig, *miau*!“

Das half der Situation nicht. Lily bekam einen Schluckauf, Isa schnaubte und lachte, Alek wischte sich die Tränen aus den Augenwinkeln und Basil biss in seine Faust, wobei sein ganzer Körper zitterte und sein Gesichtsausdruck zwischen Mitgefühl und hilfloser Heiterkeit schwankte.

Tallak stieß eine lange Reihe absolut vulgärer Schimpfwörter aus und jedes Mal brachte er lediglich ein gottverdammtes, lebensechtes Katzenmiau heraus. Als wäre er verflucht.

Moment. Tallak verengte die Augen auf die Tür, durch die Hazel verschwunden war. Oh, diese hinterlistige kleine Hexe. Wer hätte gedacht, dass sie das in sich hatte?

Er folgte ihr und winkte Basils Entschuldigung mit einem Lachen ab. „*Miau* drauf! Wir sehen uns später.“

Der Flur war leer und der einzige Hinweis auf ihren Verbleib war die schwache Spur ihres Geruchs in der Luft, der mit dem unverkennbaren Moschus ihrer Erregung vermischt war. Sein Körper reagierte sofort und sein Verstand rief die Erinnerungen an den letzten Genuss dieses Duftes wach … *Wirre Laken und warme Haut, der leichte Salzgeschmack auf seiner Zunge, als er über ihren Oberschenkel leckte.*

Er fand sie ausgerechnet in der Waschküche.

Als er eintrat, wirbelte sie herum und ihr Gesichtsausdruck wechselte in Sekundenschnelle von Überraschung über Bestürzung und Verlangen zu trotziger Wut.

„Du“, sagte sie mit zusammengebissenen Zähnen, „bist schamlos.“

Dieses Feuer in ihr. Es juckte ihn, es noch weiter zu schüren.

„Ach?“ Seine Stimme war sanft, ganz im Gegensatz zu dem brodelnden Verlangen in ihm. „Wie meinst du das?“

„Du weißt genau, was ich meine.“ Sie knurrte fast und er wollte dieses Geräusch auf seiner Haut spüren.

„Ich fürchte, ich habe keine Ahnung. Warum klärst du mich nicht auf?“

„Der Pfirsich“, zischte sie.

Er konnte es nicht verhindern. Er lachte. Sie sah so bezaubernd sauer aus, so hilflos erregt. Wahrscheinlich störte er damit seinen Plan, sie für eine weitere Runde sinnlosen Sex anzulocken, aber er konnte nicht aufhören, sie zu necken.

Er wich dem nassen Handtuch aus, das sie ihm an den Kopf warf, und grinste sie an. „Es ist ja nicht so, als hättest du deine Revanche nicht bekommen, was?“

„Wovon sprichst du?“ Sie schnappte sich das nächste nasse Handtuch.

Er schob die Zimmertür mit einer Hand zu und ließ sie dabei nicht aus den Augen. „Du hast mich verhext.“

Ihre Augen funkelten. „Ich habe nichts dergleichen getan.“

„Du bist eine schlechte Lügnerin.“ Er trat einen Schritt näher an sie heran.

Sie wich lässig ein wenig zurück, ihr Gesicht war voller hochmütiger Unschuld. „Und wie kommst du darauf, dass du verhext bist?“

Er grinste, legte den Kopf schief und betrachtete sie durch seine Wimpern. Er wartete einen Moment, dann sagte er mit gezielter Sinnlichkeit: „Ich will dich *miauen*.“

Hazel stieß einen erstickten Laut aus und presste die Lippen aufeinander.

Mit räuberischer Präzision und Absicht kam er näher. „Ich will deine *Miau* lecken, bis du dich unter meinem Mund krümmst und um meinen *Miau* bettelst."

Hazels Schultern zitterten. Ihre Mundwinkel – die Lippen immer noch fest aufeinandergepresst – zuckten nach oben. Sie wedelte mit einer Hand vor ihrem Gesicht, als wollte sie ihn abwehren, und ihre Augen funkelten. „Hör auf", flüsterte sie.

Er kam noch näher und Hazel wich zurück, bis sie mit dem Rücken an die Waschmaschine stieß. Wildes Vergnügen kämpfte mit dem wachsenden Hunger in ihm, als er ihre Körperwärme auf seiner Haut spürte.

„Und dann werde ich dich *miauen*", murmelte er in den Raum zwischen ihnen, „lange und heftig, bis du auf meinem *Miau* kommst und wir beide vom *Miauen* erschöpft sind und uns nicht mehr an unsere gott*miauten* Namen erinnern können."

„Bei den *Göttern*!" Hazel brach in Gelächter aus und das Geräusch durchströmte ihn wie ein Schwall von Glückseligkeit.

Er hatte sie noch nie so lachen gehört. Und noch nie mit ihm. Der Anblick ihres Gesichts, das so offen, warm und fröhlich war, und das Funkeln in ihren Augen machten etwas mit einem zarten, vernachlässigten Teil seines Wesens.

Mit einem breiten Grinsen auf dem Gesicht beobachtete er einen Moment lang, wie sie sich vor Lachen krümmte, sich den Bauch hielt und nach Luft schnappte.

Und dann küsste er ihr das Lachen von den Lippen.

Die Hitze von Tallaks Lippen auf ihren verwandelte ihr Lachen in ein Keuchen. Die Berührung schickte einen Schauer der Lust hinunter zu ihrem Schenkelansatz und zu der Stelle, an der das nur mit Mühe zurückgehaltene Verlangen sofort wieder aufflammte.

All ihre Einwände und all ihre Zweifel verpufften wie klägliche Flammen unter strömendem Regen. Tallaks Geschmack überflutete ihre Sinne, und ihn zu spüren, wusch alle Vorbehalte weg, die sie gehabt hatte, ihrem Verlangen nach ihm nachzugeben.

Sie ließ das nasse Handtuch fallen und ihre Hände wanderten zu seiner Brust. Nicht, um ihn wegzustoßen, nein. Sie grub ihre Finger in seine Brustmuskeln. Seine Muskeln spannten sich daraufhin an und er vertiefte den Kuss. Er beugte sich weiter zu ihr vor, strich mit seiner Zunge über die ihre und schmeckte sie, als wäre sie die feinste Delikatesse. Sie gab einen leisen Laut der Freude von sich und drückte sich an ihn.

Eine Hand in ihrem Nacken, die andere an ihrer Hüfte, presste er sie mit dem Rücken gegen die Waschmaschine, während er ihren Mund mit sinnlicher Aggression eroberte. Stöhnend hob sie ein Bein und schlang es um seine Hüften, wobei der Stoff ihres Rocks nach oben wanderte. Er zögerte nicht, sondern umschloss ihren anderen Oberschenkel, um sie auf den Rand der Waschmaschine zu heben. Die köstliche Härte seines Schritts drückte gegen ihren pulsierenden Kern.

Ein weiterer unkontrollierter Laut der Erregung entrang sich ihr.

Sofort waren seine Lippen auf ihrem Hals. „Ich will dich."

Sie zitterte und die Lust brachte ihr Blut in Wallung. Ihre Hände glitten an seiner Vorderseite hinunter zu seiner Gürtelschnalle.

Sein sündhaft geschickter Mund fand wieder den ihren. „Sag es!", murmelte er gegen ihre Lippen.

Sie schob den Gürtel aus der Schnalle.

Er biss auf ihre Lippe. „Sag es, Hazel!“

„Ich will dich auch.“ Ein raues Flüstern.

Seine Finger umkreisten ihre Brustwarze durch den Stoff ihrer Bluse. „Wie sehr?“

Sie atmete scharf ein, griff nach seiner Hand auf ihrem Oberschenkel und führte sie unter ihren Rock, unter den Saum ihres Höschens, dorthin, wo sich die Nässe in ihrer Mitte sammelte.

Er spannte sich an und atmete grob aus. „Du willst mich umbringen, Weib.“

Doch seine Finger bewegten sich in sie, streichelten erst träge, dann fordernder, und sie krümmte sich schamlos an seiner Hand, während sie sich an seine Schultern klammerte. Ihre Atemzüge vermischten sich miteinander und ihre Lippen berührten sich in hitzigen Fast-Küssen.

Ihre Erregung wurde immer intensiver, eine Spirale, die sich immer fester um sie wickelte, bis der Druck fast schmerzhaft wurde.

„Tallak“, flüsterte sie. „Ich …“

Er drückte den Handballen fest auf ihre Klitoris und legte die andere Hand auf ihre Brust, um ihre Brustwarze zu zwicken.

Sie kam mit einem erstickten Schrei, den er mit seinem Kuss auffing. Wellen der Lust überrollten sie und er hielt den Druck auf ihren Kern aufrecht, bis ihre Bewegungen kleiner, langsamer und gesättigter wurden.

„Halt dich fest“, sagte er und seine Stimme klang wie ein raues Grollen in ihrem Ohr.

Sie klammerte sich an seine Schultern. Er legte einen Arm um ihre Taille und hob sie ein wenig von der Waschmaschine. Mit der anderen Hand griff er nach ihrem Höschen und zog es ihr ohne Rücksicht auf den Stoff von den Beinen. Vermutlich war es gerissen, Hazel wusste es nicht genau. Ihre

Aufmerksamkeit für ihre Umgebung schien stark beeinträchtigt zu sein, da ein Monster von einem Dämon zwischen ihren Beinen stand und seine dicke Erektion gegen den Stoff seiner Hose spannte.

Nichts anderes war jetzt wichtig, als ihn in sich zu spüren.

Ungeduldig fummelte sie am Knopf seiner Jeans herum und befreite seine Länge. Das Geräusch, das er von sich gab, als ihre Hände seinen Schwanz berührten, machte sie noch feuchter.

Er holte ein Kondom aus seiner Gesäßtasche und zog es in Rekordzeit über, dann packte er ihre Hüften und zog sie näher an den Rand der Waschmaschine. Die Eichel seines Schwanzes stieß an ihren Eingang.

Das Haustelefon klingelte.

Mit einem Stöhnen schlug sie ihre Hände gegen seine Brust. „Warte!"

„*Hazel*", knurrte er. „Lass die anderen rangehen."

Die Vernunft schien sich einen Weg durch ihr von Lust vernebeltes Gehirn zu bahnen. „Wenn es für mich ist, werden sie nach mir suchen." Sie warf ihm einen bedeutungsschweren Blick zu. „*Hier drinnen.*"

Sein Unterkiefer spannte sich an und seine bernsteinfarbenen Augen funkelten.

Das Telefon klingelte wieder.

„Ein anderes Mal?" Sie biss sich auf die Lippe.

Er krallte die Finger in ihre Hüften. Dann stieß er einen rauen Atemzug aus und stieß sich von ihr ab.

„*Miau!*", knurrte er und erstarrte. Langsam drehte er sich wieder zu ihr um und seine Augen glühten.

Sie schlug sich eine Hand vor den Mund und in ihrem Bauch kribbelte es vor Belustigung.

„Enthexe mich." Seine Stimme war gemessen ruhig.

„Mom?", rief Lily ein paar Zimmer weiter.

Hazel rutschte von der Waschmaschine, ordnete ihren Rock und drehte sich zur Tür. „Ich komme!"

„Hazel", zischte Tallak.

Sie war schon an der Tür und verbiss sich ein Grinsen, als sie ihm einen Blick über die Schulter zuwarf. „Was?"

„Der Fluch!"

„Keine Zeit, tut mir leid." Und bevor er nach ihr greifen konnte, war sie schon aus der Tür.

Sein Knurren verfolgte sie bis in den Flur und sie kicherte wie ein Schulmädchen, als sie aus der Waschküche eilte. An der nächsten Ecke stieß sie fast mit Lily zusammen.

„Tut mir leid." Hazel schnappte nach Luft und machte einen Schritt zurück. „Du hast nach mir gesucht?"

Lily warf ihr einen Blick zu. „Ja. Da ist ein Anruf für dich. Hier."

„Danke."

Hazel nahm ihr das Telefon ab und hielt es an ihr Ohr, während sie in Richtung Arbeitszimmer ging. Aus dem Augenwinkel sah sie, wie Tallak lässig aus demselben Flur kam, aus dem sie gekommen war. Er murmelte etwas, das verdächtig nach „*Vermiaut* noch mal!" klang, während er in Richtung Küche schlenderte.

Hazel überdeckte ihr Schmunzeln mit einem Husten und nahm den Anruf entgegen. „Hallo?"

„Hi, ich bin's, Kristen."

„Hey." Ein mulmiges Gefühl machte sich in ihr breit und die Heiterkeit war wie weggeblasen. „Was gibt's?" Das Oberhaupt der Frost-Familie rief nur an, wenn es um Ältestenangelegenheiten ging, die sofortige Maßnahmen erforderten. Ansonsten hinterließ sie normalerweise eine Nachricht oder schickte eine SMS.

„Heute Abend findet ein Treffen statt", sagte Kristen. „Um neunzehn Uhr, bei den Espinozas. Anwesenheitspflicht. Kannst du Patty anrufen und ihr Bescheid sagen?"

„Klar. Ähm, weißt du, worum es geht?"

„Shobha meinte, Beth möchte das Ritual versuchen."

„Ah, ich verstehe."

Nach dem Tod ihrer Mutter war Beth nun offiziell das Oberhaupt der Familie Callahan, aber das machte sie nicht automatisch zu einer Ältestenhexe. Um in den Rat aufgenommen zu werden, musste eine Hexe ein Ritual meistern, das sie als Älteste ihrer Gemeinschaft auswies. Merle hatte die Aufnahme in den Ältestenrat nach dem Tod ihrer Großmutter immer wieder verschoben, weil sie befürchtet hatte, nicht stark genug zu sein.

Natürlich hatte sie es beim ersten Versuch geschafft, wie Hazel es vorausgesehen hatte. Es kam selten vor, dass ein Familienoberhaupt bei dem Ritual versagte. Hazel hatte in ihrem Leben nur ein einziges Mal davon gehört und die betreffende Hexe hatte sich von einer schweren Verletzung erholt, die selbst die Heiler nicht vollständig hatten auskurieren können.

Manche Hexen warteten nach dem Tod der vorherigen Ältestenhexe eine Weile mit dem Ritual, um ihre Trauer zu verarbeiten und mit der Situation fertig zu werden. Aber einige, wie Hazel selbst, versuchten es sofort. Nach Isabels Tod – Merle hatte sie in Notwehr getötet, als sie sie wegen Maeves Entführung zur Rede gestellt hatte – hatte Hazel nicht einmal zwei Tage verstreichen lassen, bevor sie ihren Platz als Isabels Nachfolgerin eingenommen hatte.

Die Mitgliedschaft bei den Ältesten brachte Rechte und Privilegien mit sich und ein Mitspracherecht bei der Leitung der Gemeinschaft. Hazel war zu Beginn eines Wendepunkts für die Hexen in diesem Gebiet eingetreten, nachdem Merle den Verrat Isabels aufgedeckt und damit begonnen hatte, die langjährigen Lehren in Frage zu stellen, die die Welt der Hexen und Dämonen in Schwarz und Weiß darstellten. Jede Hexe im Rat hatte bei allen Entscheidungen eine gleichwertige Stimme und Hazel war es wichtig, ihre zu Gunsten einer differenzierteren Betrachtung der Welt einzusetzen.

Es war also keine wirkliche Überraschung, dass Beth das Ritual nur einen Tag nach dem Tod ihrer Mutter durchführen wollte. Wahrscheinlich wollte sie unbedingt den Ältesten beitreten, um ihre – eher reaktionäre – Meinung kundzutun.

Seufzend rief Hazel Patricia an, um die Telefonkette in Gang zu halten, und sah dann auf die Uhr. Sie musste noch ein paar Besorgungen machen und ein paar Lebensmittel einkaufen, um anschließend zu den Espinozas zu fahren.

Auf dem Weg ins Foyer zögerte sie. Sollte sie den armen Tallak von seinem Leid befreien?

Sie legte den Kopf schief, kaute auf ihrer Lippe und ein Lächeln schlich sich auf ihr Gesicht.

Der Fluch würde nach einiger Zeit von allein abklingen. Zum Beispiel nach dem Spieleabend, den er mit Basil geplant hatte und bei dem normalerweise eine Vielzahl von Schimpfwörtern zum Einsatz kam.

In ihrer Brust blubberte die Schadenfreude und sie verließ schnell das Foyer und ging zu ihrem Auto.

KAPITEL 16

Der Abendhimmel leuchtete in den Farben des Sonnenuntergangs, als sie vor dem Haus der Espinozas vorfuhr. Ein paar Autos standen bereits in der breiten Einfahrt und säumten den Bordstein auf beiden Seiten des Hauses im Craftsman-Stil, also parkte Hazel ein Stück weiter unten an der Straße.

Merle schlenderte aus der anderen Richtung den Bürgersteig hinauf und präsentierte ihren süßen Bauch stolz in einem Babydoll-Shirt, das eine Schleife direkt unter der Brust hatte. „Hey", sagte die jüngere Hexe lächelnd, als sie beide den Weg zur vorderen Veranda einschlugen.

„Selber hey." Hazel nickte Merles Bauch zu. „Ich schwöre, sie ist größer geworden, seit ich dich das letzte Mal gesehen habe."

Merle strahlte. „Ja, sie wächst wie ein Weltmeister. Das heißt" – sie zog eine Laugenstange aus ihrer Tasche – „ich kann nicht aufhören zu essen."

Hazel lachte.

„Nein, ich meine es ernst. Ich kann es wirklich nicht."

Merle fuchtelte mit der Laugenstange herum, während sie kaute. „Ich muss immer einen Müsliriegel auf meinem Nachttisch haben, weil ich ansonsten nachts aufwache und die Bettlaken essen will."

Hazel grinste. „Ich bin mir sicher, dass Rhun dich jederzeit gern füttert."

Merle kichert anzüglich. „Es *gefällt* ihm, mich zu bedienen."

Hazel wurde warm ums Herz angesichts der Zufriedenheit ihrer Freundin. Sie klingelte an der Tür und begrüßte Sonia, als die Ältestenhexe die Tür öffnete. Nachdem sie Höflichkeiten ausgetauscht hatten, wurden sie in einen großen Raum im hinteren Teil des Hauses geführt, der meistens für die Rituale genutzt wurde, bei denen alle Ältesten anwesend waren.

Er war groß genug, um alle Ratsmitglieder bequem in einem Halbkreis auf den bereitgestellten Stühlen zu versammeln und in der Mitte einen Platz von etwa einem Quadratmeter für die eigentlichen Rituale zu lassen. Der dunkle Betonboden wies Gebrauchsspuren auf, Brandflecken und andere Verfärbungen. Der Duft von Kreide, Salz, Kerzen und Kräutern lag in der Luft.

Merle atmete schwer aus. „Ich weiß noch, als ich das machen musste." Sie schauderte.

Hazel klopfte ihr auf die Schulter. „Aber du hattest umsonst Angst. Mit einer so starken Magie wie der deinen hättest du auf keinen Fall versagen können."

Merle zuckte mit den Schultern. „Nun ja, Zweifel und Unsicherheit sind nicht gerade rational. Und es war ja nicht so, dass ich viel Unterstützung von den Ältesten hatte." Ihre Augen verengten sich. „Juneau und Isabel haben mit mir geredet, als wäre ich ein Neuling, der etwas versucht, das er nicht kontrollieren kann."

„Das haben sie, nicht wahr?" Hazel presste ihre Lippen

aufeinander und alter Schmerz flammte wieder auf. „Ich habe immer gewusst, dass du stark bist. Und ich bin froh, dass du dein Selbstvertrauen gefunden hast."

„Danke." Die rothaarige Hexe lächelte sanft. „Lass uns die anderen begrüßen!"

Shobha und Kristen standen zusammen in einer Ecke und unterhielten sich, während Susanne, Tanya und Nora in einer anderen Ecke verweilten. Die Gruppen grenzten sich nicht etwa versehentlich durch alte Loyalitäten voneinander ab. Hazel seufzte. Es würde noch lange dauern, bis die Aequitas und die Drakonier wirklich zueinander fanden, was? Wenn sie es überhaupt jemals taten. Vielleicht waren manche Gräben zu tief und manche Vorbehalte zu ausgeprägt, um überwunden zu werden.

Nicht zum ersten Mal fragte sich Hazel, ob sie einem Traum nachjagte, der schon lange tot war, einer Illusion von Gemeinschaft und Solidarität, während die Realität ihr immer wieder zeigte, dass es Unterschiede gab, die einfach nicht überbrückt werden konnten. Der Teil von ihr, der mit der Wut einer Bärenmutter auf die Gefährdung ihrer Tochter durch diese Hexen reagiert hatte, lebte immer noch in ihr und wetterte über die schwache Bestrafung, die sie erhalten hatten.

Nur mit Mühe konnte sie die aufsteigende Wut zurückdrängen.

Gemüter und Herzen ließen sich nicht durch Gewalt beeinflussen. Sie mussten diplomatisch vorgehen, wenn sie die Gemeinschaft wieder vereinen wollten. Also setzte sie ein Lächeln auf, das sie nicht spürte, und ging hinüber, um die Gruppe der ehemaligen Drakonier zu begrüßen.

Sie antworteten mit einer ebenso erzwungenen Höflichkeit und einer Kälte in der Luft, die Eiskristalle hätte bilden können.

Eine nach der anderen trafen die anderen Ältesten ein,

ebenso wie Beth Callahan. Mit müdem Gesicht, dunklen Ringen unter den Augen und einer düsteren Stimme begrüßte sie die anderen. Hazels Gruß begegnete sie mit einem wortlosen, verächtlichen Blick.

In Hazels Bauch bildete sich ein unangenehmes Gefühl.

Soll sie doch wütend bleiben. Tallaks Worte flüsterten durch ihren Kopf und vertrieben einen Teil der Angst, die sich in ihr festsetzen wollte. Hazel atmete tief ein, hielt den Atem an und presste das aufkeimende Gefühl des Versagens mit der angestauten Luft langsam wieder hinaus.

Die Ältesten nahmen auf den Stühlen rund um den leeren Ritualkreis Platz und Sonia eröffnete als Gastgeberin die Versammlung.

„Bevor wir zu Beths Anliegen kommen, haben wir noch ein paar Punkte zu besprechen", sagte Sonia, während sie dem Oberhaupt der Familie Callahan zunickte. Sie sprach den neuen Patrouillenplan an, gefolgt von einer kurzen Diskussion darüber, wer in der nächsten Woche mit wem unterwegs sein und wer als Nächstes die Schutzzauber rund um das Randall Children's Hospital erneuern würde. Hazel meldete sich freiwillig.

„Apropos", meldete sich Patricia zu Wort. „Anscheinend haben die Schutzzauber rund um die Entbindungsstation des OHSU gestern Abend versagt."

Der ganze Raum schnappte nach Luft.

„Was?" Kristen setzte sich aufrecht hin und machte große Augen. „Das ist unmöglich."

„Waren es deine?", fragte Patricia.

„Ja." Kristen schluckte. „Wie … Ist etwas passiert?"

„Meine Tochter hat ihre Freundin nach ihrer Schicht dort abgeholt und Lenora hat gemerkt, dass die Schutzzauber fehlten. Sie hat sofort neue eingerichtet und alle Räume überprüft. Sie konnte nichts feststellen, also waren die Schutzvorrichtungen wahrscheinlich noch nicht lange außer

Betrieb. Ich bin später vorbeigegangen, um sie zu verstärken." Patricia runzelte die Stirn. „Hast du denn nicht gespürt, dass etwas nicht stimmt?"

Kristen schüttelte den Kopf, ihr Gesicht war blass und unter den anderen Ältesten erhob sich Gemurmel.

Hazel holte tief Luft.

Die Schutzzauber waren ein nützliches Mittel, um übernatürliche Angreifer fernzuhalten. Die Hexengemeinschaft hatte lange geübt, diese Barrieren um bestimmte Gebäude zu errichten, um die Leute darin vor denen zu schützen, die sie in der Dunkelheit der Nacht überfallen wollten. Es war unmöglich, jedes einzelne Haus in Portland mit einem Schutzschild zu versehen, denn jeder dieser Zauber benötigte eine aktive Verbindung zu der Hexe, die ihn angelegt hatte. Selbst eine ganze Hexengemeinschaft hatte nicht die Kraft, so viel Raum zu schützen.

Aber sie konnten Gebäude ohne natürliche Schwellen wie Krankenhäuser oder Pflegeheime abschirmen und so zumindest die Schwächsten in der Bevölkerung schützen. Ohne diese Schutzwälle könnte ein einziger Dämon in einem Krankenhaus verheerende Schäden anrichten – zum Beispiel alle Neugeborenen in einer Entbindungsstation töten. Einige Spezies hatten eine Vorliebe für junges Fleisch.

Es war reines Glück, dass Lenora die fehlenden Schutzvorrichtungen bemerkt hatte, und noch mehr Glück, dass ihr kein andersweltlicher Feind zuvorgekommen war.

„Kristen", sagte Shobha, „du solltest vielleicht auch alle anderen Schutzvorrichtungen überprüfen."

Das Oberhaupt der Familie Frost schluckte. „Das werde ich."

Hazel betrachtete die andere Hexe stirnrunzelnd und eine Ahnung durchzuckte sie. „Kristen", sagte sie. „Ist dir in letzter Zeit etwas an deiner Magie aufgefallen?"

Das Gemurmel verstummte und die Ältesten richteten ihre Aufmerksamkeit auf Kristen.

„Was meinst du?“

„Hast du gestern Abend Zaubersprüche jeglicher Art ausprobiert? Oder jemand aus deiner Familie?“

„Nein. Wir waren zu Hause und ich habe ein paar Kräuter vorbereitet. Warum?“

Hazel tauschte einen Blick mit Merle aus, der sie von dem Callahan-Vorfall erzählt hatte. Die jüngere Hexe nickte knapp.

„Schutzzauber“, sagte Hazel sanft, „haben nicht die Angewohnheit, so plötzlich von selbst zu versagen.“

Die anderen Ältesten stimmten leise zu.

„Was willst du damit sagen?“ Kristens Stimme hatte etwas Brüchiges an sich.

Hazel holte tief Luft. „Ich denke, es könnte an der Schwächung der Höchsten Mächte liegen. Wie das, was letzte Nacht mit den Callahans passiert ist.“

„Das hatte *nichts* damit zu tun“, zischte Beth.

„Das ist absurd.“ Kristen starrte Hazel an.

Die anderen Ältesten meldeten sich zu Wort und ihre Stimmen wurden lauter. Die meisten von ihnen legten eine leugnende Körpersprache an den Tag, die direkt aus dem Bilderbuch stammen könnte – heftiges Kopfschütteln, verschränkte Arme, erhobene Hände. Einige wenige hingegen äußerten leise Anzeichen von Zweifeln und Ungläubigkeit, nämlich Sarai, Elaine und Shobha. Sie saßen mit nachdenklichen Gesichtern da, Sarai kaute auf ihrer Lippe, Shobha runzelte die Stirn und Elaine starrte mit unkonzentriertem Blick vor sich hin.

„Kannst du bitte mit deinen Verschwörungstheorien aufhören?“, warf Susanne Hazel vor.

„Es ist die Wahrheit“, schoss Hazel zurück. „Und wenn du das nicht akzeptierst und Gegenmaßnahmen ergreifst, lebst du nicht mehr lange genug, damit ich sagen kann: Ich hab's dir ja gesagt."

„Gut gesagt", murmelte Merle leise. Laut sagte sie: „Hexengemeinschaften in anderen Teilen der Welt sterben bereits aus diesem Grund aus. Was muss passieren, damit ihr zugebt, dass es real ist?"

„Sicherlich reicht es nicht, dass ein Sprachrohr Arawns eine Rekrutierungsrede hält." Tanya fletschte die Zähne. „Sagt mal, gibt er euch ein Dokument mit Argumenten an die Hand? Ein Handbuch, wie ihr seine Lügen am besten verbreiten könnt?"

Merle schoss von ihrem Stuhl hoch und ihre Aura knisterte vor Wut, aber Hazel packte sie am Arm und zog sie wieder nach unten.

„Ganz ruhig", murmelte sie, als Sonia einen großen Gong anschlug.

Der tiefe, metallische Klang des Instruments hallte im Raum wider und brachte den Aufruhr unter den Ältesten zum Schweigen. Sonia warf den versammelten Hexen einen verärgerten Blick zu, während die Töne des Gongs noch immer nachhallten.

„Vielleicht können wir uns daran erinnern, etwas Anstand zu wahren." Sie setzte sich wieder auf ihren Stuhl und schlug die Beine übereinander. „Ich schlage vor, dass wir nach dem Meeting alle Schutzzauber überprüfen, für die wir verantwortlich sind. In der Zwischenzeit lasst uns zu dem Grund kommen, für den dieses Treffen einberufen wurde."

Hazel setzte sich aufrecht hin. „Aber wir müssen uns damit auseinandersetzen …"

„*Nicht* heute Abend", unterbrach Sonia sie mit strengem Blick.

„Wenn nicht heute Abend, wann dann?", warf Merle ein. „Euch läuft die Zeit davon."

„Dann lasst uns abstimmen." Susanne hob ihr Kinn. „Alle,

die dafür sind, dass wir heute Abend über den Wahrheitsgehalt der Gerüchte des Herrn der Dämonen diskutieren, heben die Hand."

Hazel hob wütend ihre Hand und Merle tat es ihr gleich.

Niemand schloss sich ihnen an.

Hazel warf einen Blick auf Shobha, Elaine und Sarai, die ihr nicht in die Augen sehen konnten. Ihre Gesichter waren unsicher und ihre Schultern angespannt.

„Abgestimmt und abgewiesen", sagte Susanne mit einem spöttischen Lächeln. „Sonia, fahre bitte mit der Vorbereitung des Rituals fort."

„Das ist unglaublich", flüsterte Merle und rieb sich die Augen. „Es ist, als würde man einem Zugunglück in Zeitlupe zusehen."

„Ich habe ein neues, intensives Verständnis für Cassandras Misere", murmelte Hazel zurück. Die schier hilflose Verzweiflung, wenn sie vor kommenden Katastrophen warnte und niemand sie ernst nahm … Kein Wunder, dass die mythische Prophetin dem Wahnsinn verfallen war.

„Wir sind hier", sagte Sonia, „um zu bezeugen, wie das neue Oberhaupt der Familie Callahan als Älteste in unsere Reihen aufgenommen wird. Wir werden zusehen, wie sie ihre Stärke beweist und die Macht demonstriert, die nötig ist, um als stimmberechtigtes Mitglied in den Ältestenrat unserer Gemeinschaft einzutreten. Mit Magie und Blut dienen wir dem Schutz!"

„Mit Magie und Blut", wiederholten die anderen Hexen.

„Mögen die Höchste Mächte deine Blutlinie segnen!" Sonia nickte Beth zu. „Du kannst beginnen."

Beth neigte den Kopf und erhob sich von ihrem Platz. Sie nahm Kreide aus einem Regal in der Ecke und zeichnete ein großes Pentagramm auf den Boden, dann griff sie nach einer Packung Salz und streute eine dünne Linie in einem Kreis um den fünfzackigen Stern, sodass ein Pentakel entstand. Sie stellte eine weiße Kerze auf jeden der fünf Punkte und zündete sie mit einem Streichholz an.

Behutsam trat sie in den Kreis, zog einen kleinen Dolch aus seiner Scheide und stach sich in den linken Daumen. Mit einem leise gesprochenen Wort berührte sie die Salzlinie und aktivierte den Schutzkreis. Das leise Summen der Magie flüsterte über Hazels Haut.

Beth setzte sich im Schneidersitz in die Mitte des Pentakels, holte tief Luft und schloss die Augen. „Mit der Magie meiner Ahnen", sagte sie mit ernster Stimme, „rufe ich die Höchsten Mächte an, mir die Kraft zu geben …"

Das Kerzenlicht flackerte über ihr Gesicht und die Schatten tanzten über ihre Züge. Beth stimmte den Gesang an, der die Magie um sie herum in einen Mantel aus Energie verwandelte – ihre eigene und die, die sie zwischen den Schichten der Welt hervorzog – und diese in einer unmissverständlichen Machtdemonstration freisetzte. Niemand wusste im Voraus, welche Form die Machtdemonstration annehmen würde, nicht einmal die Hexe selbst.

Es war die Magie, die ihre Form wählte.

Für Merle hatte es Feuer geregnet – zum Glück hatte sich keine der anwesenden Ältesten verbrannt. Sarai hatte die Wände bluten lassen.

Bei Hazels Initiation hatte ein Gewitter den Raum erschüttert, dessen Donner wie der Schlag einer Kriegstrommel gewesen war.

Beths Stimme erhob sich und ihr Gesang steigerte sich zu einem Crescendo. Mit geschlossenen Augen nahm sie den Dolch wieder in die Hand und platzierte die scharfe Klinge auf ihre Handfläche.

„Ostende!", rief sie und ließ den Dolch mit einer schnellen Bewegung über ihre Handfläche gleiten.

Hazel hielt den Atem an. Die Aufmerksamkeit aller Anwesenden im Raum steigerte sich und eine stille Erwartung lag in der Luft.

Die Sekunden verstrichen.

Beths Brustkorb hob und senkte sich mit ihrem beschleunigten Atem. Mit geschlossenen Augen schluckte sie und zog die Brauen zusammen.

Ein Tropfen ihres Blutes landete vor ihr auf dem Boden und das leise Plopp war das einzige Geräusch in dem ansonsten bedrückend stillen Raum. Weitere Sekunden vergingen. Jemand bewegte sich unbehaglich auf seinem Stuhl.

„*Ostende!*", rief Beth erneut.

Aber ihre Bitte, ihre Macht zu manifestieren, blieb ungehört. Die Luft blieb unberührt von Magie. Die anwesenden Hexen wurden von keinem Phänomen geblendet.

Sonia räusperte sich. „Beth", sagte sie leise. „Du darfst den Kreis verlassen."

Beth öffnete die Augen. Unvergossene Tränen schimmerten in ihnen. „Wartet! Ich verstehe das nicht."

„Du hast versagt", sagte Patricia, nicht unfreundlich. „Das Ritual hat nicht funktioniert."

„Nein." Beth schaute von Patricia zu Sonia und schüttelte den Kopf. „Nein. Das ist nicht richtig. Lasst mich …"

„Du kannst es zu einem späteren Zeitpunkt noch einmal versuchen", sagte Shobha. „Aber du solltest dich zunächst etwas ausruhen. Sammle deine Kräfte!"

Hazel saß wie erstarrt da und beobachtete den Austausch mit einer Angst, die ihr unter der Haut brannte. Neben ihr schaute Merle geschockt zu; die vergessene Laugenstange baumelte in ihrer Hand.

„Das muss ein Irrtum sein", sagte Beth.

„Es kommt vor." Carla Gutierrez betrachtete Beth mit

Mitleid in den Augen. „Vielleicht ist dein Kummer noch zu groß? Der Verlust der eigenen Mutter kann sich verheerend auf die psychische Gesundheit auswirken." Und Carla wusste, wovon sie sprach – es war noch nicht lange her, dass ihre eigene Mutter, Catarina, in den ersten Tagen des Krieges zwischen den Aequitas und den Drakoniern gestorben war. Sie war eine der ersten Hexen gewesen, die ihr Leben durch den sinnlosen Streit innerhalb der Gemeinschaft verloren hatte.

„Versuch es noch einmal, wenn du die Sache besser verarbeitet hast", sagte Sonia. „Ich bin mir sicher, dass es klappen wird. Vielleicht war es einfach noch zu früh."

Hazel schaute Merle an, die ihren Blick mit hochgezogenen Augenbrauen erwiderte.

Beth schniefte und wischte sich über die Wangen. Sie stand auf und durchbrach den Kreis, indem sie mit der Spitze ihres Schuhs über die Salzlinie scharrte. Eine nach der anderen löschte sie die Kerzen und räumte auf, während Sonia die Versammlung für beendet erklärte. Die anderen Ältesten standen auf, einige unterhielten sich miteinander, andere verließen den Raum.

Merle und Hazel gehörten zu den Letzten, die gingen. Schweigend traten sie auf den Bürgersteig. Die Nachtluft war ein kühler Balsam auf Hazels Haut, als sie sich zu Merle umdrehte.

„Also."

Merle wippte auf ihren Fersen zurück. „Ja."

„Das lief gut."

„Ungefähr so gut wie der Versuch, einer Katze eine Tablette zu geben."

„Es war schmerzhaft mitanzusehen." Hazel schürzte die Lippen.

„Eine verdammte Katastrophe."

Hazel zog eine Grimasse. „Ich weiß nicht mehr, was ich noch sagen kann. Es ist nur noch vorsätzliche Ignoranz."

„Nein." Merle schüttelte den Kopf. „Das ist kollektiv organisierter Selbstmord."

„Erst die Callahans und jetzt auch noch die Frosts. Das sind zwei Familien, die von der Magie abgeschnitten werden, weil die Höchsten Mächte an Kraft verlieren." Hazel blickte in die Nacht hinaus und schluckte schwer. „Wenn das so weitergeht, brauchen wir nicht einmal auf den nächsten bösartigen Gott zu warten, um diese Gemeinschaft zu zerstören. Die Hexen werden einfach in den regelmäßigen Kämpfen mit den Dämonen sterben."

Merle schwieg für einen langen Moment. „Manchmal habe ich diesen Gedanken", sagte sie schließlich mit ruhiger Stimme, „diesen bösen Drang, sie einfach ihrem Schicksal zu überlassen." Sie sah Hazel in die Augen. „Ich kann mir nur eine bestimmte Menge an selbstmörderischer Eigensinnigkeit ansehen, weißt du? Irgendwann muss ich weggehen, um nicht mit ihnen in den Abgrund gezogen zu werden."

Hazel presste die Lippen aufeinander. „Ja. Ich weiß." Sie schloss kurz die Augen. „Hoffen wir, dass sie aufwachen, bevor es so weit ist."

„Dein Wort in den Ohren der Götter", sagte Merle und zog kurz die Brauen zusammen. „Oder sind das jetzt Arawns Ohren?" Sie rümpfte die Nase. „Igitt, nein. Ich hoffe, er hat keine allwissenden, gottgleichen Kräfte. Das wäre beunruhigend."

Hazel erschauderte. „Sehr sogar."

Sie verabschiedeten sich und Hazel ging zurück zu ihrem Auto, während ihre Gedanken sie auf der Heimfahrt auf morbide Weise begleiteten. Die frustrierende Weigerung der Ältesten, der Wahrheit ins Auge zu sehen, war schon genug Futter für ihre Gedanken, aber hinzukam, dass sie in Bezug auf den Ritualmord nicht viel weitergekommen war.

Heute Morgen hatte sie tatsächlich einige Informationen über Blutopfer gefunden, die ausführlicher gewesen waren als der Inhalt aller anderen Bücher, in denen sie bisher geblättert hatte. Allerdings hatte ihr das nicht wirklich einen weiteren Hinweis darauf gegeben, was die Hexe vorhatte … oder bereits getan hatte. Nach dem, was Hazel herausgefunden hatte, wurde ein Blutopferritual wie das, das die Hexe begangen hatte, meist eingesetzt, um zusätzliche Macht für ein anderes Ziel zu gewinnen.

Was genau das war, wusste sie allerdings noch nicht. Es hing alles von dem Siegel ab. *Das* war der wichtigste Hinweis, der einzige, der auf die wahren Absichten hinter den finsteren Handlungen der Hexe schließen ließ. Solange Hazel das Siegel nicht identifizieren und mit einem Ritual oder Zauberspruch in Verbindung bringen konnte, tappte sie im Dunkeln.

Im Haus war es still, als sie das Auto abstellte. Basil hatte geschrieben, dass er mit Isa unterwegs war, und Lily und Alek waren schon vor einiger Zeit nach Hause gegangen. Und Rose … war wahrscheinlich auch weg, wie in den meisten Nächten.

Hazel stieß einen Seufzer aus und machte sich langsam auf den Weg in die Küche. Vielleicht konnte sie noch eine Stunde in der Bibliothek verbringen und ein paar Bücher durchsehen. Aber zuerst würde sie sich etwas zu essen machen. Sie hatte noch nicht richtig zu Abend gegessen, sondern nur ein Sandwich auf dem Weg zu den Espinozas verschlungen.

Seine Anwesenheit überwältigte ihre Sinne, sobald sie die Küche betrat. Dunkle, köstliche Energie mit einem scharfen Beigeschmack, der ihre Magie herausforderte.

Sie holte tief Luft und wirbelte herum.

Tallak lehnte an der Wand neben der Tür, die Arme verschränkt und mit glühenden Augen. „Du und ich“, sagte er mit einer leisen Drohung in der Stimme, „haben noch unvollendete Geschäfte zu erledigen.“

Er stieß sich von der Wand ab, trat vor und stieß die Tür mit seinem Schuhabsatz zu. Sie schloss sich mit einem dumpfen Schlag, der in ihren Knochen widerhallte.

KAPITEL 17

„Ach ja?“ Hazel biss sich auf die Lippe, ein böses Glitzern in den Augen. „Ich erinnere mich deutlich daran, bis zur Vollendung gekommen zu sein.“

Tallak hatte Mühe, sein Grinsen zu unterdrücken. Ihre schelmische Ader würde ihn noch zu Fall bringen. Als er sie vor all den Monaten zum ersten Mal getroffen hatte, hätte er nie geglaubt, dass sie so verspielt sein könnte. Er hätte nie gedacht, dass sie so viele Schichten hatte und dass er sie alle graduell abziehen wollte, um zu entdecken, was sich dahinter verbarg.

Mit der Kraft, die er in sich gebündelt hatte, ging er bedächtig auf sie zu wie auf schwer zu fassende Beute. Instinktiv reagierte sie darauf, indem sie zur Kücheninsel zurückwich und somit den Abstand zwischen ihnen beiden beibehielt. Natürlich könnte er den Abstand schneller verringern, als sie blinzeln konnte. Aber wo blieb da der Spaß? Er würde sie mit langsamer Präzision jagen, bis ihr Herz so laut schlug, dass er es hören konnte, und ihr Blut schneller durch ihre Adern rauschte. Je größer die Vorfreude, desto größer die Belohnung.

„Du“, murmelte er, als er einen weiteren Schritt machte und gleichzeitig ihren Rückzug mit räuberischer Ruhe verfolgte, „warst sehr …“, *Schritt*, „sehr …“, *Schritt*, „ungezogen.“

Er hatte es geschafft, sie zwischen der Kücheninsel und dem gegenüberliegenden Tresen einzuklemmen. Ihr Herzschlag pulsierte wie das schönste Leuchtfeuer, ihre Augen funkelten und ihre Wangen waren rot gefärbt. Sie verströmte Magie, ihre Haut atmete Kraft und er wollte alles in sich aufnehmen und sich an ihr berauschen.

Sie begegnete seinem Blick mit kalkulierender Unschuld. „Ich? Ungezogen?“ Sie legte eine Hand auf die Brust und hob die Brauen. „Das ist doch unmöglich. Ich kann mich nicht einmal dazu bringen, bei Rot über die Straße zu gehen.“

Verdammt, wenn er jetzt lachte, würde sie gewinnen. Das konnte er nicht zulassen. Er hatte eine Rechnung zu begleichen, verdammt noch mal! „Du hast mich allein gelassen, während der verdammte Fluch noch aktiv war.“

Hazel schien gegen ihr eigenes Grinsen anzukämpfen und machte nun Anstalten, nach rechts zwischen die Kücheninsel und den Kühlschrank zu rutschen, als er sich noch näher an sie herantraute. Er hielt sie mit seinem Arm auf und legte die flache Handfläche gegen die Kühlschranktür. Indem er sich ein wenig vorbeugte, kesselte er sie schließlich ein. Nun trennten sie nur noch Zentimeter.

„Ich habe die letzten Stunden damit verbracht“, murmelte er in den vertrauten Raum zwischen ihren Gesichtern, „wie eine *verdammte* Katze zu miauen.“ Er achtete darauf, das Schimpfwort zu betonen.

Hazel stieß einen Laut aus, der wie ein ersticktes Lachen klang, aber als er ihren Gesichtsausdruck studierte, wirkte sie völlig arglos.

„Basil hatte eine Menge Spaß.“ Er kniff die Augen zusammen. „Ich hingegen nicht so sehr.“

Sie presste ihre Lippen fest aufeinander und schenkte ihm einen verschmitzten Blick. „Geschieht dir recht“, flüsterte sie.

„Was war das?“ Er legte einen Finger unter ihr Kinn und hob ihren Kopf an.

Ihre Mundwinkel zuckten nach oben. Sie beugte sich vor, bis sich ihre Nasen fast berührten, und warf ihm durch ihre Wimpern einen glühenden Blick zu. „Auge um Auge.“

„Ach ja?“, murmelte er.

„Mm-hmm.“

Er legte den Kopf schief und sein Atem vermischte sich mit ihrem. „Weißt du, was ich denke? Du hast mich nicht aus Rache verhext. Du *wolltest* ungezogen sein.“

„Und warum sollte ich das wollen?“

„Weil gute Mädchen in den Himmel kommen und böse Mädchen … gefressen werden.“

Ein Schauer durchfuhr sie und ihre Magie vibrierte vor Begierde.

Er bewegte seinen Mund zu ihrem Hals und knabberte an ihrer Haut, nicht so fest, dass es wehtat, aber fest genug, um sie keuchen zu lassen. Eine Sekunde lang wölbte sie sich gegen ihn, voller Leidenschaft und kaum zu bändigender Lust. Im nächsten Moment stieß sie ihn mit einem präzisen magischen Hieb von sich. Er stöhnte, hustete und taumelte zurück. Sie nutzte seine kurze Handlungsunfähigkeit aus, um sich aus seinem Griff zu befreien und an ihm vorbeizuschießen.

Dunkles Verlangen brodelte angesichts ihrer Herausforderung in ihm auf. Das war eine Hexe, die gefangen werden *wollte*.

Voller Tatendrang jagte er ihr hinterher. Sie hatte die Kücheninsel zur Hälfte umrundet, als er einfach über diese hinwegsprang und geschickt direkt vor ihr landete. Offenbar war sie nicht in der Lage, ihren Schwung zu stoppen, und stürzte mit einem überraschten Aufschrei in ihn hinein. Bevor sie auch nur zu Atem kommen konnte, hatte er sie umgedreht, sodass sie mit dem Rücken zu ihm stand, und ihre Handgelenke umklammert.

Er neigte seinen Kopf, atmete ihren Duft ein – der nun noch intensiver war, weil sie sich verausgabt hatte – und summte gegen ihre Haut. „Das war ziemlich niederträchtig. Mich so mit deiner Magie zu treffen." Er hielt sie immer noch fest und vergrub seine Nase in ihrem Nacken, während er sie langsam näher zur Kücheninsel führte. „Ich glaube, das kommt auf die Liste der Dinge, für die ich dich bezahlen lassen werde."

Sie gab einen Laut von sich, der fast einem Wimmern glich, aber ihr Duft ... der schwere Duft ihrer Erregung durchdrang die Luft und steigerte sein eigenes Verlangen. Er drückte sie an sich und ließ sie seinen harten Schwanz an ihrem unteren Rücken spüren. Sie krümmte sich in seinem Griff und ihre Energie war ein Schnurren in seinen Ohren.

An der Kücheninsel angekommen, hob er sie sanft hoch und drückte sie mit der Brust nach unten auf den Tresen, sodass ihre Beine über den Rand baumelten, während er ihre Arme hinter ihrem Rücken festhielt.

Hazel warf ihren Kopf zur Seite und starrte ihn mit großen Augen an. „Was machst du da?"

Er hielt inne und hob mit einer Hand ihren Rock hoch, während er mit der anderen ihre Handgelenke festhielt. „Ich dachte, da du von meiner Geschicklichkeit mit dem Pfirsich so beeindruckt warst, zeige ich dir mal, wie sich meine Zunge an deiner Pussy anfühlt."

„Warte! Was ... hier?", stotterte Hazel. „In der Küche?"

„Genau da, wo gegessen wird." Er stellte sicher, dass das Grinsen in seiner Stimme deutlich zu hören war. „Du wirst hier nie wieder Essen zubereiten können, ohne dich daran zu erinnern, wie ich dich über die Insel gebeugt und geleckt habe, bis du meinen Namen gestöhnt hast."

„*Tallak*", stieß sie mit zusammengebissenen Zähnen hervor.

„Genau so, nur noch ein bisschen sinnlicher, Süße."

Sie stieß einen halbverdorbenen Laut aus und zappelte, als wollte sie seinen Griff testen. Wollte sie das, was er vorhatte, tatsächlich nicht, hätte sie ihn längst von sich geschleudert und ein Tallak-großes Loch in die gegenüberliegende Wand geschlagen. Aber nur um sicherzugehen …

Er beugte sich über sie und biss sanft in ihr Ohrläppchen. „Dieselben Regeln wie beim letzten Mal, oder?"

Sie verstummte und drehte ihren Kopf, wobei ihr Mundwinkel nach oben zuckte. „Ja."

„Gut."

Er richtete sich wieder auf und fuhr damit fort, ihren Rock hochzuziehen, wobei er mit seinen Fingern quälend langsam über die empfindliche Haut an den Innenseiten ihrer Oberschenkel strich. Sie zappelte unter seiner Berührung und ihr Hintern wackelte genüsslich. Ein Knurren entwich ihm, als er ihren Rock schließlich ganz über ihre Hüften schob und dabei feststellte …

„Du trägst kein Höschen."

„Ja, na ja. *Jemand* hat das, das ich anhatte, zerrissen."

Er stieß einen zufriedenen Ton aus und knetete ihren Hintern. „Es tut mir nicht einmal leid."

„Natürlich tut es dir nicht leid."

Ihr süßes Knurren endete in einem Keuchen, als er einen Finger in sie einführte.

„So feucht", murmelte er und sein Schwanz wurde noch härter, als er ihre glitschige Hitze spürte. „So bereit."

Während er mit der anderen Hand ihre Handgelenke am unteren Rücken festhielt, nahm er einen weiteren Finger hinzu und bewegte beide in einem gemächlichen Rhythmus in sie hinein und wieder heraus. Hazel stöhnte auf und das Geräusch war wie ein Aphrodisiakum, das direkt in seine

Adern schoss. Der satte, berauschende Duft ihrer Erregung wurde intensiver, als er sie streichelte und ihre Säfte über ihre Schamlippen hin zu ihrer Klitoris verteilte. Seine Finger glitten über ihre Haut, die nun von ihrem eigenen Verlangen benetzt war.

Er beugte sich vor und presste seinen Mund direkt an die Quelle ihres süchtig machenden Geruchs. Sie atmete scharf ein und zuckte, als wollte sie dem Ansturm der Gefühle entkommen, die sein oraler Angriff auslöste. Aber sie konnte nirgendwohin. Sie war gefangen zwischen der Arbeitsfläche und seinem Mund. Und er konnte den Moment bestimmen, in dem sie sich diesem Gefühl völlig hingab. Ein Schauer durchlief sie, ein erregter Impuls durchströmte ihre Energie, dann entspannte sie sich sichtlich … und drängte sich ihm sogar ein wenig entgegen.

Das brachte ihn fast zu Fall.

Mit äußerster Anstrengung hielt er sich davon ab, sich aufzurichten, seinen Schwanz zu befreien und einfach in sie einzutauchen. *Noch nicht.* Zuerst musste er sinnliche Vergeltung üben.

Also leckte er sie, während er seine Finger um ihre Klitoris tanzen ließ, ihre Säfte aufnahm und sie mit seiner Zunge neckte, um ihr Verlangen immer weiter zu steigern. Ihre Aura – die für ihn jetzt noch sichtbarer war, weil sie sich nicht mehr bemühte, ihre Energie zurückzuhalten – vibrierte mit wilder, halb wahnsinniger Lust. Er hatte genug von ihr im Rausch der Leidenschaft gesehen, um genau zu wissen, wann sie sich dem Orgasmus näherte.

Und das war der Moment, in dem er aufhörte.

Er nahm seinen Mund von ihr, zog seine Finger zurück und stellte sich aufrecht hin. Es war ihm egal, dass sein Körper danach schrie, weiterzumachen und es *zu Ende* zu bringen, aber es war es wert, Hazels überraschtes – und leicht verärgertes – Aufstöhnen zu hören.

„Was ist los?", brachte sie schwer atmend hervor.

„Ach, nichts." Er bemühte sich um eine gewisse Nonchalance in seiner Stimme. „Ich genieße nur die Aussicht."

„Was?"

„Habe ich dir schon gesagt, dass du einen fantastischen Hintern hast?"

„Tallak."

„Was? Es ist wahr. Er ist wunderbar rund und wackelt genau richtig, wenn ich dagegen klatsche." Das demonstrierte er mit einem gezielten Klaps. „Und da sind diese zwei bezaubernden Vertiefungen oben ..."

„Tallak!"

„Ja, Liebling?" Er grinste so breit, dass sein Gesicht schmerzte.

„Platziere deinen Mund wieder auf mir!"

Er strich müßig mit einem Finger an ihrem Oberschenkel auf und ab. „Wo genau?"

„Zwischen meinen Beinen", presste sie hervor und klang dabei liebenswert genervt.

„Vielleicht, wenn du mich darum bittest ..."

Er konnte förmlich sehen, wie sie mit sich rang. „Bitte", sagte sie nach einem Moment und der Blick, den sie ihm über die Schulter zuwarf, täuschte über die Höflichkeit in ihrem Tonfall hinweg, „leck mich zwischen den Beinen."

„Es liegt mir fern, die Bitte einer Dame abzulehnen."

Er gab ihr einen Kuss auf eines der Grübchen über ihrem Hintern und machte sich daran, sie wieder zu bearbeiten. Sie seufzte vor Freude, als er mit seiner Zunge über ihre Schamlippen strich, saugte und knabberte, während er drei Finger in ihre enge Hitze schob. In weniger als einer Minute war sie erneut am Abgrund und – wieder hielt er inne.

Dieses Mal reagierte sie mit einem empörten Stöhnen. „Hör auf!"

„Das habe ich doch gerade getan."

Sie stieß einen frustrierten Laut aus. „Nein, ich meine … hör auf damit, *aufzuhören*!“

Er schmunzelte. „Aber es macht so viel Spaß.“

„Tallak.“ Sie fletschte die Zähne. „Ich schwöre, wenn du mich nicht kommen lässt, werde ich … dich wieder verhexen.“

„Hm.“ Er zuckte mit den Schultern und malte mit den Fingern ein Smiley-Gesicht auf ihren Hintern, mit den Grübchen als Augen. „Das hatten wir doch schon. Damit machst du mir keine Angst mehr, Liebling.“

„Ich werde dich *umbringen*.“

„Ah.“ Er schnalzte mit der Zunge. „Aber wer würde dann an deiner Pussy knabbern wie an einem saftigen Pfirsich?“

„Argh!“ Sie schlug mit der Stirn auf die Arbeitsplatte. „Na schön, du hast gewonnen.“

„Wie das?“

Sie drehte den Kopf, um ihn wieder anzusehen, und sagte mit süßer Stimme: „Es tut mir leid, dass ich dich verhext habe.“

Das wäre in der Tat eine anständige Entschuldigung gewesen … wenn ihr Gesichtsausdruck nicht von kaum verhohlener Belustigung geprägt gewesen wäre. Da war dieses freche Funkeln in ihren Augen und ein verschmitztes Lächeln huschte über ihre Lippen. Verdammt! Der Anblick Hazels, wie sie sich über die Kücheninsel beugte, nackt von der Hüfte abwärts, ihr feuchtes Inneres glitzernd, während sie ihm einen reuelosen Blick zuwarf, brachte sein Blut in Wallung und drängte ihn dazu, sie zu beanspruchen.

„Fuck!“, knurrte er. „Das ist gut genug.“

Aber anstatt sie weiter zu lecken, riss er seine Hose auf, befreite seinen steifen Schwanz und griff nach einer Kondompackung. Er hatte weder die Geduld noch die Finesse, seine Zunge anstelle seines Schwanzes zu benutzen, denn sein Verlangen war inzwischen so groß, dass er es nicht mehr aushielt. Wenn er sich nicht in der nächsten Sekunde in ihr vergrub, würde er explodieren.

Hazels sanfte Worte ließen ihn innehalten. „Das brauchst du nicht."

Sein Blick wanderte zu ihrem Gesicht und er zog fragend die Brauen hoch.

„Ich, ähm, habe angefangen, Vorsichtsmaßnahmen zu ergreifen." Sie leckte sich über die Lippen.

Jetzt hob er beide Brauen, das Kondompäckchen immer noch in seiner Hand.

„Es gibt einen Trank für Hexen." Sie wirkte verlegen. „Ich habe ihn heute Morgen gebraut."

Sieh an, sieh an, sieh an. „Du hast das also geplant."

„Nicht wirklich", beeilte sie sich zu sagen. „Ich bin nur auf Nummer sicher gegangen."

„Ja, klar." Er schüttelte den Kopf und ein Grinsen stahl sich auf sein Gesicht. „Ich hatte dich schon, bevor ich diesen verdammten Pfirsich gegessen habe, nicht wahr? Du hast dich nur zurückgehalten."

„Das ist nicht ..."

„Sei still", unterbrach er sie. „Genug geredet."

Er warf das Kondom über seine Schulter, packte ihre Hüften, brachte sich in Position und drang in sie ein. Hazels kehliges Stöhnen übertönte sein eigenes und er musste einen Moment innehalten. Sie war so nass und heiß und ihre Innenwände zogen sich um seinen Schwanz zusammen, dass er fürchtete, peinlich früh zu kommen.

„Fuck!", sagte er heiser und schloss die Augen. „Du fühlst dich so gut an."

Ihre einzige Antwort war ein heiseres Stöhnen und ein Schimmern in ihrer Aura, das ein Zeichen der Wertschätzung war. Langsam zog er sich zurück, grub seine Finger in ihre Hüften und stieß dann mit kontrollierter Kraft erneut zu. Das Gefühl, ihre Haut auf seiner Haut zu spüren, die unglaubliche Reibung, die entstand, als sein Schwanz in sie hinein- und wieder herausglitt, war ein Genuss, wie er ihn noch nie erlebt hatte. Vorstoß um Vorstoß, getrieben von unbändigem Verlangen, wurde er schneller, bis das Geräusch von aufeinanderschlagendem Fleisch die Küche erfüllte. Es war ein ursprünglicher Beat der Lust, zu dem Hazels Stöhnen die süßeste Musik war.

Ein intensives Verlangen, wie er es noch nie gekannt hatte, beherrschte jeden Teil von ihm und verdrängte alle Gedanken, außer dem, sie weiter zu ficken, sie weiter zu beanspruchen, sich so gründlich in jede einzelne Zelle ihres Wesens zu brennen, bis jeder ihrer Atemzüge ihm gehörte.

Mit einem Knurren riss er die Kontrolle über diesen wilden, fiebrigen Drang an sich und sein Herz schlug wie wild in seiner Brust. Er musste es zu Ende bringen, sonst …

Er fokussierte seine dämonische Energie und ließ sie auf ihre Klitoris prallen. Seine Spezies war zwar nicht telekinetisch, aber er konnte seine Kraft auf eine ähnliche Weise lenken, wenn auch etwas grober.

Das reichte aus, um sie zum Beben zu bringen. Sie kam mit einem heiseren Schrei, Ekstase durchflutete ihre Aura und ihre Muskeln verkrampften sich um seinen Schwanz. Er stieß in sie hinein und ließ seine eigene Erlösung durch ihn hindurchströmen, so intensiv, dass für einen Moment alles weiß wurde. Er bewegte sich so lange in ihr, bis der letzte Rest seines Samens in sie geflossen und die Welle der Glückseligkeit zu einem angenehmen Summen in seinem Blut verblasst war.

Doch das wilde Verlangen in ihm blieb.

Ein Teil von ihm schmerzte auf eine völlig ungewohnte Weise, als hätte er gerade ein amputiertes Glied bemerkt. Sein Schwanz machte keine Anstalten, weicher zu werden. Im Gegenteil, er zuckte ganz eifrig, was Hazel dazu brachte, zu stöhnen und sich gegen ihn zu stemmen. Als Reaktion auf ihre Bewegungen erwachte das dunkle, besitzergreifende Verlangen in ihm zu neuer Stärke und er krallte seine Finger um ihre Hüften, bereit, sie festzuhalten, während er sie wieder und wieder nahm und sicherstellte, dass sie …

O nein!

Das konnte nicht passieren.

Nicht mit ihr.

Er stieß sich von Hazel ab, als hätte er sich verbrannt, zog sich zurück und richtete seinen Schwanz mit ruckartigen, unsicheren Händen gerade. Es tat verdammt weh, seine immer noch harte Länge zurück in die Hose zu zwängen. Sein Herz klopfte so laut, dass er sich wunderte, dass die Wände nicht wackelten.

Hazel gab einen genussvollen Laut von sich. Sie lag immer noch flach auf dem Bauch auf der Kücheninsel – glücklich und gründlich gefickt. Er zog eine Grimasse und zögerte. Eigentlich hatte er vorgehabt, zu bleiben, sie nach oben zu tragen und sein Versprechen einzulösen, dafür zu sorgen, dass sie erschöpft genug war, um zu schlafen. Aber jetzt … jetzt traute er sich nicht, sie noch einmal anzufassen.

Nicht einmal, um ihr von der Kücheninsel herunterzuhelfen und ihren Rock zurechtzurücken. Es schmerzte ihn, sie so zurückzulassen, aber es war besser als die Alternative.

Er räusperte sich, während er sich zurückzog. „Ich, äh, muss gehen." *Geschmeidig, Tallak.* „Es ist etwas Dringendes … dazwischengekommen. Wir sehen uns."

Und damit rannte er fast aus dem Raum.

„Was zum …?" Hazel hob den Kopf. „Tallak?"

Das leise Geräusch der zufallenden Haustür drang zu ihr durch.

Verwirrt stieß sie ihren Oberkörper von der Kücheninsel

ab und rutschte vorsichtig über die Kante hinunter. Ihre Beine wackelten bedenklich, als ihre Füße den Boden berührten, und sie hielt sich kurz an der Arbeitsplatte fest, um sich zu stabilisieren. Ihr Rock fiel ihr um die Hüften und das Rascheln des weichen Stoffes war das einzige Geräusch in der ansonsten beunruhigend stillen Küche.

Sie blinzelte und schaute sich um. Dieser *Uhrensohn*. War er wirklich gegangen? Einfach so? Nachdem er sie in der Küche ausgiebig befriedigt und ihr einen überwältigenden Orgasmus beschert hatte, war er wie ein ungehobelter One-Night-Stand geflohen und hatte sie buchstäblich mit dem Hintern in der Luft hängen lassen.

„Du willst mich wohl veräppeln", stieß sie hervor.

Nicht, dass sie unbedingt wollte oder brauchte, dass er sie nach dem Sex verhätschelte, aber vielleicht wäre es nett gewesen, danach noch ein paar Minuten zu bleiben. Zumindest so lange, bis sie von dieser verflixten Insel heruntergekommen und ihr Rock wieder an Ort und Stelle war.

Sie so hängenzulassen … pfft.

Mit zusammengekniffenen Augen stapfte sie davon, um sich sauberzumachen. Das nächste Mal, wenn sie ihn sah, würde sie ihm zeigen, wie es sich anfühlte, so entblößt zu werden.

KAPITEL 18

Es schüttete wie aus Kübeln, als Tallak aus dem Auto stieg. In den wenigen Sekunden, die er benötigte, um auf die Veranda zu eilen, war er fast komplett durchnässt. Er atmete tief durch und läutete an der Tür. Die Schutzwälle des Hauses kitzelten seine Haut und ließen ihm die Haare auf den Armen und im Nacken zu Berge stehen. Mächtig. Einschüchternd. Und doch hatten sie einen ganz anderen Geschmack als die Magie der Hexe, die er gerade ordentlich gefickt und unangemessen verwirrt in ihrer Küche zurückgelassen hatte.

Während er wartete, erhaschte er einen Blick auf sich selbst im Spiegelbild des dunklen Glases der Tür, das von der Verandalampe beleuchtet wurde. Sein Haar klebte ihm vom Regen im Gesicht, seine Augen brannten mit orangegoldenem Feuer und sein Gesichtsausdruck war mehr als nur ein wenig mörderisch. Er zog eine Grimasse. Wenn diese Hexe die Tür öffnete und ihn so sah, würde sie ihn auf der Stelle braten.

Das Licht im Inneren ging an, dann schwang die Tür auf und genau die Frau, die er nicht zu treffen gehofft hatte, blinzelte zu ihm hoch. Er versuchte, sein Gesicht so zu verziehen, dass es nicht blutrünstig aussah.

„Tallak“, sagte Merle mit einem misstrauischen Unterton in ihrer Stimme. „Du siehst heute Abend noch mörderischer aus als sonst. Was kann ich für dich tun?“

So viel dazu, weniger bedrohlich zu wirken.

„Ist dein Dämon hier?“

„Warum?“ Merle hob eine Augenbraue, ihre Magie ein Druck in der Luft, den er sogar durch die Schutzmauern spüren konnte. Er fröstelte.

Argh! Gruselige Rothaarige. „Ich muss mit ihm reden.“

„Worüber?“ Sie lehnte sich an den Türpfosten, zog einen Burrito aus dem Nichts hervor und fing an zu essen.

„Das geht dich einen verdammten Mist an. Also, ist er nun hier oder nicht?“

Er hatte Rhuns Nummer nicht, sonst hätte er ihn einfach angerufen. So aber musste er persönlich am Haus der MacKennas auftauchen und sich dem Verhör der Rotschopfhexe stellen, um an den verdammten *Bluotezzer* zu kommen. Dieser Abend wurde immer besser.

Merle starrte ihn an, ihre Magie wurde messerscharf, dann weiteten sich ihre Augen. „Ooooh“, sagte sie langsam und auf ihrem Gesicht dämmerte so etwas wie Erkenntnis. „Verstehe. Keine Sorge, er ist hier. Ich hole ihn für dich.“ Dann drehte sie sich halb um und schrie aus voller Kehle: „Rhun! Tallak ist hier, um sich weitere Dating-Ratschläge zu Hazel abzuholen.“

Verdammte Kackscheiße. Er ballte seine Hände zu Fäusten und biss die Zähne so fest aufeinander, dass er einen Muskel in seinem Unterkiefer knacken spürte. Er würde diesen verdammten Bastard umbringen. Er würde ihn totschlagen.

Natürlich erst, nachdem er mit ihm gesprochen hatte.

Rhun schlenderte in diesem Moment die Treppe herunter, warf einen Blick auf Tallak und bekam einen Hustenanfall, der verdächtig nach Lachen klang. Tallak brauchte ein paar Sekunden, um zu erkennen, dass das Donnergrollen, das er hörte, sein eigenes Knurren war.

„Ich lasse euch dann mal allein", sagte Merle grinsend und watschelte in Richtung Treppe davon.

Tallak wartete, bis die Hexe außer Sichtweite war, dann wandte er sich wütend an Rhun. „Du hast es ihr gesagt, verdammt?"

Rhun hob die Hände. „Sie ist meine Gefährtin, Mann. Ich kann nichts vor ihr verbergen."

Tallak drehte sich mit einem fiesen Fluch auf den Lippen weg.

„Sie wird kein Wort zu Hazel sagen." Tallak konnte das Augenrollen in Rhuns Stimme *hören*. „Sie mag Hazels Freundin und Mithexe sein, aber sie ist vorwiegend meine Gefährtin und ich habe sie zur Verschwiegenheit verpflichtet, also mach dir nicht ins Hemd und komm rein."

Mit einem wilden Knurren auf den Lippen wandte er sich wieder an den lästigen *Bluotezzer*. „Ich sollte dir die Zunge herausreißen."

„Wie soll ich dir dann einen Rat geben?" Rhun legte den Kopf schief und grinste. „Deshalb bist du doch hier, oder? Also, was ist passiert?"

Tallak rieb sich mit einer Hand übers Gesicht. „Ein verdammtes Desaster ist passiert."

Rhun betrachtete ihn einen Moment lang, dann neigte er den Kopf in Richtung Foyer und trat einen Schritt zurück. „Komm rein! In der Küche gibt es Schnaps."

Tallak beäugte die unsichtbare Macht des Schutzwalles mit einer gesunden Portion Selbstschutz. „Sollte deine Hexe mich nicht hereinbitten?"

„Das habe ich gerade getan. Du wirst nicht gebraten wie ein Käfer auf einer Selbstmordmission zum Licht." Auf seinen skeptischen Blick hin machte Rhun eine „Stell dich nicht so an"-Geste. „Ich bin Merles Gefährte und wohne hier. Die Schutzzauber hören auf mich genauso wie auf sie."

Immer noch misstrauisch streckte Tallak einen Finger in Richtung Schwelle aus. In Zeitlupe stupste er den Schild an. Die Magie zischte auf seiner Haut und erinnerte ihn an die Macht, die dahintersteckte, aber sie gab nach und verbrannte ihn nicht.

Rhun räusperte sich und blickte zwischen Tallaks ausgestrecktem Finger und seinem Gesicht hin und her. „Alter, wenn du sie so angefasst hast, kann ich verstehen, dass es ein Fiasko war."

Mit einem Knurren stürzte sich Tallak auf Rhun. Er spürte kaum den Druck der Schutzbarriere, als er über die Schwelle flog und mit dem anderen Dämon zusammenstieß. Sie prallten mit einem dumpfen Schlag gegen die gegenüberliegende Wand, der das alte viktorianische Gebäude erschütterte. Bilder klapperten und ein Rahmen fiel herunter, wobei das Glas zersprang.

„Rhun?", rief Merle von der oberen Etage. „Alles in Ordnung?"

„Alles bestens", antwortete Rhun, während er Tallaks rechtem Haken auswich und dann seinen Kopf gegen dessen Nase rammte. „Wir führen ein Männergespräch."

Der Schmerz in seiner Nase war nur ein kleiner Impuls auf Tallaks Wutradar. Er rammte Rhun sein Knie in den Bauch und ließ einen Ellbogen ins Gesicht folgen. Blut spritzte aus der Nase des *Bluotezzers* und er taumelte zurück. In der nächsten Sekunde stieß er Tallak die Schulter in den Bauch und drückte ihn hart gegen die Wand. Tallaks Rücken prallte gegen das Holz und für einen Moment wich ihm die Luft aus den Lungen. Zeit genug für Rhun, ihm ein paar verdammt gute Schläge in die Mitte zu verpassen.

Tallak packte Rhun am Shirtkragen, trat ihm die Füße weg und folgte ihm nach unten, wobei seine Faust das Gesicht des

Trottels traf. Einen abgeblockten Schlag und eine Drehung später fand sich Tallak in der umgekehrten Position wieder, während Rhuns Fäuste auf ihn niederprasselten.

Und so ging es weiter, als sie durch das Foyer rollten und sich mit gefletschten Zähnen und wildem Knurren einen Schlagabtausch lieferten.

Nach einer gefühlten Stunde lagen sie auf dem Rücken auf dem Boden und atmeten schnell. Der Geruch von Blut lag schwer im Raum.

„Jetzt einen Drink?“, fragte Rhun mit deutlich nasaler Stimme.

„Ja.“

Tallak richtete sich stöhnend auf und sein Körper schmerzte an hundert verschiedenen Stellen. Eine nicht unangenehme Art von Erschöpfung drückte auf seine Glieder, seine Gedanken wurden etwas klarer und sein Verstand beruhigte sich.

Verdammt! Dieser verfluchte *Bluotezzer* hatte Tallaks Anspannung gekonnt entschärft, indem er ihn zu einem Kampf angestachelt hatte. Ein gewalttätiges Ventil für seine Verwirrung und Frustration war genau das gewesen, was er gebraucht hatte, und der nervige Wichser hatte es gewusst. Mit zähneknirschendem Respekt sah er Rhun an, als er ihm in die Küche folgte, und betrachtete das schwache Glühen frischer Energie, das den anderen Dämon umgab.

„Hast du dich gerade an mir genährt?“, knurrte Tallak. Neben Blut und Lust benötigte ein *Bluotezzer* auch Schmerz zur Sättigung – eine Besonderheit ihrer seltenen Art. Und sie konnten nicht einfach wahllos den Schmerz anderer aufsaugen. Sie mussten ihn *verursachen*.

Rhun warf ihm einen reuelosen Blick zu, hob Zeigefinger und Daumen zum Mund und machte ein Kussgeräusch. „Dein Schmerz ist köstlich, muss ich sagen. Eine schwache Note von gequälter Seele. Mein Favorit.“

Tallak wollte sich gerade auf Rhun stürzen, um ihm erneut in den Arsch zu treten, als der *Bluotezzer* ein Glas aus dem Schrank holte, eine Flasche Whiskey aus dem Regal nahm und sich auf einem Hocker an der Kücheninsel niederließ. Er schenkte Tallak ein und schob ihm das Glas zu.

„Also. Raus damit! Was ist passiert?"

Immer noch wütend setzte sich Tallak ebenfalls hin. Er nahm das Glas und starrte in die bernsteinfarbene Flüssigkeit, als enthielte sie die Antworten auf all die Ungewissheiten, die in seinem Bauch brodelten. Dann leerte er das Glas in einem Zug. Das Brennen in seiner Kehle war eine willkommene Ergänzung zu all seinen anderen Schmerzen und Qualen.

„Ich habe den Paarungstrieb verspürt", sagte er leise.

Rhun hielt inne und ordnete die dekorativen Schalen auf der Insel neu an. „Mit Hazel?"

„Mit wem denn sonst?", knurrte er, griff nach der Flasche und goss sich noch einen Schluck ein.

Mit hochgezogenen Augenbrauen schürzte Rhun die Lippen. Nachdenklich dreinschauend fragte er dann: „Du warst nicht mit Roana verpaart?"

Es war seltsam, nach so langer Zeit den Namen von Basils leiblicher Mutter zu hören. Es gab niemanden mehr, der sie kannte, alle ihre Fae-Verwandten waren tot – einige durch Tallaks Hand – und er bemühte sich, nicht oft an sie zu denken. Das Gefühlswirrwarr, das mit ihr zusammenhing, war dafür viel zu kompliziert.

Auf Rhuns Frage hin schüttelte er den Kopf.

Manche Dämonenarten mussten sich paaren, um fruchtbar zu sein, wie auch die *Bluotezzer*. Andere, wie die *Hæmingrs* oder Inkuben, konnten mit jedem Weibchen Nachkommen zeugen, ohne dass eine Paarungsbindung erforderlich war. Das hieß aber nicht, dass sie kein Paarungsband eingehen konnten. Es war eine schwer fassbare Sache, nicht wirklich eine Notwendigkeit. Ein Dämon konnte ein ganzes

Leben verbringen, ohne sich jemals mit einem Weibchen zu paaren, und trotzdem zufrieden sein – nun ja, außer die *Dukhokrads*, die armen Schweine. Die Männer dieser Spezies konnten nur zum Höhepunkt kommen, wenn sie sich verpaart hatten. Bis dahin – permanent geschwollene Eier.

Niemand konnte wirklich erklären, was den Paarungstrieb bei Dämonen auslöste. Es war eine komplexe Mischung aus verschiedenen Faktoren, von denen die meisten unbewusst stattfanden. Auf jeden Fall war es nichts, was ein Dämon einfach so beschloss. Entweder geschah es von selbst oder nicht.

„Du hast bei ihr nie den Trieb verspürt?“, hakte Rhun nach.

Wieder schüttelte Tallak den Kopf. Damals hatte er nicht viel darüber nachgedacht. Er hatte Roana geliebt, aber er war in vielen Dingen jung und töricht gewesen, auch in der Idee, ein Leben als Dämon zu führen, der sich unter den Fae versteckte – ein Rezept für eine Katastrophe, da diese sofort versuchten, einen solchen Eindringling zu töten.

Oder sie warfen ihn in einen Kerker und ließen ihn sechsundzwanzig Jahre lang verrotten.

„Aber jetzt bei Hazel hast du ihn gespürt? Bist du dir sicher?“

Rhuns Frage riss ihn aus seinen dunklen Gedanken. „Ja“, murmelte er. „Ich wollte sie so hart und so lange nehmen, bis jeder Zentimeter ihrer Haut meinen Geruch trägt. Ich wollte sichergehen, dass jeder Mann im Umkreis von mehreren Kilometern mich an ihr riecht und weiß, dass sie mir gehört. Und ich wollte, dass sie es auch weiß. Dass sie es zugibt.“ Er hielt seine Hand hoch, Daumen und Zeigefinger nur wenige Zentimeter voneinander entfernt. „Ich war so kurz davor, sie zu beißen, ihr Blut zu nehmen und sie mit meinem zu füttern.“ Er leerte ein weiteres Glas. „Also ja, es war der verdammte Paarungstrieb.“

Rhun musterte ihn einige Augenblicke lang. Dann stand er auf und tauschte die nun leere Whiskeyflasche gegen eine volle aus.

„Okay", sagte er und füllte Tallaks Glas wieder auf. „Also tu es."

„Bist du verrückt?" Tallak fletschte die Zähne. „Du willst, dass ich sie zur Paarung zwinge?"

Rhun betrachtete ihn mit leerem Blick, bevor er seelenruhig einen Pfannenwender nahm und Tallak damit auf den Kopf schlug.

„Nein, du schwachsinnige Ausrede für einen Dämon", sagte Rhun und legte den Pfannenwender wieder ab. „Ich meine: Warum fragst du sie nicht, ob sie sich mit dir verpaaren will?"

Tallak beäugte ihn. „Und ich dachte schon, du hättest Köpfchen."

„Zwing mich nicht, den Pfannenwender wieder in die Hand zu nehmen."

Tallak knurrte. „Wie kommst du darauf, dass sie sich mit mir verpaaren will?"

„Wie kommst du darauf, dass sie es nicht tun will?"

Jetzt schnappte sich Tallak den Pfannenwender und schlug damit auf Rhun ein. „Du bist nicht mein verdammter Psychiater, also hör auf, in Psycho-Sprache zu reden."

„Erstens", sagte der *Bluotezzer* und zeigte mit dem Finger auf ihn, „werde ich diesen Pfannenwender durch einen Fleischklopfer ersetzen, wenn du dich weiter wie ein gottverdammter Idiot aufführst." Er schnappte sich das Küchenutensil von Tallak zurück. „Zweitens solltest du dich fragen, warum du dich so auf den Gedanken versteifst, dass Hazel nicht mit dir zusammen sein will."

„Weil sie geschniegelt und gestriegelt ist und wahrscheinlich sogar weiß, wie man ein Spannbettlaken faltet, während ich meine Wohnung kaum sauber halten kann?"

„Netter Versuch. Grab weiter."

Tallak warf dem lästigen Dämon einen vernichtenden Blick zu, den der andere Mann mit gereizter Lässigkeit ignorierte. „Weil sie ein Gutmensch ist und immer das Richtige tut – und ich das genaue Gegenteil bin?"

Ohne seinen Blick von Tallak zu nehmen, öffnete Rhun eine Schublade neben ihm und nahm einen Fleischklopfer heraus.

„Na schön", stieß Tallak hervor. „Weil ich ein verdammtes Arschloch bin und nicht gut genug für sie."

Rhun nickte und legte den Fleischklopfer ab. „Hat sie das gesagt?"

„Nicht direkt."

Rhun fuchtelte mit einer Hand in der Luft herum. „Es ist also nur eine vorbeugende kleine Paranoia, die du dir ausgedacht hast."

Tallak starrte ihn an. „Sie ist zu gut für mich."

„Das denkst du." Der andere Dämon kratzte sich am Kinn. „Aber das basiert auf *deinen* Problemen. Du weißt nicht, ob sie auch so denkt." Er zuckte mit den Schultern. „Es sei denn, du fragst sie."

„Als ob das so einfach wäre." Tallak fletschte die Zähne und knurrte. „Die Dinge sind schon verdammt kompliziert genug. Wenn ich sie frage und sie mich abblitzen lässt, kann ich nicht mehr in ihrer Nähe sein. Und mit Basil im Spiel ist das unmöglich."

Rhun schwieg einen Moment und untersuchte den Inhalt der Flasche. „Sag mir", sagte er nach einer Minute, „was wird passieren, wenn du nicht versuchst, dich mit ihr zu verpaaren?"

Stirnrunzelnd dachte Tallak darüber nach, während er sein Glas leerte. „Ich werde nicht mehr in ihrer Nähe sein können", sagte er schließlich und sein Herz wurde schwer.

Denn die Frau, die er unbewusst ausgewählt hatte – ein

unaufgeforderter, unkontrollierter Prozess, der sich jeglicher Logik und Vernunft entzog –, direkt vor seiner Nase zu haben und nicht in der Lage zu sein, das Paarungsband zu knüpfen … würde ihn verrückt machen. Das Einzige, was in diesem Fall half, war Abstand. Der Trieb würde mit der Zeit abnehmen, zumindest hatte er das gelegentlich von anderen gehört.

Aber jedes Mal, wenn er Hazel sah, würde er wieder zum Leben erwachen und nur noch stärker werden, je länger er ihn ignorierte.

„Also", sagte Rhun und setzte die Flasche mit einem leisen Klopfen ab.

„Also", wiederholte Tallak.

„Wenn du sie fragst, besteht die Chance, dass sie Ja sagt und ihr beide euer eigenes kleines Dämonenhexenglück bekommt."

Tallak rieb sich mit einer Hand übers Gesicht. „Ich weiß nicht einmal, wie ich sie fragen soll."

Rhun zuckte mit den Schultern. „Du tastest dich da langsam ran." Als Tallak die Stirn runzelte, erklärte er geduldig: „Natürlich musst du sie ein bisschen auf diese Frage vorbereiten. Sorge dafür, dass sie sich mit dem Gedanken anfreunden kann, sich auf diese Weise an dich zu binden." Er machte eine Handbewegung. „Du weißt schon, *mach ihr den Hof.*" Er zwinkerte ihm zu und fügte hinzu: „Du weißt doch, wie man eine Frau umwirbt, oder?"

Tallak fauchte zähnefletschend. „Ich bin kein barbarischer Höhlendämon, du Arschgeige."

„Ich wollte nur sichergehen." Rhun hob abwehrend die Hände. „Also, umwirb sie einfach. Finde heraus, was sie von einem Lebenspartner will und braucht, und beweise, dass du das bieten kannst. Mach dich unentbehrlich." Er warf Tallak einen flüchtigen Blick zu und fügte mit Nachdruck hinzu: „Mach sie *glücklich.*"

Tallak griff nach dem Whiskey und nahm einen Schluck direkt aus der Flasche. Nachdem er das Brennen in seiner Kehle genossen hatte, fragte er leise: „Was ist, wenn ich es versaue?“

Mit absoluter Ruhe nahm Rhun den Fleischklopfer in die Hand.

KAPITEL 19

Stöhnend sank Hazel in die fast schon sengende Hitze des Badewassers. Jeder Muskel in ihrem Körper seufzte vor Wohlbehagen, und sie schloss für einen Moment die Augen, während ihr der Duft von Rosen in die Nase stieg. Nach einem solchen Tag – und einer solchen Nacht – gab es nichts Besseres als ein entspannendes Bad.

Nachdem Tallak sie auf dem Tisch sitzen gelassen hatte – wenn auch zumindest nicht auf dem Trockenen –, hatte sie einen Happen gegessen und war dann wieder in die Bibliothek gegangen, um noch einmal in den Büchern nach Informationen über die Siegel zu suchen. Sie war sich sicher, dass es einen Band zu diesem Thema gab, aber sie konnte ihn beim besten Willen nicht finden, obwohl sie ihn erst vor ein paar Tagen gesehen hatte.

Vor Frustration verkrampften sich ihre Muskeln und wirkten der entspannenden Wirkung des Bades entgegen. Wenn das so weiterging und sie die Kombination aus Siegel und Zauber nicht entschlüsseln konnte, musste sie den Mord vielleicht sogar öffentlich machen und in der Hexengemeinschaft ermitteln. Damit würden alle wissen, was vor sich ging.

Allein bei dem Gedanken daran wurde ihr mulmig zumute. Die Spannungen im Zusammenhang mit der alten Kluft zwischen den Aequitas und den Drakoniern brodelten immer noch unter der Oberfläche. Das Ganze war ein Treibstofftank, der nur auf den zündenden Funken wartete, der ihn zum Explodieren brachte. Die Hexengemeinschaft konnte sich keinen weiteren Bürgerkrieg leisten. Das Wissen, dass eine von ihnen Menschen tötete, um Macht zu erlangen, könnte genau der richtige Auslöser sein, um sie alle wieder in alte Bündnisse zu drängen. Sie würden einander so lange beschuldigen, bis der Kipppunkt der Gewalt wieder erreicht war.

Na toll. Jetzt saß sie hier in einem perfekten, heißen Bad, Rosendampf umgab sie, Kerzenlicht tauchte den Raum in sanfte Wärme und ihre Stimmung war genauso düster wie der Rest des Hauses. *Argh!* Sie schloss die Augen und ließ ihren Kopf zurück auf das Kissen am Wannenrand fallen.

Hi, mein Name ist Hazel und ich bin so angespannt, dass ich nicht einmal ein einfaches Bad genießen kann.

Als das leise Klicken der sich schließenden Tür ertönte, schreckte sie auf und drehte ihren Kopf zur Seite, um zu sehen, wer die Dreistigkeit besaß, durch ihr Schlafzimmer ins Bad einzudringen und ihre Privatsphäre zu stören.

Tallak lehnte am Türrahmen, sein Gesicht leuchtete im Schein der Kerzen und seine Augen funkelten. Ihr Herz schlug schneller, und das nicht nur, weil der unangemeldete Besuch sie überraschte. Im flackernden Licht der Flammen sah er verdammt gut aus. Der Bernsteinton seiner Augen war noch intensiver und seine Gesichtszüge wurden durch den Kuss des warmen Lichts weicher.

Es dauerte einen Moment, bis sie sich daran erinnerte, dass sie wütend auf ihn war.

„Du“, knurrte sie. „Du hast hier nichts zu suchen.“

Er stieß sich von der Tür ab und schlich sich anmutig und mit kontrollierter Kraft zu ihr. „Da muss ich dir widersprechen, Liebling. Ich bin genau da, wo ich sein muss.“

„Das kann nicht dein Ernst sein.“ Das Wasser schwappte, als sie sich in der Wanne aufsetzte, um seine Bewegungen im Blick zu behalten, während sie versuchte, den Schutz des Seifenschaums, der den größten Teil ihres Körpers verbarg, nicht zu durchbrechen. Er hatte sie zwar schon nackt gesehen, aber das bedeutete nicht, dass sie sich jetzt von ihm begaffen lassen musste. „Nur weil wir intim waren, hast du nicht das Recht, in meine Privatsphäre einzudringen …“

„Sschh!“

Er setzte sich auf die geflieste Fläche, die das Ende der Wanne mit der Wand dahinter verband, und damit genau dorthin, wo sie zuvor ihren Kopf abgelegt hatte. Sie musste sich im Wasser halb drehen, um ihn weiter ansehen zu können.

„Ich versuche, mein Verhalten wiedergutzumachen.“ Er streichelte sachte ihr Haar und der sanfte Druck auf ihrer Kopfhaut brachte ihren Körper zum Kribbeln. „Lässt du mich?“

Verblüfft blinzelte sie ihn an, und ein Teil ihrer Wut verließ sie wie der Dampf, der von ihrem Körper abrollte. Neugierig auf das, was er vorhatte, nickte sie leicht.

„Gut.“ Wieder dieses Wort, gesprochen in diesem warmen, anerkennenden Ton. Sie erschauderte auf angenehme Art und Weise.

Dieses Gefühl wurde noch verstärkt, als er hinter ihren Kopf griff und die Klammer löste, mit der sie ihr Haar hochgesteckt hatte. Ihre Locken fielen ihr um die Schultern und die Erleichterung, den Druck der Spange loszuwerden, ließ sie fast seufzen.

„Lehn deinen Kopf zurück", murmelte er, während er vorsichtig die schlimmsten Knoten ihrer Mähne entwirrte.

„Ist das dein Fetisch?", fragte sie. „Haare?" Aber sie gehorchte und neigte den Kopf nach hinten. Sie schloss die Augen und gab sich nach und nach dem Zupfen seiner Finger hin.

„Nur, wenn es um deine geht." *Zupf, zupf.* „Weil ich weiß, dass du es genießt."

Seine Antwort ließ sie ratlos zurück.

Das Geräusch von schwappendem Wasser ertönte. Dann spürte sie warme Tropfen auf ihrer Kopfhaut, als er einen Waschlappen über ihrem Kopf auswrang. Seine Finger glitten über ihr Haar, verschwanden für einen Moment, kehrten dann zurück und begannen eine sanfte Massage.

Sie konnte nicht anders, als vor schamloser Lust zu stöhnen und im Badewasser zu versinken.

Bei den Göttern!

Wie lange war es her, dass jemand ihr Haar für sie gewaschen hatte? Sie ließ sich immer nur die Spitzen im Friseursalon schneiden und auch das nur trocken, nie mit vorheriger Haarwäsche. Wenn sie sich selbst wusch, war das eine schnelle, effiziente Sache, eine Aufgabe, die eben erledigt werden musste.

Und ihre eigenen Finger fühlten sich nie so sündhaft gut auf ihrer Kopfhaut an.

Es war, als wüsste er genau, wie viel Druck gut war, wo er verweilen, wo er kreisend reiben und wo er mit seinen Nägeln leicht kratzen musste, um sie zum Zittern zu bringen. Die Anspannung wich aus ihren Muskeln, bis sie sich fühlte, als würde sie in der Wanne schweben.

„Es tut mir leid, dass ich vorhin so abrupt gegangen bin." Seine Stimme war ein leises Grollen in dem intimen Raum des Badezimmers.

Sie brachte nicht den Willen auf, die Augen zu öffnen,

weil sie so tief entspannt war. „Worum ging es?", murmelte sie. „Bei der Sache, die dazwischengekommen ist?"

Er hielt inne, während er den Waschlappen wieder ins Wasser tauchte. „Ich kann noch nicht darüber sprechen." Er wrang den Frotteestoff noch einmal über ihrem Kopf aus und die Wärme des Wassers war wie ein Kuss auf ihrer Kopfhaut. „Ich muss erst noch ein paar Dinge klären."

Vielleicht lag es an dem muskeltiefen Wohlgefühl und der Gelassenheit seiner Massage, aber sie ertappte sich dabei, wie sie sagte: „Wenn du jemals darüber reden willst, kannst du damit zu mir kommen."

Er unterbrach seine Handbewegungen erneut und sein Schweigen wirkte mehr oder weniger nachdenklich. Sie hörte seine Antwort fast nicht, weil sie so leise war. „Das werde ich."

Er spülte ihr Haar ein letztes Mal aus und legte dann den Waschlappen beiseite. Mit seiner Hand auf ihrer Schulter bedeutete er ihr, sich wieder zurückzulehnen und ihren Kopf auf das weiche Kissen am Rand der Wanne zu legen. Mit der konzentrierten Ruhe einer Raubkatze, die es auf eine grasende Gazelle abgesehen hatte, bewegte er sich vor die Wanne und stützte sich mit den Unterarmen auf dem Rand ab. Seine Augen leuchteten mit einem inneren Licht, einem glühenden Bernstein, dessen Farbe so faszinierend und verlockend war, dass sie ihr ins Verderben folgen wollte.

Es hatte etwas köstlich Dekadentes, ihn vollständig bekleidet vor sich zu haben, während sie in der Badewanne lag und nur ein paar schwindende Schaumblasen ihre Nacktheit verdeckten. Sein fokussierter Blick und dieser wilde Hunger in seinen Augen schürten eine Hitze in ihrem Inneren, die nichts mit dem Badewasser zu tun hatte.

„Tallak." Ihre Stimme war kaum mehr als ein Flüstern.

„Hm?" Er musterte ihr Gesicht.

„Du siehst aus, als wolltest du mich verschlingen."

Ein langsames Lächeln umspielte seinen Mund. Er blinzelte, fast träge, und ließ seinen Blick an ihrem Körper auf und ab wandern. „Du bist umwerfend schön."

Ihr Gesicht, das durch das Bad schon fast glühte, wurde noch heißer. „Sag so etwas nicht!"

„Warum nicht? Es ist doch wahr."

Weil es einen Teil von ihr dazu brachte, sich in schnurrender Zufriedenheit erheben zu wollen. Es war der Teil, der sich nach der bewundernden Aufmerksamkeit eines Mannes sehnte und sie in die katastrophale Ehe mit einem Narzissten katapultiert hatte, der sehr gut darin gewesen war, ihre Unsicherheiten auszunutzen.

Robert hatte sie anfangs mit Zuneigung überhäuft, hatte sie gelobt und ihr Komplimente gemacht, bis sie vor Glück gestrahlt hatte. Für ein siebzehnjähriges Mädchen, das bislang immer hinter den Erwartungen ihrer Familie zurückgeblieben war und im Schatten ihrer fast perfekten älteren Schwester gestanden hatte, war das tödlich süchtig machend gewesen. Sie hatte sich an Robert und den Köder seiner ungeteilten Aufmerksamkeit geklammert wie an eine Rettungsleine. Und er hatte sie an Land gezogen.

All diese Versprechen der Anbetung hatten sich jedoch geändert, als sie geheiratet und Kinder bekommen hatten. Seine Liebe und Hingabe waren zu einer Waffe geworden, zu einem scharfen Messer, das ihr das Gefühl gegeben hatte, über einen Zeitraum von Jahren an tausend kleinen Schnitten zu sterben.

Mehr als ein Jahrzehnt war seit Roberts Tod vergangen. Noch länger war es her, seit sie sich als junger, naiver Teenager nach Akzeptanz und Liebe gesehnt hatte. Sie war jetzt stärker, weiser und gefestigter in ihrer eigenen Haut. Und doch konnte sie die Angst nicht unterdrücken, die sie beschlich, wenn ein Mann ihr mit sinnlicher Absicht ein Kompliment machte.

„Hey."

Tallaks leise Stimme lenkte ihre Aufmerksamkeit wieder auf ihn.

Er hob ihr Kinn sanft mit einem Finger an. „Wo warst du denn eben?"

„Nirgends." Sie schenkte ihm ein kleines Lächeln, das sie nicht wirklich spürte. *Vorsichtig.* Sie musste so vorsichtig mit ihm sein, damit sich diese Sache zwischen ihnen nicht zu etwas entwickelte, von dem sie nicht wusste, ob sie sich dagegen wehren konnte.

Die Mauern einzureißen, die sie zu lange beschützt hatten, war eine Sache. Ihre Wachsamkeit völlig zu vernachlässigen, eine ganz andere. Ja, sie konnte lockerer werden und mit Tallak Spaß haben, aber den wirklich verletzlichen Teil ihrer selbst würde sie ganz bewusst hinter einem undurchdringlichen Bollwerk verbergen. Sie hatte zu intensiv darum gekämpft, sich wieder aufzurichten, nachdem Roberts verdrehte Vorstellung von Hingabe sie fast zerschmettert hatte.

Sie entschied sich für einen Themenwechsel und sagte: „Du wirkst anders heute Abend."

Er studierte ihren Gesichtsausdruck mit viel zu scharfsinnigen Augen und ließ sich von ihrem Ausweichmanöver nicht täuschen. Er drängte sie jedoch nicht und sagte stattdessen nur: „Toller Sex bewirkt das bei einem Mann."

Sie presste die Lippen aufeinander und grinste leicht amüsiert. „Männer."

Er zuckte mit den muskulösen Schultern. „Schuldig im Sinne der Anklage." Er ließ seine Finger müßig im Wasser gleiten, bevor er sich aufrichtete, wobei sein Blick wie ein Brandmal auf ihrer nackten Haut brannte. „Das Wasser wird kühl. Steig lieber raus, Liebes."

Sie hob eine Augenbraue. Das Wasser war in der Tat noch angenehm warm, aber sie beschloss, das nicht zu erwähnen.

Sie legte den Kopf schief und sah ihn an. „Du willst nur, dass ich rauskomme, damit du mich anstarren und begrapschen kannst, stimmt's?"

Wieder dieses träge, sinnliche Lächeln. „Ich bin ein typischer Mann, meine Liebe."

Ihre Haut kribbelte unter der Intensität seines Blicks und sie erhob sich langsam, während das Wasser ihren Körper hinunterlief. Ihre Brustwarzen verhärteten sich durch den Kuss der kühleren Luft, und die Tropfen, die über ihre empfindliche Haut liefen, fühlten sich an wie ein Dutzend kleiner Liebkosungen.

Sie erstarrte, als sie Tallaks Gesichtsausdruck sah.

Seine Pupillen waren so stark vergrößert, dass das Schwarz das Bernsteinleuchten seiner Iriden fast verschluckte. Sein wilder Hunger ließ seine Züge im flackernden Licht der Kerzen deutlich hervortreten. Noch nie hatte er so ausgesehen, noch nie hatte er mehr Ähnlichkeit mit dem Dämon gehabt, der er ja war, als in diesem Moment. Alles an ihm war unmenschlich reglos. Sie hatte Aufnahmen von Panthern gesehen, die sich fast nicht mehr bewegten, wenn sie in Reichweite ihrer Beute lauerten. Ihre Nackenhaare hatten sich gesträubt, als sie sich deren räuberischer Kraft bewusst geworden war.

Die Art und Weise, wie Tallak dastand, ließ die Panther wie kleine Kätzchen erscheinen. Jeder Teil von ihm war auf die kleinste Bewegung von ihr ausgerichtet, auf das Heben und Senken ihres Brustkorbs und den Pulsschlag an ihrem Hals, während seine dunkle Macht in der Luft schwebte, als wäre er bereit, anzugreifen.

Sie schluckte und ihre Stimme wurde heiser. „Du hast mich schon zuvor nackt gesehen."

Ohne mit der Wimper zu zucken, seine Augen immer noch so schwarz, begegnete er ihrem Blick. „Nicht annähernd oft genug."

Er streckte seine Hand aus und zog ein Handtuch vom Wandregal. Seine Bewegungen waren von geschmeidiger Kraft. Mit einem Finger bedeutete er ihr, aus der Wanne zu steigen.

Sie zögerte. Es war ein ursprünglicher Nervenkitzel, der Einladung eines Wesens zu folgen, das in der Dunkelheit und der Gewalt zu Hause war, als er sie zu sich winkte. Ungeachtet ihrer eigenen Fähigkeit, sich zu verteidigen, jagte es ihr immer noch einen Schauer über den Rücken – einen bösartigen, angenehmen Schauer –, die Warnungen ihrer Jugend zu ignorieren und dem Ruf dieses Raubtiers zu folgen, das sie zu fürchten gelernt hatte.

Isabel würde einen Anfall bekommen, wenn sie sie jetzt sehen könnte.

Tja, dachte Hazel verbittert, *aber Isabel hat jedes Recht verloren, über andere zu urteilen, als sie Maeve von einem Dämon entführen und vergewaltigen ließ, bis diese fast sämtliche Zurechnungsfähigkeit verloren hatte.* Obwohl ihre ältere Schwester einen starken Einfluss auf Hazels Leben gehabt hatte, hatte sie sich in vielen Dingen geirrt.

Sie schüttelte den Schmerz der Vergangenheit ab und stieg aus der Wanne in das Handtuch, das Tallak für sie bereithielt.

„Lass mich", sagte er grob, als sie nach dem Handtuch griff, um sich abzutrocknen.

Etwas in seiner Stimme veranlasste sie, ihm nachzugeben. Er wirkte … intensiv und unruhig, obwohl er sich unter Kontrolle zu haben schien. In seiner Energie schwang ein Hauch von rohem Bedürfnis mit, ein Zeichen von tiefer Sehnsucht, das ihr schmerzlich bekannt vorkam.

Dieser unverblümte, fast schmerzhafte Ausdruck seiner Kraft ließ nach, als er sie in das Handtuch wickelte und den weichen Stoff über ihre Haut rieb, wobei er sie Zentimeter für Zentimeter verwöhnte, was man kaum als wirkliches Abtrocknen bezeichnen konnte.

Jede Hautpartie, die er abgetrocknet hatte, wurde von ihm geküsst. Sein Atem kitzelte sie sinnlich und seine Lippen brachten ihren Körper zum Kribbeln. Die ganze Zeit über war er auf seine Aufgabe konzentriert und ging langsam und bedächtig vor, als hätte er Angst, seine eigene Leine zu zerreißen, wenn er sich noch schneller bewegte.

Anstatt ihr Angst zu machen, brachte es sie dazu, seine Kontrolle brechen und alles, was in ihm gefesselt war, befreien zu wollen.

Jeder Gedanke daran, seine Beherrschung zu sprengen, verschwand aus ihrem Kopf, als sich seine Lippen um ihre Brustwarze schlossen. Akutes Vergnügen durchfuhr sie bis zu dem Punkt, an dem sich ihre Beine trafen. Sie keuchte. Aber anstatt zu verweilen, fuhr er damit fort, ihre andere Brust zu „trocknen" und küsste sie überall, nur nicht auf ihre andere Brustwarze, was einen Kampf zwischen Frustration und Erregung entfachte.

Er war bereits hinter ihr und verwöhnte ihren Rücken mit seinem sinnlichen Handtuchspiel, als er – wie nebenbei – um sie herumgriff und sanft ihre vernachlässigte Brustwarze drückte.

Ihre Knie gaben fast nach.

Der Arm, den er um sie geschlungen hatte, straffte sich, als er sie festhielt und sie gegen seine Vorderseite stützte. Sie spürte seine köstliche Härte an ihrem unteren Rücken und presste ihre Schenkel zusammen, als das exquisite Pochen der Lust durch ihr Inneres pulsierte.

„Ich glaube, ich bin trocken genug", flüsterte sie. Sie konnte nicht mehr viel von seinen Zärtlichkeiten ertragen, sonst würde sie explodieren.

Er schmunzelte in ihren Nacken. „Babe", sagte er und strich mit seiner Hand über ihren Unterleib und ihre Locken, bis seine Finger ihren glitschigen Eingang fanden, „du bist gegenwärtig alles andere als trocken."

Seine intimen Berührungen ließen sie vor Erregung zusammenzucken, und bevor sie wusste, was sie tat, bewegte sie ihre Hüften nach vorn und in seine Hand.

Das raue Geräusch, das er an ihrem Ohr machte, ließ sie erschaudern. „So ist es gut, beweg dich mit mir." Er ließ seinen Daumen über ihre Klitoris kreisen und sie atmete scharf ein. „Suche dein Vergnügen. Nimm es dir."

Willig ritt sie auf seiner Hand. Er hatte seinen anderen Arm um ihre Mitte geschlungen, um sie zu stabilisieren, und sie war froh darüber, denn sonst wäre sie zu einer Pfütze aus flüssiger Lust auf dem Boden geworden. Sie ließ ihren Kopf gegen seine Schulter sinken und er küsste mit seinem heißen Mund ihre Kehle, während seine Zähne hier und da an ihrer Haut knabberten. Jeder kleine Biss brachte sie näher an den Rand des Abgrunds.

Seine Finger bewegten sich durch ihre feuchte Hitze und sein Daumen massierte ihre Klitoris mit beharrlichem Druck, bis ihr Verlangen die gefährliche Grenze zwischen Schmerz und Lust erreichte.

Mit einem heiseren Stöhnen fiel sie über die Klippe und stemmte sich gegen seine Hand, während sich ihre inneren Muskeln fest um seine Finger schlossen. Er streichelte sie langsam, um ihren Höhepunkt in die Länge zu ziehen, und ließ sie bei jedem bewussten Gleiten über ihren empfindlichen Knoten erschaudern.

Sein heißer Atem umspielte ihren Nacken und er drückte sie fest an sich, als müsste er innehalten, um nicht die Kontrolle zu verlieren. Dann streichelte er ein letztes Mal durch ihre feuchten Schamlippen, hob die Hand, mit der er sie gerade verwöhnt hatte, und saugte ihren Saft von seinen Fingern. Sie drehte halb den Kopf und sah ihm fasziniert zu, wobei sie ein verruchtes Vergnügen empfand, als er ihren Geschmack offen genoss.

„Davon werde ich nie genug bekommen." In seiner Stimme lag eine raue Schärfe.

Kurzerhand hob er sie in seine Arme und trug sie in den angrenzenden Raum, wo er sie auf die Matratze legte. Der unheimliche Schein seiner feurigen Augen war das einzige Licht hier, abgesehen von dem schwachen Flackern der Kerzen im Badezimmer. Er erhob sich über sie, ganz Schatten, Rauch und dunkle Versuchung, und zeigte ihr – aufs Neue – wie viel Vergnügen sie in nur einer Nacht empfinden konnte.

Als er endlich mit ihr fertig war und sein eigenes Bedürfnis gestillt hatte, war ihr Verstand ruhig und entspannt. Kein ängstlicher Gedanke konnte sie mehr beherrschen. Da war nur noch das angenehme Summen ihrer Sättigung, die Dunkelheit und Tallak. Sein Duft umhüllte sie, vermischte sich mit dem Aroma ihres Bades und dem verweilenden Rauch der erloschenen Kerzen. Seine Wärme war eine beruhigende Präsenz an ihrem Rücken.

Daran könnte ich mich gewöhnen, war ihr letzter Gedanke, bevor der Schlaf sie einholte. Sie war viel zu müde, um zu erkennen, dass sie diese Aussage nicht als Bedrohung empfand.

Es kostete Tallak seine ganze Beherrschung, sich von der Hexe in seinen Armen zu lösen, als sie eingeschlafen war. *Seiner* Hexe.

Sie wusste es nur noch nicht.

Nur indem er sie bereits als sein Eigentum betrachtete, obwohl er sich noch nicht mit ihr verpaart hatte, konnte er den wilden Paarungstrieb in seinem Inneren auf ein erträgliches Maß herunterschrauben. Wäre er ungehemmt geblieben, hätte ihn dieser Trieb dazu verleitet, etwas unvorstellbar Schwachsinniges zu tun. Zum Beispiel hätte er sie auf der

Stelle und mit kaum gebändigter Wildheit gefragt, ob sie sich mit ihm paaren wollte.

Und abgesehen von Hazels allgemeinem Widerwillen, sich wieder an einen Mann zu binden, und ihrem sehr wahrscheinlichen Widerstand gegen eine Beziehung mit Tallak im Besonderen, war es nicht gerade ein verlockendes Angebot, eine Frau mit gefletschten Zähnen anzuknurren und dabei sein dämonisches Wesen zur Schau zu stellen.

So überlistete er seinen Paarungstrieb in einen etwas harmloseren Zustand. Einen Zustand, der es ihm erlaubte, sie zu berühren, zu befriedigen und sie sogar zu nehmen, wobei sein Instinkt, ihr Blut zu trinken, nur durch seine tiefe Überzeugung gebremst wurde, dass sie bereits ihm gehörte und bald der Bindung zustimmen würde.

Es machte ihm zu schaffen, dass sie so weich, warm und gesättigt in ihrem Bett lag, ganz allein, ohne dass er auf sie aufpassen konnte. Zweimal drehte er sich auf dem Absatz um und schlich zurück zum Bett, nur, um sich dann wieder loszureißen. Sein Beschützerinstinkt arbeitete bereits auf Hochtouren und er musste in ihrer Nähe vorsichtig sein. Wenn es auch nur den Hauch eines anderen Mannes gab, der seinen Anspruch anzweifelte oder sie in irgendeiner Weise bedrohte, würde er ausrasten.

Wenigstens blieb sein Geruch an ihr haften. Vorerst. Er würde natürlich mit der nächsten Dusche verblassen, da sie noch nicht verpaart waren. Das bedeutete nur, dass er sich das nächste Mal, wenn er sie sah, wieder an ihr reiben musste, um seinen Duftanspruch zu erneuern.

Leise grummelnd schlich er sich schließlich aus ihrem Zimmer, wobei er darauf achtete, dass er niemandem begegnete. Der primitive Trieb in ihm murrte auch deshalb, weil er sich nichts sehnlicher wünschte, als jedem zu zeigen, dass er derjenige war, der aus Hazels Schlafzimmer kam und nach

Sex roch. Aber er wusste, dass sie das nicht wollte. Noch nicht.

Um sie zu umwerben, hielt er sich also an die Abmachung, auch wenn das gegen jeden seiner Instinkte verstieß … und einen Teil von ihm schmerzte, den er fast vergessen hatte.

KAPITEL 20

„Hi, Mom. Tschüss, Mom."

Hazel drehte sich auf ihrem Platz am Frühstückstisch, um einen Blick auf Basil zu erhaschen, der in die Küche gerauscht kam, sich ein Croissant aus dem Korb auf der Kochinsel schnappte – ihre Wangen wurden heiß, als sie daran dachte, was in der Nacht zuvor auf besagter Insel passiert war – und dann wieder verschwand.

„Hey", rief sie ihm nach. „Gehst du schon?"

Basil steckte seinen Kopf zurück in die Küche, während er an dem Croissant knabberte. „Ja, tut mir leid. Isa verfolgt einen *Hirudo* und ich helfe ihr. Wir versuchen heute, sein Versteck zu finden." Er hielt inne und schnupperte. „Ist Dad gestern Abend noch mal hier vorbeigekommen?"

Liebe Götter, bitte sorgt dafür, dass mein Gesicht nicht so rot ist, wie es sich anfühlt! Er war definitiv noch mal gekommen. Mit ihr, genau auf dieser Kochinsel. Verflixt, dieser Dämon hatte ihr wirklich die Küche verdorben.

Sie räusperte sich. „Ich weiß es nicht. Ich habe ihn nicht gesehen. Vielleicht hat er etwas vergessen?"

Sie hatte die Küche eine Stunde lang durchgelüftet,

genauso wie ihr Schlafzimmer. Sie hatte die Laken gewaschen und mit einer langen, gründlichen Dusche hoffentlich sämtliche Geruchsspuren von Tallak auf ihrem Körper beseitigt. Aber mit seiner extrem scharfen Dämonennase konnte Basil immer noch hier und da etwas aufspüren. Die einzige Rettung war, dass Tallak ohnehin schon viel Zeit im Haus verbrachte, sodass sein Geruch in der Luft nicht allzu verdächtig war.

Achselzuckend huschte Basil wieder in die Küche, schnappte sich ein weiteres Croissant und eilte dann mit einem lässigen Winken nach draußen.

Hazel stieß den Atem aus, den sie angehalten hatte, und wandte sich wieder ihrem Frühstück zu. Im Haus war es still. Rose war in ihrem Zimmer – vielleicht? – und Basil und Isa waren gerade gegangen. Zurück blieben also nur Hazel und eine Unmenge von Zimmern, in denen sich Staub ansammelte. Sie versuchte, ihre Gedanken auf den vor ihr liegenden Tag zu richten. Sie würde die Bücher in der Bibliothek durchsehen, die Kräuter im Gewächshaus und im Garten pflegen, ein paar Tränke brauen, um ihren Vorrat an Angriffselixieren und Heiltinkturen aufzufüllen, Lebensmittel einkaufen und die Schutzzauber im Haus verstärken. Aber ihre Gedanken kehrten hartnäckig zu der einen Sache zurück, mit der sie sich nicht beschäftigen wollte: dem Gefühl der Enttäuschung, als sie allein aufgewacht war.

Enttäuschung.

Als hätte sie sich gewünscht, ihn neben sich zu haben, seinen großen Körper auf ihr wie eine heiße, verlockende Tallak-Decke. Sie kniff die Augen zusammen, als sie an ihrem Kaffee nippte. Es war in Ordnung, dass er gegangen war. Das war genau das, was sie bevorzugte. Keine Verpflichtungen, keine Bindungen, keine Komplikationen.

Ja, genau so gefiel es ihr.

Und sie würde das weiche, warme Gefühl ignorieren, das

sie beschlichen hatte, als sie aus der Dusche getreten war und die versteckte Nachricht auf ihrem Badezimmerspiegel bemerkt hatte, die durch den Dampf des heißen Wassers enthüllt worden war.

Guten Morgen, meine Schöne.

Etwas regte sich in ihrem Bauch, ein heimtückisches, spannendes Gefühl, das ihr Herz etwas schneller schlagen ließ. Sie holte tief Luft und rang das Gefühl nieder. Es brauchte mehr, um sie aus der Fassung zu bringen, als eine handgeschriebene Notiz an ihrem Spiegel nach einer großartigen Liebesnacht. Das war keine große Sache.

Trotzdem hatte sie sich nicht überwinden können, die Nachricht abzuwischen.

Sie war immer noch da, unsichtbar, bis die Luftfeuchtigkeit sie wieder zum Vorschein bringen würde – eine versteckte Botschaft für einen versteckten Teil in ihr, die hungrige Ecke ihrer Seele, der sie nicht erlaubte, ihr Leben wieder zu ruinieren.

Es klingelte. Hazel schreckte aus ihren Gedanken auf und ging zur Haustür, um sie zu öffnen und Merle hereinzulassen.

„Hey", sagte die andere Hexe lächelnd und watschelte hinein. „Ich habe ein paar Besorgungen gemacht und dachte, ich komme auf einen Kaffee vorbei." Mit einem Seufzer fügte sie hinzu: „Koffeinfrei natürlich."

„Klar, komm rein!" Hazel schloss etwas verdutzt die Tür und folgte Merle in die Küche.

„Oooooh, Croissants!" Merle stürzte sich auf den Brotkorb wie ein ausgehungertes Hündchen auf ein Steak.

Mit einem nachsichtigen Lächeln bereitete Hazel koffeinfreien Kaffee für sie vor. „Lass es dir schmecken, Süße! Ich kann dir noch mehr in den Ofen schieben, wenn du willst."

„Nein, nein, schon gut", sagte Merle, während sie kaute. „Ich will dir nicht das Essen wegfuttern."

Hazel schmunzelte und schaltete den Ofen ein.

„Also." Merle versuchte, sich auf einen Hocker an der Insel zu setzen, aber sie wackelte und schwankte. Leise fluchend ließ sie sich stattdessen auf einen Stuhl am Frühstückstisch plumpsen. Sie schaute Hazel an und zeigte mit einem halb gegessenen Croissant auf sie. „Du wirkst so entspannt wie schon lange nicht mehr."

Hazel richtete sich auf, strich sich eine Haarsträhne hinters Ohr und warf Merle einen Blick zu. „Ach wirklich?"

„Mm-hmm." Die Augen der jüngeren Hexe glitzerten. „Hast du … Sport gemacht?"

Hazel räusperte sich und reichte Merle den Kaffee. „Ähm, ja, ein bisschen. Du weißt schon, mein Laufband entstaubt."

„Aha." Merle grinste, während sie kaute. „Ich dachte eher an horizontale Aktivitäten."

Hazel beschloss, sich dumm zu stellen. Sie legte noch ein paar gefrorene Croissants auf ein Backblech und sagte: „Nun, ich habe auch Yoga gemacht, ja."

Merle gab einen kleinen, frustrierten Laut von sich. Dann fügte sie leise hinzu: „Du kannst es mir ruhig sagen, weißt du."

Ein Teil von ihr sehnte sich danach, genau das zu tun. Es wäre schön, jemanden zu haben, mit dem sie darüber reden konnte. Um das Tabuthema endlich anzuschneiden.

Aber es laut auszusprechen, würde es offiziell machen und auf eine Art und Weise bestätigen, die ihr unangenehm war. Es war nur eine lockere Sache, eine einvernehmliche, inoffizielle Affäre zwischen ihr und Tallak. Andere davon wissen zu lassen, würde zu unnötigen Verwicklungen und Kommentaren führen, ganz zu schweigen von den Erwartungen.

Und das Letzte, womit Hazel sich beschäftigen wollte, war die Meinung anderer Leute darüber, wie sie ihr Leben führte. Sie hatte schon genug Vorurteile von den Personen, die ihr nahestanden – erst Isabel, dann Robert – ertragen müssen. Nein, sie wollte diese neue, unerprobte Sache nicht der Bewertung durch ihre Umgebung aussetzen. Nicht, wenn deren gut gemeinte Ratschläge ihr eigenes Bewusstsein dafür, was richtig war, torpedieren könnten.

Anstatt Merles Frage zu beantworten, lenkte sie mit einer eigenen Frage ab, während sie das Backblech in den Ofen schob. „Hast du etwas von Sophie gehört? Von dem Zauber, den sie sucht?"

Merles Aura flackerte auf und leise Enttäuschung schimmerte in ihren Augen, bevor sie dem Themenwechsel folgte. „Nein. Ich schätze, sie hat noch nichts gefunden, sonst hätte sie sich schon an den Rat gewandt."

Hazel nickte und setzte sich zu Merle an den Tisch. „Sie muss sehr erpicht darauf sein, den Zauberspruch zu finden. Es ist ihre einzige Chance, den Titel des Familienoberhaupts zu bekommen und ihre Familie wieder mit der Umgebungsmagie zu verbinden."

„Es sei denn", sagte Merle, während sie akribisch Fetzen von ihrem Croissant abriss, „dass selbst ein funktionsfähiges Familienoberhaupt es nicht schafft, den Laroches den Zugang zu zusätzlicher Magie wieder zu ermöglichen."

Hazel spitzte die Lippen. „So wie die Dinge laufen, könnte es auch sie treffen, ja."

„Stell dir das nur vor." Merles Grinsen hatte etwas Verruchtes an sich. „Eine Laroche, die zu Arawn überlaufen muss oder ihre Familie dazu verdammt, für immer ohne Magie zu sein."

„Ein gemeiner Gedanke." Aber Hazels Lippen formten sich zu einem Lächeln.

„Geradezu verwerflich." Merle nuckelte unbekümmert einen Croissantkrümel von ihrem Finger.

„Das würden wir ihnen natürlich nicht wünschen." Hazel nippte an ihrem Kaffee.

Merle weitete die Augen. „Niemals!"

„Apropos fehlende Magie, hast du etwas von Beth gehört?"

Merle schüttelte den Kopf. „Aber", sie hob einen Finger, „Sarai hat mir gestern Abend geschrieben, dass sie auf ihrer Patrouille mit Tanya Kaminski etwas Seltsames erlebt hat."

Hazel beugte sich vor. „Was denn?"

„Sie erwähnte nur, dass sie Schwierigkeiten hatten, ein Dämonennest aufzuspüren, obwohl es eigentlich ein Kinderspiel hätte sein sollen. Als wäre Tanya irgendwie nicht ganz bei der Sache gewesen." Merle warf ihr einen vielsagenden Blick zu.

Hazel atmete tief durch. „Wie lange dauert es noch bis zum nächsten vermeidbaren Tod?"

Die jüngere Hexe blickte auf den regennassen Hof hinaus. „Ich will es nicht heraufbeschwören, also werde ich nicht sagen, wie bald das meiner Meinung nach geschehen wird."

Der Timer des Backofens klingelte und unterbrach die angespannte Stille.

Hazel ging, um die Croissants zu holen. „Hat Maeve sich gemeldet?"

„Ja, tatsächlich. Sie hat gestern Abend angerufen und gesagt, dass sie wohlbehalten in Nepal angekommen sind. Sie sind auf dem Weg in die höheren Regionen und der Empfang könnte lückenhaft sein. Aber sie will sich in ein paar Tagen wieder melden."

Hazel warf Merle einen Blick zu. „Was denkst du? Was für eine Kreatur jagen sie?"

Merle runzelte die Stirn. „Ich habe nicht die geringste Ahnung. Ich meine, bei all den verschiedenen Fabelwesen, die es in den Mythologien der Welt gibt, könnte es alles Mögliche sein." Sie schnitt eine Grimasse. „Ich hoffe nur, dass es kein Yeti ist."

Hazel lachte leise.

„Hattest du Erfolg mit dem Mordfall?"

Kopfschüttelnd füllte Hazel den Brotkorb mit den Croissants. „Nicht wirklich." Sie seufzte tief und die Anspannung kroch zurück in ihre Brust. „Ich habe zu wenig Anhaltspunkte, um den Zauber zu bestimmen, und es gibt keine anderen Beweise, die auf die Täterin hindeuten. Du hast das Siegel gesehen. Das allein ist noch kein guter Hinweis. Ich weiß, dass das Blutopfer der Machterweiterung diente, und ich weiß, dass ein Siegel benutzt werden kann, um Magie zu binden oder Macht zu kanalisieren, aber das sagt mir immer noch nichts über die Absicht des Rituals oder des Zaubers, den die Hexe versucht hat. Und ich werde das Gefühl nicht los, dass das noch nicht alles war, dass es noch mehr gibt, dass das Ziel der Hexe noch nicht erreicht ist."

Merles Miene verfinsterte sich. „Und wenn man bedenkt, dass die Hexe zu Menschenopfern gegriffen hat, um ihre Magie zu verstärken, wird das Ziel nicht ungefährlich sein."

Hazel schüttelte den Kopf und eine dunkle Vorahnung durchströmte sie.

⛤

Es war dieses unangenehme, kalte Gefühl der Angst, das Hazel zu unüberlegten Handlungen verführte.

Die Sonne war schon lange untergegangen, als sie nach oben ging, um sich umzuziehen – ihre Jeans und ihr Pullover waren voller Gartenschmutz und rochen nach den Tränken, die sie in der letzten Stunde gebraut hatte. Sie bemerkte, dass die Tür zu Roses Zimmer angelehnt war und Licht durch die Öffnung fiel. Stirnrunzelnd trat sie näher heran. Sie hatte gesehen, wie Rose vor ein paar Minuten das Haus verlassen hatte und wieder einmal in die Nacht hinausgezogen war, als würde ihr der bloße Gedanke, zu Hause zu bleiben, das Leben kosten.

„Rose?“ Hazel klopfte an die Tür, nur für den Fall, dass sie zurückgekommen war.

Keine Antwort.

Vorsichtig stieß sie die Tür auf und warf einen Blick hinein. Der Zustand des Zimmers ließ sich am besten mit „Es scheint einen Kampf gegeben zu haben“ beschreiben, aber Hazel wusste, dass es sich um Roses normalen Zustand des Chaos handelte. Dank der wenigen Blicke, die sie in der Vergangenheit erhascht hatte, wenn sie versucht hatte, mit Rose zu reden, wusste Hazels, dass Rose das Chaos nichts ausmachte; sie schien sich sogar darin wohlzufühlen. Ein weiterer Aspekt, in dem sich ihre Tochter stark von ihr unterschied, aber das störte Hazel nicht. Es war ihr egal, ob Rose ihr genaues Gegenteil war, sie brauchte keine Kopie von sich selbst.

Was sie jedoch brauchte, war, zu verstehen, wer ihre Tochter war, um zu erfahren, wie sie war. Sie würde liebend gern alle Unstimmigkeiten überbrücken und die Art und Weise feiern, in der Rose einzigartig war – wenn Rose es ihr nur sagen würde.

Bevor Rose gegangen war, hatte Hazel noch einmal versucht, mit ihr zu reden und ihr signalisiert, dass sie bereit war, Zeit mit ihr zu verbringen. Und wieder hatte Rose ihre Einladung mit einem zittrigen Lächeln und einer gemurmelten Entschuldigung abgetan, als sie sich auf den Weg zur Tür gemacht hatte.

Und offenbar war Rose so in Eile gewesen, dass sie vergessen hatte, die Lampe auf ihrem Nachttisch zu löschen.

Sie wird vermutlich wieder die ganze Nacht wegbleiben. Es ergab also keinen Sinn, das Licht anzulassen. Tief verwurzelte mütterliche Gewohnheiten waren schwer abzuschütteln, also machte Hazel sich daran, die Lampe auszuschalten.

Eigentlich wollte sie sich nur auf die Lampe konzentrieren. Sie wollte ihren Blick auf die Lampe richten und nichts anderes sehen. Sie war schon halb im Zimmer. Augen auf die Lampe! *Respektiere ihren Freiraum, respektiere ihren Freiraum, respektiere …*

Ihr Blick blieb an etwas hängen, das aus einem Kleiderstapel direkt vor dem Nachttisch hervorlugte. Der Buchrücken mit dem silbern geprägten Titel glitzerte im Licht der Lampe.

Ihr wurde flau im Magen. Sie kannte das Cover. Sie wusste den Titel schon, bevor sie das Buch mit zittrigen Händen unter den getragenen Kleidern hervorzog.

Uralte Runen und Siegel, ihre Bedeutung und ihr Nutzen.

Das Buch, nach dem sie gesucht hatte. Das Buch, von dem sie wusste, dass es den vollständigsten Bericht über die alten Zeichen enthielt, darunter auch das, das bei dem Mordritual verwendet worden war.

Hier. Es war hier, in diesem Raum.

Denn Rose hatte es an sich genommen.

Ihr Herz schlug rasend schnell gegen ihren Brustkorb und ihre Hand zitterte so stark, dass sie fast das Buch fallen ließ.

Das konnte nicht sein.

Sie konnte nicht dahinterstecken.

Sie taumelte in der Flut der Informationsfetzen, die in dem belastenden Sturm aufgewirbelt wurden.

Rose war nachts viel unterwegs … machte wer-weiß-was mit wer-weiß-wem … ihr zwielichtiges Verhalten, ihre ausweichenden Antworten …

Rose war in der Nacht des Mordes mit Blut auf der Kleidung nach Hause gekommen.

Hazels Puls pochte in ihren Ohren, ihr Atem ging zu schnell. Der Raum bebte oder vielleicht waren es ihre Beine. Das Licht flackerte, als sich ihre Magie in der Luft verdichtete und mit dem Sturm, der sich in ihr aufbaute, nach außen drängte.

Das kann nicht sein …

„Was machst du in meinem Zimmer?"

Hazel wirbelte herum, als sie die Stimme vernahm, und taumelte zurück.

Rose stand in der Tür, bekleidet mit dunklen Shorts und kunstvoll zerrissenen schwarzen Strumpfhosen, die Lederjacke über ihr blutrotes Top gezogen, das ihre Taille entblößte. Sie starrte Hazel an, während sie sich am Türpfosten festhielt.

„Warum hast du dieses Buch?" Hazels Stimme zitterte genauso wie die Hand, in der sie das verdammte Buch hielt.

Roses Gesichtsausdruck verhärtete sich und sie verschränkte die Arme. „Du bist hier eingedrungen und hast mein Zimmer durchsucht?"

„Die Tür war offen. Dein Licht war an. Ich bin nur hereingekommen, um die Lampe auszumachen." Sie hob das Buch hoch und ihr stockte der Atem. „Warum hast du dieses Buch? Was hast du damit gemacht?"

Rose kräuselte die Lippen. Ihre Macht pulsierte in der Luft und ihre starke Kraft war wie ein Summen gegen Hazels Sinne. „Du hast gesagt, du bist anders. Du hast gelogen. Du bist wie sie. Die Fae, die mich festgehalten hat. Du interessierst dich nur dafür, mich zu kontrollieren."

Der verbale Schlag ließ Hazel zusammenzucken. Doch der Schmerz verblasste gegenüber der Panik, die sie überkam. Furcht durchströmte ihr Blut und alle Vernunft huschte auf geisterhaften Füßen davon, bis nur noch ein Strudel der Angst übrig war.

„Hast du die Siegel in diesem Buch benutzt?" Sie machte einen Schritt auf Rose zu. Ihre Stimme zitterte, ihre Haut war kalt. „Hast du diesen Mann ermordet? Sein Blut für deine Macht benutzt?"

Rose zuckte wie von einer Ohrfeige getroffen zurück. Mit großen indigoblauen Augen starrte sie Hazel an. „Ist es das, was du von mir denkst?"

„Ich weiß nicht, was ich von dir denken soll", rief Hazel. „Wie soll ich dich kennen? Du redest ja nicht mit mir."

Ihre Brust hob und senkte sich mit ihren schnellen Atemzügen und Rose schwieg, während die Spannung zwischen ihnen spürbar wurde. Dann fletschte sie die Zähne und ihre Augen funkelten hart. „Ich brauche das nicht."

Sie drehte sich auf dem Absatz um und stürmte davon.

„Warte!" Hazel eilte ihr nach und ein Anflug von Bedauern durchdrang bereits den Dunst des Schreckens in ihrem Kopf. „Rose, es ..."

Rose wirbelte herum und wirkte nun wie ein wildes Tier, das in die Ecke gedrängt worden war. „Bleib weg von mir!" Die Luft um sie herum schimmerte mit ihrer kaum zurückgehaltenen Kraft. „Wenn du mir einen Mord zutraust, solltest du mich verdammt noch mal in Ruhe lassen."

Sie rannte fast die Treppe hinunter.

Der Schmerz drohte, Hazel zu verschlucken, und sie sank zu Boden, direkt am oberen Treppenabsatz, das verdammte Buch immer noch in der Hand. Der Strudel der Gefühle in ihr wuchs und wuchs und riss sie mit sich. Eisige Angst, säuerlicher Schmerz, schneidendes Bedauern – all das vermischte sich zu einer brennenden Mischung, die sich in heißen Tränen und heftigen Schluchzern entlud, während ihr ganzer Körper bebte.

Alles tat weh. Alles war falsch. So völlig falsch.

Sie fühlte sich verloren und unendlich klein.

Auf der obersten Stufe sitzend, rollte sie sich zusammen und vergrub ihr Gesicht in den Armen auf ihren Knien. Alles, was sie wollte, war, sich irgendwo in ein Loch zu verkriechen und dort zu bleiben, aber sie konnte nicht einmal die Kraft aufbringen, sich zu bewegen.

Da sie immer noch weinte und ihr Körper nicht in der Lage war, die Flut der Gefühle zu unterdrücken, hörte sie nicht einmal, wie die Haustür geöffnet und geschlossen wurde. Sie bemerkte nicht, wer die Treppe heraufkam, bis eine dunkle, fast aggressive, vor allem aber vertraute Energie ihre Sinne streifte.

Ihre Lunge brannte vom Weinen. Sie blickte auf, blinzelte ihre Tränen weg und sah in bernsteinfarbene Augen, die wie heiße Kohlen glühten.

Nein, nicht er. Alle, nur nicht er. Sie konnte sich jetzt nicht mit ihm beschäftigen, nicht mit ihrem zerfetzten und blutenden Herzen. Er sollte sie nicht so sehen, so roh und verletzlich.

Schniefend versuchte sie, sich heimlich die Tränen von den Wangen zu wischen und wandte sich ab, um ihren Zustand zu verbergen.

Aber das ließ er nicht zu.

Seine Berührung war so sanft, als er ihr eine Haarsträhne aus dem Gesicht strich, ihre Wange umfasste und sie wieder zu sich drehte, aber sein Gesichtsausdruck … war der mörderischste, den sie je bei ihm gesehen hatte. Er hätte sie erschreckt, wenn sie nicht schon so überwältigt gewesen wäre von ihren Gefühlen.

„Wer hat dich verletzt?“ Tallaks Stimme war kaum mehr als ein Knurren. „Wen muss ich töten?“

Angesicht dieser Worte schossen ihr erneut Tränen in die Augen und ihre Gedanken kehrten zu Rose zurück wie ein heißer Schürhaken, der ihre Brust durchbohrte. Mit einem verzweifelten Heulen gab sie sich neuen Schluchzern hin, die ihren Körper zum Beben brachten.

„Ah, Scheiße!“ Ein raues Flüstern, seine Energie wild und unentschlossen.

Sie konnte ihn nicht mehr sehen, da ihre Sicht durch die Tränen getrübt war, aber sie glaubte zu hören, dass er etwas wie „Was soll ich tun, verdammt noch mal?“ murmelte.

Einen Moment später war er an ihrer Seite und zog sie in seine Arme. Zwischen den Schluchzern, die ihren Körper erschütterten, versteifte sie sich. *Zu viel.* Das war zu viel. Sie sollte nicht zulassen, dass er sie so festhielt. Sie sollte sich nicht an seine Stärke lehnen, seine Wärme in sich aufsaugen und sich von ihm die Angst vertreiben lassen, die ihr in den Adern gefror.

Und doch konnte sie sich nicht bewegen, konnte nicht den Willen aufbringen, ihn wegzuschieben. Sie krallte ihre Finger in sein Hemd und klammerte sich an ihn, als würde sie zerbrechen, wenn sie ihn losließe.

„Sschhhh." Seine raue Stimme glitt wie eine Liebkosung über sie hinweg. „Komm her."

Mit einer Hand an ihrem Hinterkopf drückte er sie näher an sich heran, und sie vergrub ihr Gesicht in seinem Nacken, während sie weinte und weinte und weinte. Sein Duft war wie Balsam, der die zerklüfteten Ränder ihres zerrissenen Herzens glättete.

Schließlich beruhigte sie sich so weit, dass sie bemerkte, dass sie Rotz und Tränen auf seinem Hals und seiner Schulter verteilt hatte.

„Bei den Göttern!" Sie setzte sich auf, holte ein Taschentuch aus ihrer Tasche und tupfte ihn ab. „Es tut mir leid."

„Hazel."

„Ich habe dich ganz schmutzig gemacht." Sie versuchte weiter, ihn sauberzumachen.

Er hielt sie am Handgelenk fest, um ihre Bemühungen zu stoppen. „Das ist mir scheißegal. Was ist passiert?"

Sie schniefte und senkte ihren Blick.

„Rede mit mir, Baby."

Ein Schauer durchströmte sie angesichts seiner gemurmelten Zärtlichkeit und ihre Mauern wurden rissig und bröckelten. „Rose", flüsterte sie. Und dann sprudelte es aus ihr heraus, in Form von tränenüberströmten Worten. „Ich habe das Buch mit den Siegeln in ihrem Zimmer gefunden. Ich wollte nur ihre Lampe ausschalten und sah es auf dem

Boden. Dann kam sie zurück und dachte, ich hätte herumgeschnüffelt und …“ Ihre Kehle war wie zugeschnürt und ihre Brust zu eng, um Luft zu holen.

„Atme.“ Seine starke Hand bewegte sich beruhigend und ermutigend über ihren Rücken. „Atme tief durch.“

Das tat sie. Und dann noch einmal und noch einmal, bis sich die Fesseln, die ihre Brust zusammenhielten, lockerten. „Ich habe sie angeschrien.“ Ein leises Geständnis, das den Schmerz in ihrem Herzen wieder auflodern ließ. „Ich habe sie gefragt, ob sie diesen Menschen ermordet hat. Sie ist weggelaufen.“

Tallak ließ seine Hand auf ihrem Rücken innehalten und schob sie dann zu ihrem Nacken. Er massierte sie und sagte: „Sie war es nicht.“

Sie blickte auf und sah in glühende, goldgefleckte Bernsteinaugen.

„Das, was ich von der Aura der Hexe aufgeschnappt habe, stimmte nicht mit Roses Aura überein.“ Er schüttelte den Kopf. „Und sie hat sich anders bewegt. Wenn Rose geht oder ihr Gewicht verlagert, tut sie das auf eine ganz besondere Art und Weise. Ihre Bewegungen haben eine Anmut, eine Geschmeidigkeit, die normalen Leuten fehlt. Das liegt daran, dass sie unter den Fae aufgewachsen ist und gelernt hat, sich wie sie zu bewegen. Die Hexe, die vor mir weggerannt ist, war im Vergleich dazu unbeholfen.“

Hazels Lippen teilten sich. Eine winzige, heiße, irrationale Spirale der Eifersucht brannte in ihrer Brust. *Dumm.* Es war dumm. Und doch war der Schmerz real und kümmerte sich nicht um Logik und Vernunft.

Sie senkte den Blick und sagte: „Du kennst sie so gut.“ *Und ich nicht.*

„Nur, weil ich Fae spreche. Sie hat viel mit mir geredet, als sie hier ankam, weil Isa und ich die Einzigen sind, die die Sprache sprechen, mit der sie aufgewachsen ist. Und Isa …

nun, sie ist eine Fae. Es ergibt Sinn, dass Rose nicht so viel Zeit mit ihr verbringen möchte."

Es könnte sie zu sehr an ihre Gefangenschaft erinnern, wenn sie mit jemandem zu tun hatte, der derselben Spezies angehörte wie diejenigen, die sie hinter Schloss und Riegel gehalten hatten.

Welch eine Ironie, dass Hazel mehr Zeit mit Tallaks Sohn verbracht hatte und ihn unbestreitbar besser kannte, als sein eigener Vater es tat, während Tallak sich mit Hazels Tochter auf eine Weise verbunden hatte, die ihr fehlte.

Mit einem traurigen Lächeln sagte sie: „Vielleicht können wir Notizen über unsere jeweiligen Kinder vergleichen. Wir könnten ein Trivial Pursuit für entfremdete Töchter und Söhne daraus machen."

Tallaks Antwort war ein zaghaftes Lächeln, unterlegt von einer Aufmerksamkeit, die ihre gerade wiedergewonnene Gelassenheit bedrohte. Diese fürsorgliche Seite an ihm würde sie noch umbringen.

TALLAK STAND AUF UND HIELT IHR DIE HAND HIN. „KOMM MIT." Als sie seine ausgestreckte Hand lediglich mit einem zweifelnden Gesichtsausdruck anstarrte, sagte er: „Das ist keine gifthaltige Schlange, weißt du."

„Giftig", sagte sie, als sie ihre Finger in seine Handfläche legte und sich von ihm in den Stand ziehen ließ.

„Was?"

„Eine Schlange ist giftig, nicht gifthaltig. Giftig ist etwas, wenn es dich beißt und dir ein Gift injiziert. Gifthaltig verwendet man, wenn du etwas beißt und dann daran stirbst, weil du dadurch eine giftige Substanz aufgenommen hast."

Und schon war sie wieder so korrekt und anständig. „Sexy Besserwisserin", murmelte er, aber er nahm seinen

Worten die Spitze, indem er sie an sich zog und sie mit einem schnellen Kuss überraschte.

Schließlich musste er sie auf Trab halten und die Mauern, die sie zwischen ihnen aufbauen wollte, kontinuierlich niederreißen. Die Tatsache, dass sie sich von ihm in den Arm nehmen ließ, während sie weinte, und ihm erzählte, was sie aufgeregt hatte, war ein guter Anfang.

Als er hereingekommen und sie weinend auf der Treppe gesehen hatte, war in ihm eine mörderische Wut entflammt. Sein Angebot, denjenigen zu töten, der ihr wehgetan hatte, war kein leeres Versprechen gewesen – es hätte nur ein Wort von ihr gebraucht und er hätte jemanden erschlagen und seinen Kopf zurückgebracht, um zu beweisen, dass er bereit war, sie zu verteidigen.

Dass Rose der Auslöser für ihre Tränen gewesen war, hatte seiner blutrünstigen Hingabe einen Strich durch die Rechnung gemacht.

Dass Hazel sich weinend an ihm geschmiegt hatte, war die nächstbeste Alternative gewesen. Denn es bedeutete, dass sie ihm genug vertraute, um ihm zu erlauben, sie so zu sehen. Er war derjenige, der sie beruhigen durfte. Dass sie sich von ihm trösten ließ, besänftigte den immer noch heftig tobenden Paarungstrieb.

Jetzt zog er sie den Flur entlang, um den nächsten Schritt in seinem Plan, sie zu umwerben, anzustoßen.

„Also", sagte er, als er sie in ihr Schlafzimmer führte, „wenn mich etwas beißt und ich sterbe, ist es giftig. Wenn ich etwas beiße und das Ding stirbt, bin ich auch giftig."

„Äh, ja, das ist richtig."

Er lenkte sie am Bett vorbei, nicht ohne zu bedauern, dass er es jetzt nicht mit ihr benutzen würde. „Was ist, wenn mich etwas beißt und stirbt?"

Sie drehte sich mit einer hochgezogenen Augenbraue zu ihm um. „Dann bist du gifthaltig im Sinne, dass du eine giftige Substanz enthältst, die andere aufnehmen, wenn sie dich beißen."

„Und wenn es sich selbst beißt und ich sterbe?"

„Dann hat dich jemand mittels eines Tieropfers verflucht. Warum schubst du mich in Richtung Badezimmer?"

„Weil du dich erst sauber machen und dann die Magie anwenden musst, die ihr Frauen besitzt, um eure Frisuren und Gesichter noch atemberaubender zu machen, als sie es ohnehin schon sind. Und dann musst du in ein Outfit schlüpfen, in dem du dich gut bewegen kannst, während du dich gleichzeitig sexy fühlst."

Sie grub ihre Fersen in den Boden und warf ihm einen prüfenden Blick zu. *„Warum?"*

„Weil ich mit dir ausgehen werde."

„Was? Ich kann nicht mit dir ausgehen."

„So nicht, nein." Er deutete auf ihre schmutzigen Klamotten. „Deshalb habe ich dir ja aufgetragen, dich schick zu machen."

„Nein, ich meine, ich habe keine Zeit, um auszugehen. Ich muss …"

„Was? Dieses Buch ansehen?" Er schüttelte das Siegel-Buch, das er ihr entrissen hatte. „Wir bringen es Merle vorbei und sagen ihr, sie soll es durchgehen."

„Aber …"

„Hazel." Er warf ihr einen strengen Blick zu. „Lass doch einmal jemand anderen übernehmen. Du hast dich zu Tode geschuftet und dir eine Pause verdient."

Ganz zu schweigen davon, dass sie nach dem, was gerade mit Rose passiert war, dringend eine Ablenkung brauchte. Sie konnte protestieren, soviel sie wollte, aber etwas Dampf abzulassen würde ihr guttun.

Er fing ihren Blick auf und seine Stimme wurde sanft. „Du musst nicht alles allein auf die Reihe bekommen. Nimm dir einen Abend frei."

Unsicherheit flackerte in ihren Augen auf, aber schließlich nickte sie. „In Ordnung."

„Gut. Und jetzt, hopp, hopp!" Er gab ihr einen Klaps auf den Hintern, schob sie sanft ins Bad und schloss die Tür, bevor sie ihn anschnauzen konnte.

Er hörte ein dumpfes Grummeln von der anderen Seite, als er sich gegen den Türrahmen lehnte.

„Was ist, wenn wir einander beißen und keiner von uns stirbt?", fragte er so laut, dass sie es hören konnte.

Sie öffnete die Tür ein paar Zentimeter und starrte ihn an. „Dein Verstand ist ein beunruhigender Ort, Tallak", sagte sie, bevor sie die Tür wieder schloss.

Grinsend schlenderte er zum Bett hinüber, ließ sich auf die Matratze plumpsen und wartete.

KAPITEL 21

Als Hazel aus dem Badezimmer kam, fiel ihr Haar in seidig glänzenden, weichen Wellen um ihre Schultern. Ihre Augen hatte sie mit rauchigem, dunklem Make-up betont und ihre Lippen waren so tiefrot gefärbt, dass Tallak ihr am liebsten in den Mund gebissen hätte. Er musste sich daran erinnern, dass es hier um sie ging und nicht um ihn. Dass sie das Kleid gewählt hatte, weil sie sich darin offensichtlich wohlfühlte, und nicht, weil sie ihn zu Tode quälen wollte.

Zumindest hoffte er das.

Er starrte sie ausgiebig an und kämpfte gegen den Drang an, sie aus dem hautengen schwarzen Kleid zu schälen, das aus einem Material bestand, das bei jeder ihrer geschmeidigen Bewegungen im Licht glitzerte. Der Rock endete ein Stück oberhalb ihrer Knie und entblößte den größten Teil ihrer Beine. Er neigte schamlos den Kopf, um die gesamte Länge dieser Beine zu mustern und sich daran zu erinnern, wie es sich anfühlte, sie um seine Hüften zu haben, während er in sie eindrang.

Hohe schwarze High Heels vervollständigten den Look

und er merkte sich, dass sie sie später anbehalten musste, wenn sie wieder zu Hause waren und er sie ausziehen und ihr zeigen wollte, wie sehr er sie begehrte.

„Tallak", sagte sie in einem Ton, der darauf hindeutete, dass sie sich wiederholte.

Um sein blutleeres Gehirn wieder auf Trab zu bringen, riss er seinen Blick von ihren üppigen Beinen und ließ ihn zu ihrem Gesicht hinaufwandern. „Was?"

„Du hast nicht gesagt, wohin wir gehen. Bin ich overdressed?"

Eher underdressed. Wieder kämpfte er mit seinem Paarungstrieb – dem Impuls, sie entweder nackt und glücklich stöhnend unter sich zu haben oder sie in eine Nonnenkutte zu hüllen, bevor er mit ihr ausging, damit kein anderer Mann auf die Idee kam, sein Glück bei einer atemberaubenden Schönheit wie ihr zu versuchen.

Komm schon! Du hast doch mehr verdammte Kontrolle als das. Reiß dich zusammen!

Er räusperte sich. „Nein, nein, es ist gut."

Sie kaute auf ihrer Unterlippe. „Nur gut?"

„Babe", sagte er mit so viel Geduld, wie er angesichts seines Ständers aufbringen konnte, „es gibt zwei Möglichkeiten. Entweder ich sage dir ganz genau, wie heiß du bist, dann verliere ich die Beherrschung und wir ficken die ganze Nacht. Oder wir einigen uns darauf, dass du gut aussiehst und wir schaffen es tatsächlich hier raus, bevor ich dich wie ein ausgehungerter Inkubus bespringe."

Hazel presste ihre Lippen aufeinander und ihre Augen funkelten amüsiert. „Okay, gut ist in Ordnung."

„Großartig, lass uns gehen", sagte er und machte auf dem Absatz kehrt, um aus dem Raum zu marschieren, denn er musste vor ihr laufen. Er traute sich nicht, ihren wackelnden Hintern direkt vor seiner Nase zu haben, nicht in diesem Kleid.

Er schaffte es trotzdem, ihr die Tür aufzuhalten, als sie das Foyer verließen, obwohl er seine Augen bedeckte, als er sie durchwinkte. Ihr leises Schmunzeln umhüllte ihn wie eine sinnliche Liebkosung.

„Tallak", sagte sie im nächsten Moment mit einem Hauch von Vorsicht in der Stimme. „Was ist das?"

Er folgte ihrem Blick zu der schnittigen schwarzen Schönheit, die in der Einfahrt stand. „Mein Auto. Warum?"

Sie drehte sich mit großen Augen zu ihm um. „Ein Tesla? Wie kannst du dir den leisten?"

„Kann ich nicht." Er studierte seine Fingernägel. „Der Dämon, den ich neulich getötet habe, schon."

„Tallak!"

„Was?" Er hob die Arme. „Es ist nicht so, dass er ihn noch braucht."

Als sie ihn immer noch fassungslos anstarrte, fügte er hinzu: „Es handelte sich um einen *Lilu,* der schwangere Frauen im Schlaf besuchte und ihnen Albträume verursachte, die eine Fehlgeburt auslösten. So, bist du jetzt zufrieden?"

Hazel blinzelte und hob eine Augenbraue. „Das hast du alles recherchiert?"

Er zuckte mit den Schultern und öffnete ihr die Beifahrertür. „Ich arbeite schließlich als braver kleiner Dämonenjäger im Dienste der Gemeinschaft."

Einen Moment lang musterte sie ihn mit einem unleserlichen Blick, dann stellte sie sich zu seinem großen Entsetzen auf ihre Zehenspitzen und gab ihm einen Kuss auf die Wange, wobei ihre Hand seinen Unterkiefer streichelte. „Du bist wirklich ein guter Kerl unter deinem mürrischen, knurrigen Äußeren, weißt du das?"

Er konnte nicht mehr atmen.

Sie stieg ins Auto, er schloss die Tür und schaffte es irgendwie auf die Fahrerseite. Dort wartete er ein paar Herzschläge, bis er wieder Luft holen konnte und der Schmerz in seiner Brust auf ein erträgliches Maß gesunken war. Er hatte keine Ahnung, dass er mit einem weichen, schwammigen Teil in unmittelbarer Nähe seines Herzens herumgelaufen war, bis sie es mit ein paar gezielten Worten berührt hatte.

Er ließ sich auf den Fahrersitz gleiten, schloss die Tür und trat auf das Bremspedal, um das Auto zu starten. Raffinierte Technik. Von einem solchen Fahrzeug hätte er vor seiner Zeit im Fae-Kerker nicht zu träumen gewagt.

Als sich das System des Wagens aktivierte, ertönte Musik und er erstarrte, als NSYNC den Refrain von *„Bye Bye Bye"* sangen.

Fuck!

Mit panisch zitternder Hand tippte er auf dem Bildschirm herum, um das System auszuschalten. Stattdessen sprang es zum nächsten Lied auf der verdammten Wiedergabeliste vor.

„Everybody …", intonierte einer der Backstreet Boys.

Zähneknirschend fummelte er an dem verdammten Armaturenbrett herum und rief dabei versehentlich die Bedienelemente des Autos auf, wodurch das Musikmenü ganz verschwand.

Verdammter Scheiß! Er griff nach seinem Handy, um die Musik-App zu deaktivieren, die noch immer mit dem System des Autos verbunden war, aber seine Finger rutschten ab und er übersprang einen weiteren Song.

„It's tearin' up my heart …", drang nun aus den Lautsprechern.

Mit einem Gesicht, das wie der neunte Kreis der Hölle brannte, ließ er das Fenster herunter, warf sein Handy hinaus und trat aufs Gaspedal. Das Auto schoss aus der Einfahrt der Murrays und wirbelte Kies auf.

Die Musik stoppte, als sie auf die Straße einbogen und die Bluetooth-Verbindung zu seinem Handy endlich unterbrochen wurde.

Eine gute Minute lang herrschte bedrückende Stille.

Dann räusperte sich Hazel. „War das …“

„Nein.“ Er starrte geradeaus.

„Eine Playlist?“

„Definitiv nicht.“

Er konnte ihren Blick auf sich spüren, weigerte sich aber, ihn zu erwidern.

„Mit Boybands aus den 90ern?“

„Auf gar keinen Fall.“ Sein Griff um das Lenkrad war so fest, dass seine Knöchel weiß aufblitzten.

Noch mehr Schweigen, gespickt mit unausgesprochenen Worten. Die Nachtluft, die durch das noch offene Fenster auf seiner Seite hereinströmte, linderte die sengende Hitze, die ihn umhüllte.

„Ich persönlich“, sagte Hazel mit bedächtiger, ruhiger Stimme, als gäbe sie sich Mühe, sie gleichmäßig zu halten, „stand ja eher auf New Kids on the Block.“

Tief durchatmen. Es würde nicht helfen, wenn er das Lenkrad abriss. Er mochte das Auto viel zu sehr, um es zu zerstören.

„Die anderen tauchten etwas nach meiner Zeit auf, weißt du.“ Sie klang immer noch so, als würde sie die Luft anhalten, während sie sprach. Um nicht zu lachen. „Aber ihre Musik hat mir trotzdem gefallen.“

Er presste jedes Wort durch schmerzlich zusammengebissene Zähne. „Das. War. Keine. Playlist.“

„Sie war auf deinem Handy.“

„Nein.“

„Warum hast du es dann hinausgeworfen, damit die Musik aufhört?“

Er lenkte den Wagen in eine Seitenstraße, ignorierte das wütende Hupen, das darauffolgte, und trat auf die Bremse.

Die Wucht des plötzlichen Stopps schleuderte Hazel nach vorn, aber der Sicherheitsgurt fing sie sofort auf. Mit einem dumpfen Aufprall fiel sie wieder zurück in den Sitz.

Ihr Herz raste angesichts des unerwarteten Manövers und während sie noch immer ihre Belustigung zurückhielt, warf sie einen Blick auf Tallak. Er hatte beide Hände auf das Lenkrad gepresst und saß unmenschlich still da, bis auf die beschleunigten Atemzüge, die seine Brust und Schultern bewegten. Dunkle Energie wirbelte um ihn herum, sein Gesicht war eine Maske des Donners, während er geradeaus starrte.

In ihrem Hinterkopf tauchten Erinnerungen wie Gespenster auf – Gedanken an eine andere Zeit, einen anderen Mann. In den Momenten, in denen Roberts Stimmung gekippt war und seine Aura in Aggression umgeschlagen hatte, hatte sie sich ebenfalls verändert und sich zu etwas Geschmeidigem verwandelt, das von scharfen Worten nicht gebrochen, sondern nur eingedellt werden konnte. Was auch immer nötig war, um den darauffolgenden Sturm der verbalen Wut zu überstehen.

Diese Erinnerungen schienen jetzt jedoch weit weg zu sein und mit nicht geringer Überraschung stellte sie fest, dass sie ihr Verhalten im Hier und Jetzt nicht beeinflusst hatten. Denn sie hätte sich nie erlaubt, Robert so zu provozieren, wie sie es gerade mit Tallak getan hatte. Bei Robert hatte sie sich wie auf Eierschalen bewegen müssen, um ihn nicht zu verärgern, weil sie gewusst hatte, dass er schon bei der kleinsten vermeintlichen Beleidigung auf sie losgehen würde. Roberts Reaktionen auf reale und eingebildete Dinge waren schon immer unverhältnismäßig gewesen, und allzu oft hatte er Hazel die Schuld an seinem verletzten Ego gegeben, sodass sie sich in seiner Nähe streng unter Kontrolle gehalten hatte, damit sie ihn nicht aus Versehen kränkte.

Die Entspannung, die sie in Tallaks Gegenwart erlebte,

und die Tatsache, dass sie sich berechtigt fühlte, ihn zu necken, zeugte von einem grundlegenden Unterschied in ihm, den sie instinktiv spürte und *verstand*. Denn aus irgendeinem Grund wusste sie, dass er sie nie so anschreien würde, wie Robert es getan hatte, dass er sie nie mit echter, ungeschminkter Bosheit in seinen Worten angreifen würde.

Selbst jetzt, als er ruhig im Wagen saß und die Dunkelheit unter seiner Haut pulsierte, während er vor Wut vibrierte, richtete sich die Gewalt in seiner Energie nicht gegen sie. Das spürte sie tief in ihren Knochen. Gleichzeitig wusste sie, dass sie es nicht erklären konnte. Sie konnte mit ihm streiten, ohne Angst vor Vergeltung zu haben, die emotionale Narben hinterließ.

Und doch gab es einen Unterschied zwischen Neckereien und dem Überschreiten einer Grenze.

Als er sich so verhielt, als wären die harte Schale seines Zorns und sein donnernder Gesichtsausdruck der letzte, notwendige Schutzwall zwischen der Außenwelt und etwas Weicherem, Spröderem in seinem Inneren … verschwand jede noch verbleibende Belustigung in ihr.

„Ich werde es niemandem sagen“, sagte sie leise.

Seine Finger verkrampften sich weiter ums Lenkrad und er sah sie immer noch nicht an. „Es ist mir scheißegal, was die anderen denken.“

Die *anderen* … Ihr dämmerte etwas. Dieser Schutzwall aus stahlharter Wut war keine präventive Maßnahme gegen das Urteil der Außenwelt. Es ging um *sie*.

Tallak war es wichtig, was *sie* von ihm dachte.

Etwas in ihr klickte.

Sie ließ einen Augenblick verstreichen, dann sagte sie leise: „Tallak.“

Er starrte weiter vor sich hin, aber er neigte den Kopf leicht zu ihr hin, als würde er gegen den Drang ankämpfen, sich ihr zuzuwenden.

„Sieh mich an." Nach einem Moment fügte sie hinzu: „Bitte."

Mit einem Atemzug, der schmerzhaft zu sein schien, drehte er sich ihr zu. Sein bernsteinfarbener Blick begegnete ihrem, sein Mienenspiel war zurückhaltend.

„Ich möchte, dass du das verstehst", sagte sie und legte all die Wärme und Zuversicht, die sie aufbringen konnte, in ihre Stimme und ihre Gesichtszüge, „also werde ich es in deiner Sprache sagen, auch wenn es mir weh tut."

Sie wartete ein paar Sekunden, um ihm zu erlauben, die Worte sacken zu lassen und sich auf das Finale vorzubereiten. Er hielt ihren Blick fest, seine Energie war ein Summen dunkler Erregung.

„Es interessiert mich einen verdammten Scheiß, ob du gern Boybands aus den 90ern hörst."

Er blinzelte.

„Es ist mir scheißegal", fuhr sie fort, wobei sie darauf achtete, jedes Schimpfwort mit delikater Perfektion auszusprechen, „was andere über dich denken könnten. Ich kümmere mich nicht um willkürliche Regeln, was wir mögen sollen oder nicht. Ich bin zu alt für diesen Bullshit. Was soll's, wenn du diese Musik magst? Wenn überhaupt, macht dich das nur noch sympathischer. Zu wissen, dass ich mit dir im Auto fahren und zu den Backstreet Boys grooven kann, macht mich glücklich." Sie hielt inne und fügte dann mit erhobenem Finger hinzu: „*Verdammt* glücklich."

Einen langen Moment lang starrte er sie einfach nur an, das ferne Rauschen der vorbeifahrenden Autos war das einzige Geräusch. Dann blinzelte er langsam und sagte: „Du hast gerade viermal geflucht."

„Notiere dir das in deinem Kalender." Sie legte den Kopf schief. „Das ist ein historisches Ereignis."

Er verzog seinen Mund zu einem frechen Halblächeln. Das Funkeln in seinen Augen war ihre einzige Warnung. In der nächsten Sekunde war er auf ihr und küsste sie so, dass ihr der Atem stockte, während er sie mit seiner Hand im Nacken an sich zog.

Ihre Zehen krümmten sich in ihren schicken Schuhen, als sie unter der Hitze seines Kusses dahinschmolz und sich dem Gefühl hingab, seine Zunge auf ihrer zu spüren. Ihre Brustwarzen stießen gegen den weichen Stoff ihres Kleides und sie stöhnte in seinen Mund.

Viel zu schnell beendete er den Kuss und lehnte sich schwer atmend zurück; seine Gesichtszüge waren von wildem Hunger gezeichnet. „Babe, sieh mich nicht so an. Wir müssen aufhören, damit wir unser Ziel auch wirklich erreichen können."

„Komm zurück", hörte sie sich selbst murmeln und wunderte sich verwirrt über die fordernde Sirene, die an die Stelle ihres sittsamen Wesens getreten war.

„Hazel", stieß Tallak hervor und es klang, als hätte er echte Schmerzen. Er sah auch so aus.

Erschrocken stellte sie fest, dass sie ihn problemlos um den Finger wickeln konnte. Wenn sie ihn voller Verlangen darum bat, würde er alles stehen und liegen lassen und sie an sich ziehen. Diese Art von Macht über einen Mann zu haben … Nein, nicht über einen Mann, sondern über einen Dämon, der von Mord und Chaos lebte und mit einer mürrischen Gleichgültigkeit durch die Welt schlenderte. Außer wenn es um die wenigen ging, die ihm wichtig waren.

Und plötzlich gehörte sie zu diesen wenigen.

Diese Erkenntnis machte sie sprachlos.

Sie lehnte sich mit einer neuen Enge in der Brust zurück, während Tallak den Wagen startete und sich wieder in den Verkehr auf der Hauptstraße einreihte.

„Ich werde dich trotzdem gnadenlos damit aufziehen", sagte sie, um die Stille zu füllen und den Schmerz in ihrer Brust zu lindern.

„Alles andere würde mich auch wundern."

„Alles nur zum Spaß, natürlich."

Er warf ihr einen Blick zu, der zwischen genervt und vergnügt lag.

Sie spürte, wie ein Lächeln ihre Lippen umspielte. „Ich kann nicht glauben, dass du dein Handy tatsächlich aus dem Fenster geworfen hast."

Er zuckte mit den Schultern. „Es liegt in deiner Einfahrt hinter einem Eisenzaun und einem Haufen Schutzzauber, also wird niemand es mitnehmen. Ich hole es einfach, wenn wir zurückkommen."

„Wo bringst du mich hin?"

Sein Lächeln wurde sehr selbstgefällig. „Es wird dir gefallen."

Sie wartete einen Moment, dann sagte sie mit chirurgischer Präzision: „*Tell me why*[1]"

„Hör zu, ich werde dir die Überraschung nicht verderben, indem ich …" Er verstummte, hielt inne und warf ihr einen mild-mörderischen Blick zu.

„Tallak, *quit playing games*[2] und sag mir, wohin wir unterwegs sind."

„Hazel", quetschte er hervor.

Unbarmherzig fuhr sie fort: „Ich weiß, dass du das als Überraschung geplant hast, aber du musst es mir sagen. Denn … *I want it that way*[3]."

„Babe, ich schwöre, ich werde den Wagen wenden und dich zu Hause absetzen."

„Und ‚*Bye bye bye*'[4] sagen?"

Er kniff die Augen zusammen. „Okay, das war's."

Mit einem Manöver wie aus einem Actionfilm wendete er den Wagen in einer rasanten Aktion, die ihr Herzklopfen verursachte, und trat wieder aufs Gaspedal, um den Tesla in die andere Richtung zu lenken. Glücklicherweise herrschte kaum Verkehr, die Straße war leer und verzieh Tallaks rabiaten Fahrstil.

„Das war höchst illegal", stieß sie hervor, als sie wieder zu Atem gekommen war und ihr Herz wie wild schlug.

„Verklag mich doch."

Sie biss sich auf die Lippe, um nicht zu grinsen. „Tallak", sagte sie, wobei sie seinen Namen dehnte und ihre Stimme zu gleichen Teilen flehend und beruhigend klingen ließ. „Bitte dreh um! Ich möchte wirklich mit dir ausgehen."

Er funkelte sie an. „Keine Liedanspielungen mehr."

Sie nickte, dann fügte sie laut flüsternd hinzu: *„This I promise you.*[5]*"*

Als er knurrte, hob sie ihre Hände zur Kapitulation. „Das war das letzte Mal, ehrlich."

Er fletschte seine Zähne. „Na schön."

Und ohne ein Wort der Warnung riss er das Auto in eine weitere scharfe Kurve. Ihr Bauch wurde erneut von einem Schmetterlingsschwarm heimgesucht und eine wilde Freude schwirrte durch ihre Adern. Der Kitzel der Gefahr und des Verbotenen machte sie schwindlig. Ein hoher Ton entrang sich ihrer Kehle und mündete in einem überraschten Lachen. Sie schlug sich beide Hände vor den Mund.

„Für jemanden, der gern auf der richtigen Seite des Gesetzes steht", sagte Tallak, „scheint es dir ungeheuren Spaß zu machen, es zu brechen."

„Das ist nicht wahr", keuchte sie und in ihr blubberte es vor Freude.

Er grinste verrucht. „Du hast gequietscht wie ein Mädchen auf der Achterbahn."

„Du hast mich einfach nur überrumpelt."

„Hm."

Das Funkeln in seinen Augen verhieß Ärger. Er trat aufs Gaspedal und das Auto schoss mit einem Schwung vorwärts, der eigentlich verboten sein sollte. Sie wurde zurück gegen den Sitz gedrückt.

„Was tust du da?" Ihr Herz galoppierte so schnell, dass es mit der Geschwindigkeit des Autos mitzuhalten drohte.

„Ich teste meine Theorie."

„Was da wäre?"

„Eine Theorie ist eine unbewiesene Vermutung oder Hypothese, aber das ist im Moment nicht wichtig."

„Tallak!"

Die Gebäude auf beiden Seiten rauschten immer schneller an ihnen vorbei. Aufregung pulsierte durch ihr Blut wie flüssige Ekstase.

„Ich glaube", sagte er und grinste wie ein Verrückter, als er ihr einen kurzen Blick zuwarf, „du genießt es insgeheim, böse zu sein."

„Nein." Das blöde, neumodische Auto hatte keinen Griff über der Tür, an dem sie sich festhalten konnte, also versuchte sie, sich an der Tür selbst festzuklammern. „Auf keinen Fall."

Sein Blick durchbohrte sie, ein bernsteinfarbenes Feuer, das ihre Seele verbrannte. „Lügnerin", säuselte er und lenkte den Tesla in eine weitere rasante Kurve, die ihr den Magen umzudrehen drohte … und sie vor Freude schreien ließ wie ein verdammtes Mädchen auf einer verdammten Achterbahn.

KAPITEL 22

„Du gehst mit mir tanzen?“ Hazel betrachtete das klobige Gebäude, auf das sie zusteuerten. Die grellen Neonbuchstaben auf dem Dach verrieten zweifelsfrei, um welche Lokalität es sich handelte.

Tja, das war's dann wohl mit der Überraschung. Tallak seufzte innerlich. Ohne ihr die Augen zu verbinden, bis sie drinnen waren, konnte er das Geheimnis nur so lange aufrechterhalten. Und obwohl es auf seiner To-do-Liste stand, ihr irgendwann die Augen zu verbinden, zog er es vor, dieses Hilfsmittel zu benutzen, wenn sie allein waren. In einem Bett.

„Hör dich nicht so empört an, Liebes“, sagte er. „Man könnte meinen, du warst nicht mehr tanzen, seit es Schulterpolster und Dauerwellen gab.“

„Es ist nicht ganz so lange her“, schimpfte sie.

Er warf ihr einen zweifelnden Blick zu, als sie die Straße überquerten. „Ach ja? Wann bist du das letzte Mal ausgegangen und hast so richtig gefeiert?“

Hazel öffnete ihren köstlichen Mund, schloss ihn dann aber wieder und verzog konzentriert das Gesicht.

„Hey, hey, tu dir nicht weh!“ Er blieb stehen, packte sie

sanft an den Schultern und schaute ihr tief in die Augen. „Hast du da drin etwas kaputt gemacht? Sind alle empfindlichen Synapsen noch intakt?"

Sie schlug seine Hände weg und knurrte ihn an. Knurrte! Er hatte gar nicht gewusst, dass sie zu einem solchen Laut fähig war.

„Siehst du", sagte er und legte seinen Arm um ihre Schultern, ohne auf ihr Schmollen zu achten, als sie weitergingen, „wenn du so lange darüber nachdenken musst, ist es schon viel zu lange her. Und deshalb …" Er gestikulierte in Richtung des Clubs.

„Tallak", sagte sie mit zögerlicher Stimme. „Ich weiß deine Idee zu schätzen, aber ich fürchte, ich passe da nicht hin. Weißt du, das allgemeine Partyalter ist heutzutage viel niedriger. Ich werde total fehl am Platz sein."

„Einen Scheiß wirst du. Nicht hier." Er nickte auf das Poster an der Wand des Gebäudes, als sie darauf zu gingen.

„Die 80er- und 90er-Jahre für über Dreißigjährige", las Hazel.

„Sieh dich um!"

Er deutete auf die Menschenmenge, die in der Schlange stand, um in den Club zu gelangen. Die Jüngsten dort waren vielleicht zehn Jahre jünger als Hazel, aber die meisten Leute schienen in ihrem Alter zu sein.

Hazel war am Ende der Schlange stehen geblieben und betrachtete die Menge. Jetzt drehte sie sich zu ihm um, mit einem warmen, anerkennenden Strahlen auf ihrem Gesicht, das ihm ein wunderbares Gefühl in der Brust vermittelte.

„Tallak", flüsterte sie. „Du bist so aufmerksam."

Das Gefühl in seiner Brust explodierte zu einem Feuerwerk, das sein Gehirn für einen Moment lähmte. Er zuckte lässig mit den Schultern, als würde gerade nichts in ihm schmelzen, räusperte sich und drehte sich zu der langen Schlange von Gästen um, die darauf warteten, in den Club zu kommen. Sie bewegten sich im Schneckentempo vorwärts.

Er atmete scharf aus. „Ich brauche einen Laubbläser“, murmelte er. „Aber für Leute.“

„Das nennt man einen Flammenwerfer, Tallak.“ Hazel biss sich auf die Lippe, als wollte sie ein Grinsen verbergen. „Und es ist ziemlich verpönt, ihn gegen Personen einzusetzen.“

„Ich würde sie nicht wirklich rösten. Ich würde ihnen nur ein bisschen Angst einjagen.“ Er schürzte die Lippen, als ihm eine Idee in den Sinn kam. „Oh, das ist gut.“

„Was ist?“

Im nächsten Moment durchbrach ein Kreischen die Luft, dann ein weiteres, gefolgt von einem Schrei. In der Schlange kam Bewegung ins Spiel, die Menge zerstreute sich. In ihrer Eile, wegzulaufen, stolperten die Leute übereinander. Eine regelrechte Panik erfasste die Menge und die Menschen zerstreuten sich wie ein Schwarm überraschter Vögel.

Zehn Sekunden später war der Platz vor dem Club leer. Alle, auch der Türsteher des Clubs, waren geflohen. Eine einsame Zeitungsseite flatterte im Wind und die Geräusche schneller Schritte verschwanden in alle Richtungen. Tallak und Hazel waren die Einzigen, die noch übrig waren.

Seine Hexe drehte sich zu ihm um und ihre Augen funkelten entrüstet. „Was hast du getan?“

„Ich?“ Er legte eine Hand auf sein Herz. „Ich würde doch niemals etwas tun.“

„Ich habe Dämonenmagie gespürt. Das warst du.“

Er seufzte und lenkte sie zur Tür des Clubs. „Die Schlange war zu lang, verdammt. Ich habe dich nicht hierhergebracht, damit wir stundenlang draußen warten müssen. Also habe ich die Albtraumkräfte des *Lilu*-Dämons, den ich getötet habe, benutzt, um allen das Gefühl zu geben, dass sie es wirklich eilig haben, von hier zu verschwinden.“

„Tallak!“, zischte Hazel.

„Ach, komm schon. Das Gefühl wird in ein paar Minuten

nachlassen und dann sind alle wieder in Ordnung und wissen nicht, warum sie sich verpisst haben."

„Trotzdem", grummelte sie. „Das war ein unethischer Gebrauch deiner Kräfte."

„Du sagst das, als wäre es etwas Schlechtes."

Er hielt ihr die Tür auf und folgte ihr hinein, wo er ihr beim Bezahlen des Eintrittspreises zuvorkam. Der Kerl, der hinter dem Tresen saß, hatte offensichtlich keine Ahnung, dass sein Türsteher und der Rest der Leute draußen die Flucht ergriffen hatten. Also? Nichts passiert.

Der tiefe Bass der Musik dröhnte ihm in den Knochen, als er Hazel in den eigentlichen Club geleitete. Er kannte dieses Lied noch aus der Zeit vor seinem Fae-Kerker-Aufenthalt, als er durch Portland gezogen war, wo er sich in eine umherziehende Fae-Prinzessin verliebt hatte. Es schien eine Ewigkeit her zu sein. Er war jung und leichtsinnig gewesen und hatte keine Ahnung gehabt, was die nächsten zwei Jahrzehnte für ihn bereithalten würden.

Würde er mit dem heutigen Wissen etwas ändern, wenn er in diese Zeit zurückkehren könnte? Würde er Roana nicht folgen, wissend, dass dieser Weg ihn sechsundzwanzig Jahre lang in einer schimmeligen Zelle verrotten lassen würde?

Basil tauchte vor seinem inneren Auge auf, sein sonniges Lächeln, das dem seiner Mutter so ähnlich war, sein Gesicht ein Spiegelbild seiner eigenen Gesichtszüge, sein Licht so hell, dass es selbst die dunkelsten Stellen in Tallaks geschundener Seele erwärmte. Seine Liebe zu Tallak, unverdient, unerwartet und doch bedingungslos gegeben, war wahrscheinlich das schockierendste und unverhoffteste Geschenk, das Tallak je erhalten hatte.

Er war als abwesender Vater zu Basil gekommen, ohne Anspruch auf seine Zuneigung und ohne etwas für zwei Jahrzehnte verlorener Zeit vorweisen zu können. Außer dem

Eifer, sich zu beweisen. Basil hatte ihn mit offenen Armen empfangen. Als wäre er es wert.

Sein Herz verkrampfte sich.

Nein, er würde nichts ändern, verdammt noch mal.

Wenn er damals gewusst hätte, was er jetzt wusste, wäre er Roana dennoch in sein Schicksal gefolgt. Manche Dinge waren es wert, für sie zu leiden.

Wie ein Sohn, der sein Leben erhellte und auf den er so verdammt stolz war … obwohl er nicht im Geringsten zu seiner Erziehung beigetragen hatte.

Sein Blick fiel auf die Hexe, die vor ihm ging und deren Hüften sich im Rhythmus der Musik wiegten. Die Hexe, die seinen Sohn fast im Alleingang zu einem erstaunlichen Mann erzogen und Basil ein Fundament aus Liebe und Fürsorge gegeben hatte, während Tallak an einen kalten Steinboden gefesselt gewesen war.

Die Frau, die er geschworen hatte, zu der seinen zu machen.

Eine weitere Sache, die er um nichts in der Welt ändern würde. Wäre er nicht in die gefährliche Welt der Fae gestolpert, wäre er nicht in diesem verdammten Kerker gelandet und hätte seinen Sohn als Wechselbalg gegen ein Hexenkind eingetauscht … dann hätte er Hazel nie kennengelernt.

Ja, manche Dinge waren es wert, für sie zu leiden.

Er legte seine Hand besitzergreifend auf ihren Rücken, als sie sich durch die Menge bewegten. Ihre Muskeln spannten sich unter seiner Handfläche an. Ihre Haltung war etwas steif und ihre Bewegungen waren von Vorsicht geprägt. Sie schaute sich immer wieder unsicher und zögernd um, obwohl sie gut in die Menge passte. Mehr als gut. Sie war das hübscheste Ding hier drinnen.

Anscheinend hatte Hazels lange Abstinenz vom Feiern sie verunsichert und verklemmt gemacht. Nun, das würde nicht funktionieren.

„Ich hole uns ein paar Drinks", sagte er ihr ins Ohr, um sicherzugehen, dass sie ihn trotz der lauten Musik hörte. Er sah sich in dem dunklen Raum um, der unregelmäßig von blinkenden Stroboskoplichtern in verschiedenen Farben erhellt wurde. An den Wänden auf beiden Seiten standen ein paar Tische, an denen Leute saßen und an ihren Getränken nippten. „Warte dort drüben auf mich", fügte er hinzu und zeigte auf einen der Tische.

„Wo genau? Alle Plätze sind besetzt."

„Nicht mehr lange."

Er schnappte sich ihre Hand, stakste zu dem Tisch hinüber, starrte die drei Jungs mit einem vernichtenden Blick an und bellte: „Verpisst euch!"

Sie warfen einen Blick in das dämonische Glühen seiner Augen, ihre primitiven tierischen Instinkte registrierten, was ihr modernes menschliches Gehirn nur schwer verarbeiten konnte, und verließen dann fluchtartig den Tisch.

„Tallak", stöhnte Hazel.

„Bleib einfach hier sitzen, Liebes." Er gab ihr einen flüchtigen Kuss und klopfte ihr auf den Hintern, bevor er zur Bar verschwand.

Als er mit einem ausreichend starken Getränk für seinen dämonischen Stoffwechsel und einem lächerlich fruchtigen Cocktail für Hazel zurückkam, saß ihr ein anderer Mann gegenüber, der sich über den Tisch beugte und offensichtlich versuchte, mit ihr zu flirten.

Mit *seiner* Frau.

Er sah rot. Er schaffte es gerade noch, die Getränke abzustellen, ohne sie zu verschütten, bevor er den Mann am Hals packte und ihn auf Augenhöhe zog, sodass der Kerl auf Zehenspitzen balancieren musste. Seine Reißzähne bohrten sich durch sein Zahnfleisch und er fletschte sie dem Mann mit einem wilden Knurren entgegen. Seine Augen glühten ganz sicher wieder dämonisch, denn das Gesicht des Mannes wurde trotz des Drucks, den Tallak auf seinen Hals ausübte, weiß. Der Idiot wimmerte vor ursprünglicher Angst.

„Tallak!" Hazels Stimme ertönte irgendwo hinter ihm. „Lass ihn los!"

Widerwillig stellte er den Mann auf dem Boden ab, drückte ihm aber noch einmal kräftig die Kehle zusammen.

„Beweg deinen Arsch von ihr weg!", knurrte er und stieß den Mann zurück.

Der Mann stolperte über seine eigenen Füße, als er Tallaks Befehl befolgen wollte.

Tallak ließ sich auf den Stuhl neben Hazel gleiten und legte seinen Arm um ihre Schultern, um jedem anderen Mann seinen Anspruch auf sie deutlich zu machen. Fuck, diese blöden Menschen mit ihren dämlichen, abgestumpften Sinnen. Jedes Wesen aus der Anderswelt hätte Tallaks Geruch an ihr wahrgenommen, nachdem er ihren Hals geküsst und sie umarmt hatte, und hätte gewusst, dass sie sich in der Gesellschaft eines starken Mannes befand. Selbst wenn diese Duftmarkierung nur vorübergehend war – er hätte sich mit ihr verpaaren müssen, um sie dauerhaft zu markieren –, wäre sie abschreckend genug für einen anderen Dämon gewesen, der sie mit sexuellen Absichten beäugte.

Aber Menschen waren … ignorante Scheißkerle.

„Das war völlig unnötig."

Hazels leise Ermahnung riss ihn aus seinen grüblerischen Gedanken.

„Du hast recht", sagte er und nahm sein Getränk in die Hand. „Ich hätte ihn nicht gehen lassen dürfen. Ihm hier die Kehle herauszureißen, hätte eine deutlichere Botschaft gesendet."

Hazel lehnte sich von ihm weg, um ihn besser mit einem ihrer vernichtenden Blicke aufzuspießen.

„Hier." Er reichte ihr den pastellfarbenen Witz eines Drinks und schenkte ihr ein reueloses Grinsen. „Prost, Süße!"

Hazel kniff die Augen zusammen. „Ich glaube langsam, es war eine schlechte Idee, heute Abend mit dir auszugehen.“

„Aber du magst schlechte Ideen.“

„Tue ich nicht.“

Er beugte sich vor, bis sich ihre Nasen fast berührten, und säuselte: „Warum fickst du mich dann?“

Sie stieß einen entzückenden kleinen Schrei aus und schob ihn von sich, aber er grinste, als er seinen Drink erneut in die Hand nahm. Denn trotz ihres Gezeters lag der schwache Duft ihrer Erregung in der Luft und gab ihm recht.

„Komm schon“, sagte er und prostete ihr zu. „Trink.“

Hazel starrte auf ihren Cocktail. „Ich bin mir nicht sicher, ob ich das tun sollte. Es ist schon eine Weile her, dass ich Alkohol getrunken habe.“

„Das nennt man flüssigen Mut und den brauchst du jetzt ganz sicher.“

„Er wird mir direkt zu Kopf steigen.“

„Ausgezeichnet.“

Sie warf ihm einen finsteren Blick zu.

Er seufzte. „Babe, ich meine es ernst. Du musst loslassen. All das hier“ – er malte einen Kreis in die Luft vor ihrem Kopf – „braucht eine verdammte Pause. Also *trink*!“

Sie atmete scharf aus. „Na gut. Aber nur den einen und nur, um ein bisschen lockerer zu werden.“

„Natürlich“, sagte er.

Sie blinzelte ihn über den Rand ihres Glases an. „Du hast gleichzeitig den Kopf geschüttelt.“

Er lachte und zwinkerte ihr zu. „Entspann dich! Ich verspreche, dass ich dich nicht auf Tischen tanzen lasse.“

Seufzend gab Hazel auf und nahm einen kräftigen Schluck von ihrem Getränk.

Der Rhythmus der Musik pochte durch Hazels Blut, hallte in ihren Knochen wider und brachte sie dazu, sich zu wiegen, zu drehen und zu bewegen, als wäre sie zum Tanzen geboren. Sie verlor sich in der Melodie und im Takt der Trommeln. Dabei sang sie den Text eines Liedes mit, von dem sie auch nach über dreißig Jahren noch jedes Wort kannte. Und passte es nicht hervorragend, dass sie sich zu Laura Branigans *„Self Control"* genüsslich zu verlieren schien?

Ihre Umgebung verschwamm und ihre Wahrnehmung beschränkte sich auf den Klang der Musik, die Bewegungen ihres Körpers und das Gefühl, den Blick ihres Dämons auf sich zu spüren, der sie aus dem Schatten heraus mit einem Ausdruck von sinnlichem Hunger beobachtete. Sie genoss es, wie seine Augen aufblitzten, wenn sie sich bewegte.

Es war ein berauschendes Gefühl, seine Aufmerksamkeit in einem Raum voller Menschen zu haben. Er sah sie an, als gäbe es sonst niemanden auf der Welt, außer sie und ihn … und diese unwiderstehliche, berauschende *Sache* zwischen ihnen. Diese Anziehungskraft, diese magnetische Energie, die sie noch nie zuvor verspürt hatte und die so viel Verlangen und wilde Hingabe in sich trug, dass sie jedes Mal, wenn sie ihn auch nur ansah, wie ein Hauch purer Versuchung war.

Mit einem verführerischen Lächeln auf den Lippen wippte sie mit den Hüften und krümmte den Zeigefinger. Er hatte sie vorhin allein auf die Tanzfläche gehen lassen, als sie *„I'm So Excited"* von den Pointer Sisters gehört hatte. Und nach mehr als dem einen Drink, den sie geplant hatte, war sie angenehm angeheitert genug, um tanzen zu *müssen*.

Tallak hatte sie jetzt schon ein paar Lieder lang beobachtet und seine Energie wurde von Minute zu Minute heißer. Sein Fokus auf sie war so intensiv, dass sie sich wunderte, dass sie noch nicht Feuer gefangen hatte. Es war an der Zeit, ihn dazu zu bringen, diese Kraft sinnvoll zu nutzen.

Als die ersten Akkorde von Duran Durans *„Hungry Like*

the Wolf" den Raum erfüllten, winkte sie ihn erneut zu sich. Er schüttelte kurz den Kopf und seine Augen funkelten im bunten Stroboskoplicht.

Okay. *Ich schätze, ich muss radikaler an die Sache rangehen.*

Mit einem Schmollmund drehte sie sich um, suchte die Menge ab und fand ein Ziel. Im Rhythmus des Liedes ging sie auf den Mann zu, der ihr ins Auge gefallen war. Sie schenkte ihm ein Lächeln und tanzte nahe genug, um seine Körperwärme zu spüren.

Zählen wir die Sekunden! Eins, zwei …

Ein starker Arm riss sie von dem verblüfften Mann weg und schleuderte sie direkt in die Umarmung eines wütenden Dämons. Seine Lippen trafen auf ihre, bevor sie überhaupt Luft holen konnte. Die Hitze und Erregung, die sie beim Tanzen verspürt hatte, flammten auf und gingen direkt in eine Lust über, die sich tief im Scheitelpunkt ihrer Oberschenkel sammelte. Sie krallte ihre Finger in sein Shirt und verschmolz mit ihm.

Er knurrte in den Kuss hinein und das Geräusch summte gegen ihre Lippen und durch ihren Körper – ein köstliches Gefühl, das sie erschaudern ließ. Der Kuss fühlte sich eindeutig wie eine Inanspruchnahme an, was ihr eigentlich Anlass geben sollte, sich zurückzuziehen und diesen Gedanken zurückzuweisen. Der Teil von ihr, der sich darum scherte, war jedoch durch die vielen Drinks, die sie getrunken hatte, stumm und untätig geworden.

Der ungezähmte, nicht gefesselte Teil, der sich nach unverhohlener Aufmerksamkeit und Zuneigung sehnte, hatte jetzt das Sagen. Und sie genoss die Art und Weise, wie Tallak sein Verlangen nach ihr deutlich machte. *Mehr.* Sie wollte mehr – von ihm, von seiner ungeteilten Aufmerksamkeit, von der Art, wie er ihr Blut in flüssige Hitze verwandelte.

Sie bewegte sich gegen ihn und sie tanzten mit wenig bis gar keinem Abstand zwischen ihren Körpern in einem kleinen Kokon der Intimität inmitten der Menge auf der Tanzfläche. Wo immer er sie berührte, spürte sie den Druck seiner Hände wie ein Brandzeichen, selbst durch den Stoff ihres Kleides.

Er drehte sie um, bis sie mit dem Rücken zu ihm stand, und schlang die Arme um ihre Taille. Eine Hand legte er auf ihre Hüften, mit der anderen streichelte er sanft ihren Hals und kraulte ihren Nacken. Sie ließ ihren Kopf gegen seine Schulter sinken und hob die Arme, um seinen Nacken zu umklammern, wobei ihre Finger in sein Haar glitten.

Ihre Haut stand in Flammen. Das Verlangen pochte in ihr, so stark, dass ihre Knie fast einknickten. Sie spürte Tallaks harten Schaft an ihrem unteren Rücken und ihre Lust wuchs dadurch noch mehr. Die empfindliche Stelle zwischen ihren Beinen pochte und das Gefühl war fast schmerzhaft, weil kein Druck auf sie ausgeübt wurde.

„Hazel." Tallaks Stimme, ein tiefes, leises Grollen an ihrem Ohr, erfüllte sie mit einer wilden Art von Hunger. „Dein Geruch macht mich verrückt. Ich bin kurz davor, dein Kleid hochzuziehen, dir das Höschen herunterzureißen und dich hier vor allen Leuten zu ficken."

Die laute Musik verschluckte ihr Keuchen, aber Tallak entging nicht, dass sie am ganzen Körper zitterte.

Seine leisen, unflätigen Worte direkt neben ihrem Ohr verschlimmerten ihr wahnsinniges Verlangen. Die Nässe zwischen ihren Beinen intensivierte sich und das Pulsieren in ihrem Intimbereich wurde stärker.

„Das gefällt dir, hm?" Er bewegte die Hand auf ihrer Hüfte langsam nach unten, bis er den Saum ihres Kleides erreichte. Seine Finger bohrten sich in ihren Oberschenkel und verursachten einen wahnsinnig erregenden Schmerz. „Was würdest du tun, wenn ich dich jetzt berühre?"

Ihr Atem stockte. Unbändiges Verlangen durchströmte jede ihrer Zellen.

„Sag es mir, Liebes.“ Ein raues Murmeln, das ihre Nackenhaare vor Lust aufsteigen ließ. „Würdest du dich hier mitten in der Menge von mir fingern lassen?“ Seine Hand wanderte unter ihr Kleid. „Wenn nur die sich bewegenden Schatten und der Lärm der Musik verbergen, wie du meine Hand reitest?“

Sie öffnete den Mund und ihre Finger gruben sich in seinen Nacken. Sie drehte ihren Kopf, bis sich ihre Münder fast berührten, während sie sich weiter im Takt wiegten und die unterbrochenen Lichter sie beide für Sekunden am Stück beleuchteten. Unterhalb des Rocks schob er seine Finger träge immer weiter nach oben und ihr Herz schlug schneller und schneller.

Diese ganze Situation war so unanständig, so sündig, so unpassend – und doch konnte und *wollte* sie seine Hand nicht davon abhalten, die Stelle zu suchen, die nach seiner Berührung verlangte.

Er zischte, als er den Punkt zwischen ihren Schenkeln erreicht hatte. „Fuck! Dein Höschen ist klatschnass.“

Ein Finger glitt unter den nassen Stoff und die Berührung ihrer lustgeschwollenen Haut ließ sie zusammenzucken und stöhnen. Er gab ein ähnliches Geräusch von sich, dann griff er ihr ganz unter den Slip und berührte den gesamten Bereich rund um ihre Klitoris.

„Tallak“, flüsterte sie, denn sie wusste, dass er sie mit seinem dämonischen Gehör über den Klang der Musik hinweg verstehen würde. „Du bringst mich um.“

Sie hörte seine Antwort kaum, weil sie so leise war. „Dito.“

Er drang mit zwei Fingern in sie ein, woraufhin sie sich gegen ihn stemmte und ein leises Stöhnen von sich gab. Seine Hand an ihrem Hals verkrampfte sich für eine Sekunde, dann streichelte er sie sanft, während seine Finger sich in sie hinein und wieder herausbewegten.

Sie beobachtete ihre Umgebung, während er sie verwöhnte, die Menschenmenge, die sich mehr oder weniger synchron mit der Musik bewegte, verloren im Takt und in der Ekstase des Tanzens. Die meisten von ihnen waren in ihr eigenes Erlebnis vertieft und konzentrierten sich entweder auf ihren Partner oder auf das Tanzen allein. Nur wenige ließen ihren Blick schweifen und die, die es taten, sahen in ihr und Tallak wahrscheinlich nur ein weiteres Paar, das in enger Umarmung tanzte.

Wenn sie jedoch genauer hinsahen, bemerkten sie vielleicht seine Hand unter ihrem Rock und erkannten, dass sie sich nicht *ganz* im Takt der Musik bewegte.

Das Risiko, entdeckt zu werden, die Gefahr, bei etwas Unangemessenem erwischt zu werden, war es, was sie am meisten erregte. Es katapultierte ihre steigende Erregung in die Stratosphäre.

„Du bist nah dran, nicht wahr?" Tallaks heißer Atem an ihrem Hals ließ sie erschaudern. „Du bist so kurz davor, inmitten all dieser Leute zu kommen, in der Öffentlichkeit, wo dich jeder sehen kann."

Sie unterdrückte ein weiteres Stöhnen und drückte sich gegen seine Finger, die sie unablässig bearbeiteten, während sein Handballen über ihre Klitoris rieb. Der Druck in ihr wurde immer stärker.

„Komm auf meiner Hand, Liebes", knurrte er an ihrem Ohr. „Genau hier. Genau jetzt. Ich will, dass du dich mit meinen Fingern fickst, bis du kommst und deine Säfte an meiner Hand herunterlaufen. Und das alles, während dich jemand beobachten könnte."

Seine Worte warfen sie über die Klippe. Während sie sich gegen den Druck seiner Hand stemmte, brach sie unter der Wucht eines Orgasmus zusammen, der ihre Gedanken ausblendete und alle Spannungen in ihr in einer Welle reiner Glückseligkeit auflöste. Tallak fing ihr leises Stöhnen mit einem Kuss auf und hielt sie mit seinem Arm um ihre Taille aufrecht, als ihre Beine nachgeben wollten.

Nachdem er sie ein letztes Mal zwischen ihren Schenkeln gestreichelt hatte, zog er seine Hand zurück und drehte sie um, sodass sie ihm gegenüberstand. Seine Augen glitzerten vor dunklem Hunger, als er die Hand, die sie befriedigt hatte, hob und seine Finger an ihren Mund führte.

Schwer atmend öffnete sie den Mund, gebannt von der Intensität seines Blicks. Die glitschige Nässe, die seine Finger bedeckte, erfüllte ihren Mund mit dem Geschmack ihrer eigenen Erregung – es war das erste Mal überhaupt, dass sie sich selbst schmeckte. Überraschenderweise gefiel es ihr. Auf eine weitere verruchte Art und Weise steigerte es in dieser Nacht die Lust, die unter ihrer Haut zu pulsieren schien.

Irgendwie war sie zu einem Geschöpf der niederen Begierden und des verbotenen Verlangens geworden.

Und es war diese urwüchsige, ungehemmt lustbegierige Seite in ihr, die jetzt seine Erektion durch seine Hose hindurch betastete und flüsterte: „Was ist mit dir?"

Der Bernstein in seinen Augen entflammte, aber er hielt ihr Handgelenk fest und schob ihre Hand weg. „Das ist in der Öffentlichkeit etwas komplizierter. Es gibt immer etwas, das weggewischt werden muss, weißt du."

„Oder geschluckt." Sie spitzte die Lippen und schaute ihn herausfordernd an.

Er hob eine Augenbraue. „Sieh an, sieh an. Wo ist die sittsame Hazel hin?"

„Sie weint gerade leise in einer dunklen Ecke irgendwo in meinem Inneren, wälzt sich in der Fötusstellung hin und her und beklagt den Verlust ihres Anstands."

Ein Lachen in seinen hypnotisierenden Augen. „Und wer bist du?"

„Die Hazel, die am liebsten *dich* unter ihrer Berührung zum Stöhnen bringen würde."

„Ich sollte dich öfter betrunken machen“, murmelte er und führte sie von der Tanzfläche zu einer der Sitznischen, wobei er die letzte in der Ecke des Raumes wählte, die mehr im Schatten lag als die anderen.

Wie zuvor übernahm er mit einem dämonischen Knurren und einem mörderischen Gesichtsausdruck die Nische. Die Clubbesucher, die bis eben dort gesessen hatten, krabbelten so schnell davon, als wären sie von Feuerameisen gebissen worden.

„Okay“, sagte sie seufzend. „Ich gebe es zu – deine soziale Aggression ist sehr nützlich, wenn man einen Platz zum Sitzen sucht.“

„Endlich mal ein bisschen Wertschätzung.“ Er zog sie mit einem verschmitzten Grinsen auf die Sitzbank. „Was kommt als Nächstes? Willst du mir erzählen, dass dich mein Fluchen heimlich anmacht?“

Sie presste ihre Lippen fest aufeinander und lächelte verschämt, als sie ihn unter ihren Wimpern hervor anschaute.

„Fuck, das tut es.“ Er lachte gegen ihren Mund, während er sie küsste. „Die Enthüllungen kommen wie am Fließband.“

„Solltest *du* nicht auch bald kommen?“

Das Grinsen, das er ihr schenkte, war durch und durch sündhaft. Er stupste sie an, ihm tiefer in die Nische zu folgen, dorthin, wo sich die Sitzbank um den Tisch wand. Der Tisch und die Trennwand zur nächsten Sitznische verdeckten sie halb vor den Blicken des Hauptraums. Versteckt genug, um nicht so leicht bemerkt zu werden, aber exponiert genug, um ihren Bauch vor Nervosität und Aufregung flattern zu lassen.

Mit einem Blick, der pure Verwegenheit ausdrückte, stützte er den Arm, der ihr am nächsten war, gegen die Lehne, beugte sich ein wenig zu ihr und murmelte: „Mach meine Hose auf und hol meinen Schwanz raus, Süße.“

Ihr Blut rauschte vor verruchter Freude und sie gehorchte und öffnete den obersten Knopf seiner Hose. Die Eichel seines Schwanzes drückte bereits gegen den Stoff seiner Boxershorts und sie machte sich schnell daran, ihn zu befreien. Die nächsten Knöpfe lösen sich ebenfalls und als sein dicker Schwanz heiß und hart ihre Hand füllte, schoss eine Welle der Lust direkt in ihr Zentrum.

Tallak stöhnte leise auf, als sie ihn auf und ab streichelte, erst langsam, dann schneller, während sie seinen Lusttropfen auf seiner Eichel verteilte. Mit dem anderen Arm griff er nach ihrem Hals und zog sie zu einem leidenschaftlichen Kuss, der von der Wucht seines Bedürfnisses erfüllt war, zu sich. In ihrer jetzigen Position sah es so aus, als wären sie beide einfach in einem leidenschaftlichen Kuss versunken, wobei die zuckenden Bewegungen ihres Unterarms im Schatten des Tisches verborgen waren.

Doch die Tatsache, dass sie ihm an einem öffentlichen Ort, an dem sie gesehen werden könnten, einen runterholte, brachte sie dazu, ihre Schenkel angesichts der neu entfachten Erregung zusammenzupressen. Das Gefühl seines harten Schwanzes in ihrer Hand machte es nur noch schlimmer. Sie wollte diese unnachgiebige Härte zwischen ihren Beinen haben, sich damit auf so köstliche Art und Weise ausfüllen lassen, spüren, wie er sich in ihr versenkte …

Sie stöhnte in seinen Mund und ihr Blut stand in Flammen.

Er unterbrach den Kuss, blieb aber dicht bei ihr und atmete schwer. „Auf mein Kommando“, murmelte er, legte seine Hand in ihren Nacken und verhedderte seine Finger in ihrem Haar, „wirst du deinen Kopf senken und mir einen blasen.“

„Ja“, zischte sie.

Sie biss sich auf die Lippe und streichelte ihn schneller und härter, während die Vorfreude ihre Muskeln verspannte. Seine Energie verdichtete sich, dann zog er sich ein wenig zurück und stieß hervor: „Jetzt!“

Hazel tauchte ab. Sie legte ihren Mund um seinen Schwanz, saugte und spielte mit ihrer Zunge, während sie seinen Schaft mit ihrer Hand weiter pumpte. Tallak spannte sich an, stieß ein tiefes, köstlich raues Stöhnen aus und griff nach ihrem Haar, als sein Samen in ihrer Kehle landete. Sie saugte und schluckte, bis auch der letzte Tropfen verschwunden war.

Sie leckte sich die Lippen und richtete sich wieder auf; ihr eigener Atem ging genauso schnell und flach wie seiner. Der Ausdruck vollkommener Befriedigung auf seinem Gesicht berührte einen kleinen, begierigen Teil in ihr. Mit lustvoll leuchtenden Augen zog er sie an sich, legte seine Hand an ihre Wange und strich mit dem Daumen über ihre Unterlippe.

„Braves Mädchen", murmelte er und etwas in ihr schmolz zu einer Pfütze reiner Glückseligkeit.

Dann küsste er sie, langsam und gründlich, als wollte er sie loben, und sie saugte alles auf und füllte die leeren Stellen in ihr, die zu lange ohne echte Anerkennung gewesen waren.

Als sie sich voneinander lösten, verweilte Tallak mit seinem Gesicht nur wenige Zentimeter von ihrem entfernt, und seine glühenden Augen brannten vor Intensität. Er studierte sie, als wäre jedes Detail ihrer Gesichtszüge es wert, mit der laserscharfen Aufmerksamkeit eines Künstlers betrachtet zu werden, der versuchte, wahre Schönheit auf die Leinwand zu bringen. Etwas in ihr drin machte einen Salto. Seine Lippen teilten sich, seine Energie pulsierte leise, fast drängend, und es schien, als wollte er etwas sagen, das den Rest der Mauern, hinter denen sie sich einst versteckt hatte, zum Einsturz bringen könnte.

Er schloss den Mund, schluckte und der Moment verstrich. Schließlich lehnte er sich zurück, richtete seine Hose und schenkte ihr ein kurzes Lächeln.

„Ich hole uns noch etwas zu trinken", sagte er, dann verließ er die Sitznische und verschwand in der Menge.

KAPITEL 23

Einige Drinks später fand sich Tallak vor dem Club wieder, mit einer sehr betrunkenen, sehr angepissten Hazel über der Schulter.

„Und kommt ja nicht wieder!", brüllte der Türsteher ihnen nach, bevor er die Tür zuschlug.

Hazel zappelte auf seiner Schulter und versuchte fauchend, zurück zur Tür zu gelangen. „Ich werde ihr die Augen auskratzen!"

„Sschhhh, Liebes! Heute Abend wird nichts gekratzt." Er tätschelte ihren Hintern, dann hielt er inne. „Außer meinen Rücken vielleicht. Ich mag es, deine Nägel auf meiner Haut zu spüren."

„Lass mich runter!" Sie trommelte mit den Fäusten auf seinen oberen Rücken, was wirklich eine angenehme Massage war. „Ich war noch nicht fertig."

Seufzend stellte er sie vor sich ab, hielt aber ihre Arme fest, damit sie nicht in den Club zurücklaufen konnte.

„Liebling", sagte er und beugte sich ein wenig vor, um ihren Blick aufzufangen. „Obwohl ich eine gute Schlägerei liebe und es toll finde, wenn du angriffslustig wirst, sind wir gerade aus diesem *Menschen*club herausgeworfen worden. Du kannst da nicht wieder hineingehen und alles kaputt machen, denn dann müssen wir uns mit den menschlichen Behörden herumschlagen, die uns beide so lange nerven werden, bis wir irgendwann ausrasten und ich ein verdammtes Blutbad anrichte, während du sie wahrscheinlich in Kröten oder Ähnliches verwandelst."

Hazel schwankte ein wenig in seinem Griff und schniefte so dezent, wie es ihr berauschter Zustand zuließ. „Wir Hexen können keine Menschen in Tiere verwandeln." Sie kräuselte ihre Lippen. „Aber ich könnte ihnen explosiven Durchfall verpassen."

Er lachte laut auf. „Das ist die richtige Einstellung. Trotzdem …" Er zeigte mit dem Finger in ihr Gesicht. „Du musst diese Sache auf sich beruhen lassen."

„Aber sie hat gesagt, dass kein Platz auf der Tür war."

„Was?"

Ihre Augen funkelten wütend. „Diese Frau. Auf der Toilette. Sie hat gesagt, Jack hätte nicht auf die Tür gepasst."

„Wer ist Jack? Welche Tür?"

Sie schwankte noch ein bisschen und starrte ihn mit leerem Blick an. „Jack? Aus *Titanic*? Der hätte garantiert draufgepasst, wenn Rose nur ein bisschen gerutscht wäre. Oder sie hätten sich abwechseln können. Er hätte nicht erfrieren müssen."

„Warte – *Titanic*? Der Film?" Er hatte ihn nie gesehen, aber selbst für jemanden, der jahrelang im Kerker gesessen hatte, war es unmöglich, sich durch die heutige Popkultur zu bewegen, ohne zumindest davon zu hören.

„Nun, ja."

Er unterdrückte ein Schmunzeln und ließ den Kopf kurz hängen, wobei er sie immer noch an den Oberarmen festhielt. „Hazel", presste er dann hervor und bemühte sich, nicht zu lachen, „hast du gerade eine verdammte Prügelei über den Tod einer fiktiven Figur angezettelt?“

Sie gab einen Laut von sich, der einem unterdrückten Kichern verdächtig nahekam. „Das habe ich wohl, was?“

Er konnte es nicht mehr verhindern. Er musste lachen und lehnte seine Stirn an ihre Schulter. „Ausgerechnet dafür aus einem Club geworfen zu werden …“

„Ich glaube, du hast einen schlechten Einfluss auf mich“, sagte sie zwischen zwei Lachanfällen.

„Jetzt mach mal halblang.“ Er richtete sich auf und legte seinen Arm um ihre Schultern, während sie zu laufen begannen. „Ich bin noch nie aus einer Einrichtung rausgeworfen worden. Das warst allein du.“

„Weil du mich verdorben hast.“ Sie klang völlig selbstgefällig und überhaupt nicht so, als würde sie diese Verdorbenheit beklagen.

„Gib es zu. Du magst es.“

Ihre Stimme klang wie warmer Honig, als sie säuselte: „Ich mag *dich*.“

Fast wäre er gestolpert. Er bemühte sich um einen lässigen Tonfall, als er fragte: „Ach ja? Wie sehr?“

„Du weißt schon …“ Sie schürzte die Lippen und schaute nach vorn. „Ich glaube, du bist mein *Lieblings*dämon.“

In seiner Brust überschlug sich etwas. „Wirklich? Was ist mit Lily?“

Sie zog die Brauen zusammen. „*Männlicher* Lieblingsdämon“, korrigierte sie.

„Basil wird untröstlich sein, das zu hören.“

„Hm?“ Sie blinzelte ihn in betrunkener Verwirrung an.

„Basil ist ein Dämon“, erklärte er mit der Geduld eines Heiligen und verbarg sein Grinsen.

„Pfft.“ Sie wedelte mit einer Hand vor ihrem Gesicht herum, als wollte sie eine Fliege verscheuchen. „Nur zur Hälfte. Aber du.“ Sie stieß ihren Finger in seine Brust, genau dorthin, wo sein dummes, verdammtes Herz so heftig schmerzte. „Du bist ganz."

„Groß im Scheißelabern?"

Sie kicherte. „Du bist so lustig."

Es war erschreckend, wie viel Freude ihm diese Enthüllung bereitete. Außerdem war die betrunkene Hazel eine Fundgrube wichtiger Informationen. War es unethisch, ihre alkoholbedingte Ehrlichkeit auszunutzen? Wahrscheinlich. Wollte er trotzdem alles ausschöpfen, was sie zu bieten hatte? Auf jeden Fall, verdammt noch mal!

Er war schließlich ein Dämon.

„Du magst also meinen ungehobelten Sinn für Humor." Er beugte sich hinunter und säuselte in ihr Ohr: „Was magst du noch an mir?"

Sie erschauderte und gab einen kleinen Laut der Genugtuung von sich, als er sie liebkoste. „Du bist sehr loyal gegenüber den Deinen. Du bist klug. Du tust, was du willst, und befolgst Regeln nur, wenn sie für dich Sinn ergeben. Du tust gern so, als wäre dir alles egal, aber tief im Inneren" – sie klopfte langsam mit der Hand auf seine Brust – „liegt dir sehr viel an denen, die du für dich beansprucht hast."

Fuck. Er hatte nicht gewusst, dass sie ihm so viel Aufmerksamkeit schenkte und seinen Scheiß so schnell durchschaut hatte.

„Basil hat solch ein Glück, dich gefunden zu haben", fuhr sie fröhlich fort und sein Herz machte einen Sprung. „Du bist ein toller Dad."

Sie würde ihn noch um den Verstand bringen.

„Er hat sich immer nach dieser Art von väterlicher Aufmerksamkeit und Liebe gesehnt. Und Robert …" Sie verzog das Gesicht zu einer Grimasse. „Basil hatte etwas Besseres verdient. Ich wünschte, ich …" Sie verstummte und schüttelte den Kopf. „Aber jetzt hat er ja dich. Und das ist so gut für ihn. Mit dir und Isa in seinem Leben … Ich habe ihn noch nie so glücklich gesehen."

Bis jetzt hatte er nicht gewusst, dass sein Herz gleichzeitig Schmerz und Glückseligkeit empfinden konnte.

„Und ich wollte es eigentlich nicht zugeben", sagte Hazel mit betrunkener, ungenauer Aussprache, „weil du es sonst gegen mich verwenden würdest, weißt du, aber ich finde es wirklich toll, wie sehr du dich um Basil kümmerst und dich bemühst, für ihn da zu sein."

„Warte mal.", sagte er an dem Gefühlsklumpen in seiner Kehle vorbei. „Was meinst du damit, dass ich es gegen dich verwenden würde?"

„Nun, da ist dieses komische Konkurrenzdenken zwischen uns, als würden wir irgendwie um Basils Liebe wetteifern und um den … ich weiß nicht, offiziellen Pokal, wer der bessere Elternteil für ihn ist, oder so. Und wenn ich dir sagen würde, wie gut du meiner Meinung nach als Vater bist, würde das meine Position schwächen, verstehst du?"

Sie blieb abrupt stehen und drehte sich zu ihm um, wobei sie fast stolperte. „O nein!"

Er hob eine Augenbraue.

„Ich habe es dir soeben gesagt, nicht wahr?" Sie sah niedergeschlagen aus.

„Das ist okay, Baby." Er zog sie an sich und legte seinen Arm um ihre Taille.

„Ja?"

„Ja." Er streichelte ihre Wange. „Weil es kein Wettbewerb sein muss. Das war eine blöde Ego-Sache meinerseits und die ist jetzt vorbei. Wir tun Basil beide gut. Jeder auf seine Weise. Und ich glaube …"

„Was?"

Ich glaube, wir könnten zusammen noch besser sein. Als Paar.

Er wollte es sagen. Er musste nur seinen verdammten Mund öffnen und es aussprechen.

Seine Lippen öffneten sich und sein Puls raste wie wild. „Ich glaube, wir könnten …"

„Hunger."

Er blinzelte und schloss den Mund. Die Worte glitten seine Kehle zurück und setzten sich in einer Ecke seines Herzens fest.

„Bei den Göttern, habe ich einen Hunger!", stöhnte Hazel. „Wir sollten uns etwas zu essen holen."

Das was vermutlich besser so. Er sollte ihr nicht erzählen, dass er vorhatte, aus einer lockeren, heimlichen Liebelei etwas Ernstes zu machen. Denn möglicherweise würde sie sich morgen nicht einmal mehr an dieses Gespräch erinnern.

Geduld. Er konnte abwarten. Das hatte er in der abgestandenen, modrigen Luft einer pissgetränkten Kerkerzelle gelernt. Wenn er in der Lage war, sechsundzwanzig Jahre auf seine Chance zu warten, einem Höllenloch zu entkommen, konnte er auch noch ein paar Tage – Wochen – damit warten, Hazel sein Herz zu Füßen zu legen.

Ein Halt an einem Schnellimbiss und eine Unmenge fettigen Essens später fuhren sie nach Hause. Die Straßenlaternen tauchten das dunkle Innere des Wagens in ein warmes, flackerndes Gelb. Hazel saß erschöpft auf dem Beifahrersitz, den Kopf gegen das Fenster gelehnt und die Augen geschlossen. Nach dem Essen hatte sie keine Energie mehr, das Adrenalin war verbraucht und der Alkohol hatte sie schläfrig gemacht.

Tallak starrte auf die Straße, während er in Gedanken all die Dinge durchspielte, die er heute Abend erfahren hatte. Er hatte sich so sehr an die Stille gewöhnt, dass er fast zusammenzuckte, als Hazel das Wort ergriff.

„Weißt du, was so toll an dir ist?", lallte sie.

Mit klopfendem Herzen sah er sie an. Ihre Augen waren immer noch geschlossen und im Grunde hätte sie schlafen können. Ihre Energie war jedoch noch ein wenig zu aktiv und erlaubte ihr noch nicht, einzudösen.

„Was, Liebes?“, fragte er leise.

„Du trägst deine Dunkelheit so, dass sie jeder sehen kann. Du versteckst sie nicht. Sie ist ein Teil von dir und das ist in Ordnung. Sie schmälert deinen Glanz nicht.“

Sie schnitzte ihm Teile seines Herzens heraus, Stück für Stück.

„Ich hingegen …“ Ihre Stimme wurde leiser.

Er warf ihr einen scharfen Blick zu.

Sie seufzte, ihre Augen waren immer noch geschlossen. „Alle denken, ich hätte keine Schatten. Dass ich ganz brav und anständig bin. Dass ich immer das Richtige tue.“ Ihre Stimme wurde nun zu einem Flüstern. „Das liegt daran, dass sie es nicht wissen.“

„Was nicht wissen?“

„Ich habe es zu gut versteckt, weißt du. Ich habe diese Kiste in mir errichtet, in die ich alles hineingestopft habe, und ich habe eine Fassade aufgebaut. Niemand weiß, was für eine Lügnerin ich bin. Die einzige andere Person, die davon wusste, ist tot.“

Fasziniert schaute er immer wieder zwischen ihr und der Straße hin und her. „Wer wusste davon? Von wem redest du?“

„Isabel.“ Sie schluckte. Ihre Augen waren noch immer geschlossen und auf ihrer Stirn bildete sich eine Falte. „Sie hat all die Jahre mein Geheimnis bewahrt.“

„Welches Geheimnis?“, fragte er mit sanfter Stimme, um sie nicht zu erschrecken.

„Robert ist nicht an einem Herzinfarkt gestorben. Und Isabel hat ihn nicht umgebracht.“ Eine lange Pause. „Das war ich.“

Seine Augen weiteten sich, als er sie wieder ansah. „Du hast Robert getötet?“

Ein trockenes Lachen entwich ihr. „Du bist so schockiert. Sie wären alle schockiert. Alle haben Isabel verdächtigt. Aber sie konnten ihr nie etwas nachweisen. Weil sie die Beweise zu gut versteckt hat." Jetzt öffnete sie halb die Augen und sah ihn an. „Denn sie hat mich damit beschützt."

Er hielt an einer roten Ampel, legte eine Hand auf die Kopfstütze ihres Sitzes und drehte sich zu ihr um. „Was hat der Wichser mit dir gemacht?"

Sie blinzelte schnell und ihre Augen wurden feucht. „Er …" Sie verstummte, blickte geradeaus und schluckte mehrmals.

Tallak hatte das unbändige Verlangen, einen bestimmten, längst verstorbenen Mann in den Boden zu stampfen, in dem er bereits vergraben war.

Die Ampel wurde grün und er wandte seine Aufmerksamkeit widerwillig von Hazel ab.

„Sag es mir", sagte er leise, während er weiterfuhr.

„Weißt du, wie Robert war?" Eine leise Frage in der drückenden Stille des Autos.

„Ich weiß genug, um zu wissen, dass ich ihm jeden einzelnen Knochen brechen würde, wenn er noch am Leben wäre."

Hazel fummelte am Saum ihres Kleides herum. „Am Anfang war er charmant. Er hat mich umgehauen. Ich war so jung und so beeindruckt von ihm. Meine Familie war nicht einverstanden, aber er war meine Art der Rebellion. Und als ich schwanger wurde, drängte er auf eine Heirat. Er überzeugte meine Familie und wir heirateten, sobald ich achtzehn wurde."

Tallak zog die Augenbrauen zusammen und blickte finster drein. „Wie alt war er?"

„Einunddreißig."

„Verdammter Scheißkerl."

„Von da an ging es bergab. Nach der Heirat war er nur

dann so nett und charmant wie am Anfang, wenn er einen seiner Ausbrüche wiedergutmachen wollte."

„Ausbrüche?"

„Er hat gewütet und gebrüllt. Mit Dingen um sich geworfen. Er gab mir die Schuld für alles, was in seinem Leben auch nur ein bisschen schieflief."

Tallak knirschte so fest mit den Zähnen, dass ein Muskel in seinem Unterkiefer knackte.

„Ich habe das alles ertragen. Weil ich dachte, dass ihn der Zauber verwirrt hatte, mit dem die Fae ihn belegt hatte, um ihn den Babytausch vergessen zu lassen. Und ich fühlte mich deswegen schuldig."

„Warum? Es war doch nicht deine Schuld, dass die Fae dir deine Tochter weggenommen und dir im Gegenzug Basil gegeben hat."

Hazel zuckte mit den Schultern. „Nein. Aber ich wusste davon und konnte es ihm nicht sagen. Und er hatte den Verdacht, dass Basil nicht sein Kind war, und das machte ihn wahnsinnig. So oft dachte ich, wenn ich ihm nur erklären könnte, was passiert war, würde er es verstehen, es einsehen und … sich bessern. Er würde mir nicht mehr vorwerfen, ihn betrogen zu haben, und er würde mich wieder so lieben, wie er es am Anfang getan hat."

„Aber es ging doch nie um den Zauber, oder?"

Sie schüttelte den Kopf. „Nein. Es war nicht der Zauber, der ihn verdorben hat. Das war er bereits in seinem Inneren. Aber das wusste ich damals noch nicht. Ich habe versucht, ihn so gut wie möglich zu beschwichtigen, weil er mir so leidtat. Ich hielt ihn für das Opfer dieser ganzen Situation." Die Straßenlaternen, die sie passierten, küssten ihr Gesicht mit einem warmen Schein, bevor die Schatten das Auto wieder einholten. „Mir war nie klar, dass er mich zum Opfer seines Plans gemacht hat."

Tallak musste sich anstrengen, um nicht das Lenkrad

anstelle des Halses ihres Mannes zu erwürgen. „Hat er dich jemals geschlagen?"

Sie schwieg lange, dann sagte sie: „Er hat mich auf so viele subtile Arten verletzt, mit seinen Worten und seiner Verachtung. Er war aber nicht immer schrecklich, weißt du. Es gab Momente, in denen er nett war, fast schon wieder liebevoll, in denen er mir einen kleinen Einblick in sein früheres Ich gab. Ich habe viel zu lange gebraucht, um zu erkennen, dass diese Momente nicht echt waren, sondern der grausamste Teil seines Verhaltens. Er ließ mich hoffen und dann zerschlug er diese Hoffnung in Stücke."

Eine weitere Pause entstand, in der Tallak darüber nachdachte, den Drecksack eines Mannes zu exhumieren, um dann seine Leiche in winzige Stücke zu hacken und sie an Kakerlaken zu verfüttern.

„So ging es lange Zeit", sagte Hazel und durchbrach damit seine dunkle Fantasie. „Im Laufe der Jahre hat er sich sehr bemüht, mich dazu zu bringen, das Haus meiner Familie zu verlassen und mit ihm allein zusammen zu wohnen. Das ist nicht üblich für Hexen. Normalerweise leben wir alle gemeinsam unter einem Dach. Ihm gefiel nicht, wie engmaschig Hexenfamilien sind, und er drängte mich immer wieder, mit ihm auszuziehen. Als die Kinder im Teenageralter waren, habe ich schließlich nachgegeben. Wir zogen in ein Haus in der Nähe des Murray-Anwesens. Ich dachte, dass er sich damit beruhigen würde. Er hatte sich immer mit Isabel gestritten und sie forderte mich immer wieder auf, mich von ihm scheiden zu lassen. Sie hat nie das ganze Ausmaß seiner Bösartigkeit mir gegenüber gesehen, aber was sie mitbekommen hat, reichte aus. Und Robert nahm ihr den Versuch, ihn loszuwerden, übel. Aber auch nach unserem Auszug hat er mich nicht besser behandelt." Ihre Kehle wippte, als sie schluckte. „Er wurde nur noch schlimmer."

„Was hat er getan, Baby?“ Seine Stimme war tödlich leise, während sein Blut in seinem Kopf rauschte.

„An dem Tag, an dem er starb“, sagte Hazel langsam und leise, „hatten wir einen furchtbaren Streit. Es fing wie immer wegen einer Kleinigkeit an, aber dann hat er sich darüber ausgelassen, wie schwach ich doch sei. Ich habe mich selten gegen ihn gewehrt, weil er mir wegen des Fae-Zaubers leidgetan hat. Er wusste, dass ich ihn mit meiner Magie leicht hätte ausschalten können, dass ich seinen Beschimpfungen längst hätte ein Ende setzen können. Aber das wollte ich nicht. Wir werden dazu erzogen, unsere Kräfte nie auf böswillige Weise gegen Menschen einzusetzen. Und das wusste er. Er hat mich damit verspottet. Er wusste, dass ich mich auch ohne das Hexengesetz, das mir verbietet, ihn mit Magie anzugreifen, nicht gegen ihn wehren würde. Er kannte meine Gründe nicht, aber irgendwie spürte er meinen Widerwillen trotzdem. Er sah das als Schwäche an. Er hat mich oft deswegen verspottet. Er hat mich gelegentlich ein bisschen geschubst oder mein Handgelenk zu fest gehalten, bis es weh tat. Es schien ihn zu freuen, dass ich mich weigerte, meine Kräfte zu benutzen.“

„Verdammter Scheißkerl, Sohn eines Kackhaufens!“ Tallak lenkte den Wagen an den Straßenrand und hielt an. Er konnte nicht weiterfahren, während sein Blut zu ätzender Säure wurde.

„An jenem Tag“, fuhr sie leise fort, „war er unerbittlich. Er hatte dieses wahnsinnige Glitzern in den Augen und eine wilde Freude daran, mit seinen Worten auf mich einzudreschen, bis ich zurückwich. Ich weiß nicht mehr genau, was zuvor passiert ist, aber ich weiß noch, dass er seine Hände um meine Kehle gelegt hat und …“ Sie starrte in die Dunkelheit der Nacht und hob wie in Trance – geleitet vom Geist ihrer Erinnerung – eine Hand an ihren Hals. „Mein Puls, ich hörte meinen Puls so laut in meinem Kopf und ich konnte nicht atmen. Dann wurde alles dunkel. In dem Moment ließ er von mir ab. Er trat zurück und ich sank zu Boden und schnappte nach Luft. Er grinste mich an und lachte über meine Schwäche. Er beschimpfte mich als erbärmlich. Sagte, dass ich mich schämen sollte. Und dann drehte er sich um und ging."

Hazel starrte geradeaus und war so still, dass sie fast nicht zu atmen schien. Alle Farbe war aus ihrem Gesicht gewichen, ihre Energie war ein angespanntes Knäuel.

„Da habe ich ihn getötet."

Tallak hatte sich mittlerweile ganz zu ihr umgedreht. Seine Hand lag auf der Kopfstütze ihres Sitzes und er richtete sämtliche Aufmerksamkeit auf sie.

„Ich habe ihn mit meiner Magie angegriffen. Ich habe sein Herz in seiner Brust explodieren lassen." Sie schloss die Augen und holte tief Luft. „Ich weiß nicht, wie lange ich da saß und auf seinen zusammengesunkenen Körper starrte. Dann kam Isabel. Als Familienoberhaupt hatte sie den Anstieg an Magie gespürt, als ich meine Kräfte einsetzte, um ihn zu töten. Und da es ungewöhnlich war, dass ich tagsüber so viel auf einmal wirkte, kam sie, um nach mir zu sehen. Sie sah Robert auf dem Boden liegen, warf einen Blick auf meinen Hals und kauerte sich dann neben mich, um die Quetschungen zu heilen. Ich habe sie angelogen und behauptet, dass ich ihn nicht hatte umbringen wollen. Sie brachte mich zum Schweigen und sagte, sie würde sich darum kümmern. Und das tat sie auch. In all den Jahren hat sie nie jemandem erzählt, dass ich ihn getötet habe. Nicht einmal, als andere sie verdächtigten. Sie nahm mein Geheimnis mit ins Grab." Ihr Atem stockte. „Da hast du es. Ich bin eine Mörderin."

„Hazel …"

„Du verstehst nicht", flüsterte sie. „Es war keine Selbstverteidigung. Ich habe ihn nicht getötet, als er mich gewürgt hat. Er ist weggegangen und ich habe sein Leben beendet." Dann drehte sie sich mit gequälten Augen zu ihm um. „Weil ich es wollte. Weil ich so, so wütend war." Den letzten Satz sagte sie mit zusammengebissenen Zähnen.

Er wischte ihr sanft die Tränen von der Wange.

„Ich hätte ihn gehen lassen können. Ich hätte mich einfach von ihm scheiden lassen können. Aber ich *habe ihm das Leben genommen*."

Er starrte sie so lange an, bis sie die Kraft seines Blickes wahrnahm und ihn mit ihrer ganzen Aufmerksamkeit musterte.

„Babe", sagte er, „erwartest du, dass ich entsetzt bin? Glaubst du wirklich, ich verurteile dich dafür, dass du den Bastard umgebracht hast, der dich fünfzehn Jahre lang gequält hat?"

Die Falten in ihrem Gesicht waren vom Schmerz gezeichnet. „Aber ich hätte ihn doch gehen lassen können …"

„Damit er nach dir fröhlich eine andere Frau missbraucht?"

Das brachte sie sofort zum Schweigen.

„Daran hast du nie gedacht, was?", fragte er leise. „Solche Typen machen nicht bei einer Frau Halt. Wahrscheinlich warst du auch nicht die Erste. Und sie scheinen immer damit durchzukommen. Aber nicht er. Weil du ihn aufgehalten hast."

Sie sah ihn mit großen Augen an, das Braun ihrer Iriden schimmerte in Honigtönen in der Halbdunkelheit.

Er umschloss sanft ihren Nacken und streichelte sie mit dem Daumen unterm Ohr. „Andere mögen deswegen auf dich herabsehen. Aber ich? Ich finde es verdammt gut, dass du ihm seine gerechte Strafe gegeben hast." Er zuckte mit den Schultern. „Ich hätte ihn zwar zuerst gefoltert, aber so bin ich eben." Er beugte sich vor, bis sich ihre Köpfe berührten. „Ich weiß, dass du dir deswegen wahrscheinlich selbst Vorwürfe gemacht hast, Liebes. Mach das nicht mehr, okay? Du hast das Richtige getan."

Sie schloss die Augen und atmete scharf ein. „Willst du noch ein Geheimnis hören?"

„Ich bin ganz Ohr."

Es folgte eine lange Pause, dann ertönte ihre sanfte, weiche Stimme. „Ich habe mir nie wirklich vorgeworfen, ihn getötet zu haben. Ich habe es gehasst, deswegen zu lügen. Ich hatte Angst, dass andere es herausfinden und mich dafür verurteilen könnten. Ich hatte Angst davor, was die anderen Hexen sagen und wie sie die Schuld auf mich schieben würden." Dann sah sie ihn an und ihre Augen leuchteten mit einem inneren Feuer. „Aber ich habe es nie bereut, ihn getötet zu haben."

Fuck, ich liebe dich.

Er wollte es sagen. Er wollte es unbedingt sagen. Seine wunderschöne, mordlustige, vollkommen unvollkommene Hexe. Mit stockendem Atem öffnete er den Mund, aber die Worte wollten nicht kommen. Die Angst vor Zurückweisung war wie eine Glasscherbe in seinem Herzen. Stattdessen beanspruchte er ihre Lippen für sich und ließ all die Dinge in den Kuss einfließen, die er nicht aussprechen konnte, sich aber wünschte.

Das musste genügen, zumindest für den Moment. Er hatte Zeit, sie zu umwerben und den Weg zu ebnen, bevor er sein Herz herausriss und hoffte, dass sie das blutige Durcheinander für sich beanspruchte.

KAPITEL 24

Hazel wachte mit pochenden Kopfschmerzen und einem Mund so trocken auf, dass es sich anfühlte, als hätte sie Watte darin.

Es dauerte eine ganze Weile, bis sie die Augen öffnete, in das Halbdunkel ihres Schlafzimmers blinzelte und sich daran erinnerte, warum sie sich fühlte, als wäre sie von einer Dampfwalze überrollt worden. *Richtig – ich habe die Nacht durchgetanzt und getrunken.* Und das Alter, in dem man sich nach einer durchfeierten Nacht einfach aus dem Bett rollen konnte, ohne dass der Körper diverse Alarmsignale des drohenden Untergangs von sich gab, hatte sie schon vor etwa zwanzig Jahren hinter sich gelassen.

Seufzend rieb sie sich die Schläfe, um den Schmerz zu lindern, der dort herrschte.

In diesem Moment bemerkte sie den muskulösen Arm um ihre Taille. Und die angenehme Wärmewand hinter ihr.

Als sie den Kopf drehte, um über ihre Schulter zu schauen – autsch, das tat weh –, entdeckte sie den Dämon, der sie löffelte. Seine nackte Schulter lugte unter der Decke hervor, die sie beide bedeckte.

„Guten Morgen, meine Schöne“, grummelte er mit seiner herrlich schlaftrunkenen Stimme.

„Du bist hier“, krächzte sie. Und wow, sie klang, als hätte sie ihre Stimmbänder mit einer Käsereibe bearbeitet. „Du bist geblieben.“

Seine bernsteinfarbenen Augen funkelten im Halbdunkel. „Du hast mich darum gebeten.“

„Ich … Hab ich das?“ Sie konnte sich kaum noch daran erinnern, wie sie gestern Abend nach Hause gekommen war. Alles war verschwommen und pulsierte im Rhythmus ihrer Kopfschmerzen.

Langsam erhoben sich die Erinnerungen aus dem trüben Nebel.

Bleib hier.

Das hatte sie zu ihm gesagt. Sie hatte sich an seinem T-Shirt festgehalten und ihn gebeten, sie nicht allein zu lassen. Und er war zu ihr ins Bett geschlüpft und hatte sie festgehalten, bis sie eingeschlafen war.

Was immer du willst. Seine leise gemurmelten Worte der vergangenen Nacht kamen ihr wieder in den Sinn und in ihrem Bauch flatterte es.

„Hier.“ Er rollte sich halb von ihr weg und griff nach dem Nachttisch auf seiner Seite.

Einen Herzschlag lang bewunderte sie, wie sich seine Brustmuskeln spannten.

Als er sich wieder zu ihr umdrehte, hielt er ihr ein Glas Wasser hin, in dem etwas zischte.

„Alka-Seltzer“, sagte er, als er ihr das Glas reichte. „Für deinen Kopf.“

Das Flattergefühl in ihrem Bauch kehrte zurück. „Das hast du für mich besorgt?“

Er zuckte mit den Schultern und rieb sich den Nacken. „Ich dachte mir, dass du – im Gegensatz zu mir mit meinem

Dämonenstoffwechsel – wahrscheinlich einen Kater hast, also habe ich vorhin deinen Medizinschrank geplündert."

Sie nahm einen großen Schluck Wasser, um die Röte zu verbergen, die ihr angesichts seiner Aufmerksamkeit ins Gesicht kroch.

Er beobachtete, wie sie das Wasser austrank und das Glas dann auf den Nachttisch stellte.

„Wie geht es dir?" Seine Stimme war fast wie ein Schnurren und in der nächsten Sekunde hatte er sie unter sich gezogen. Nun war sein großer, harter, heißer Körper ein herrliches Gewicht auf ihr. Er stützte seine Ellbogen seitlich ihrer Schultern ab und sah sie mit einem stillen Feuer in den Augen an.

Ihr Herz schlug schneller, weil sie so köstlich von ihm umschlungen war, und das Hämmern in ihrem Kopf war bereits zu einem dumpfen Hintergrundgeräusch verklungen. „Besser. Warum?"

„Weil ich die letzten Stunden mit deinem verdammt sexy Körper in meinen Armen verbracht und deine Kurven an mich gepresst habe. Aber ich konnte dich nicht so streicheln, wie ich es wollte, weil ich dich nicht aufwecken wollte. Doch jetzt bist du wach und ich bin immer noch verdammt geil und wenn du mir eine Minute gibst, bringe ich dich auch auf Trab."

Sie lachte leise. „Bei den Göttern, du bist gnadenlos. Ich bin gerade erst aufgewacht."

Er grinste, schob einen Schenkel zwischen ihre Beine und drückte ihn gegen ihre Klitoris. „Ich verspreche dir, dass es sich lohnt."

Der plötzliche Druck auf ihr intimes Fleisch ließ sie keuchen. Seine Berührung brachte alle Nerven in ihrem Unterleib zum Glühen und entfachte erneut die Glut des Verlangens, die immer bereit zu sein schien, für ihn aufzuflammen.

Er küsste ihren Hals in einer heißen Linie hinunter zu ihrem Schlüsselbein und weiter bis zu den Wölbungen ihrer Brüste. Er umschloss eine Brustwarze mit seinem Mund, saugte daran und ließ seine Zunge darüber gleiten. Das Gefühl schoss direkt zwischen ihre Beine und brachte sie dazu, sich gegen ihn zu stemmen.

„Ich will, dass du wieder unter meiner Berührung stöhnst“, murmelte er gegen ihre Haut, „so wie letzte Nacht. Du gibst die heißesten Fickgeräusche von dir.“

In diesem Moment kam eine weitere Erinnerung zurück, die sie wie ein Güterzug aus dem Nichts traf.

Der Club.

Die Tanzfläche.

Tallaks Hand unter ihrem Rock, seine Finger in ihr.

Mitten auf der verdammten Tanzfläche!

Ihre Augen weiteten sich und die Scham brannte sich einen Weg durch sie. Der Atem blieb ihr in der Kehle stecken und sie schlug die Hände gegen seine Schultern. „Bei den Göttern!“

Tallak hielt mit seinem Mund auf ihrer Brust inne und zog eine Augenbraue hoch. Als er ihre Brustwarze mit einem feuchten Plopp losließ, sagte er: „Okay, normalerweise mag ich es, wenn du so schreist, wenn ich dich berühre, aber du siehst etwas erschrocken aus und das ist nicht die Reaktion, die ich beabsichtigt habe.“

„Tallak …“, flüsterte sie.

Er betrachtete sie mit der Nachsicht einer Katze, die die Maus im Glauben lässt, entkommen zu können. „Ja, Babe?“

„Letzte Nacht, im Club …“ Sie weitete ihre Augen noch mehr. „Du … ich … wir …“

„Du kannst es aussprechen.“ Er schenkte ihr das nervtötendste Aufmunterungslächeln. „Ich habe vollstes Vertrauen in dich. Du kannst diesen sittsamen Ansturm falscher Verlegenheit, der für den Morgen danach so typisch ist, überwinden und die Worte finden, die deine Ausschweifungen beschreiben."

Sie warf ihm einen bösen Blick zu. „Du … du hast mich mitten auf der Tanzfläche zum Orgasmus gebracht. Inmitten all dieser Leute."

„Mir gebührt nicht der ganze Ruhm, Liebes." Das Grinsen, das er ihr schenkte, war geradezu verrucht. „Du hast mich auf die Tanzfläche gelockt und mich dich ohne ein einziges Wort des Protests befriedigen lassen. Und wenn ich mich recht erinnere, warst du auch sofort bereit, dich zu revanchieren."

Sie hielt sich beide Hände vor den Mund und eine neue Welle der Bestürzung überrollte sie.

Mit sanfter Kraft löste Tallak ihre Hände von ihrem Gesicht, beugte sich dann vor und küsste sie sanft. „Du brauchst diesen wunderschönen Mund nicht zu bedecken." Er grinste. „Nicht, nachdem er mir gestern Abend in der Sitznische so fantastisch einen geblasen hat."

„Tallak!" Sie schnappte sich das nächstgelegene kleine Kissen und schlug es ihm um die Ohren. „Du hast viel zu viel Spaß."

Lachend riss er ihr das Kissen aus den Händen und warf es weg. „Verklag mich doch."

Ihr Gehirn nutzte diesen Moment, um sich an ein weiteres Detail der Nacht zu erinnern, eine weitere überschrittene Grenze – diesmal von dunklerer Natur. Ihr Blick wurde unscharf, als sie das Gespräch im Auto auf der Rückfahrt noch einmal Revue passieren ließ. Sie war hin- und hergerissen zwischen dem Entsetzen darüber, das bestgehütete Geheimnis ihres Lebens preisgegeben zu haben, und der Erleichterung über eine Last, die sie schon viel zu lange allein hatte tragen müssen.

Ihre innere Unruhe schien sich in ihrem Gesicht widerzuspiegeln, denn Tallak legte seine Hand auf ihre Wange und sein ganzes Verhalten änderte sich von unbeschwerter Hänselei zu ernster Aufmerksamkeit.

„Hey“, sagte er leise. „Alles in Ordnung?“

Sie schnappte nach Luft und fokussierte ihren Blick wieder auf ihn. „Ich habe es dir gesagt. Gestern Abend. Im Auto. Ich habe dir alles erzählt. Ich kann nicht glauben, dass ich einfach …“ Sie schloss die Augen und schüttelte den Kopf. „Ich habe es dir gesagt“, sagte sie wieder fast flüsternd. „Und du bist …“

„Was?“

Sie schluckte schwer, ihre Augen waren immer noch geschlossen. „… immer noch hier.“

Eine lange, lange Pause. Dann: „Warum sollte ich das nicht sein? Alles, was ich will, ist genau hier.“

Daraufhin öffnete sie die Augen, um seinem leuchtenden Blick zu begegnen, dessen Iris in allen Schattierungen des Feuers schillerte.

„Du kannst mich nicht vergraulen“, sagte er leise. „Du trägst also etwas Dunkelheit in dir. Zufälligerweise habe ich auch eine ganze Menge davon. Und ich glaube, deine und meine passen ganz gut zusammen.“

Sie atmete tief durch, als würde ihr eine große Last von der Brust genommen. „Du weißt nicht“, flüsterte sie, „wie schwer es war, nie darüber zu reden. Selbst als Isabel noch am Leben war, haben wir nie wieder darüber gesprochen. Und manchmal … manchmal möchte man einfach frei sprechen, weißt du? Um etwas von dem Druck abzulassen.“

„Nun, jetzt hast du ja mich. Wenn du darüber reden willst, bin ich für dich da.“

Sie musterte sein Gesicht und ihre Brust war randvoll mit einem Gefühl, das spröde in seiner Stärke und beängstigend in seinem Versprechen war. „Tallak“, flüsterte sie. „Ich …“

Ein Klopfen an ihrer Tür sorgte dafür, dass sie

verstummte. Sie riss die Augen auf und spannte sich an, als Tallak seinen Kopf zur Tür schwenkte.

„Mom?“, ertönte Basils gedämpfte Stimme. „Bist du wach?“

Erstickt quiekend zuckte Hazel zusammen und stieß Tallak aus dem Bett. Er schlug mit einem dumpfen Aufprall auf dem Boden auf und eine Sekunde später ragte sein Kopf über den Rand der Matratze. Er warf ihr einen finsteren Blick zu und fragte leise: „Wirklich?“

„Alles in Ordnung da drin?“, rief Basil.

„Mir geht's gut“, rief sie zurück. „Ich komme gleich, warte kurz!“

Sie hüpfte vom Bett, hüllte sich in einen Bademantel und drehte sich zu Tallak um, der gerade aufstand und seine Boxershorts abklopfte. Sie machte eine scheuchende Geste in Richtung Kleiderschrank, schnappte sich eine Parfümflasche von der Kommode und sprühte eine ungesunde Menge davon in die Luft.

Tallak bewegte sich keinen Schritt, unterdrückte ein Husten und starrte sie an.

Sie öffnete den Schrank und ahmte dann eine dieser Personen nach, die Flugzeuge zu ihrer Position auf der Rollbahn winken. „Rein mit dir“, flüsterte sie Tallak zu.

Er sah sie mit großen Augen an und bewegte sich mit eisiger Geschwindigkeit auf den Schrank zu.

„Gehhhhh!“, flüsterte sie halb befehlend, halb bettelnd.

„In den Schrank?“, antwortete er so leise, dass sie ihn kaum hörte, als er an ihr vorbeiging. „Geht es noch klischeehafter?“

„Sei still!“, zischte sie zurück und schloss die Tür, um seinen wütenden Blick nicht länger zu sehen.

Mit klopfendem Herzen eilte sie zum Fenster, zog die Vorhänge zurück und öffnete das Fenster, um etwas frische

Luft hereinzulassen. Dann ging sie schnellen Schrittes zur Tür ihres Schlafzimmers und schob sie eine Handbreit auf.

In dem kleinen Spalt, den sie geöffnet hatte, erschien Basils Gesicht mit besorgt zusammengezogenen Augenbrauen. „Bist du in Ordnung?"

Hazel strich sich das Haar glatt. „Ja, natürlich. Absolut in Ordnung. Vollkommen in Ordnung. Es ging mir nie besser." Sie räusperte sich. „Also, was gibt's?"

Basil schnupperte, hustete dann und zog sich ein Stück zurück. „Das ist ganz schön viel Parfüm."

„Ja, ähm, ich habe die Flasche fallen lassen und alles verschüttet. Ich Tollpatsch." Sie täuschte ein verlegenes Lachen vor.

„Richtig." Er rieb sich die Nase, als wollte er den Geruch loswerden. „Ähm, Merle hat angerufen. Sie hat es auf deinem Handy versucht, aber du bist nicht rangegangen, also hat sie zu Hause angerufen. Sie kommt gleich vorbei, um mit dir zu reden. Sie meinte, es sei wichtig und dass es um Sophie Laroche geht. Ich dachte, ich wecke dich, damit du dich fertig machen kannst."

Sie holte tief Luft. „Oh, danke, das ist toll, Schatz. Dann mache ich genau das."

Basil nickte und machte auf dem Absatz kehrt, wobei er zum Abschied nieste.

Scharf ausatmend schloss sie die Tür und drehte sich zum Schrank um, aus dem Tallak mit einem fast mordlustigen Gesichtsausdruck stolperte.

„Du musst gehen", flüsterte sie eindringlich.

„Ich nehme an, du möchtest, dass ich die malerische Route durch dein Fenster nehme? Um deine ‚Versteck deinen Lover'-Bingokarte zu vervollständigen?"

Seinen Sarkasmus ignorierend, steckte sie den Kopf aus dem Fenster und schaute hinunter, um zu sehen, ob die Außenseite erklimmbar war.

„Hier draußen ist ein Rosenspalier, an dem du hinunterklettern kannst", sagte sie, als sie sich wieder dem Zimmer zuwandte – und einem vollständig bekleideten Tallak gegenüberstand, der ihr so nahe war, dass seine Körperwärme sie durch den dicken Stoff ihres Bademantels wärmte.

Seine Augen blitzten wie Feuer, als er sich vorbeugte, bis seine Lippen fast die ihren berührten. „Wenn du mich noch einmal in deinen Schrank steckst, werde ich all deine Klamotten auffressen."

Und mit diesen Worten sprang er aus dem Fenster. Er kletterte nicht, er sprang.

Mit klopfendem Herzen schaute Hazel nach draußen und sah gerade noch, wie er so geschmeidig wie eine Katze in der Hocke landete. *Die Leibesbeschaffenheit eines Dämons.* Sie schüttelte den Kopf.

Er schlenderte davon, ohne sich umzudrehen. Die Hände hatte er in den Taschen, die Morgensonne ließ sein Haar glänzen und sie unterdrückte das Gefühl des Verlustes, als sie ihm nachsah.

Als Hazel nach ihrer schnellen Dusche nach unten ging, saß Merle bereits am Küchentisch, mit angespannter Miene und hochgezogenen Schultern, während sie eine dampfende Tasse Tee in der Hand hielt. Basil und Isa tranken gerade ihren Kaffee aus und verabschiedeten sich, als Hazel den Raum betrat.

„Hey", sagte Hazel zu Merle und griff nach der Kaffeekanne, um sich eine Tasse einzuschenken. „Was ist los?"

„Sophie kann den Zauber nicht finden, mit dem die Verantwortung für die Rückzahlung an die Höchsten Mächte von einer Hexe auf eine andere übertragen werden kann. Die einzige andere Möglichkeit, die Informationen zu erhalten, ist, Juneau persönlich zu fragen." Merle sah auf und begegnete Hazels Blick. „Sophie hat mich gebeten, sie aus den Schatten zu befreien. Und du musst mitkommen."

KAPITEL 25

„Wow!“, sagte Merle, als Hazel ihr Auto die sich schlängelnde Auffahrt zum stattlichen Herrenhaus der Laroches hinauf steuerte.

Hazel warf ihr einen Blick zu. „Warst du noch nie hier?“

Merle schüttelte den Kopf. „Nein, nicht wirklich. Vielleicht als Kind, aber ich kann mich nicht daran erinnern. Ich schätze, ich bin noch nicht lange genug Älteste, um eine Versammlung hier erlebt zu haben. Aber verdammt, das ist ja wie ein Schloss! Ich meine, die haben sogar Türmchen.“

Hazel brachte den Wagen zwischen dem sprudelnden Brunnen und den Stufen zum Haupteingang zum Stehen. Als sie den Motor abstellte, blieb sie einen Moment stillsitzen, um sich zu sammeln. Merle schien neben ihr das Gleiche zu tun.

„Es ist eine reine Routineangelegenheit“, sagte Hazel nach ein paar Sekunden. „Du befreist sie nicht aus den Schatten, du rufst sie nur herbei, damit du mit ihr reden kannst.“

„Jepp.“

„Das hast du schon mal gemacht, mit Rhun.“

„Jepp.“

„Es gibt wirklich keinen Grund, nervös zu sein."

Merle atmete tief durch. „Es ist nicht so, dass ich nervös bin." Sie zog eine Grimasse. „Es ist nur ... Ich kann nicht sicher sein, dass ich nicht ausraste und sie freilasse, um dieser Schlampe einen Pflock durchs Herz zu treiben." Sie richtete ihre himmelblauen Augen auf Hazel. „Und genau da kommst du ins Spiel. Du bist nicht nur hier, um mir Gesellschaft zu leisten. Du musst mich davon abhalten, dieses verräterische Miststück zu ermorden."

Hazel lachte leise. „Ich werde mein Bestes tun."

Sie stiegen aus dem Auto und gingen die Treppe zur Haustür hinauf. Eine Minute, nachdem sie den Klingelknopf gedrückt hatten, schwang die Tür auf und enthüllte eine Hexe Anfang zwanzig, deren langes blondes Haar in Wellen über ihre Schultern fiel.

„Merle", sagte sie kühl, dann fiel ihr grüner Blick auf Hazel und ihre Stimme wurde noch frostiger. „Hazel."

„Selene." Hazel nickte der überlebenden Tochter Sophies zu. Ihre Schwester war im Alter von fünf Jahren von Dämonen getötet worden.

Selene war diejenige gewesen, die Alek in jener schicksalhaften Nacht angegriffen hatte, als sich die Hexengemeinschaft über den Umgang mit Lilys Verwandlung in einen Dämon entzweit hatte. Als Selene Alek angegriffen hatte, war Lily ihm zu Hilfe geeilt und hatte sich ihrerseits auf Selene gestürzt und sie fast getötet. Nur weil Alek Lily von ihr weggezogen hatte, war die junge Hexe heute noch am Leben. Selene war nach Hause gerannt und hatte Lily bei ihrer Großmutter Juneau verpfiffen, die eine Krisensitzung der Ältesten einberufen und vorgeschlagen hatte, Lily wie einen tollwütigen Hund zu jagen.

Der Rest war Geschichte. Inklusive eines blutigen Bürgerkriegs.

Zu sagen, dass es zwischen Selene und Hazel Spannungen gab, wäre milde ausgedrückt.

„Deine Mutter hat uns angerufen", sagte Merle und unterbrach damit das Wettstarren zwischen den beiden Hexen.

Selene blinzelte und zog ihre dunkelblonden Brauen zusammen. Ohne ein Wort zu sagen, drehte sie sich um und ging hinein, wobei sie die Tür offenließ.

„Ist das etwa eine Einladung, einzutreten?", flüsterte Merle. „Sollen wir ihr folgen?"

Hazel zuckte mit den Schultern. „Ich weiß, dass ich nicht an der Türschwelle der Laroches herumstehen und warten werde."

Und damit ging sie hinein und folgte Selenes zurückweichendem Schatten. Merle holte sie ein, nachdem sie die Tür hinter ihnen geschlossen hatte.

Selene führte sie durch die majestätische Lobby mit zwei Treppen auf beiden Seiten und durch einen Flur mit Marmorböden und alten Perserteppichen, an dessen Wänden Porträts von Hexen aus vergangenen Zeiten hingen. Weiter ging es durch eine Reihe von Räumen, deren einziger Zweck es zu sein schien, antike Sammlerstücke und Möbel aus der Alten Welt zu präsentieren. Und so weiter und so fort.

Gelegentlich kreuzten sich ihre Wege mit denen anderer Hexen. Sie kamen an Pauline vorbei, Estelles Tochter, die ungefähr so alt war wie Lily und auf einem Sofa in einem Wohnzimmer ein Buch las. Außerdem an Danielle und Louise, den beiden Töchtern von Juneaus jüngster Schwester Celeste, die in einem anderen Wohnzimmer Karten spielten. Einmal stürmte eine Horde junger Mädchen direkt vor ihnen durch den Raum, was Selene ein strenges „Nicht auf den Möbeln herumspringen!" entlockte.

„Wie groß ist dieses Haus?", fragte Merle Hazel mit gedämpfter Stimme. „Wir laufen schon seit zehn Minuten."

„Es wurde dem Schloss unserer französischen Vorfahren

im Loiretal nachempfunden", antwortete Selene vor ihnen. „Natürlich mussten sie den Maßstab verkleinern, um es auf dieses Stück Land zu zwängen."

„Verkleinern, richtig", murmelte Merle.

Selene blieb vor einer Tür stehen, klopfte an und führte sie schließlich in einen Raum, der dem im Espinoza-Haus ähnelte. Der Boden war aus dunklem, glattem Beton, der sich perfekt für Kreidezeichnungen eignete. An den Wänden reihten sich Regale mit Kräutern, Kerzen und anderen Utensilien für Rituale und Zaubersprüche. Sophie kniete in der Mitte des Bodens und zeichnete die letzte Linie eines Pentagramms, das groß genug war, damit eine Person in der Mitte sitzen konnte.

Sie hob den Kopf, als sich die Tür öffnete, und ihr Blick fiel zuerst auf Selene. Ihre Augen schimmerten gequält. In der nächsten Sekunde glättete sich ihre Miene, als sie Hazel und Merle erblickte.

„Bitte, kommt rein!" Sie winkte sie zu sich und stand auf. „Ich bin gerade dabei, alles vorzubereiten."

Hazel betrat den Raum und Merle folgte ihr.

Sophie schnappte sich einen kleinen Beutel und schüttete eine Linie aus Salz, um die Spitzen des fünfzackigen Sterns zu einem Pentakel zu verbinden. Der Kreis sollte als Schutzbarriere fungieren und störende Geister fernhalten, während Merle die Schatten beschwor. Jedes Mal, wenn eine Hexe Magie wirkte, die tiefe Konzentration erforderte, brachte sie die Energieschichten der Welt in Aufruhr und weckte damit neugierige Geistwesen. Angezogen von der Intensität der Kräfte, die die Hexe einsetzte, kamen sie wie die Motten zum Licht und einige von ihnen versuchten sogar, anzugreifen.

Salz wehrte böse Geister auf natürliche Weise ab und das Pentagramm bot zusätzlichen Schutz. Die fünf Endpunkte repräsentierten die vier Elemente, wobei der fünfte Punkt für die Macht der Hexe über die anderen vier stand.

Als Nächstes stellte Sophie fünf Kerzen auf den Boden, eine auf jeder Sternspitze, und zündete sie mit einem Streichholz an. Mit demselben Streichholz entzündete sie ein Bündel getrockneten Salbeis – das verwendet wurde, um einen Raum von dunkler Energie zu reinigen – und schwenkte es im Raum herum.

Ein Niesen ertönte hinter Hazel. Als sie sich umdrehte, sah sie, dass Selene sich die Nase rieb. Sie hatte gar nicht bemerkt, dass die jüngere Hexe in der Tür geblieben war.

„Gesundheit“, sagte Hazel leise, ohne die Bitterkeit in ihrer Stimme zu verbergen.

Juneaus jüngste Enkelin grinste und öffnete den Mund, um etwas zu sagen.

„Selene“, sagte Sophie mit einem warnenden Ton in der Stimme.

Selenes Blick wanderte zu ihrer Mutter und die beiden schienen sich stumm zu unterhalten.

„Ich glaube, du bist heute für die Kinderbetreuung zuständig.“ Sophie stemmte eine Hand in die Hüfte.

Irgendwo auf dem Flur ertönte das laute Gekreische von Kindern, die sich gerade im Spiel zu bekämpfen schienen.

„Richtig“, sagte Selene. Mit einem letzten Blick auf die Szene im Zimmer und einem flüchtigen Blick eiskalter Verachtung auf Hazel und Merle verließ sie den Raum und schloss die Tür hinter sich.

Sophie atmete grob aus. „Bitte entschuldigt ihr Verhalten! Sie hatte es in letzter Zeit nicht leicht. Sie stand meiner Mutter sehr nahe und jetzt, wo sie nicht mehr da ist, kämpft sie sehr mit sich.“ Sie rieb sich die Stirn und fügte murmelnd hinzu: „Ich scheine nicht einmal mehr mit ihr reden zu können.“

Hazel spürte einen Anflug von Mitleid, denn sie wusste nur zu gut, wie es war, eine entfremdete Tochter zu haben.

„Nun“, sagte sie und räusperte sich, „wenn das funktioniert und wir aus dem Zauber, den wir von deiner Mutter bekommen, einen neuen erschaffen können, werden wir sie vollständig aus den Schatten befreien können. Ich bin mir sicher, dass Selene sich beruhigen wird, wenn sie sie wieder in ihrem Leben hat."

Sophie nickte und die Falten um ihren Mund wurden fester. „Das ist der Plan."

„Also gut." Merle klatschte in die Hände. „Lasst uns das hinter uns bringen!"

Sie trat in den Kreis und setzte sich in die Mitte des Pentagramms, wobei die Bewegung aufgrund ihres runden Bauches etwas unbeholfen wirkte. Als diejenige, die Juneau in die Schatten verbannt hatte, war Merle die Einzige, die sie wieder befreien oder sie zumindest an den Rand des Schleiers rufen konnte. Damit würde sie nah genug sein, um zuzuhören und zu sprechen, aber nicht nah genug, um über die Schwelle in diese Welt zu treten.

Merle atmete tief ein und schloss die Augen. „Möge Arawns Macht mir Schutz gewähren", murmelte sie.

Sophie verlagerte unruhig ihr Gewicht und Hazel rollte außer Sichtweite der anderen Hexe mit den Augen. Immer diese irrigen Befürchtungen in Bezug auf Arawn, obwohl er nicht die Bedrohung war, vor der sich die Hexengemeinschaft fürchten musste. Nicht, solange die Gefahr anderer Götter und neu erwachender Bestien am Horizont auftauchte und die Magie der Hexen durch den langsamen Tod der Höchsten Mächte schwand.

„Mit der Magie meiner Ahnen", sagte Merle und unterbrach Hazels dunkle Gedanken, „und der mir übertragenen Macht rufe ich die Schatten auf, meinen Befehlen zu gehorchen."

Die Luft wurde dichter und drückender und Hazel fühlte sich, als wäre sie in einen Regenwald getreten. Vor Merle bildete sich eine dunkle Rauchwolke, die wie eine schimmernde Fata Morgana ins Blickfeld rückte. Der Puls der

Magie der MacKenna-Linie erfüllte den Raum. Merle nutzte die Kräfte ihrer Vorfahren, um von ihrem Recht Gebrauch zu machen, die Person, die sie verbannt hatte, herbeizurufen. Eine der geheimen Regeln der Hexenkunst besagte, dass die Macht, jemanden aus den Schatten zu befreien, in der Familie der Hexe lag, die den Geist – oder die Person –ursprünglich in das magische Gefängnis verbannt hatte.

Der Schleier der Schatten schlängelte sich in tiefen Grau- und Schwarztönen, eine lebendige Kraft mit einer bösartigen Natur. Die Schatten waren unaufhörlich hungrig und zehrten an der Lebenskraft derjenigen, die in ihre düsteren Tiefen verbannt wurden. Die Gefangenen selbst litten unter unerbittlichem Hunger, während ihnen die Gnade des Todes verwehrt wurde.

Niemand war je in der Lage gewesen, Hazel zu erklären, was genau die Schatten waren, woher sie kamen und wie die Hexen dazu gekommen waren, sie als grausamste Form der Bestrafung einzusetzen. Nach allem, was man hörte, war es eine Symbiose, die vor Äonen begonnen hatte. Die Hexen fütterten die Schatten hin und wieder mit Gefangenen und die Schatten ließen sie im Gegenzug nur allzu gern leiden.

Das Problem war, die Gefangenen wieder aus den Schatten zu *befreien*. Manchmal war die gefräßige Tiefe der Dunkelheit ein bisschen zu zögerlich, sie gehen zu lassen.

Der düstere Rauch zog sich vor Merle immer dichter zusammen und das Flüstern der Schatten erfüllte den Raum. Hazel sträubten sich die Nackenhaare.

„Bringt Juneau Laroche hervor", rief Merle, „verbannt in die Schatten von Merle, Tochter von Emily, aus der Familie MacKenna."

Das Flüstern verwandelte sich in ein Zischen, die Luft flirrte gefährlich, aber Merle machte eine scharfe Handbewegung, die ihre Macht verstärkte, und die Schatten gaben nach. Abrupt verstummte das Flüstern und es herrschte Ruhe.

Einen Herzschlag lang war alles still.

Dann ertönte ein Knurren in Hazels Kopf.

Merle, sagte Juneau, als die Schatten ihre Stimme projizierten.

„Hallo, Juneau", antwortete Merle mit zusammengebissenen Zähnen.

Bist du wieder zur Vernunft gekommen?, fuhr die alte Hexe fort. *Hast du mich gerufen, um dich für deine Dummheit zu entschuldigen und mich um Vergebung zu bitten?*

Hazel kniff sich in den Nasenrücken. Sophie sah ausgesprochen unbehaglich aus.

Merle hingegen lachte. „Und ich dachte, ein paar Monate in den Schatten hätten dir bessere Manieren beigebracht. Aber ich habe mich wohl getäuscht. Du bist immer noch so unausstehlich wie früher. Sag mal, wie gefällt dir das Hungern? Hättest du gern einen Cheeseburger? Oder vielleicht ein schönes, saftiges Steak? Wie wäre es mit einem Smoothie, der so frisch ist, dass der Geschmack von Beeren und Ananas auf deiner Zunge kribbelt?"

Juneau zischte wie eine Wildkatze, dann verstummte sie und fügte mit Genugtuung in der Stimme hinzu: *Wie geht's deinem Dämon? Leckt er immer noch seine Wunden von damals, als ich ihn in meinem Kerker hatte? Es hat so viel Spaß gemacht, mit ihm zu spielen.*

Die Welle der Macht, die von Merle ausging, versengte Hazel fast das Haar.

„Merle", mahnte Hazel leise. „Lass dich nicht von ihr aufhetzen!"

Ah, sagte Juneau mit Spott in der Stimme. *Hazel. Du bist ein Schandfleck für unsere Gemeinschaft, mit deiner Dämonentochter und deinem Dämonensohn. Du hättest schon längst unter einen Felsen kriechen sollen, nachdem du unsere alten Bräuche mit deinem dämonenliebenden Dreck besudelt hast.*

Hazels Nasenlöcher weiteten sich und ihre eigene Kraft knisterte in ihren Adern.

„Mutter", sagte Sophie und durchbrach damit die wachsende Spannung. „Ich habe Merle gebeten, dich heute zu rufen, weil ich deine Hilfe benötige."

Eine nachdenkliche Pause entstand. *Worum geht es?*, fragte Juneau schließlich.

Sophie holte tief Luft. „Als du in die Schatten verbannt wurdest, ging der Titel des Familienoberhaupts nicht auf mich über, sondern blieb bei dir. Da die Schatten deine Kräfte unterdrücken, ist die gesamte Familie von der umliegenden Magie abgeschnitten. Das Familienoberhaupt fungiert als Medium für den Zugang zu der zusätzlichen Magie zwischen den Schichten der Welt. Solange deine Kräfte unterdrückt sind, hat keiner von uns ausreichend Magie, um sich zu verteidigen."

Ein Glucksen schlich sich in Juneaus Stimme. *Also lasst mich frei und das Problem ist gelöst.*

Sophie räusperte sich. „Die Ältesten werden dich nicht mit deiner vollständigen Kraft befreien. Die einzige Möglichkeit, dich aus den Schatten zu holen, ist, wenn wir den Titel des Familienoberhaupts sofort auf mich übertragen und dann deine Kräfte binden."

Juneaus Energie verfinsterte sich und nahm eine bösartige Schärfe an.

„Dafür", fuhr Sophie fort, „brauchen wir einen Zauberspruch von dir. Ich habe versucht, ihn in unseren Unterlagen zu finden, aber es scheint, dass nur du ihn kennst. Es ist der Zauber, mit dem die Verantwortung für die Rückzahlung an die Höchste Mächte von einer Hexe auf eine andere übertragen wird. Die Ältesten werden ihn benutzen, um einen abgeleiteten Zauber zu erstellen, mit dem der Titel des Familienoberhaupts von dir auf mich übergeht."

Als Juneau sprach, knirschte sie hörbar mit ihren geisterhaften Zähnen. *Ich werde freigelassen, um den Rest meiner Tage mit gebundener Magie zu verbringen? Wie ein Vogel mit gestutzten Flügeln? Und du erwartest von mir, dass ich dabei helfe?*

„Mutter …“, setzte Sophie an, aber Hazel unterbrach sie.

„Willst du lieber für immer in den Schatten bleiben? Du wirst nicht sterben. Die Schatten werden dich auf unbestimmte Zeit am Leben halten, während es sich anfühlt, als würdest du vor Hunger sterben. Du hast bereits einen Vorgeschmack darauf bekommen. Du weißt, wie es sich anfühlt. Stell dir vor, wie deine Familie, das Geschlecht der Laroche, Generation für Generation unter ihrem Mangel an Magie leidet, bis sie alle in einfachen Gefechten mit Dämonen getötet werden, weil sie nicht einmal die einfachsten Verteidigungszauber beherrschen. Und das alles nur, weil du zu stolz und stur warst, ohne deine Magie zu leben. Ist das das Erbe, das du hinterlassen willst? Willst du, dass deine Familie dich für deinen Egoismus in Erinnerung behält, anstatt für dein Opfer zum Wohle deiner Linie?“

Merle hob die Brauen und hob anerkennend den Daumen.

Nach einer langen, nachdenklichen Stille ergriff Juneau wieder das Wort. *Also gut. Ich werde dir den Zauberspruch geben und mich meinem Schicksal zum Wohle unserer Familie fügen.*

Sophie atmete schwer aus. „Ich danke dir.“

Für diesen Zauber, sagte Juneau, *brauchst du Öl, um sowohl die Hexe zu salben, von der du die Verantwortung für die Rückzahlung übernimmst, als auch die Hexe, auf die du sie übertragen wirst.*

Sophie holte einen Stift und ein Notizbuch heraus und schrieb mit.

Juneau zählte noch ein paar Requisiten auf und beschrieb, wie sie zu verwenden waren, dann sprach sie die Worte des Zaubers.

Von dir, die du trägt all diese Bürde,

nehme ich nun diese Würde.
Du sollst die Magie unsrer Linie nun tragen,
mögest du sie ehrbar wirken und nicht versagen.
Das göttliche Gleichgewicht bleibt erhalten,
für genutzte Magie soll Gerechtigkeit walten.

Juneau fuhr fort: *Du beginnst die erste Zeile des Zaubers, während du vor der Hexe stehst, deren Verantwortung du übernimmst, und malst ihr ein Pentagramm auf die Stirn. Bei der dritten Zeile stellst du dich vor die Hexe, auf die die Übertragung stattfindet, und zeichnest ihr ebenfalls ein Pentagramm auf die Stirn.*

Sophie kritzelte eifrig mit, dann hob sie den Kopf. „Sonst noch etwas?"

Das ist alles.

Sophie nickte, klappte das Heft zu und holte zitternd Luft. „Danke, Mutter. Wir werden an dem Ableitungszauber arbeiten und dich freilassen, sobald wir ihn fertiggestellt haben."

Gib ihn Shobha, sagte Juneau. *Sie hat die meiste Erfahrung in der Herstellung neuer Zaubersprüche.*

„Wird gemacht."

„Okey, dokey", sagte Merle und klatschte in die Hände. „Zurück zum All-Inclusive-Buffet deiner Dunkelheit."

Juneaus Energie vibrierte vor Hass.

„Hört mich an, ihr Schatten!", stimmte Merle an. „Holt euch Juneau Laroche, die von Merle, der Tochter von Emily aus der Familie MacKenna, verbannt wurde. In die Dunkelheit bringt sie zurück!"

Mit einem zischenden, fast schon brüllenden Geräusch blähte sich der Rauch der Schatten auf wie die Wolken einer aufziehenden Gewitterfront. Dann ertönte ein deutliches, saugendes Geräusch, bevor sich die Dunkelheit auflöste und wieder Stille herrschte.

Die Kerzen flackerten, aber die Schatten, die sie in den Raum warfen, waren von der üblichen Art, leer und unbedrohlich.

„In Ordnung", sagte Merle und klopfte sich die Hände ab. „Jetzt haben wir nur noch ein Problem."

Hazel warf ihr einen Blick zu. „Was?"

„Ich kann nicht allein vom Boden aufstehen, weil ich so groß und beweglich wie ein gestrandetes Walbaby bin." Sie warf einen mitleidserregenden Blick in Hazels Richtung. „Hilf mir!"

KAPITEL 26

Hazel war gerade zu Hause angekommen und betrat nun die Küche, nachdem sie sich von Merle verabschiedet hatte, als ihr Handy klingelte.

Sie holte es aus ihrer Tasche und schaute auf das Display. *Tallak.*

Ihr Magen schlug Purzelbäume und ein warmes Gefühl durchströmte ihre Brust. „Hey", antwortete sie. „Was gibt's?"

„Wie war dein Hexentermin? Alles in Ordnung?"

„Ja, tatsächlich" Sie erzählte ihm schnell von der Situation mit den Laroches und den Ereignissen des heutigen Morgens. Dabei wunderte sie sich nicht einmal darüber, dass sie ihn ganz beiläufig einbezog oder dass er zuhörte, als würde er sich wirklich für diesen Aspekt ihres Lebens interessieren. Er stellte sachdienliche Fragen oder warf hier und da ein passendes Schimpfwort ein – und es fühlte sich … natürlich an, mit ihm darüber zu reden.

In der Zwischenzeit durchsuchte sie den Kühlschrank nach etwas, das sie schnell und einfach zubereiten konnte. Sie war am Verhungern und die Aussicht, tatsächlich ein Mittagessen kochen zu müssen, trübte ihre Stimmung.

„Hast du schon gegessen?", fragte Tallak, als hätte er ihre Gedanken gelesen.

„Nein." Sie seufzte und kramte im Gefrierschrank, in der verzweifelten Hoffnung, eine Tiefkühlpizza zu finden, die ihre Kinder übriggelassen hatten.

„Dann ist ja gut, dass ich dir das hier mitgebracht habe."

Sie runzelte die Stirn, sprang aber auf und ließ ihr Handy fallen, als sich etwas in ihrem Umfeld bewegte. Mit katzenhaften Reflexen fing Tallak ihr Handy auf, bevor es auf dem Boden landete, und gab es ihr unbekümmert zurück.

Tallak. Er war hier, direkt neben ihr und nicht irgendwo anders am anderen Ende der Leitung.

Sie wankte. „Was … Wie … Wann … Erschrick mich doch nicht so!"

Sein Grinsen war unverdrossen. „Du hast so viel Lärm auf der Suche nach Essen gemacht, dass du mich nicht mal hereinkommen gehört hast. Ich habe eine ganze Minute lang auf einem Hocker gesessen und dich dabei beobachtet, wie du dich über die Kühltruhe gebeugt hast, und habe dabei bewundert, wie gut dein Hintern in dieser Jeans aussieht."

Sie stemmte beide Hände in die Hüften und starrte ihn an.

„Zehn von zehn Punkten, nebenbei bemerkt. Die Jeans sitzt wie aufgemalt." Er machte eine anerkennende Handbewegung und wackelte mit den Augenbrauen. „Oh, und ich habe dir das hier mitgebracht."

Er griff hinter sich und hob eine große Papiertüte von der Insel. Der Duft von würzigem Essen stieg ihr in die Nase und ließ ihr sofort das Wasser im Mund zusammenlaufen.

„Von deinem Lieblings-Inder", sagte er und reichte ihr die Tüte. „Ich dachte, wir könnten zusammen essen."

Sie nahm die Tüte und stellte fest, dass er ihre übliche Bestellung – Gemüse-Biryani –, ein Tandoori-Gericht für sich selbst und ein paar Pakoras als Vorspeise mitgebracht hatte.

Als sie wieder zu ihm aufschaute, biss sie sich auf die Lippe. „Du bist ein Schatz."

Etwas blitzte in seinem Gesicht auf, ein Anflug von Verletzlichkeit, der in der nächsten Sekunde wieder verschwand. Achselzuckend wandte er sich ab, um Teller und Besteck zu holen.

Sie setzten sich an den Tisch in der Frühstücksnische und aßen zunächst in gemütlichem Schweigen.

„Also", sagte Tallak nach ein paar Minuten, „hat Merle etwas in dem Siegelbuch gefunden?"

Hazel schluckte ihren Bissen hinunter und seufzte. „Ja und nein. Sie hat zwar das Siegel gefunden, das wir am Tatort gesehen haben, aber wir benötigen noch mehr Informationen. Dieses Symbol wird nie allein verwendet, sondern immer in Kombination mit anderen Siegeln, um eine Art Code oder Hilfszauber zu bilden, der einen höheren Zauber entweder verstärkt oder spezifiziert."

Als Tallak die Stirn runzelte, erklärte sie weiter: „Stell dir das wie einen Satzaufbau vor. Du hast einen Hauptsatz, der dir das Wesentliche erzählt, aber dann hast du auch einen Nebensatz, der dir weitere Informationen gibt, die entweder den Hauptsatz erklären oder sogar seine Bedeutung verändern."

Tallak knabberte an einem Pakora. „Richtig. Zum Beispiel kann man das Wort *Fick* auf verschiedene Arten verwenden und ihm verschiedene Bedeutungen geben, indem man etwas hinzufügt. Fick dich, fick mich, verfickt und zugenäht, verfickte Scheiße, fick dich ins Knie …" Er fuchtelte mit der Hand und grinste. „Man muss die Sprache einfach lieben. So vielseitig."

Hazel schüttelte den Kopf, ein Lächeln lag auf ihren Lippen. „Das ist zwar geschmacklos, aber ein anschauliches Beispiel. Magie ist der Sprache sehr ähnlich. Nicht nur, dass man Zaubersprüche so kombinieren kann, wie man Wörter und Sätze kombiniert, um eine neue Bedeutung zu schaffen, sondern auch, dass unsere Absicht genauso funktioniert wie die Intonation beim Sprechen. Du musst einen Sinn dahinter vermuten und deine Konzentration darauf richten, während du einen Zauber sprichst, sonst könnte es schiefgehen."

Tallak nickte weise. „Ebenso kannst du alle möglichen Gefühle ausdrücken, indem du *Scheiße* in verschiedenen Tonlagen sagst. Das Wort ist dasselbe, aber die Bedeutung ändert sich, je nachdem, wie du es sagst."

Hazel lachte leise, dann wurde sie wieder nüchtern. „Jedenfalls hat Merle das Siegel gefunden, aber ohne die anderen zu kennen, mit denen es kombiniert wurde, kann ich die Bedeutung des untergeordneten Zaubers in diesem Fall nicht einmal erraten. Dieses bestimmte Siegel kann mit bis zu vier anderen kombiniert werden, um Dutzende von verschiedenen Hilfszauber zu bilden. Die Kombinationen und ihre Erklärungen sind alle in dem Buch aufgelistet, wenn ich also wüsste, mit welchen anderen Siegeln dieses Siegel kombiniert werden wird …" Sie gab einen frustrierten Laut von sich. „Es macht mich wütend, dass ich das nicht herausfinden kann, bevor die Hexe wieder tötet und ein weiteres Siegel anbringt – ganz zu schweigen davon, dass ich keine Ahnung habe, wie ich das andere Siegel überhaupt finden soll."

„Wie kommst du darauf, dass es nicht schon andere Siegel gibt?"

Sie hielt inne, blinzelte und senkte ihre Gabel. „Du hast recht. Das hier ist vielleicht nicht einmal das erste. Bei den Göttern! Was, wenn diese Hexe schon mehrfach getötet hat?" Das Entsetzen übermannte für einen Moment ihr Gehirn.

Tallak leckte sich die Finger ab und wischte sich dann die Hände an einer Serviette ab. „Also die Siegel in einer Kombination … Sind sie miteinander verbunden?"

„Nun, ja, sie besitzen eine Art Band, wie ein roter Faden, der sie zusammenhält, da sie Teil eines Zaubers sind."

„Das heißt, sie sind so etwas wie eine Familie."

Sie blinzelte. „In gewisser Weise … ja. Warum?"

Er lehnte sich zurück und seine bernsteinfarbenen Augen funkelten verschmitzt. „Gibt es keinen speziellen Ortungszauber, um vermisste Familienmitglieder zu finden?"

Ihre Augen weiteten sich und sie holte tief Luft. Mit rasendem Herzen schob sie ihren Stuhl zurück und schoss hoch. „Ja, den gibt es. Es könnte sein, dass …" Sie hielt inne und schaute zu Tallak zurück. „Woher weißt du das?"

Er zuckte mit den Schultern und ließ seine Muskeln unter dem T-Shirt kräuseln, auf dem die Worte *Ich habe keine Bucket-List, aber eine Fuck-it-List* standen. „Ich bin eine wandelnde Enzyklopädie der Erinnerungen, die ich aus meinen Morden gestohlen habe, schon vergessen? Einiges von diesem Wissen verblasst nie."

Sie betrachtete ihn kurz. „Das muss hart sein", sagte sie leise. „Stört dich das manchmal?"

Er hielt ihrem Blick einen langen Atemzug lang stand und sein Gesichtsausdruck war so unverstellt, wie sie ihn noch nie gesehen hatte. „Ja", sagte er schließlich mit ruhiger Stimme. „Sehr oft sogar."

Etwas in ihr zerbrach, als sie seinen Tonfall hörte und seinen Gesichtsausdruck sah. „Tallak", flüsterte sie und ihr Herz verkrampfte sich.

Ohne nachzudenken, ging sie zu ihm hinüber, fuhr ihm mit den Fingern durchs Haar und drückte seinen Kopf an ihre Brust, wobei sie ihn halb umarmte, während er noch immer saß. Zuerst verkrampfte er sich, aber dann entspannten sich seine Muskeln und er gab sich mit einem Seufzer ihrer Umarmung hin. Er legte seine Hände um ihre Taille und zog sie näher zu sich.

Mehrere Herzschläge lang verharrten sie so, während sich etwas zwischen ihnen abspielte, das ihren Puls zum Rasen und ihren Magen zum Beben brachte. Aus einem ebenso subtilen wie starken Instinkt heraus, geboren aus einer Vergangenheit, die ihre Seele blutig gemacht hatte, zog sie sich langsam zurück und räusperte sich.

„Ich werde versuchen, den Ortungszauber auf das eine Siegel anzuwenden, das wir gefunden haben. Ich muss es am Tatort machen, damit ich die Energie des Siegels anzapfen kann." Sie wandte sich ab, ohne seinen Blick zu treffen. Ihr Inneres fühlte sich zu roh, zu offen an. Sie musste etwas Abstand zwischen sie bringen, um herauszufinden, warum sie sich so losgelöst fühlte, als würde ein starker Strom sie mitreißen.

„Ich komme mit." Tallak richtete sich auf. „Ich will nicht, dass du allein dorthin fährst."

Sie überlegte, ob sie ihm widersprechen und ihm erklären sollte, dass sie sehr wohl in der Lage war, selbst mit jeder Bedrohung fertig zu werden, aber er hatte einen entschlossenen Gesichtsausdruck aufgesetzt. Tallak auf einer Mission war eine unaufhaltsame Kraft. Sie könnte sich eine halbe Stunde lang mit ihm streiten und am Ende würde er ihr trotzdem folgen.

Seufzend nickte sie und sammelte ihre Ausrüstung ein, bevor sie sich auf den Weg nach draußen machten. Obwohl sie sich ihre Autoschlüssel geschnappt hatte, steuerte Tallak sie unbeirrt auf den Tesla zu und murmelte etwas davon, dass der viel sicherer sei als ihr zehn Jahre alter Honda. Mit einem Augenrollen gab sie nach und stieg in sein Auto.

Sie fuhren schweigend, wofür sie sehr dankbar war, denn so konnte sie ihren eigenen Gedanken nachgehen und das Gefühlswirrwarr in ihrem Inneren sezieren und entwirren.

Sie hatte Angst.

Der Moment eben in der Küche hatte etwas verändert. Es war nicht so, als würden zwei Teile ineinandergreifen, sondern eher, als würden tektonische Platten aufeinanderprallen, deren Rumpeln ihre Knochen erschütterte … und etwas Neues und Mächtiges schuf.

Und das bereitete ihr Angst.

Diese Sache zwischen ihnen … Wann hatte sie aufgehört, ein sorgloser Zeitvertreib zu sein? Wann hatte sie den Halt verloren und war in eine Tiefe gestolpert, die sie in den Abgrund zog, an einen Ort, an dem neben Freude und Glück auch die Gefahr lauerte, noch mehr verletzt zu werden?

Dieser Dämon, der sie einst aus den falschen Gründen auf die Palme bringen konnte, hatte irgendwie begonnen, an ihrem Schutzwall zu nagen, und drohte, sie dazu zu verleiten, sich in ihn zu verlieben.

Und wäre das so schlimm?, flüsterte eine kleine Stimme in ihr. *Ihn zu haben, ihn ganz und gar zu besitzen, ganz und gar ihm zu gehören, ohne Vorbehalte?*

Ihr Atem ging stoßweise, ihre Brust war zu eng und der Schmerz, das zu wollen, was sie fürchtete, zerriss sie.

Ich dachte, ich hätte das hinter mir. Sie ballte ihre Hände zu Fäusten. *Er sollte diese Macht über mich nicht mehr haben.* Und doch saß das Erbe von Roberts Missbrauch tief, die Kratzspuren, die er in ihrer Seele hinterlassen hatte, eiterten noch immer, nach all dieser Zeit.

Sein letzter Triumph, nicht wahr? Er hatte sie so gründlich gebrochen, dass sie sich nicht traute, die Hand auszustrecken und das Glück zu ergreifen, obwohl es direkt vor ihr lag.

„Geht es dir gut, Liebes?"

Tallaks Frage rüttelte sie aus ihrer dunklen Gedankenspirale auf.

Sie räusperte sich. „Ja, natürlich. Warum?"

„Du weinst." Er warf ihr einen Blick zu.

Sie berührte ihr Gesicht und ihre Finger wurden feucht. „Oh."

„Was ist los?", fragte er leise.

Du bist los, dachte sie. *Denn du bist großartig und perfekt und ich will dich so sehr, dass es mir Angst macht.* Du *machst mir Angst. Denn du könntest das Beste sein, was mir je passiert ist, wenn ich nur aus meinem dummen Kopf herauskäme und mich darauf einlassen könnte.*

Zitternd einatmend wischte sie sich die Tränen weg. „Ich denke nur wieder an Rose“, sagte sie und hasste sich dafür, ihn anzulügen. Rose war eine allgegenwärtige Sorge in ihren Gedanken, aber sie war nicht der Grund für diese Tränen. „Ich habe sie seit gestern Abend nicht mehr gesehen. Ich hoffe nur, dass sie nach Hause gekommen ist.“

„Sie wird sich beruhigen. Wahrscheinlich braucht sie nur etwas Zeit, um sich abzukühlen.“

„Ich hoffe, du hast recht. Ich muss mich bei ihr entschuldigen, wenn ich sie sehe.“ Sie seufzte. „Und dann hoffe ich einfach, dass sie mir verzeiht.“

„Sie wäre verrückt, es nicht zu tun“, sagte er. „Du warst immer nur gut zu ihr und hast dir den Arsch aufgerissen, um eine Beziehung zu ihr aufzubauen und ihr gleichzeitig Freiraum zu lassen. Das wird sie erkennen.“

Sie sah ihn an und betrachtete sein Profil, während er die Straße beobachtete. Er wirkte so ruhig und selbstbewusst, strahlte Stärke und Sicherheit aus. Allein sein Anblick löste einige Knoten in ihrer Brust und ließ sie leichter atmen.

„Wir sind da.“

Sie löste den Blick von ihm und musterte die Wohngegend, das verlassene Haus, das zum Tatort geworden war, ein paar Meter weiter. Es würde schwieriger sein, tagsüber unbemerkt hineinzukommen, aber bis zum Einbruch der Nacht zu warten, war keine Option. Sie musste herausfinden, ob es noch andere Siegel gab, und diese finden. Je eher, desto besser.

„Wir sollten uns von hinten anschleichen“, sagte sie. „Mal sehen, ob es einen Weg gibt, der nicht so offensichtlich ist wie die Eingangstür.“

Sie schnappte sich ihre Tasche vom Rücksitz und gemeinsam gingen sie den Bürgersteig entlang in Richtung der Gasse, die sich hinter dem Haus entlang schlängelte. Aus der Ferne hörten sie das Kreischen spielender Kinder und gelegentlich bellte ein Hund. Es war Sonntagmittag und die meisten Leute waren zu Hause und genossen ihr Wochenende … wirklich nicht die beste Zeit, um in einen kürzlich entdeckten Tatort einzubrechen. Das Einzige, was ihnen zugutekam, war der heftige Regenschauer, der vor ein paar Minuten eingesetzt hatte. Er trieb so ziemlich jeden in seine Häuser und machte es unwahrscheinlicher, dass jemand die beiden von ihrem Hinterhof aus entdeckte.

Natürlich bedeutete das auch, dass Hazel in weniger als einer Minute völlig durchnässt war, da sie ihren Regenmantel zu Hause vergessen hatte. Sie warf einen Blick auf Tallak, dessen T-Shirt an seiner Haut klebte und jeden Muskelumriss köstlich zur Geltung brachte.

Vielleicht war der Regen ja doch nicht so schlimm.

Als er merkte, dass sie ihn ansah, grinste er sie frech an. Sie wandte schnell den Blick ab und sein leises Glucksen folgte ihr, als sie die kleine Zauntür öffnete, die von der Gasse in den Hinterhof des Hauses führte.

Sie eilten über den überwucherten Rasen, ihre Schuhe knirschten im nassen Dreck, und ein paar Sekunden später waren sie endlich im Haus. Dort, wo alles angefangen hatte.

⛤

TALLAK SICHERTE DIE RÄUME, DIE ALLE LEER WAREN UND NACH Tod rochen, bevor er zu Hazel in den Hauptraum ging, in dem das Ritual stattgefunden hatte. Die Blutflecke markierten noch immer die Stelle, an der die Hexe den Menschen geschlachtet hatte, und an der Wand daneben zeigten getrocknete Schlieren, wo Hazel ihr eigenes Blut verspritzt hatte, um das Siegel erscheinen zu lassen.

Erschrocken stellte Tallak fest, dass sie sich wahrscheinlich noch einmal das Handgelenk aufschneiden musste, um dafür zu bluten. Er knirschte bei dem Gedanken mit den Zähnen.

Hazel war mit den Vorbereitungen für den Ortungszauber beschäftigt. Sie kniete auf dem Boden und zeichnete mit der Kreide aus ihrer Tasche ein Pentagramm. Das Einmaleins der Zaubervorbereitung. Die Erinnerungen, die er von Estelle und Lydia gestohlen hatte, lieferten ihm das Hintergrundwissen über die Funktionsweise von Hexen – und über viele andere Dinge. Manchmal fielen ihm Dialogfetzen ein oder er wurde plötzlich in eine andere Zeit oder an einen anderen Ort zurückversetzt, weil ein Geruch oder ein Lied eine Erinnerung ausgelöst hatte.

Er brauchte immer lange, um herauszufinden, ob die Erinnerung seine eigene war oder von einem seiner Opfer stammte.

Hazel war mit dem Aufbau fertig, der Salzkreis war vollendet, die Kerzen angezündet und eine Karte des Stadtgebiets von Portland lag vor ihr, als sie sich in die Mitte des Pentagramms kniete. Sie holte ein Messer und ein kleines Glas hervor und er zuckte zusammen, weil er wusste, was jetzt kommen würde.

Mit einer geübten Bewegung schnitt sie sich das Handgelenk auf und hielt ihren Arm über das Glas, damit ihr Blut hineintropfen konnte.

Der schwere Duft von Eisen stieg in die Luft, vermischt mit einer Note, die eindeutig Hazel zuzuordnen war – warm, sanft und mit einem Hauch von Wintergewürzen. *Zuhause.* Sie roch nach Zuhause, verdammt.

Sein ganzer Körper verkrampfte sich, als ihn der Geruch ihres Blutes traf, und sein Atem ging rasend schnell. So war es nicht gewesen, als er sie das erste Mal dabei beobachtet hatte. Oder als er bei der anderen Gelegenheit miterlebt hatte, wie ihre Haut aufgerissen wurde und geblutet hatte, weil sie die Magie, die sie benutzt hatte, zurückzahlen musste. Damals war ihm der Anblick einfach nur unangenehm gewesen und der Gedanke, dass sie verletzt war, hatte seine Nackenhaare in die Höhe getrieben.

Aber jetzt … jetzt wollte er den Abstand zu ihr verringern, an ihrer Wunde lecken, ihr Blut aufsaugen und es in sich aufnehmen – und sich dann selbst aufschlitzen und sie sein Blut trinken lassen.

Um sich mit ihr zu *paaren*.

Das geflüsterte Verlangen pochte in ihm.

Nimm deine Gefährtin, mach sie zu deiner!

Schweiß brach auf seiner Haut aus. Seine Reißzähne pressten gegen sein Zahnfleisch und der Schmerz war ein willkommenes Vergnügen, als sich die Schneidezähne hindurchbohrten.

Nimm sie!

„Hier."

Hazels Stimme lenkte seine Aufmerksamkeit auf ihren Mund. Ihre Lippen sollten mit seinem Blut rot gefärbt sein.

„Nimm das", sagte sie und hielt ihm das Glas hin.

Seine Nasenflügel weiteten sich.

„Du musst es an die Wand spritzen, genau wie beim letzten Mal, damit ich die Energie des Siegels anzapfen kann, sobald es erscheint."

Wie in Trance glitt er zu ihr hinüber und nahm ihr den Becher aus der Hand. Sein Puls pochte in seinem Kopf und der Geruch ihres Blutes ließ ihm das Wasser im Munde zusammenlaufen.

„Tallak."

Er starrte auf die dunkelrote Flüssigkeit.

Trink!

Seine Lippen öffneten sich.

„Tallak!“ Sie schnippte mit den Fingern vor seinem Gesicht.

Er fing ihren Blick auf und was sie in seinen Augen sah, muss ein wenig entsetzlich gewesen sein, denn sie zuckte zurück und zog die Brauen zusammen.

„Was ist los mit dir?“, flüsterte sie.

Angst. Da war Angst in der Art, wie sie ihn ansah. Das reichte aus, um den Paarungstrieb in ihm zu brechen. Denn lieber würde er sich selbst die Haut abziehen, als seiner Gefährtin Angst einzujagen.

Er atmete tief ein – durch den Mund, um den Angriff ihres Duftes auf seine Sinne nicht zu verstärken – und schloss für einen Moment die Augen. Als er sie wieder öffnete, hatte er sich unter Kontrolle und der eindringliche, hämmernde Trieb zur Paarung war zu einem leisen Pochen in seiner Brust geworden.

„Bist du bereit?“, fragte er sie und gute Güte, seine Stimme war kaum mehr als ein Knurren.

Hazels Augen glitzerten noch immer misstrauisch, aber sie nickte.

Er spritzte das Blut aus dem Gefäß an die Wand, genau an die Stelle, an der Hazels altes Blut die Tapete zierte. Das Siegel erwachte zum Leben, leuchtend rote Linien, die sich ineinander wölbten und mit alter Magie pulsierten.

Sofort begann Hazel ihren Gesang und bei ihren Worten durchströmte Macht die Luft. Was auch immer sie tat, sie hielt das Siegel länger aufrecht als zuvor und die Magie knisterte zwischen dem Symbol und Hazels Kreis. Ohne Unterbrechung ging sie vom Gesang zu den Worten des Ortungszaubers über.

„Von Banden, die durch Blut verbinden,
will ich die verlorenen Teile finden.
Eine gespaltene Familie kann nur scheitern,

zeig sie mir jetzt, um das Band zu erweitern."

Das Pendel, das sie über die Karte hielt, schwang erst langsam, dann immer schneller, während die Luft durch ihre Kraft pulsierte. Alle Härchen auf seinen Armen und in seinem Nacken stellten sich auf, aber wo andere Dämonen vor so mächtiger Hexenmagie zurückgeschreckt wären, wollte er sich ihr hingeben, sie auf seiner Haut pulsieren spüren wie eine Heizdecke. Sie könnte ihm damit einen Schock versetzen, der ihn zu Boden brächte, und er würde es ihr mit einem Lächeln auf dem Gesicht danken.

Ja, er war ihr offiziell ausgeliefert.

Die Kraft nahm zu und das Pendel traf die Karte, wobei sich sein spitzes Ende in das Papier bohrte. Wie von einer unsichtbaren Hand gezogen, flog das Pendel wieder nach oben, nur um dann wieder nach unten zu fallen und einen weiteren Punkt auf der Karte zu markieren. Noch zweimal hob und senkte es sich, bevor es in der Luft zitterte und dann schlaff aus Hazels Hand hing.

Die Magie im Raum verstummte, das Knattern der flackernden Kerzen war das einzige Geräusch.

Mit großen Augen sah Hazel zu ihm auf.

„Vier", flüsterte sie. „Es sind vier Siegel." Die Muskeln in ihrer Kehle bewegten sich, als sie schluckte. „Die Hexe hat bereits vier Menschen getötet."

KAPITEL 27

„Hier“, sagte Tallak und zeigte auf einen Punkt auf der Karte. „Hier sind wir.“

Hazel nickte mit verkniffenem Gesicht. „Sehen wir uns zuerst das hier an.“

Sie zeigte auf die Stelle, die ihrem jetzigen Standort am nächsten lag. Trotzdem würden sie die Hälfte des Stadtgebiets von Portland durchqueren müssen, von Sherwood bis zu einem abgelegenen Landstrich an der Route 224, nahe Eagle Creek. Keiner der Orte, die das Pendel markiert hatte, befand sich auch nur ansatzweise in der Nähe eines anderen. Die Hexe schien ihre Morde überall begangen zu haben, ohne ein klares Muster zu verfolgen.

Hazel packte ihre Sachen zusammen, dabei waren ihre Bewegungen angespannt. Die Erkenntnis, dass es bereits eine blutige Spur von Leichen gab, hatte sie aus der Fassung gebracht, nachdem das Pendel die anderen Orte enthüllt hatte. Tallak scherte sich einen Dreck um tote Menschen, aber Hazel war ihm nicht egal, und sie in Not zu sehen, weckte in ihm den Wunsch, die verantwortliche Hexe zu finden und sie

Hazel auszuliefern, damit sie sie zur Rechenschaft ziehen und endlich wieder frei atmen konnte.

Auf der Fahrt zum Ort des Siegels war es bis auf Hazels Wegbeschreibungen ruhig und die Stimmung angespannt.

„Wir sind gleich da“, sagte sie, als er den Tesla auf eine kleine Straße in Richtung Bonnie Lure State Park lenkte.

Es schüttete immer noch wie aus Kübeln und die Sicht durch die Windschutzscheibe war beschissen. Mit zusammengekniffenen Augen sah er zu den Bäumen, die vor ihnen thronten.

„Wie genau ist dieser Ortungszauber?“, fragte er.

„Nun, anhand der Markierung auf der Karte konnten wir den ungefähren Standort bestimmen.“

„Sag mir nicht, dass wir bei diesem Scheißwetter den ganzen verdammten Wald abklappern müssen.“

„Müssen wir nicht.“

Sie klang eine Spur zu selbstgefällig, also schaute er zu ihr hinüber.

„Ich habe ein wenig von dem Zauber an das Pendel gebunden, damit es uns als Kompass dient und die richtige Richtung weist.“

Sie hielt die Kette des Pendels hoch und demonstrierte, wie das Gewicht am Ende von ihrer Hand weg zeigte, als würde es von einer unsichtbaren Kraft gezogen. Derzeit bewegte es sich ungefähr in Richtung Nordwesten.

„Wir müssen nur so nah wie möglich an den Punkt auf der Karte herankommen und dann dem Sog des Pendels den Rest des Weges folgen.“

Ein Lächeln schlich sich auf seine Lippen. „Du bist unglaublich.“

Sie sog leise die Luft ein und senkte dann den Blick, ihre Wangen waren rosig gefärbt.

Die Straße endete auf einem kleinen Parkplatz, der von Bäumen umgeben war und von dem aus Wege in den Wald führten. Er parkte das Auto, sie stiegen aus und sprinteten durch den Regen in Richtung des Pfades, den das Pendel anzeigte. Im Schutz der Bäume ließ der Regen zu einem Nieseln nach und das Laub hielt das meiste davon ab.

Tallak schüttelte den Kopf, sodass das Wasser um ihn herum spritzte, und zog sein T-Shirt aus, um es auszuwringen. Hazels Augen wanderten zielsicher zu seiner nackten Brust und sie betrachtete ihn mit stiller Begierde, so wie sie zuvor die Umrisse seiner Muskeln genossen hatte, als der Regen sein T-Shirt an seinen Körper geklebt hatte. Sich heimlich brüstend achtete er darauf, dass er seine Muskeln beim Auswringen des Stoffes auch ordentlich anspannte.

Schließlich musste er ihr ja etwas zum Anschauen geben.

Er zog das T-Shirt wieder an, und sie folgten dem Sog des Pendels, während der Wald um sie herum Feuchtigkeit atmete. Links und rechts bedeckten Farne den Boden und hüllten den Waldboden in üppiges Grün.

Vor ihnen kam ein Rastplatz mit einem Pavillon in Sicht, der an drei Seiten offen war, mit einer massiven Rückwand aus Holzbohlen.

Das Pendel zeigte direkt darauf.

Hazel wechselte kurz einen Blick mit ihm, dann näherte sie sich dem Unterstand vorsichtig und studierte die Wand.

Tallaks Augen folgten den verblassten Spuren auf dem Erdboden zwischen den Picknicktischen mit den dazugehörigen Bänken. Er ging in die Hocke und wühlte ein wenig in der Erde, dann führte er seine Finger an die Nase und atmete tief ein.

„Blut", sagte er.

Hazel warf ihm einen scharfen Blick zu.

„Allerdings ist es alt. Mindestens eine Woche oder älter. Aber es ist eine Menge."

Sie holte tief Luft. „Das ist es also." Ihr Blick wanderte zurück zur Wand. „Das Siegel muss hier sein."

Wieder holte sie ihr Messer und das Glas hervor und Tallak verkrampfte sich. *Verdammt!* Vielleicht würde ihn der Geruch ihres Blutes dieses Mal nicht wie eine Droge treffen, wenn er durch den Mund atmete? Sie auf dieser Mission zu begleiten, war vielleicht nicht die beste Idee gewesen, wenn er es ertragen musste, dass sie sich viermal direkt vor seiner Nase die Adern aufschnitt. Und das, während er gegen das unbändige Bedürfnis ankämpfte, ihr Blut zu trinken und ihr sein eigenes zu geben.

„Hier."

Er blinzelte auf das Handy hinunter, das sie ihm hinhielt.

„Mach ein paar Fotos von dem Siegel, wenn es erscheint."

Richtig. Das Siegel. Deswegen waren sie hier. Um das verdammte Siegel zu dokumentieren, damit Hazel mit ihren Ermittlungen weiterkam, und nicht um einen urzeitlichen Austausch von Körperflüssigkeiten zu vollziehen, der sie für alle Ewigkeit aneinanderbinden würde.

Richtig, ja.

Mühsam entriss er der dämonischen Seite seines Wesens die Kontrolle über sich selbst und schlug den Paarungstrieb in die Schranken. Trotzdem zitterten seine Knochen und seine Hände, als er ihr das Handy abnahm.

Ohne sich seines inneren Kampfes bewusst zu sein, schlitzte sich Hazel das Handgelenk auf, blutete in das Glas und spritzte das Blut an die Wand. Wie zuvor am anderen Tatort erschienen rote Linien, die wie Neonlampen aufflackerten und mit Magie glühten.

Er atmete hartnäckig durch den Mund, wobei der Geruch ihres Blutes noch immer stark genug war, um seine Sinne zu reizen. Dabei gab er sich Mühe, seine Hände zu beruhigen und eine Reihe von Fotos von dem Siegel zu machen, bevor es wieder in der Dunkelheit verblasste.

„Hast du es?", fragte Hazel.

Fuck, ich hoffe es. Er würde es nicht schaffen, noch mehr

von ihrem Blut zu riechen, falls er die Fotos vermasselt hatte und sie noch mehr bluten musste. Er brauchte die Zeit, die sie für die Fahrt zum nächsten Ort benötigten, um sich verdammt noch mal zu beruhigen und seine Instinkte unter Kontrolle zu bekommen.

Hazel nahm ihm das Handy ab und scrollte durch die Bilder. „Gut", sagte sie und steckte es ein.

Er stieß einen Seufzer der Erleichterung aus, ging ein paar Schritte weg und atmete die feuchte Waldluft ein. Er konnte immer noch den Geruch ihres Blutes in seiner Kehle schmecken. *Verdammt noch mal!*

„Okay", sagte Hazel hinter ihm. „Sehen wir uns das nächste an."

Die Hände in die Hüften gestemmt, ließ er den Kopf hängen und unterdrückte ein Stöhnen. Das war die Hölle. Ja, er wurde gefoltert, wahrscheinlich eine kosmische Strafe für eines seiner vielen, vielen Vergehen. Karma oder irgendeine Scheiße, die zurückgekommen war, um ihm in den Arsch zu treten.

Schwer seufzend richtete er sich auf und folgte Hazel den Weg zurück zum Auto.

DER NÄCHSTE ORT ERWIES SICH ALS GENAUSO ABGELEGEN.

Es stellte sich heraus, dass das dritte Siegel in einem alten, baufälligen Bauernhaus an der NE Washougal River Road auf der Washingtoner Seite des Columbia Rivers an der Wand angebracht worden war. Ohne direkte Nachbarn im Umkreis von mehreren Kilometern und offenbar seit Jahren verlassen, war es der perfekte Ort für einen heimlichen Mord.

Folglich hatte sich die Hexe offenbar nicht so viel Mühe mit der Säuberung gegeben. Der Gestank der Verwesung schlug Tallak wie ein Baseballschläger entgegen, sobald er das Haus betrat.

Zischend atmete er aus und ging vorsichtig auf die Geruchsquelle zu, die im Zimmer nebenan auf dem Boden lag. Wie der Mensch, über den er zuerst gestolpert war, lag auch dieser in einer rituellen Position auf einem Pentakel.

Er unterdrückte ein Schnauben. Verdammt heuchlerisch, etwas zu nehmen, das als Schutz gegen das Böse gedacht war, und es für ein Menschenopfer zu verwenden, das so ziemlich alle Kriterien des Hexengesetzes für die Definition des Bösen erfüllte.

Hazel trat hinter ihm ein und hielt sich ihren Pullover vor die Nase, um den Geruch zu bannen. Ihre Augen weiteten sich, als sie die Leiche sah. „Bei allen Göttern!"

Vorsichtig ging sie näher und passte dabei auf, wo sie hintrat. Die alten Dielen waren mit getrocknetem Blut bedeckt, das aus den vielen Wunden des toten Mannes herausgelaufen war. Sie legte den Kopf schief und betrachtete die Leiche.

„Was meinst du, wie lange er schon hier liegt?", fragte sie.

Tallak betrachtete die Leiche erneut. „Sieht so aus, als befände sich der Körper zwischen dem zweiten und dritten Verwesungsstadium. Die Leiche weist etwas schwarze Verfärbung auf, aber noch keine fortgeschrittene Verwesung, was *normalerweise* auf etwa zwei Wochen hinweisen würde."

„Aber das stimmt nicht?"

Er schüttelte den Kopf. „Es ist schon länger her."

Als sie ihn fragend ansah, erklärte er: „Der Blutverlust verlangsamt die Verwesung." Er deutete auf die Blutlache um den Mann herum. „Der Kerl hat das meiste davon während der Sache verloren, die die Hexe mit ihm angestellt hat."

Sie hob beide Brauen. „Du weißt eine Menge darüber. Ist das wieder so eine Erinnerung, die sich festgesetzt hat?"

Er spöttelte leise. „Nein. Ich schaue mir nur gern True-

Crime-Serien an. Eine Menge praktisches Wissen." Er deutete wieder auf die Leiche und fügte hinzu: „Sie könnte also auch drei Wochen alt sein."

Sie schluckte und drehte sich um, um die Wände zu begutachten. „Klar", murmelte sie nach einem Moment.

„Was?"

„Diese drei Wände sind alle kahl genug, um das Siegel zu tragen." Sie winkte durch den Raum. „Wenn ich Glück habe, treffe ich es beim ersten Versuch. Wenn nicht …"

Wenn nicht, würde sie *dreimal* bluten müssen, um das Siegel zum Vorschein zu bringen.

Das verdammte Glück war einfach nicht auf seiner Seite, was?

Und jetzt war es zu spät, um einen Rückzieher zu machen und sie allein zu lassen. Er musste Fotos vom Siegel machen und darüber hinaus wollte er sie wegen des Paarungstriebs, der ihn dazu drängte, ein versautes Blutspiel mit ihr durchzuführen, nicht mitten in einem Raum, der nach aufgewärmtem Tod roch, zurücklassen. Jeder Instinkt, den er hatte, drängte ihn, an ihrer Seite zu bleiben und dafür zu sorgen, dass ihr nichts passierte.

Zähneknirschend nahm er ihr Handy und rief: „Ich bin bereit, wenn du es bist."

Sie warf ihm einen Blick zu. „Alles okay?"

Superduper. „Es ist der Geruch", sagte er und winkte ziellos durch den Raum. „Für eine Dämonennase ist das ziemlich heftig, weißt du."

Verständnis flackerte in ihren Augen auf und ihr Gesicht wurde weicher. „Stimmt. Es tut mir leid. Ich werde versuchen, mich zu beeilen."

Wie es der Zufall wollte, benötigte Hazel drei Versuche, bis sie die richtige Wand erwischt hatte und das dort verborgene Siegel aufleuchtete. Als das Symbol zum Leben erwachte und er es fotografieren musste, hing er schon am seidenen Faden. Er war so kurz davor, Hazels Blut von der schmutzigen Wand zu lecken, dass er nicht wagte, darüber nachzudenken, was er danach tun würde.

Er musste raus aus diesem Haus und eine Luft atmen, die nicht mit dem Blut seiner potenziellen Gefährtin getränkt war.

„So, fertig", sagte er, nachdem er das letzte Foto geschossen hatte, und ging aus dem Zimmer.

Kurz vor der Haustür hielt er inne, um Hazel im Auge zu behalten, während er immer noch wachsam die Umgebung nach Gefahren absuchte. Seine Haut fühlte sich zu eng an, wie eine dünne, brüchige Schicht, die sich über ein Bündel von Nerven, angespannten Muskeln und einem pulsierenden Durcheinander von Bedürfnissen spannte. Es war, als hätte jemand alles in ihm entfernt und durch einen Druck ersetzt, der nach außen gegen die bröckelnde Fassade seines Gleichgewichts presste. Adrenalin pumpte durch seine Adern und machte ihn so kribbelig, dass er sich nur durch Gewalt oder Sex davon befreien konnte.

Oder eben durch die Paarung mit seiner Auserwählten.

Nichts in seinem Leben war jemals so schlimm gewesen wie das hier. Nicht einmal der konstante Hunger in dem verkommenen Fae-Kerker hatte ihn so gequält. Er verlor den Verstand, einen Atemzug nach dem anderen, und die Kontrolle über die dunklen Seiten in ihm.

Er würde niemals ausrasten und ihr die Bindung aufzwingen, indem er sie gegen ihren Willen sein Blut trinken ließ, so viel wusste er. Manche Dämonenarten taten das tatsächlich, ohne sich um Zustimmung zu scheren. Für sie war es Zustimmung genug, wenn ihre Gefährtin sie danach nicht tötete.

Verdammte Barbaren, die ganze Bande.

Aber auch wenn er wusste, dass er sie niemals zwingen oder ihr die Entscheidung abnehmen würde, spürte er tief in seinen Knochen, dass ihn der Druck, der auf ihm lastete, zerreißen würde, wenn er nicht bald handelte. Wenn er so weitermachte, während sein Paarungstrieb von Tag zu Tag stärker und er mit Situationen wie dieser konfrontiert wurde, in denen die Umstände seine Instinkte schürten wie die Kohlen eines Feuers, würde ihn das von innen heraus zerfressen. Wie ein ausgehungerter Körper, der aus Mangel an Nahrung anfing, sich selbst zu verdauen.

In einer idealen Welt hätte er mehr Zeit, sie zu umwerben und ihren Widerstand gegen eine offizielle Beziehung zu brechen – und sie hatte offensichtlich einige Hemmungen, was das anging. Das hatte sie verdammt deutlich gemacht, als sie ihn in den Schrank geschickt hatte, um seine Anwesenheit vor Basil zu verbergen und sicherzustellen, dass niemand von Tallaks Beziehung zu ihr erfuhr.

Als würde sie sich für ihn schämen.

Der Gedanke brannte in dem Teil seines Egos, der durch die Zeit, die er als Roanas heimlicher Geliebter verbracht hatte, bereits verletzt war. Er erinnerte sich daran, wie sie ihn von Monat zu Monat vertröstet hatte, weil sie nicht bereit gewesen war, mit ihm Faerie zu verlassen, obwohl sein Leben in Gefahr gewesen war. Er war gut genug gewesen, um in ihrer Nähe zu bleiben und ihr Bett zu wärmen, aber es hatte ihr nicht gereicht, um sich zu ihm zu bekennen und ihn zu ihrer Priorität zu machen.

Erst, als sie mit Basil schwanger geworden war, hatte sie beschlossen, Faerie für immer zu verlassen.

Ja, das war ein wunder Punkt für ihn. Am Anfang war es für ihn in Ordnung gewesen, die Sache zwischen ihm und Hazel geheim zu halten, aber damals war er dummerweise davon überzeugt gewesen, dass er sie einfach aus seinem System ficken konnte und fertig.

Ah, ja, das hat gut funktioniert, nicht wahr?

Er rieb sich das Gesicht.

Selbst wenn der Paarungstrieb ihn nicht dazu drängen

würde, die Beziehung auf ein neues Level zu heben, würde er sich nicht damit zufriedengeben, die Dinge zwanglos und geheim zu halten. Nicht mehr. Das war das Problem, wenn der „Fick sie dir aus dem System"-Ansatz einen dazu brachte, zu erkennen, dass der Hunger nach ihr kein Fehler in der Software war, sondern ein verdammter Hauptbestandteil davon.

„Okay", sagte Hazel und trat hinter ihm aus dem Haus. Ihr Duft umhüllte ihn wie die süßeste Ambrosia. „Ich bin fertig." Sie hielt inne, als sie zu ihm aufblickte, und was auch immer sie in seinem Gesicht sah, ließ ihre Züge vor Mitleid weich werden. Sie legte eine Hand auf seinen Arm und sagte mit sanfter Stimme: „So schlimm, hm?"

Du hast ja keine verdammte Ahnung.

„Wenn am nächsten Ort eine verweste Leiche liegt, musst du nicht mit mir dortbleiben." Sie drückte seinen Arm ein wenig und sein Herz schlug immer heftiger. „Ich bin mir sicher, dass ich die Fotos selbst machen kann."

Er zwang sich zu einem Lächeln, obwohl es keines gab. „Mach dir keine Sorgen um mich, Süße. Ich werde es überleben."

Ihre Augen leuchteten vor Wärme, als sie sich auf Zehenspitzen stellte und seine Wange küsste. „Übrigens, danke, dass du mitgekommen bist. Ich dachte, ich schaffe das allein, aber dich hier zu haben … hilft."

Und schon brachte sie wieder etwas in ihm zum Schmelzen.

„Jederzeit", murmelte er und reichte ihr das Handy.

Sie warf einen Blick zurück auf das Haus und zog die Brauen zusammen. „Ich hasse es, die Leiche einfach so hier liegenzulassen, ohne jemanden zu benachrichtigen. Der arme Mann hat ein ordentliches Begräbnis verdient."

„Babe, du hast gerade dein Blut über drei Wände direkt neben der rituellen Mordstätte verteilt." Er warf ihr einen strengen Blick zu. „*Willst* du verhaftet werden? Denn genau so wird man verhaftet."

„Ich weiß, ich weiß." Sie seufzte. „Außerdem könnte es sein, dass ich später noch einmal vorbeikommen muss, je nachdem, was ich noch über die Morde herausfinde. Wenn die menschlichen Behörden davon Wind bekommen, wird es für mich noch schwieriger, zu ermitteln, vor allem, wenn sie diesen Mord hier mit dem ersten in Verbindung bringen, den wir gefunden haben."

„Wir können jederzeit zurückkommen und die Leiche bewegen, damit die Polizei sie findet, wenn wir die Hexe, die das getan hat, erwischt haben."

Sie nickte und ihr Blick war hart. „Dann wird er wenigstens in Würde beerdigt. Und falls er eine Familie hat, können sie über seinen Tod informiert werden und sich verabschieden."

KAPITEL 28

Der nächste Tatort lag nördlich von Vancouver, WA und damit wieder auf der Washington-State-Seite des Columbia Rivers. Wieder eine ländliche Gegend. Die Markierung auf der Karte und die Sogwirkung des Pendels führten sie zu einer Gärtnerei – verlassen, was ein Thema für diese Tatorte zu sein schien. Das ergab natürlich Sinn. Jemanden unentdeckt zu töten – noch dazu in einem komplexen Ritual – erforderte ein gewisses Maß an Abgeschiedenheit.

Hazel folgte der Bewegung des Pendels und trat näher an das große Gewächshaus heran, während der Regen die Luft um sie herum vernebelte. Einige der Glasscheiben des Gebäudes waren zersplittert und andere waren mit Graffiti oder Ranken überzogen. Tallaks dämonische Energie – tagsüber gedämpft, aber immer noch spürbar, wenn sie sich darauf konzentrierte – streifte sie, als er sich vor ihr bewegte.

„Lass mich erst nachsehen", sagte er und öffnete die Tür.

Sie erlaubte sich ein kleines Lächeln und beschloss, ihn nicht daran zu erinnern, dass sie, da es Tag war, in magischer Hinsicht stärker war als er und die erste Verteidigungslinie gegen jegliche Bedrohung sein sollte. Aber sie wollte sein Ego nicht unnötig verletzen.

Als sie darauf wartete, dass er den Weg freimachte, fröstelte sie. Ihre Hände waren kalt und klamm. Der Regen und die kalte Luft machten ihr zu schaffen. Sie musste das hier wirklich zu Ende bringen, damit sie nach Hause gehen und sich aufwärmen konnte, bevor sie die dokumentierten Siegel untersuchte.

Aus dem Inneren des Gewächshauses drang ein Seufzen nach draußen. „Das wird dir nicht gefallen."

„Was?" Sie folgte ihm hinein, während die Angst in ihrem Magen rumorte.

Er trat zur Seite, damit sie etwas sehen konnte. Ihr Blick fiel auf die auf dem Boden liegende Leiche, die der anderen, die sie gefunden hatten, sehr ähnelte. Allerdings fehlten die Anzeichen von Verwesung.

Sie holte tief Luft und roch dabei nichts als Blut und Erde. „Die Leiche ist frisch, nicht wahr?"

Er nickte, ging in die Hocke und schnüffelte an der Leiche. „Er ist noch nicht einmal aufgedunsen. Ich kann den Tod in ihm riechen, aber die Verwesung fängt gerade erst an." Er richtete sich wieder auf und stieß mit einem Fuß an die Leiche. „Er befindet sich noch in der Totenstarre." Seine Augen trafen die ihren. „Er ist wahrscheinlich irgendwann letzte Nacht gestorben."

Sie schlug sich den Handrücken auf den Mund und wandte sich ab, weil ihr Magen sich verkrampfte. *Letzte Nacht.* Die Hexe hatte wieder getötet, während Hazel getrunken und getanzt hatte. Sie hatte ihr Leben genossen, während ein weiteres Leben ausgelöscht worden war, um ein ruchloses Ziel zu erreichen, das die andere Hexe verfolgte.

Sie schloss die Augen. Die Schuld lastete wie ein Bleigewicht auf ihrer Brust und in ihrem Bauch kochte die Übelkeit.

„Hey." Tallaks Hand auf ihrer Wange veranlasste sie dazu,

die Augen zu öffnen. Er stand direkt vor ihr und beugte sich ein wenig nach unten, um mit ihr auf Augenhöhe zu sein. „Was ist denn los?"

„Das ist meine Schuld", flüsterte sie.

Ein finsterer Blick trübte sein Gesicht. „Wie zum Teufel kommst du darauf?"

„Wenn ich schneller gewesen wäre, wenn ich diese Siegel früher gefunden hätte …"

„Das hätte dir nicht geholfen, die Hexe rechtzeitig zu fangen", unterbrach er sie. „Du hast die Siegel gefunden. Du musst noch immer herausfinden, was sie bedeuten, was die Hexe vorhat und wie du von diesen Beweisen zu der Hexe kommst, die dafür verantwortlich ist. Vielleicht hilft es dir, diese Siegel zu kennen. Vielleicht aber auch nicht. Du weißt erst seit ein paar Tagen von dieser Blutopfer-Mordserie. Sei nicht so streng mit dir!"

Sie schüttelte den Kopf. „Aber war es ein Fehler, die anderen Ältesten nicht einzubeziehen? Wenn ich es ihnen von Anfang an gesagt hätte und wir eine groß angelegte Untersuchung gestartet hätten …"

„Hast du je daran gedacht, dass eine Älteste dahinterstecken könnte? Indem du sie alle einweihst, verrätst du möglicherweise der Hexe, die diesen Mist baut, dass du ihr auf der Spur bist. Daraufhin könnte sie die Ermittlungen sabotieren und dir immer einen Schritt voraus sein."

Das ließ sie vorübergehend innehalten. Noch vor einem Jahr hätte sie die Vorstellung, dass eine andere Älteste ein solch abscheuliches Verbrechen begehen könnte, sofort abgelehnt. Allein der Gedanke war abstoßend und widersprach allem, was sie je gelernt hatte, allem, wofür Hexen standen.

Aber das war, bevor ihre eigene Schwester – eine Ältestenhexe, das Oberhaupt ihrer Familie und ein ehrbares Mitglied ihrer Gemeinschaft mit einem unerschütterlichen moralischen Kompass – einen Dämon gezwungen hatte, Maeve zu entführen, sie zu foltern und zu vergewaltigen. Sie hatte die Ermordung unschuldiger Menschen gebilligt, um den Dämon zu ernähren, und Rhun eine Falle gestellt. Und all das im Rahmen ihres wahnsinnigen Plans, Maeves Kräfte zu nutzen, um so viele Dämonen wie möglich auszulöschen.

Eine besondere Art von Wahnsinn, geboren aus Kummer und Hass.

Das Böse, so hatte sie gelernt, lauerte manchmal auch in den rechtschaffensten Herzen.

„Du hast recht", flüsterte sie und starrte seelenlos vor sich hin. „Es könnte jede von ihnen sein, nicht wahr?"

Auch wenn es unwahrscheinlicher war, dass eine der ehemaligen Aequitas dahintersteckte, konnte sie sich nicht hundertprozentig sicher sein. Aber selbst, wenn sie diese ausschließen könnte, würde sie alle Drakonier in die Schublade der Verdächtigen stecken, wenn sie den Aequitas von einer mordenden Hexe in ihrer Mitte erzählte. Damit würde sie die immer noch schwelenden Feindseligkeiten und Meinungsverschiedenheiten anheizen, die sie so verzweifelt zu unterdrücken und zu überbrücken versuchte. Sie konnte sich nur vorstellen, was zum Beispiel Elaine oder Sarai zu der Aussicht sagen würden, dass eine der Drakonier-Hexen Menschen tötete, um Macht zu erlangen.

Was folgen würde, wäre ein Chaos, ein Wiederaufflammen des Feuers, das ihre Gemeinschaft fast vernichtet hätte. Nur, dass es dieses Mal vielleicht alles in Schutt und Asche legen würde.

Und im Gegensatz zu Maeve wären sie nicht in der Lage, sich aus der Asche zu erheben.

„Manchmal", sagte Tallak und lenkte ihren Blick wieder auf sich, „tun wir alles richtig, zur richtigen Zeit und trotzdem geht die Scheiße schief. Du bist kein Gott. Du kannst nicht alle Variablen kontrollieren." Er hielt inne und runzelte die Stirn. „Wenn man die Realität *unserer* Götter betrachtet, sind nicht einmal sie allmächtig. Und das ist ein verdammter Segen. Kannst du dir jemanden wie Arawn vorstellen, der *tatsächlich* allmächtig ist?"

Das entlockte ihr ein kleines, sprödes Lachen. „Ich danke dir", sagte sie dann leise. „Dafür, dass du mich von diesem Felsvorsprung heruntergeholt hast."

„Zu deinen Diensten", murmelte er und seine Augen leuchteten in dem düsteren Gewächshaus wie verzaubert.

So, wie er sie jetzt ansah – mit Zügen, so weich und offen, wie sie es nur dann waren, wenn er sie ansah, und einer einladenden Energie in der Luft zwischen ihnen –, hätte sie am liebsten den Abstand zu ihm verringert. Sie wollte sich in seinen Armen vergraben, um all die verborgene Zuneigung in sich aufzusaugen und sich in das Versprechen einer Zukunft fallen zu lassen, die sie sich nie hätte vorstellen können, geschweige denn sich hätte wünschen dürfen.

Und doch schlug die Ungewissheit von innen gegen ihre Haut und drosselte den Impuls, ihrem Herzen zu folgen. Diese Angst in ihr hatte keinen Namen und flüsterte ihr keine Worte zu, die sie abwehren könnte. Und doch war sie stark genug, um ihre Muskeln zu blockieren, ihre Zunge zu binden und sie von dem Mann fernzuhalten, den sie mehr wollte als ihren nächsten Atemzug.

Sie schluckte schwer, wandte sich leicht taumelnd ab und holte das Messer und das Glas aus ihrer Tasche. „Hoffen wir, dass es nur einen Versuch braucht."

Sie reichte ihm wieder ihr Handy, ohne ihm in die Augen zu sehen, weil sie Angst davor hatte, was er in ihren Augen sehen könnte. Er nahm es kommentarlos entgegen, aber seine Energie prallte in einer dunklen, vibrierenden Welle auf ihre Haut. Sie zitterte vor Sehnsucht.

Sie begutachtete die Glaswände des Gewächshauses, die der Leiche am nächsten waren, und entschied sich für eine rechts von den rituellen Überresten, die am intaktesten war und die nötige Größe für das Siegel hatte.

„Die hier“, sagte sie und zeigte darauf.

Er nickte und hielt das Handy griffbereit.

Sie ging in die Hocke und hob ihren Arm über das Gefäß auf dem Boden. Ihre Hand zitterte leicht, als sie die Schneide des Messers an ihr linkes Handgelenk legte. Sie hatte heute viel geblutet, so viel, dass sie schon die ersten Nebeneffekte spürte – ein Schwindelgefühl in ihrem Kopf, kalte Hände und Füße, ihre Haut ein paar Nuancen blasser als sonst. Ihr Herz pochte schnell in ihrer Brust und arbeitete härter, um die geringere Blutmenge auszugleichen, die durch ihre Adern gepumpt wurde.

Hoffentlich lag sie mit ihrer Vermutung richtig. Denn wenn sie das mehr als einmal machen musste, könnte ihr Blutverlust in gefährliche Höhen steigen.

Ein Schnitt und rote Flüssigkeit quoll aus ihrer Haut und tropfte in das Glas auf dem Boden. Ihr Herzschlag war ein dumpfes Echo in ihrem Kopf, während sie zusah, wie ihr Blut aus ihr herausfloss, ein bisschen langsamer als beim ersten Mal. *Nur noch ein bisschen.* Die Menge musste groß genug sein, um sich leicht verteilen zu lassen und in ausreichender Konzentration auf die Wand zu treffen.

Als ihr immer schwindeliger wurde, drückte sie ihr Handgelenk unter der Wunde zusammen und murmelte den Heilungszauber, der die Wunde schloss. Leider füllte er ihr Blut nicht wieder auf – dazu müsste sie nach Hause gehen und einen ziemlich widerlich schmeckenden Trank brauen.

„In Ordnung“, sagte sie und nahm das Glas in die Hand.

Sie musste einen Moment innehalten, bevor sie aufstand, denn die Welt um sie herum verlor an Farbe. Sie holte tief Luft, kämpfte gegen die Übelkeit an, die in ihrem Magen aufstieg, drehte sich zu Tallak um – und erstarrte.

Seine Iriden waren völlig schwarz, nicht einmal ein bernsteinfarbener Schimmer war zu sehen, und seine Gesichtszüge waren von einem raubtierhaften Hunger geprägt, der ihr ein ursprüngliches Gefühl in die Knochen trieb. Sein Blick war anders als der, den er ihr in ihrem Badezimmer geschenkt hatte. Da war weniger Sinnlichkeit … und mehr primitive Dunkelheit, vor der die Leute seit Anbeginn der Zivilisation am Feuer gewarnt hatten.

Er war das Flüstern der kalten Luft im Nacken, wenn man einen stockdunklen Keller betritt. Das Echo der eigenen Schritte auf dem Bürgersteig, wenn man nachts eine dunkle Straße hinuntereilt. Das Schweigen in der Luft, wenn sich Nebel über den Boden eines düsteren Friedhofs legt.

Instinktiv sammelte sich ihre Magie unter ihrer Haut und reagierte auf den Anflug von Angst in ihr, als bereitete sie sich auf einen Kampf vor. Ihre Kräfte waren jedoch schwächer, denn der Blutverlust erschwerte es ihr, ihre Magie zu kontrollieren.

„Tallak“, sagte sie und ihre Stimme war nur noch ein Rauschen.

Er schien sie nicht zu hören. Seine Nasenflügel weiteten sich, als er tief einatmete, und ein Beben durchzuckte seine Energie, während sein Blick auf das Glas in ihrer Hand fixiert war.

Warum verhielt er sich so seltsam? Fast wie ein ausgehungerter *Bluotezzer* – was keinen Sinn ergab. Seine Dämonenart trank kein Blut.

Aber vielleicht hatte er irgendwann einmal einen *Bluotezzer* getötet und jetzt kamen einige der verbliebenen Erinnerungen und Instinkte wieder hoch und übernahmen seinen Verstand? Sie holte tief Luft. Das musste es sein.

Das bedeutete: Wenn er sich nicht erinnerte, wer er war, und sie ihn nicht davon abhielt, könnte er versuchen, sie anzugreifen.

„Tallak“, sagte sie entschlossen und hob abwehrend ihre

freie Hand. „Ich weiß, dass du das nicht bist. Du musst es abschütteln. Du bist ein *Hæmingr*. Das" – sie deutete auf das Gefäß – „ist nicht dein Essen, okay? Du trinkst kein Blut. Du liebst Burger und Pommes frites und stellenweise auch mal einen Salat. Du bist kein *Bluotezzer*-Dämon."

Bei diesen Worten verdunkelte sich sein Gesicht und er fletschte die Zähne.

Inklusive seiner *Reißzähne*.

O nein! Jetzt hatte er sogar die physischen Merkmale eines *Bluotezzer*-Dämons angenommen.

Ohne nachzudenken, wich sie einen Schritt zurück. Seine Augen blitzten auf, als sie sich zurückzog, und in der nächsten Sekunde war er auf ihr.

Er schlang einen Arm um ihre Taille und ergriff mit dem anderen ihr Handgelenk der Hand, die das Glas hielt. Sie schlug mit der freien Hand gegen seine Schulter und stellte fest, dass seine Muskeln so hart wie Beton waren. Sie versuchte, ihre Magie zu aktivieren, um ihn zurückzudrängen, Abstand zwischen sie zu bringen und Zeit zu gewinnen, ihn zur Vernunft zu bringen. Aber ihre Kräfte zischten schwach unter ihrer Haut. *Zu viel Blutverlust.*

Er starrte sie mit einer Intensität an, die sie erschaudern ließ, und seine Augen waren völlig schwarz. Sein Blick glitt zu dem Gefäß mit ihrem Blut.

„Tu es nicht", flüsterte sie.

Unbeeindruckt von ihrem Flehen hob er die Hand, die ihren Arm mit dem Glas hielt, zu seinem Gesicht. Sie wehrte sich und versuchte, ihren Arm nach unten zu ziehen, aber er war körperlich stärker, vor allem jetzt. Weiße Flecken tanzten vor ihren Augen. Ihre Atmung wurde flach.

Das Glas war fast an seinem Mund.

Seinem *Mund*.

Sie schlang ihre freie Hand um seinen Hals, stellte sich auf Zehenspitzen und versiegelte seine Lippen mit den ihren.

Eine Sekunde lang war er übernatürlich still, aber dann durchfuhr ein Schauer seine Energie und sein Griff um ihre Taille straffte sich. Er zog sie enger an sich, sein Mund wanderte unter ihren und seine Zunge leckte über ihre Lippen. Sofort öffnete sie sich für ihn, überließ ihm den Kuss und verschmolz mit ihm. Die Lust kribbelte in ihren Adern, als sie seine Zunge mit ihrer eigenen traf und spürte, wie seine Reißzähne leicht über ihre Lippen streiften.

Sie zog sich ein wenig zurück, ihre Hand auf seiner Wange, und fing seinen Blick auf. „Komm zurück zu mir", flehte sie ihn leise an. „Bitte … komm einfach zurück. Du musst wieder *du* werden, Tallak."

Sein Atem ging schwer und schnell, der Hunger ließ die Muskeln in seinem Gesicht hart werden. Und doch … glühte um seine pechschwarzen Augen ein dünner Bernsteinstreifen, der von Sekunde zu Sekunde größer wurde.

„Genau so", flüsterte sie und legte ihre Hand auf sein Herz. „Komm zurück zu mir, Schatz."

Er blinzelte mit wieder fast normalen Augen und beugte sich dann zu ihrem Hals. Sie versteifte sich und ihre Brust wurde eng vor Angst, seine Reißzähne in ihrer Haut zu spüren – und vor einer völlig unangebrachten, widersprüchlichen Vorfreude auf genau das.

Aber er biss sie nicht, sondern drückte nur seine Nase in ihre Halsbeuge und atmete tief ein. Ein Schauer durchzuckte ihn und er zog sie noch näher an sich heran, bevor er zurücktrat und sie losließ. Mit gestrafften Schultern wandte er sich ab, die Hände in die Hüften gestemmt, und seine Energie summte wie ein Stromkabel.

Ihr aufgestauter Atem verließ sie abrupt, Erleichterung mischte sich mit einem seltsamen Gefühl des Verlustes. Sie hob eine zittrige Hand, um die Stelle an ihrem Hals zu berühren, an der sie immer noch seine Lippen auf ihrer Haut spürte. Sein heißer Atem hatte sich einen Weg in ihre Seele gebrannt.

„Es tut mir leid“, sagte er mit gepresster Stimme, ohne sie anzusehen.

„Ist schon gut.“ Mit weichen Schritten auf dem festen Boden verringerte sie den Abstand zwischen ihnen und legte ihm eine Hand auf den Rücken. „Mir war nicht klar, wie sehr diese Erinnerungen überhandnehmen können.“

Daraufhin sah er sie über die Schulter an und zog die Brauen zusammen. „Was meinst du?“

„Gerade eben.“ Sie legte den Kopf schief. „Du schienst wild entschlossen, mein Blut zu trinken. Kam das von einem *Bluotezzer*, den du getötet hast?“

Er blinzelte, aber dann verzog er den Mund zu einem schmalen Strich und nickte. „Ja“, sagte er und räusperte sich. „Nervige kleine Blutsauger.“

„Aber jetzt bist du wieder da und das ist das Wichtigste.“

Er sah sie aufmerksam an, der Schmerz spiegelte sich in seinen tiefen Augen wider, und seine Stimme war rau, als er sprach. „Ich hätte dir nicht wehgetan.“

Sie schluckte schwer und ihr Herz schlug heftig.

„Selbst, wenn ich ... nicht ich selbst bin“, murmelte er, „würde ich dir nie wehtun.“

Sie hielt seinem Blick ein paar Herzschläge lang stand, ein Knoten löste sich in ihrer Brust, dann nickte sie und trat zurück. „Lass uns das Siegel ansehen. Je schneller wir das erledigen, desto besser.“

Kurzerhand spritzte sie das Blut gegen die Glasscheibe. Das Siegel erschien und sie seufzte erleichtert auf. *Kein Blut mehr heute.*

Tallak knipste pflichtbewusst ein paar Fotos und reichte ihr das Handy. Sie prüfte die Aufnahmen und steckte es wieder ein.

„Alles klar“, sagte sie. „Jetzt muss ich nur noch das Buch

mit den Siegeln durchgehen und sehen, ob ich diese vier Symbole in einer Kombination finde." Sie kaute auf ihrer Lippe und starrte ungläubig auf die blutige Leiche. „Ich habe allerdings das Gefühl, dass es keine Kombination aus vier Siegeln sein wird."

„Du glaubst, es fehlt noch eins?"

Sie nickte und ihr Magen drehte sich vor Übelkeit. „Die Tatsache, dass diese Opfer durch die Siegel miteinander verbunden sind, bedeutet, dass die Hexe nicht jedes einzelne Opfer vollbracht hat, um ihre Macht zu steigern und ihre Basismagie zu ergänzen. Sie arbeitet auf etwas Großes hin – und sie ist noch nicht fertig." Sie begegnete seinem Blick. „Wenn sie fertig wäre, *wüssten* wir das."

Mit angespannter Brust drehte sie sich weg, um zu gehen – und ihre Knie gaben einfach unter ihr nach. In der einen Sekunde war sie noch auf den Beinen, ein bisschen benommen, aber unter Kontrolle, in der nächsten sackte sie zu Boden.

Zumindest wäre das der Fall gewesen, wenn nicht zwei starke Arme sie aufgefangen hätten. Ihr Magen machte einen Salto, als Tallak sie mit Leichtigkeit hochhob, einen Arm um ihren Rücken legte, den anderen unter ihre Knie.

„Hey." Seine Augen glitzerten mit bernsteingoldenem Staub, als er sie anfunkelte. „Wenn du wirklich mit dem Boden kuscheln willst, würde ich mir etwas mit einem Teppich aussuchen, vielleicht vor einem Feuer." Sein Blick wanderte an ihrem Körper entlang. „Vorzugsweise nackt und mit mir auf dir."

„Es ist das Blut", sagte sie schwach. „Ich habe zu viel davon verloren. Ich muss nach Hause. Zaubertrank brauen."

Besorgnis flackerte über sein Gesicht. „Ich hab dich, Babe."

Er drückte sie enger an sich und verließ schnell das Gewächshaus, wobei sich seine Energie wie eine tröstende

Decke um sie legte. Seufzend legte sie ihren Kopf an seine Schulter und gab sich dem Gefühl hin, gehalten und umsorgt zu werden. Als wäre sie ein wertvoller Schatz, jemand, der Liebe und Schutz verdiente.

Und kein Chaos von emotionalem Narbengewebe, das zu sehr in den Gedankenspielen der Vergangenheit verstrickt war, um glücklich sein zu können.

⛤

„Wirklich, ab hier kann ich allein gehen", sagte Hazel, als er sie die Treppe zur Eingangstür des Murray-Anwesens hinauftrug.

Auf der Rückfahrt hatte sie ein Nickerchen gemacht und jetzt bestand sie dummerweise darauf, wieder munter zu sein. Als hätten diese vierzig Minuten ihren Blutverlust irgendwie wettgemacht. Pfft. Sturköpfige Hexe.

Er stellte sie ab, um nach seinen Schlüsseln zu fischen und die Tür aufzuschließen, warf ihr dabei aber einen mahnenden Blick zu. „Nix da. Ich nehme dich sofort wieder hoch, sobald ich die Tür geöffnet habe. Ich will nicht riskieren, dass du auf dem Weg in die Küche mit dem Gesicht auf den Boden knallst."

Sie brummte etwas Unverständliches, und er zog die Augenbrauen hoch, als er den Schlüssel im Schloss drehte.

„Wie bitte?", sagte er und legte den Kopf schief. „Ich kann dein unvernünftiges Gezeter nicht hören, während ich mich um dich kümmere. Jetzt hör auf zu meckern und lass dich von mir tragen wie eine brave Gef…" Er verstummte und biss sich auf die Zunge, um den Rest des Wortes, das er hatte sagen wollen, hinunterzuschlucken.

Gefährtin.

Wie eine brave *Gefährtin.*

Verdammt, sogar seine Sprache entglitt seiner Kontrolle.

Er musste das verdammt noch mal in den Griff bekommen, sonst würde er alles vermasseln. Er musste sie fragen, ob sie sich mit ihm verpaaren wollte, wenn die Bedingungen stimmten, wenn er den Grundstein gelegt und sich langsam an die Frage herangetastet hatte. Wenn er seinen Plan durch einen Versprecher oder abweichendes Verhalten verriet, würde sie vielleicht zurückschrecken.

Er hatte Glück, dass sie seine vorherige Episode von wild gewordenem Paarungstrieb fälschlicherweise als gestohlene Erinnerung interpretiert hatte, die in seinem Kopf Verwüstung anrichtete. Aber wenn er sich weiterhin so aufführte, weil er die Kontrolle über seine niederen Instinkte verlor, *würde* sie herausfinden, was mit ihm los war.

Er räusperte sich, öffnete die Tür und wollte sie gerade wieder hochheben, als sie zusammenzuckte und ihren Blick über ihn hinaus auf etwas im Foyer richtete.

„Rose", flüsterte sie.

Er drehte sich um – und tatsächlich, Rose stand wie erstarrt in der Mitte des großen Foyers. Sie trug ihr übliches Partyoutfit und da die Sonne gerade am Horizont unterging, war sie wahrscheinlich auf dem Weg zu ihren Dämonenfreunden, um sich deren nächtlichen Aktivitäten anzuschließen.

Hazel hatte sich anscheinend von ihrer anfänglichen Überraschung erholt und ging nun ein paar Schritte auf Rose zu. Tallak beobachtete sie wie ein Falke, bereit, nach vorn zu springen und sie aufzufangen, sollte sie wieder zusammenbrechen.

„Es tut mir leid", sagte Hazel ohne Vorrede. „Was gestern Abend passiert ist. Dass ich in dein Zimmer gegangen bin und vor allem, dass ich angenommen habe, dass du etwas mit den Morden zu tun haben könntest. Es war falsch von mir, dich zu verdächtigen. Ich glaube *nicht*, dass du so etwas tun würdest.

Du bist meine Tochter und ich liebe dich und ich will, dass du glücklich bist." Sie ballte ihre Hand zu einer Faust und drückte sie gegen ihre Brust. Ihre Augen glänzten feucht im Licht des Kronleuchters. „Es tut mir so leid. Bitte verzeih mir!"

Rose betrachtete sie mit ausdrucksloser Miene. Nach einer gefühlten Ewigkeit blinzelte sie und sagte: „Okay."

Ein sichtbarer Ruck ging durch Hazel. „Wirklich? Alles … in Butter?"

Roses dunkle Augenbrauen zogen sich zusammen und sie blickte verwirrt zu Tallak.

Er hatte hinreichend Zeit mit ihr verbracht, um ihre Signale sofort zu deuten. Er räusperte sich und erklärte auf Fae den umgangssprachlichen Begriff, den Hazel benutzt hatte. „Sie möchte sichergehen, dass alles zwischen euch geklärt ist und ihr euch nicht mehr böse seid."

Verstehend hob Rose ihr Kinn und schaute Hazel an. Als sie mit den Schultern zuckte, knarrte ihre Lederjacke leise. „Ja. Klar. Wie auch immer."

Sie ging an Hazel vorbei zur Tür und Tallak trat zur Seite, um sie durchzulassen.

„Warte", sagte Hazel mit gepresster Stimme. „Willst du zum Abendessen bleiben? Ich koche dir etwas. Was immer du willst."

Rose hielt an der Tür inne und sah ihre Mutter an. „Nein, danke. Ich werde unterwegs essen."

Sie ging ohne ein weiteres Wort und zog die Tür hinter sich zu. Das dumpfe Geräusch, mit dem sie zufiel, hallte in dem bedrückend stillen Foyer wider. Tallaks Blick wanderte zu Hazel, die in der Mitte des großen Raumes stand, genau dort, wo ihre Tochter kurz zuvor noch gestanden hatte. Hazels Schultern sackten in sich zusammen, ihr Gesicht war ein Musterbeispiel an Niedergeschlagenheit. Sie sah so verloren aus, wie ein Hund, den man zu oft getreten und im

Regen stehen gelassen hatte und der nun der Person hinterher starrte, die ihn im Stich gelassen hatte.

Am liebsten hätte er gleichzeitig auf etwas eingeschlagen, bis seine Knöchel bluteten, und seine Hexe in die Arme genommen, um ihren Schmerz zu lindern.

„Hey“, sagte er und ging zu ihr hinüber.

Sie sah ihn mit tränennassen Augen an. „Wenn du mir sagst, dass sie wieder zu sich kommt, dass sie nur Zeit braucht, werde ich dich mit einem Zauber erwürgen.“

Er hielt inne und legte den Kopf schief, als wollte er nachdenken. „Weißt du, das war noch nie mein Ding, aber ich *bin* immer bereit, neue sexuelle Aktivitäten zu erforschen.“

Sie gab einen Laut von sich, der eine Mischung aus tränenreichem Schmunzeln und Spott war. Gleichzeitig wich etwas von ihrer Niedergeschlagenheit aus ihrem Gesicht.

„Komm her, Liebes.“ Er schloss sie in seine Arme und zog sie an sich.

Nach einem Moment des starren, passiven Widerstands schmolz sie in seiner Umarmung dahin und legte ihren Kopf auf seine Brust. Etwas in ihm, der weiche, schmerzende Teil, der sich nach ihr sehnte, seufzte zufrieden, weil er sie so halten konnte. Der Paarungstrieb entspannte sich ein wenig, jetzt, da er sein Wunschweibchen auf diese Weise tröstete.

Mein. Das Wort schallte durch seinen Kopf, hallte in seinen Knochen wider. *Mein, um zu beschützen, mein, um zu befriedigen, mein, um zu lieb…*

Das Geräusch von klappernden Schlüsseln in der Tür ließ sie beide aufschrecken. Die Tür schwang auf und Hazel stieß sich von ihm ab, als stünde er in Flammen. *Oder als wäre er jemand, für den sie sich schämen musste.*

Mit einem mulmigen Gefühl wandte er sich der Tür zu. Für einen Moment dachte er, dass es Rose war, die zurückgekommen war, aber dann registrierte er die andere Kleidung, die Art, wie sie sich bewegte – mit einer anderen Art von

Geschmeidigkeit, raubtierhafter als Roses Fae-Anmut – und natürlich den auffälligsten Unterschied: ihre Aura, die die einer Dämonin und nicht die einer Hexe war.

„Lily", sagte Hazel ein paar Schritte rechts von ihm, nachdem sie ein wenig Abstand zwischen ihn und sie gebracht hatte. „Schön, dich zu sehen, Schatz."

„Hey, Mom." Sie nickte ihm zu. „Tallak." Stirnrunzelnd fragte sie: „Ist Basil auch hier?"

Denn das war der einzig plausible Grund für seine Anwesenheit, nicht wahr? Er räusperte sich und wippte auf seinen Fußballen hin und her. „Nein, ich glaube, ich habe ihn gerade verpasst. Schade."

„Richtig." Lilys Nasenflügel weiteten sich leicht, während ihr Blick zwischen ihm und Hazel hin und her wanderte.

„Wie geht es Alek?", fragte Hazel und lenkte damit Lilys Aufmerksamkeit auf sich.

„Großartig, aber er hat viel zu tun." Sie schnaubte. „Man sollte meinen, dass er mehr Spielraum hat, seit Arawn auf seiner kleinen Reise ist, aber nein. Sein Arbeitspensum hat sich verdoppelt. Dieser Deimos führt in Arawns Abwesenheit wirklich ein strenges Regiment."

„Er kann ziemlich intensiv sein, das stimmt." Hazel nickte, dann taumelte sie und ihr Gesicht wurde blass.

Tallak wollte ihr zur Seite springen, aber Lily kam ihm zuvor, packte ihre Mutter an den Schultern und hielt sie fest.

„Mom! Was ist los?"

„Blutverlust", keuchte Hazel. „Teil der … Ermittlungen. War ein bisschen viel heute."

„Scheiße, okay." Lily duckte sich unter Hazels Schulter und schlang ihren Arm um ihre Taille. „Lass uns dir einen Saft holen und ich werde den Trank für dich brauen."

Hazel fing kurz seinen Blick auf, ihr Gesicht war unleserlich, dann nickte sie ihrer Tochter zu. „Danke, Süße."

Als Lily sie in Richtung Küche lenkte, blieb Tallak zurück.

Dabei fühlte er sich wie ein unruhiges Wirrwarr aus Instinkten und Gefühlen.

Das sollte ich sein, der sich um sie kümmert. Es war seine Pflicht, sein Privileg, dafür zu sorgen, dass es seiner Gefährtin an nichts fehlte. Er sollte derjenige sein, an den sie sich wandte, wenn sie Hilfe brauchte.

Er wollte für sie da sein und er *wollte es nicht verbergen.*

Er ballte seine Hände zu Fäusten, holte zitternd Luft, drehte sich auf dem Absatz um und stakste aus dem Haus. In ein paar Stunden hatte er Schicht im *Neun Kreise.* Warum also nicht schon früher auftauchen und ein paar Gäste anknurren, während er hinter der Bar grübelte?

KAPITEL 29

Ein paar Stunden nach Beginn seiner Schicht füllte Tallak gerade die reparierten Regale mit Spirituosen auf, als sich jemand auf der anderen Seite der Bar räusperte.

Als er sich umdrehte, stand er seinem nervigen Kumpel von einem *Bluotezzer* gegenüber. Mal wieder.

„Sag mal“, sagte Rhun mit dem Ellbogen auf der Bar und dem Kinn auf der Hand, „weiß Ava, dass du ihr das Geschäft ruinierst?“

„Wovon zum Teufel sprichst du?“

Rhun deutete auf die leere Bar. „Du leistest ganze Arbeit darin, die Gäste mit deinem finsteren Gesicht fernzuhalten. Und ich dachte schon, das hätten wir hinter uns. Schließlich haben wir ja entschieden, dass du Hazel den Hof machst.“

Als Antwort schenkte Tallak ihm seinen schärfsten Blick.

„Läuft es nicht gut? Du siehst aus, als wärst du kurz davor, jemanden mit bloßen Händen zu ermorden.“ Rhun nahm die kleine Schale mit den Erdnüssen und begann, sie in Form eines Mandalas auf der Theke zu arrangieren, völlig unbeeindruckt von der Tatsache, dass Tallak auf bestem Weg war, ihn zu verprügeln.

„Inwiefern unterscheidet sich das von meinem üblichen Aussehen?“

„Nein, nein.“ Rhun zeigte mit einer Erdnuss auf ihn. „Du bist zwar generell ein mürrisches Arschloch, aber normalerweise ist dein finsterer Blick allumfassend. Als würdest du die Welt beurteilen und sie als mangelhaft empfinden. Aber heute wirkst du konzentrierter. Du wirst von einer intensiven, dunklen und grüblerischen Wolke umgeben, als würdest du innerlich an einem sehr großen Schmerz leiden.“

Rhun hielt einen Finger hoch und drehte sich um, um die Menge zu mustern.

„Wonach suchst du?“, fragte Tallak knurrend.

„Liebesromanleser, die dem unwiderstehlichen Reiz eines gequälten Antihelden auf der Spur sind.“ Er schnalzte mit der Zunge und wandte sich wieder an Tallak. „Ich bin mir sicher, dass sie jeden Moment hier sein werden.“

„Du bist ein beschissenes Wiesel.“

Rhun grinste, dann wurde er nüchtern. „Also, wie läuft es mit Hazel?“

Tallak zuckte mit den Schultern und wischte die Theke ab.

„Hast du sie schon gefragt?“

„Nein.“

„Aber du hast ihr alle Vorteile eines lebenslangen Tallak-Abonnements aufgezeigt? Automatische Updates, verbesserter Kundenservice, keine Werbung?“

Tallak schleuderte den Schwamm aus dem Waschbecken direkt auf Rhun. Dieser traf das Gesicht des anderen Dämons mit einem befriedigenden nassen Klatschen und plumpste dann auf die Theke. Jetzt war es an Tallak, zu grinsen.

Rhun wischte sich das Wasser aus den Augen. „Ich verstehe das als ein Ja?“

Tallak seufzte. „Ja, ich habe mir alle Mühe gegeben. Sie

hat sich mir gegenüber in mancher Hinsicht geöffnet, was gut ist, aber … sie sträubt sich immer noch dagegen. Sie will nicht einmal andere wissen lassen, dass wir etwas miteinander haben. Es soll weiterhin alles unter Verschluss bleiben."

„Nun", sagte Rhun, „sie bringt einiges an Gepäck mit, wenn es um Beziehungen geht. Ich kann ihr nicht vorwerfen, dass sie vorsichtig ist. Gebranntmarktes Kind und so weiter."

„Das weiß ich." Tallak biss die Zähne zusammen. „Und ich wünschte, ich könnte mir mehr Zeit nehmen, um ihr klarzumachen, dass ich ihr gegenüber nie ein Scheißkerl wäre."

„Aber?"

„Dieser verdammte Paarungstrieb macht mich verrückt." Er fletschte die Zähne. „Wenn ich nicht in ihrer Nähe bin, habe ich das Bedürfnis, sie zu finden, und wenn ich bei ihr bin, habe ich alle Hände voll damit zu tun, mich davon abzuhalten, ihr die Kleider vom Leib zu reißen, sie hemmungslos zu ficken und dann meine Zähne in ihrem Hals zu versenken und von ihr zu trinken." Er rieb sich mit einer Hand übers Gesicht. „Ich hätte heute fast ihr Blut getrunken und sie dachte lediglich, dass mich ein paar *Bluotezzer*-Erinnerungen plagen."

Rhun lachte schnaubend und verzog dann den Mund zu einem schmalen Strich, während seine Augen funkelten. „Hey, wenn du mal ein paar Tipps für Blutspielchen benötigst, kann ich dir helfen …"

„Ich würde mir lieber die Augen mit einer Gabel auskratzen und mir Spieße in die Ohren stecken."

„Oooh, sehr anschaulich. Sehr kreativ." Er hob den Daumen. „Was deine Hazel-Strategie angeht, musst du einfach den Kurs halten. Überstürze es nicht."

„Du hast leicht reden", knurrte Tallak. „Du weißt nicht, wie es ist, diesen verdammten Paarungstrieb zu verspüren und nicht in der Lage zu sein, ihn auszuleben."

Rhun warf ihm einen harten Blick zu. „Weiß ich das nicht?"

Das ließ Tallak innehalten. Er hob sein Kinn und forderte Rhun auf, mehr zu erzählen.

„Als ich den Trieb verspürte, mich mit Merle zu paaren", sagte der andere Dämon und seine Stimme war frei von jeglicher Neckerei, „waren wir noch mitten auf der Suche nach Maeve. Merle war abtrünnig geworden und wir versteckten uns vor den Ältesten, weil sie sonst dazu gezwungen worden wäre, mich wieder in die Schatten zu verbannen. Sie war an dem Punkt, an dem sie mich behalten wollte, und wenn die Umstände anders gewesen wären, hätte ich mich auf der Stelle mit ihr gepaart. Aber ich wusste, dass mir ihre Leute auch nach der erfolgreichen Suche nach Maeve nicht erlauben würde, zu bleiben. Sie würden mich niemals an ihrer Seite akzeptieren. Es wäre eine ungeheure Grausamkeit gewesen, mich mit Merle zu paaren, nur, um sie dann allein zu lassen, wenn sie mich aufs Neue in die Schatten verbannen muss. Ich hätte sie zu lebenslanger Einsamkeit verdammt, weil das Gefährtenband nicht zulässt, dass sie sich in einen anderen Mann verliebt."

Rhuns blassblaugrüne Augen hielten Tallaks Blick stand. In ihnen verbarg sich eine Welt voller Schmerz. „Also habe ich es nicht getan."

Tallak schluckte hart.

„Ich habe diesen verdammten Paarungstrieb unterdrückt", sagte Rhun mit todernster Stimme, „und es hat höllisch weh getan, aber ich habe es für Merle getan." Er schnalzte mit der Zunge. „Wenn du mir also erzählst, wie schwer es für dich ist und wie du leidest, dann bist du kein besonderes Schneeflöckchen, Kumpel. Ich habe das alles auch durchgemacht. Inklusive T-Shirt und Tasse als Andenken."

Tallak atmete schwer aus und ließ seinen Blick über das abgenutzte Holz der Theke schweifen. „Richtig", sagte er nach einem Moment. „Ich schätze, ich brauchte diesen Arschtritt."

Rhun grinste. „Klar, du Jammer-Baby."

„Arschgesicht."

Bahram ließ sich auf den Barhocker neben Rhun fallen und hob die Augenbrauen. „Drücken wir unsere männliche Zuneigung wieder durch liebevolle Beleidigungen aus?"

„Fick dich!", sagten Tallak und Rhun unisono.

Bahram grinste, dann schielte er zu Rhun. „Warum ist dein Gesicht so nass?"

Rhun lächelte fröhlich. „Ich hatte ein unglückliches Zusammentreffen mit einem Schwamm."

„Du bist zu seltsam für diese Welt." Bahram schüttelte den Kopf. „Hört zu, ich veranstalte morgen eine kleine Party. Werdet ihr da sein?"

Rhun schnalzte mit der Zunge. „Tut mir leid, Kumpel. Ich habe eine wunderschöne, im achten Monat schwangere Frau zu Hause. Für mich wird es in nächster Zeit keine durchzechten Nächte geben. Abgesehen vom Windelwechseln und Füttern des Kleinen, versteht sich."

Bahram seufzte. „Richtig, richtig." Sein Blick wanderte zu Tallak. „Was ist mit dir? Möchtest du dich ein bisschen austoben? Es stehen viele unverpaarte Weibchen auf der Gästeliste." Der Inkubus grinste überheblich.

Tallaks Stimmung sank auf den Boden. „Ich bin im Moment nicht wirklich auf der Suche nach jemandem." *Weil mein Herz bereits einer bestimmten Hexe gehört.*

Bahram legte den Kopf schief. „Ich wusste nicht, dass du mit jemandem zusammen bist."

Tallak biss die Zähne zusammen. „Es ist kompliziert."

Bahram schaute von Rhun zu Tallak und wieder zurück. „Du willst mir also sagen, dass jeder meiner Partykumpel bereits vergeben ist? Und ich bin der einzige Junggeselle in dieser Gruppe?"

Rhun zuckte mit den Schultern. „Du könntest dich auch selbst verpaaren, weißt du? Das würde den ganzen ‚Hintergehe keine anderen Dämonen'-Vorsatz vereinfachen und deine Chancen auf ein langes und glückliches Leben erhöhen."

Bahram erschauderte. „Nein, danke. Ein und dieselbe Frau für den Rest meines Lebens? Das ist ein harter Brocken."

„Wenn du die Richtige gefunden hast", sagte Rhun mit einem Grinsen, „wirst du anders denken."

Jepp, dachte Tallak. Die Aussicht, für den Rest seines Lebens jeden Tag mit Hazel zusammen zu sein, machte ihm nicht die geringste Angst. Er freute sich darauf, wollte alles über sie herausfinden und dann, wenn er sie in und auswendig kannte, gemeinsam neue interessante Dinge erkunden.

„Das wird mir nie passieren", sagte Bahram.

„Oh, wart's nur ab!" Rhun klopfte dem anderen Dämon auf den Rücken. „Ich freue mich schon so darauf, dich fallen zu sehen. Ich werde immerzu lachen und dir fröhlich zuwinken, wenn du hart auf dem Boden aufschlägst."

„Erwarte nicht zu viel", brummte Bahram, dann fiel sein Blick auf einen Punkt über Rhuns Schulter, draußen in der Menge, und seine Augen funkelten raubtierhaft.

Tallak folgte Bahrams Blick und entdeckte eine Frau auf der kleinen Tanzfläche, die sich zu der langsamen Musik wiegte. Ihre braune Haut wurde von den roten Scheinwerfern gewärmt, ihr Haar fiel ihr in lockeren, ungezähmten Locken um die Schultern und sie lächelte Bahram an.

Rhun hob die Augenbrauen. „Siehst du dir deine nächste Mahlzeit an?"

Der Inkubus nickte der Frau zu, ein sinnliches Lächeln auf seinem Gesicht. „Sieht so aus, als wäre ich heute Abend in der Stimmung für eine Brünette."

Rhun drehte sich um und folgte Bahrams Blick, dann

wandte er sich abrupt wieder seinem Kumpel zu. „Bahram, nein! Nicht sie. Alle, nur nicht sie."

Er griff nach Bahrams Kopf und drehte ihn gewaltsam in die andere Richtung, sodass das Augenficken zwischen dem Inkubus und der tanzenden Frau unterbrochen wurde.

Bahram schlug Rhuns Hand weg. „Was soll der Scheiß, Mann?" Er beugte sich um Rhun herum, um die Frau erneut zu betrachten, und fragte: „Was ist mit ihr los? Hat sie einen Gefährten?"

„Schlimmer." Rhun begann, die Erdnüsse nach Größe zu sortieren.

Tallak starrte ihn an. „Du weißt schon, dass ich all diese Erdnüsse einfach wegwerfen kann, nachdem du sie die ganze Nacht gestreichelt hast? Und du isst sie nicht einmal."

Rhun kramte in seiner Tasche und klatschte einen Zehn-Dollar-Schein auf die Theke. „Hier. Und jetzt hör auf zu jammern!"

„Rhun", knurrte Bahram. „Warum ist diese Frau tabu?"

„Weil", sagte Rhun und warf dem Inkubus einen bedeutungsvollen Blick zu, „sie Lucía de León ist. Das heißt, sie ist der Schützling und die inoffizielle Adoptivtochter von *Arawn*."

Bahrams Augen weiteten sich und er riss den Kopf zurück, um geradeaus auf die wiederaufgebauten Regale hinter der Bar zu starren. „Fuck!"

„Ja, genau *das* solltest du nicht mit ihr machen." Er blinzelte auf eine besonders missgestaltete Erdnuss. „Es sei denn, du willst so enden wie die letzten Typen, die dumm genug waren, etwas mit dem kleinen Mädchen des Herrn der Dämonen anzufangen."

„Was ist mit ihnen passiert?"

Rhun schüttelte den Kopf und verzog den Mund zu einer dünnen Linie. „Mögen die armen Mistkerle in Frieden ruhen."

Bahram schluckte hörbar.

„Wie dem auch sei", sagte Rhun fröhlich und klopfte auf die Theke. „Ich mache jetzt Schluss für heute. Auf mich wartet eine herrlich üppige Hexe."

Der *Bluotezzer* verschwand in der Menge und ließ Tallak mit einem mürrischen Inkubus allein.

Ohne ein Wort zu sagen, holte Tallak ein Glas hervor, goss eine ordentliche Menge Whiskey hinein und schob es zu Bahram hinüber. Mit hängenden Schultern und ebenfalls schweigend nahm der andere Dämon das Glas entgegen und trank den Schnaps in einem Zug aus. Sein Blick fiel auf Lucía, die immer noch mit ihren Freunden tanzte und Bahram bedeutungsvolle Blicke zuwarf. Mit schmerzverzerrter Miene wandte er sich wieder an Tallak und tippte auf das Glas.

„Noch einen."

Tallak schenkte ihm nach. „Ich würde ja sagen, Ava wird sich freuen, wenn jemand seine Sorgen in ihrem Schnaps ertränkt, aber du bezahlst wahrscheinlich nicht dafür, oder?"

„Das ist der Vorteil, wenn man der kleine Bruder der Barbesitzerin ist." Bahram hob sein Glas zum Gruß und leerte es dann.

„Hey, Hübscher", sagte Lucía, die sich zu seiner Rechten angeschlichen hatte.

Mit einem erstickten Laut spuckte Bahram sein Getränk über die Theke und benetzte dabei Tallak.

Tallak starrte den verdammten Inkubus an und wischte sich mit dem Geschirrhandtuch das Gesicht ab. „Pass auf, wo du deine Scheiße hinspuckst!", knurrte er.

„Tut mir leid", sagte Lucía und grinste Bahram verschämt an. „Ich wollte dich nicht erschrecken."

„Hast du auch nicht", krächzte Bahram. „Mir ist nur etwas im Hals stecken geblieben, das ist alles."

Tallak beschäftigte sich damit, die bereits sauberen Gläser zu putzen, und verbarg dabei sein Grinsen.

„Also", murmelte Lucia und rückte einen Zentimeter näher an Bahram heran, der sich sichtlich unwohl fühlte. „Ich habe gesehen, wie du mich beobachtet hast."

Bahram griff nach der Whiskeyflasche und schenkte sich eine große Menge ein, bevor er das ganze Glas leerte.

„Nicht, dass es mich gestört hätte." Lucía stützte sich mit ihrem rechten Ellbogen auf der Bar ab und drehte sich Bahram zu. „Das Gefühl beruht auf Gegenseitigkeit."

Tallak könnte schwören, dass er Schweißperlen auf Bahrams Stirn sah.

„Vielleicht könnten wir …", sie legte ihre linke Hand auf seinen Arm und fuhr damit bis zu seiner Schulter, „… irgendwo hingehen, wo wir ungestörter sind, und sehen, wie es weitergeht?"

Bahram warf Tallak einen verzweifelten Blick zu, als flehte er ihn an, zu helfen.

Tallak hob beide Augenbrauen und schüttelte leicht den Kopf. *Tut mir leid, Kumpel. Auf dieses Minenfeld werde ich mich nicht begeben.* Auf keinen Fall würde er sich auf die Abschussliste von Arawns kleinem Mädchen schreiben, indem er sie für Bahram abservierte.

Der Inkubus zog eine Grimasse und rutschte auf dem Hocker hin und her. Er räusperte sich und wandte sich an Lucía. „Süße, du bist so bezaubernd wie die Frühlingsdämmerung und ich würde gern herausfinden, auf wie viele Arten ich dich zum Erröten bringen kann, aber ich glaube nicht, dass das eine gute Idee ist … in Anbetracht deiner, äh, Familie."

Lucía versteifte sich. „Du weißt, wer ich bin."

Bahram nickte.

„Arghhhh!" Sie warf die Hände hoch und blickte zur Decke, als würde sie die Götter anflehen. Oder sie verfluchen. „Verdammt, Arawn!", murmelte sie. „Du könntest mir genauso gut den Stempel ‚Nicht anfassen, wer dagegen verstößt, wird bestraft' aufdrücken."

Bahram zuckte zusammen.

Lucía richtete ihre Aufmerksamkeit wieder auf den Inkubus, dieses Mal mit einem berechnenden Blick auf ihrem Gesicht. „Weißt du", sagte sie mit sinnlich tiefer Stimme, „Arawn ist im Moment nicht einmal hier. Er ist Tausende von Kilometer weit weg. Wenn es jemals eine gute Gelegenheit gab, etwas zu tun, wovon er nichts erfahren soll, dann jetzt."

Bahram starrte sie wie gebannt an und lehnte sich unmerklich näher an sie, als sie mit ihren Fingern über seine Brust fuhr. Er schüttelte den Kopf, als er wieder zu sich kam, und richtete sich mit gequälter Miene auf.

„Ich habe deine Blicke gesehen", säuselte Lucía. „Du willst mich. Ich will dich. Es kann nicht schaden, dem nachzugeben."

Die Muskeln in Bahrams Kehle arbeiteten, als er hart schluckte.

„Komm schon." Lucía beugte sich vor und legte die Hand an seine Wange. „Nur eine Nacht. Keiner muss davon erfahren."

Ha!, dachte Tallak, während er ein Glas polierte. *Das scheint immer eine gute Idee zu sein, bis sie es nicht mehr ist.*

„Aziz-e delam", murmelte Bahram und nahm Lucías Hand von seiner Wange und hielt sie fest, „du hast ja keine Ahnung, wie leid es mir tut. Aber ich muss ablehnen, da ich tatsächlich ganz gern lebe." Er küsste die Innenseite ihres Handgelenks und schob dann ihre Hand sanft zu ihr zurück.

Lucía stieß einen Laut höchster Frustration aus und stampfte sogar mit dem Fuß auf. „Ich komme einfach nicht dazu, Spaß zu haben, oder? Ich hatte schon seit Ewigkeiten keinen Sex mehr, weil alle Männer die Flucht ergreifen, wenn sie auch nur einen Hauch davon mitbekommen, wer ich bin.

Aber ich habe Bedürfnisse! Ich bin nicht dafür gemacht, im Zölibat zu leben!"

Mit einem Knurren und einem katzenhaften Fauchen machte sie auf dem Absatz kehrt und stürmte davon.

Bahram sah ihr mit einem sehnsüchtigen Gesichtsausdruck nach, drehte sich dann zur Bar um und murmelte etwas auf Persisch.

„Was war das?", fragte Tallak, während er Bahram ein weiteres großes Glas Whiskey einschenkte.

Bahram seufzte. „Ich sagte, es ist ein Verbrechen gegen die Götter, dieser Frau das Vergnügen zu verwehren."

„Andererseits", sagte Tallak und schnitt noch ein paar Limettenscheiben, „wäre es ein Verbrechen gegen einen bestimmten Gott, ihr Vergnügen zu *bereiten*."

Bahram zog eine Grimasse und trank seinen Whiskey aus.

Der Inkubus brütete weiter über seinem Drink, während Tallak die Bestellungen einiger Gäste erfüllte, die sich endlich an die Bar getraut hatten. Nachdem er seinen sechsten Drink ausgetrunken hatte, knallte Bahram das Glas auf den Tresen.

Einen Moment lang starrte er ins Leere, sein Gesicht war hart wie eine Maske, dann murmelte er: „Scheiß drauf!"

Der Inkubus stand auf, drehte sich in Richtung der Menge und schlenderte zu dem Tisch, an dem sich Lucía mit ihren Freunden niedergelassen hatte.

„Es war schön, dich gekannt zu haben", rief Tallak ihm nach. „Welche Farbe soll dein Grabstein haben?"

Die meisten Gäste hatten die Bar bereits verlassen, um entweder nach Hause zu gehen oder die Nacht woanders ausklingen zu lassen. Ein paar Dämonen und Gestaltwandler lungerten noch herum, lachten und tranken und knurrten einander gelegentlich an. Vereinzelt kam es zu einem Handgemenge, bei dem Zähne und Klauen aufblitzten, bevor der Streit so schnell beigelegt war, wie er begonnen hatte. Manchmal humpelte der Verlierer mit einem Winseln davon.

Eine ganz normale Nacht in einer Dämonenbar.

Tallak beobachtete das Geschehen mit einem teilnahmslosen Blick. Irgendwann während seiner Schicht hatte sich seine Laune wieder beruhigt. Mit den Händen zu arbeiten, half ihm immer, sein Gleichgewicht wiederherzustellen und seine Gedanken und Gefühle zu verarbeiten. Es hatte fast etwas Meditatives, Sachen zu reinigen, ganz zu schweigen von der Befriedigung, Schmutz und Dreck zu entfernen und etwas wieder zum Glänzen zu bringen.

Eine Gruppe von Gestaltwandlern verließ den Bereich der *Völlerei* und Tallaks Blick fiel auf die Gäste, die in der Nische hinter ihnen saßen, die nun sichtbar war, jetzt, da die Wandler aus dem Weg waren. Drei männliche Dämonen, die sich einen Drink genehmigten, und in ihrer Mitte – Rose. Eine wahre Armada von leeren, umgedrehten Schnapsgläsern schmückte den Tisch vor ihr und sie war gerade dabei, unter dem Jubel ihrer dämonischen Begleiter ein weiteres Glas zu leeren. Dabei handelte es sich um andere Dämonen als die, mit denen er sie neulich gesehen hatte.

Sie hielt das leere Glas hoch, wackelte ein wenig auf der Sitzbank, drehte es dann um und stellte es neben die anderen Gläser auf den Tisch.

Die Männer um sie herum johlten und sie grinste mit glasigen Augen … bevor sie von der Bank rutschte und unter dem Tisch zusammenbrach.

Tallak seufzte und kniff sich in den Nasenrücken, denn er hatte wieder diesen verdammten Knoten im Magen. Alles, was er sich gewünscht hatte, war eine verdammte Schicht, ohne mitansehen zu müssen, wie sich dieses dumme Mädchen in fragwürdiger Gesellschaft zu Tode soff.

Die drei Dämonen zogen Rose unter dem Tisch hervor

und einer von ihnen warf sie sich über die Schulter. Mit einem Grinsen und einem lachenden Kommentar zu seinen Kumpels trug er sie in Richtung der Toiletten, seine beiden Freunde folgten ihm. Rose hing schlaff über den Schultern des Kerls und schien nichts zu registrieren.

Tallaks Augen zuckten. *O nein, das würden sie nicht wagen!*

Mit einem prüfenden Blick auf die größtenteils friedliche Bar stürmte er in Richtung der Toiletten davon. Sein Blut raste wie wild, als er die Tür zur Männertoilette aufschlug und die Dämonen darin aufschreckte. Er betrachtete die Szene. Rose hing schlaff und bewusstlos über dem Waschtisch, einer der Kerle stand hinter ihr und war gerade dabei, seine Hose zu öffnen. Seine beiden Freunde warteten auf ihren Auftritt. Und er sah rot.

Alle Fesseln in ihm rissen.

Brüllend entließ er die Albtraumkräfte des *Lilu*-Dämons, die noch immer in seinen Adern flossen, und traf alle drei Dämonen mit einer Welle unverfälschten Schreckens, die das Herz eines Menschen zum Stillstand gebracht hätte. Die Dämonen schrien und pressten ihre Hände gegen die Köpfe, als wollten sie die Flut des Schreckens eindämmen, die ihre Gehirne durchströmte. Einer von ihnen fiel auf die Knie.

Das war der erste, den er ausweidete.

Sein Messer schnitt durch die Haut und die Muskeln des Dämons, als wären sie aus Papier, denn die Klinge war von einer Metall-Fae geschmiedet und mit Elementarmagie verstärkt worden. Während der Kerl versuchte, seine herausquellenden Eingeweide in seinem Körper zu halten, wirbelte Tallak herum und schlitzte die Kehle des Dämons zu seiner Rechten auf. Der Schreckensschrei des Kerls endete in einem feuchten Gurgeln. Mit einem weiteren gezielten Schnitt öffnete Tallak ihn wie ein Paket und die Eingeweide des Kerls purzelten heraus.

Tallak drehte sich zu dem dritten Dämon, der seine Hose

geöffnet hatte, wischte das Blut vom Messer und steckte es wieder ein. Mit einem Knurren in der Kehle trat er einen Schritt näher an den Bastard heran.

„Du“, sagte Tallak und der Dämon wich zurück und kauerte sich in die Ecke. „Du bekommst keinen schnellen Tod.“

In der nächsten Sekunde stürzte er sich auf den Scheißkerl, rammte ihm seinen Arm gegen die Kehle und schlug zu, sodass dem Dämon die Luft wegblieb. Der Kerl keuchte und zappelte, schlug um sich und versuchte, sich zu wehren, aber er war entweder zu betrunken oder noch zu gelähmt von Tallaks Albtraumattacke, um sich erfolgreich zu verteidigen.

Tallak schleuderte ihn von der Wand weg, legte ihm die Hand um die Kehle und knallte ihn auf den Boden. Das Blut, das sich auf den Fliesen gesammelt hatte, spritzte, als der Dämon mit dem Rücken darauf aufschlug. Flankiert von seinen sterbenden Kameraden, die ihre letzten Atemzüge gurgelten, weiteten sich die Augen des Dämons vor Angst, als Tallaks Faust direkt auf sein Gesicht zuflog.

Immer und immer wieder schlug er auf den Scheißkerl ein. Er bearbeitete ihn mit der Kraft der Wut, die in ihm kochte, und seine dämonische Natur freute sich, wieder einmal im Blut seiner Feinde zu baden. Als das Gesicht des Bastards nur noch aus gebrochenen Knochen und geschwollener Haut bestand, setzte sich Tallak auf, holte tief Luft und zog in aller Ruhe sein Messer wieder heraus.

Er riss die Hose des Kerls auf, packte sein Gehänge und schnitt es direkt ab.

Der Dämon heulte vor Schmerz und Entsetzen auf und zuckte wie wild.

Tallak warf dem Kerl den abgetrennten Schwanz ins Gesicht – quasi eine Ohrfeige mit dem eigenen Schwanz –, dann stand er wieder auf.

Rose rührte sich auf dem Waschtisch, kippte zur Seite und

wäre fast im Blut auf dem Boden ausgerutscht. Sie hielt sich am Tisch fest und blinzelte angesichts des Blutbads um sie herum: zwei tote Dämonen, ein dritter weinte gerade in Fötusstellung, Blut färbte den Raum in einem karmesinroten Jackson-Pollock-Abklatsch. Dann fiel ihr Blick auf Tallak.

Als er sich selbst im Spiegel sah, wusste er, dass er wie ein blutbespritztes, rachsüchtiges Gespenst aussah, dessen Augen mit seiner dämonischen Kraft glühten.

Aber Rose wich nicht zurück, sie versteckte sich nicht. Sie dankte ihm auch nicht dafür, dass er die Dämonenarschlöcher abgeschlachtet hatte, nein.

Vielmehr knurrte sie ihn an. Ihr Gesicht war hart und ihre Hexenkraft lud die Luft auf, bis die Lampen flackerten.

„Was zum Teufel hast du getan?", brüllte sie ihn auf Fae an.

Ohne eine Antwort abzuwarten, sammelte sie ihre Magie, um ihn anzugreifen. Da sie betrunken war, sah er es schon von Weitem kommen und wich ihrem Schlag mühelos aus. Die rohe Wucht ihrer Kraft prallte gegen die Toilettenkabine hinter ihm und ließ das Holz zerspringen. Er fing ihre Handgelenke auf und drückte sie gegen die Wand, bevor sie auch nur blinzeln konnte.

Er nutzte seine Kräfte, um ihre träge Magie zu unterdrücken, und schoss in Fae zurück: „Reiß dich *verdammt noch mal* zusammen!"

Rose krümmte sich in seinem Griff, aber er hielt sie fest. „Lass mich in Ruhe! Mir geht es gut."

„Von wegen. Du bist außer Kontrolle, Kid, und ich schaue mir diesen Scheiß nicht länger an."

Rose hob ihr Kinn. „Dann schau nicht hin!"

Tallak fletschte die Zähne. „Das ist gar nicht so einfach, wenn du *meine* Bar auswählst, um dich umzubringen. Du musst dich verdammt noch mal zusammenreißen."

„Sag mir nicht, was ich tun soll!“, knurrte Rose. „Davon hatte ich in meinem Leben schon genug.“

Tallak schnaubte. „Du bekommst von mir keine Mitleidspunkte für das, was du durchgemacht hast. Du bist nicht die Einzige, die Jahrzehnte der Gefangenschaft und Folter hinter sich hat. Rhun wurde zwanzig Jahre lang bei lebendigem Leib in den Schatten ausgepeitscht und ich habe sechsundzwanzig verdammte Jahre lang im Kerker der Fae verbracht. Aber keiner von uns versucht, sich zu Tode zu saufen.“

„Ich versuche nicht, mich zu Tode zu saufen“, sagte Rose mit zusammengebissenen Zähnen.

„Was zur Hölle ist das dann? Hm?“ Er schüttelte sie ein wenig. „Du bist ein Musterbeispiel für selbstzerstörerisches Verhalten.“

„Du hast doch keine Ahnung.“

„Stimmt.“ Er stieß ein humorloses Lachen aus. „Schließlich weiß ich nicht, wie es sich anfühlt, ohne Hoffnung zu leben, zu denken, dass es nichts gibt, wofür es sich zu leben lohnt, richtig? Ich habe mich aus diesem verdammten Fae-Kerker gekämpft, um sie alle abzuschlachten, mit dem düsteren Wissen, dass nach meiner Rache nichts anderes mehr zählen würde. Ich hatte keinen Grund mehr, weiterzumachen, weil sowohl meine Geliebte als auch mein Kind tot waren. Ich hatte niemanden mehr.“

Rose starrte ihn an und ihre indigoblauen Augen waren erstaunlich klar. „Aber du hast einen Grund gefunden.“

„Und du nicht?“ Er presste seine Lippen aufeinander. „Ich habe einen Sohn gefunden, für den ich leben kann. Du eine ganze verdammte Familie. Ist das kein Grund, dich zusammenzureißen? Warum trinkst du dich zu Tode?“

Rose gab ein unbestimmtes Geräusch von sich und er schüttelte sie erneut.

„Du hast eine Mutter, die für dich sterben würde“,

schnauzte er sie an. „Eine Mutter, die *unbedingt* eine Beziehung zu dir aufbauen will, verdammt noch mal. Und trotzdem schaffst du es nicht einmal, zu *versuchen*, ihre Tochter zu sein."

„Weil ich nicht weiß, wie!" Sie stieß ihn mit einem Schrei und einem Schwall ihrer Magie von sich.

Tallak blinzelte und trat einen Schritt zurück. Vor den Kopf gestoßen schwieg er.

Sie starrte ihn mit hängenden Schultern an, ihr Atem ging schnell und ihre Arme hingen locker an ihrer Seite. Dann brach etwas in ihrem Blick, als sie flüsterte: „Ich hatte nie eine Mutter. Woher soll ich wissen, was ich mit einer machen soll?"

Sein Herz schlug immer noch schnell und er räusperte sich. „Und ich hatte nie einen Sohn, bis zu der Nacht, in der ich die verdammten Fae abschlachtete und herausfand, dass er noch am Leben ist. Aber jetzt bin ich hier und versuche mein Bestes, ein Vater zu sein, auch wenn es zwei verdammte Jahrzehnte zu spät ist." Mit sanfter Stimme fügte er hinzu: „Dafür gibt es keine Bedienungsanleitung. Du tust einfach dein Bestes; du gibst, was du kannst. Und du hoffst, dass es genug ist."

Rose hielt seinem Blick kurzzeitig stand, dann wandte sie sich ab, schniefte und wischte sich mit ruckartigen Bewegungen über die Wangen. „Genug", murmelte sie, fast zu sich selbst. Sie schaute sich im Raum um, ohne sich auf etwas zu konzentrieren. „Sie will mich aber nicht. Nicht wirklich. Nicht so. Ich bin ein verdammtes Wrack, nicht wahr?"

Der letzte lebende Dämon rührte sich – anscheinend war er noch nicht an Blutverlust gestorben – und Tallak trat ihn lässig genau dorthin, wo sein Schwanz einst gewesen war, was ihm einen weiteren Schmerzensschrei entlockte.

„Bitte töte mich einfach!", wimmerte der Dämon.

Tallak ignorierte den jämmerlichen Bastard und fing Roses

Blick auf. „Kid, diese Frau würde dich mit bloßen Händen aus der Gosse fischen, wenn sie dich dafür in ihrem Leben haben könnte."

Rose wischte sich die Nase am Ärmel ab, ihre Lippen zitterten.

„Sei einfach da", sagte Tallak. „Du musst nicht perfekt sein. Du musst einfach nur da sein. Wenn du noch nicht reden willst, dann hör zu. Alles andere kommt mit der Zeit."

Rose spielte mit dem Saum ihrer Jackenärmel und starrte mit ausdruckslosem Gesicht auf den Boden. Nach einem Moment nickte sie. Als sie sprach, war ihre Stimme so leise, dass er sie kaum hörte: „Kannst du mich nach Hause bringen?"

Tallak sah sich in dem blutigen Durcheinander um. In dem Raum lagen zwei Leichen und der Bastard von einem Dämon, der seinen Freunden bald folgen würde. Er schluckte. Ava würde ihn dafür bei lebendigem Leib häuten.

Seufzend ließ er seinen Nacken knacken und drehte sich wieder zu Rose um. „Klar, Kleines. Gib mir nur eine Minute."

Er zog sein Handy heraus und wählte die Nummer eines Arbeitskollegen, eines Gestaltwandlers, dem er vor ein paar Monaten bei einem Kampf den Arsch gerettet hatte.

„Was gibt's?", fragte Ruben verschlafen, als er den Anruf entgegennahm.

„Ich fordere meinen Gefallen ein. Du musst ins *Neun Kreise* kommen. Bring Reinigungsmittel mit. Eine Menge Bleichmittel. Und vielleicht zwei" – er sah den verbliebenen lebenden Dämon an – „oder besser *drei* Leichensäcke. Herrentoilette."

„Alter." Tallak hatte den deutlichen Eindruck, dass Ruben sich die Augen rieb.

„Ja. Und beeil dich, bevor jemand die Scheiße sieht!"

„Okay. Die Blutbad-Putzkolonne kommt sofort. Aber danach sind wir quitt."

„Absolut.“

Tallak beendete das Gespräch und konzentrierte sich auf den dritten Dämon. Er stieg über eine der Leichen, hockte sich vor den noch lebenden Kerl, packte seinen Kopf mit beiden Händen und brach ihm kurzerhand das Genick.

Als er sich wieder aufrichtete, starrte er sein blutverschmiertes Spiegelbild an und wusch sich die Hände zumindest halbwegs sauber.

„Okay“, sagte er zu Rose. „Wir können los.“

Draußen schloss er die Tür mit seinem Mitarbeiterschlüssel ab, holte dann ein Schild AUSSER BETRIEB aus dem Lager und hängte es an die Tür.

Er winkte Phoebe herbei, eine der beiden Kellnerinnen, die hier arbeiteten, und wartete, bis sie sich durch die Stände und Tische geschlängelt hatte.

„Auf der Herrentoilette herrscht ein ziemliches Chaos“, sagte er. „Ein Streit unter Gästen ist schiefgelaufen. Ich habe alles abgesperrt und die Putzkolonne gerufen. Kannst du für den Rest meiner Schicht einspringen? Ich muss früher gehen. Ich übernehme im Gegenzug eine deiner Schichten.“

Phoebe musterte ihn von Kopf bis Fuß, dann fiel ihr Blick auf Rose hinter ihm, die ebenfalls mit einer ordentlichen Menge Blut bespritzt war. Die Kellnerin hob die Augenbrauen und ihr Gesicht nahm den „Ich will es gar nicht wissen“-Ausdruck an, mit dem sie unwillkommene Annäherungsversuche von Gästen im Keim erstickte.

„Aha, ja“, sagte Phoebe. „Kein Problem. Mach … was immer du willst. Ich lasse dich wissen, welche meiner Schichten du übernehmen kannst.“

„Super, danke.“ Tallak verabschiedete sich und begleitete Rose aus dem *Neun Kreise* und zu seinem Auto.

Er zog eine Grimasse bei dem Gedanken, dass sie die Sitze mit Blut beflecken würden. Na ja. Daran ließ sich nichts ändern. Dafür gab es andersweltliche Reinigungsdienste, die sich darauf spezialisiert hatten, nicht nur Spuren von Magie und Beweise für eine übernatürliche Existenz zu beseitigen, sondern auch Blut.

Die Fahrt zurück zum Murray-Anwesen verlief ruhig, Rose starrte schweigend aus dem Fenster und wirkte viel jünger als sie es war. Und in vielerlei Hinsicht entsprach das ihrem tatsächlichen Alter. Es erklärte auch viel von ihrem Verhalten. Tallak konnte sich noch gut daran erinnern, wie er sich als Teenager gefühlt hatte, und zu sagen, dass er froh war, dass er es überlebt hatte, wäre eine Untertreibung. Die Dämonenpubertät war die Hölle.

Vor der Villa parkte er den Wagen in der runden Einfahrt und Rose sprach ihn an, ohne ihn anzuschauen.

„Danke. Für … all das."

An der Art, wie sie es sagte, erkannte er, dass sie nicht nur meinte, dass er sie zur Vernunft gebracht hatte. Es schien, als erkannte sie langsam die Risiken, die sie eingegangen war.

„Keine Ursache, Kleines."

Sie nickte ruckartig, öffnete die Tür und stieg aus. Ein wenig stolpernd ging sie die Treppe hinauf und ins Haus.

Tallak sah zu, wie sich die Haustür hinter ihr schloss, und fühlte sich seltsam hohl und rau. Als er sich mit einer Hand übers Gesicht rieb, wurden seine Finger feucht und er starrte auf die roten Flecken auf seiner Handfläche. Richtig. Er war immer noch mit Dämonenblut bedeckt.

Der Adrenalinrausch des Kampfes war längst verflogen. Er hatte keine Schmerzen, aber er war auf eine Weise angeschlagen, die nichts mit Muskelkater zu tun hatte. Es war, als hätte er eine empfindliche Stelle seiner selbst mit Sandpapier bearbeitet. Die Aussicht, nach Hause in seine leere Wohnung zu gehen und das Blut abzuduschen, bevor er sich ins Bett legte, verursachte ein Ziehen in seiner Brust.

Sein Blick wanderte zurück zur Haustür. Das Ziehen in

seiner Brust zog ihn zu dieser Tür, wie einer ihrer Ortungszauber das Pendel.

Sie könnte noch wach sein.

Schlechte Idee. Eine wirklich schlechte Idee. Er konnte nicht blutbefleckt bei ihr auftauchen. Sie würde ausrasten.

Aber vielleicht … Wenn sie schlief, könnte er einfach nach ihr sehen. Wenn er sie friedlich in ihrem Bett liegen sähe, würde sich der hohle Schmerz in seiner Brust vielleicht etwas lindern. Er musste sie sehen, er musste den Teil in ihm beruhigen, der sich vergewissern wollte, dass es ihr gut ging. Nur ein Blick, dann konnte er nach Hause gehen und dieses Gefühl der Erleichterung mitnehmen.

Er atmete scharf aus, stieg aus dem Auto und ging ins Haus, bevor die Vernunft ihm vor Augen führen konnte, wie dumm er war.

Seine Schritte waren leise auf dem Teppich des oberen Flurs, als er sich ihrer Tür näherte. Kein Licht drang darunter hervor. Er hielt ein paar Herzschläge lang inne und lauschte. Sein Dämonengehör war immer noch sehr empfindlich, denn die Nacht war noch nicht vorbei. Ihre Atemzüge waren tief und regelmäßig. Keine Anzeichen darauf, dass sie sich drehte oder wälzte. Wie es der Zufall wollte, schlief sie schon.

Er hatte sich vorher im Badezimmer unten die Hände gewaschen, um keine blutigen Spuren an der Tür zu hinterlassen, und jetzt griff er nach dem Türknauf und drehte ihn vorsichtig. Die Tür gab nach und er schlüpfte in den dunklen Raum, während sich seine Augen wie die einer Katze an das fehlende Licht gewöhnten.

Hazel lag auf der von der Tür abgewandten Seite, ihr herrlicher Körper war halb von ihrer Decke bedeckt. Leise wie ein Jäger im Wald schlich er um ihr Bett herum und genoss ihren Anblick. Ihr Haar war zu einem wirren Zopf zurückgebunden, ein paar Strähnen hatten sich gelöst und streichelten ihr Gesicht. Ihr Mund war leicht geöffnet, ihre Lippen weich und ihre Gesichtszüge sanft im Schlaf.

Tief in seinem Inneren löste sich der enge Knoten, den er in sich getragen hatte, mit einem Seufzen. Wärme strömte in die klaffende Leere in seiner Brust und füllte die hohlen Stellen mit Frieden.

Jetzt. Jetzt konnte er nach Hause gehen und dieses Gefühl würde anhalten, bis er selbst eingeschlafen war.

Er wandte sich zur Tür und ignorierte das Kreischen des Paarungstriebs, der ihm befahl, zu ihr ins Bett zu schlüpfen, sie wach zu stupsen und sie zu beanspruchen. In dem Moment ließ ihre Stimme ihn innehalten.

„Tallak?“

Verdammt.

KAPITEL 30

Hazel blinzelte ins Halbdunkel und konnte die Gestalt neben ihrem Bett kaum erkennen, aber sie musste ihn nicht sehen, um zu wissen, dass es Tallak war. Seine Energie – die jetzt in der Nacht immer noch stark war – berührte ihre Sinne und weckte ihre eigenen, halb schlummernden Kräfte.

„Was machst du hier?", fragte sie, als sie sich aufsetzte. Ihre Stimme war noch etwas schlaftrunken und ihr Gehirn schüttelte gerade die Reste ihres letzten Traums ab.

Er murmelte etwas, das sich verdächtig nach „Mich wie ein Idiot verhalten" anhörte.

Laut, aber sanft sagte er: „Tut mir leid, dass ich dich geweckt habe, Liebes. Geh wieder schlafen."

Er bewegte sich auf die Tür zu – und in diesem Moment roch sie das Blut.

„Tallak", keuchte sie und schwang ihre Beine über die Bettkante. Innerhalb von Sekunden war sie hellwach.

Mit rasendem Puls stürzte sie an seine Seite, als er gerade zur Tür gehen wollte. Sie griff nach seinem Arm, um ihn aufzuhalten, und spürte die Nässe dort … Der metallische Geruch überrollte sie und ließ ihr Herz stolpern.

Sie holte tief Luft. „Bist du verletzt?“

„Nein.“

„Aber was …“ Sie knipste das Licht an, um etwas zu sehen.

Tallak zuckte zusammen und sie blinzelte, bis sich ihre Augen an die Helligkeit gewöhnt hatten.

„Bei den Göttern!“ Sie bedeckte ihren Mund mit einer Hand – nicht mit der, die seinen Arm berührt hatte.

Es war, als hätte er sich mit Blut bespritzt.

„Es ist nicht meins“, sagte Tallak schnell.

Mit weit aufgerissenen Augen musterte sie sein Gesicht. „Was ist passiert?“

Er zuckte mit den Schultern und wandte den Blick ab. „Harte Nacht im *Neun Kreise*. Ich musste ein paar rüpelhafte Gäste vertreiben.“

Eine einfache Aussage und doch lastete eine Schwere auf seinen Worten. Seine Energie pulsierte intensiv. Sein Adamsapfel wippte, als er schluckte, und er begegnete ihrem Blick immer noch nicht.

„Ich wollte dich nicht wecken“, sagte er mit rauer Stimme. Er schüttelte den Kopf und fügte dann murmelnd hinzu: „Ich habe nicht nachgedacht. Ich hätte nicht herkommen sollen.“ Er wandte sich wieder der Tür zu. „Du solltest zurück ins Bett gehen.“

Mit einem stechenden Schmerz im Herzen ergriff sie erneut seinen Arm und zog an ihm. Sie konnte ihn beim besten Willen nicht einfach so gehen lassen.

Als er innehielt und seine Muskeln unter ihrer Hand hart wurden, sagte sie leise: „Komm, wir machen dich sauber.“

Endlich begegneten seine Augen den ihren, ihr Feuer war stumpf und glanzlos.

Sie ließ ihre Hand seinen Arm hinuntergleiten, bis sie seine Finger fand und sie einmal drückte. „Komm schon."

Während sie seine Hand festhielt, machte sie einen Schritt in Richtung ihres Badezimmers und blickte zu ihm zurück. Er stand wie erstarrt an der Tür, löste aber seine Finger nicht von ihren.

„Ich bin ein Wrack", sagte er, sein Tonfall und seine Haltung waren abweisend, aber sein Blick war voller Sehnsucht und seine Züge waren von schmerzlicher Not geprägt.

„Dann lass dich von mir umsorgen." Wieder zerrte sie an seiner Hand und dieses Mal folgte er ihr.

Im Bad angekommen, griff sie nach dem Saum seines T-Shirts und schob es hoch, bis er übernahm und es mit einem nassen Plopp auf den Boden fallen ließ. Wie immer stockte ihr Atem beim Anblick seines nackten Oberkörpers, dessen Muskeln sich bei seinen Bewegungen anspannten. Selbst blutverschmiert war er der attraktivste Mann, den sie je gesehen hatte.

Um ehrlich zu sein, machte ihn die Tatsache, dass seine Haut die Spuren eines Kampfes trug, den er gekämpft und *gewonnen* hatte, noch sündhaft heißer. Sie biss sich auf die Lippe. *Böse Hazel!* Er war aus einem unausgesprochenen Bedürfnis heraus zu ihr gekommen und sie sabberte an ihm herum wie ein Hund an einem Leckerli.

Sie berührte seine Wange, sah ihm kurz in die Augen und ließ dann ihre Hand über seinen Hals, seine Brust und seine Bauchmuskeln bis zum oberen Rand seiner Hose gleiten. Ihre Berührung ließ ihn erschaudern, was sie am Zucken seiner Muskeln und dem Grollen in seiner Aura spürte, aber es war ein angenehmes Frösteln, das etwas von seiner düsteren Energie abgab.

Die Knöpfe gaben unter ihren Fingern nach, einer nach dem anderen, bis sie seine Hose geöffnet hatte. Sie beugte sich vor, um ihm einen Kuss auf die Brust zu drücken, ließ ihre Hände am Hosenbund entlang zu seinen Seiten gleiten und schob die Hose über seine Hüften hinunter. Immer noch ungewöhnlich – und beunruhigend – passiv ließ Tallak sie die Hose ganz nach unten ziehen, bevor er seine Stiefel abstreifte und zur Seite trat.

Diese Trägheit in ihm hatte eine seltsame Note, als hätte ihn etwas aus dem Gleichgewicht gebracht, als hätte er ein wichtiges Teil in sich selbst umgeworfen. Sie hätte am liebsten in ihn hineingegriffen und ihn wieder in Ordnung gebracht.

Ohne groß darüber nachzudenken, zog sie ihr Nachthemd aus und schlüpfte aus ihrem Höschen.

Endlich flackerte es in seinen Augen und er zeigte einen Hauch seines üblichen Wesens.

Sie griff in die Dusche, schaltete sie ein und wartete, bis das Wasser heiß war. Dann gab sie ihm mit einem Fingerzeig zu verstehen, dass er ihr folgen sollte, während sie hineintrat. Er folgte ihrer Aufforderung und seine Augen schienen jeden Wassertropfen zu verfolgen, der die Kurven ihres Körpers hinunterlief, als wollte er jeden einzelnen mit seiner Zunge oder seinen Fingern nachzeichnen.

Schmelzendes Verlangen füllte ihr Innerstes und sie trat zurück, um mehr Platz für ihn in der Kabine zu schaffen. Das Wasser traf seinen Kopf, seine Schultern, rann an seinem Körper hinunter und nahm den Großteil des Blutes mit, das sich als rosa Strudel um den Abfluss bildete. Er hob sein Gesicht ins Wasser, schloss die Augen und entspannte seine Schultern ein wenig.

Sie schnappte sich ihre Shampooflasche aus dem Regal hinter sich, drückte einen großzügigen Klecks auf ihre Hand und verteilte es.

„Ich muss dich warnen“, sagte sie leise. „Ich habe keine nach Männern riechenden Produkte hier.“

Er neigte seinen Kopf zu ihr hinunter, Flammen tanzten in seinen Augen.

Sie biss sich auf die Lippe. „Ich fürchte, du wirst nach Patschuli und Jasmin riechen."

Ein langsames Blinzeln. „Das war's dann also", sagte er mit leiser, todernster Stimme. „Meine Männlichkeit wird einen grausamen Tod sterben."

Amüsiert zuckten ihre Mundwinkel hoch. Sie griff nach oben und er senkte den Kopf. Mit vorsichtigen, sanften Bewegungen arbeitete sie das Shampoo in sein Haar ein und massierte mit ihren Fingerspitzen seine Kopfhaut. Als er seufzte und seine Stirn auf die ihre legte, zerbrach und schmolz etwas in ihr.

Ihr Mund suchte seinen in einem sanften Kuss, ein bloßes Berühren ihrer Lippen, und dann manövrierte sie seinen Kopf wieder unter die Brause und spülte das Shampoo aus. Mit geschlossenen Augen ließ er sich von ihr verwöhnen, sein Gesichtsausdruck war so entspannt, wie sie ihn noch nie gesehen hatte. Wäre er eine Katze, würde er wahrscheinlich schnurren.

Der schwere, blumige Duft erfüllte die feuchte Luft, als sie seine Schultern, seinen Nacken und auch sein Gesicht einseifte. Sie nahm noch mehr von der Waschlotion auf und strich damit über seine beiden Arme, die neben dem Nacken und dem Gesicht die meisten Blutspritzer abbekommen hatten. Sie verteilte den Schaum auf seinen Händen, zwischen seinen Fingern und sogar unter seinen Fingernägeln, und zwar gründlich und mit größter Sorgfalt.

Indem sie sich so um ihn kümmerte, nährte sie einen Teil in ihr selbst, von dem sie nicht gewusst hatte, dass er hungrig gewesen war.

Die ganze Zeit über beobachtete er sie mit glühenden, halb geschlossenen Augen. Und obwohl er schwieg, hatte sich die Energie hinter seiner Passivität verändert. Er wirkte nicht mehr verwirrt oder seltsam abgestumpft – seine Fügung hatte jetzt etwas Raubtierhaftes an sich, wie ein Jäger, der auf der Lauer liegt.

Ein Blick auf seinen Schritt bestätigte, dass sein Interesse definitiv eine andere Richtung eingeschlagen hatte. Der Anblick seines harten Schwanzes erzeugte ein heißes Kribbeln auf ihrem Rücken und zwischen ihren Beinen.

Ihre Bewegungen wurden langsamer und bewusster, als sie den Schaum über seine Bauchmuskeln und seine Hüften rieb und ihre Finger über seinen festen Hintern gleiten ließ. Als ihre Hände nach vorn und nach unten wanderten, war seine Haut heiß und sie ließ ihn ihre Nägel ein wenig spüren.

Seine Muskeln verkrampften sich und er holte scharf Luft.

Sie streichelte seine Eier und ließ ihre Hände dann über seine zuckende Länge gleiten, bevor sie seinen Schwanz hart packte und ihn einmal pumpte.

Sein kehliges Stöhnen summte über ihre Haut, sank in sie ein und schürte ihr eigenes Verlangen.

Sie bewegte ihre Hand auf und ab, wobei sie jedes Mal, wenn sie an der Eichel ankam, ihren Daumen darüberstrich und Küsse auf seine Brust drückte.

Er ließ sie genau fünf Sekunden lang gewähren, bevor er sie im Nacken packte, ihren Kopf nach oben neigte und seinen Mund mit ihrem vereinte. Ihre Bewegungen gerieten ins Stocken, als er sie mit ungezügelter Wildheit küsste, wie ein Tiger, der von seiner Leine gelassen worden war.

Ihr Herzschlag geriet ins Stocken, die Erregung schwirrte in ihrem Blut.

Er drückte sie mit dem Rücken gegen die Wand, packte ihre Hüften und hob sie hoch. Sie ließ seinen Schwanz los und hielt sich stattdessen an seinen Schultern fest. Die dicke Eichel seiner Länge drängte an ihren Eingang, während er sie weiter küsste wie ein vergifteter Mann, der das einzig existierende Gegenmittel trank. In ihrem Bauch kribbelte es vor Lust, zwischen ihren Beinen pochte es.

Als er sich in sie schob, fiel ihr Kopf zurück an die Wand und ihre Lippen teilten sich in einem atemlosen Stöhnen.

Exquisit. Die Art und Weise, wie er sie ausfüllte, war köstlich und verdrängte alles andere, außer dem Gefühl seiner Härte in ihr. Sein Körper war so nah, dass ihre Haut mit seiner verschmolz.

Sie hatte ein raues Liebesspiel erwartet – und wäre damit völlig einverstanden gewesen –, aber statt in sie hinein und wieder heraus zu pumpen, hielt er inne, bis zum Anschlag in ihrem Inneren vergraben. Er umklammerte ihre Hüften, seine Lippen lagen auf der Kurve ihres Halses. Sein heißer Atem umspielte ihre Haut, als er seinen Mund zu ihrer Kehle bewegte und über ihren beschleunigten Puls leckte. Sanft, ganz sanft, ließ er seine Zähne über ihre Haut kratzen.

Ihr Herz setzte einen Schlag aus und ihre Finger krallten sich in sein Haar. Sie wusste nicht, ob sie ihn wegschieben oder näher zu sich ziehen wollte.

Seine Energie vibrierte dunkel, sein Brustkorb hob und senkte sich mit seinen schweren Atemzügen. Gerade als sie dachte, er würde sie tatsächlich beißen, verschwand der Druck seiner Reißzähne und wurde durch die Hitze seiner Zunge ersetzt, mit der er sie erneut leckte.

Sie zitterte, ihre Innenwände spannten sich um ihn, und er zog sich ein wenig zurück, um dann wieder in sie einzudringen. Das Wohlgefühl dieser ruhigen, kontrollierten Reibung durchströmte sie wie eine langsame Flut, bis sich ihre Zehen krümmten und sie ihre Finger in seine Schultern bohrte. Er vergrub sein Gesicht in ihrem Nacken und stieß in sie hinein, als würde er jede kleine Empfindung genießen, und zwar so genussvoll, dass es an … Ehrfurcht grenzte.

Als wäre sie seine Göttin und als würde er sie auf die ursprünglichste Weise verehren.

Ihr Atem stockte, ihre Brust war plötzlich zu eng, zu voll mit Dingen, die sie von innen heraus zerschmettern konnten.

„Tallak", keuchte sie und zog seinen Kopf von ihrem Hals weg, um ihn zu küssen und den Druck abzubauen, der auf ihrem Herzen lastete. Sie knabberte an seiner Unterlippe, fing seinen Blick ein und murmelte dann: „Fick mich."

Das wirkte. Es brach den Bann.

Mit einem Schaudern packte er ihre Hüften fester, zog sich heraus, stieß wieder hinein … und fickte sie. Hart.

Ihre Atemzüge wurden zu einem Stöhnen, als er in sie vordrang, wieder und wieder. Ihre Haut kribbelte mit den Wellen der Lust, die sich in ihrem Inneren aufbauten. Sie hielt sich an ihm fest, denn die kalten Kacheln in ihrem Rücken bildeten einen köstlichen Gegenpol zur Hitze seines harten Körpers an ihrer Vorderseite. Ihre Erregung wurde immer stärker und näherte sich dem Scheitelpunkt. Mit seinem nächsten Vorstoß presste er sich gegen sie, drückte auf ihre Klitoris und sie kam mit einem heiseren Schrei.

Er fickte sie weiter durch ihren Orgasmus hindurch, schneller und schneller. Mit jeder harten Bewegung entlockte er ihr mehr ihrer Lust, bis er ihr schließlich über den Abgrund folgte. Stöhnend kostete er seinen Höhepunkt mit ein paar letzten, langsamen Vorstößen aus, bis er schließlich aufhörte, aber weiterhin in ihr vergraben blieb.

Die Dusche lief immer noch und die Luft war jetzt so feucht, dass sie sich in ihrer eigenen kleinen Welt der erhitzten Intimität befanden. Alles andere war wie ausgeblendet, nichts war wichtig außer dieser langsam brennenden Energie zwischen ihnen, dem Summen der gemeinsamen Lust und einer ebenso zerbrechlichen wie starken Verbindung.

Nach ein paar Herzschlägen zog er sich zurück, stellte sie ab und sie machten sich beide sauber, bevor sie aus der Dusche traten.

Als er sich abtrocknete, betrachtete er seinen Haufen ausrangierter Kleidung und runzelte die Stirn.

„Das sind nicht deine Lieblingsklamotten, oder?", fragte sie. „Weil ich fürchte, dass sie nicht zu retten sind."

Ein bisschen Blut hier und da ließ sich mit dem richtigen Fleckenentferner entfernen – als erwachsene Frau hatte sie mehr als genug Erfahrung darin, Blut auf Kleidung oder Bettlaken loszuwerden. Aber sein T-Shirt und seine Hose müsste sie in Bleiche tauchen, um alles loszuwerden, und das würde den Stoff ruinieren.

„Nichts, was man nicht ersetzen kann." Er zuckte mit den Schultern. „Ich bin mir nur nicht sicher, ob ich die Sachen für den Heimweg wieder anziehen will."

„Ich werde dir morgen früh heimlich ein paar von Basils Sachen holen."

Daraufhin begegneten seine leuchtenden bernsteinfarbenen Augen den ihren und er hob eine seiner Augenbrauen.

Sie schmunzelte. „Er wird es nicht einmal bemerken, glaub mir. Ich mache in den meisten Fällen immer noch die Wäsche der Kinder. Es ist eine Art Meditation für mich."

„Das ist es nicht", sagte er mit ruhiger Stimme.

„Was?"

„Du willst, dass ich bleibe?"

Ihr Atem stockte und ihr Herz setzte einen Schlag aus. Sie hatte gar nicht realisiert, dass sie das gesagt hatte; sie hatte nicht einmal daran gedacht, ihn jetzt wieder in die Nacht zu schicken.

„Ja", sagte sie rau und räusperte sich. „Bleib hier."

Sein Lächeln war zuerst langsam, wie das erste Licht der Morgendämmerung, das die Dunkelheit durchbricht, aber dann verwandelte es sich in einen solchen Schein, dass es ihre Haut zum Kribbeln und ihren Puls zum Rasen brachte.

Die schiere Strahlkraft dieses Lächelns, die glitzernde Wärme, die es verströmte, machte ihr ein wenig Angst. Denn diese heimtückische Stimme in ihrem Inneren flüsterte ihr zu, dass es gefährlich war, sich daran zu gewöhnen, dass er sie so ansah. Denn was würde sie tun, wenn er aufhörte? Wie viel mehr würde es schmerzen, wenn sie sich in diese Liebe stürzte, um dann eines Tages in einer Welt ohne sie aufzuwachen?

Sie schluckte schwer. Angst und Hoffnung kämpften in ihr, aber sie nahm seine Hand und zog ihn in ihr Schlafzimmer und auf ihr Bett. Sie musste diese Gedanken zum Schweigen bringen, den Kampf in ihrem Kopf und ihrem Herzen beenden.

„Hilfst du mir beim Einschlafen?“, fragte sie flüsternd, während sie ihn mit sich ins Bett zog.

Seine leuchtenden Augen waren das einzige Licht im Raum, als er sich über sie beugte und seine Stimme rau über ihre Sinne strich. „Immer.“

KAPITEL 31

Hazel knallte das Buch zu und stieß einen Seufzer der Frustration aus. Stundenlang hatte sie über dem Leitfaden der Siegel gebrütet – und was hatte sie erreicht? Nichts, genau.

Tallak war in den frühen Morgenstunden nach Hause gegangen, als das Haus noch ruhig gewesen war und die anderen alle geschlafen hatten. Sie hatte ihm ein paar frische Klamotten von Basil aus der Waschküche zugesteckt und dann war er mit einem Kuss gegangen, der noch immer auf ihren Lippen prickelte.

Ganz zu schweigen von all den anderen Stellen ihres Körpers, die kribbelten, weil er sie in der Nacht zuvor mit seiner Aufmerksamkeit überhäuft hatte.

Mit glühenden Wangen lehnte sie sich zurück und wandte ihren Blick wieder dem Buch mit den Siegeln zu. Da sie gewusst hatte, dass sie keinen Schlaf mehr bekommen würde, und ihre Zeit gut nutzen wollte, war sie direkt nach Tallaks Abschied in die Bibliothek gegangen und hatte sich seitdem hier aufgehalten, mit kurzen Pausen, um etwas zu essen.

Sie hatte die vier Siegel gefunden. Sie hatte die möglichen

Kombinationen mit einem fünften Siegel gefunden, von denen es vier gab, aber keine von ihnen hatte ihr mehr Klarheit darüber verschafft, was die Hexe vorhatte. Jede Kombination war für sich genommen harmlos genug.

Eine konnte dazu verwendet werden, die Erde für die nächste Erntezeit zu nähren. Eine sollte Reinigungszauber verstärken. Eine andere war dazu gedacht, ein neues Haus zu segnen. Und mit einer anderen konnte man Zaubersprüche intensivieren, um verlorene Gegenstände zu finden.

Es war die Verbindung einer Sigelkombination mit einem anderen, höheren Zauberspruch, der die Bedeutung und Absicht in etwas Ruchloseres verwandeln konnte.

Vielleicht könnte sie versuchen …

Das Klingeln ihres Handys unterbrach ihren Gedankengang. *Merle.*

„Hey, was gibt's?", fragte sie, nachdem sie den Anruf angenommen hatte.

„Hey." Die Stimme der jüngeren Hexe klang schwer und traurig.

Hazel war sofort alarmiert und setzte sich aufrecht hin. „Was ist passiert?"

„Letzte Nacht gab es ein paar Zwischenfälle", sagte Merle. „Ich habe gerade einen Anruf von Sarai bekommen, die es von Lenora gehört hat." Sie machte eine bedeutungsschwere Pause. „Elaine hat ihre Nichte Cassie verloren. Und Sonia ihre Tochter Leticia. Sie waren in verschiedenen Bezirken auf Patrouille und wurden offenbar von Dämonen angegriffen. Die Hexen, mit denen sie unterwegs waren, haben hart gekämpft, aber Cassie und Leticia …" Merle seufzte. „Es klingt, als wäre ihre Magie gescheitert. Sie haben es nicht geschafft."

Hazel legte eine Hand auf ihr Gesicht, ihr Herz war so schwer, dass es sie auf den Boden zu ziehen drohte.

„Das waren aber nicht die einzigen beiden Vorfälle." In

Merles Stimme schwang etwas mit, von dem Hazel wusste, dass es unterdrückte Wut war. „Mindestens zwei weitere Patrouillenteams gerieten in Auseinandersetzungen mit Dämonen und kamen nur knapp mit dem Leben davon. Sie haben schwere Verletzungen erlitten."

„Ich dachte, es würde mich nicht schockieren", sagte Hazel leise, „denn wir haben das beide kommen sehen. Aber das tut es. Es tut mir in der Seele weh."

„Ja", flüsterte Merle. „Ich will sie alle so lange schütteln, bis sie zur Vernunft kommen."

„Aber wir können nicht einmal mehr etwas sagen. Wir stehen jetzt schon auf unsicherem Terrain. Wir sind beide mit Arawn verbündet und wir haben gesehen, wie es für sie aussieht, wenn wir den Loyalitätswechsel ansprechen. Es liegt nicht mehr in unserer Hand."

Eine lange Pause voller Herzschmerz folgte, der sich in Merles angespanntem Schweigen widerspiegelte.

„Wie auch immer", sagte Merle schließlich. „Das wollte ich dich wissen lassen. Vielleicht bekommst du heute noch ein paar Anrufe von anderen. Ich weiß nicht, ob es ein Treffen der Ältesten geben wird." Hazel konnte Merles Achselzucken über die Leitung hören. „Nicht, dass etwas dabei herauskommen würde."

Sie beendeten das Gespräch und Hazel atmete in der drückenden Stille des Raumes schwer aus. Ihr Blick fiel wieder auf das Buch mit den Siegeln. Richtig. Sie hatte immer noch *dieses* Problem zu lösen. Es schien, als würde die Hexengemeinschaft an mehreren Fronten zerbrechen – an ihrer eigenen Überheblichkeit und sturen Verleugnung, an alten Verwerfungen und an den abtrünnigen Machenschaften einer Hexe, die aus irgendwelchen Gründen gegen heilige Gesetze verstieß.

Nun, es gab noch eine Sache, die Hazel nicht ausprobiert hatte. Wenn sie den übergeordneten Zauberspruch nicht herausfinden konnte und keinen Schritt weiterkam, die Hexe zu identifizieren, konnte sie zumindest versuchen, den groß angelegten Plan der Hexe zu durchkreuzen, was auch immer deren böse Absicht war.

Denn wenn sie auch nur eines der Siegel zerstörte, die die Hexe bereits angebracht hatte, würde dies den gesamten Zauber sabotieren. Alle fünf Siegel wurden benötigt, um das zu vollenden, was die Hexe plante. Entfernte man eines aus der Gleichung, versagte die Verbindung wie eine Lichterkette, wenn eine Glühbirne durchbrannte.

Entschlossenheit stählte ihr Blut, sie stand auf, sammelte ihre Ausrüstung ein und ging ins Foyer hinaus.

Als sie Rose auf der Treppe sah, hielt sie inne. Sie sah zwar etwas verkatert aus, wirkte aber trotzdem … so gefestigt, wie sie sie schon lange nicht mehr gesehen hatte. Sie trug eine schwarze Jeans und ein dunkelviolettes Shirt und wirkte viel präsenter und zielstrebiger als sonst.

„Gehst du aus?“, fragte Rose und legte ihre Hand auf das Geländer.

„Ähm.“ Hazel räusperte sich. „Ja. Ich muss mich um ein paar Hexenangelegenheiten kümmern. Brauchst du etwas?“

Zögernd kam Rose die Treppe herunter und spielte mit den Ärmeln ihres Shirts. „Darf ich mitkommen?“

Verblüfft blinzelte Hazel einige Male. Verstohlen zwickte sie sich in die Seite, um zu prüfen, ob sie träumte. *Autsch!* Nein, sie war definitiv wach.

„Du … willst dich mir anschließen?“

Rose nickte. „Ich will lernen.“

Abgesehen von ein paar grundlegenden Lektionen, die sie schon früh nach ihrer Ankunft aus Faerie erhalten hatte, hatte sich Rose hauptsächlich mit Büchern beschäftigt, um Informationen über die Hexenkunst aufzusaugen. Alle Angebote Hazels, sie persönlich zu unterrichten, hatte sie ausgeschlagen. Dass sie das Buch über Siegel in ihrem Zimmer liegen gehabt hatte, war ein Teil ihres Versuchs gewesen, durch Lesen zu lernen. In der Vergangenheit hatte sie allerdings manchmal den Eindruck erweckt, überhaupt kein Interesse daran zu haben, ihre Kräfte kennenzulernen und zu erforschen, wie man mit ihnen arbeitete. Hazel hatte sich oft gefragt, ob das eine Reaktion darauf war, dass sie aufgrund ihres Hexendaseins von den Fae misshandelt worden war.

Aber jetzt, nach Monaten der Gleichgültigkeit und Ablehnung aller Versuche Hazels, eine Verbindung aufzubauen, kam Rose auf *sie* zu. Gerade, als sie im Begriff war, einen Tatort der schwarzen Magie zu betreten, um eines dieser verhängnisvollen Siegel zu zerstören.

Rose, die ihr Zögern natürlich spürte, trat noch einen Schritt näher, öffnete und schloss ihren Mund und sagte dann leise: „Ich möchte Zeit mit dir verbringen."

Bei den Göttern – wie sollte sie sie abweisen?

Ihr Mutterherz schmolz dahin und sie schluckte. „Natürlich. Klar."

Rose nickte eifrig, schnappte sich ihre Jacke vom Bügel in der Garderobe und folgte ihr hinaus zum Auto.

Sobald sie sich auf den Weg gemacht hatte, sprach Hazel in die dröhnende Stille hinein: „Diese Hexensache, um die ich mich kümmere … ist dunkel."

Aus dem Augenwinkel sah sie, wie Rose sie aufmerksam beobachtete und zuhörte.

Hazel hatte lange überlegt, wie viel sie Rose über ihren Zielort und ihre Pläne erzählen sollte, aber schließlich gehörte Rose zur Familie und Hazel wollte ihr damit ihr Vertrauen zeigen. Das war das Mindeste, was sie tun konnte, um das wiedergutzumachen, was sie zerbrochen hatte, als sie in Roses Zimmer gegangen war und sie praktisch des Mordes beschuldigt hatte.

Rose hatte sich heute an sie gewandt und Hazel würde darauf reagieren und ihr zeigen, dass sie geschätzt wurde, indem sie sie in die Geschehnisse in der Hexengemeinschaft einweihte.

Also erzählte sie ihr alles und Rose hörte interessiert zu. Ihr Gesicht war nachdenklich oder angemessen beunruhigt, wenn Hazel sie anschaute.

„Diese Hexe", sagte Rose schließlich. „Sie ist verrückt, oder?"

„Ich bin mir nicht sicher. Ich meine, manche Leute werden mit … einem Mangel an Empathie geboren oder haben keine Vorstellung von richtig und falsch. Das sind Psychopathen. Manche von ihnen werden gewalttätig – viele der berühmtesten Serienmörder der Geschichte waren Psychopathen. Aber nicht jeder, der ein Verbrechen begeht oder gewalttätig wird, hat ein psychisches Problem. Manche wissen genau, dass das, was sie tun, falsch ist. Sie spüren vielleicht sogar, dass es falsch ist. Aber aus irgendeinem Grund ist etwas in ihnen stärker als der moralische Kompass, mit dem sie aufgewachsen sind, und das bringt sie dazu, gegen Gesetze zu verstoßen und anderen zu schaden. Manche Leute verfolgen ein Ziel oder eine Mission und in ihren Augen heiligt der Zweck die Mittel."

Genau wie Isabel der Ansicht gewesen war, dass das Leid, das sie Maeve zugefügt hatte, ein akzeptabler Kollateralschaden auf ihrem Weg zu einer glorreichen Zukunft ohne Dämonen war.

„Was wird passieren, wenn du die Hexe fängst?"

„Sie wird von den Ältesten verurteilt und für ihre Verbrechen bestraft. Blutmagie ist verboten und Menschen zu töten ist ein Sakrileg, vor allem, wenn es um das Streben nach Macht geht."

„Sakrileg?"

„Ah …" Hazel suchte nach Worten. „Es verstößt gegen die Gesetze, die uns von den Göttern gegeben wurden. Aber es ist auch einfach eine Missachtung unserer Macht. Magie ist

Leben, Leben ist Magie. Wir sollen sie zum Schutz einsetzen, nicht zum Schaden."

Rose nickte und schaute aus dem Fenster. „Es fühlt sich besser an, etwas zu erschaffen als zu zerstören."

Hazel warf ihr einen Blick zu. „Ja."

Den Rest der Fahrt verbrachten sie in angenehmem Schweigen. Hazel parkte an der Seite, sodass man sie von der Hauptstraße aus nicht sehen konnte, und führte Rose durch das verlassene Gärtnereigelände zu dem Gewächshaus, das noch immer über dem grausigen Tatort thronte.

Als sie hineingingen, keuchte Rose und wurde blass im Gesicht.

„Ich weiß", sagte Hazel leise. „Es ist schwer, das zu sehen."

Hazel holte noch einmal das Glas und das Messer aus ihrer Tasche und machte sich daran, ihr Handgelenk aufzuschneiden, ihr Blut aufzufangen und es dann wieder an die Glasscheibe zu spritzen. Neben ihr erschrak Rose und wich einen Schritt zurück.

Hazel murmelte die Worte, um das Siegel zu halten, heilte dann ihr Handgelenk wieder, stemmte beide Hände in die Hüften und betrachtete das Siegel einen Moment lang. *Also gut.* Schwer ausatmend beugte sie sich zu ihrer Tasche und holte verschiedene Kräuter, Salz, einen Ritualdolch und Kerzen heraus – das ganze Programm.

Der Boden war zu uneben, um mit Kreide Linien zu ziehen, aber ein Ring aus Salz war durchaus möglich. Mit dem Athame, dem rituellen Dolch, zeichnete sie ein Pentagramm innerhalb des Kreises, wobei sie mit der Spitze des Dolches über der Erde schwebte, anstatt den Boden zu berühren. Die Visualisierung war die halbe Arbeit, wenn es darum ging, Zauber zu wirken oder Rituale vorzubereiten. In Fällen wie diesem war die Vorstellung der Form eines Pentagramms genauso mächtig wie das Zeichnen eines solchen auf dem Boden.

Sie stellte eine Kerze auf jeden der fünf imaginären Punkte des Pentagramms und zündete sie in der Mitte des Kreises an.

„Ich werde versuchen, dieses Siegel zu zerstören", erklärte sie Rose. „Jeder Zauber und jedes magische Machtwerk hat ein Schlupfloch, durch das es rückgängig gemacht werden kann, und ich muss nur das richtige finden. Wenn ich das Siegel zerstören kann, wird der Zauber, den die Hexe wirken will, nicht funktionieren."

Rose nickte und beobachtete Hazel mit großer Aufmerksamkeit.

„Okay." Hazel holte tief Luft. „Es geht los."

Der erste Versuch war eine Kombination aus Kräutern und einem Zauber, der Flüche aufheben konnte. Keine Wirkung.

Als Nächstes versuchte sie, die Magie des Siegels mit dem Athame zu „durchschneiden", was manchmal funktionierte, um einen Fluch zu brechen. Doch sie schaffte es nicht einmal, die Magie des Siegels zu berühren.

Sie schnappte sich die zusätzliche Kerze, die sie mitgebracht hatte, und wirkte einen Feuerzauber, um die Macht hinter dem Siegel zu durchbrechen. Nichts. Die Flammen glitten an der Magie des Siegels ab wie Regen an einem Blatt.

Sie probierte alle ihr bekannten Mittel und Methoden aus, um Magie aufzuheben, zu entfernen, zu brechen oder zu zerstören. Am Ende saß sie auf dem Boden, nachdem sie all ihr Wissen und die mitgebrachten Hilfsmittel aufgebraucht hatte. Der Schweiß perlte auf ihrer Stirn und lief ihr den Rücken hinunter.

„Es hat keinen Sinn", sagte sie leise zu Rose.

„Du kannst es nicht entfernen?"

Hazel schüttelte den Kopf und spürte einen stechenden

Schmerz hinter ihren Schläfen. Sie hatte in kurzer Zeit viel gezaubert und musste sich bald hinlegen, um sich zu erholen.

„Warum zerschlägst du nicht einfach die Glaswand?" Rose zeigte auf die Glasscheibe, auf die das Siegel gemalt war.

Wieder schüttelte Hazel den Kopf. „Das Siegel schützt sie. Selbst ein Bulldozer könnte diese Wand nicht einreißen. Alles, was du dagegen wirfst, um das Glas zu zerbrechen, würde abprallen. Du könntest ein Auto daran zu Schrott fahren, aber das Glas trüge keinen einzigen Kratzer davon. Nein, das Siegel kann nur durch Magie entfernt werden."

„Aber das hast du doch schon versucht. Es klappt nicht."

Hazel presste ihre Lippen aufeinander. „Weil es nicht die richtige Art von Magie ist. Wir benötigen dieselbe Art von Macht, mit der das Siegel erschaffen wurde, um es zu zerstören."

Das hatte sie schon geahnt, nachdem sie in der Literatur, die sie zu Blutmagie gefunden hatte, davon gelesen hatte.

Bei ihren Worten fiel Roses Blick auf den geschlachteten Menschen, der immer noch mit gespreizten Beinen und Armen auf dem Boden lag.

„Ja", sagte Hazel düster. „Um das Siegel zu entfernen, benötigt es schwarze Magie. Ein Opfertod, der in einem Ritual wie diesem vollzogen wird."

Rose sagte etwas auf Fae, das verdächtig nach einem schockierten Fluch klang.

Mit einem tiefen Seufzer kramte Hazel noch einmal in ihrer Tasche herum. „Ich hatte gehofft, dass ich das nicht tun muss."

Roses Augen wurden groß. „Was?"

„Ich muss die verbleibende magische Signatur der Hexe aufspüren, die das getan hat." Ihre Hände zitterten, als sie die Werkzeuge aus der Tasche holte. „Ich wollte das vorher nicht tun, weil dunkle Magie einen verunreinigt, wenn man versucht, sie aufzuspüren."

„Verunreinigt?"

„Sie würde mich auf eine schlechte Art und Weise verändern, in mich eindringen und meine eigene Kraft korrumpieren. Ein Grund, warum diese Art von Magie verboten ist, ist, dass sie die Macht desjenigen verdreht, der sie berührt. Die Hexe, die diese Morde begangen hat, verrottet von innen heraus. Äußerlich sieht man das vielleicht noch nicht, aber mit der Zeit wird es sich zeigen. Ihre Magie wird nie wieder so sein, wie sie es einmal war. Sie wird sich wie eine faulige Leiche zersetzen und so dunkel werden, dass die Hexe entweder vor Gewalttrieb verrückt wird oder ihre Magie einfach nicht mehr funktioniert."

Rose bedeckte ihren Mund mit einer Hand und trat einen Schritt zurück. „Und jetzt willst du das anfassen? Wenn es das mit dir macht?"

Hazel schüttelte den Kopf. „Nicht ganz. Es gibt Möglichkeiten, sich vor diesen Auswirkungen zu schützen, wenn man schwarze Magie als Zweite berührt. Das wusste ich vorher nicht – es ist nichts, was wir Hexen im Rahmen unserer normalen Ausbildung lernen." Dabei warf sie Rose einen vielsagenden Blick zu. „Schwarze Magie ist so selten, dass die meisten von uns in ihrem Leben nie mit denen zu tun haben, die sich mit ihr beschäftigen. Es ist eine besondere Art von Wissen, wie man damit umgeht, wenn eine Hexe in der Gemeinschaft so etwas versucht. Ich habe es erst herausgefunden, als ich heute mehr über Blutmagie gelesen habe."

„Wie funktioniert es?"

„Nun", erklärte sie, „normalerweise zieht man, um eine magische Signatur aufzuspüren, die verbleibende Energie in einen Gegenstand, um sie festzuhalten und zu transportieren." Sie hielt einen kleinen Plastikbehälter hoch. „Dann stellt man diesen Gegenstand in einen Machtkreis und startet einen

Zauber, der die magische Signatur wieder aus dem Gegenstand herauszieht, und zerbricht sie dann, um sie zu analysieren. Man legt außerdem ein Stück Papier in den Kreis und wenn der Zauber die Familienmagie der Hexe identifiziert, die die Magie angewendet hat, wird der Familienname aufgeschrieben – mit dem Blut des Familienoberhaupts. Die Hexe könnte ein Brennen spüren, wenn der Zauber das Blut entnimmt."

Rose starrte sie an und ihre Augen leuchteten interessiert.

„Um sicherzustellen, dass keine schwarze Magie der gesammelten Energie den Kraftkreis durchtränkt und über meine aktive Verbindung zum Kreis und zum Aufspürungszauber in mich eindringt, muss ich den Kreis schützen. Das dauert eine ganze Weile, weil ich die Schutzpunkte in exakten Abständen von zwölf Stunden setzen muss, fünf davon, um ein Pentagramm zu vervollständigen. Aber das ist wegen der intensiven Energie, gegen die ich mich wehre, notwendig. Sobald das geschehen ist, wird der Schutzwall die schwarze Magie innerhalb des Kreises einschließen und verhindern, dass sie nach außen und in mich hineingelangt. Dann kann ich den Rückverfolgungszauber starten und er wird den Familiennamen der verantwortlichen Hexe ausspucken."

Grimmige Vorfreude pochte in ihrem Blut bei dem Gedanken daran. Hätte sie diese Information doch nur vergangene Woche gefunden – dann wüsste sie bereits, wer die Hexe war. Oder besser gesagt, sie wüsste, welche Familie sie für ein gezieltes Verhör vorladen müsste, um den Täter ausfindig zu machen.

„Aber du erfährst nur den Familiennamen?", fragte Rose. „Nicht den Namen der Hexe?"

„Ja. Das ist leider die Einschränkung des Zaubers. Er kann zwischen den Energiesignaturen der einzelnen Hexenfamilien unterscheiden, aber er kann keine einzelnen Hexen innerhalb einer Familie ausfindig machen. Aber es wird reichen." Sie knirschte mit den Zähnen. „Sobald ich die Familie kenne, kann ich mich darauf konzentrieren, die schuldige Hexe in ihrer Mitte aufzuspüren."

Sie nahm wieder den Plastikbehälter in die Hand, eine einfache Box mit einem Deckel, dessen Form dafür geeignet war, Energie anzuziehen. Genau genommen eignete sich jeder Gegenstand, der sich öffnen und schließen ließ. Er musste nicht einmal geöffnet werden, wenn die magische Signatur eingezogen wurde.

Sie stellte den Behälter direkt neben den toten Menschen, trat zurück in den Kreis und bedeutete Rose, sich zu ihr zu setzen.

„Das Sammeln der Magie sollte uns nicht beeinträchtigen", sagte sie, „denn es ist nicht so intensiv wie der Aufspürungszauber, aber wir sollten trotzdem besonders vorsichtig sein. Dieser Kreis sollte alle Nachwirkungen der verbleibenden Energie abwehren, wenn ich sie in den Behälter ziehe."

Rose nickte und gesellte sich zu ihr in die Mitte des Salzkreises.

Hazel stellte sicher, dass die Schutzbarriere wieder aktiviert wurde, indem sie sich in den Finger stach und ihr Blut mit dem Salz in Berührung brachte. Ihre Magie summte in der Luft.

Indem sie ihre Hände in ziehenden und fädelnden Bewegungen wandte, sammelte sie die verbleibende Energie der Hexe, die dieses Ritual durchgeführt hatte. Da es sich um den jüngsten Mord handelte, hing noch genug von der magischen Signatur der Hexe in der Luft. Sie haftete an den Schichten der Welt wie der Morgentau am Gras. Oder, im Fall dieser Energie, eher wie Schlamm.

Mit einem Zischen wurde die magische Signatur in den Behälter gesaugt, der einmal rasselte und dann stillstand.

„Ist es vollbracht?", flüsterte Rose.

„Ja."

„Können wir ... sie jetzt anfassen?" Rose schaute mit einer gesunden Portion Skepsis auf die Box.

Hazel nickte. „Solange die Magie in dem Behälter ist, besteht kein Unterschied darin, die Box zu berühren oder hier, in unmittelbarer Nähe zu passiver schwarzer Magie, herumzulaufen. Nur, wenn wir versuchen, etwas mit dieser Energie zu wirken, zum Beispiel sie aufzuspüren, sind wir in Gefahr. Aber dafür werde ich Schutzzauber vorbereiten."

Heute Abend würde sie den ersten Schutzpunkt legen.

Sie verließen den Tatort und Hazel hatte wieder das Gefühl, dass es falsch war, die Leiche des armen Mannes einfach dort liegenzulassen. Hoffentlich würden sie den Fall bald abschließen, dann könnten sie die Leiche irgendwo deponieren, die Polizei einschalten und dafür sorgen, dass der Mann eine angemessene Bestattung erhielt.

„Du bist sehr klug", sagte Rose plötzlich, als sie ins Auto stiegen.

Überrascht schaute Hazel sie an.

„Du weißt all diese Dinge." Rose nickte zum Gewächshaus.

„Nun", sagte Hazel und startete das Auto, „ich bin mit der Magie aufgewachsen und habe jahrzehntelange Erfahrung. Aber das Wichtigste ist, dass ich Bücher lese. Wenn man sich durch Hexenliteratur arbeitet und die Informationen darin aufnimmt, ist das meiste schon geschafft." Sie warf Rose einen flüchtigen Blick zu. „Du musst noch eine Menge aufholen, aber das schaffst du auch."

Rose nickte kurz und schaute dann wieder aus dem Fenster. Sie schwieg eine Weile, bevor sie wieder sprach, die Augen auf die Straße gerichtet, die Stimme leise. „Was stimmt nicht mit mir?"

Hazel zuckte zusammen. „Was?"

„Welchen Fehler hast du in mir gesehen?"

Als Hazel sie mit pochendem Herzen erneut ansah, betrachtete Rose sie mit Augen voller Schmerz.

„Was meinst du?“, flüsterte Hazel.

„Als du dich entschieden hast, mich wegzugeben. Du hast mich gewählt, nicht Lily. Du hattest einen Grund dafür, richtig? Etwas stimmt nicht mit mir.“ Sie klopfte sich auf die Brust.

„Bei den Göttern!“

Hazel konnte nicht mehr geradeaus sehen. Mit rasendem Puls und zittrigen Händen schaffte sie es, den Wagen an den Straßenrand zu lenken, bevor sie ihn zu Schrott fuhr. Sie stellte den Motor ab und drehte sich zu Rose um.

„Nein!“ Sie streckte ihr die Hand entgegen und ergriff sie. „Es ist alles in Ordnung mit dir.“ Mit Tränen in den Augen schüttelte sie den Kopf. „Du bist perfekt. Du warst ein perfektes Baby. Ich habe dich von dem Moment an geliebt, in dem ich dich in meinen Armen hielt.“

„Warum hast du mich dann gewählt? Warum hast du *mich* weggegeben?“ Roses Stimme wurde brüchig.

„Liebling!“ Die Tränen kullerten über und ihr Herz schmerzte. „Ich hatte nicht wirklich eine Wahl. Die Fae hat mich gezwungen, zu entscheiden, welches Baby sie bekommen soll. Ich wollte es nicht! Ich habe ihr gesagt, dass ich mich nicht entscheiden kann. Als ich mich anfangs weigerte, eine von euch zu wählen, hat sie …“ Hazel schluckte schwer und ein Schluchzen bildete sich in ihrer Brust. „Die Fae sagte, sie könne die Entscheidung für mich treffen, aber sie würde diejenige töten, die sie nicht mitnahm.“ Sie drückte Roses Hand. Sie brauchte die Berührung ihrer Tochter, um die Schatten der Vergangenheit zu vertreiben, sie brauchte die Gewissheit, dass ihr Baby jetzt hier war, am Leben und gesund. „Verstehst du? Sie hätte eine von euch getötet.“ Ihr Atem stockte und sie musste innehalten, weil der Schmerz der Erinnerung ihren Verstand übermannte. „Du weißt, wie grausam die Fae sein können."

Rose blinzelte und eine Träne rann über ihre Wange. „Das weiß ich", flüsterte sie.

„Als ich ihr eine von euch gab", fuhr Hazel mit rauer Stimme fort, „habe ich nicht nachgedacht. Ich habe mich nicht wirklich entschieden. Es hätte jede von euch sein können. Ich habe meine Entscheidung nicht abgewogen, denn das war unmöglich. Ihr wart beide *perfekt*. Die Grausamkeit der Fae verlangte, dass ich mich entscheide, aber meine Handlung war reiner Zufall. Ich habe nicht darüber nachgedacht oder meine Entscheidung auf der Grundlage eurer Unterschiede getroffen." Ihre Stimme brach. „Du trägst keinen Fehler in dir. Nicht jetzt und nicht damals."

Zögernd legte sie ihre Hand auf Roses Wange und als ihre Tochter nicht zurückwich, atmete Hazel scharf ein, denn ihr Herz schmerzte vor lauter Liebe. „Du bist vollkommen und gut und es tut mir leid, dass du jemals gedacht hast, dass mit dir etwas nicht stimmt. Es tut mir so leid."

Rose schniefte und ihre Brust hob und senkte sich, als sie schnell und unregelmäßig atmete. „Die Fae sagte ... ich sei fehlerhaft. Und dass du mich deshalb ausgewählt und weggegeben hast."

Der Druck in Hazel entlud sich in den einzigen Worten, die zu ihrer Wut passten. „Diese verdammten Schweine!"

Rose riss bei Hazels ungewöhnlichem Ausbruch die Augen auf.

Hazel holte tief Luft und versuchte, sich ein wenig zu beruhigen. Sie streichelte Roses Wange und legte dann die Hand auf ihre Schulter. „Sie haben dich angelogen, Schatz. Sie haben diese Dinge gesagt, um mit deinem Verstand zu spielen und dich zu verletzen. Es ist nicht wahr. Du bist nicht fehlerhaft. Bitte glaube mir, wenn ich sage, dass ich dich nicht ausgewählt habe, weil ich dachte, du wärst in irgendeiner Weise weniger wert als Lily."

Hazel nahm Roses Hände in ihre und versuchte verzweifelt, ihre Tochter zu überzeugen. „Ich weiß, dass du einige Zeit benötigen wirst, um die Wahrheit zu sehen und zu fühlen, aber gib mir eine Chance und ich werde dir für den Rest meines Lebens zeigen, wie wertvoll und gut du bist. Es tat mir jeden Tag weh, dich so weit weg von mir zu wissen, und ich hätte alles dafür gegeben, dich wiederzubekommen. Du bist meine perfekte, wunderbare Tochter und ich bin so stolz auf dich."

Roses Atemzüge gingen nun stoßweise und sie schluchzte.

„Komm her, mein Schatz", raunte Hazel und lehnte sich über die Konsole, um Rose in eine Umarmung zu ziehen.

Zuerst war Rose steif, doch nach einem Moment entspannte sie sich und schlang zögernd ihre Arme um Hazel. Die wiederum drückte sie an sich und streichelte beruhigend über Roses Rücken, während ihre eigenen Tränen in Strömen flossen. Mit einem lauten Schluchzen, das so klang, als würde es Mauern in ihrem Inneren einreißen, lehnte sich Rose an Hazel, vergrub ihr Gesicht in ihrer Schulter und umklammerte sie wie eine Rettungsboje.

Sie weinten und umarmten sich so lange, dass die Zeit stehen geblieben zu sein schien, während sich ein Knoten aus Schmerz, Schuld und Trauer, den Hazel sechsundzwanzig Jahre lang mit sich herumgetragen hatte, tief in ihr löste. Ein fehlendes Stück ihres Mutterherzens fiel wieder an seinen Platz.

ZURÜCK IM HAUS, IN DEM RAUM, DER DEN RITUALEN UND DEM Zaubern gewidmet war, setzte Hazel einen schwarzen Turmalinkristall auf den ersten Punkt des geplanten Pentagramms, das den Kraftkreis mit der Box und einem Blatt Papier in der Mitte umschloss.

Sie hielt ihre Hand über den Kristall und murmelte: *„Protege!"*

Ihre Magie entflammte, zog die Macht zwischen den Schichten der Welt heran und durchtränkte den schwarzen Turmalin mit der nötigen Kraft, um einen Schutzpunkt zu bilden, der die verdorbene Magie zurückhielt. Der Kristall hatte natürliche Schutzeigenschaften und war besonders gut darin, negative Energie zu beseitigen, weshalb er sich perfekt als Fixpunkt eignete.

Sie ließ ihre zitternde Hand sinken und atmete schwer aus. Einer erledigt, vier noch vor sich. In etwa zwölf Stunden musste sie den nächsten Punkt legen.

Aber bis dahin würde sie sich ausruhen.

Sie fühlte sich wie ausgelaugt, ihre innere Magie war erschöpft, ihre Glieder zitterten und waren gleichzeitig wie mit Blei beschwert. Der Gedanke, einfach ins Bett zu fallen und die nächsten zwölf Stunden zu schlafen, erschien ihr wirklich himmlisch. Gegenwärtig gab es nichts weiter zu tun als zu warten, und schockierenderweise hatte sie für heute Abend nichts anderes auf dem Plan. Sie war erst für morgen zur Patrouille eingeteilt.

Stöhnend stand sie vom Betonboden auf, ging hinaus und schloss die Tür hinter sich ab. Es war zwar unwahrscheinlich, dass jemand uneingeladen in ihren Ritualraum kam, und ihre Kinder wussten genau, dass sie sich nicht unbefugt dort aufhalten durften, aber Vorsicht war besser als Nachsicht. Es war von größter Wichtigkeit, dass niemand die Szene störte, während sie die Schutpzunkte legte.

Sie schlurfte den kleinen Flur hinunter in Richtung der Haupträume, bog um die Ecke und blieb zögerlich stehen, als sie Tallak entdeckte, der dort stand und seinen Blick auf einige Bilder an der Wand richtete. Sein T-Shirt schmiegte sich auf eine Weise an seine Schultern und Brust, die ihr den Atem raubte, und ihr Herz machte bei seinem Anblick einen Sprung. Ihr wurde schlagartig klar, dass sie ihn vermisst hatte, obwohl sie ihn erst heute Morgen gesehen hatte. Aber sie hatte sich mehr oder weniger an seine Anwesenheit gewöhnt, an die Art, wie er sie fühlen ließ. Wie ein Kind am Weihnachtsmorgen, mit einem Kribbeln im Blut und Wärme in der Brust.

Es dauerte einen Moment, bis sie erkannte, was er betrachtete – die Bildergalerie an der Wand, die einige ihrer Lieblingsfotos von Basil und Lily als kleine Kinder zeigte.

Sie spürte einen Stich in ihrem Herzen, als ihr wieder einmal klar wurde, dass Tallak Basil nie als Kind gekannt hatte. Er hatte ihn nie als plapperndes, glückliches Baby gesehen, ihn nie als rotznasiges Kleinkind mit dem strahlendsten Grinsen in der Kita getroffen und nie erlebt, wie unglaublich ansteckend sein kleines Kinderlachen gewesen war. Er hatte vielleicht einige der anderen Fotos des jungen Basil gesehen, die im Haus verstreut waren, aber nichts würde jemals wiedergutmachen, dass er die gesamte Kindheit seines Sohnes verpasst hatte.

Genau wie sie die von Rose verpasst hatte.

Der Schmerz, den sie für Tallak empfand, spiegelte sich in ihrem eigenen Herzen wider. Sie wusste genau, wie es sich anfühlte, dieses intime Wissen über das eigene Kind für immer verloren zu haben.

Sie musste ein Geräusch gemacht haben, denn er drehte sich um und sah, wie sie sie sich wie ein Spion um die Ecke lehnte.

„Hey", sagte sie schnell und ging zu ihm hinüber. „Spieleabend mit Basil?"

Sie hatte die verräterischen Geräusche aus dem Spielzimmer gehört, als sie vorhin nach Hause gekommen war, und vermutete, dass Vater und Sohn wieder etwas Zeit miteinander verbrachten.

„Ja", sagte Tallak. „Ich habe nur einen kurzen Boxenstopp eingelegt." Er warf einen Blick auf das Badezimmer hinter ihm.

Seine Augen leuchteten bernsteinfarben und als er ihr Gesicht sah, runzelte er die Stirn. „Alles in Ordnung, Liebes?"

Sie sah also genauso schlecht aus, wie sie sich fühlte. *Großartig.*

„Ich habe heute viel Magie gewirkt." Sie seufzte und rieb sich die Schläfen, dann erzählte sie ihm alles, was sie herausgefunden und getan hatte. Es fühlte sich so natürlich an, ihn einzubeziehen, und wenn man bedachte, wie involviert er bereits war, sollte er auch auf dem Laufenden gehalten werden.

„Wie auch immer", beendete sie, „das ist alles, was ich im Moment tun kann. Also gehe ich ins Bett, um so viel Schlaf wie möglich zu bekommen."

Sie zögerte und fühlte sich plötzlich unbeholfen und unsicher. Ihre Muskeln zuckten bei dem Impuls, den Abstand zwischen ihnen zu verringern, seine Nähe, seine Berührung zu suchen. Und doch konnte sie sich nicht dazu durchringen, sich zu bewegen. Sie war sich ihrer eigenen Zweifel bewusst, all der Dinge in ihrem Kopf, die keinen Einfluss auf das Hier und Jetzt haben sollten. Aber sie taten es trotzdem.

Am Ende brachte sie nur ein sprödes Lächeln und ein sanftes „Viel Spaß mit Basil" zustande.

Als sie an ihm vorbeigehen wollte, griff er nach ihrer Hand, zog sie zurück und hatte sie im nächsten Moment in seinen Armen. Benommen von der plötzlichen Bewegung konnte sie sich nur noch an ihn klammern, während er sie langsam und innig küsste, sodass sich ihre Zehen kräuselten und ihr Inneres schmolz.

„Soll ich später zu dir kommen?“, murmelte er auf ihren Lippen.

Explosionen sprudelnder Erregung entluden sich in ihrer Brust.

„Ich verspreche, dass ich dich nicht zu lange aufhalte.“ Er knabberte an ihrer Unterlippe. „Ich kann ziemlich effizient sein, wenn ich mich anstrenge.“

Mit heiserer Stimme sagte sie: „Okay.“

Sein Grinsen ließ ihren Magen Saltos schlagen. „Süße Träume, Liebes.“

KAPITEL 32

Hast du heute Nachmittag Zeit? Wenn ja, komm vorbei. Ich möchte dir etwas zeigen.

Zum zehnten Mal las Tallak die SMS, die er von Hazel erhalten hatte, und zum zehnten Mal machte sein dummes, verdammtes Herz kleine Freudensprünge – wie ein Welpe bei seinem ersten Besuch im Hundepark.

Denn mit dieser Nachricht hatte Hazel sich zum ersten Mal an *ihn* gewandt.

Er hatte ihr sofort zurückgeschrieben und ihr bestätigt, dass er da sein würde, aber das hielt ihn nicht davon ab, den Chat immer wieder zu öffnen, um sicherzugehen, dass er sich das Ganze nicht eingebildet hatte.

Nach einer weiteren Nacht in ihrem Bett – mit ihr in seinen Armen, nachdem er sie sehr effizient in den Schlaf befriedigt hatte –, hatte er sich in den frühen Morgenstunden wieder aus dem Haus geschlichen. Es wurde immer schwieriger, den brüllenden Paarungstrieb in ihm zu ignorieren und die Seite seiner Hexe zu verlassen, wenn er jeden Zentimeter ihres Körpers als seinen markieren und sie immer wieder beanspruchen wollte, bis sie nicht mehr leugnen konnte, dass sie ihm gehörte. So tun zu müssen, als hätten sie nicht mehr als eine schwache Verbindung, die durch Zufall und die gemeinsame Liebe zu Basil entstanden war, zerrte an seinen Nerven.

Er wollte mehr. Er brauchte sie komplett.

Als er jetzt zu der von ihr gewünschten Zeit die Murray-Villa betrat, flatterte sein Magen wie wild. Hazel wartete im Foyer auf ihn, tadellos gekleidet wie immer – dieses Mal in Jeans, Bluse und Strickjacke, eine Kombination, die sie mühelos wie Haute Couture aussehen ließ. Ihr ordentlicher Zopf hing über eine Schulter und in ihren Augen lag ein faszinierendes Glitzern.

„Komm schon", sagte sie, noch bevor er sie erreicht hatte. „Hier entlang."

Er bewunderte, wie sich ihr Hintern in ihrer engen Jeans bewegte, und folgte ihr durch einen der Flure in einen Raum, den er noch nicht wirklich erkundet hatte. Riesige Einbauregale aus Mahagoniholz nahmen eine ganze Wand ein, umrahmten einen großen Fernseher und waren mit ordentlich geordneten Schachteln verschiedener Größen sowie Kassetten und alten Tonbändern gefüllt. An der gegenüberliegenden Wand stand eine Couch mit Kissen, die so weich zu sein schienen, dass sie einen wie eine bequeme Version von Treibsand in sich hineinziehen würden. Vor der Couch befand sich ein niedriger Couchtisch, auf dem mehrere Schachteln standen, die denen in den Regalen ähnelten.

„Hier", sagte Hazel und reichte ihm eine der Schachteln mit einem Lächeln, das ihn von innen heraus wärmte.

„Was ist das?"

„Mach auf!"

Er hob den Deckel an und schaute hinein, dann erstarrte er. Er ließ den Deckel auf den Boden fallen, griff in die Schachtel und zog eines der vielen Fotos heraus, das ein Baby mit blondem Haar und braunen Augen auf einer Decke zeigte.

„Auf diesem Foto war er etwa zehn Monate alt", sagte Hazel leise.

Mit klopfendem Herzen betrachtete er die restlichen Fotos, auf denen Basil als Baby zu sehen war. Als sein Blick auf den Couchtisch fiel, zählte er die Schachteln dort. Sechs.

Zu verblüfft, um etwas zu sagen, hob er seinen Blick und sah Hazel an.

Sie beantwortete die unausgesprochene Frage in seinen Augen mit einem Nicken. „Sie sind alle mit Bildern von ihm gefüllt. Ich habe sie vorhin geordnet. Sie sind nach Alter sortiert, bis er ein junger Teenager war. Dann wollte er nicht mehr, dass ich ihm mit der Kamera hinterherlaufe." Ihr Mund verzog sich zu einem verlegenen Lächeln und sein Herz machte einen Sprung.

„Oh, und dann ist da noch das hier." Sie ging zu den Schränken unter dem Fernseher und öffnete die Türen, so dass Medienabspielgeräte unterschiedlicher Größe und verschiedenen Alters zum Vorschein kamen. „Die Kassetten da drüben" – sie zeigte auf einen Stapel auf dem Couchtisch – „sind VHS-Kassetten und die gehören in diesen hier." Sie tippte auf einen der Player. „Die meisten der früheren Videos der Kinder waren VHS, aber es gibt auch ein paar aus den späteren Jahren, die VHS-C sind, und die musst du in diesen Adapter stecken, bevor du sie in den Videorekorder schiebst."

Sie stand auf und strich sich eine verirrte Haarsträhne hinters Ohr. „Ich glaube, ich habe alle Videos gefunden, die wir gemacht haben. Bei den Fotos habe ich sicher einige übersehen, aber die kann ich dir auch zeigen, wenn ich sie finde."

Entgeistert starrte er sie an, immer noch mit der Schachtel in der Hand, die sie ihm gegeben hatte, wie ein Idiot mit kaputtem Gehirn. Denn genau das war er auch.

„Also", sagte sie und spielte mit dem Ende ihres Zopfes,

„du kannst dir so viele Fotos aussuchen, wie du willst. Ich habe noch die Negative, also kann ich sie jederzeit neu entwickeln lassen. Die, die du behalten willst, kannst du einfach in dieses leere Album hier stecken …"

„Hazel", unterbrach er sie und seine Stimme war rau.

Ihre Augen trafen seine.

„Du hast das alles gemacht. Für mich?"

Ihre Lippen teilten sich. „Ich dachte mir … na ja, ich nehme an, dass du wahrscheinlich keine Kinderfotos von ihm hast und dass du die Aufnahmen nie gesehen hast und …"

Er war bei ihr, bevor sie den Satz beenden konnte. Er zog sie an sich heran, legte seinen freien Arm um ihre Taille und drückte ihr einen Kuss auf die Lippen, der den aufgewühlten Gefühlen in ihm Ausdruck verlieh. Da war die Traurigkeit über alles, was er verpasst hatte, die Wut über die verlorenen Jahre, die Freude darüber, wenigstens einen Teil der Kindheit seines Jungen zu sehen, und vor allem war da die Dankbarkeit für die Frau, die sich die Mühe gemacht hatte, ihm das zu ermöglichen.

Als er den Kuss beendete, waren Hazels Pupillen geweitet und sie berührte ihre Lippen, als suchte sie das Gefühl seines Mundes auf dem ihren.

„Danke", murmelte er und beobachtete fasziniert, wie sich ihre Wangen rosa färbten.

„Gern geschehen." Sie räusperte sich. „Wenn du technische Hilfe benötigst, sag mir Bescheid."

Als sie sich zum Gehen wandte, ergriff er ihre Hand und hielt sie zurück. „Was glaubst du, wo du hingehst?"

„Ähm." Sie blinzelte schnell. „Ich dachte, ich gebe dir Zeit und Raum, um das alles durchzusehen."

Er schnaubte. „Als bräuchte ich Zeit und Raum von dir." Er zog an ihrer Hand und sagte: „Bleib. Du kannst mich doch nicht ernsthaft mit diesem Berg von Medien allein lassen."

„Willst du mich wirklich hier haben?"

Das Lächeln, das er ihr schenkte, kam aus tiefstem Herzen. „Du kennst ihn am besten. Du warst bei all dem dabei. Erzähl mir nicht, dass du dich nicht mehr an den Kontext jedes einzelnen Fotos oder Videos erinnerst." Er zog sie zur Couch. „Ich will deinen Kommentar. Die ‚Hinter den Kulissen'-Details. All die peinlichen Fakten, die du hast."

Sie hob eine Augenbraue.

„Ich brauche Munition für unseren nächsten Spieleabend. Es gibt nichts Besseres als eine peinliche Kindheitsgeschichte, um ihn beim Billardspielen aus der Ruhe zu bringen."

Ihr lockeres Lachen war wie Balsam für seine Seele.

Sie machten es sich auf der Couch bequem und sahen zuerst die Schachtel mit den Babyfotos durch. Mit schmerzendem Herzen, aber auch voller Wärme und Faszination hörte er ihr zu, als sie davon erzählte, wie Basil als Säugling gewesen war. Ihre Geschichten folgten dem Pfad der Fotos, die sie hervorzog.

Sie erzählte, wie er gelernt hatte, schneller zu laufen als Lily, was seine Schwester dazu gebracht hatte, ihn vor Neid anzuschreien. Wie er immer seine Socken ausgezogen hatte und, wenn er dabei erwischt worden war, mit fuchtelnden Armen davongelaufen war, die Socken immer noch in der Hand. Wie er seine geliebte Plüschgiraffe überallhin mitgeschleppt hatte, bis sie so zerfleddert gewesen war, dass sie fast auseinandergefallen war. Hazel hatte noch zwei weitere Giraffen ausfindig gemacht, die genauso aussahen, obwohl der Hersteller das Spielzeug nicht mehr produzierte, nur um sicherzugehen, dass Basil einen Ersatz hatte.

Sie erreichten die Schachtel mit Basil als Kindergartenkind und ein Foto zeigte ihn grinsend mit einem fehlenden Vorderzahn.

„Oh, das war so lustig!" Hazel setzte sich auf, ihren Blick auf das Bild gerichtet. „Siehst du, er hatte gerade seinen ersten Zahn verloren und ihn versehentlich verschluckt, und er war so verzweifelt, weil er den Zahn nicht mehr für die Zahnfee unter sein Kopfkissen legen konnte."

„Entschuldigung, was?" Er lehnte sich zur Seite, um Hazel besser anstarren zu können.

„Die Zahnfee. Weißt du, Kinder legen ihren ersten verlorenen Zahn unter …"

„Ich weiß, was eine verdammte Zahnfee ist. Ich bin nur entsetzt, dass ihr Hexen diesen verdammten Mythos aufrechterhaltet."

Sie legte den Kopf schief und warf ihm einen überraschten Blick zu. „Es ist nur eine Geschichte."

„Ich dachte, Hexen wüssten es besser, als ihre Kinder zu indoktrinieren, Körperteile an diese gierigen Arschlöcher zu verkaufen …"

Sie kniff die Augen zusammen und schürzte die Lippen.

„Uuuuund ich sollte jetzt wirklich aufhören zu reden, wenn ich weiterhin deine aufschlussreichen Kommentare hören will." Er nickte und konzentrierte sich wieder auf das Foto in seiner Hand. „Denn ich bin in der Tat ein sehr kluger Mann und ich mag es, wenn alle meine Eingeweide in meinem Körper sind. Bildlich gesprochen."

Aus den Augenwinkeln sah er, wie sich ihre Lippen zu einem Lächeln verzogen.

Sie gingen die Fotos weiter durch, und jedes Bild, jede Geschichte, jede lustige, traurige oder herzerwärmende Anekdote war ein Mosaiksteinchen in Basils frühem Leben, das sich nun vor Tallak ausbreitete. Als sie begannen, die Videos anzuschauen, hatte Tallak das Gefühl, dieses Kind tatsächlich zu *kennen*. Die Aufnahmen von Baz, wie er lachte, herumrannte oder aufgeregt vor der Kamera eine Geschichte erzählte, ergänzten die stillen Eindrücke der Fotos mit Geräuschen und Bewegungen.

Basil war ein so aufgewecktes, glückliches, strahlendes Kind gewesen, gutherzig und freundlich, rücksichtsvoll gegenüber anderen und mit einer so positiven Einstellung. In vielerlei Hinsicht war er das genaue Gegenteil von Tallak, aber er erkannte auch Eigenschaften von sich selbst in dem Jungen wieder, ganz abgesehen von der starken körperlichen Ähnlichkeit.

Hazels Gesichtsausdruck zu beobachten, wenn sie in Erinnerungen an Baz schwelgte, war genauso fesselnd wie die Geschichten selbst. Ihr Gesicht veränderte sich und ließ sie um Jahrzehnte jünger erscheinen, frisch und voller Zuneigung für ihre Kinder, ehrfürchtig angesichts all der kleinen Dinge, die sie ihr beigebracht hatten. Nur, wenn Robert auftauchte, verblasste ihr Glanz. Sie wollte nicht ins Detail gehen, aber aus der Art, wie sie sprach, und aus dem Tonfall ihrer Stimme ging klar hervor, dass Roberts Anwesenheit in Basils Leben dem Jungen Kummer bereitet hatte. Er hatte sich von dem Mann, der eigentlich sein Dad hätte sein sollen, unerwünscht und ungeliebt gefühlt.

Wieder einmal verspürte Tallak das starke Verlangen, dem Mistkerl die Fresse zu polieren. Es schmerzte ihn zutiefst, zu wissen, dass sein Sohn nie die väterliche Liebe bekommen hatte, die er verdient hatte.

Aber noch etwas wurde ihm klar, als sie die Fotos und Videos durchgingen und er Hazel zuhörte, wie sie die Details dieser Momente schilderte: Hazel war eine phänomenale Mom und das linderte den Schmerz über Roberts Verhalten gegenüber Basil. Sie hatte Baz so viel Wärme und Zuneigung entgegengebracht, ihn wirklich wie ihr eigenes Kind aufgezogen, war über sich hinausgewachsen und hatte dafür gesorgt, dass er glücklich war. Dass er trotz der fehlenden emotionalen Unterstützung durch ihren Scheiß-Ehemann mit einem Fundament aus Vertrauen, Respekt, Liebe und einer unerschütterlichen moralischen Grundlage aufgewachsen war.

Tallak hätte sich keine bessere Adoptivmutter für seinen Sohn wünschen können.

Mit rauer Kehle und vor Dankbarkeit und Sehnsucht enger Brust betrachtete er ihr Profil, während sie sich das Video auf dem Bildschirm ansah. Seine Aufmerksamkeit galt der Art und Weise, wie ihre Augen funkelten, als sie sich den Blödsinn des jungen Basil anschaute. Wie sie die Lippen in Anbetracht seiner niedlichen Mätzchen spitzte und ihre Gesichtszüge vor Liebe weich wurden.

So viel Liebe.

Sie war so greifbar, dass sie ihre Energie durchtränkte und den ganzen Raum erwärmte. Es war die Art von bedingungsloser Zuneigung, die ihn wie eine Decke umhüllte und tief in seine Knochen sank. Basil war gesegnet, sie als Mom zu haben.

Und ich wäre gesegnet, sie als meine Gefährtin zu haben.

Das Verlangen in ihm, das immer da war, stets nur einen Atemzug davon entfernt, ihn vor Begierde erzittern zu lassen, stieg wieder an die Oberfläche. Ihr so nahe zu sein, ohne sie als seine Gefährtin beansprucht zu haben, tat körperlich weh. Es war, als würde jemand an ihm zerren, und diese Kraft kratzte überall an seiner Hautunterseite. Sein Puls beschleunigte sich und jeder schnelle, wütende Schlag seines Herzens schien in seinem Kopf widerzuhallen. *Nimm sie! Nimm sie! Nimm sie!*

Er ballte seine Hände zu Fäusten und biss die Zähne zusammen. *Noch nicht.* Er brauchte mehr Zeit. Sie wirkte immer noch zu schreckhaft.

Hazel schaute auf die Uhr und erschrak. „O Mist! Ich muss den nächsten Schutzpunkt legen und dann muss ich mich für die Patrouille fertig machen.“ Sie drehte sich zu ihm um, und er verzog keine Miene, um den verdammten Kampf, den er innerlich ausfocht, nicht zu zeigen. „Du kannst gern hierbleiben, aber ich muss mich beeilen.“

Er schüttelte den Kopf und räusperte sich. „Nein. Ich habe ohnehin bald Schicht im *Neun Kreise* und außerdem wäre es mir lieber, wenn du dir den Rest der Videos mit mir anschaust."

„Okay." Sie schenkte ihm ein sonniges Lächeln, dann wurde sie nüchtern. „Morgen ist viel los. Ich muss ein paar Besorgungen machen und einige meiner Schutzzauber in der Stadt auffrischen, und später helfe ich Rose bei ihrem Training. Aber wir können am Wochenende weitermachen?"

„Klar. Kein Grund zur Eile." Er hielt inne, um seine Worte sorgfältig zu wählen, und fragte dann: „Du und Rose … Es läuft besser?"

„Ja." Sie atmete ein und löste damit sichtlich die Anspannung ihrer Schultern. Auch ihre Gesichtszüge glätteten sich. „Ich kann es kaum glauben, aber sie ist gestern tatsächlich auf mich zugekommen und wollte Zeit mit mir verbringen. Ich weiß nicht, was sich verändert hat, aber wir hatten ein gutes, klärendes Gespräch, in dem wir einige Probleme aufgearbeitet haben. Sie hat sich mir gegenüber geöffnet."

Der Knoten in seinem Magen löste sich endlich.

„Das ist großartig", sagte er mit rauer Stimme. „Ich bin froh, dass sie zu sich gekommen ist."

„Ja, ich weiß nicht, wie es dazu kam, aber hey, einem geschenkten Gaul schaut man nicht ins Maul." Sie lachte leise und der Laut streichelte sein Herz.

Seine Gefährtin so glücklich zu sehen und zu wissen, dass er ihr geholfen hatte, war die beste Droge der Welt.

KAPITEL 33

Die Sonne vergoldete die Türme des Laroche-Anwesens, als Hazel ihren Wagen die lange Auffahrt hinauf steuerte. Das Gras und die kunstvoll gestutzten Nadelbäume glitzerten mit den Tropfen des letzten Regens.

Gestern Abend, kurz nachdem Hazel den fünften und letzten Schutzpunkt gesetzt hatte, hatte Shobha angerufen und ihr mitgeteilt, dass es ihr gelungen war, einen abgeleiteten Zauber zu entwerfen. Mit diesem konnte der Titel des Familienoberhaupts von einer Hexe auf eine andere übertragen werden, wobei der von Juneau bereitgestellte Zauber als Vorlage gedient hatte. Laut dem Oberhaupt der Gupta-Familie sollte das Sophie die dringend benötigte Autorität über ihre Familie geben und den Laroches wieder Zugang zur umgebenden Magie verschaffen.

Nach Rücksprache mit Sophie und Merle hatte Shobha vorgeschlagen, den Transfer für zehn Uhr am nächsten Tag zu planen. Hazel und zwei weitere Älteste waren gebeten worden, als Zeugen zur Verfügung zu stehen, für Sicherheit zu sorgen und Juneaus Magie nach der Übertragung in ihr zu fesseln. In einer überraschend einstimmigen Entscheidung waren sich alle Ältesten einig gewesen, dass dies Juneaus Strafe für ihre Rolle im jüngsten Krieg sein sollte.

Hazel hatte den Aufspürungszauber gestern Abend nach dem Legen des fünften Schutzpunktes gewirkt und dieser arbeitete nun in aller Ruhe daran, die verbleibende Energiesignatur der Hexe aufzuspüren und zu analysieren. Hazel würde in ein paar Stunden nachsehen, ob er fertig war, aber bis dahin würde sie sich um die Situation mit den Laroches kümmern.

Sie machte sich auf den Weg zum stattlichen Eingang des Herrenhauses und hoffte, nicht wieder von Selene begrüßt und durch das Haus geleitet zu werden. Den Autos in der geräumigen Auffahrt nach zu urteilen, waren die anderen Ältesten bereits hier, also musste Hazel sich wenigstens nicht allein mit Sophie herumschlagen.

Sie klingelte und eine Minute später öffnete Pauline die Tür, die beim Anblick von Hazel einen finsteren Gesichtsausdruck aufsetzte. *Okay.* Das war auch nicht viel besser als Selene, denn Paulines Mutter, Estelle – Juneaus älteste Tochter – war im Vorfeld der Schlacht um das Haus Baldwin getötet worden … von niemand anderem als Tallak.

Mit eiskalten, blauen Augen starrte Pauline Hazel an, ihre Stimme war wie eingefroren. „Willkommen. Bitte folge mir."

Wenn es ein Sport gewesen wäre, höfliche Begrüßungen in einem Tonfall vorzutragen, der so einladend war wie die faulige Tiefe einer Gruft, hätte Pauline eine Goldmedaille bekommen.

Seufzend folgte Hazel Juneaus ältester Enkelin, die sie durch das Labyrinth der Gänge und Räume des Laroche-Anwesens führte, hin zu dem Ritualraum, in dem Merle vor kurzem Juneau herbeigerufen hatte. Wieder kamen sie an mehreren Laroches vorbei, die sich im Haus tummelten, doch diesmal lag ein angespanntes Summen in der Luft. Alle beobachteten Hazels Bewegungen und leises Flüstern begleitete ihre Schritte.

Es schien sich herumgesprochen zu haben, dass sie Juneau heute aus den Schatten befreien würden.

Auch Selene war in der Menge, sie hatte dunkle Augenringe und ihr blondes Haar war kraftlos und ungekämmt. Hazel erinnerte sich an Sophies Worte, dass der Verlust ihrer geliebten Großmutter die junge Hexe durcheinandergebracht hatte. Sie musste also überglücklich sein, sie zurückzubekommen. Nicht, dass Hazel wirklich Mitgefühl für Selene aufbringen konnte – ihr Mutterherz würde ihr nie verzeihen, dass sie Lily verraten hatte.

Als sie den Ritualraum erreicht hatten, winkte Pauline Hazel hinein und zog sich dann schnell zurück.

Die anderen waren bereits versammelt: Merle saß auf einem Kissen auf dem Boden in einem großen Schutzkreis, Sophie, Shobha, Patricia und Kristen auf Stühlen an der Seite. Die Stimmung war gedämpft, ein Mantel der Trauer umgab die anwesenden Hexen – wahrscheinlich, weil es in der Nacht zuvor ein weiteres Todesopfer in ihren Reihen gegeben hatte, dieses Mal ein Mitglied der Familie Gutierrez. Offenbar hatte ihre Magie sie in einem Kampf mit einem *Shedim*-Dämon im Stich gelassen, der sie daraufhin in Stücke gerissen hatte.

Sophie sprang auf, als Hazel eintrat, ein nervöser Funke in ihrer Energie. „Hazel, danke, dass du gekommen bist. Bitte, setz dich!“ Sie wies auf den freien Stuhl rechts neben Kristen.

Hazel nickte den anderen Hexen zur Begrüßung zu und ließ sich nieder.

„In Ordnung“, sagte Merle. „Lasst uns beginnen!“

Sophie setzte sich wieder, Shobha rutschte auf ihrem Stuhl hin und her und Patricia rückte ihren Pullover zurecht, dann wurde es still und das einzige Geräusch im Raum war das Knistern der Kerzen.

„Mit Arawns Schutz", begann Merle leise und zu Hazels unendlichem Erstaunen verzog keine der anderen Hexen das Gesicht oder gab einen empörten Laut von sich.

Hätte der Raum ein Fenster gehabt, hätte sie einen Blick nach draußen geworfen, um zu sehen, ob irgendwelche Schweine herumflogen.

„Durch die Magie meiner Ahnen", sagte Merle, „und mit der mir übertragenen Macht rufe ich die Schatten auf, meinen Befehlen zu gehorchen."

Pulsierende Kraft erfüllte den Raum und die Luft war feucht und warm wie der Atem eines großen, urzeitlichen Biests. Dann bildete sich eine Wand aus lebendigem Rauch vor Merle. Die Dunkelheit kräuselte und wand sich und das Flüstern der Schatten ließ Hazel die Haare auf den Armen zu Berge stehen.

„Bringt Juneau Laroche her", rief Merle, „verbannt von Merle, Tochter von Emily, aus der Familie MacKenna."

Ein zischendes Knurren ertönte und der Rauch waberte wie ein ausgebrochener Vulkan. Wieder musste Merle ihre Kraft aufwenden, um die Schatten zum Einlenken zu bewegen. Hazel konnte die Schweißperlen auf Merles Stirn sehen, das schnelle Heben und Senken ihrer Brust. Sie würde ihre Freundin dazu drängen müssen, sich hinzulegen, wenn sie fertig waren, und sie vielleicht sogar nach Hause fahren, um sicherzugehen, dass es ihr gut ging.

Juneaus raue Stimme drang in Hazels Verstand ein. *Habt ihr es also geschafft, den Zauberspruch zu erstellen?*

„Ja", sagte Merle. „Wir sind hier, um dich zu befreien, und wir werden die Übertragung sofort durchführen. Sobald das geschehen ist, wird deine Magie gebunden. Bist du bereit?"

Ich werde tun, was ich tun muss.

„Also gut." Merle atmete tief ein und begann dann mit ihrem Gesang.

„Aus Hunger, Schmerz und Dunkelheit, bringt ans Licht hervor,
die Hexe, die ich bannte, durch Schatten, Tür und Tor.
Losgebunden durch Magie, auf meines Wortes Klang,
Leib und Geist seien fortan frei, wie ich es verlang."

Hazel schwor, dass sie ein Zischen hörte, das Knirschen von Geisterzähnen und das kollektive Geflüster tausender Stimmen, als die Schatten versuchten, sich Merles Befehl zu widersetzen. Schließlich gaben sie unter dem Druck von Merles Macht nach und die wirbelnde Rauchmasse formte sich zu einer Gestalt auf dem Boden.

Mit einem letzten schmatzenden Geräusch zogen sich die Schatten zurück und langsam kehrte die Farbe in den nackten Körper auf dem Boden zurück. Ihr weißes Haar bedeckte ihren Rücken, Juneau stöhnte und ihre Glieder zuckten.

„Mutter!" Sophie eilte vorwärts, eine Decke in den Händen.

Sie wickelte sie um Juneau und half ihr, sich aufzusetzen, dann drückte sie ihr einen Becher in die Hand.

„Hier, trink das."

Juneau nahm einen großen Schluck von dem Shake, ihre Hände zitterten. Direkt aus den Schatten musste sie am Verhungern sein. Auch wenn ihr Körper während ihrer Gefangenschaft nicht wirklich degeneriert war, so waren die Hungergefühle doch sehr real. Sie würde eine Menge Nahrung brauchen, um wieder auf die Beine zu kommen.

„Geben wir ihr ein paar Minuten Zeit", sagte Shobha.

Sophie schaute auf und schüttelte den Kopf. „Nein, bitte. Wir können den Transfer direkt machen."

Shobha legte die Stirn in Falten, aber sie nickte. „Wie du wünschst."

Die Gupta-Älteste erhob sich von ihrem Platz, half Merle auf die Beine und nahm ihren Platz ein, dann gab sie Sophie und Juneau ein Zeichen, sich zu ihr zu setzen.

Merle schlurfte zu Shobhas leerem Stuhl hinüber, setzte sich und schnaufte ein wenig.

Hazel beugte sich um Kristen herum und schaute sie an. „Geht es dir gut?"

„Bestens, bestens." Merle winkte ab. „Nur ein bisschen Rückenschmerzen. Das Baby ist heute ziemlich schwer."

Hazel musterte sie besorgt, aber sie lehnte sich wieder zurück und konzentrierte sich auf den Zauberspruch, der gerade gesprochen wurde.

„Mögen die Höchsten Mächte mir Schutz gewähren", murmelte Shobha.

Sie tauchte ihren Finger in die Schale mit dem Öl, das sie mitgebracht hatte, und zeichnete ein kleines Pentagramm auf Juneaus Stirn, dann sprach sie die ersten Zeilen des neuen Zaubers, den sie verfasst hatte.

„Von der, die ihr Blut und ihre Linie anführt,
Durch Geburt, Tod und weil es ihr gebührt,
nehme ich Titel, Privilegien und Macht …"

Jetzt ging sie zu Sophie, tauchte ihren Finger erneut in das Öl und zeichnete ein Pentagramm auf ihre Stirn.

„… und gebe sie weiter, sodass darüber sie wacht.
Sie soll mit ruhiger Hand diejenigen lenken,
die ihr unterstellt sind in ihrem Denken."

Magie erfüllte die Luft und schuf eine spürbare Verbindung zwischen Juneau und Sophie. Beide Hexen zuckten zusammen, als hätte sie eine schwache elektrische Ladung getroffen, und ihre Augen weiteten sich. Ein Lichtblitz durchfuhr die Brücke zwischen ihnen, Juneau schnappte nach Luft und sackte in sich zusammen, und Sophie krümmte sich und gab einen schmerzhaften Laut von sich, bevor sie sich zusammenkauerte.

„Es ist vollbracht", sagte Shobha und ihr Sari rauschte in der Stille des Raumes, als sie sich aus dem Kreis entfernte.

Merle beugte sich vor und sah Sophie fragend an. „Wie fühlst du dich? Hat es geklappt?"

Shobha schnaubte. „Natürlich hat er geklappt, Kind. Keiner meiner Zauber hat je versagt."

Hazel verbarg ihr Grinsen angesichts Shobhas schroffer Zurechtweisung.

„Okay, okay", murmelte Merle. „Tut mir leid."

Sophie richtete sich auf, atmete tief durch und half dann ihrer Mutter auf die Beine. „Es hat funktioniert. Ich spüre die Verbindung zu allen Mitgliedern meiner Familie, die magischen Fäden, die sie mit mir verbinden." Sie nickte erst Merle zu, dann Shobha. „Ich danke euch. Im Namen meiner ganzen Familie danke ich euch."

Shobha legte den Kopf schief. „Ihr alle werdet wieder Zugang zu zusätzlicher Magie haben und euch verteidigen können. Möget ihr sie gut für unsere Gemeinschaft einsetzen! Wir brauchen dringend mehr Hexen, die auf den Straßen patrouillieren."

„Natürlich." Sophie nickte eifrig.

„Jetzt, wo das geklärt ist", sagte Merle, „ist es Zeit für die Fesselung ihrer Kräfte."

Sie warf einen Blick auf Hazel, die zusammen mit Patricia und Kristen aufstand.

Sophie atmete schwer aus und rieb ihrer Mutter die Schultern, bevor sie den Kreis verließ. Juneau, die immer noch ungewohnt ruhig war und die Decke um sich herum hielt wie eine Königin ihren Mantel, starrte die versammelten Hexen verbittert an.

Hazel, Patricia und Kristen traten gemeinsam in den Kreis. Hazel nahm Patricias Hand, die wiederum Kristens Hand ergriff, sodass sie alle miteinander verbunden waren. Der Fesselungszauber erforderte eine Menge Magie, fast zu viel für eine Hexe allein. Deshalb würden sie sich vorübergehend zusammenschließen und gemeinsam wirken, um die Kraft zu kanalisieren, die nötig war, um Juneaus Magie in ihr zu fesseln.

Hazel hatte die ganze letzte Nacht damit verbracht, sich über diesen besonderen Zauberspruch zu informieren, da sie ihn noch nie angewandt hatte. Genauso wenig wie die anderen. Es kam nicht oft vor, dass die Hexengemeinschaft eine der ihren mit einer so extremen Maßnahme bestrafen musste. Rowan, Merles Großmutter, hatte einen ähnlichen Zauber benutzt, um Maeves Magie tief in ihrem Inneren zu fesseln, nachdem ihr Phönix ausgebrochen war und seine Kraft sich als zu stark für ein junges Mädchen erwiesen hatte.

Hazel sah die Hexen neben sich an. „Auf drei?"

Sie nickten.

„Eins", sagte Hazel, „zwei, drei."

Gemeinsam begannen sie mit dem Sprechgesang.

„Deinem Körper und Geist entziehen wir Macht,
gebunden, gefesselt und mit Ketten bedacht.
Tief in dir und außerhalb deiner Gewalt,
weit unter der Oberfläche, unerreichbar und kalt.
Die Mauern, die hinter Schloss und Riegel sie halten,
sollen auf immer und ewig so walten."

Die Luft summte mit ihrer gemeinsamen Magie, die Kerzen knisterten und Juneau erstarrte. Sie wiederholten den Zauber noch zweimal und jedes Mal wurde Juneaus Gesichtsausdruck gequälter. Als sie fertig waren, sank die älteste

Laroche-Hexe auf die Knie und atmete schwer. Tränen benetzten ihre Wangen.

Hazel sah sich um, bis sie Sophies Blick auffing und ihr zunickte. Sophie stürzte in den Kreis, umarmte ihre Mutter und flüsterte ihr etwas zu, das sie nicht hören konnte.

Shobha trat dicht an Juneau heran, legte ihre Hand auf den Kopf der ältesten Laroche und schloss für einen langen Moment die Augen. Mit harten Gesichtszügen zog die Ältestenhexe ihre Hand zurück.

„Es hat funktioniert“, sagte Shobha. „Ich kann Juneaus Magie nicht mehr spüren. Sie ist tief in ihr gefesselt.“

Hazel ließ den Atem los, den sie angehalten hatte, und tauschte einen Blick mit Merle aus, die ihre Lippen fest aufeinandergepresst hatte.

„Wenn es euch nichts ausmacht“, sagte Sophie und half Juneau auf die Beine, „werde ich mich jetzt um meine Mutter kümmern. Sie benötigt Ruhe.“

„Natürlich.“ Shobha neigte den Kopf. „Melde dich auf jeden Fall bei uns wegen deiner Prüfung für einen Platz im Rat.“

Jetzt, wo Sophie das Oberhaupt ihrer Familie war, konnte sie auch Älteste werden. Wenn sie es schaffte, würde zum ersten Mal nach dem Krieg wieder eine Laroche im Rat sitzen. Hazel hatte diesbezüglich ziemlich gemischte Gefühle und ein kurzer Blick auf Merle zeigte ihr, dass sie nicht die Einzige war. Merle hatte ihre roten Augenbrauen zusammengezogen und einen finsteren Blick aufgesetzt, der ihre Abneigung gegen die Familie Laroche deutlich zum Ausdruck brachte.

„Klar, ja, mach ich.“ Sophies Stimme zitterte und ein Hauch von Besorgnis lag in ihrer Aura. „Bitte entschuldigt uns. Ich nehme an, ihr findet den Weg nach draußen?“

Bevor eine von ihnen antworten konnte, hatte Sophie den Raum bereits verlassen, den Arm fest um die Schultern ihrer Mutter gelegt.

Merle bemerkte Hazels Blick und hob die Brauen, sagte aber nichts. Sie trat neben Hazel, als sie den anderen Hexen durch die verschlungenen Gänge zurück zur Haustür folgten, wobei Shobha den Weg zeigte. Anscheinend kannte sich das Oberhaupt der Gupta-Familie wirklich bestens im Laroche-Anwesen aus, um sich im labyrinthischen Inneren zurechtzufinden. Das ergab Sinn, denn sie war fast so alt wie Juneau und hatte im Laufe der Jahre wahrscheinlich viel Zeit hier verbracht, als die Hexengemeinschaft noch ein zusammenhängendes Ganzes gewesen war.

Hazel verweilte bei den Autos, bis die anderen Hexen gegangen waren, und wandte sich dann an Merle. „Das ging ja erstaunlich glatt."

„Ich weiß." Auf Merles Stirn zeichnete sich eine Sorgenfalte ab. „Ich habe erwartet, dass etwas schiefläuft. Ich habe schon damit gerechnet, dass wir von einer Horde Laroches überfallen werden. Ich bin offen gesagt schockiert, wie gut Juneau kooperiert hat."

„Ja." Hazel schluckte an dem unangenehmen Kloß in ihrem Hals vorbei. „Ich weiß, was du meinst. Ich hatte das Gefühl, dass etwas nicht stimmt. Aber ich konnte es nicht genau bestimmen. Es lief alles so, wie wir es geplant hatten. Aber …"

Merle kaute auf ihrer Unterlippe. „Aber es fühlt sich so an, als würden wir jetzt auf die nächste Hiobsbotschaft warten?"

Hazels Magen krampfte sich vor Beklemmung zusammen. „So ähnlich."

Merle atmete aus und rieb sich den unteren Rücken.

Hazel registrierte die Geste. „Bist du sicher, dass es dir gut geht? Du hast da drin ziemlich hart gearbeitet. Vielleicht sollte ich dich nach Hause fahren."

„Nein, wirklich, es geht mir gut." Sie schenkte ihr ein Halblächeln. „Weißt du, ich dachte, es würde mir gefallen, wenn sich alle um mich kümmern, wenn ich schwanger bin, aber ich muss dir sagen, ich kann es kaum erwarten, dass mich die Leute nicht mehr wie einen Ballon behandeln, der kurz vorm Platzen ist."

Hazel schmunzelte, dann umarmte sie ihre Freundin zum Abschied.

KAPITEL 34

„Probier das hier", sagte Tallak und nahm einen der vielen verschiedenen Tapas, die auf dem Tisch in der Frühstücksnische der Murrays verteilt waren.

Anstatt Hazel die Vorspeise zu überlassen, führte er das kleine frittierte, scharf gewürzte Bällchen zu ihrem Mund und beobachtete sie mit einem Hunger, der nichts mit Essen zu tun hatte. Ihre Lippen schlossen sich um seine Finger und das Gefühl wanderte direkt zu seinem Schwanz.

Von ihrem Platz auf seinem Schoß aus musste sie genau spüren, was es mit ihm machte, wenn sie sanft an seinem Daumen saugte.

Er hatte ihr heute wieder Essen gebracht, dieses Mal abends, nachdem er sie zwei Tage lang nicht gesehen hatte. Sie war mit Hexenkram beschäftigt gewesen und dann hatte er eine Doppelschicht im *Neun Kreise* geschoben, um für Phoebe einzuspringen.

Der pure, unverfälschte Glücksrausch, der ihn überkommen hatte, als er sie wiedergesehen hatte, war fast zu viel gewesen. Da das Haus bis auf die beiden leer war, weil Basil mit Isa eine ausgedehnte Reise nach Faerie unternommen hatte und Rose einkaufen war, hatte er sie mit Leichtigkeit dazu überreden können, mit ihm zu Abend zu essen. Und jetzt saß sie seitlich auf seinem Schoß, nachdem er sie von ihrem Platz zu sich herübergezogen hatte. Ihre herrlichen Kurven waren genau dort, wo sie sein sollten – an seinen Körper gepresst.

Die dämonische Seite in ihm freute sich darüber, dass sie sich von ihm mit der Hand füttern ließ. Es befriedigte einen tief verwurzelten Instinkt, für seine Gefährtin zu sorgen. Sie stöhnte auf, als sie die Tapas probierte, und die pure Erotik dieses Geräusches machte die Situation in seiner Hose nur noch schlimmer.

„Mach nur so weiter", grummelte er, „dann muss ich dich wieder über die Kochinsel beugen."

Ihre Augen blitzten verschmitzt auf und ihre Mundwinkel zuckten nach oben, als sie genüsslich kaute und schluckte.

Er packte sie im Nacken und küsste sie, wobei er ihr den Geschmack der Gewürze direkt von den Lippen stahl. Mit einem kleinen Stöhnen schmolz sie an ihn und ihre Finger gruben sich in sein Haar.

Das Geräusch der sich öffnenden und schließenden Haustür ließ sie beide erstarren.

„Ich bin zu Hause", rief Rose aus dem Foyer.

Mit einem Keuchen riss Hazel sich von ihm los und ihre Augen weiteten sich. Eilig rutschte sie von seinem Schoß, rückte ihre Kleidung zurecht und entfernte sich von ihm – weit genug, dass niemand vermuten würde, dass sie gerade auf seinem Schoss geklebt hatte und ihre Lippen mit seinen verschlossen gewesen waren.

Tief in seinem Inneren kochte der Cocktail aus Bedürfnis, Wut, Frustration, Verlangen und Sehnsucht über. Alle Gedanken wurden von einer Lawine unterdrückter Instinkte überrollt. Er stand auf und ergriff ihre Hand. Sie holte tief

Luft, als er sie an sich zog und seinen Arm um ihre Taille schlang.

„Ich möchte das nicht mehr", raunte er ihr zu.

„Was?", flüsterte sie.

„Mich verstecken. Ich habe es satt, so zu tun, als wäre nichts zwischen uns. Ich will dich, ich will alles von dir und ich will, dass es alle wissen."

Ihre Lippen zitterten. „Was sagst du da?"

„Werde meine Gefährtin."

Es sprudelte einfach aus ihm heraus. Jetzt war es zu spät, um die Worte zurückzunehmen, er musste weitermachen. Er umfasste ihre Wange mit einer Hand und sagte: „Ich will dich zu der Meinen machen. Ich gehöre dir bereits, meine Liebste, und das schon seit einer ganzen Weile. Ich will dich schon so lange für mich beanspruchen und habe auf den richtigen Moment gewartet, um dich zu fragen, aber … ich habe das Warten satt. Ich kann nicht mehr. Ich weiß, dass mein Herz ein einziges Durcheinander ist, aber du kannst es haben."

Er nahm ihre zitternde Hand und legte sie auf seine Brust, wo sein Herz so laut und schnell schlug, dass es das Haus zu erschüttern drohte.

„Sag einfach Ja." Er drückte ihre Hand und starrte in ihre weit aufgerissenen Augen. „Sag, dass du mir gehören wirst. Ich habe noch nie in meinem Leben etwas so sehr gewollt wie dich. Verpaare dich mit mir."

Sie öffnete den Mund und schloss ihn wieder. Ihre Energie war ein kalter Schock für seine Sinne. Aber es war der Blick in ihren Augen, der einen kleinen, weichen Teil in ihm tötete. Ungewissheit. Zögern. *Widerstand.*

„Tallak", flüsterte sie heiser. „Ich …" Mit gequältem Gesichtsausdruck schüttelte sie den Kopf, zog ihre Hand aus seinem Griff und presste sie an ihre Brust. Direkt vor ihm erhoben sich ihre Mauern, von denen er gedacht hatte, sie wären aus dem Weg geräumt worden. Mit seiner Hilfe. Und jetzt schlossen sie ihn wieder aus.

Er hatte es vermasselt. Er hatte es überstürzt und jetzt öffnete die große Frage, die er fallen gelassen hatte, eine Kluft zwischen ihnen. Er *spürte*, wie sie sich von ihm entfernte, und das zerriss ihn in Stücke.

Er ließ seinen Arm von ihrer Taille fallen und sein Magen fühlte sich an, als wäre er mit heißen Kohlen gefüllt. „So ist das also? Ich bin gut genug zum Ficken, aber nicht gut genug, um an deiner Seite zu stehen?"

Sie sah ihn entsetzt an. „Was?"

„Das habe ich schon einmal durchgemacht", sagte er barsch und sein ganzer aufgestauter Frust kam an die Oberfläche. „Ich war jahrelang der heimliche Liebhaber, immer ein Nachgedanke, nie die Priorität. Das kann ich nicht noch einmal durchstehen. Ich verdiene es, die erste Wahl zu sein, und ich will meine Liebe nicht verstecken."

Sie atmete scharf ein. „Das … das ist es nicht."

„Was zur Hölle ist es dann?" Er starrte sie an, sein Verstand und sein Herz waren ein einziges Durcheinander von brennend heißen Gefühlen, die sein Blut in Säure verwandelten. „Zwischen uns stimmt die verdammte Chemie, wir sind ein tolles Team, wir mögen uns, aber sobald ich dich bitte, es offiziell zu machen, machst du dicht. *Warum?*"

Sie schluckte mehrmals und ihr Atem ging unregelmäßig. Sie verschränkte die Arme vor der Brust und platzte heraus: „Es ist einfach schwer für mich – nach Robert …"

„Robert?" Er biss die Zähne so fest zusammen, dass sein Unterkiefer schmerzte. „Es geht um ihn? Denkst du, ich werde so wie er? Willst du deshalb nicht mit mir zusammen sein?"

Der Gedanke, dass sie ihn mit diesem Arschloch verglich und ihn ablehnte, weil sie glaubte, dass er sich wie dieser verdammte Bastard verhalten würde, brachte ihn völlig aus dem Konzept.

„Du verstehst das nicht." Hazel schüttelte den Kopf und ihr Blick war verzweifelt. „Ich dachte, es ginge mir gut, aber all diese Jahre mit ihm …"

Etwas in ihm zerriss, ein rotglühender Schleier legte sich über seinen Verstand und die Worte schossen aus ihm heraus wie das Gift einer Schlange. „All diese Jahre. Du hättest sie abkürzen können, wenn du das Arschloch früher getötet hättest. Und dann wäre Basil nicht mit dem emotionalen Missbrauch eines Vaters aufgewachsen, der ihn abgrundtief gehasst hat. Du hättest dir und ihm das ersparen können, wenn du das alles schon Jahre früher beendet hättest."

Hazel zuckte zusammen und schnappte nach Luft, als hätte er sie körperlich geschlagen. Sie stolperte von ihm weg und hielt sich an der Kücheninsel fest, wobei sie den anderen Arm um ihren Bauch schlang. Mit zitternden Lippen und entsetzten Augen, die sich schnell mit Tränen füllten, starrte sie ihn an.

Shit! Fuck!

Verdammte Scheiße!

Ein sofortiges Bedauern, wie er es noch nie zuvor empfunden hatte, durchzuckte ihn und setzte sich mit einer schweren Taubheit in seiner Brust fest.

„Hazel." Ein hilfloses Flüstern. *Was habe ich getan?*

„Verschwinde", stieß sie hervor. Die Muskeln in ihrem Gesicht wurden hart, ihre Augen stählern, trotz der Tränen, die jetzt überschwappten. „Verschwinde verdammt noch mal aus meinem Leben!"

Nein. Er griff nach ihr und gab dem Bedürfnis nach, sie zu berühren, um die Sache in Ordnung zu bringen, aber sie schob ihn auf magische Weise mehrere Schritte von sich, bevor seine Finger sie berühren konnten. Er taumelte und stützte sich mit einer Hand am Türpfosten ab.

„Ich sagte, raus!“ Mit zitternder Hand deutete sie auf die Tür hinter ihm. „Und lass dich hier nie wieder blicken! Du bist in diesem Haus nicht mehr willkommen.“

Ihre Magie entflammte bei diesen Worten, wurde mit dem Paukenschlag einer unsichtbaren Trommel in den Boden geleitet. Kurz darauf leuchteten die Schutzzauber des Grundstücks auf. Bevor er den nächsten Atemzug tun konnte, zerrte die Kraft des Schutzzaubers, den sie gerade aktiviert hatte, an ihm, als hätte jemand einen Haken in seine Mitte geschlagen und zöge nun daran.

Er stolperte über seine eigenen Füße und taumelte zurück, während er versuchte, sich mit dem Sog zu bewegen, um nicht auf den Hintern zu fallen. Die Zauber würden ihn wahrscheinlich durchs ganze Haus schleifen, ohne Rücksicht darauf, ob er sich auf dem Rücken krümmte.

Sein Herz hämmerte in seiner Brust und er verlor Hazels verzweifeltes Gesicht aus den Augen, als der Schutzzauber ihn aus der Küche in die Eingangshalle zog. Roses verwirrter Gesichtsausdruck, als sie sich über das Geländer im Obergeschoss lehnte und auf ihn hinunterblickte, war das Letzte, was er sah, bevor der Zauber ihn durch die magisch geöffnete Haustür schob. Dann ging es die Treppe hinunter, durch die Einfahrt und das sich automatisch öffnende schmiedeeiserne Tor.

Ein Schubs, ein Stoß – und schon landete er auf den Knien auf dem Bürgersteig vor dem Murray-Anwesen. Das Tor schloss sich hinter ihm und das metallische Klirren hallte in der leeren Stelle in seiner Brust wider, wo einst sein Herz gewesen war.

Er hatte gedacht, er wüsste, wie sich Schmerz anfühlte.

Er hatte geglaubt, er hätte bereits die tiefsten Tiefen des Verlustes erforscht.

Er hatte sich geirrt.

Er krümmte sich auf dem Boden, seine Seele brannte und er schrie seine Qualen in die Nacht.

HAZEL SANK DIREKT NEBEN DER KÜCHENINSEL AUF DIE KNIE, IHR ganzer Körper zitterte, ihr Herz war in Stücke gerissen. Heiße Tränen brannten in ihren Augen und ihrem Gesicht. Sie hob eine zitternde Hand zum Mund. Der Raum verschwamm vor ihren Augen.

Alles verschwamm.

Ihre Realität verschmolz in einer Welle von brennendem Schmerz und ihre Gedanken glitten ihr durch die Finger.

Tallaks Schmerzensschrei ließ sie zusammenzucken, das Geräusch durchbohrte ihre Seele wie ein glühender Schürhaken. Schluchzer brachen aus ihr heraus und zerrissen ihre Lungen, als schnitte jeder einzelne einen scharfen Splitter aus ihrem zerbrochenen Herzen.

Und dann wäre Basil nicht mit dem emotionalen Missbrauch eines Vaters aufgewachsen, der ihn abgrundtief gehasst hat. Du hättest dir und ihm das ersparen können, wenn du das alles schon Jahre früher beendet hättest.

Tallaks Anschuldigung hallte in ihrem Kopf nach, immer und immer wieder. Und mit jeder Wiederholung bohrte sich das Messer, mit dem seine Worte sie getroffen hatten, tiefer.

Es tat so weh, es schmerzte sie so sehr … weil es wahr war.

Er hatte recht.

Weitere Schluchzer erschütterten ihren Körper. Scham, Schmerz und unüberwindbare Schuldgefühle zermürbten sie von innen heraus.

Er hatte recht.

Wenn sie nur früher gehandelt hätte, wenn sie nicht so verdammt geduldig gewesen wäre, so ausdauernd, so voller verzweifelter Hoffnung, dass sie Robert eines Tages heilen könnte, hätte Basil nie erfahren, wie es war, wenn der Mann, der ihm ein Vater hätte sein sollen, ihn verächtlich ansah und ihn behandelte, als wäre er den Dreck an seinen Schuhen nicht wert.

Es ist alles meine Schuld.

Sie war schuld, und wenn sie eine wirklich tiefe, dunkle Quelle der Scham und Schuld in sich trug, dann war es nicht die Tatsache, dass sie Roberts Leben beendet hatte, sondern dass sie ihn nicht Jahre zuvor schon aufgehalten hatte. Sie hatte Basil im Stich gelassen und das würde sie sich nie verzeihen.

Aber diese traurige Wahrheit war nur ein Teil des Grundes, warum sie schluchzend und mit gebrochenem Herzen auf dem Boden lag.

Noch mehr als ihr schändliches Versagen, ihren Sohn zu beschützen, schmerzte es sie, dass der Mann, in den sie sich trotz allem verliebt hatte, ihre Schwäche so deutlich gesehen und sie dann zu einer Waffe gemacht hatte, um sie zu verletzen.

Der erste Mann, den sie seit Robert geliebt hatte. Ja, sie liebte Tallak verzweifelt, auch wenn sie es nicht hatte aussprechen können, auch wenn sie nicht geschafft hatte, seinen Antrag anzunehmen und ihn für sich zu beanspruchen. Er war der erste Mann, dem sie sich seit ihrer katastrophalen Ehe auf so vielen Ebenen geöffnet hatte, dem sie ihre schmutzige Wahrheit gezeigt und dem sie *vertraut* hatte, dass er sie nicht gegen sie verwenden würde … und er hatte es getan und sie damit niedergestreckt.

Er hatte ihre hässlichen, schändlichen Seiten gesehen. Und er hasste sie dafür.

Genauso wie sie sich selbst hasste.

Alles tat weh. Ihr ganzer Körper schmerzte. Ihre Haut war zu eng, ihr Blut giftig, jeder Atemzug ließ neue Schmerzen durch ihre Zellen pulsieren. Ihre Brust war ein zerklüftetes Schlachtfeld, ihr Magen ein ekelerregendes Gebräu.

Irgendwann nahm sie die verschwommene Gestalt vor ihr wahr. Sie spürte die Hand auf ihrer Schulter, die sie sanft schüttelte. Sie hörte die verzweifelten Fragen.

Sie blinzelte, bis ihre Augen klar genug waren, um Roses Gesicht zu sehen, dessen feine Züge von Sorgen gezeichnet waren.

„Was ist passiert?", fragte Rose in einem Ton, der deutlich machte, dass es nicht das erste Mal war.

Hazel wusste nicht, wie lange ihre Tochter schon vor ihr kauerte und versuchte, mit ihr zu reden.

„Hazel", sagte Rose und drückte ihre Hand. „Mom."

Hazel holte tief Luft und hob den Kopf, um Roses Blick zu begegnen. *Mom.* Es war das erste Mal, dass sie sie so nannte.

Frische Tränen stiegen auf, schwappten über und ein heißes Schluchzen folgte ihnen. Sie war so aufgewühlt, so verwundet von dem Streit, dass die Tatsache, dass ihre entfremdete Tochter sie endlich „Mom" nannte, die Schleusen nur noch weiter öffnete. Ihr Körper war nicht mehr in der Lage, die Emotionen im Zaum zu halten, da ihre Abwehrkräfte gebrochen waren.

„Was ist los?", fragte Rose mit schmerzverzerrter Stimme.

Hazel schüttelte den Kopf und presste ihren Mund zu einer festen Linie zusammen. Sie konnte es nicht aussprechen. Der Schmerz war zu groß, zu tief und die Kanten so scharf, dass sie sich beim Versuch, ihn in Worte zu fassen, schneiden würde.

Roses Blick huschte zur Tür hinter ihr und dann wieder zu Hazel. „Du und Tallak", sagte sie leise, „ihr habt gekämpft?"

„Gestritten", flüsterte Hazel. „Das nennt man einen Streit."

„Mit Worten, ja? So wie ein Paar, das sich nicht einig ist?"

Hazels Atem ging stoßweise. „Wir sind kein Paar."

Rose betrachtete sie ein paar Herzschläge lang schweigend. „Aber ihr wart es."

Es war nicht als Frage formuliert.

Hazel begegnete ihrem intensiven, indigoblauen Blick. „Du hast es gewusst."

„Liebe zeigt sich immer."

Eine so einfache, simple Aussage. Wenn nur die Realität genauso einfach wäre.

„Das spielt jetzt keine Rolle", sagte Hazel mit heiserer Stimme. „Nicht mehr."

Denn es war egal, wie gern sie Tallaks Antrag angenommen hätte, wie sehr sie sich danach gesehnt hatte, die Fesseln zu sprengen, die ihrem Glück im Weg standen. Es war egal, ob es ihr am Ende gelungen wäre, das, was sie zurückhielt, zu durchbrechen. Denn der Schmerz, den seine Worte verursacht hatten, war zu groß, die Wunde, die er ihr zugefügt hatte, zu tief.

All die Schichten, die sie für ihn geöffnet hatte, um ihn an ihr Innerstes heranzulassen, zogen sich nun fest zusammen. Um sie besser zu verstecken und besser zu schützen.

Das Haustelefon klingelte und ließ beide aufschrecken.

„Ist schon gut", sagte Hazel und riss sich mit purer, von Verzweiflung geprägter Willenskraft zusammen. „Ich gehe ran."

Sie hievte sich vom Boden hoch, schlurfte zum Telefon, das auf der Arbeitsplatte neben dem Kühlschrank stand, und nahm ab.

„Hallo?"

Patricias verzweifelte Stimme ertönte in der Leitung. „Hazel! Bei den Göttern! Wir werden angegriffen. Überall. Ich habe schon mehrmals angerufen – wir brauchen mehr Hexen hier draußen!"

Hazels Herz machte einen Satz. „Was? Beruhige dich! Was ist los? Wo bist du?"

„Ich bin im Laurelhurst Park. Hier sind Dutzende Dämonen. Sie rennen wild herum. In der Öffentlichkeit. Lenora und Tina sind bei mir, aber wir sind kaum in der Lage, sie in Schach zu halten. Aber Hazel, da sind noch mehr in der Stadt. Überall. Ich habe Hilferufe erhalten von anderen Patrouillenteams, in Irvington, im Pearl District, an der South Waterfront. Überall gibt es Unruhen."

Schreie und Gebrüll drangen aus der Leitung.

Schwer atmend fuhr Patricia fort: „Ich habe alle angerufen. Wir haben alle hier auf der Straße zusammengetrommelt, alle Familien, alle Hexen der Macht. Aber ..."

Wieder Kampfgeräusche, ein Schrei.

„Einige der Hexen hier draußen können ihre Magie nicht benutzen. Wir werden überrannt!"

Hazel unterdrückte ein Fluchen.

„Wir brauchen dich hier draußen. Kannst du Merle anrufen? Verdammt!"

Scharfe Geräusche, ein Grunzen.

„Wenn du es bis zum Pioneer schaffst, wird Anjali dort sein und den Einsatz koordinieren. Es ist schlimm, Hazel. Im Moment bräuchten wir so etwas wie einen Schutzzauber um die Stadt, um sie alle loszuwerden." Ein weiteres Grunzen, ein Schrei. „Ich muss los!"

Das Gespräch wurde beendet.

Hazel starrte auf das Display des Telefons, ihr Herz schlug dreimal schneller als sonst und ihre Hände zitterten. Mit angehaltenem Atem riss sie sich aus ihrer Trance und wählte schnell eine Nummer. Rose stand neben ihr und beobachtete sie mit großen Augen.

Es klingelte zweimal, bevor eine fröhliche Stimme verkündete: „Hier ist Lucía, wer ist da?"

„Hallo, hier ist Hazel Murray, eine der Hexen, die ..."

„Oh, ich weiß alles über dich", unterbrach Lucía sie, die Stimme voller Sonnenschein. „Maeve hat dich oft erwähnt. Basil ist so gut mit ihr befreundet und sie spricht immer noch davon, wie gern sie im vergangenen Jahr bei dir zu Gast war. Natürlich waren die Umstände nicht so toll, aber sie weiß es sehr zu schätzen, dass du dich so gut um sie gekümmert hast ..."

„Lucía", unterbrach Hazel den Wortschwall, der aus ihr heraussprudelte. Lucía war dafür bekannt, dass sie wie ein Wasserfall redete, und wenn Hazel sie nicht bremste, würde sie die nächste halbe Stunde hier stehen und sich den sprudelnden Monolog der Dämonenwandlerin anhören. „Ich muss mit Deimos sprechen. Jetzt sofort. Es ist dringend und sehr wichtig."

Lucía war zwar Arawns PR-Beauftragte und erste Ansprechpartnerin, aber in dieser Sache musste Hazel mit dem geheimnisvollen Wesen sprechen, das tatsächlich das Sagen hatte, während Arawn weg war.

„Oh." Lucía schwieg einen kurzen Moment. „Ähm, klar. Ja, klar. Ja, natürlich. Hast du Stift und Papier? Ich kann dir seine direkte Durchwahl geben."

„Ja, bitte." Hazel schnappte sich einen Notizblock und einen Kugelschreiber.

Lucía rasselte die Nummer herunter und Hazel schrieb sie auf.

„Danke", sagte Hazel. „Hast du etwas von Arawn gehört?"

„Ja, er ist immer noch damit beschäftigt, das Biest zu fangen. Er wird nicht so bald zurückkommen."

„Gut. Nochmals vielen Dank. Ich muss los."

Hazel legte auf und wählte sofort die Nummer von Deimos.

Arawns rechte Hand nahm nach dem dritten Klingeln ab. „Hazel Murray", sagte er mit seiner rauchig-glatten, eleganten Stimme. „Guten Abend. Was ist der Grund für deinen Anruf?"

Ohne sich darüber zu wundern, dass er wusste, wer sie war, bevor sie ein Wort gesagt hatte – hatte er ihre Nummer gespeichert und sah sie gerade auf seinem Display? – legte sie los. „Überall in Portland gibt es Dämonenaufstände. Wir versuchen, sie in den Griff zu bekommen, aber einige der Hexen verlieren ihre Magie und können nicht mehr kämpfen."

„Eine Schande."

Sie knirschte mit den Zähnen. „Wir brauchen Hilfe. Du musst uns ein paar deiner Leute schicken und uns helfen, damit fertig zu werden."

„Das passiert auf dem Gebiet der Hexen?"

„Ja."

Stille. „Korrigiere mich, wenn ich falsch liege, aber Arawn ist nicht für das Hexengebiet zuständig. Er mischt sich nicht in Hexenangelegenheiten ein."

Sie unterdrückte einen frustrierten Laut. „Ich lade euch hiermit ein, das Hexengebiet zu betreten. Ich bitte um Hilfe."

„Und aus welcher Position der Autorität heraus sprichst du? Ist dies eine Einladung, die von allen Ältesten beschlossen wurde? Bist du ihre Sprecherin und befugt, in ihrem Namen zu verhandeln?"

Sie konnte nicht lügen, nicht vor jemandem wie Deimos. Wie sein Herr konnte er wahrscheinlich jede Lüge sofort erkennen, sogar übers Telefon.

„Nein", sagte sie mit fester Stimme. „Aber ich bin sicher, dass sie nichts dagegen haben, wenn ihr kommt, um sie zu retten. Keiner wird sich beschweren."

„Du bist dir sicher", sagte er und es war keine Frage, sondern ein spöttisches Echo auf ihre Worte.

Sie schluckte ihren Stolz und den Schmerz angesichts

seiner Verachtung herunter und sagte: „Bitte. Wenn du nur …“

„Lass uns Klartext reden, Schätzchen“, unterbrach Deimos sie und seine Stimme wurde hart. „Seit Monaten haben deine Leute Arawns Angebot zur Loyalität abgelehnt. Sie betrachten ihn immer noch als Feind und weigern sich selbst angesichts des völligen Scheiterns ihrer alten Traditionen, die notwendigen Veränderungen vorzunehmen. Selbst jetzt, wo sie mitten in einer verlorenen Schlacht stehen, lehnen sie die einfache Lösung ab. Oder wie viele deiner ehrwürdigen Hexen würden Arawn jetzt und hier die Treue schwören, wenn du sie fragen würdest?“

Hazel schwieg, denn die Wahrheit lastete wie ein Bleigewicht auf ihrer Seele.

„Das habe ich mir gedacht“, sagte Deimos mit rauer Stimme. „Du bringst also keinen Treueschwur, keine offizielle Einladung, auf dem Gebiet der Hexen zu agieren, keine Aussicht, dass sich die Hexen in Zukunft Arawns Autorität beugen. Und trotzdem erwartest du von mir, dass ich Arawns Leute für eure Sache kämpfen und bluten lasse? Ohne eine Gegenleistung zu verlangen? Hörst du dir eigentlich selbst zu?“

Hazel biss sich *fest* auf die Zunge. „Da draußen sterben Menschen!“

„Menschen sterben jeden Tag. Sie sind eine zerbrechliche Rasse. Außerdem ist der Schutz der Bevölkerung im Hexengebiet Sache der Hexen. Und wir haben gerade unseren offiziellen Standpunkt zu diesem Thema dargelegt. Ich wiederhole mich nur ungern.“

„Deimos, bitte …“

„Arawn leitet keine Wohltätigkeitsorganisation, Schätzchen.“ Seine Stimme jagte ihr eine Gänsehaut über den Rücken. „Er ist nicht dorthin gekommen, wo er jetzt ist, indem er als Ritter in glänzender Rüstung aufgetaucht ist, um

Jungfrauen in Not zu retten, ohne einen Preis dafür zu verlangen. Er hat *Jahrhunderte* damit verbracht, sein Netzwerk und seinen Ruf aufzubauen, und du willst, dass er all das aufs Spiel setzt, um denen zu Hilfe zu kommen, die ihn mit Freuden vernichten würden, wenn sie könnten. Ist dir klar, was für eine Botschaft es aussenden würde, wenn er euch alle rettet und nichts dafür bekommt? Weißt du überhaupt, wie viele Augen in jeder Sekunde jede seiner Bewegungen beobachten und nach einer Schwachstelle suchen, um ihn zu Fall zu bringen? Es gibt noch andere Spieler auf dem Feld und die halten Altruismus nicht für eine Tugend."

Hazel rieb sich mit einer Hand übers Gesicht und atmete schwer aus. „Und wenn ich dich bitten würde, *mir* Verstärkung zu schicken, weil ich zu Arawns Leuten gehöre?"

„Ah, aber diese Karte willst du nicht wirklich ausspielen, meine Liebe." In seiner Stimme klang etwas mit, etwas, das hinter dem zivilisierten Glanz von tiefen und dunklen Schrecken zeugte. „Denn dann müsste ich dir in meiner Eigenschaft als Arawns Stellvertreter befehlen, das umkämpfte Feindesland sofort zu verlassen und dich in die Sicherheit der Ländereien deines Herrn zurückzuziehen. Und falls du es vergessen hast, die Schwester unserer Herrin, Merle, ist die Einzige, die nicht dem direkten Befehl von Arawn oder seinem Stellvertreter gehorchen muss."

Ihr Herz hing ihr mittlerweile in den Kniekehlen. Arawn hatte in all den Monaten, seit sie ihm die Treue geschworen hatte, nie Gebrauch von der Kontrolle gemacht, die er nominell über Hazel ausübte, sodass sie genauso wie Merle tun konnte, was sie wollte. Dies war das erste Mal, dass die Drohung auf dem Tisch lag, und Deimos hatte sie meisterhaft ausgespielt.

Als sie schwieg, sagte Deimos mit einer Stimme, in der ein Lächeln zu vernehmen war: „Schön zu wissen, dass du klug genug bist, das nicht zu tun. Um es kurz zu machen: Ich werde keine Hilfe schicken, es sei denn, du kannst ein Angebot machen, das Arawns Zeit und Ressourcen wert ist. Du kannst mich wieder anrufen, wenn deine Ältesten bereit sind, dem Herrn der Dämonen ihre Treue zu schwören."

Ihre Geduld riss. „Wenn ihr uns nicht helft, gibt es nach heute Abend vielleicht keine Ältesten mehr!"

„Das ist *euer* Problem", säuselte er und legte auf.

Schwer und schnell atmend starrte sie auf das Telefon und knallte es dann zurück in die Station. „Verdammter Mistkerl!"

Rose zuckte neben ihr zusammen und Hazel zog eine Grimasse. Sie hatte vergessen, dass sie noch da war.

„Es tut mir leid." Sie drehte sich zu ihrer Tochter um, ihr Herz drückte wie ein Stein gegen ihre Brust und Angst floss durch ihre Adern. „Heute Nacht ist da draußen eine Menge los. Du hast es mitbekommen, oder? Ich habe gerade versucht, Arawns Stellvertreter dazu zu bringen, Hilfe zu schicken, aber er will nicht." Sie rieb sich mit einer Hand das Gesicht. „Ich muss da raus."

Auch wenn ihre Anwesenheit nichts an dem Ergebnis ändern würde. Ihre Magie mochte noch funktionieren, aber sie wäre nur ein Tropfen auf den heißen Stein, nicht genug, um das Blatt zu wenden.

Rose trat vor. „Ich kann kämpfen."

Hazel warf ihr einen scharfen Blick zu. „Nein!" Als Rose zusammenzuckte, beruhigte sie ihre Stimme und sagte: „Nein, Schatz. Bitte nicht." Sie nahm Roses Hände in die ihren. „Ich weiß, dass du helfen willst und dass deine Magie stark ist, aber du bist noch nicht voll ausgebildet."

Roses Gesichtszüge verhärteten sich.

„Ich werde dich nicht hier festhalten", fuhr Hazel fort. „Ich werde dich nie einsperren, aber ich *bitte* dich als deine Mutter, die dich liebt, zu Hause zu bleiben. Es ist schlimm da draußen. Du hast nicht die nötige Erfahrung und ich kann dich nicht gleichzeitig beschützen und kämpfen. Bitte! Ich habe dich gerade erst zurückbekommen. Ich will dich nicht verlieren. Das kann ich nicht. Bitte bleib hier, damit ich zu dir nach Hause zurückkehren kann!" Sie drückte Roses Hände und hielt ihren Blick fest. „Bitte. Versprich mir, dass du bleibst!"

Nach einem Moment nickte Rose und ihr Gesicht wurde weicher. „Du kommst zurück, ja?"

Hazel atmete erleichtert aus. „Das ist der Plan."

Sie umarmte Rose kurz und wollte gerade zum Telefon greifen, um Merle anzurufen, als ihr etwas in den Sinn kam.

Im Moment bräuchten wir so etwas wie einen Schutzzauber um die Stadt, um sie alle loszuwerden. Patricias Worte hallten in ihrem Kopf wider und ein mulmiges Gefühl machte sich in ihr breit.

Sie legte die Hand auf den Hörer und erstarrte, weil ihre Gedanken zu schnell durcheinanderwirbelten.

„Bei den Göttern", flüsterte sie – und rannte los.

Den Anruf vergessend, eilte sie aus der Küche, den Flur entlang und zu ihrem Ritualraum. Sie schloss die Tür auf, ging zu ihrer Ausrüstungstasche und holte die Karte von Portland heraus, die sie für den Ortungszauber der Siegel benutzt hatte. Mit rasendem Herzen breitete sie die Karte auf dem Boden aus und ließ ihren Blick über die vier Punkte schweifen, die die Lage der Symbole markierten.

Mit zitternden Händen schnappte sie sich einen Marker aus dem Regal neben ihr und begann, Linien zwischen den Siegeln zu ziehen. Eine zwischen dem ersten und dem dritten Tatort, den sie gefunden hatten. Eine zweite zwischen dem zweiten und dem vierten Tatort. Eine dritte zwischen dem vierten und dem ersten Tatort.

Sie hielt inne und betrachtete die vier Punkte auf der Karte und die drei Linien, die sie verbanden. Sie maß die Entfernungen zwischen ihnen, übertrug sie … und markierte einen fünften Punkt auf der Karte, in gleicher Entfernung vom zweiten und dritten Punkt, auf der anderen Seite Portlands. Von dieser fünften Markierung aus zog sie zwei gerade Linien zum zweiten und dritten Punkt – das Pentagramm war komplett.

Ihr Atem ging nun stoßweise und ihr Herz stolperte in ihrer Brust.

Sie beruhigte ihre zitternde Hand und zeichnete einen Kreis um alle fünf Punkte des Pentagramms, sodass ein Pentakel entstand, das das gesamte Stadtgebiet von Portland und darüber hinaus umfasste. Er reichte von Eagle Creek und Sherwood am südlichsten Rand bis in den Norden von Vancouver auf der Washingtoner Seite des Columbia Rivers und von der Vorstadt Hillsboro im Westen bis zu den ländlichen Gebieten auf der östlichen Seite Portlands. Es war ein magischer Kreis von nie dagewesenem Ausmaß.

Sie ließ den Stift fallen, kramte nach dem Buch über Siegel, zog es aus ihrer Tasche und blätterte zu den Seiten, auf denen die möglichen Kombinationen der vier entdeckten Symbole mit einem fünften aufgeführt waren.

Die Ernte verbessern, ein Haus segnen … *da*. Ihr zitternder Finger landete auf der Kombination, mit der man Reinigungszauber verstärken konnte, und ihr Blick wanderte zurück zu dem überdimensionalen Pentagramm.

„Was ist?“, fragte Rose von der Tür aus. „Was hast du gefunden?“

„Ich weiß, was sie vorhat“, sagte Hazel mit hohler Stimme und fing Roses Blick auf. „Die Hexe. Ich weiß, welchen Zauber sie anstrebt.“

„Was?“ Rose kam näher.

Hazel zeigte auf die Karte und zitterte nun am ganzen Körper. „Die Siegel, die sie gelegt hat, dienen eigentlich der Reinigung, aber sie kombiniert sie mit einem riesigen, mächtigen Schutzzauber um das gesamte Stadtgebiet. Solche Schutzwälle benutzen wir ständig. Wir legen sie um unsere

Häuser und andere gefährdete Orte, aber viel kleiner. In diesem Ausmaß haben wir das noch nie gemacht, weil es zu viel Kraft kosten würde. Deshalb brauchte sie die Blutopfer."

Rose holte tief Luft.

„Aber das ist noch nicht alles." Hazels Stimme zitterte. „Ein Schutzwall wie dieser soll böse Wesen fernhalten, richtig? Dämonen, Gestaltwandler und so weiter. Aber diese Kombination hält nicht nur Dämonen aus dem geschützten Bereich fern, sondern tötet alle, die sich innerhalb des Kreises befinden, wenn der Zauber aktiv wird." Ihre Lippen zitterten und ihre Stimme sank zu einem Flüstern. „Weil sie das Gebiet säubert."

Roses Augen weiteten sich. „Lily."

Hazel schluckte schwer und nickte. „Lily. Alek. Rhun. Merles Baby."

Basil war zum Glück gerade weit weg in Faerie, aber … *Tallak*. Ihr Herz war zwar angeschlagen, verletzt und gebrochen, aber der Gedanke, dass er zu Schaden kommen könnte, schmerzte sie dennoch.

„Wenn dieser Zauber aktiv wird", röchelte sie und ihr Puls raste, „werden sie alle sterben."

Rose sank neben Hazel auf die Knie. „Wann?"

Hazel atmete scharf ein und studierte erneut die Karte, während sie hektisch nachdachte. „Für Schutzzauber wie diesen müssen die Punkte in genauen Abständen gesetzt werden, wie ich es gerade getan habe, um die Energie des Ortungszaubers zu blockieren. Der letzte Mord geschah am Samstagabend. Der davor", sie hielt inne und dachte zurück, „am Montagabend letzter Woche." Mit klopfendem Herzen zählte sie an ihren Fingern ab. „Das heißt, es liegen vier Nächte zwischen den einzelnen Zaubern. Wenn das letzte Siegel also am vergangenen Samstag gewirkt wurde, muss sie das letzte Siegel …"

Ihr Herz raste und alles Blut verließ ihr Gesicht in einem

schwindelerregenden Rausch. Ihre Augen trafen auf Roses besorgten Blick. „Heute Abend“, flüsterte sie. „Die Hexe wird den Zauber heute Abend vollenden.“

Rose fluchte auf Fae. „Was werden wir tun?“

„Wir müssen sie aufhalten.“ Hazel fuhr sich mit den Händen durchs Haar, die Verzweiflung erschwerte es ihr, zu atmen. „Wenn wir sie davon abhalten können, das fünfte Siegel und den Schutzpunkt zu wirken, wird der Zauber nicht funktionieren. Wir müssen dort sein, bevor sie den nächsten Menschen tötet.“ Sie warf Rose einen Blick zu. „*Ich*. Ich muss dort sein. Du musst hierbleiben. Nein!“ Sie hob einen Finger. „Keine Widerrede. Du hast es versprochen. Das hier ist nicht anders als die Unruhen da draußen. Du bist nicht stark genug in deiner Magie, um mit mir zu kommen.“

Rose fluchte wieder auf Fae, etwas, das wirklich schmutzig klang, und drehte ihren Kopf weg, wobei sich ihre Kiefermuskeln anspannten. Dann weiteten sich ihre Augen und sie zeigte auf den Kreis der Macht, der den Ortungszauber enthielt.

„Schau!“, sagte sie. „Es ist vollbracht, nicht wahr?“

Hazel sprang auf und eilte zu dem Kreis. Ihre Augen klebten an dem Blatt Papier, das in der Luft schwebte … und an dem Namen, der mit Blut darauf gekritzelt war.

Laroche.

„Verdammte Scheiße“, flüsterte Hazel.

Sie holte ihr Handy hervor, scrollte und tippte dann auf den Namen. Mit pochendem Herz in der Brust wartete sie, bis es klingelte.

Nach zu vielen Sekunden, die sich wie Jahre anfühlten, klickte es und eine jugendliche Stimme nahm ab.

„Hallo?“

„Nicole?“, fragte Hazel, die die Identität der jungen Hexe erraten hatte. Sie war die Tochter von Justine Laroche, der Enkelin von Marie, der verstorbenen Schwester von Juneau.

Mit fünfzehn Jahren war sie die älteste der minderjährigen Hexen in der Familie Laroche.

„Ja. Wer ist da?"

„Hazel Murray. Kann ich mit Sophie sprechen?"

„Sie ist nicht hier."

„Weißt du, wo sie ist?"

„Nein. Ich habe sie seit heute Morgen nicht mehr gesehen."

„Was ist mit deiner Mom?"

„Tut mir leid, sie ist auch nicht da. Sie sind alle da draußen, um zu kämpfen. Ich kümmere mich um die Babys." Der letzte Satz klang nach der typischen Verärgerung eines Teenagers, der sich nicht ernst genommen fühlte.

Hazel zögerte. „Und Juneau?" In Anbetracht der Tatsache, dass ihr ihre Magie fehlte, hätte sie sich nicht an dem Kampf beteiligt.

„Sie hat sich vor einer Weile hingelegt. Tante Sophie hat gesagt, dass sie Ruhe benötigt."

Hazel atmete heftig aus. „In Ordnung, danke. Pass auf dich auf!"

Verdammt! Ihr Blick fiel wieder auf die Karte, auf den wahrscheinlichen fünften Punkt, der wieder einmal in einer ländlichen Gegend lag. Es sah so aus, als müsste sie einfach dorthin fahren, die Gegend abklappern und hoffen, dass sie die genaue Stelle fand, bevor die Hexe – Sophie – den Zauber vollendete. Wenn sie Glück hatte, würde sie die Gegend vor der Hexe erreichen und sich damit Zeit verschaffen, einen Zauber zu sprechen, um umgebende Magie in der Nähe zu lokalisieren. Das würde den Prozess, die Stelle zu finden, an der der Zauber gesprochen werden sollte, beschleunigen.

Und ich bin auf mich allein gestellt.

In einer normalen Nacht würde sie nach Verstärkung rufen und versuchen, andere Älteste dazu zu bringen, sich ihr anzuschließen, um die Hexe zu erledigen. Aber da sie alle damit beschäftigt waren, die Brände des Dämonenaufstands zu löschen, würde keine Hilfe kommen.

Sie schluckte schwer, nahm ihr Handy und wählte Merles Nummer, während sie sich bemühte, die Karte wieder in ihre Tasche zu packen und das Nötigste zusammenzusuchen.

Ihre Freundin konnte ihr heute Abend nicht helfen, aber Hazel musste sie warnen.

Denn wenn sie es nicht schaffte, mussten Merle, Rhun und die anderen weit weg von Portland sein.

KAPITEL 35

Noch nie in seinem Leben hatte Tallak etwas so sehr in den Sand gesetzt wie das. Selbst als er in seiner Wachsamkeit nachlässig gewesen war und seine Tarnung in Faerie im falschen Moment fallen gelassen hatte, was zu seiner Gefangennahme und sechsundzwanzig Jahren in einem Kerker geführt hatte, war er sich nicht so elend vorgekommen. Selbst damals hatte er nicht aus seiner eigenen Haut kriechen wollen, um der Schuld zu entkommen, die ihn zerriss.

Damals hatte er den Fae die Schuld gegeben und war in der Lage gewesen, seinen ganzen Zorn auf diejenigen zu richten, die ihn in Ketten gelegt und seine Geliebte aus seinen Armen gerissen hatten.

Dieses Mal gab es kein bequemes Ziel, auf das er seine Wut richten konnte.

Das war ganz er gewesen.

Ein weiterer Fall, in dem Tallak das getan hatte, was er am besten konnte – Dinge zu vermasseln und Leben zu ruinieren.

Er stapfte die Treppe zu seiner Wohnung hinauf und sein

Magen kochte mit einer ekelerregenden Mischung aus Scham, Wut, Schuld und Selbstvorwürfen.

Der Ausdruck in Hazels Gesicht, als er diese verdammten Dinge gesagt hatte. Der absolute Verrat in ihren Augen. Es hatte ihn innerlich zerrissen, seine Eingeweide verdreht, herausgenommen und dann in seinen Mund gestopft, um ihn zu ersticken.

Wie sehr er sich bei der bloßen Vorstellung, er könnte wie ihr Ex-Arschloch sein, aufgeregt hatte. Und was hatte er dann getan? Er hatte sich eine Scheibe von der Taktik dieses Arschlochs abgeschnitten und Hazel mit seinen Worten niedergestreckt, weil er genau wusste, wo er zuschlagen musste, um sie zu verletzen.

Er trat die Tür zu seiner Wohnung auf. In ihm war zu viel Wut, die nirgendwohin konnte. Wenn er sich doch nur selbst treten könnte.

„Verdammter Heuchler!", stieß er zähneknirschend hervor.

Und das Schlimmste daran? Er hatte nicht einmal ernst gemeint, was er gesagt hatte. Er glaubte den Scheiß, den er ihr erzählt hatte, selbst nicht. Ja, er war wütend, dass Basil als Kind eine Scheiß-Vaterfigur gehabt hatte. Ja, es ärgerte ihn, dass sein Junge gelitten hatte. Aber diese Wut in ihm richtete sich weder gegen Hazel noch darauf, dass sie nicht früher etwas unternommen hatte.

Er war verdammt wütend auf sich selbst.

Weil er nicht da gewesen war. Weil er sich nicht um seinen Sohn gekümmert hatte. Weil er sich von den verdammten Fae hatte gefangen nehmen lassen, anstatt mit Roana abzuhauen, wie sie es geplant hatten. Wenn er nur vorsichtiger gewesen wäre, wenn er besser aufgepasst hätte, wenn er nicht selbstgefällig geworden wäre, nachdem er jahrelang der Entdeckung durch die Fae entgangen war … Wenn er nur stärker gewesen wäre, wenn er früher aus diesem Höllengefängnis hätte entkommen können, hätte er die ganze Scharade mit den Wechselbälgern schon Jahre früher beenden können. Er hätte Basil bei sich aufnehmen und ihm ein richtiger Vater sein können … und Hazel und ihr beschissener Ehemann wären von ihrem Bann befreit worden, was ihr gezeigt hätte, dass sein Geist nicht von der Magie der Fae verdreht worden war.

Das hätte sie viel, viel früher von Roberts Missbrauch befreit.

Hätte, hätte, Fahrradkette.

Hinterher war man nicht nur schlauer, sondern wurde auch dazu verleitet, sich selbst in die Eier treten zu wollen.

Aber anstatt den ganzen Mist wie ein reifer Mann zu verarbeiten, der seinen Scheiß im Griff hatte, hatte er seine eigenen Probleme auf die Frau projiziert, die er liebte und die seinen Sohn *trotz* der Einstellung ihres Scheiß-Ehemanns mit Wärme und Liebe aufgezogen hatte.

Schreiend schlug er gegen die Wand seines Schlafzimmers, wobei seine Faust direkt durch den Putz und die Isolierung drang und auf der anderen Seite im Badezimmer wieder herauskam.

Und jetzt hasste Hazel ihn zu Recht. Jetzt gab es kein Zurück mehr. Nach allem, was er über sie und ihr Trauma erfahren hatte, wusste er, dass sie ihm das nie verzeihen würde.

Aber nicht nur sie. Auch Basil würde ihn verachten. Er würde es auf die eine oder andere Weise herausfinden und es würde kein Verständnis geben, keine Nachsicht, keine Gnade für eine Vater-Sohn-Beziehung von nur ein paar Monaten. Nicht, nachdem er Hazel so verletzt hatte. Nicht, nachdem er diese Dinge gesagt hatte.

Denn so sehr Basil ihn auch liebte, wenn es hart auf hart kam, würde er sich auf Hazels Seite stellen, da war sich Tallak sicher. Sie hatte sich Basils bedingungslose Liebe und

Loyalität durch jahrzehntelange mütterliche Fürsorge verdient.

Sein Sohn würde auf keinen Fall etwas mit ihm zu tun haben wollen, wenn er erfuhr, wie er seine geliebte Mom zu Fall gebracht hatte.

Tallak hatte es nicht nur vermasselt, er hatte alles in die Luft gejagt. Verbrannte Erde und keine Spur von Leben. Die Familie, nach der er sich gesehnt und für die er so hart gearbeitet hatte, war nun verloren, weil er es versaut hatte.

Mit brennenden Augen biss er die Zähne zusammen, denn der Schmerz in seinem Inneren war wie Säure. Mit der Stirn an der Wand, schlug er wieder und wieder und wieder darauf ein, bis seine Knöchel schmerzten wie seine Brust und der Putz um die Löcher herum mit seinem Blut gefärbt war.

Er schluckte schwer, drehte sich um, schnappte sich eine Tasche aus dem Schrank und fing an, seine sieben Sachen hineinzuwerfen. Er konnte nicht bleiben. Dies war ein Friedhof der niedergebrannten Brücken, und wenn er nicht ging, würde er weiter auf die andere Seite starren und mit jedem Tag ein bisschen mehr sterben.

Es zeugte von seiner Verzweiflung, dass er seine Gesellschaft erst bemerkte, als hinter ihm eine Stimme ertönte.

„Verreist du etwa?“

Tallak hob den Kopf und starrte Rhun an, der am Türrahmen seines Schlafzimmers lehnte und ihm beim Packen seiner Tasche zusah, während seine Augen im schwachen Licht glühten.

„Ja“, sagte Tallak mit rauer Stimme. „Ich habe genug von diesem Ort. Ich brauche einen Tapetenwechsel. Neue Stadt, neuer Anfang.“

„Du verlässt Portland? Einfach so?“

Tallak zuckte mit den Schultern und packte weiter.

„Was ist mit Basil?“, fragte Rhun leise. „Hazel?“

„Interessieren mich einen Scheißdreck.“

In der nächsten Sekunde hatte Rhun ihn gegen die Wand gepresst und seinen Unterarm in Tallaks Hals gebohrt.

„Bullshit", zischte der *Bluotezzer*.

Tallak fletschte die Zähne. „Lass mich los, du Arschloch!"

„Sag mir, was hier los ist!"

„Fick dich!" Tallaks Wut kochte über und er fand ein bequemes, echtes Ziel aus Fleisch, auf das er einschlagen konnte. Mit einem Knurren bäumte er sich auf und warf Rhun ab, dann stürzte er sich auf ihn.

Sie prallten gegen die gegenüberliegende Wand, schlugen aufeinander ein und die Luft war durchdrungen von ihrem Knurren und dem Geruch von Blut. Jeder Treffer, den er auf Rhun landete, verschlang ein bisschen mehr von seiner Wut, und jeder Schlag, den der andere Dämon ausführte – und damit Schmerz durch Tallaks System schickte – nährte einen elenden, selbstverachtenden Teil seines Wesens, der Bestrafung suchte.

Irgendwann schlug Tallak nicht mehr zurück. Er wehrte sich nicht mehr. Er lehnte sich einfach gegen die Wand, während Rhun auf ihn einschlug, und fühlte nur noch den Schmerz jedes Hiebes, der sich durch ihn hindurchbrannte, durch all die Schuld und Scham und all die Teile seines Wesens, die er hasste.

Als Rhun aufhörte, seine Brust bebte und seine Energie vor Kraft vibrierte, blinzelte Tallak das Blut aus seinen Augen und warf ihm einen finsteren Blick zu.

„Du hast dich gerade wieder von mir genährt, du Scheißkerl."

Rhun hielt Tallak immer noch mit einer Hand am Kragen fest und atmete schwer aus. „Du hast es verdammt noch mal verdient, du Trottel."

Tallaks kurzes Lachen klang wie ein auseinanderbrechendes rostiges Rohr. „Ja", sagte er mit einer Stimme, die kein bisschen amüsiert klang. „Das habe ich."

„Warum läufst du weg?“ Rhun krallte sich mit der Faust in Tallaks Shirt.

Tallak rieb sich das Gesicht. Alles in ihm war müde, ausgewrungen, hoffnungslos. „Ich habe es vermasselt.“

„Mit Hazel?“

Er nickte und wischte sich noch mehr Blut aus den Augen. „Ich habe sie verletzt. Schlimm.“ Er schüttelte den Kopf und die Bewegung verursachte Schmerzen in seinen Schläfen. „Sie wird mir nie verzeihen.“

„Hast du sie geschlagen?“

Die Wut, die in ihm aufstieg, katapultierte ihn fast von der Wand. Mit einem Schlag ins Gesicht stieß er Rhun von sich. „Fick dich!“

Der *Bluotezzer* stolperte zurück, fing sich auf und richtete seine Nase mit einem schnellen Ruck und einer Fratze. „Schon gut, schon gut“, sagte er ein wenig näselnd. „Ich wollte nur sichergehen, dass wir nicht über diese Art von Verletzung reden.“

Tallaks einzige Antwort war ein Knurren.

Rhun beäugte ihn aus ein paar Schritten Entfernung. „Ihr hattet also einen Streit.“

„Einen verdammt schlimmen.“

„Und jetzt gibst du auf? Einfach so?“ Das Licht der Straßenlaterne draußen vor dem Fenster spiegelte sich in Rhuns blaugrünen Augen und ließ sie wie die einer Katze schimmern. „Ein Streit und schon ziehst du den Schwanz ein und machst dich aus dem Staub? Ich dachte, du liebst sie.“ Rhun funkelte ihn an und fletschte die Zähne, wobei ein Stückchen Reißzahn durchschimmerte. „Wo ist dein Mut, du verdammter Feigling? Du läufst nicht weg, wenn es schwierig wird. Du schnallst dich verdammt noch mal an und hältst dem Sturm stand.“

„Du verstehst das nicht“, knurrte Tallak. „Ich habe ihr Vertrauen gebrochen. Meine Worte haben sie genau da getroffen, wo es am meisten wehtut. Sie wird das nicht überwinden können. Das kann man nicht wiedergutmachen."

„Doch, das kann man." Rhun zeigte auf ihn, seine Augen waren hart. „Du kannst verdammt noch mal um Gnade winseln."

Tallak schnaubte, aber Rhuns Gesichtsausdruck veranlasste ihn dazu, den Mund zu halten.

„Denkst du, ich weiß nicht, wovon ich rede?" Rhuns Stimme war leise, aber die Energie, die er ausstrahlte, erfüllte den Raum. „Bevor Merle und ich uns verpaart haben, als die Sache mit Maeve und Isabel passierte, habe ich ihre Kräfte übernommen."

Tallak blinzelte. „Was?"

Rhun ballte seine Hände zu Fäusten. „Merle hat mir vertraut und ich habe ihre Magie gestohlen. Sie wähnte sich bei mir sicher und ich habe dieses Vertrauen missbraucht und sie ihrer Essenz beraubt. Ich habe ihr ihre Kräfte genommen, weil es in meiner verdammten Natur lag, das zu tun, auch wenn ich es nicht wollte."

Tallak holte scharf Luft. Eine Hexe ohne ihre Kräfte ... war wie ein Vogel mit gestutzten Flügeln. Das musste ein tiefer, seelischer Schmerz gewesen sein. Sie hatte sich vermutlich gefühlt, als hätte sie ihre Identität verloren.

„Und sie hat sich trotzdem mit dir verpaart?", fragte er mit belegter Stimme.

Rhun schüttelte den Kopf. „Damals nicht. Sie ist vor mir weggelaufen, weil sie Angst um ihr Leben hatte." Alter Schmerz glitzerte in Rhuns Augen und sein Ausdruck war gequält. „Sie dachte, ich wollte sie töten."

Tallak schluckte. „Wie habt ihr euch davon erholt? Wie hast du sie dazu gebracht, dir wieder zu vertrauen?"

In Rhuns Unterkiefer spannte sich ein Muskel an. „Ich bin ihr hinterher gerannt, habe sie eingefangen und bin vor ihr zu Kreuze gekrochen, als würde mein Leben davon abhängen.

Weil es das tat. Ich wusste, dass ich mir nie verzeihen würde, wenn sie mir nicht verzeihen konnte, und dass der Schmerz mich umbringen würde."

Tallak sah ihn kurzzeitig an. „Aber sie hat dir verziehen."

„Ja. Ich habe mich entschuldigt. *Nachdrücklich.* Ich habe ihr mein Herz ausgeschüttet. Ich habe dafür gesorgt, dass sie sieht, dass ich es ernst meine. Wenn ich sage, ich bin zu Kreuze gekrochen, dann meine ich das auch so. Ich bin buchstäblich vor ihr auf die Knie gegangen. Ich musste ihr klarmachen, dass es mir leidtut, sie jemals verletzt zu haben, und dass ich lieber für den Rest meines Lebens in die Schatten zurückkehren würde, als sie noch einmal zu verletzen."

Tallak rieb sich das Gesicht und atmete scharf aus.

„Wenn du sie wirklich liebst", sagte Rhun, „dann lässt du sie nicht einfach so zurück. Du gehst hin und bringst das verdammt noch mal in Ordnung. Zeig ihr den schönsten Kniefall, den es je gegeben hat! Hast du das verstanden?" Er stieß einen Finger in Tallaks Brust. „Ich habe nicht Blut, Schweiß und guten Whiskey in diese Freundschaft investiert, damit du beim ersten Anzeichen von Ärger die Stadt verlässt, du feiges Huhn."

„Fick dich", sagte Tallak mit einem Lächeln und seine Worte enthielten kein Feuer.

„Gleichfalls, du Trottel."

Rhun zog ihn in eine Umarmung und Tallak erwiderte diese, indem er dem anderen Dämon auf den Rücken klopfte.

„In Ordnung", sagte Tallak, als sie sich voneinander lösten. „Ich gehe zurück."

Er schluckte schwer bei dem Gedanken, Hazel wieder gegenüberzustehen, aber er war fest entschlossen. Er würde das in Ordnung bringen. Das musste er. Und wenn es ewig dauern sollte, würde er ihr beweisen, dass er ihrer Vergebung würdig war.

Rhun hob sein Kinn an. „Lass mich wissen, wie es läuft."

Tallak nickte gerade, als Rhuns Handy klingelte. Der *Bluotezzer* nahm ab und dank seines dämonischen Gehörs hörte Tallak die verzweifelte Stimme Merles so laut, als hätte er den Anruf selbst entgegengenommen.

„Rhun! Wir müssen sofort aus Portland verschwinden!"

Tallak hielt auf dem Weg zur Tür inne und schaute zu seinem Freund zurück.

Rhun hielt das Handy ein Stück vom Ohr weg und zog eine Grimasse. „Beruhige dich, Hexenvulkan. Es ist ein bisschen spät für einen Babymoon, findest du nicht?"

„Das ist kein Scherz." Merles Stimme klang aufrichtig besorgt. „Hazel hat mich gerade angerufen. Sie hat herausgefunden, welchen Zauber die Hexe mit den Mördersiegeln vorhat."

Tallak wurde im selben Moment aufmerksam, als Rhuns Gesicht und Körperhaltung von lässiger Heiterkeit verlassen wurden.

„Rhun, hör zu", sagte Merle und sprach schnell, „es ist ein reinigender Schutzzauber. Ein riesiges Pentakel über ganz Portland. Wenn die Hexe das fünfte Siegel wirkt, wird er aktiv und tötet alle Dämonen und Gestaltwandler innerhalb des Kreises. Und das passiert *heute Abend*. Wir müssen so schnell wie möglich aus dem Stadtgebiet verschwinden."

Tallak trat näher und sein Herz raste. „Wo ist Hazel jetzt?"

Rhun wiederholte die Frage für Merle.

„Sie hat mich von zu Hause aus angerufen, aber sie wollte gerade losfahren. Sie ist auf dem Weg dorthin, wo sie glaubt, dass der fünfte Mord stattfinden wird, irgendwo im Westen, sagte sie. Warte, ist Tallak bei dir?"

„Ja, ich bin hier in seiner Wohnung."

„Und er weiß, was los ist? Hazel hat mich gebeten, ihm Bescheid zu geben. Er muss das Gebiet auch verlassen."

Tallaks Herz machte einen hoffnungsvollen Hüpfer. Hazel hatte ihn zwar rausgeschmissen, wollte aber trotzdem sicherstellen, dass er von dem Zauber wusste und sich retten konnte.

„Wer geht mit ihr?“, fragte Tallak.

Rhun wiederholte die Frage noch einmal, damit Merle sie verstehen konnte.

„Sie geht allein“, sagte Merle mit leiser Stimme. „Alle anderen sind damit beschäftigt, Dämonen zu bekämpfen, denn anscheinend findet da draußen so etwas wie die Apokalypse statt. Es ist absolut *grässlich* da draußen. Rhun, wir müssen gehen!“

Rhun fing Tallaks Blick auf und etwas ging zwischen ihnen hin und her. Einen Moment später waren sie beide aus der Wohnung und liefen in schnellem Tempo die Treppe hinunter.

„Kleine Hexe“, sagte Rhun mit ernster Stimme, als sie die Treppe hinuntereilten. „Schnapp dir, was du brauchst, steig in das Auto deines Dads und fahr los.“

„Rhun?“

„Hazel wird Verstärkung benötigen“, sagte Rhun leise.

„Nein“, flüsterte Merle. „Rhun, tu es nicht! Bitte nicht!“ Ihr Satz endete in einem schmerzhaften Stöhnen.

„Merle?“ Rhun blieb vor dem Wohnkomplex stehen und drückte das Handy fester an sein Ohr.

Auf der anderen Seite der Leitung herrschte Stille. „Du musst wirklich nach Hause kommen“, sagte Merle mit hohler Stimme.

„*Merle.* Was ist los?“

„Meine Fruchtblase ist gerade geplatzt. Das Baby ist unterwegs.“

Rhuns Augen weiteten sich und er ließ sein Handy fallen. Gerade, als er es aufgehoben hatte, ließ er es aufs Neue fallen, seine Hände zitterten, seine Energie war das reinste Chaos.

Tallak nahm ihm das Handy ab, hielt es an sein eigenes Ohr und sagte: „Merle, hier ist Tallak. Rhun ist gleich da.“

Er beendete das Gespräch, gab das Handy an Rhun zurück und schaute auf das Auto des *Bluotezzers*, das ein paar Meter entfernt stand. „Geh! Deine Gefährtin braucht dich. Ich werde versuchen, Hazel einzuholen."

Rhun nickte. Mit blassem Gesicht ergriff er Tallaks Unterarm, um sich zu verabschieden, und er hielt Tallaks Blick für einen Moment fest. „Lass nicht zu, dass diese Schlampe uns alle umbringt", raunte er und in seinen Augen lag echte Angst.

„Das werde ich nicht. Versprochen."

Mit einem letzten Nicken rannte Rhun zu seinem Auto, stieg ein und raste mit quietschenden Reifen davon, gerade als Tallak zu seinem Tesla sprintete. Es war reines Glück, dass er vorhin zu Hazel gelaufen war, sonst würde sein Auto noch in der Einfahrt der Murrays stehen, nachdem der Schutzzauber ihn rausgeschmissen hatte. So aber stand sein Wagen auf dem ihm zugewiesenen Platz und wartete nur darauf, ihn innerhalb weniger Minuten zu Hazel zu bringen.

Er hoffte nur, dass er sie noch erwischte, bevor sie losfuhr.

Er beschleunigte den Tesla auf den kurvenreichen, von Bäumen gesäumten Straßen des vornehmen Viertels und erreichte die Murray-Villa in Rekordzeit. Als er sich dem Grundstück näherte, sah er, wie sich das schmiedeeiserne Tor langsam schloss – ein Zeichen dafür, dass wahrscheinlich gerade jemand gegangen oder gekommen war.

Sein Herz schlug wie eine Stakkato-Trommel und er überprüfte die Straße vor ihm, bis er in einigen Metern Entfernung Rücklichter in der Dunkelheit entdeckte. *Da!* Er beschleunigte wieder und erkannte Hazels weißen Honda, als er näher kam.

Geschafft.

Die Angst in ihm wuchs und er machte sich daran, ihr zu folgen.

KAPITEL 36

Hazel lenkte ihr Auto die Landstraße hinunter, wobei sie die Dunkelheit vor sich absuchte und abwechselnd auf die Karte und das GPS ihres Handys sah. Der Standort war nicht genau, das konnte er auch nicht sein, denn er war nur eine Vermutung ihrerseits und nicht das Ergebnis eines Ortungszaubers. Sie *musste* raten, denn wenn sie darauf wartete, dass das letzte Siegel gewirkt wurde, um es mit dem Ortungszauber, den sie zuvor benutzt hatte, suchen zu können, wäre sie viel zu spät dran.

Sie hatte die anderen Punkte auf der Karte noch einmal überprüft, bevor sie gegangen war, und ihre Entfernung mit einem Lineal gemessen, um zu sehen, wie groß der Unterschied sein könnte. Wie sich herausstellte, hatte die Hexe tatsächlich darauf geachtet, dass sie ungefähr gleich weit voneinander entfernt waren. Das war ein Glücksfall für Hazel, denn da jeder Siegelpunkt mit zwei anderen verbunden war, konnte sie aufgrund des gleichen Abstands genauer bestimmen, wo das letzte Siegel wahrscheinlich angebracht werden würde.

Dem Punkt auf der Karte nach zu urteilen, lag der wahrscheinliche Tatort wieder in einer ländlichen Gegend, diesmal westlich von Portland, etwa auf halbem Weg zwischen North Plains und Holbrook. Hier gab es nur eine größere Landstraße, von der kleinere Feldwege zu Farmen und abgelegenen Häusern führten. Wenn das bisherige Verhaltensmuster der Hexe ein Hinweis war, würde sie sich wieder ein verlassenes Gebäude aussuchen, um ihre Aktivitäten besser zu verbergen.

Hazel konnte also alle Häuser ausschließen, in denen Licht brannte und vor denen Autos standen, die in gutem Zustand waren. Denn diese Anwesen waren offensichtlich bewohnt.

Sie verringerte ihr Tempo, als sie der auf der Karte markierten Stelle am nächsten kam. Um sie herum war es dunkel, bis auf die Scheinwerfer, die ein altes Schild am Straßenrand beleuchteten, auf dem „OLD BARNEY'S STABLES" stand und ein weiteres Schild mit der Aufschrift „DAUERHAFT GESCHLOSSEN".

Das könnte es sein. Mit klopfendem Herzen bog sie von der Hauptstraße ab und fuhr auf die kleinere Straße, die nach rechts und damit dort hinführte, wohin das Schild gewiesen hatte.

Das Auto, das ihr schon eine Weile folgte, bog jetzt in dieselbe Straße ein, was in dieser abgelegenen Gegend ein zu großer Zufall war. Wenn sie sich nicht irrte, war ihr der Wagen mindestens seit Portland auf den Fersen. Sie hatte ihn zum ersten Mal bemerkt, als sie auf dem Highway 26 ein paar Mal die Spur gewechselt hatte, um ein paar Langsamfahrern auszuweichen, während sie mit Lily telefoniert und sie überredet hatte, die Stadt zu verlassen, anstatt ihr zu helfen.

Ihr Herz schmerzte bei dem Gedanken an Lily. Als sie von dem Zauber erfahren hatte, hatte sich ihre sture, gutmütige und loyale Tochter dafür entschieden, zu Aleks Familie zu laufen und bei der Evakuierung zu helfen. Alek befand sich gerade auf einem Arbeitseinsatz in Arawns Gebiet, aber seine Brüder lebten in der Nähe von Alek und Lily innerhalb der Grenzen Portlands, genau dort, wo der Zauber sie alle auslöschen würde.

Dima, Aleks Zwillingsbruder, hatte vier Kinder, eines davon ein Baby, das noch kein Jahr alt war.

Der Schutzzauber würde sie alle töten, rücksichtslos und wahllos, sein Ausmaß und seine Absicht ruchloser als das „Böse", das er vernichten sollte.

Ich muss das aufhalten.

Mit einem Blick auf die Scheinwerfer in ihrem Rückspiegel brachte Hazel ihren Wagen ein Stück weiter die kleine Straße hinunter zum Stehen, während sich ein paar Meter weiter die dunkle Silhouette eines Gebäudes abzeichnete.

Ihr Puls raste, ihre Magie war bereit. Sie stieg aus und drehte sich zu dem Fahrzeug um, das hinter ihr zum Stehen kam. Die Scheinwerfer waren zu hell, als dass sie etwas Genaueres hätte erkennen können. Die kühle Nachtluft strich über ihr Gesicht und ihren Hals, während sie beobachtete, wie sich die Tür öffnete und eine Gestalt heraussprang und auf sie zukam.

Ihre Haut summte mit ihrer Kraft, ein Abwehrzauber wollte von ihren Lippen rollen, als er in den Schein der Scheinwerfer trat, sein goldenes Haar von hinten illuminiert, sein Gesicht halb im Schatten liegend. Sie erkannte ihn, sie würde ihn immer erkennen. Nie würde sie die Art, wie er sich bewegte, vergessen, seine dunkle Energie, die ihre Sinne umschmeichelte, die Art, wie er sie gehalten und wie sein Atem sich in ihre Seele gebrannt hatte.

Ich kenne dich, flüsterte ihr Herz. Ihr dummes, törichtes Herz, das ihn liebte, obwohl es so weh tat.

„Was tust du hier?", fuhr sie ihn an, bevor er sie erreicht hatte. Der Schmerz seiner Worte, gedämpft und überlagert von ihrer Angst vor dem Zauber der Hexe, kam zurück, aber er vermischte sich mit der mächtigeren Angst um sein Leben.

Tallak kam direkt vor ihr zum Stehen, seine Brust hob sich, als er tief einatmete, und seine Stimme war rau, als er sprach: „Ich leiste Wiedergutmachung."

„Was?" Sie blinzelte und schüttelte den Kopf, um ihn zu klären. Eine neue Welle der Angst durchflutete sie, als sie ihn hier stehen sah, obwohl der verdammte Zauber jederzeit aktiv werden konnte. „Du solltest nicht hier sein. Du *kannst* nicht hier sein! Geh!" Sie deutete zurück auf die Hauptstraße, ihre Brust war eng und ihr Puls pochte in ihrem Kopf. „Du musst gehen. Und zwar sofort. Geh weg, so weit und so schnell du kannst! Die Hexe ..."

„Ich weiß", unterbrach er sie. „Ich weiß von dem Zauber. Merle hat es mir erzählt. Ich bin hier, um dir zu helfen."

„Nein." Ihr Herz hing in ihren Kniekehlen. „Du musst verschwinden, du ..."

„Ich weiß, was auf dem Spiel steht. Ich habe meine Entscheidung getroffen. Ich werde dich das nicht allein machen lassen. Wir können also entweder hier stehen bleiben, uns streiten und Zeit verlieren, oder wir können diese Hexe finden und sie aufhalten, bevor sie den Zauber vollendet."

Sie starrte ihn ängstlich an und stimmte dann mit einem Nicken zu. Sie hatten keine Zeit, darüber zu streiten, auch wenn sie ihn lieber ganz weit weg und in Sicherheit wüsste. Denn hier würde der Zauber ihn töten, wenn sie es nicht schafften.

Das Herz schlug ihr bis zum Hals, als sie sagte: „Lass uns gehen."

Sie schnappte sich ihre Ausrüstungstasche aus dem Auto, dann bewegten sie sich in schnellem Tempo den Feldweg hinunter.

„Das ist meine beste Vermutung", sagte sie und deutete

nach vorn. „Ich kann den Ort nicht weiter eingrenzen, aber das hier passt zur Vorgehensweise der Hexe."

Tallak betrachtete die sich abzeichnenden Gebäude der verlassenen Ställe und nickte, dann wies er mit dem Kopf auf eine Stelle auf dem dunklen Hof. „Dort steht ein Auto und ich rieche Abgase."

Hazel folgte seinem Blick, konnte aber in der Dunkelheit nichts erkennen, und auch ihre Nase nahm nichts wahr. Ihre Sinne waren zu stumpf.

Ihr Atem ging stoßweise. „Tallak, wenn wir die Hexe nicht außer Gefecht setzen können, bevor sie das Siegel wirkt … Wenn sie schon angefangen hat, haben wir noch ein bisschen Zeit. Der Zauber wird nicht sofort aktiv. Der letzte Punkt muss sich erst mit den anderen verbinden. Die Magie muss sie alle nacheinander durchlaufen, um den Kreis um das Pentagramm zu schließen, und erst wenn die Magie den vierten mit dem fünften Punkt verbindet, wird der Schild aktiv."

Tallak warf ihr einen scharfen Blick zu. „Wie lange?"

„Das kann ich nicht genau sagen. Bei wirklich kleinen Schutzbarrieren dauert es nur Sekunden. Bei mittelgroßen, etwa um ein Haus herum, ein paar Minuten. Das hier …" Sie deutete mit einer Geste um sich herum auf die Ausmaße dieses Schutzzaubers. „Ich weiß nicht, vielleicht eine halbe Stunde? Weniger? Es ist schwer zu sagen. Es gibt keinen Präzedenzfall für so etwas. Aber was ich meine, ist, dass es ein kurzes Zeitfenster geben wird, nachdem die Hexe das Siegel gewirkt hat und bevor der Zauber aktiv wird, in dem wir ihn noch stoppen können. Wir müssen sie nur töten."

„Offensichtlich."

Ihr Blick trat auf seinen, als sie weiter auf die dunklen Gebäude zueilten. „Mit einem Blutopferritual."

„Oh."

„Ja. Der Zauber kann nur mit der Magie gebrochen

werden, mit der er erschaffen wurde. Wenn du sie also ergreifen kannst, sorge dafür, dass sie am Leben bleibt, damit ich sie auf die richtige Art und Weise töten kann."

„Warte." Er blieb stehen und griff nach ihrem Arm, um auch sie aufzuhalten. „Du beabsichtigst sie mit schwarzer Magie umzubringen? Hast du nicht gesagt, dass diese Scheiße dich verunreinigt?"

Sie verlagerte ihr Gewicht von einem Fuß auf den anderen. „Ja. Aber es ist die einzige Möglichkeit. Jemand *muss* es tun und das kannst nicht du sein, denn du bist keine Hexe."

„Aber ..."

„Ich habe meine Wahl getroffen", sagte sie und zitierte seine eigenen Worte. „Lieber lebe ich mit dem Makel des Bösen, als die zu verlieren, die ich liebe."

Er hielt ihrem Blick stand, sein Unterkiefer war hart, aber seine Augen ... waren voller Gefühl. Die Art von Gefühl, die einem das Herz brechen oder es heilen konnte. Dann nickte er, holte tief Luft – und hielt inne. Mit geblähten Nasenflügeln schwenkte er seinen Kopf zum größten Gebäude, wahrscheinlich der alten Reithalle.

„Ich rieche Blut."

Sie holte tief Luft und ihr Herz pochte in ihrer Brust. „Sie hat bereits getötet. Komm schon, wir müssen uns beeilen!"

Sie rannten.

TALLAK ERREICHTE DAS RIESIGE GEBÄUDE ALS ERSTER, SEINE Dämonenaugen konnten die kleine Tür an der Seite problemlos ausmachen. Der Geruch von Blut wurde stärker und auch andere Düfte hingen jetzt in der Luft: Weihrauch, Salbei, Kerzen.

Sie waren auf dem richtigen Weg.

An der Tür blieb er stehen und lauschte, während er

darauf wartete, dass Hazel zu ihm aufschloss. Über das Geräusch ihrer Schritte hinweg hörte er einen leisen Gesang aus dem Inneren des Gebäudes. Er sah Hazel an, nickte ihr zu und öffnete dann vorsichtig die Tür. Mit etwas Glück konnten sie sich hineinschleichen und die Hexe unbemerkt überrumpeln.

Wie durch ein Wunder knarrten die Scharniere nicht. Er öffnete die Tür gerade weit genug, um einen Blick hineinzuwerfen und den Raum dahinter zu überprüfen – eine Art Vorraum. Er war klein, bis auf einen umgestürzten Stuhl leer und wurde von einem größeren Raum dahinter durch eine Wand abgetrennt, die nicht bis zur hohen Decke des Gebäudes reichte. Es gab keine Tür, die zu dem größeren Raum führte, stattdessen hatte die Wand lediglich eine Öffnung. Dahinter flackerte Kerzenlicht in der Dunkelheit, aber der Rest war durch den Mauerabschnitt nicht zu sehen.

Er schlüpfte in den Vorraum und gab Hazel ein Zeichen, ihm zu folgen. Leise schlichen sie weiter, bis sie die Öffnung erreichten und um die Wand spähen konnten. Magie erfüllte die Atmosphäre und ließ ihm die Nackenhaare zu Berge stehen.

Sie überblickten eine große, leere Reitarena, die mit lockerem Boden bedeckt war und durch Vertiefungen und Dellen im erdigen Boden uneben wirkte. Ein paar Meter entfernt, an der hinteren Wand, befand sich der magische Kreis, der mit Salz, Kerzen und Linien in der geglätteten Erde präpariert worden war … und in dessen Mitte ein menschlicher Körper lag, aufgeschlitzt und blutdurchtränkt. Hinter dem Kreis stand eine blonde Hexe, die mit dem Gesicht zur Wand stand und gerade ein Siegel malte.

„Scheiße“, zischte er.

Bevor sich einer von ihnen rühren konnte, trat die Hexe zurück und sprach ein Wort. Ihre Kraft drang in das Symbol ein und ließ es neonrot aufflackern. Das grelle Licht illuminierte das Gesicht der Hexe und Hazel keuchte auf.

„Selene", flüsterte sie kaum hörbar. „Ich dachte …" Sie schüttelte den Kopf und sammelte sich. Ihre Augen trafen die seinen und sie sagte so leise, dass nur er es hören konnte: „Die Uhr tickt. Ich werde versuchen, sie mit einem Zauberspruch zu lähmen. Denk daran, ich brauche sie lebend."

Er nickte und machte den Weg frei, dann trat Hazel mit erhobener Hand in den Raum und murmelte einen Zauberspruch, während sie Selene fixierte.

Er sah das Holzbrett, das halb im Schmutz verborgen war, eine Sekunde bevor Hazel darauf trat. Seine zischende Warnung kam zu spät. Sie zerbrach die dünne Planke und das Knacken hallte laut in der Halle wider.

Dann geschahen mehrere Dinge auf einmal.

Selene warf ihren Kopf herum und entdeckte Hazel. Tallak stürzte nach vorn, um sich auf Selene zu stürzen. Hazel stolperte über die Planke und verfehlte die andere Hexe mit ihrem Zauber.

Ein Schuss ertönte einen Sekundenbruchteil, bevor der Schmerz in Tallaks Seite explodierte.

Die Wucht der Kugel schleuderte ihn zur Seite, er stolperte über eine Vertiefung in der Erde und ging hart zu Boden. Hazels Schrei erfüllte die Luft. Als er den Kopf hob, sah er, wie sie einen mächtigen Zauber auf die Gestalt warf, die aus dem Schatten getreten war und die Waffe hielt, mit der auf ihn geschossen worden war. Juneau.

Dieses verdammte Miststück.

Die alte Hexe zuckte zusammen, als der Zauber sie traf. Sie ließ die Waffe fallen, kippte um und landete mit einem dumpfen Schlag auf dem Boden.

„Nein!", schrie Selene.

Mit hasserfülltem Gesicht schlug sie mit ihrer Magie nach Hazel – die Kraft, die sie durch das Blutopfer erlangt hatte, pulsierte in ihr. Hazel grunzte und fiel auf die Knie. Sie schnappte nach Luft, als wäre sie direkt im Solarplexus getroffen worden.

Tallak sah rot und seine dämonische Natur brüllte, als er seine Gefährtin verletzt sah. Der Adrenalinstoß gab seinem Körper den nötigen Schub, um sich vom Boden zu erheben und den Schmerz, der an seinen Eingeweiden nagte, und das Blut, das aus seiner Wunde floss, zu verdrängen.

Aber Selene erreichte Hazel vor ihm. Die Klinge des Dolches in ihrer Hand glitzerte im Licht der Kerzen, als sie ihn auf die Hexe richtete, die er liebte und die immer noch nach Luft schnappte und sich nicht wehren konnte.

Er musste in verdammter Zeitlupe mit ansehen, wie die Schlampe einmal, zweimal, dreimal auf seine zukünftige Gefährtin einstach. Hazels Augen weiteten sich, Tropfen ihres eigenen Blutes besprenkelten ihr blasses Gesicht.

Dann war er an ihrer Seite. Er war nah genug, um sich auf Selene zu stürzen, ihr den Dolch aus der Hand zu schlagen und sie zu Boden zu werfen, während er die Finger fest um die Kehle der Schlampe schlang. Selene gab ein gurgelndes Geräusch von sich und ihr Gesicht färbte sich rot, während sie um sich schlug und blindlings nach Tallak fuchtelte, um ihn loszuwerden.

So wie er sie festhielt, war sie nicht einmal in der Lage, einen Laut von sich zu geben, um einen Zauberspruch zu wirken, denn die Panik, gewürgt zu werden, löschte wahrscheinlich jeden Gedanken aus.

Ich brauche sie lebendig.

Hazels Worte kehrten zurück und durchdrangen den roten Schleier der Wut in seinem Kopf.

Selene hatte das letzte Siegel angebracht und damit den Schutzzauber ausgelöst. Die einzige Möglichkeit, ihn zu stoppen, war, sie in einem blutmagischen Ritual zu töten. Und dafür benötigte Hazel sie lebendig.

Während er Selene immer noch fest im Würgegriff hatte, warf er einen Blick auf Hazel, die einen Meter entfernt mit geschlossenen Augen und einer Hand auf der Brust auf dem Boden lag. Zwischen ihren Fingern rann das Blut in einem stetigen Strom. Ihre Aura pulsierte schwach und undeutlich.

Sein Herz zerriss.

Es war nicht einmal eine Wahl. Es blieb ihm nichts anderes übrig, als das zu tun, was am meisten Sinn ergab.

Er knirschte mit den Zähnen, krümmte die Finger und brach Selene das Genick.

Gleichzeitig griff er mit seiner Dämonenmagie nach Selenes Kraft und saugte sie in sich auf. Er nahm ihre Magie, ihre Erinnerungen, ihre Hexenessenz. Alles floss in ihn hinein, als das Licht aus Selenes Augen verschwand und ihr Körper in seinem Griff erschlaffte.

Hass. Solch ein Hass. Für Dämonen, diese Abscheulichkeiten, die der Fluch jeder Hexe waren. Für diejenigen, die ihre eigene Gemeinschaft verraten hatten, für diejenigen, die ihre Tante getötet und ihre Großmutter verbannt und sich lieber auf die Seite eines größenwahnsinnigen Möchtegern-Gottes gestellt hatten, als dem Kodex treu zu bleiben, nach dem Hexen seit Anbeginn der Zeit lebten.

Sie sollen alle sterben. Ich werde meine Großmutter stolz machen.

Ihre Magie, verdorben und übelschmeckend, erfüllte ihn bis zum Rand, so unglaublich mächtig, obwohl sie so viel für die Erstellung des Siegels gebraucht hatte. Tallak zitterte unter dem Ansturm von Selenes kranken Gedanken und Erinnerungen, ließ sie wie verrotteten Müll fallen und kroch zu Hazel hinüber.

Sein Magen drehte sich um und Galle stieg in seiner Kehle auf. Als *Hæmingr* hatte er schon einige üble Emotionen gespürt und sich durch den Verstand einiger wirklich kranker

Scheißkerle kämpfen müssen, aber nichts hatte ihn jemals so zum Kotzen gebracht wie Selenes Magie.

Sie war völlig und ekelhaft *falsch.*

Er hielt seine zitternden Hände über Hazels Brust, die sich bis auf ihre flachen Atemzüge kaum noch bewegte. *Hoffentlich ist dieser Mist nicht zu verdorben, um sie zu retten.*

Mit dem Wissen, das er von Selene gestohlen hatte, murmelte er einen Heilzauber und befahl der Hexenkraft in ihm, sich zu erheben. Indem er die Schichten der Welt anzapfte, zog er mehr Magie zu sich. Die Fäden der Macht verflochten sich, dann stotterte sie und die Magie glitt ihm durch die Finger.

„Fuck!"

Die Blutopfer, die Selene begangen hatte, hatten ihre Magie bereits so weit verdorben, dass sie sich irrational und unberechenbar verhielt.

Ich darf sie nicht verlieren. Sie durfte nicht sterben. Das konnte sie einfach nicht. Wenn diese verdammte, korrumpierte Magie sie nicht retten konnte, würde er den Tod, den der Schutzzauber ihm in wenigen Minuten bescheren würde, verdammt noch mal begrüßen.

Benommen von der Angst und mit einem Herzschlag, der so stark war, dass er aus seiner Brust zu platzen drohte, versuchte er es erneut. *Funktioniere, verdammt noch mal!*

Diesmal glühten seine Hände, die Fäden der Macht flossen zusammen, um sich in Hazels Körper zu senken und ihn Zelle für Zelle zu reparieren. *Ja!* Er zog und drückte und biss die Zähne zusammen, um das abstoßende Gefühl von Selenes verzerrter Magie, die durch ihn floss, auszuhalten. Hazels Wunden versiegten und der tiefe Schnitt, der über ihrem Hals zu sehen war, schloss sich langsam, wie von einer unsichtbaren Hand zusammengefügt.

Mit einem Keuchen öffnete Hazel die Augen. Sie schaute

sich wild um, als wüsste sie nicht, wo sie war. Ihr Atem ging panisch und ihre Lippen zitterten.

„Hier“, raunte er und zog sie in seine Arme. „Ich bin hier, Liebes. Du bist okay. Es ist okay. Du bist in Sicherheit. Ich bin da.“

Er wiegte sie in seinen Armen und drückte sie so nah an sich, dass er ihren Herzschlag an seiner Brust spüren konnte. Er genoss das Gefühl und ihren Duft und vergrub seine Nase in ihrer Halsbeuge. Es wäre ihm scheißegal, wenn alles um ihn herum zusammenbräche, wenn er im nächsten Moment seinen letzten Atemzug täte … solange sie lebte.

Solange er sie so halten konnte, war sein Herz wirklich glücklich – für den einen Moment, in dem die Zeit stillstand.

„Tallak“, flüsterte Hazel heiser. „Was …“

Sie zog sich zurück, und er ließ sie gewähren, während ihr Blick zu Selenes schlaffem Körper ein paar Meter weiter wanderte. Sie holte scharf Luft.

„Du hast sie getötet.“ Ihre Augen weiteten sich, als sie ihn wieder ansah. „Der Zauber. Hast du ihn aufgehalten?“

Er schluckte schwer, senkte den Blick und schüttelte den Kopf. Das Siegel leuchtete immer noch an der Wand und pulsierte langsam. Er spürte, wie sich die Magie des Schilds durch die verbleibende Verbindung von Selenes Magie in ihm verstärkte, und die Erkenntnis, was das bedeutete, legte sich wie Blei in seinen Bauch.

„Fuck!“

Auf Hazels untypischen Schimpfwortausbruch hin sah er sie wieder an, wobei sich eine Seite seines Mundes nach oben verzog. „Du bist sexy, wenn du fluchst, weißt du das?“

Sie ignorierte seine Bemerkung und fuhr sich mit der Hand durchs Haar, während ihre Gedanken hinter ihrem hübschen Gesicht sichtlich rasten. „Es liegt daran, dass du sie nicht durch ein Blutopfer getötet hast, nicht wahr? Deshalb ist der Zauber noch aktiv. Bei den Göttern, was sollen wir jetzt tun? Wie …"

„Das ist es nicht", sagte er leise.

Ihre Augen trafen die seinen.

„Das ist nicht der einzige Grund, warum der Zauber noch aktiv ist."

„Was noch …?"

Er streckte die Hand nach ihr aus und streichelte ihre Wange. Er wollte sie berühren, sie spüren. „Als ich Selene getötet habe, ist ihre Magie nicht gestorben. Ich habe sie benutzt, um dich zu heilen. Sie ist immer noch in mir und das bedeutet, dass ein Teil von ihr immer noch am Leben ist."

In ihren Augen dämmerte die Erkenntnis und die Gesichtszüge entgleisten ihr. „Nein."

„Doch. Das ist die einzige Möglichkeit, es aufzuhalten."

Sie schüttelte den Kopf und griff nach der Hand, die ihre Wange berührte. „Nein."

„Hazel", sagte er mit fester Stimme, obwohl in ihm ein Sturm tobte, „du musst mich töten."

„NEIN", KRÄCHZTE HAZEL UND IHRE BRUST FÜHLTE SICH AN, ALS würde jemand in ihr Herz greifen und es *fest* zusammendrücken. „Das kannst du nicht von mir verlangen. Ich kann nicht."

Mit Augen aus glühendem Bernstein nahm er Selenes Dolch und legte ihn Hazel mit dem Griff voran in die Hand. „Du musst es tun. Es ist der einzige Weg."

Als sie den Mund öffnete, um erneut zu protestieren, und ihre Augen vor Tränen brannten, griff er ihr in den Nacken und sagte: „Ich bin bereits tot, Liebes. Wenn du mich nicht tötest, wird der Zauber es tun, sobald sich dieser Kreis schließt. Egal, was passiert, ich komme hier nicht lebend raus.

Aber wenn du mich tötest …" Seine Stimme wurde brüchig und er schluckte. „Dann sterbe nur ich und niemand sonst."

„Tallak", röchelte sie, ihre Kehle war rau und schmerzte, ihr Herz gebrochen.

Zitternd atmete er ein, drückte sie fester an sich und legte seine Stirn an ihre. „Es ist okay, Baby." Seine Stimme war tief und rau und vibrierte vor Emotion. „Die Götter wissen, dass ich gern ein ganzes Leben mit dir und Basil verbringen würde, aber wenn das mein Ende sein soll, dann bin ich bereit zu gehen. So verlierst du wenigstens Lily nicht. Und auch Rhun, Merle und die anderen werden es überstehen. Ich kann in dem Wissen gehen, dass sie alle überleben werden. Aber ich benötige eine Sache, um gehen zu können."

Er umschloss ihr Gesicht mit beiden Händen und streichelte ihre Wangen. Ernst und Aufrichtigkeit zierte seine flammenden Augen. „Lass mich nicht ohne deine Vergebung gehen. Es tut mir leid, was ich zu dir gesagt habe. Ich war ein dummes, verdammtes Arschloch und bin deiner Liebe nicht würdig. Die Ewigkeit wird nicht ausreichen, damit aufzuhören, jedes verdammte Wort, das ich zu dir gesagt habe, zu bereuen. Das hattest du nicht verdient. Es entspricht nicht einmal der Wahrheit."

Ihr Herz brach angesichts seiner Worte noch ein bisschen mehr.

„Ich war wütend auf mich selbst, weil ich nicht für Basil da sein konnte, weil ich nicht sein Dad war, als er ihn so verzweifelt brauchte. Und ich habe diese Wut an dir ausgelassen." Sein Gesicht war eine harte Maske, aber seine Hände waren so weich, als sie ihr Gesicht hielten, so sanft. Ein feuchter Schimmer glitzerte in seinen Augen und er schluckte. „Es war nicht fair und es tut mir leid. Nein, nicht."

Er legte den Finger auf ihren Mund, als sie etwas sagen wollte. Ihr Herz war in Fetzen.

„Ich muss das sagen", fuhr er fort. „Es tut mir leid, dass

ich dir wehgetan habe. Es tut mir leid. Und da ist noch etwas, was ich dir sagen muss. Ich habe es dir nie gesagt, aber du musst es wissen. Du musst wissen, was ich fühle, bevor ich gehe – du bist die beste Mom, die Basil je hätte haben können. Er hat so viel Glück, dass du ihn aufgenommen hast. Und ich kann dir nicht genug dafür danken, dass du ihn so gut erzogen hast. Du hast damals alles getan, was du konntest, um ihn vor Robert zu schützen, und ich mache dir keinen Vorwurf, dass du nicht früher gehandelt hast. Es war nicht deine Schuld."

Tränen liefen über sein Gesicht und das zerbrach etwas in ihr.

„Hazel, heute Abend, nach unserem Streit, wollte ich zu dir kommen und mich entschuldigen. Ich wollte dir das alles sagen, um dich kämpfen und mir meinen Platz an deiner Seite verdienen, aber jetzt … Wenn das alles ist, was ich bekomme, nur diese Chance, mich zu entschuldigen und zu hören, dass du mir vergibst …" Seine Stimme versagte. „Wenn du es in deinem Herzen findest, mir zu verzeihen … bitte, bitte lass mich nicht gehen, ohne mir das zu sagen. Sag, dass du mir vergibst, Liebes. Sag es und ich werde in Frieden gehen."

Ihre Tränen liefen heiß und schmerzhaft über und ihre Brust bebte unter ihren Schluchzern. Sie schüttelte den Kopf und flüsterte: „Nein."

Etwas zersprang in seinen Augen.

„Nein", wiederholte sie, ließ den Dolch fallen und packte seine Handgelenke. „Ich lasse dich nicht gehen."

Sein Atem stockte. „Hazel …"

„Halt die Klappe." Sie schniefte, wischte sich die Tränen ab und stand auf. Ihre Augen suchten fieberhaft nach Selenes Leiche, nach Juneaus regungslosem Körper einige Meter entfernt und nach den rituellen Überresten vor der hinteren Wand.

Juneau.

Ihr Blick wanderte zurück zu der ältesten Laroche, deren Brust sich langsam hob und senkte. Bewusstlos. Sie war nur ohnmächtig, nicht tot. Ein Gedanke flammte in ihrem Kopf auf, ein unmöglicher, törichter Gedanke, getragen von verzweifelter Hoffnung und kühnem Trotz im Angesicht des Todes.

„Öl", murmelte sie und eilte zu ihrer Tasche hinüber. „Ich brauche Öl."

„Hazel." Tallak stand auf und beobachtete sie, während sie ihre Tasche durchwühlte. „Wir haben keine Zeit. Du musst mich jetzt töten."

Sie ignorierte ihn, schnappte sich das Fläschchen mit dem Öl, stand auf und ging auf und ab, während ihr Herz gegen ihre Rippen schlug. *Ruhig!* Sie musste sich beruhigen, um ihre Gedanken zu sortieren und sich an die Worte zu erinnern.

Tallak redete weiter und versuchte, sie davon zu überzeugen, sich dem grausamen Schicksal zu ergeben und den Mann, den sie liebte, in einem Blutopferritual zu töten.

Zeit. Sie benötigte mehr Zeit dafür. Shobha hatte mehrere Tage an einem Zauber gearbeitet, und jetzt glaubte sie, dass sie das in ein paar *Minuten* schaffen könnte? Bei den Göttern!

Sie drehte sich zu Tallak um, seine Stimme lenkte sie ab und ließ ihre Gedanken in den Momenten abschweifen, in denen sie sich konzentrieren musste. „Sei still! Ich muss die richtigen Worte finden."

„Worte? Wofür?"

„Lass mich einfach nachdenken."

Als er den Mund wieder öffnete, schnauzte sie ihn an: „Wenn du meine Vergebung willst, dann hältst du *jetzt* den Mund."

Er schloss seinen Mund mit einem hörbaren Klicken.

Sie rieb sich die Schläfen, während sie immer noch auf

und ab ging, und schloss die Augen, als sie sich an Shobhas Worte erinnerte.

Von der, die ihr Blut und ihre Linie anführt,
durch Geburt, Tod und weil es ihr gebührt,
nehme ich Titel, Privilegien und Macht,
und gebe sie weiter, sodass darüber sie wacht.
Sie soll mit ruhiger Hand diejenigen lenken,
die ihr unterstellt sind in ihrem Denken.

Sie lief Furchen in die Erde, während sie in Gedanken nach den Worten suchte, um aus dem von Shobha geschaffenen Zauber einen neuen zu machen. Sie ließ ihre Magie emporsteigen, ihre Gedanken fluten und ihre Überlegungen leiten. *Vertraue dem Prozess. Vertraue der Magie.* Sie würde die richtigen Worte finden. Sie musste es.

Ihre Lippen bewegten sich, als sie lautlos diesen und jenen Satz ausprobierte und die Optionen verwarf, die sich nicht richtig anfühlten. Gelegentlich machte es Klick, als würde sie ein Puzzleteil an die richtige Stelle setzen.

Sie konnte nicht darüber nachdenken, dass die Uhr tickte, konnte sich nicht fragen, wie viele Minuten es noch dauern würde, bis die Magie des Zaubers alle Punkte des Pentagramms durchlaufen und den Kreis geschlossen hatte. Dafür war in ihrem Kopf kein Platz.

Es gab nur sie und ihre Magie, die summende Kraft der Schöpfung und die Macht ihres Glaubens.

Die Worte klickten. Alle.

Sie öffnete die Augen, holte tief Luft und wandte sich an Tallak. „Hol Juneau. Platziere sie im Kreis."

Er gehorchte, ohne zu zögern, ohne sie zu hinterfragen, und während er zu Juneau hinüberlief, schnappte sich Hazel den Dolch, eilte zu den rituellen Überresten, entfernte die Kerzen und rollte den verstümmelten Leichnam des

Menschen aus dem Kreis, wobei sie versuchte, kein Blut an ihre Hände zu bringen. Schnell und effizient zeichnete sie das Pentagramm neu, schloss die Salzlinien und stellte die Kerzen wieder auf.

Tallak setzte Juneau im Kreis ab und wollte ihn gerade wieder verlassen, als Hazel ihn am Arm festhielt.

„Nein“, sagte sie, als sie seinen Blick auffing. „Du musst bleiben.“

Seine Augenbrauen zuckten, aber er befolgte ihre Anweisung.

„Möge Arawn mir Schutz gewähren“, sagte sie ohne zu zögern.

Ihre Magie erhob sich und sie entkorkte die Phiole mit dem Öl, um etwas davon auf ihren Finger zu tropfen. Sie zeichnete ein Pentagramm auf Tallaks Stirn und stimmte ein:

„Körper und Geist, auserwählt mit Bedacht,
Magie zu nutzen, zu strafen, zu wachen bei Nacht.
Ich werde die Kraft und das Recht erheben …“

Nun kauerte sie sich neben Juneau und zeichnete auch ihr ein Pentagramm auf die Stirn, während sie ihren Spruch fortsetzte.

„… und das Licht einer anderen Hexe geben.
Die Magie, die in einer Hexenseele lebt,
ihr geschenkt, um zu lenken, wie es ihr bestrebt.“

Ihre Kräfte wanden sich, verbanden sich mit der Energie, die sie aus den Schichten der Welt gezogen hatte, und schufen eine fast sichtbare Verbindung zwischen Tallak und Juneau. Tallak stöhnte und krümmte sich, Juneaus bewusstloser Körper zuckte und im nächsten Augenblick lief ein Lichtblitz von ihm zu ihr, als würde er an einem unsichtbaren Faden gezogen. Tallak schrie erschrocken auf und fiel auf die Knie. Juneau bäumte sich auf, ihre Augenlider flatterten.

Jetzt schnell.

„Ist sie weg?", fragte Hazel Tallak. „Ist ihre Magie verschwunden?"

Schwer atmend starrte er sie aus vor Ehrfurcht glänzenden Augen an. „Ja. Du hast sie aus mir herausgerissen."

„Gut. Und jetzt raus aus dem Kreis."

Er sprang auf und bewegte sich.

Sie schloss für einen Moment die Augen und holte tief Luft, um ihre Magie zu bündeln. Dann hob sie den Dolch auf. Juneau stöhnte auf und kam zu sich.

O nein, das wirst du nicht wagen.

Sie erinnerte sich an die Beschreibung der Blutrituale – auch wenn die Details vager waren, als ihr lieb war – und murmelte die Zeilen, die sie finden konnte, um die Worte mit Absicht zu füllen.

„Macht im Blut, Leben im Tod,
Lebenskraft genommen, Atem bedroht.
Blut für Macht, Tod für Leben,
wird mit diesem Messer gegeben."

Mit zusammengebissenen Zähnen stieß sie den Dolch auf Juneau hinab, gerade als die alte Hexe die Augen öffnete und die Magie in ihnen glühte. Die Klinge bohrte sich in Juneaus Brust und der Hieb hallte in Hazels Handgelenk, Arm und Schulter wider. Übelkeit machte sich in ihrem Magen breit, als sie spürte, wie der Dolch an etwas Hartem abrutschte, wahrscheinlich an einer Rippe.

Juneau schrie auf und zuckte.

Hazel rezitierte erneut die Worte und zog das Messer dann aus Juneau heraus, um erneut zuzustechen. Immer wieder stach sie zu. Die Worte rollten in einem dunklen, urwüchsigen Rhythmus von ihrer Zunge und entwickelten ein Eigenleben. Ihre Magie flackerte, stöhnte und weinte.

Falsch. Es fühlte sich so falsch an.

Die Tränen liefen über ihr Gesicht und sie zwang sich, sich zu konzentrieren, um die Absicht hinter den Worten zu bewahren. Durch den trägen Fluss der verdorbenen Energie, der ihre Magie verwirrte, konzentrierte sie sich auf das Ziel – das Siegel zu zerstören, den Zauber zu vernichten.

Tallak zu retten.

Sie stellte sich vor, wie er lebte, wie er sie hielt.

Sie stellte sich Lily vor, wie sie sie lächelnd umarmte.

Sie dachte an Merle und Rhun, an ihr neugeborenes Baby, das friedlich in ihren Armen schlief.

Retten.

Mit einem Schluchzen stach sie ein letztes Mal auf Juneau ein und das Licht verließ die Augen der Hexe.

Die Macht, die die Luft auflud und mit der Kraft eines abgewürgten Sturms gegen ihre Sinne drückte, löste sich mit dem Atemgeräusch eines riesigen Biests. Der Kreis explodierte.

Von der Druckwelle zurückgeschleudert, flog Hazel durch die Luft und krachte hart auf den Boden. Ihr Atem verließ sie zischend, ihre Lungen durch den Aufprall in Mitleidenschaft gezogen. Ihr Rücken schmerzte.

Ihre Ohren klingelten, ein hoher Ton durchdrang ihren Kopf. Sie blinzelte in die Dunkelheit. Die Kerzen waren ausgegangen. Es war kein Licht in der Reithalle.

„Tallak?“ Sie hustete, dann räusperte sie sich. „Tallak!“

Sie richtete sich auf, wobei ihr Rücken und ihre Hüften immer stärker schmerzten, und sah sich hektisch um. Pechschwarz begrüßte ihre Augen. *Bitte,* flehte sie. *Bitte lasst ihn am Leben sein!*

Panisch stolperte sie auf die Füße, ihr Gleichgewichtssinn war in der völligen Dunkelheit gestört.

„Tallak!", rief sie, während die Angst ihr Herz mit kalten Klauen umklammerte.

Zwei Lichter blinkten in der Dunkelheit, bernsteinfarbenes Feuer inmitten von Samtschwarz.

Dann war er da, direkt vor ihr, lebendig und warm und atmend. Seine Energie vibrierte auf ihrer Haut, seine Arme zogen sie an seine Brust.

„Ich bin hier", krächzte er.

Ihr Herz schlug schneller und ihr Atem stockte. Sie klammerte sich an ihn, ließ ihre Hände über seine Brust, seine Schultern, seinen Nacken wandern, berührte sein Gesicht und seine Lippen. Er war da, ganz da.

Die Erleichterung durchströmte sie wie eine Flutwelle.

Schluchzend stellte sie sich auf Zehenspitzen, zog ihn zu sich herunter und küsste ihn. Er legte seine Arme um ihren Rücken, hob sie hoch, sodass ihre Gesichter einander zugewandt waren, und erwiderte ihren Kuss mit roher Wildheit.

„Ist es vorbei?", fragte sie, als sie sich voneinander gelöst hatten und er sie absetzte, ohne sie loszulassen. „Hat es wirklich funktioniert?"

Nachdem sich ihre Augen an die Dunkelheit gewöhnt hatten, konnte sie erkennen, wie er zur Seite blickte, dorthin, wo Selene das Siegel gemalt hatte und wo nichts als Dunkelheit zurückgeblieben war.

„Ich habe gesehen, wie es zerbrochen ist", sagte Tallak. „Als Juneau starb, als der Kreis explodierte, zerfiel das Siegel und verblasste dann."

Sie atmete scharf aus, ihre Erleichterung kam schnell und lähmend. Ihre Knie gaben nach und sie klammerte sich an ihm fest, um Halt zu finden … doch ihre Hände fanden die klebrige Nässe an seiner Seite.

„Du bist verletzt", keuchte sie. Natürlich – die Schusswunde.

Er hatte kaum Anzeichen von Schmerz gezeigt, als sie den

Zauber zu stoppen versucht hatte, nicht einmal, als er Juneau in den Kreis gezerrt hatte. Aber nach der Menge Blut zu urteilen, die sie an seinem Oberkörper spürte, hatte der Schuss ihn nicht nur gestreift.

„Nur ein Kratzer", antwortete er mit typisch männlicher Arroganz.

Sie schnalzte mit der Zunge, während ihr Herz in ihrer Brust hämmerte, schlug seine Hände weg und hielt ihre über seine Wunde, während sie einen Heilzauber murmelte. Ein sanftes Leuchten flackerte in ihren Handflächen auf und erhellte die Dunkelheit für die Sekunden, in denen sie seine Wunde heilte. Dann verblasste es, zusammen mit ihrer Magie.

Sie war jetzt völlig erschöpft und hatte keinen Funken Energie mehr in sich. Als ihre Beine dieses Mal nachgaben, hatte sie nicht mehr die Kraft, sich an ihm festzuhalten.

Er fing sie auf, legte einen Arm unter ihre Knie und den anderen um ihre Schultern und drückte sie fest an seine Brust, wo er sie wie einen kostbaren Schatz hielt.

„Meine Sachen", sagte sie schwach, als er aus der Halle schritt. „Die Leichen."

„Scheiß drauf", knurrte er. „Soll sich doch jemand anderes darum kümmern. Ich bringe dich nach Hause. Du brauchst Ruhe."

Ich brauche dich.

Sie legte ihre Hand auf seine Brust, genau dorthin, wo sein Herz schlug, dessen Trommeln einen beruhigenden Rhythmus unter ihren Handflächen erzeugte.

„Tallak", flüsterte sie.

Seine feurigen Augen trafen die ihren.

„Ja."

Eine Falte bildete sich zwischen seinen Brauen und wurde im silbernen Mondlicht sichtbar, als er aus dem Gebäude trat. „Was, Liebes?"

„Ja, ich vergebe dir."

Die Falte glättete sich, als sein Gesicht weicher wurde. Die völlige Erleichterung und die glühende Wärme in seinen Augen waren das Letzte, was sie sah, bevor die Dunkelheit ihren Geist einnahm.

KAPITEL 37

Als Hazel die Augen aufschlug und ihr Geist sich langsam von den Schatten ihrer Träume löste, erwarteten sie ein sanftes Halbdunkel, ein vertrauter Duft und eine nackte, wohlgeformte Männerbrust direkt vor ihrer Nase.

Sie zog den Kopf zurück und sah zu Tallak auf, dessen Augen im schwachen Licht des Raumes bernsteinfarben glühten.

„Da bist du ja", sagte er und seine Stimme war ein tiefes Grollen in der Dunkelheit.

„Hey." Ihre Hand war auf seinem Gesicht, bevor sie sich bewusst dazu entschlossen hatte, sie zu bewegen, und ihre Finger zeichneten die Linien seiner Nase, seiner Wangen und schließlich seiner Lippen nach. Das Bedürfnis, seine warme Haut zu spüren, den Puls des Lebens in ihm zu fühlen, war die treibende Kraft hinter jedem Schlag ihres Herzens.

Er ergriff ihre Hand und hielt sie fest, während er ihre Fingerspitzen so ehrfürchtig küsste, dass es ihr in der Brust wehtat.

„Wie fühlst du dich?“, fragte er und drückte sich in ihre Handfläche.

„Ganz gut, denke ich.“ Ihre Augen gewöhnten sich an die Dunkelheit, sie sah sich um und erkannte ... „Das ist deine Wohnung. Du hast mich hierhergebracht?“

Die feurigen Tiefen seiner Augen verrieten rohe Emotionen. „Deine Schutzzauber haben mich nicht in dein Haus gelassen.“

Ihre Brust zog sich zusammen und Bedauern durchzuckte sie.

„Du bist letzte Nacht ohnmächtig geworden“, sagte Tallak, bevor sie den Wirbel in ihrem Inneren in Worte fassen konnte, denn in seiner Stimme lag dumpfe Sorge. „Und du hast zwölf Stunden geschlafen.“

Sie holte tief Luft. „So lang?“ Seufzend schloss sie die Augen. „Ich war so erschöpft nach ...“

Sie verstummte und die Details der Ereignisse der letzten Nacht drängten sich in den Vordergrund. Mit einem Schaudern erinnerte sie sich daran, wie es sich angefühlt hatte, den Dolch in Juneaus Brust zu stoßen, wie die Klinge in einer Rippe stecken geblieben war und sie gezwungen hatte, Juneau mit einer Hand festzuhalten, um das Messer wieder herauszuziehen. Dieses Gefühl würde sie für den Rest ihres Lebens verfolgen.

„Ich kann nicht glauben, dass Juneau dort war“, murmelte sie und schüttelte den Kopf. „Und Selene? Ich hatte ja keine Ahnung, dass sie dahintersteckte. Ich meine, nachdem der Ortungszauber den Namen Laroche ausgespuckt hat, wusste ich, dass es eine von ihnen sein musste, aber ich hatte Sophie vermutet ...“

Tallak rieb mit dem Daumen über ihre Handfläche. „Diese Lücken kann ich füllen.“ Als sie ihn anschaute, zuckte er mit den Schultern und fügte hinzu: „Ich habe Selenes Erinnerungen übernommen. Da war alles drin.“

„Erzähl es mir."

Er seufzte. „Selene stand Juneau sehr nahe und ihrem Glauben nach zu urteilen … ist der Apfel nicht weit vom Stamm gefallen. Sie ist direkt in die Fußstapfen ihrer Granny getreten. Alle Dämonen in Portland mit einem Schutzzauber epischen Ausmaßes auszulöschen, war ihre Vorstellung davon, die alte Hexe stolz zu machen. Selene wusste, dass sie dafür Macht benötigte. Sehr viel Macht. Ihre Idee: Ein Blutopfer könnte die Aufgabe erfüllen und ihr sogar helfen, den Mangel an Magie in ihrer Familie zu überwinden. Also hat sie damit begonnen. Aber ihre Mutter kam ihr auf die Schliche."

„Wirklich?"

„Ja. Sophie fand heraus, was Selene trieb, und versuchte, sie zur Vernunft zu bringen. Es war nicht so, dass Sophie nicht mit dem Ziel einverstanden war, aber ihr gefiel nicht, wie Selene es angegangen war. Sie wusste, dass die Ältesten Selene umbringen würden, wenn sie davon Wind bekämen. Deshalb hat Sophie sie nicht verraten."

Hazel knirschte mit den Zähnen. „Sie wusste also, was vor sich ging, aber sie hat nichts gesagt. Sie hat sie nicht aufgehalten."

„Oh, sie hat es versucht. Sophie hatte Angst davor, was passieren könnte, sobald Selene den Zauber vollendet. Ein Schutzzauber mit diesem Ausmaß? Der Rat würde ermitteln und dann von den ermordeten Menschen und der schwarzen Magie erfahren, also wollte Sophie sie davon abhalten, weitere Menschen zu töten und den Zauber zu vervollständigen. Deshalb war die Übertragung des Titels des Familienoberhaupts auch so wichtig. Um den Laroches wieder Zugang zur umgebenden Magie zu verschaffen, ja, aber Sophies Hauptziel war es, Selene auf magische Weise zu befehlen, aufzuhören."

Hazel holte tief Luft. „Richtig. Da Juneau in den Schatten gefangen war, hatte Sophie keine magische Autorität über ihre eigene Familie. Ohne konnte sie Selene keinen Befehl erteilen."

„Genau. Und das hat Sophie nach dem Titeltransfer versucht zu tun. Sie hat Selene zu einem letzten ‚Gespräch' beiseitegenommen, um sie zum Aufhören zu bewegen, weil sie ihr diese letzte Chance geben wollte, sich zu fügen, ohne sie zwingen zu müssen. Sophie nahm Juneau mit, in der Hoffnung, Granny würde sich auf ihre Seite schlagen und Selene zur Vernunft bringen. Das Problem war nur, dass Juneau nicht auf Sophies Seite stand." Er machte eine dramatische Pause. „Stattdessen hat sie sie bewusstlos geschlagen."

„Was?"

„Wie sich herausstellte, war Juneau in Wirklichkeit mit Selenes Plan einverstanden. Also griff sie Sophie von hinten an, schaffte es, sie zu Fall zu bringen, und lobte Selene für ihren Einfall. Selene belegte Sophie mit einem Zauber, um sie für die ganze Nacht außer Gefecht zu setzen, und sperrte sie in ein Gästezimmer. Zusammen mit Juneau ging sie los, um das letzte Opfer zu schnappen und das Ritual vorzubereiten. Doch dann sind wir aufgetaucht."

„Bei den Göttern!" Hazel rieb sich mit beiden Händen das Gesicht und massierte dann mit geschlossenen Augen ihre Schläfen. „Was für ein verrückter Scheiß."

Tallaks Schnauben brachte sie dazu, ihn wieder anzuschauen. Seine Augen funkelten, ein schiefes Lächeln lag auf seinen Lippen.

„Was?"

„Du hast angefangen zu fluchen", sagte er leise, mit einem Hauch von Lob in der Stimme.

„Na ja", sagte sie und fuchtelte mit den Händen, „manchmal reicht ein ‚Verflixt und zugenäht!' einfach nicht aus."

Er lachte und bei diesem Anblick blieb ihr Herz für einen Moment stehen. So attraktiv er auch war – wenn er lachte oder mit echter, unverfälschter Freude und Heiterkeit lächelte, verwandelte er sich von schön in atemberaubend umwerfend. Sie könnte ihn ewig so beobachten und sich an seinem Lachen berauschen.

„Ich habe dich wirklich korrumpiert“, sagte er mit einem Lächeln, aber dann wurde er nüchtern und seine Augen wurden ernst. „Wo wir gerade dabei sind, wie fühlt sich deine Magie an?“

Sie runzelte die Stirn und richtete ihre Aufmerksamkeit nach innen, um ihre Magie zu spüren. „Größtenteils normal“, sagte sie nach ein paar Sekunden. „Da ist nur ein kleiner … Wie soll ich es beschreiben? Eine Art falscher Beigeschmack, wenn du so willst. So wie ein Gewürz in einem Essen, das nicht ganz dazugehört, das irgendwie falsch schmeckt. Wenn ich mich darauf konzentriere, kann ich spüren, dass meine Magie verdorben ist.“

Er zog besorgt die Brauen zusammen. „Vielleicht vergeht das mit der Zeit.“

„Vielleicht“, antwortete sie, obwohl ein Teil von ihr wusste, dass dem nicht so sein würde.

Aber damit hatte sie sich abgefunden. Denn sie verlor lieber etwas von ihrer Magie, als Tallak nicht zu haben …

Und Lily. Rhun. Merles Baby.

So viele Leben gerettet. So viele Tragödien abgewendet.

Ihre Gedanken wanderten zu einer anderen Tragödie, die sie nicht hatte verhindern können, sosehr sie es auch versucht hatte.

Wie viele Hexen waren letzte Nacht gestorben? Wie viele Menschen im Tumult des Dämonenaufstandes getötet worden? Sie wusste nicht einmal, was passiert war, nachdem sie mit Patricia gesprochen hatte.

„Wie spät ist es?“ Sie setzte sich auf und suchte verzweifelt nach ihrem Handy.

Tallak griff nach dem Nachttisch und reichte ihr das Gerät, das kurz vor halb elf anzeigte.

„Bei den Göttern!" Mit zitternden Fingern entsperrte sie das Handy, denn sie musste sich bei den anderen Ältesten melden.

Falls noch jemand von ihnen lebte.

Eine Benachrichtigung zog ihren Blick auf sich. Stirnrunzelnd öffnete sie die SMS von einer unbekannten Nummer, obwohl ihr die Ziffern bekannt vorkamen.

Glückwunsch, dass du deine Mithexen zur Vernunft gebracht hast. Arawn freut sich, sie in seinem Schoß willkommen zu heißen und ihnen zu helfen, da sie nun Teil seines Herrschaftsbereichs sind. Wir haben uns um euer kleines Dämonenproblem in der Stadt gekümmert. – Deimos

PS: Gern geschehen.

Hazel blinzelte, weil sie den Text nicht verstand. Sie musste ihn dreimal lesen, bevor sie die Worte begriff.

„Was ist?", fragte Tallak.

Sie hob ihren Blick vom Bildschirm, der Mund stand ihr offen. „Die Hexen sind zu Arawn übergelaufen."

„Das ist doch eine gute Sache, oder? Daran hast du doch ewig gearbeitet."

„Ja, es ist nur … Ich weiß nicht, wie es passiert ist. Ich muss ein paar Anrufe tätigen."

Während Tallak sich in den Kissen zurücklehnte, suchte sie schnell Shobhas Namen in ihren Kontakten und tippte ihn an, um sie anzurufen.

„Shobha", sagte Hazel, als die älteste Gupta-Hexe abnahm, „geht es dir gut? Was ist gestern Abend passiert? Patricia hat mich wegen der Dämonenunruhen angerufen. Ich war gerade auf dem Weg, um zu helfen, als … Ich werde es dir gleich erzählen, aber zuerst muss ich wissen, was passiert ist. Ich habe gehört, dass ihr alle zu Arawn übergelaufen seid?"

Shobhas tiefer Seufzer hätte den Ozean erschüttern können. „Mir geht es gut, Kind. Und meiner Familie auch. Wir sind alle wohlauf. Aber viele andere …" Sie schnalzte mit der Zunge, ihr Atem war schwer. „Es war schlimm. Wir haben letzte Nacht gute Hexen verloren. Wir hätten noch mehr verloren, wenn wir nicht getan hätten, worum du uns schon seit Monaten bittest."

„Wie …"

„Es war Elaine. Sie hat damit angefangen. Sie kämpfte gerade mit ihrer Tochter und ihrer Schwester, als sie spürte, wie ihre Magie ins Stottern geriet. Als sie sich an das erinnerte, was du gesagt hast, wusste sie, was das bedeutet. Sie musste mit ansehen, wie ihre Schwester und ihre Tochter sich gegen Dämonen zur Wehr setzten, ohne ihre Magie aber kaum stärker als Menschen waren. Sie hatte gerade ihre Nichte verloren und hätte es nicht ertragen, noch jemanden zu verlieren, also traf sie die Entscheidung. Sie sagte, sie würde lieber einen Pakt mit dem Teufel eingehen, als ihre Familie sterben zu sehen. Sie schwor dem Herrn der Dämonen auf der Stelle ihre Treue. Es geschah augenblicklich. Ihre Magie kam mit voller Kraft zurück und sie konnte mit ihrer Tochter und ihrer Schwester gegen die Dämonen kämpfen. Danach schloss sie sich meiner Hexengruppe an und erzählte uns, was sie getan hatte. Wir kämpften an der Seite von Sarai und auch ihre Magie hatte gerade versagt. Sarai folgte Elaines Beispiel. Genau wie ich. Wir fanden Kristens Gruppe, die bereits drei Hexen verloren hatte, weil Kristens Magie verschwunden war und sie ohne Kräfte weitergekämpft hatten. Kristen war verzweifelt und wie die anderen, wie wir alle, wusste sie, dass dies der einzige Weg war, um zu überleben. Und so geschah es. Unsere neuen Kräfte reichten jedoch kaum aus, um uns zu retten. Ohne die … unerwartete Hilfe, die wir erhalten haben, hätten wir die Dämonen nicht in Schach halten und die Menschen nicht schützen können."

„Deimos“, murmelte Hazel.

„Ja. Er hat seine Vollstrecker geschickt und sie haben die Straßen gesäubert. Er sagte, Arawn habe ihn darüber informiert, dass wir ihm die Treue geschworen hätten, und dank deines Anrufs wusste Deimos, dass wir Hilfe benötigten. Also gab er sie.“ Eine kurze Pause entstand, dann meldete sich Shobha mit leicht säuerlicher Stimme wieder. „Ich mag diese Kreatur nicht, aber er hat uns gerettet.“

Verblüfft musste Hazel das einen Moment lang verarbeiten. „Ihr habt also alle eure Treue zu Arawn geschworen?“

„Nun, nicht alle. Susanne, Tanya und Carla haben sich geweigert. Aber wenn ihre Magie weiterhin fehlschlägt, wird es nur eine Frage der Zeit sein, bis auch sie ihre Meinung ändern. Von den Laroches weiß ich nichts. Wir haben einige von ihnen kämpfen sehen, aber von Sophie habe ich noch nichts gehört.“

„Ähm, ja, was das angeht.“ Hazel biss sich auf die Lippe, dann erzählte sie Shobha alles. Alle Details über den Mordfall, den sie so lange für sich behalten hatte, wie sie den Zauber entschlüsselt und Selene gefunden hatte, was sich in der alten Reithalle abgespielt und was Tallak aus Selenes Erinnerungen erfahren hatte.

Als Hazel geendet hatte, summte die Leitung regelrecht vor Energie.

„Dieses Miststück“, sagte Shobha nach einer Pause. „Sie hätte mir meinen Thorne weggenommen.“

Shobhas Enkelin Anjali war mit einem Schattendämon verpaart, und obwohl Shobha anfangs Schwierigkeiten damit hatte, sich an diese ungewöhnliche Verbindung zu gewöhnen, hatte sie nun nicht nur Thorne in ihre Familie aufgenommen, sondern auch Gefallen an dem jungen Dämon gefunden. Nach allem, was Hazel gehört hatte, war er der Einzige, für den Shobha selbst Gulab Jamun machte. Jeden Sonntag versorgte sie ihn mit dem süßen Dessert.

„Ja", sagte Hazel ernsthaft. „Und meine Tochter. Ganz zu schweigen von Rhun und dem ungeborenen Baby in Merles Bauch, zusammen mit so vielen anderen."

„Und Sophie wusste davon?"

„Ja. Ich bürge für den Wahrheitsgehalt von Tallaks Aussage und ich bin sicher: Wenn wir Sophie verhören, wird das, was er herausgefunden hat, bestätigt."

„Das wird Konsequenzen haben. Das verspreche ich." Shobhas Stimme war so scharf wie ein Messer. „Wir werden das nicht ungestraft lassen. Sie wird als Komplizin von Selenes Verbrechen vor Gericht gestellt, ihren Status als Familienoberhaupt verlieren – jetzt, wo wir die Mittel haben, den Titel auf eine andere Hexe zu übertragen – und eine längere Zeit im Kerker verbringen. Und jedes neue Familienoberhaupt der Laroches muss einen verbindlichen Eid leisten, kein Mitglied unserer Gemeinschaft zu verletzen, auch nicht die Dämonen, die sich unseren Reihen angeschlossen haben, und dann jede Hexe in der Familie dazu zwingen, sich daran zu halten. Genug ist genug."

Hazel hatte nicht gewusst, wie sehr sich ihre Muskeln verkrampft hatten, bis ihr Seufzer der Erleichterung sie löste. „Ich danke dir."

„Nein, ich danke *dir*. Ohne dich hätte ich gestern Abend ein weiteres Mitglied meiner Familie verloren. Wir hätten alle so viel verloren." Eine kurze Pause folgte und Shobha klang nachdenklich, als sie wieder sprach. „Und ich weiß, dass du unermüdlich daran gearbeitet hast, diese Gemeinschaft zusammenzuhalten und dafür zu sorgen, dass wir stark genug sind, um all diese Veränderungen in der Welt zu überleben. Es tut mir nur leid, dass wir so lange gebraucht haben, um darauf zu reagieren."

Vor ihr flüsterte Tallak: „Sag ihr: *Ich hab's euch ja gesagt*."

Hazel schlug ihm sanft auf die Schulter. „Ich weiß das zu schätzen, Shobha. Lass uns einfach nach vorn blicken und in Ordnung bringen, was in Ordnung gebracht werden muss."

„Pragmatisch wie immer, meine Liebe", sagte Shobha mit einem hörbaren Lächeln, dann wurde ihr Ton wieder ernst. „Ich werde jemanden zu den Laroches schicken, um Sophie zu finden und festzunehmen. Wir werden bald ein Treffen der Ältesten einberufen, aber jetzt müssen wir uns erst einmal ausruhen … und unsere Toten begraben."

Hazel schluckte. „Wie viele?"

Shobha schwieg über mehrere Sekunden. „Genug, um uns allen vor Augen zu führen, dass es die richtige Entscheidung war, sich mit Arawn zu verbünden. Wir sprechen uns später, meine Liebe."

Sie beendeten das Gespräch und Hazel starrte einen langen Moment lang stumm an die Wand, während ihr Geist und ihr Herz von zu vielen Emotionen durcheinandergewirbelt wurden, um sie alle zu fühlen.

„Angesichts all dieser Veränderungen und großen Neuigkeiten", sagte Tallak leise, „gibt es noch eine Sache, die du wissen solltest."

Sie drehte sich zu ihm um und legte eine Hand auf ihr rasendes Herz. „Bei den Göttern, was denn noch?"

Sein Lächeln war sanft und warm. „Merle hat letzte Nacht ihr Baby bekommen."

„Was?" Sie hielt sich mit einer Hand den Mund zu. „Wie geht es ihr? Wie geht es dem Baby? Ist alles gut gegangen?"

Tallak hob eine Hand und nickte. „Mutter und Baby geht es gut. Sie werden von einem nervig stolzen Rhun und Merles überglücklichem Dad umsorgt." Er holte sein eigenes Handy hervor und wackelte damit. „Rhun hat mir vorhin eine SMS geschickt. Sie ruhen sich gerade aus, aber wir können sie später besuchen." Er hielt inne, schluckte und seine Stimme wurde zögerlich. „Zusammen, wenn du das möchtest."

Ihr Herz machte einen Salto angesichts der Frage in seinen Augen und der unterschwelligen Andeutung in seinem Vorschlag. Sie atmete scharf ein, streckte die Hand aus und ergriff damit die seine.

„Tallak", sagte sie heiser und ihr Herz schlug dreimal so schnell wie sonst. „Als du mich gestern Abend in der Küche gefragt hast, ging es nicht darum, dass ich nicht mit dir zusammen sein wollte." Sie schüttelte den Kopf. „Ich wollte es. Ich will es. Ich stand mir nur selbst im Weg, konnte nicht aus der Form ausbrechen, in der ich gefangen war. Nicht aus Angst, dass du so schlecht bist wie Robert …"

Sein Kehlkopf bewegte sich, als er schluckte, und seine Augen schimmerten feucht. „Aber das war ich."

Sie schüttelte wieder den Kopf und der Schmerz der Worte, die er im Streit gesagt hatte, war nur noch ein schwaches Echo in ihrem Herzen. „Selbst das, was du gesagt hast, ist nur ein blasser Schatten seiner Bösartigkeit. Du …" Sie legte ihre Hand auf seine Brust. „Ich hätte nie gedacht, dass ich jemanden wie dich finden würde. Du bist unglaublich, wundervoll, lustig, loyal und fürsorglich. Du bist so viel mehr, als du dir selbst zutraust."

„Hazel", murmelte er mit rauer Stimme.

Sie fuhr fort, bevor sie die Nerven verlor und bevor er etwas sagen konnte, das sie aus dem Konzept brachte. Denn so wichtig es ihm gestern Abend gewesen war, dass sie seine Entschuldigung hörte, so wichtig war es ihr jetzt, ihm das zu sagen. „Deine Liebe strahlt so hell. Ich hatte einfach Angst, dich hereinzulassen, zu viel zu fühlen, deine Liebe zu haben, nur, um sie eines Tages zu verlieren, glücklich zu sein, wenn ein Teil dieses Glücks von der Anwesenheit einer anderen Person in meinem Leben abhängt. Ich war in meinem eigenen verdammten Kopf gefangen."

Er musterte sie schweigend und mit seinem intensiven

Blick, der sie vor Hitze erröten ließ. „Und bist du es immer noch? In deinem Kopf gefangen?"

Sie holte tief Luft, dann sprach sie das Wort, das die irrationalen Fesseln um ihr Herz löste: „Nein."

Ein Funken Wärme in seinen bernsteinfarbenen Augen, ein neckisches Glitzern. „War es mein Zu-Kreuze-Kriechen?" Ein sexy Halblächeln schlich sich auf seine Lippen. „Es war mein Zu-Kreuze-Kriechen, nicht wahr?"

Ihr Lachen war unerwartet, zerbrechlich und mit einem kleinen Hauch von Schmerz versehen, aber es war echt. „Das", sagte sie, „und die Tatsache, dass ich dich letzte Nacht fast verloren hätte." Sie senkte den Blick und fädelte ihre Finger durch seine. „Es gibt nichts Besseres, als dem Tod ins Gesicht zu blicken, um zu erkennen, dass das Leben zu kurz ist, um es als Idiot zu verbringen. Oder allein. Ohne dich."

Dann fing sie seinen Blick auf und ihre Stimme war sanft, als sie sagte: „Frag mich noch mal."

Er wurde hellhörig, wie es alle Raubtiere sind, intensiv, konzentriert und mit der stillen Spannung der Jagd. Seine Augen glitzerten wie zerstoßener Bernstein in der Sonne und er sagte: „Werde meine Gefährtin."

Das Lächeln, das sie ihm schenkte, öffnete ihr Herz und entblößte ihre Seele. „Ja."

EIN WORT. NUR DAS EINE, ABER ES WAR SEINE RETTUNG.

In Verbindung mit ihrem Lächeln – so offen, so warm, blendend in seinem Glanz – war er erledigt.

„Fuck. Der Hölle sei Dank!", war alles, was er sagen konnte, und er war sich bewusst, dass dies vielleicht die vulgärste und dümmste Antwort auf die weibliche Annahme eines Verpaarungsantrags in der Geschichte der Dämonenwelt war.

Aber Hazel runzelte nicht die Stirn und schien sich von seinem Tallakismus im Allgemeinen nicht beirren zu lassen. Stattdessen lachte sie leise, ihre braunen Augen leuchteten vor Wärme – und dann sagte sie die Worte, die ihn wirklich erschlugen.

„Ich liebe dich."

Er konnte nicht mehr atmen. Er konnte nicht mehr denken, weil seine Brust vor Glück explodierte. Er starrte sie an wie ein verblendeter Höhlendämon, der nie die Gabe der Sprache erlangt hatte.

Seine Muskeln reagierten schneller als sein Verstand. Er hatte sie in seinen Armen und seinen Mund auf ihren gepresst, bevor er die Worte finden konnte, um ihr zu sagen, was er fühlte. Er ließ alles in seinen Kuss einfließen und sagte es ihr mit jedem Lecken seiner Zunge, jeder Berührung seiner Lippen, mit der Art, wie er ihren Kopf neigte und seine Finger ehrfürchtig durch ihr Haar schob.

Das Verlangen in ihm wuchs und seine Reißzähne bohrten sich durch sein Zahnfleisch und kratzten über ihre Unterlippe.

Keuchend zog sie sich zurück und schaute ihm in den Mund. „Ist das wieder so ein *Bluotezzer*-Erinnerungsding?"

„Nein."

„Nein?" Eine Furche bildete sich zwischen ihren zarten Brauen. „Ich wusste nicht, dass *Hæmingrs* Reißzähne haben."

„Wir bekommen sie nur für einen einzigen Zweck."

„Und was wäre das?"

„Ein Zweck ist etwas, das man als Ziel, Absicht oder Vorsatz festgelegt hat, aber das ist jetzt nicht wichtig."

Sie schlug ihm auf die Schulter. *„Tallak."*

Sein Grinsen zeigte seine Reißzähne in ihrer ganzen Pracht. „Um unsere Gefährtin zu beißen und sie zu unserer zu machen."

Ein faszinierender Schauer durchzuckte sie und ihre

Pupillen weiteten sich. Ihre Stimme wurde heiser. „Du willst mich beißen?“

„Die Idee gefällt dir, nicht wahr?“

Da war es wieder, das Zittern. „Vielleicht.“

Sie leckte sich über die Lippen und die Bewegung zog seinen Blick an wie ein Leuchtfeuer. Langsam und bedächtig beugte er sich hinunter und leckte über ihre Unterlippe, dann nahm er sie in den Mund und ließ seine Reißzähne sie auf dem Weg nach draußen einklemmen. Nicht genug, um die zarte Haut zu verletzen, aber gerade genug, um sie es spüren zu lassen.

Sie grub ihre Finger in seine Brust. „Tallak.“

Der Duft ihrer Erregung lag in der Luft und er atmete tief ein, um sich an ihm zu berauschen. Mit einer schnellen Bewegung riss er ihr das Laken weg und entblößte sie vor seinen Augen. Er setzte sich auf und ließ seinen Blick über ihren nackten Körper schweifen, über all die üppigen Kurven und die wunderbare Sanftheit.

„Was überlegst du?“, flüsterte sie.

„Ich versuche nur zu entscheiden, wo ich dich beißen soll.“

Sie wand sich ein wenig.

„Das hier sieht köstlich aus“, sagte er und fuhr mit einem Finger über ihren Innenschenkel.

Ein Keuchen kam über ihre Lippen und ihre Hüften zuckten.

„Aber“, murmelte er und fuhr mit seinem Finger über ihren Bauch bis zur Unterseite ihrer Brust, „diese Stelle bettelt förmlich um meinen Mund.“

Er umkreiste ihre Brustwarze und sie stöhnte.

„Ich glaube …“ Er schob seine Hand weiter nach oben und ließ seine Finger über den rasenden Puls an ihrer Kehle tanzen. „Ich würde am liebsten meine Reißzähne in deinem

Hals versenken, während ich meinen Schwanz in deine Pussy stoße."

„Tallak."

Sie zitterte, ihre Lippen waren gespalten, ihre Augen glasig vor Erregung. Er hatte sie kaum berührt und schon waren ihre Brustwarzen hart und ihre Finger umklammerten das Laken. Der Duft ihrer Lust lag in der Luft.

Perfekt. Sie war absolut perfekt.

Er beugte sich hinunter und leckte erst über die eine, dann über die andere Brustwarze, was ihr ein keuchendes Stöhnen entlockte.

„Ich kann deine Lust riechen", murmelte er auf ihrer Haut. „Weißt du eigentlich, wie heiß das ist?"

Sie krallte sich in sein Haar und hielt ihn fest, als er leicht in ihre Brustwarze biss – ohne dabei Blut zu vergießen. Nein, *dieses* Vergnügen würde er sich für den Moment aufheben, in dem er in ihre enge Hitze glitt.

Er fuhr mit seiner Hand über die kurzgeschnittenen Locken auf ihrem Venushügel, um zu fühlen, wie feucht sie war. Seine Finger glitten durch ihre Säfte, glitschig und heiß.

„Fuck!", stöhnte er und alle Gedanken wurden für einen Moment ausgeschaltet, als er sie spürte.

Hazel hob ihre Hüften und stemmte sich gegen seine Berührung. „Ja, bitte."

Na dann.

Ohne zu zögern, griff er nach ihrem Schenkel, öffnete sie weit und ließ sich zwischen ihren Beinen nieder. Er ließ seinen Schwanz über ihr intimes Fleisch gleiten und benetzte sich mit ihren Säften, bis sie sich gegen ihn wand und ihre Finger in seinen Bizeps krallte.

Er küsste sie hart und leidenschaftlich und ließ dann seinen Mund über ihren Unterkiefer bis zu ihrer Kehle wandern. Er leckte einmal über ihren schnellen Puls und saugte dann daran, während sein Schwanz in ihren glitschigen Eingang eindrang.

Ihm lief das Wasser im Mund zusammen und er versenkte seine Reißzähne im selben Moment in ihrer Ader, als er zustieß.

Hazel schrie auf und umklammerte ihn fest. Die Muskeln ihrer Innenwände spannten sich um ihn, als ihr Blut auf seine Zunge traf. Die Kombination aus dem Gefühl, seinen Schwanz tief in ihr zu spüren und ihre Essenz zu schmecken, die sie ihm freiwillig gab, ließ ihn fast auf der Stelle kommen.

Fuck, wie peinlich wäre das denn?

Nur durch seine verzweifelte Willenskraft konnte er verhindern, dass er sich in ihr ergoss, aber er musste einen langen Moment innehalten, ohne sich zu bewegen, um das zu erreichen.

Als er sich zurückzog und wieder in sie eindrang, nahm er noch ein wenig mehr von ihrem Blut, gerade genug, um sicherzugehen, dass die Verbindung zustande kommen würde. Er leckte über die Einstichwunden und hoffte, dass sein Speichel sie wenigstens ein bisschen heilte.

Oder vielleicht auch nicht.

Ihm gefiel der Gedanke, dass sie zeitweise mit einem sichtbaren Zeichen seines Anspruchs herumlaufen würde.

Auf diesen territorialen Gedanken folgte eine Welle von Urinstinkten. Seine Vorstöße wurden härter und schneller und er hielt ihre Hüften fest, während er mit der festen Absicht in sie stieß, seinen Duft und seine Essenz in jede Zelle ihres Körpers zu prägen.

Ihr gehauchtes Stöhnen spornte ihn nur noch mehr an. Sie umklammerte seine Hüften und grub ihre Fersen in seinen Hintern, während er sie hart fickte. Als er spürte, wie sich seine Eier zusammenzogen, nahm er den letzten Rest an Vernunft in seinem Gehirn und zog sich zurück.

Bevor sie protestieren konnte, drehte er sie beide um und hielt ihre Taille oberhalb seiner Hüften fest. Schwer atmend starrte er auf die verdammt sexy Wölbung ihrer üppigen Brüste.

Verdammt, er wollte sehen, wie sie wippten, während sie ihn ritt.

Sein Schwanz zuckte eifrig und er positionierte sie genau so, bereit, sie hinuntergleiten zu lassen.

Seine Augen trafen die ihren. „Ich werde dir jetzt mein Blut geben, Liebes. Wenn du es trinkst, wird die Bindung zwischen uns beiden hergestellt. Ich will sehen, wie du mich reitest, wenn es so weit ist. Ich will sehen, wie du mit meinem Blut auf deinen Lippen und meinem Schwanz tief in dir zerbrichst."

Sie holte tief Luft und nickte.

Er nahm eine Hand von ihren Hüften und ließ sie auf ihren Knien balancieren, dann führte er sein Handgelenk zum Mund und biss hinein. Ein scharfer Schmerz schoss seinen Arm hinauf, aber das war nur ein kleiner Piks im Vergleich zu der Lust, die noch immer in seinen Adern pochte, dem Urbedürfnis, das ihn antrieb.

Sie beugte sich vor und traf sein angebotenes Handgelenk auf halbem Weg, eine Hand auf seiner Brust, die andere umklammerte seinen Unterarm. Sie ließ ihre Zunge herausschnellen, um sein Blut zu schmecken, als sie sich auf seinen Schwanz sinken ließ. Und dann saugte sie daran.

Glückseligkeit. Pure, erregende Glückseligkeit.

Sie stöhnte gegen sein Handgelenk, während sie trank und ihre Hüften auf und ab bewegte. Mit seiner freien Hand umfasste er ihre Brust und rieb mit dem Daumen über ihre Brustwarze.

Das Gefährtenband zwischen ihnen schnappte zu, es war eng, stark und eine magische Verbindung zweier Herzen und Seelen, die von Liebe durchdrungen waren. Es durchströmte ihn, erfüllte jede Zelle seines Wesens, besetzte all die hohlen, schmerzenden Stellen in ihm.

Und er spürte sie, fühlte, wie seine Essenz in sie hineinströmte und sie ebenso erfüllte.

„Mein", knurrte er und setzte sich auf, wobei er seine Hand in ihrem Haar verhedderte. „Du gehörst mir."

Er befreite sein Handgelenk aus ihrem Griff und zog ihren Kopf nach hinten, dann leckte er sein eigenes Blut von ihren Lippen und küsste sie mit wildem, unbändigem Verlangen.

Sie ritt ihn weiter, während er ihren Mund plünderte, sie besitzergreifend an den Haaren hielt und ihr Stöhnen und ihre Lustlaute verschluckte. Sie kam mit einem heiseren Schrei und er folgte ihr auf der Stelle, wobei der Druck in seinen Eiern endlich nachließ, als er sich in ihr ergoss.

Ihre Bewegungen verlangsamten sich und die Schwingungen ihrer Hüften wurden immer flacher. Schwer atmend schlang sie ihre Arme um seinen Hals und küsste ihn mit einer Zärtlichkeit, die sein Herz brach und es sofort wieder zusammensetzte.

„Ich liebe dich", murmelte er gegen ihren Mund.

Ihre Lippen, die noch immer mit seinem Blut befleckt waren, verzogen sich zu einem verträumten Lächeln.

Sein Schwanz zuckte in ihr, immer noch hart wie Granit.

Ihr Lächeln verrutschte.

„Wir sind noch nicht fertig, Süße."

Sie blinzelte ihn an.

Er schmunzelte, als er ihre Stirn küsste. „Babe, ich hoffe, du hast dir den heutigen Tag freigehalten, denn ich muss dich ficken, bis du meinen Duft auf deiner Haut trägst – oder bis du mir den Schwanz abreißt. Was auch immer zuerst kommt."

Sie keuchte. „Ich würde dir deinen Schwanz niemals abreißen. Dafür mag ich ihn viel zu sehr."

„Das sagst du jetzt." Er presste sie auf das betreffende

Glied, was sie aufstöhnen ließ. „Ich bin ein frisch verpaarter Dämon. Ich habe unerbittliche Bedürfnisse. Vielleicht änderst du deine Meinung nach ein paar Stunden Hardcore-Ficken, wenn du verdammt wund bist."

Eine Seite ihres Mundes verzog sich nach oben, während sie gemächlich ihre Hüften kreisen ließ. „Dafür gibt es Heiltränke", flüsterte sie ihm ins Ohr.

Er grinste. Und als er sie in seinen Armen hielt, wurde ihm klar, was wahres Glück war.

KAPITEL 38

Sie schafften es erst am nächsten Tag aus seiner Wohnung, nachdem sie einen Marathon aus schweißtreibendem, hartem Sex hinter sich hatten und dann in einen komaähnlichen Schlaf gefallen waren. Tallak hatte zwischendurch seine Küche geplündert und Essen bestellt, weil er den Drang verspürt hatte, seine Gefährtin zu versorgen – *seine Gefährtin!* – und war froh, dass er Hazel hierhergebracht hatte und nicht in ihr eigenes Haus. Er war zwar froh, dass er seine Beziehung nicht mehr verstecken musste, aber er wollte die Kinder auch nicht den akustischen und olfaktorischen Beweisen ihrer Paarungsmanie aussetzen. Und da seine Haustür gerade so weit intakt war, dass er sie nach seinem wutbedingten Eintreten schließen und verriegeln konnte, fühlte er sich hier sicher genug, um sich seiner Gefährtin zu widmen.

Solange sie in seinen Armen schlief, würde ihr nichts passieren.

Jetzt folgte Tallak Hazel, die mit einer Windeltorte in einem Arm die Treppe zu dem alten viktorianischen Haus hinauflief. Sie strahlte förmlich vor Glück und tiefer, tiefer

Zufriedenheit. So hatte er sie noch nie gesehen, so entspannt und mit sich selbst im Reinen, auf eine neue Art friedlich und zufrieden.

Meinetwegen.

Der Gedanke erfüllte seine Brust mit brodelnder Wärme. Er hatte das getan. Er hatte das bewirkt.

Seine Gefährtin.

Sie klingelte an der Tür, drehte sich dann zu ihm um und ergriff seine Hand.

Die offensichtliche Art und Weise, mit der sie ihn hier für sich beanspruchte, erzeugte noch mehr Wärme in ihm. Denn andere würden ihn an ihrer Seite sehen und wissen, was los war.

Er drückte ihre Hand und schenkte ihr ein Lächeln, von dem er sicher war, dass es genauso verliebt aussah, wie er sich fühlte, als die Tür aufschwang.

Rhun starrte die beiden an. Sein Blick wanderte zu ihren verschränkten Händen, dann zu ihren Gesichtern und er atmete tief ein.

Tallak schenkte ihm ein freches Grinsen. *Korrekt.* Der andere Dämon konnte Tallak auf ihr riechen, und zwar nicht nur oberflächlich, sondern als Teil ihres eigenen Geruchs, der untrennbar mit seinem verbunden war.

Für Dämonensinne hatte Tallak sie gerade von oben bis unten mit olfaktorischen Neonbuchstaben bedeckt, die schrien: *Mein!*

Etwas funkelte in den Augen des *Bluotezzers* und eine Seite seines Mundes verzog sich zu einem dreisten Lächeln. „Sieh an, sieh an, sieh an. Wenn das mal nicht das Ergebnis meiner hervorragenden Kuppelei ist.“

Hazel runzelte die Stirn und warf einen Blick auf Tallak, der seine Hand zu einer Faust ballte.

Er konnte ihn nicht schlagen. Der Typ hatte gerade ein Baby bekommen.

„Fick dich", knurrte er stattdessen.

„Gern geschehen." Rhun zwinkerte ihm zu, trat zurück und winkte sie hinein.

Hazel ging voraus und flüsterte über ihre Schulter: „Was war das denn?"

„Eine Demonstration der Tatsache, dass er ein Vollidiot ist", schoss Tallak zurück.

„Hazel!", rief Merle aus dem Wohnzimmer.

Seine Gefährtin stürmte voraus und er folgte ihr. Er sah zu, wie sie Merle auf der Couch umarmte und dann auf das kleine Bündel starrte, das in einem Nest aus Kissen neben der rothaarigen Hexe lag. Ein Gurren und andere Geräusche, die er von Hazel noch nie gehört hatte, sprudelten aus ihr heraus, und sie verwandelte sich plötzlich in das schillernde Abbild einer mütterlichen Frau, die vor Bewunderung nur so strotzte.

Verdammt.

Als sie den fest eingewickelten Säugling so behutsam in die Arme nahm, ihn sanft schaukelte und das kleine Mädchen mit leuchtenden Augen und einem Lächeln aus purer Freude anschaute, traf ihn das mitten ins Herz – direkt in ein halb vergrabenes Verlangen, das er noch nicht benennen konnte.

Er bemerkte erst, dass sein Mund leicht offenstand, als Rhun ihn mit einem nervtötenden Grinsen und einem wissenden Funkeln in den Augen wieder schloss.

„Hör auf", knurrte Tallak ihn an.

„Ich sag doch gar nichts."

„Musst du auch nicht, du Wichser."

Rhun lachte und seine Schultern bebten. „Es ist immer so lustig mit dir." Er neigte den Kopf in Richtung Küche und sagte: „Komm, lass uns etwas trinken. Es gibt so viel zu feiern." Letzteres sagte er mit einer gewissen Belustigung in seinen Worten.

Vielleicht würde er ihn doch noch schlagen.

Wie üblich holte Rhun ihm ein Glas Whiskey und nichts für sich selbst, denn *Bluotezzer* konsumierten nichts anderes als Blut. Es sollte seltsam sein, etwas zu trinken, während jemand dabeisaß und nur zusah, aber seltsamerweise war es das nicht. Es fühlte sich einfach wie Gesellschaft an.

„Also", sagte Rhun nach einem Moment der angenehmen Stille.

„Also", wiederholte Tallak und setzte sein Getränk ab.

„Ihr habt es also geschafft." Seine ernste Stimme verriet Tallak die doppelte Bedeutung hinter Rhuns Aussage.

Tallak nickte. „Es war knapp. Wenn Hazel nicht in letzter Minute eine Lösung gefunden hätte, säße ich jetzt nicht hier. Auch wenn ihr es alle rausgeschafft hättet."

Und dann erzählte er seinem Freund die Einzelheiten der Nacht und endete mit der Tatsache, dass die Hexen schließlich die Seiten gewechselt hatten.

Rhuns Augen funkelten, als er ihn ansah. „Die alte Hexe ist also bei einem Blutmagie-Ritual gestorben? Getötet auf die Art und Weise, mit der ihre Enkelin links und rechts Menschen ermordet hat? Entschuldige, aber diese Information muss ich genießen." Und dann lachte er, lang, hart und voller reueloser Schadenfreude.

Tallak grinste. „Ein passendes Ende, nicht wahr?"

„Verdammt noch mal, ja!" Rhun sah ihn einen Moment lang an und fragte dann leise: „Zwischen dir und Hazel ist also alles in Ordnung?"

Tallak nickte. Er lehnte sich in seinem Stuhl zurück und begegnete Rhuns Blick, um sich zu vergewissern, dass der andere Dämon die Aufrichtigkeit in seinen Augen sah. „Danke."

Rhun keuchte und schlug sich eine Hand auf die Brust. Seine Augen wurden groß. „Hilfe", krächzte er und rutschte von seinem Stuhl. „Hilfe, ich sterbe vor Schock!"

„Du verdammter Scheißkerl", sagte Tallak lachend, hob

die Fliegenklatsche vom Tisch auf und schlug sie Rhun über den Kopf.

Schmunzelnd schnappte sich Rhun die Fliegenklatsche und schlug direkt zurück.

„Herzlichen Glückwunsch, übrigens“, sagte Tallak mit einem Kopfschütteln in Richtung Wohnzimmer. Unglaublich, aber die gurrenden Geräusche waren immer noch zu hören.

Der Ausdruck von purem Stolz überzog Rhuns Gesicht und er setzte sich aufrecht hin. „Sie ist das perfekteste Baby, das je geboren wurde.“

Grinsend schüttelte Tallak den Kopf, als die Haustür aufflog. Von ihren Plätzen in der Küche aus starrten Tallak und Rhun ins Foyer und beobachteten, wie ein verwahrlost aussehender Bahram ins Haus stolperte, sich wild umschaute und dann auf den *Bluotezzer* zuhielt.

„Rhun!“, rief er, taumelte in die Küche und ließ sich auf einen freien Stuhl am Tisch fallen. Mit zerzaustem Haar, Kratzern im Nacken und zerknitterten Kleidern sah der Inkubus aus, als wäre er nur knapp einem wilden Tier entkommen. „Du musst mir helfen. Es ist übel.“

„Was zur Hölle ist mit dir passiert?“, fragte Rhun.

„Ich habe mich verpaart“, röchelte Bahram mit verzweifelter Stimme.

In der Küche herrschte absolute Stille.

Rhun hob eine Augenbraue und der Beginn eines Grinsens schlich sich auf sein Gesicht. „Ich gratuliere …“

„Mit Lucía de León!“

Rhun zuckte zusammen und Tallak hob beide Brauen.

Lange Zeit starrte Rhun seinen Freund nur an, der den Kopf in den Händen vergraben hatte. Dann lachte er. Erst langsam, dann immer heftiger, und seine Brust bebte, bis er auf den Boden sank und sich den Bauch hielt.

„Das ist nicht witzig!“, brüllte Bahram.

„Du hast recht“, sagte Rhun und wischte sich die Augen.

„Du hast recht. Ich hole nur schnell einen Stift und Papier."

„Wofür?"

„Wir müssen einen Plan machen." Rhun stand auf und holte einen Notizblock und einen Stift.

„Okay, ja." Bahram rieb sich das Gesicht und sah so verdammt hilflos aus, dass es fast schon komisch war. „Ein Plan ist gut. Was für ein Plan?"

Rhun ließ sich wieder am Tisch nieder, klickte mit dem Kugelschreiber und sah Bahram ernst an. „Was ist dein Lieblingslied?"

Bahram runzelte die Stirn und schüttelte den Kopf. „Warum zum Teufel ist das wichtig?"

Der *Bluotezzer* machte eine „Ist doch klar"-Geste. „Weil ich wissen muss, welche Musik ich bei deiner Beerdigung spielen soll."

„Rhun!"

DANKE, DASS DU *DÄMONISCHE SINNLICHKEIT* GELESEN HAST!

Wenn du wissen möchtest, was *genau* in jener Nacht geschah, in der sich Tallak und Hazel in den Wäldern von Faerie zum ersten Mal näherkamen, solltest du die Bonusszene lesen, die du mit deiner Newsletter-Anmeldung bekommst: www.nadinemutas.com/newsletter/?lang=de

Was Bahrams missliche Lage angeht … Das nächste Buch wird von ihm handeln. Wenn du also unbedingt wissen willst, wie er es schafft, Arawns Wut darüber zu entgehen, dass er mit Lucía zusammen ist, meldest du dich am besten ebenfalls für meinen Newsletter an. Dann verpasst du die Veröffentlichung von Buch Nummer sechs auf keinen Fall!

Alles Liebe
Nadine

WEITERE BÜCHER VON NADINE MUTAS

Die *Blut und Magie*-Reihe:

Dämonische Verführung

Dämonische Begierde

Dämonische Versuchung

Dämonische Leidenschaft

Dämonische Sinnlichkeit

Die *Dämonenpakt*-Reihe:

Infernal Covenant: Zur Hölle mit der Liebe

Infernal Covenant: Bis dass der Himmel uns scheidet

ANMERKUNGEN

KAPITEL 21

1. Anm. der Übersetzerin: Dies ist eine Referenz auf einen Vers in einem Lied der Backstreet Boys. Zu Deutsch: *Sag mir warum.*
2. Anm. der Übersetzerin: Eine weitere Referenz auf ein Lied der Backstreet Boys. Zu Deutsch: *Hör auf, Spielchen zu spielen.*
3. Anm. der Übersetzerin: Eine weitere Referenz auf ein Lied der Backstreet Boys. Zu Deutsch: *I will es so.*
4. Anm. der Übersetzerin: Noch eine Referenz, diesmal auf ein Lied von NSYNC.
5. Anm. der Übersetzerin: Eine weitere Referenz auf ein Lied von NSYNC. Zu Deutsch: *Das verspreche ich dir.*

ÜBER DIE AUTORIN

Nadine Mutas hat schon immer gerne mit Worten gezaubert, ob in ihrer Muttersprache Deutsch oder in den zahlreichen anderen Sprachen, die sie über die Jahre „gesammelt" hat. Je schwieriger, desto besser, dachte sie sich, und somit absolvierte sie ein Studium der Kulturen und Sprachen Südasiens und Japans. Sie arbeitete eine Zeit lang in einem Übersetzungsbüro, wo sie ihr Wissen über Englisch, Französisch, Spanisch, Japanisch und Hindi gut einsetzen konnte.

Bald jedoch trieb sie ihre Leidenschaft für Bücher und Geschichtenerzählen dazu, den Ideen und Charakteren, die in ihrem Hirn herumflogen (und sie nachts wachhielten sowie in unpassenden Momenten geistesabwesend vor sich hinstarren ließen) Sprache zu verleihen. Sie schreibt nun paranormale Liebesromane über sündhaft sinnliche Helden und die feurigen Hexen, die sie zähmen. Ihr Debütroman, *Dämonische Verführung* (zuerst veröffentlicht auf Englisch unter dem Titel *Blood, Pain, and Pleasure*), gewann den Golden Quill-Preis 2016 für *Best Paranormal Romance* sowie den Published Maggie Award 2016 für *Best Paranormal Romance*, belegte den zweiten Platz im PRISM-Wettbewerb 2016 für *Best Dark Paranormal*, und war nominiert für den PRISM-Preis 2016 für *Best First Book*.

Sie lebt in Deutschland mit ihrem seit der Studienzeit beschlagnahmten Mann und ihrem kleinen Dämonen-Nachwuchs sowie zwei Höllenkatzen, die fleißig versuchen, sie zu Tode zu kuscheln (Klarstellung: Sowohl ihr Ehemann als auch ihre Kinder mögen sie lieber lebendig. Bei den Katzen ist sie sich nicht so sicher.)

Kontakt:
www.nadinemutas.com
nadine@nadinemutas.com